泰山文化之旅丛书

岱宗览胜

张用衡　著

齐鲁书社

《泰山文化之旅丛书》编委会

序　一

莫振奎

　　泰山为我国五岳之东岳，是闻名遐迩的旅游胜地，年接待中外游客达到400万人次。泰山的魅力不仅在于她雄、奇、险、秀的自然景观，更在于她悠久的历史和丰厚的文化，在于她得天独厚、绝无仅有的人文景观。封建帝王的封禅，文人骚客的游览，以及宗教的活动和民间的传说，使泰山成为一座神山、圣山、文化山。泰山被誉为中华民族精神的象征，被称作东方文化的宝库，是当之无愧的，联合国教科文组织把泰山列为"世界文化与自然遗产"，也是名副其实的。

　　随着改革开放的深入和经济社会的发展，我国旅游业呈现出强劲的发展势头，泰山已成为人人向往的旅游热点。近年来，泰安市委、市政府确定把旅游业作为一个新的经济增长点来抓，提出了"营造大泰山，开拓大市场，发展大旅游，构筑大产业"的战略构想，加大宣传促销力度，加快旅游资源开发，加强基础设施建设，治理整顿旅游环境，做了大量工作，

取得了显著成效。挖掘泰山的文化内涵，弘扬泰山的历史文化，让世人更多、更深入地了解泰山，为中外游客提供深层次、高品位的服务，是发展泰山旅游业的一项重要工作，也是编辑出版《泰山文化之旅丛书》的根本宗旨。

《泰山文化之旅丛书》的编者，以高度的责任心和使命感，以严肃认真、精益求精的态度和作风，精心撰稿，精选图片，编成了这套图文并茂、雅俗共赏的丛书。通过这套丛书，使广大游客在遍览泰山风光名胜的同时，也能领略博大精深的泰山文化，这对进一步宣传泰山，促进泰山旅游业的发展，将发挥积极的作用。值丛书编成出版之际，即兴随笔，写此数语，是为序。

2000 年 8 月于泰安

序　二

杨辛

　　旅游是一种层次较高的综合性文化体育活动。古人在谈及学识时，常提到"行万里路，读万卷书"。所谓"行万里路"，其中带有旅游的意味，这是对自然、社会的一种亲身考察与体验。旅游的兴味往往反映人的文化素养。前人把"行万里路"与"读万卷书"并列，确是很有道理的。

　　旅游本身是一种文化熏陶，也是一种精神享受，到名山胜水旅游，特别是到泰山这样的历史文化名山旅游更是如此。泰山作为我国文化名山被誉为五岳之首，而且是世界上为数不多的"文化与自然"双遗产，旅游资源十分丰富。

　　我曾说："生有涯，学泰山无涯。"泰山的文化内涵博大精深，它以儒家思想为主导，融合道家思想、佛教思想为一体，它对人的精神影响既是哲理的、伦理的，又是审美的。泰山的雄伟气魄和蕴涵的自强不息的进取精神激励着华夏子孙。名山不厌百回游，我现已攀登泰山33次，兴味仍有增无减。我在80年代

中期曾写过一首《泰山颂》：

高而可登，雄而可亲，松石为骨，清泉为心，呼吸宇宙，吐纳风云，海天之怀，华夏之魂。

这首诗，表达了我对泰山的感受，还被刻在了泰山的盘道旁。可以说，它源于泰山，又回归泰山。我爱泰山的自然，更爱泰山的文化，似乎我与泰山有着不解之缘，我还会继续攀登。

《泰山文化之旅丛书》的编者以推介宣传泰山文化为己任，将这套雅俗共赏、图文并茂的丛书奉献给读者，使不同层次的游览者，通过泰山诸多的风光名胜、诗文传说、宗教建筑、摩崖碑刻，以及众多名人轶事来品味泰山，这是为弘扬泰山文化所作的重要贡献，可喜可贺。

是为序。

2000 年 8 月 1 日于岱下

目　录

岱宗夫如何　齐鲁青未了

——泰山概述

在中国的名山崇岳中，似乎没有哪一座山像泰山（图1）一样同人的关系是那样密切又那样悠远。在漫长的岁月里，泰山不仅给了华夏先民以生存的庇护，而且还给他们带来了广阔的精神驰骋的领域——从原始的东方崇拜、柴望祭天直至"仁者乐山"……

图1　泰山远眺

中华民族从这里由蒙昧走向了文明。

泰山与人的不解情结，使它在人的心目中变得分外高大。自古以来，它就被称作"岱宗"、"五岳之尊"、"天下名山第一"，受到了国人的景仰。世代更迭，沧桑轮换，历经了千万年风雨的泰山依旧巍然挺立。如今，当人们再次眺望大山，那初起的红日、飘过的白云，又将告诉我们什么呢？

（一）

泰山是一座神山。早在远古时期，泰山就被视作"天"的象征。传说无怀氏、神农氏、炎帝、黄帝、尧、舜、禹……都曾到泰山封禅，以表达对天神佑护的谢意。自秦以降，历史记载又有秦始皇、秦二世、汉武帝、唐高宗、唐玄宗、宋真宗、清圣祖、清高宗等12位皇帝到泰山举行封禅祭祀大典。泰山就像一座超乎人力的天然神坛，"气通帝座"、"镇坤维而不摇"，使历代帝王借泰山的神威巩固了他们的统治，而泰山也在帝王的礼敬中被披上了一袭金贵无比的龙凤华衮，其地位自是国内其他名山所无法比拟的了。帝王的"朝拜"，自然影响着百姓，于是泰山产生了众多的神祇。其中最著名的是碧霞元君，她是一位慈祥的东方女神，千百年来倾听着民众的心声，安慰着民众的精神，甚至直到今天人们也没有忘记她，她的像前每天都会燃起一炷炷充满着虔诚敬意的香……

泰山是一座圣山。在帝王封禅的同时，泰山也正以它博大的胸怀陶冶着人们真正的人文精神。比如春

图 2　孔子登临处

秋时期，以孔、孟为代表的思想家、政治家就曾直接受到过泰山的巨大影响。孔子"登泰山而小天下"的名言，便充分反映了两千年前中国圣贤们"以天下为己任"，站在泰山般高度上观察社会与人生，以实现自己理想的崇高精神追求。孔子一生曾多次游历泰山（图2），甚至当他临终前，所想到的仍然还是泰山，他的形象已同泰山永远地连在了一起。古人说："孔子，人中之泰山；泰山，岳中之孔子！"比喻得十分贴切。西汉史学家、太史公司马迁同样以泰山为标准，来衡量人的社会、伦理和道德价值，他说："人固有一死，或重于泰山，或轻于鸿毛"，真是掷地有声，振聋发聩。千百年来，灾难深重的中华民族从未沉沦过，正是有着心系"泰山"的无数中华儿女为社会的进步而前仆后继，血染丹青，推动了祖国历史的发展。泰山造就了一代伟人，而他们的思想又积淀在泰山，丰富了泰山文化，使它在众多名山中地位更加突出，形象更加高大了。伟人的思想闪现着泰山的灵光，泰山又折射出优秀民族文化精神的璀璨光芒，这也是中国其他山岳所无法与之相提并论的。

泰山更是中华民族的精神之山。自古以来，泰山便以其高大、厚重、尊严、进取、不屈、向上的形象，启示、激励着中华民族的仁人志士去完善自我品格，实现自身价值。如唐代诗圣杜甫，25岁时写下了他诗作中的名篇《望岳》。其中"会当凌绝顶，一览众山小"，早已成为千古绝唱，在中国可谓妇孺皆知。这首诗之所以广为传唱，是因为人们从中感受到了诗人以泰山极顶为目标，敢于不断超越的雄心壮志，这种勇于向上的精神激起了无数人的共鸣，成了中国人民优秀民族品质的组成部分。"九一八"事变后，冯玉祥将军赴南京促蒋抗战不成，于1932年至1935年两次退隐泰山，他在泰山一面读书学习，一面宣传抗战，深受泰山熏陶。他的部僚曾写过一首《泰山颂》："泰山何其雄，万象都包容。泰山何其大，万物都归纳。泰山何尊严，万象都包含。一切宇宙事，皆作如是观。"这首诗字面上歌颂泰山，实则以泰山作象征，说明"宇宙事"——历史，就像泰山一样包罗万有，它不会倒退，不会摧折，其尊严是不会撼动的。这正是当时一批抗战将领的意志，意蕴深长，对抗战颇有鼓舞作用。到了20世纪80年代，著名美学家杨辛先生写下了一首《泰山诗》："高而可登，雄而可亲；松石为骨，清泉为心；呼吸宇宙，吐纳风云；海天之怀，华夏之魂。"这就是泰山的写照，是我们民族精神的写照。

图3 "五岳独尊"刻石

　　古人在泰山的活动，为泰山留下了众多的历史遗迹，如周天子巡狩泰山会盟诸侯的周明堂、汉武帝亲手栽植的汉柏，我国最大的宫廷式古建筑群岱庙，以及历朝历代建起的宫阁亭坊和数之不清的碑刻与摩崖石刻（图3）……泰山的自然景致也有独到之处，它的一峰一岭，一草一木都被古代人审视过、命名过、加工过。因此，泰山的自然景观就具有了更多的文化内涵，以致经多见广的联合国世界遗产专家卢卡斯先生考察了泰山后说："泰山把自然与文化独特地结合在一起了，它使国际自然协会的委员们大开眼界。泰山使我们认识到必须要重新评价自然与人的关系。"

这就是泰山，它伴随着华夏民族从远古走来，它所记录下的我们民族的文化与历史，就像一座丰碑、一部巨著，在无言地彪炳着我们这个东方古国所走过的不寻常的历程。

（二）

作为世界自然遗产的泰山，无论从科研、保护还是从审美价值看，都具有突出的特点，因而它不但受到众多科学家的高度重视，也获得了无数游览者的喜爱。泰山形成年代久远，地质构造复杂，呈现出百姿千态的自然景观；又由于地处温带季风气候区，且气候垂直变化明显，下部为暖带，顶部为中温带，适宜各类植物生长，因此泰山又犹如一个天然植物园。到泰山来领略一下大自然造化的天工，也有着别一番情趣。

泰山的基岩形成于 28 亿年前，28 亿年沧桑巨变，泰山曾几度沉浮，它最后一次从汪洋中崛起也已距今 3000 多万年了。大自然的洗礼造就了泰山刚峻、沉稳的身姿，那高大的玉皇顶、傲徕峰，天烛峰……拔地而起，令人肃然起敬。

现代科学研究认为，泰山地层是世界上最古老的地层之一，组成泰山山体的岩石层具有重要的地质科学价值。早在1907年，美国地质学家B·威廉斯和E·比克维尔便发表了《泰山杂岩》的研究报告，1923年，北京大学地质系孙云铸教授也对此进行了研究。泰山杂岩成为举世闻名的太古代泰山系标准地层出露分布区，而泰山北侧的张夏——崮山地区的馒头山地层剖面则是世界上少有的标准寒武纪地层剖面，是研究地球生命起源及演化的第一手资料。

泰山的水系十分发达，山体总储水量达30亿立方米，造就了泰山"山多高，水多高"，山泉密布，河溪纵横的灵秀景色。据统计，泰山共有名泉72处，如王母泉、月亮泉、玉液泉、黄花泉、云泉、双泉、来鹤泉、灵异泉等都是著名的景点。泰山的河流溪谷纵横交汇，最著名的有漆河、梳洗河、雁岭河、沐龟沟、猴愁峪、彩石溪等等。

泰山植被十分繁茂，众多的植物使泰山常年郁郁葱葱，一派生机，而其中最为引人瞩目的则是古树名木，目前泰山有百年以上的古树万余株，曾被古人命名的千年古树如"汉柏凌寒"、"六朝遗植"、"秦松挺秀"、"一亩松"、"望人松"等也有近百株。1987年，卢卡斯先生对泰山古树也有一番评价："泰山古树名木是大自然的珍贵遗产，是有生命的文物，具有极高的科学价值，也是古代人以他们的审美情趣创造的艺术，具有极高的观赏价值……"

（三）

泰山景观雄伟壮丽，主峰傲然拔起，环绕主峰的知名山峰有 112 座、崖岭 98 座、溪谷 102 条，构成了群峰拱岱、气势磅礴的泰山山系。

俯瞰泰山，山南麓自东向西有东溪、中溪、西溪三条大谷；北麓自东而西有天津河、天烛峪、桃花峪三条大谷。六条大谷溪分别向六个方向辐射，将泰山山系自然地化分成六个不规则区域。六个区域，景观各异，形成了泰山著名的幽、旷、奥、秀、妙、丽的六大旅游区。

古代帝王登封泰山，多从中路缘石级而上，因此中路被称作"登天景区"，又由于此路深幽，故亦称"幽区"。登天景区人文景观众多，是因帝王封禅、宗教活动、文人览胜的需求而建设的。与西溪基本平行的西路，人称"旷区"，此处丛峦叠嶂，谷深水长，是泰山自然景色最佳处。东路登山由大直沟到中天门后再至岱顶，为汉武帝登封泰山之路，现尚存汉武帝登封遗迹——汉明堂。泰山之阴三条溪谷中亦有三条路通往岱顶，一条是从泰山东北麓的天烛峪，经后石坞登顶，此处山姿多变，奇石林立，旧有"奥区"之称；一条是从西北麓玉泉寺直达岱顶；另一条是从西北麓桃花峪进山，沿彩石溪东行，然后沿步游路或乘桃花源缆车到山顶。这一带也是以自然风光见长，人称"秀区"。岱顶海拔 1500 余米，有日观峰、月观峰、丈人峰、象鼻峰簇拥着，亦有碧霞祠、玉皇庙、瞻鲁台、仙人桥衬托着，站在此处放眼远望，群山、河流、原野、城市尽收眼底，且时常可见"旭日东升"、"晚霞夕照"、"黄河金带"和"云海玉盘"四大奇观，是为泰山"妙区"。而泰山之阳的山麓部分，由于古人活动甚多，人文景观极为丰富，亦是游览的好去处，人称"丽区"。

这"幽、旷、奥、秀、妙、丽"，便是泰山神秀的精髓，它既是天成，又有数千年来无数劳动者的构筑。伴随着人类的活动，泰山逐渐成为中国古老文化中"天地人合一"的高度和谐的统一体，它的一切无不按照人的意志与情趣，给予了艺术的想象与塑造，使它的美在不断升华。也就是说，在我们民族源远流长的历史发展中，泰山首先以其雄伟恢宏、端庄肃穆、浑厚质朴、清秀娟丽的自然形体，成为人们审美实践中的一个重要源泉；同时人们又将自身的审美理想赋予了泰山，将自己的审美意识物化于泰山的各个自然与人文景观之中，使之成了中华民族审美创造的结晶。下面，就该让我们步入大山，去饱览一番它的神奇与壮美了。

泰山一何高　迢迢造天庭

——中路幽区览胜

　　由遥参亭过岱庙，经一天门、红门、中天门、升仙坊至南天门是泰山最古老的一条登山道。因这条道谷深而林静，路曲而峰转，所以古人称其为泰山"幽区"。

　　遥参亭坐落在泰安古城的中心、东岳大街的中段，初创于唐，当时仅是一座门，宋代在门内建亭。当年帝王来泰山举行封禅祭典时，都先要在这里行简单的参拜仪式。然后再进入岱庙进行正式的祭祀大典。现在的遥参亭基本上是明代的格局，分前后两院。南为山门，门前有坊，坊额书"遥参亭"，建于乾隆三十五年（1770 年）。坊左右铁狮蹲踞，旗杆高竖，使得登天朝拜在序曲中便具有了一种庄严肃穆的气氛。院内台基上正殿五间，祀碧霞元君。殿侧配庑各四间，现辟为"泰山民俗陈列馆"和"泰山民居复原陈列"，将泰山古时风土民情俱陈其间，为游人更多地了解泰山文化提供了帮助。后院为四角亭和北山门，内立石碑数通。

　　遥参亭是一组独立的建筑，在作用上不仅与岱庙是一致的，而且似乎是它的一个子建筑，不过，正是由于它的存在，宏大的岱庙以至岱庙后面更为宏大的大山才显得尤为雄伟与神圣。这种建筑构思既适应了将由此为前奏而步步进入高潮的封禅大典的需要，也是中国古代先抑后扬的审美思想的体现。

　　出遥参亭即是岱庙，两者相隔仅数十米，但中间却有雕刻瑰丽的"岱庙坊"（图4）分割与承接其间，使两组大小各异的建筑在形式上各自独立，在内容上

图4　岱庙坊

又巧妙地融为一体。

岱庙，旧称东岳庙或泰山行宫，因"岱"是泰山的别称，所以今叫岱庙，是古代帝王祭祀泰山神的地方，也是泰山规模最大、最完整的古代建筑群。同济大学教授、建筑学家陈从周先生对岱庙曾作过如下一番评说："谁也不会相信，我爱泰山，是从岱庙引起的。岱庙是中国三大建筑群之一，北京故宫有山（景山）少林，曲阜孔庙有林无山，而岱庙呢？有山有林，而且山是泰山，是五岳之首，自然更添上了它的景色与地位了……在我国古代城市中心如今能保存这样瑰丽与完整的大建筑群，岱庙在山东省乃至全国也占有极高的地位，它是研究中国文化史与建筑史的一个重要实例……我初游泰山，是住在岱庙附近的旅邸，远道而来，初见相惊，太吸引人了！在过去我也曾到过其他的如中岳嵩山、南岳衡山等，但感情上总

图 5　岱庙正阳门

没有这次这么兴奋，我太高兴了，几乎忘了登泰山。"

岱庙有着如此的魅力，决定于它自身的特征。它的城墙便与一般的庙宇不同——城周1300米，五层基石，上砌大青砖，截面呈梯形，下宽17.6米，上宽11米，共有八座门：南面正中为正阳门（图5），是岱庙的正门，两侧为左右掖门和仰高门、见大门；庙东西各有一门，分别叫做东华门、西华门；庙北有一门叫厚载门。庙墙四隅有角楼，以八卦中的方位得名：东北为艮、东南为巽、西北为乾、西南为坤。正阳门总高19米，门上有楼，叫五凤楼，单檐歇山顶，覆黄色琉璃瓦。仅从这些就可看出岱庙的整体布局已远远超出了宗教的范畴，难怪古人说它"朱堞金扉，龙楹螭殿，罘罳象巍，俨然帝居。"其实，如果没有大殿中的神像，岱庙与皇宫确也没有什么两样了。

由正阳门进得岱庙来，迎面是配天门，取孔子语"德配天地"之意。配天门两侧，东为三灵侯殿，西为太尉殿，三殿之间以墙相连，构成岱庙中间第一进院落。

配天门北为仁安门，一条甬道将两门连在一起。两门之前各有狮子把守，前为明代铜铸高大的双狮，遍体铜绿，仰首含口蹲居石砌须弥座之上，十分雄伟；后为石狮一对，圆睁双目，雄视门前，也很威风。置此四狮，增添了庙貌的威严。配天门两侧有碑碣林立，尤引人注目的是耸立在西南方的《大宋封东岳天齐仁圣帝碑》和东南方的《宣和重修泰岳庙碑》。两碑龟趺螭首，各高近十米，东西对峙。

北过仁安门，是岱庙的第三进院落，雄伟高大的天赆殿(图6)在苍翠古柏的掩映下,巍巍矗立在宽阔的露台上。露台四周石雕栏板环绕,云形望柱齐列,使大殿与四周的环境产生了奇妙的效果。每当清晨傍晚,日光斜射,白石台基,红柱黄瓦,衬以苍翠古柏和大山与蓝天的背景,就显得分外美丽:那红与绿的对比,反差大,令人兴奋;黄与蓝的调和又成为绿,使人感到和谐轻松;而白石台阶正如美女的素裙,使一座巨大的建筑不觉沉重反有飘逸之感。岱庙的建筑艺术可谓登峰造极,古人的智慧在这里得到了淋漓尽致的表现。

图 6 天赆殿

我国古代建筑家很懂得大小对比手法,深知世上没有绝对大与绝对小,大小是从对比中产生的,于是在天赆殿两侧建起了回廊。廊在中国的古代建筑中是起着使空间更加联贯、紧密而又富于变化的作用的,这在世界建筑史上都是值得称道的。低平的回廊把一座重檐庑殿的大建筑紧紧地环抱着,平直与高耸的对比更激起了人们对天贶殿的崇仰。另外，天贶殿前平台上还修了两个精巧的御碑亭，不仅更加突出了天贶殿，又于雄伟中寓含了恬静与闲适，因此天贶殿也就并非雄伟两个字可以概括的了。

天贶殿内供奉着东岳泰山神的塑像。当代作家汪曾祺先生曾在一篇叫做《泰山片石》的散文中写道："历代帝王对泰山神屡次加封，老百姓则称之为东岳大帝。全国各地几乎都有一座东岳庙，亦称泰山庙。我们县的泰山庙离我家很近，我对这位大神是很熟悉的（一张油白发亮的长圆脸，疏眉细眼，五绺胡须）。我小小年纪便知道大帝是黄飞虎，并且小小年纪就觉得这很滑稽。"这位"大帝"的神龛上方，高悬着清代皇帝题写的"配天作镇"的巨匾，在今天的人看来，封建统治者耍的借神灵来愚弄老百姓的把戏，的确有着几分"滑稽"的味道。

天贶殿东、西、北三面墙上绘有大型壁画《泰山神启跸回銮图》（图7），壁画全长60余米，高3.3米，传为宋代遗物。画中描绘的是泰山神出巡的浩荡场面，实则表现了宋真宗封禅泰山的威严气派。泰山神乘坐四轮六马玉辇，左右为炳灵王与延禧真人护驾；辇前有双轿抬着道家仙人陪行，文武百官簇拥前后，还有仪仗队、乐队和威风凛凛的卫队，共有人物697个。此外还有麒麟、大象、骆驼和背负法器宝瓶的狮子、摇旗的夜叉以及抬着的猎物等等。画中人物繁多，更加上山川殿阁、茂木密林、水榭亭廊，使得整幅图画场面浩大，气势恢宏。再加之壁画所采用的色彩浓淡相宜，显得华贵而又深沉，热烈而又宁静，

图 7　天贶殿壁画（局部）

表现出了东方特有的审美情趣，在我国现存的道教壁
画中，它当是上乘之作，其艺术价值是不容低估的。

从天贶殿后门出，有砖石甬道与后寝宫相连。宋
真宗封泰山时将泰山神封为"帝"，而帝则应当有
"后"，于是便为之配了个夫人"淑明后"。从这一点
也可以看出，岱庙与其说是道教神府，还不如说更像
皇家宫廷，这种布局进一步透露出了封建统治者利用
岱庙进行政治活动的功利目的。

后寝宫北便是岱庙的第五进院落后花园。后花园
分成东、西两个小花园，东园为树桩盆景，西园则是
四季鲜花。东园之南矗立着一座鎏金铜亭（图8），
铜亭又名"金阙"，由仿木结构的铸铜构件组成，工
艺精巧，是我国现存为数不多铜铸建筑物中的精品。
与铜亭对称，西园南面有铁塔一座，明嘉靖年间铸，

图8　铜亭

塔原有十三级，后因战争被毁，现尚存三级。

在岱庙的主轴线两侧，原另有四处别院，东侧前后两院，前为"汉柏院"，院中有相传汉武帝所植的六株古柏（图9）；后为"东御座"，是皇帝祭泰山下榻的地方。西侧南院为"唐槐院"，北院已毁。此外，天贶殿四周的环廊内还开辟了"历代碑刻陈列馆"、"汉画像石陈列馆"、"泰山封禅蜡像馆"等，为当代旅游增添了内容。

图9 汉柏

岱庙的北门是"厚载门"，门上有"望岳阁"三间，登上门楼北望，泰山雄姿尽收眼中，登山古道尽头南天门正高悬云间。在古代泰山与人的主题中，最突出的似乎就是一个"天"字。岱庙处于"登天"之路的起点上，它之所以修得如此阔大巍峨、富丽堂皇，就是要造就一种人在登山之前，就能感受到不同于人间的天上仙境的氛围，唯如此，山下的建筑才能同代表着天的泰山相为呼应。这充分显示了中国古代人在泰山总体设计上匠心独运的高度智慧。此外，岱庙与登山盘道的距离，从后门计约为 1．5公里，这个距离也恰到好处，再近些则显局促，失去由人间登天的气势；再远则游离于泰山主体，失却同泰山作为一体的整体感。而且由于岱庙采用了宫廷式的建筑形式，高大的城墙、城门、露台与殿堂，益发使它显得沉稳、厚重、高扬，这也正同泰山的基调相契合。如果说整个登天景区像一部雄壮的乐曲，那么岱庙则以其恢宏的雄姿为这一乐曲奏响了高亢的第一乐章。

出岱庙北门至登山盘道，中间有"岱宗坊"（图10）作为接应和过渡。岱宗坊建于明代，石柱方正少雕饰，显得十分稳重淳朴。过岱宗坊，沿着古色古香

图 10　岱宗坊

的红门路北行不远，登山盘道便赫然在目了，真正意义上的登泰山将从这里正式开始。泰山如此雄伟，但

是在这里古人却着意追求一种"收"的效果；石阶并不太宽，仅有十八盘处石阶的一半左右；盘道两侧古建鳞次栉比，人到此间恰像来到一个葫芦口，视野顿然变窄。这似乎在启示着人们，只有无畏的登攀者勇敢地向上、向前，才能进入那幽广、壮美的佳境。

拾级而上，便见一连三座跨道石坊依次递升，矗立在眼前。第一座石坊是泰山"三天胜迹"的第一道天门，名曰"一天门"。石坊左右置以"盘路起工处"、"天下奇观"石碑。紧接着第二座石坊为"孔子登临处坊"，两旁亦有碑；一为"第一山"；另一为"登高必自"。第三座石坊是"天阶坊"。天阶坊的后面是一组呈倒凹形的建筑，跨道而立的是"飞云阁"，阁下门洞上丹书"红门"二字。飞云阁左为碧霞元君庙，右为弥勒院，三部分建筑合称"红门宫"（图11）。如今元君庙中供奉着的并非元君，而是九莲菩萨铜像，铜像高 3．4 米，铸工精湛，通体光滑，是泰山现存最大的铜像；对过弥勒院正殿三间，供奉着那位笑口常开的佛爷。

红门宫的建筑群极富特色。人们登上石阶，进得"葫芦口"后，迎面是座座石坊、块块碑刻，让人目不暇接。原以为登上石阶前面将会一览无余了，但未曾想，到此却像到了葫芦底，倒凹形的建筑把北、东、西三面全都遮了个严严实实，形成了人们视野的屏障。泰山中路就是这样，有天然屏障处峰回路转，古道通幽，无天然屏障处，则加以人工的巧妙遮挡，制造出一个个悬念，使得人行山中，就像看一出曲折的戏，读一本有趣的书。

图 11　红门宫

北出红门宫门洞后,山色为之豁然,山路右侧中溪内水声叮咚,泰山"小洞天"就隐在溪谷中。由盘道右转,沿小径去东北方向不远即是小洞天,这里幽草如茵,翠柏如盖,流水潺潺。下到谷底,有一方巨大的石坪,上刻"小洞天"、"仙人洞"等大字。左侧是一石涧,涧内奇石嶙峋,形态各异,每值雨季,清澈的中溪水便会从石缝中流出,年深日久,冲出了三个水湾:柳条湾、饮马湾、石峡湾。每当水盈月圆之夜,月亮映在湾中,留下三个倒影,很有些诗情画意。

在这里还有着一种举世罕见的泰山地学景观——"醉心石"。醉心石学名称作"辉绿玢岩涡柱构造",是许多呈东西向,大小不一横卧在谷底的圆柱体。这些圆柱体的横剖面中心有石核,围着石核像笋一样形成了一层层的环圈,并有辐射状节理从石核向外圈张裂。这种奇特的岩石形态,早就引起了古人的注意与兴趣,汉代学者枚乘称它为"泰山之溜穿石",更有人在一石柱断截面上刻下了"醉心"二字，这正是古人对泰山奇石鬼斧神工令人心醉而发的感慨。醉心石的成因至今尚无明确定论，它每年都吸引着众多的游人与学者前来观览与考察。

由小洞天返回，此处盘道较为平坦，甚少台阶，

图 12　万仙楼

路边刻石上的"云山胜境"、"勇登仙境"、"渐入佳境"等词语与山色相得益彰。北行约半公里，又见一座跨道城楼式建筑，这就是"万仙楼"（图 12）。万

仙楼建于地形逐渐抬高的平台之上，高大的重檐楼阁与南面平缓的山路形成了较强的对比，其楼台及选址、造型均强化了人们在这条古道上的"登天"之感。果然，穿过其下石砌拱洞，山势陡然转峭，登上石阶，视野更为开阔，真如又上一重天。

万仙楼北，盘道右侧翠柏环抱之中，矗立着一座革命烈士纪念碑。这是 1946 年泰安市人民为纪念第一次解放泰安时牺牲的新四军烈士而树立的。碑南面铭刻着"英名与泰山并寿"的题词，碑座上刻有这些新四军将士们转战祖国各地的事迹和 708 名烈士的姓名。纪念碑建在这里可谓适得其所。因为泰山是一座中华民族的精神之山，那些为人民的利益捐躯的勇士们继承了人生当"重于泰山"的优秀民族传统，他们的英魂不仅与泰山同在，而且也使泰山在人们心目中变得更为高大、更为雄伟。

继续前行，路旁石刻渐多，有的是即景抒情，如"神州磊落"、"初步登高"，有的是题写景物，如"蔚然深秀"、"肤寸生云"。而最引人注目的是"蟲二"石刻（图 13），其实这是个字谜，是繁体"风（風）月"二字去掉外围笔画而成，隐喻"风月无边"，来形容这一带景色的秀丽。无独有偶，在祖国最南端海南岛三亚市的天涯海角，也有一个石刻字谜，是在"年华"二字的外面各加了一个方框，谜底为"年华有限"。这两个字谜都很精妙，但把两者合起来，其意义就愈深刻了。

斗母宫是中天门之下的一个重要景点，也是登天景区中最为静幽的所在。斗母宫古名"龙泉观"，创

图 13　"风月无边"石刻

建年代无考，它临溪而建，分为北、中、南三院，山门面西，钟鼓二楼直接建于宫门两旁并与山门连在一起，完全打破了传统宗教建筑的对称格局，因地就势显得十分自由而又得体。由于斗母宫处于山体抬升幅度较大的地段，著名的泰山景观"三潭叠瀑"就在宫东侧的中溪内。来到斗母宫，北看天门依然高挂，遥遥不可及；南望来路，一些低峰矮山却已尽在脚下了；西北龙泉峰涌来清泉一股，穿过盘道桥涵绕宫北注入中溪；中溪之畔草盛树茂，花香鸟语，景色分外可人。为充分借得此处山光水色，斗母宫三个院落除在中轴线设殿堂以供奉神灵外，东侧的所有建筑均向溪敞开，构筑了一系列形式各异的赏景憩息的建筑小品，如北院建有"龙泉亭"、"听泉山房"；中院的东配殿则为前殿后廊式建筑，前殿为祀神之用，后廊则设桌几可凭窗观瀑；南院东楼名"寄云楼"，凭栏而望，行云、流水、远黛、近芳俱在眼前。在斗母宫不但可尽得外部景观之妙，内部构置也分外幽雅。它有一个只有大型古建筑才有的"后花园"，但它不在后，却在前，因为宫门既开在中间，花园设置的方位自然也可灵活了。从中院经穿堂即可达南院，南院北有"蕴亭"一座，再经石阶可下至南院低处，院内中心

图 14　卧龙槐

有一石砌玲珑水池，取名"天然池"，池水如镜，为蓄水浇灌花木所用。池旁几株百年黄杨簇拥在一起，老枝新叶，姿色不俗；寄云楼北两株玉兰，亦有百余年树龄，每到春季，兰花竞放，满院皆香；另外院内还植有腊梅、丁香、木瓜、紫藤、榆叶梅等，把个小院装点得真如名园一般。斗母宫在古时曾是道观，后

由僧尼住持，尼姑们除礼佛修真外，还兼接待四方游客，刘鹗在《老残游记续集遗稿》中曾生动地记述了斗母宫年轻貌美的尼姑们的生活与情思，他当年所描写的斗母宫景物至今有一些仍一一可指。然而，物是人非，遥想当年，历史感油然而生，此处便益发显得幽邃了。

出斗母宫，有古槐二株，裸根相连，其状如龙，人称"卧龙槐"（图14）。北去，不远便是重建的"经石峪坊"。循牌坊指示，离开主盘道沿另一条向东北方向的盘道走去，即见被称作"大字鼻祖，榜书之宗"的"经石峪"《金刚经》刻石了（图15）。

《金刚经》全称《金刚般若波罗蜜经》，刻于此处面积2064平方米的大石坪上，原刻2798字，现尚存1116字，此刻石气势磅礴，书法纵逸遒劲，受到历代书家的推崇和珍视。这里不仅石刻大字精妙绝伦，名扬海内外，而且它四周的景致也令人称绝。自古游人多爱来此并留下了无数动人的故事。相传当年伯牙在此抚琴，钟子期善解琴音，随着琴音的变换说："巍巍乎若高山"、"汤汤乎若流水"。子期死后，伯牙谓世无知音者，乃绝弦破琴，终生不再鼓之。这两位知音的事不知感动过多少人。

明代万历年间户部尚书、政治家李三才由于反对太监揽权，横征暴敛，上书朝廷，为民请命，不料却遭到一些官员的反对，被迫辞职。他的抱负不得实现，郁郁不得其志，于万历十六年来到泰山。在这里他触景生情，想到自己决心为国家做一番事业，但朝中佞宦当道，无人理解他，不禁思绪万千，写下了题

图 15　经石峪

为《暴经峪水帘》的诗："暴经石旁水泠泠，镇日独来倚树听。此意世人浑未解，半天矫首万山青。"表达了他在当时社会中虽感到世俗之人不能理解他，使他不得志，但他仍要像"矫首"的青山那样傲然于世。泰山是他的知音。

一代艺术大师徐悲鸿也对经石峪情有独钟，20世纪30年代正是中国社会最黑暗的时期，徐悲鸿特地用经石峪大字集了一幅对联，上联是"独持偏见"，下联是"一意孤行"，表达了他不与邪恶势力同流合污的高尚情操。

经石峪入口处建有"高山流水亭"；大石坪西南是陡岩，山水顺之而下，汇入中溪。石坪西侧有一巨石从中裂开似宝剑劈砍，因名"试剑石"，石上有古人题《高山流水亭记》，洋洋洒洒千余言，与经石大字谐然成趣。经石四周，古人题刻遍布（图16），如"枕流漱石"、"冷然清韵"、"梵呗清音"等，其中"暴经石"三个大字，字径达2．8米。众多的题刻衬托着经石大字，如众星捧月。

图16　经石峪刻石群

经石峪景观是登天景区派生的境界迥异的空间，给人以和弦升音的感受，与古道旋律相映成趣，是游山者的一个好去处。

从经石峪折返中路继续北行，越"注水流桥"，观"水帘洞"飞瀑，即来到"登仙桥"。传说当年吕洞宾在泰山三戏牡丹被减去五百年道业，重新修行期满后，就是过了这座桥再度登上仙籍的。值得一提的是，这座桥呈东西方向，把登山盘道从中溪的左畔引到了右岸，桥的方向与古道垂直，很容易引起人们视觉的注意，因此人多称此为"东西桥子"，而且盘道本身由于与溪涧位置的互易，也使得登天空间因变化而更富魅力。

现在人们走在溪的东侧了，也就是说左面是涧谷，右面是崖壁了。右侧，在一个不太显眼的地方，有一块岩石悬空似坠，既像一间房子，更像一个棚子，大小可容一匹马，此处俗称"歇马崖"，又叫"马棚崖"，传说当年秦始皇登封泰山时曾在此歇过马。

歇马崖北面，"总理奉安纪念牌"巍然屹立，这是1929年孙中山先生遗体由北京碧云寺移往南京，路经泰安火车站并停留静安，山东省各界爱国人士为纪念这位为革命奔波一生的先驱而树立的。半个多世纪以来，中国人未曾忘记这位资产阶级民主革命的领袖，虽然他的革命没有成功，但他的精神却昭日月、感天地。在泰山这一特定的环境中，读一读纪念碑上的总理遗嘱，看一看那象征着"三民主义"、"五权宪法"的碑身造型，人们是否会有更多的感想呢？

由纪念碑前行，路两旁古柏罗列，夹道蔽日，前

图 17　柏洞

人称这一段路为"柏洞"（图 17）。柏洞两旁古柏参天，枝杈相交，使本来就在峡谷之中的登山盘道显得更加深幽，人行于此宛若在洞中行走，登天古道的

"幽"在此可谓到了极致。据《泰山种柏树记》碑记载：嘉庆元年（1796 年）泰安知府金榮在盘道旁植柏树千株。继而山东布政使康基田于嘉庆二年增植万株。同时康又倡议各州县官员募植柏树万株，前后共植柏 22054 株，其范围从岱宗坊至南天门下的升仙坊和独秀峰。现在泰山中路所见的百年以上的大树皆为那时所植。为泰山增辉者，历史不会忘记他们。

出柏洞，盘道再度扬起，正当视野为之开阔时，又一座高大的建筑当道而立，遮住人们北望的视线，这就是"壶天阁"（图 18）。壶天阁在建筑形式上同红门飞云阁与万仙楼并不雷同，但在作用上却兼得二者之妙。阁的东、西皆山，南面也是丛岭滚滚，只有北面开阔，却再次地被遮住。人在此上望，好似壶中窥天，更不用说来途及去路了。古人在此建阁的用意，已由门洞旁的对联作了透露："登此山一半已是壶天，造极顶千重尚多福地。"其意仍在鼓励人们继续攀登，只有达到极顶才能"一览众山小"。登山的道路是漫长而又艰苦的，古人对"登天"之路作整体构思的时候，已充分考虑到人的体力、心理因素，故而利用不同的单体建筑，将漫长的道路分割成几个短的单元，而每个单元的结束都像评书的每个章回的结束那样，欲言又止，以激发起人的继续向前的欲望。而且，采用了这种形式，人在登攀中由于景物的不断变化，空间层次的不断递进，也往往会情趣甚浓而不觉其累。试想，如果一条笔直的石阶大道从山脚直通岱顶，那么登山还将有什么意味呢？古人把雄伟的泰山中的这条宽阔的道路称作"幽区"，看来道理就在

图 18　壶天阁

于此了。当然，泰山的本色是雄，幽不会压雄，最终人们会看到泰山的真面目，我们还须继续向上。

　　向上，壶天阁在后面了；过"回马岭坊"沿陡峭的盘道再上，便到了步天桥，在此仰首北望，中天门已近在咫尺，红色的南天门也已不再遥远。登山者至此无不为之振奋，一鼓作气战胜中天门下号称"小十八盘"的陡峭台阶，就来到中天门小广场。

中天门（图 19）位于黄岘岭上，岭因"土色黄赤异于他处"而得名。在中天门俯视山下，只见群峰低首，徂徕如丘，每当雨过天晴、天高云飞之时，群山如岛屿起伏于大海之中，游人飘飘然若置身于云海之上——这就是中天门的一大胜景"黄岘归云"。登山至此，仅为"中天"，但已使人倍觉天地之宽、泰山之雄了。

中天门之东中溪山上有重檐六角亭一座，它是台湾同胞为表达炎黄子孙热爱祖国、敬仰泰山的心情，于 1988 年捐资修建的。亭中陈列着一块从宝岛台湾运来的"澎湖海石"，与此遥遥相对的台湾澎湖岛上也有一座与此相同的亭子，亭中立有一块泰山花岗石。这两座亭子隔着高山大海遥遥相望，象征着海峡两岸人民息息相关、世代相连，表达了中国人民对于台湾与大陆终归要统一的美好愿望。

从中天门继续登山，却见上山的路出现了向下的盘道，这一段下坡道俗称："倒三盘"。在整个"登天"序列的盘道中，这是唯一的一处"向下"。倒三盘之后是一小段平路，遇石阶再向上，登山者又被带进了幽幽的峡谷之中。又是陡扬的石路，又是艰苦的攀援，但忽而又遇一段坦途。这是一段土路，踏上去绵绵的，举足前行不再费力，好似有人在背后推着；路旁林木茂密，蔽日成荫，石刻成片，令人倍觉惬

图19　中天门坊

意。这就是"快活三里"古人亦称之为"快活三"。来到此处，人们也许会想到这样一条哲理：人们都愿意轻松，然而不经过努力，又怎么能感受到成功的乐趣呢？正如路旁石刻所题的："人生轻便易，世路重艰难。不走巉岩路，谁知快活三？"不过，这里只是登山途中的一个插曲，这"快活"也只是身体的轻松，不必在此久久徜徉，极顶正在召唤着我们，只有到达那里，我们才能体会到真正的喜悦。

图20　斩云剑

　　继续北行，盘道渐升，其间山峰突起，巨石累累，巨石上多有题字，如"若登天然"、"从善如登"、"蛟龙石"、"斩云剑"（图20）等。"斩云剑"三字刻在路左边一块一人多高的石上，此石虽貌不惊人，却有斩云化雨的功能。据说，每年夏秋两季，斩云剑周围的山谷中常常乌云密布、上下翻滚，而此石就如一柄利剑，将乌云斩作两半，使得其下方有雨，上方则只有云而无雨。这种特殊的自然现象，其实是斩云剑所处的位置决定的。此石位于海拔近1000米的山谷中，每逢雨季，山下的云雾沿山谷而上，山上的云雾则顺谷而下，冷暖气流在此相遇，就容易形成乌云翻滚的现象。其下方由于气温较高，就往往有雨；其上方相对温度较低，往往就只有云雾而没有雨滴了。而其附近又有一块"蛟龙石"，因石上纹理似龙而得名。这一把斩云利剑，一条播雨巨龙，一前一后，盘踞在此不知有多少岁月，这真是造物主的神来之笔才能创造出的绝品。杜甫知此否？怎么吟出了"造化钟神秀"的千古名句而道破了天机？

　　中天门之下，盘道沿中溪而行。中天门之上，盘道仍沿溪走，但此已不是中溪，中溪发源于中天门东侧的中溪山，而此溪水则是发源于岱顶而流往西溪的"通天河"了。正行间，忽见溪谷陡升，石崖突立，飞瀑湍急，珠玉四溅，一座叫"云步桥"（图21）的石桥横跨东西，再次把游人从溪东岸带到了西岸。云步桥为单拱石筑，桥东有一亭亦全石构筑，名"观瀑亭"。云步桥因紧贴飞瀑而建，洪水季节水珠四扬，人行桥上如行在云里雾中，颇觉情趣不凡。古人曾有

图21 云步桥

诗赞此为"天晴六月常飞雨，风静三更自奏弦"，很有些仙境的意味。崖上石坪阔大，其上有柱穴遗迹，传说当年宋真宗封禅泰山因喜爱此处景色，便下令驻跸于石坪之上，故此坪便得名"御帐坪"。宋真宗对于自然景色的鉴赏，从这一点上看还是颇具眼力的。云步桥西，石阶甚陡，因攀援费力，称作"三登崖"，俗称"三瞪眼"，倒也形象生动。三登崖顶有巨石如屋，立于盘道左侧，相传明万历三十一年（1603年），泰山风雨大作，石自山巅坠此，有人遂在石上题"飞来石"三字。石之后即是传说秦始皇登泰山"中阪遇暴风雨，休于大树下"，而将树封为"五大夫"的那个地方了。"五大夫"原是秦代官爵，是爵位的第九品，树亦不一定是松树，但汉唐以后，却被人理解为封了五棵松树为"大夫"，于是便有好事者真的于此植了五株松树，并建起了"五松亭"（图22)，立起了"五大夫松"坊。而现在人们看到的五大

图22　五松亭

夫松是清代一位叫丁皂保的人最后一次补栽的，而且
仅剩两株了。然而，松树自有松树的品格，它无须恃
贵仗势，在脊土中出脱得身姿挺拔、虬枝盘旋，因此
人们还是将其列入了古代泰山八景之一——秦松挺
秀。如今的人们见苍松而赞其节，至于是否与秦皇有
关倒并不计较了。

　　五松亭上不远又有古松一株，树身前探，长枝伸
出，似向游人招手致意，这就是泰山有名的"望人
松"（图23）。松树是泰山的象征，它赋予了泰山生
命，又把泰山的悠悠之情传达给了每一位登山者。几
百年了，这古松始终执著地伸着臂膀，向每一位泰山
的客人道一声："欢迎您！"

　　过了望人松，有一称"拦住山"的小山再一次拦
住了人们的视线。绕过拦住山，"朝阳洞"到了。朝
阳洞位于盘道西侧，南向，洞内正面石壁上有线刻的
碧霞元君像。洞中常有敬神者，终日香火不断。从朝

图23 望人松

阳洞往上走约 50 米可见溪东的御风岩上有一块巨大的石刻"万丈碑",它高约 30 米,宽 12 米,字径大约 1 米,为乾隆皇帝所题。乾隆对泰山情有独钟,一生来此 10 次,题泰山诗 170 多首,虽说其中佳作不多,但遗迹却留下了不少。据说当年乾隆在朝阳洞小憩,举首北望,山上白云缭绕,隐隐见仙阁琼楼,十八盘似一条天梯垂向人间;两侧青山郁郁葱葱,谷底溪水时缓时湍,俨然是一幅绝妙的山水画。于是乾隆不由叹道:壮哉泰山,绝好图画,可惜缺了一方印章。于是他便写了一首《朝阳洞诗》,命人刻在巨岩上,当作了他的"印章"。

朝阳洞之北就是对松山。对松山又叫万松山,只见此处两峰夹路对峙,峰上万松叠翠、百姿千态,每当山风起时,林涛阵阵犹如巨浪拍岸,而云雾现时又似蛟龙出海,景色十分壮观。古人于此题刻甚多,其中"至此又奇"与乾隆"岱岳最佳处,对松真奇绝"

之句有异曲同工之妙，点出了对松山的特点。迢迢登
山道已走过了五分之四，景随路换，从这里开始，山
势、山色将越来越奇、越来越雄。

　　过了对松山，盘道劈石而进，有一处两边残岩笔
立，是开山修路的遗迹，像门一样，旧称"云门"，
亦叫"开山"。著名的"泰山十八盘"（图24）就从
这里开始了。所谓一"盘"，就是一段连续的石阶，
从这里到南天门共 97 盘，1633 级，垂直高度 400 余
米，而两点距离却不足一公里，其陡峭便可想而知。

图 24　十八盘

"十八盘"共有三个，俗称"紧十八，慢十八，不紧不慢又十八"。按中国的传统习惯，往往以九或九的倍数表示其多，三个十八盘即暗示着天门虽然在望，但"行百里者半九十"，道路依然很长，不能唾手即得。同时，它的紧紧慢慢又使得艰苦的行程并不单调，给人以在劳累中观赏、遐想与体味的余地。

踏上十八盘，"翔凤岭"、"飞龙岩"一左一右扑面而来，欲倾欲坠，大有"泰山压顶"之势；南天门雄踞两山之间，扼守极顶要冲，可谓"一夫当关，万夫莫开"；连接天门的盘道，如天梯倒挂，如银河下泄，沟通了人间与仙境；天门之上，"摩空阁"红墙黄瓦神采飞扬，迎山风而傲浮云，令人望之动情。在这里人们才真正体会到了泰山的雄伟——漫漫来途说明了它的大，入云的顶峰说明了它的高，竖直的天梯则是它的险峻。只有在登攀中，人们才能识得泰山。

从升仙坊至南天门为"紧十八盘"，是登山盘路中最为艰难处，盘与盘之间的距离，只不过是两个台阶的宽度，人们到此常常汗流浃背，气喘吁吁，甚至有手足并用者，然而却无一人叫苦，更无一人退缩。是的，胜利的喜悦固然给人以动力，道旁石刻中古人留下的勉词"努力登高"、"首出万山"、"共登青云梯"……也给人以鼓舞。而看一看那身负重荷的挑山工，再想一想当年无名无姓的凿石修路人，眼下的艰苦谁还能放在心上呢？大山无言，它自能激励人们向上，而只有义无反顾地向上，才能战胜险阻，才能到达最高的境界。

石阶一个个地数过来，汗水一滴滴地落下去，当你最终站在南天门之下，清风徐来，疲劳顿消时，你是否已体会到了李太白登上顶峰后"天门一长啸，万里清风来"的快意？曲曲折折，花明柳暗的登天古道走到了终点，虽然我们并没有成为仙人，但是我们在这里领略到了"登泰山而小天下"的豪迈，掂量出了自我的价值。举目四望，寥廓江天无涯无际，此时我们更能领会到"登泰山方知天地大"的新的时代精神。古人喜登山，在登山中多有所悟，而我们若在攀登中把雄伟的自然之景同人生的奋斗要义结合在一起，不也能从中悟出人生的自我实现就犹如这登泰山一样吗？我们没有成仙，但我们得到了精神的升华。

天殊地迥碧霞绕　日观台高紫气连

——岱顶妙区览胜

　　南天门(图 25)以上围绕着泰山极顶的区域,被称作岱顶景区,面积约 0.6 平方公里。岱顶海拔已高,由于气压、温度诸因素的影响,景观与山下迥然有别,堪称奇妙,因此人们称岱顶为"妙区"。置身岱顶只觉日近云低,几千年来人类社会不断营构的"天府仙境"与大自然赋予的奇异景致交相辉映,使人感到虚幻飘渺,不知这里是人间天上,还是天上人间。

　　进了南天门,迎面所见的大殿取名为"未了轩",内有明代所铸东岳大帝神像。1984 年,又在未了轩左右复建了东西配殿,这些建筑同南天门一起构成了一个院落,游人可以在这个院落里稍事休息,缓一下节奏,然后又一个完整的,同登天景区有着不同情趣的岱顶之游便从从容容地开始了。

　　未了轩两侧各有一门可以北去,出门往西有一山峰叫"月观峰"(图 26),山上有亭,名月观亭。在此观月不知是否真的有异于他处,但在此赏山色却是绝好去处。倚亭北望,不远处有危石相对如扉,古称

图25　南天门

"西天门"，明人钟惺在《登泰山记》中称："岱之为
天门者三，西天门者石自门焉，真天门也。"并题
"西阙"二字。钟惺是中国文学史上"竟陵派"的创

始人之一，于诗文上追求峭拔险僻，在登山赏景中他也认为人工的不如天成的。其实，泰岱风光是人工与大自然的妙合之作，这才是泰山的独到之处。

图 26　月观峰

月观峰也是观赏泰山四大奇观之一"晚霞夕照"的好地方。每当夕阳西下，站立月观峰上，遥望西天，落日如烧，层云尽染，道道金光从云隙间射出，镀遍了大小山峰，景色蔚为壮观。据说，天高气爽的深秋时节，在此还可一览"黄河金带"的奇异景观：在夕阳映照的斑斓天幕下，大地变暗了，唯有一曲黄河之水，反射着太阳的光辉，像一条闪光的金带，将天地连在一起。入夜，在此北望可见济南万家灯火，因此月观峰又称"望府山"。

出南天门院落东折即为天街（图27）。天街——天上的街市，一个富有诗意的地方，它使人立即想起了郭沫若先生那首著名的诗作——《天上的街市》："我想那缥缈的空中，定然有美丽的街市……你看，那浅浅的天河，定然是不甚宽广。那隔着河的牛郎织女，定能够骑着牛儿来往。我想他们此刻，定然在天街闲游。不信，请看那朵流星，是他们提着灯笼在走。"诗人的想象多么奇特，他笔下的天街又是一个多么美妙的充满着爱情与生机的天上人间。距诗作问世，70多年过去了，当人们真的来到"天街"的时候，所看到不正是那么一种诗境吗？不信，请看那相扶相携的银发翁媪，看那青春勃发的对对情侣，他们喜形于色，心中定然漾溢着憧憬与欢愉。

天街北倚悬岩，南为陡崖，旧时贫苦山民曾沿街

图 27　天街

北搭起一排茅草小店，经营茶水香烛，并为进山朝神的善男信女提供食宿。山民多不识字，各店铺便以木雕的"金钟"、"鹦哥"、"元宝"悬在门前作招牌，人称"金钟店"、"元宝店"等等。现在原先的茅屋已被一排古典式阁楼廊舍所取代，开设了适合现代旅游需

要的商店、饭店和旅馆，不少店铺的门前仍悬有金钟、元宝等，以承古风。

天街中段，有石阶可下陡崖，循石阶小道西去，一巨石酷似大象的头部，上有题刻"象鼻峰"，再西有"白云洞"（又名"云窝"）。白云洞地处悬崖，危岩多窍，空气湿润，每逢新雨初霁，便有白云如絮从洞中涌出，为岱顶一妙景。象鼻峰东又有一洞名"青云洞"，旧传洞中常冒青烟，不知何故。

沿天街东行，路北有一坊，额题"望吴圣迹"，相传这里是孔子与颜渊观望吴国的地方。坊北有孔子庙。庙北石崖峭立，上有题刻"孔子崖"。孔子一生衷情于泰山，甚至在他临终前，所想到的还是泰山，他唱道："泰山其颓乎！梁木其坏乎！哲人其萎乎！"七天后孔子溘然长逝。然而，泰山并未倒，孔子的思想和精神流传了千百年，至今也仍未被人们所忘记，作为世界最杰出的古代思想家之一，孔子就像泰山一样永远是中国人的骄傲。

孔子崖东有"北斗台"，台四四方方，围以泰山花岗石栏杆（原台已毁，1984年修复），雕牛郎、织女、天鹅、北斗图案，台中心设石制日晷，刻有子丑寅卯等十二时辰，此台为古人观天象的地方。巍巍泰山之巅，可览八极，有时虽山下下雨，而山上仍晴，在此观天，堪称妙思。

天街最东端，石阶之上，云雾缭绕之中有一处巍峨庄严的古建筑群，此即碧霞祠（图28）。祠内供奉的碧霞元君是中国北方最著名的女神，她庇护众生，深得百姓爱戴，其祠庙曾遍布于全国各地，而祀其神身的主祠就在五岳之宗的此处。泰山固然雄伟阔大，但要在山顶之上，建一处与元君娘娘身份相配的祠庙，却并不是件容易事。但是古代人做到了：巴掌大的地方，有山门，有正殿，有配殿，有三座神门，有钟楼、鼓楼、香亭、万岁楼、千斤鼎、火池，还有照壁、歌舞楼、御碑亭……而且为御高山疾风，殿为铜瓦、碑为铜铸，金光闪闪，俨然天上宫阙。泰山碧霞祠的高超建筑技巧被认为是我国古代高山建筑的典范，人们到这里来进香不感其小反觉其大，古人设计，实谓精妙。

图28　碧霞祠

　　出碧霞祠东神门北折沿盘道再上，可见一堵天然石壁巍然屹立，石壁前空地较为宽阔，地面上依稀可见殿屋基址，这即东岳大帝的上庙，庙已早圮，仅有一碑形影相吊。石壁上石刻遍布，洋洋大观，人称"大观峰"（图29），其中最引人瞩目的是唐玄宗御书的《纪泰山铭》。《纪泰山铭》洋洋千余言，刻在13米多高的峭壁上，字体端庄雄浑，文辞驯雅大度，是难得的稀世之品。唐开元十三年十月，唐玄宗李隆基东封泰山，问礼官学士贺知章为什么前世封禅的玉牒书秘而不宣。贺知章回答：玉牒书是专让天帝看的文书，前代帝王有的想请求长生不老，有的想请求成为仙人，所以后世人都不知内情。唐玄宗说，我封禅泰山，是为天下百姓求福。没有个人的秘密请求，遂将告天玉牒公布于众。他的玉牒文大意是：高祖和太宗，受天帝之命建立唐朝；高宗封禅泰山，天下兴盛；中宗继承皇位，遭受挫折，上帝佑助我，赐给我忠武的品质，因此，平息了内乱，我承帝位已经14年，承蒙天意，四海平安。今封禅于泰山，感谢天地给予的成功，并祈求上天给子孙以厚禄给百姓以幸福。唐玄宗还把自身的道德修养同封禅的资格联系起来，在《纪泰山铭》中说，"道在观政，名非从欲"，这种气魄确实是难能可贵的，而且似乎也是前无古人的。他还提出封禅要节俭，表现了这位皇帝当时头脑的清醒。也许这些正是《纪泰山铭》受到历代推崇、保护，至今仍完好地保存在泰山上的原因。但是，封建的土壤并没有造就"好皇帝"的功能，而是恰恰相反。虽然李隆基前期取得了一系列成就，但由于他后来所犯的许多政治错误，酿成了安史之乱，唐王朝便从此一蹶不振了。如今，面对巍巍然的唐刻石，扼腕之际，人们禁不住会叹一声"此恨绵绵无绝期"了。

图29　大观峰

大观峰东南立壁上原有"宋摩崖"，是宋真宗封禅泰山的遗迹。本来，封禅是国家统一的盛世之君的专利，而宋王朝实际上始终就没有统一过。到了真宗赵恒，北方的辽、夏更是大肆入侵，边境烽烟不断，而境内也是灾害频仍，人民生活日益贫困，赵恒在这一背景下想通过封禅来"镇服四海，夸示外国"，以求巩固政权，真可谓病急乱投医了。这位皇帝挖空心思，又是"降天书"，又是现祥瑞，硬是在泰山演出了一幕闹剧，并自以为大功告成，仿唐玄宗刻下了《真宗述功德铭》，只是后人并没有拿此当回事，被人铲去大半，而镌刻了"德星岩"三个大字于其上，竟使得宋真宗的"功德"更加不圆满了。至今，大观峰岩上能辨认的历代题刻尚有七八十处，较有名的还有康熙皇帝所题"云峰"、乾隆皇帝御笔《夜宿岱顶诗》二首，以及"与国咸宁"、"天地同攸"、"尊崇"、"弥高"、"呼吸宇宙"、"置身霄汉"等登岱抒怀的题刻。大观峰西侧，盘道旁巨石林立，几乎所有的石上也都有古人的手笔。这一带真可谓是露天的书法艺术博物馆，人们在这里不仅可欣赏到众多的书法妙品，而且还可以从诸如"天路非遥"、"超然尘表"这些不朽的石字中看到当时古人至此的心情以及他们所要表达的对社会和人生的认识。

沿大观峰西侧盘道再上，至最高处，那些一路上看似走不完的石阶终于到了尽头，这里就是泰山极顶——玉皇顶了！

泰山极顶原叫"太平顶"，上建玉皇庙之后改称玉皇顶。玉皇庙建在泰山绝巅，红墙碧瓦，像是给泰山戴上了一顶桂冠。由山门进庙，最先看到的是院中央的"极顶石"（图30）。极顶石卧在一圈石栏中，高不盈米，表面粗糙，如果在别处，将是最普通不过的石头了。但是在这里，它的旁边有碑恭恭正正地写着："泰山极顶1545米"。人们争相在旁边留影纪念，以表示对它的崇敬。是的，就是它，3000万年前从海槽中率先拱起，它的根植于一万米的地壳深处；就是它，有着数百平方公里的基座，整座大山托举着它，使它高耸云天，以至玉皇庙中的玉皇大帝简直就成了它的守护神。望着极顶石，人们心中莫不思潮起伏，每个人的心里都会响起一曲《极顶颂》。不是吗？世界上有多少事情就像这极顶石：一克镭，轻得微不

图30　极顶石

足道，却是从数十吨的镭矿中采出；一道看上去只须证明到"1＋1"的数学题是如此简单，但却被称作"现代数学王冠上的明珠"，而解它不知耗费了科学家多少精力和多少麻袋的演算纸；在今天，我们听起来人类社会的自由、平等、民主，似乎已是社会发展的必然，但是为了这一追求又有多少斗士一代又一代前仆后继，奉献出了青春与生命！任何成功都来之不易，成功的本身总是辉煌的，但真正的成功者却并不以此而炫耀，就像这可敬的极顶石……

玉皇顶（图31）早年是帝王封禅的地方，并没有什么建筑，只是一座祭天的土坛，不知何代在此修起了太清宫，后又改为玉皇庙。现在庙里还有"古登封台"、"柴望遗风"等碑、匾，但是大多数人对此都已莫名其"妙"了。

玉皇庙山门下有一块石碑，高约六米，截面呈方形，边宽约１．２米，奇怪的是这座碑上不着一字，

图31　玉皇顶

因此人们称之为"无字碑"。此碑为何人所为，历来众说纷纭，有人认为是秦始皇所立，有人认为是汉武帝所立。不过，最近的研究又证明了此碑确属秦立。总之它的来踪迷离，甚至有人说它连石料也不是取自泰山，而且还说在阳光照射下，石碑会熠熠发光，隐隐现出几行篆字，远视则有，近看却无，真是奇妙无比了。

从玉皇顶折回，经大观峰向东走，即可到"日观峰"。日观峰最主要的景点就是著名的"探海石"，又叫"拱北石"。此石长近七米，与地面形成30°夹角，似金蟾蹲踞翘首北望，也像一老人垂手北躬而拜。每天拂晓日出之前，总有人攀上此石，引颈东望以待旭日东升。这巨石既是岱顶的一奇景，又是泰山的一个标志，总是它最先迎来了东方的太阳。

旭日东升（图32）是泰山最壮丽的奇观之一，古今多少诗人描述过它：晴朗的拂晓，站在岱顶举目眺望东方，一线晨曦由灰暗变成淡黄，又由淡黄变成桔红。继而天空的云朵，赤紫交辉，若海浪涛涛，但见满天彩霞与地平线上的茫茫云海融为一体，顷刻间万道霞光刺破云层——太阳还未出来便以它那热情的触角拥抱了整个宇宙。接着一弯金钩探出云海，金钩越变越大，终于成了一轮红得耀眼的金轮，大地顿时有了色彩、有了生机，黑压压观日的人群立刻欢呼起来、跳跃起来，旭日的金光沐浴着这些虔诚的人们……

图 32　旭日东升

　　日出是动人心魄的，除了那奇丽壮观的景色外，人们争睹日出还应有着更深一层的原因。人类自从来到这个星球上，大概最先认识的就是太阳，数不尽的岁月里，人们总是与太阳相伴，日出而作，日落而息，而太阳又是那么慷慨地把光和热给了人类，哺育了大地的万物。在这无数次的日出和日落之间，人类有了进步，社会有了发展。如今，人们仍盼望着日出，实际上是在潜意识中对新的一天，对更美好的未来的追求，这就是人的属性中永远进取、永远企盼、永远向上，不断获得新的突破的心理体现。因此，自古至今，泰山日出引来了那么多人的描述和讴歌——他们赞美着太阳，也赞美着人类自身。

人们在泰山看日出，多以为日是由海中升起，其实并不完全如此。泰山学者李继生先生对此有过研究：泰山距东海最近处约 230 公里，人的视距在大地水准面上只有 140 公里，显然看不到海上日出。但由于泰山的高度和地理位置及光的折射作用，使海上日出在一定条件下确实能够看到。日出时，当日光平射岱顶，穿过地表长距离的上疏下密的大气层时，阳光折射约 34′，将助增视距 60 余公里；当低层大气温度特别低时，其密度就远大于上层，如果夜间无风，上下气层未发生扰动，日光折射就可达 52′ 以上，可助增视距 95 公里，这样就能看到海上日出了。另外一个条件是，在岱顶全年日出幅角的变动为 60°，在这个范围内，日出的最近海域内有东北方向的莱州湾南部和东南方向的胶南琅玡山之南。东北能见夹角为 5°46′，正值夏至前后各 37 天；东南能见夹角为 15°，正值冬至前后各 58 天。所以在岱顶看海上日出，只有夏至和冬至前后才有可能，而两夹角之外的胶东半岛，由于又向海中延伸了约 300 公里，在这个范围内是任何情况下也看不到海上日出的。

在岱顶不仅有可能看到海上日出，有时还能看到十分罕见的日珥。日珥是太阳表面喷射的焰状气体，平常只有日全食时人的肉眼才能看到。但由于泰山的

特殊地理条件，这一罕见现象竟然屡屡出现。明代文
学家于慎行于万历九年（1581 年）六月中旬登岱顶
观日出时曾见："平地涌出赤盘，状如莲花，荡漾波
面而烨炜不可名状，以为日耶。又一赤盘，大倍于先
所见，侧立其上，若两长绳左右汲挽，食顷乃定。"
清代孔贞在《泰山纪胜》中亦云："日中忽如一灯吐
焰，次如炬，次如瓶，次如罍樽，次如葫芦。上黄
白，下紫赤，类薄蚀状。"那时，由于科学不发达，
人们以为这是海中的日影。1962 年夏，山东师范大
学地理系副教授孙庆基登泰山时也见到了日珥，并揭
开了这个谜。他在《五岳独宗》中描述："突地从地
平圈上喷发出两个红色强大的火舌，初露时呈烛焰
状，下宽上窄；玫瑰色，下浓上淡。倏忽间两火舌上
端连成拱桥。"他解释了出现日珥的原因：天气晴朗，
天旱无风，空气中水汽、飞尘较少；低层大气特别透
明，折光度超过 52′；日珥出现时，日轮尚在水平圈
下 1°左右；天空背景暗淡，与日全食时见日珥的情况
大致相同。在泰山能见到这种奇异的现象，那真可谓
妙极了。

　　从日观峰东去，有危石矗立在峰东崖边，这组自
然石称为"东天门"。继续沿小路往南走不远，有一
平台，平台的东、南均为万仞深壑，令人俯视心惊，
这里就是"舍身崖"。古时候常有男女为祈求父母病
愈平安而到此以命许愿，跳崖舍身，这种以自己的生
命换取父母平安的举动，今人会感到不可思议，自己
死了，父母又靠谁来孝敬呢？明万历初年，山东巡抚
何起鸣为了禁止人们跳崖，便让人筑了一道墙，并将

舍身崖改名为"爱身崖",劝说人们爱惜生命。何起鸣作为一个封建官僚,能有此爱惜百姓之举也是难能可贵的。舍身崖平台的中间有一巨石,石旁有"瞻鲁台"三个大字,传说孔子曾于此深情地瞻望过他的祖国。

瞻鲁台西有一深谷,中间有三块巨石悬空夹挤,把两崖连在一起,因其形像桥,又属天成,人称"仙人桥"(图33),也是岱顶的奇观。传说八仙之一的吕洞宾曾站在这桥上让一个有点儿仙骨的人上桥,与他同升仙界,但此人终因胆小未敢爬上去,吕洞宾很无奈,只好独自上天了。

图33 仙人桥

好天气登泰山固然好,晴空朗日一片明媚,早可以观日出,晚可以赏云霞,烂漫景色尽收眼底,但是天有不测风云,若是雨中、雾中来到泰山又如之何?

没关系，雨中的泰山自有其美，雾中的泰山亦自有其奇，泰山不会让你失望的。

当年，李健吾先生就是雨中登泰山的，为此他还写下了一篇脍炙人口的游山佳作《雨中登泰山》。让我们也跟着他去看一看雨中的泰山吧。

"是烟是雾，我们辨识不清，只见灰濛濛一片，把老大的一座高山，上上下下，裹了一个严实。古老的泰山越发显得崔嵬了。

"我们来到雨地，走上登山的正路……人朝上走，水朝下流，流进虎山水库的中溪陪我们，一直陪到二天门。悬崖陵巇，石缝滴滴答答，泉水和雨水混在一起，顺着斜坡，流进山涧，涓涓的水声变成訇訇的雷鸣。

"路一直是宽宽的，只有探出身子的时候，才知道自己站在深不可测的山沟边，明明有水流，却听不见水声。仰起头来西望，半空挂着一条两尺来宽的白带子，随风摆动，想凑近了看，隔着辽阔的山沟，走不过去。我们正在赞不绝口，发现已经来到一座石桥跟前，自己还不清楚是怎么一回事，细雨打湿了浑身上下。原来我们遇到另一类型的飞瀑，紧贴桥后，我们不提防，几乎和它撞个正着。水面有两三丈宽，离地不高，发出一泻千里的龙虎声威，打着桥下奇形怪状的石头，口沫喷得老远。从这时候起，山涧又从左侧转到右侧，水声淙淙，跟我们到南天门……

"山没有水，如同人没有眼睛，似乎少了灵性。我们敢于在雨中登泰山，看到有声有势的飞泉流瀑……一路行来，有雨自然也就格外感到意兴盎然。"

　　雨中的泰山岂止是一幅画，也是一首诗、一曲动人的交响乐。"人朝上走，水朝下流"，只有在雨中这种感觉才会特别强烈，而这又怎是一个"妙"字可以写尽！

　　泰山云雾也是很出名的。早在战国时，公羊高就在《公羊传》中赞美过泰山吐雾可致云雨的神奇。古人描写泰山"万古此山先得日，诸峰无雨亦生云"，把泰山的云雾同日出相提并论。的确，岱顶的另一奇观"云海玉盘"与"旭日东升"一样，都是壮美的自然景象。夏天，雨后初晴，大量水汽蒸发上升，加之夏季自海上吹来的暖湿空气被高压气流控制在海拔1500米左右的高度时，如果无风，在岱顶就会见白云平铺万里，犹如一个巨大的玉盘悬浮在天地之间。远处的群山全被云雾吞没，只有几座高峰露出云端；近处的游人踏云驾雾，仿佛来到天外。一旦微风吹来，云海泛波（图34），诸峰时隐时现，像不可捉摸的仙岛；风若再大，玉盘碎破化作巨龙三百万，上下翻腾，搅江倒海，令人瞠目改容。如果此时你是从山半腰的雾里走来，你对云海就会有另一感受，有如混沌初开，迷雾尽消，眼前一片清亮，升华到了一个全然不同的崭新境界。千变万化的云雾奇观令人遐思万千，李白就曾在《游泰山》诗中叹道："云行信长风，飒若羽翼生……安得不死药，高飞向蓬瀛。"

　　泰山另一云雾奇观是"碧霞宝光"。若人置身岱顶，前面浓雾弥漫，背后有强烈的日光照射，在前面的雾幕上有时就会看到一个多彩光环，光环中会把人的影像反射出来。这种现象称作"宝光"，以峨嵋山

图 34　云海

最为多见，而在泰山则多出现在碧霞祠附近，故名以"碧霞宝光"。

　　冬天的岱顶也是一个奇妙的世界。冬天，岱顶的气温常在零下 10℃以下，每当浓云密雾从山顶飘过，云雾中的水滴一遇到冷的物体就会迅速凝结为冰，结成洁白晶莹的"雾凇"。山东内陆地区每年冬季雾凇的日数约为 2—5 天，沿海不到一天，而在山顶却常达 50 天。雾凇出现时，泰山如披上了一身银装，苍松、枯草全都开满了洁白的花，巍巍泰山变得分外高洁，分外生动。勇敢的攀登者不畏寒冷，将可一睹雾凇所带来的水晶宫般的泰山奇妙景观。

一川烟景合　三面画屏开

——西溪旷区览胜

与中路平行的中溪之水发源于中天门的中溪山，而西溪之水则发源于泰山主峰，因此西溪水量大，溪谷也更为宽阔、旷秀，自古为登岱者所喜爱。登天景区以"幽"见长，千种情致被峰遮着、挡着，只能一路走着来慢慢体味泰山之美。西溪则是"三面画屏开"，百丈崖、长寿桥、扇子崖、傲徕峰……均不躲躲藏藏，构成了一幅优美的天然山水画，游人到此尤觉视野开阔，景色宜人，心旷神怡，因而被称为泰山"旷区"。

游人到此可由天外村乘旅游车直达中天门，然后选择步行或乘缆车到山顶。当然，更可以在此作一日游。由西溪谷中的"大众桥"溯溪北上，行不远即见一高坝立于谷间，坝中之水如镜，尽收峰峦秀色——水中的倒影似乎又是一幅天然的泼墨山水画。大坝修成于 1944 年，上刻"龙潭水库"（图35），为顶溢式，每当多雨季节，库水从坝顶溢出，形成一道 50 多米宽、20 多米高的白瀑，人工造景造得十分大气。

图 35　龙潭水库大坝

　　水库北，又有一桥横跨溪谷，这座桥是建国后林业工人所修。泰山在古代森林植被极其繁茂，史书记载"茂林满山，合围高木不知有几"；"采樱满地，古木参天"；"凌汉峰南竹林森森，未风先鸣"；"盘道两侧，茂林间草"。但至清末民国期间，战乱频仍，民生凋敝，泰山遭到了极大的破坏，满山的树木几乎被砍伐一空，仅剩庙宇附近残林不足 3000 亩，是林业工人用了 10 年时间造林 18 万亩，使它重披绿装。60年代初，他们为了发展生产建成了这座桥，并取名为"建岱桥"——建设泰山之意也。桥也修得十分大气，沿西路通往中天门的游览客车就从桥上通过，它是当代泰山建设者的一座丰碑。

　　建岱桥北溪谷中，有碧水一池，曰"白龙池"，池不大，但水长年不涸。关于白龙池，有一个动人的故事，传说东海龙王有一幼子，心地很善良。一次龙王命他在泰山降一场暴雨，但他不忍心降暴雨冲毁百姓的房屋及庄稼，便降了一场绵绵细雨。龙王知道后怒其违迕，就把他贬为一条小白龙困在这里受苦。小白龙被贬人间却并不以为苦，变成了一个英俊少年到岱南田家做工，田老汉见他勤劳忠厚，将自己的女儿嫁给了他，日子过得和和美美。白龙白天干活晚上浇田，每次都浇得畦满地透，但没有一人听到辘轳声。邻人怀疑，就暗中窥视，竟见数丈白龙入井吸水，吐入畦内，窥者惊骇呼喊，白龙遂变成少年，并含泪与妻告别说："我事已泄，我家住在傲徕峰百丈崖下……"这个故事很久远了，人们喜欢这个有人情味的小白龙，直到今天。白龙池北有巨石，像古代测日影的圭表的底座，有人在石上题"玄圭石"，每逢山洪涌来，激流从巨石两侧泻下，如白龙呐喊，因此人们总也忘不了小白龙，附近石上多题刻，也大多与龙有关。

白龙池北半公里，就是西溪最负盛名的"黑龙潭"了。潭北有一高近百米的断崖叫"东百丈崖"。瀑布挂于崖上如千尺银练急垂直下，跌入中间一个潭中，这个潭俗称"老龙窝"；接着又从"窝"中涌出，像是集聚了更大的力量，再跌进下面的一个潭即黑龙潭中。千百万年前，泰山形成的时候，这里肯定没有什么窝什么潭，而流水年复一年的冲刷、日复一日的淘旋，竟把坚硬的泰山花岗岩冲出了两个几丈深的大坑，造出一个有名的景观。

黑龙潭瀑布的西边，还有两道山崖，人称"中百丈崖"、"西百丈崖"。雨后，三个百丈崖均不示弱，争相把它们收集到的雨水还给大地，场面壮观极了，

图 36　黑龙潭瀑布

擅长形容大自然的古人把这叫做"云龙三现"。天旱时，中、西两个百丈崖瀑布干涸了，而唯黑龙潭瀑布（图36）源头甚长，它依然在流着，依然在不懈地从事着它千万年来从未止息过的穿石之作。

从黑龙潭向北望去，一座石桥横跨在东百丈崖之上，桥长60余米，中间为单拱，单拱左右各有两个水大时泄洪的肩拱，明显仿赵州桥。桥栏为铁制，漆成红色，既显轻巧又格外醒目，造型十分生动。这就是长寿桥。长寿桥与飞瀑，一静一动，一红一白，一横置一竖挂，为西溪山水倍增情韵，像是在这幅旷远的山水画上加了一笔重彩。

长寿桥桥下是巨大石坪，石坪的边沿上有一天然白色石纹，宽近1米，长约40米，人们把它叫作"阴阳界"。有趣的是，阴阳界南为悬崖百丈，界北则石平如砥，人们不能越过界限半步，否则必不能生还——大自然在这里居然用它的特殊语言在给人们上着哲理课，告诉人们什么是"极限"、什么是"分寸"，并且告诉你中庸也不行，倘若你站在白线中间，虽可保一时无恙，但终须小心翼翼，一动也不敢动。这造化真叫人叹为观止！更引人思索的是，过去硬是有人不理睬大自然的法则，坠入深渊了，于是人们沿着阴阳界又修起了一道坚固的铁栅——这就像人间的法律。

不过长寿桥往东北去，可循石阶山道至中天门；过桥往西北去是旷区著名的傲徕峰景点。

桥西有路北去，先见一座小庙，为民国年间建的"无极庙"。庙址原是西溪著名古刹"竹林寺"遗址。古刹创建年代甚早，现已莫知其始，但在唐时就已颇有名气。元代元贞初年，固陵僧法海重修；明代永乐年间，高丽僧满空拓建。《岱览》载："泰山竹林寺者，名冠天下。"可惜，如今这里只留青竹万杆，而寺庙早已无存了。

由无极庙西北行，山道穿过山居人家。山民的生活很富裕，很悠然，鸡刨于树下，犬缩在门前，一派山情野趣。

循石阶继续西行，山势变得险峭，有巨石如门把守山隘，巨石上有金代贞祐年间题刻的"寨门"二字，这就是历史上有名的西汉末年农民起义军"赤眉军"的泰山根据地"天胜寨"了。

王莽当政时，频繁发动战争，加重人民负担，逼得人民无法生活。爆发了一场全国性的大起义，赤眉军就是其中重要的一支起义队伍。新莽天凤五年（18年），琅玡（山东诸城）人樊崇在吕母海曲起义的影响下，在莒县率领百余人起义，扎寨泰山，转战黄河南北，队伍迅速扩大。吕母死后，其队伍也并入樊崇起义军，人数达到数万。这支队伍作风淳朴，纪律严明，颇有战斗力。王莽惊恐了，派心腹更始将军廉丹和太师王匡，搜罗了10万人，向樊崇反扑，妄图一举消灭这支起义队伍。樊崇军为了同官军相区别，每人都用赤色涂眉，因此人称为赤眉军。结果赤眉军在成昌（泰山西南东平一带）大胜王莽军，杀死廉丹，王匡逃脱。成昌大捷后，起义军乘胜向西发展，人数达10万人，王莽在东方的统治从此崩溃。

走入寨门，山势变得开阔。起义军的遗迹在这里仍依稀可寻，据说那一一可指的柱窝、栈孔、石臼、房基石等均为赤眉所为；附近还有一洞，因洞中有三孔透光，人称"三透天"，传说是起义军的暗堡，洞前有开阔平地，称为演武场；西南山岗处有相传是起义军练马的地方，称作"跑马场"。从"三透天"向北又见一洞，叫"刘王洞"，洞可容数十人，内有天然石几、石床等。"刘王"名刘盆子，泰山人，原为牧童，参加起义后仍为义军牧牛，为"牛吏"，后因他是西汉远支皇族，起义军攻占长安后，被拥为皇帝，年号"建世"，起义军有了自己的政权。但最后，他们终未能斗过豪强地方武装，失败了，樊崇等惨遭杀害。巍巍泰山记住它所造就的英雄豪杰，长期以来百姓一直称为傲徕峰为"穷汉峰"，就是以其巍峨的身姿来形容那些虽穷但有铮铮铁骨，且意志坚强的英雄们。除了赤眉军之外，以泰山作为起义根据地的，据史载还有春秋末年的奴隶起义领袖柳下跖，东汉末年与黄巾军相呼应的东郭窦、公孙举，以及唐末黄巢等，他们活动的地点至今仍一一可指。历代农民起义英雄们的正气与泰山共留天地之间。

天胜寨西北有一峰，兀自独立，东西宽而南北窄，像一把扇子，故名"扇子崖"（图37），传为赤眉军的瞭望台。扇子崖三面峭立如壁，唯西南稍有斜坡，但块石累立，人多不敢上，1990年，泰山迎胜村居民委会于崖壁上架设了扶栏和铁索，人们始得以登上其巅。扇子崖顶尚有明代房屋遗迹，真不知当时人们为何要在此处建房，也不知房是如何建成的。站在崖顶四望，其北有青桐涧，因涧中古时多青桐而得名。青桐涧北为壶瓶崖，崖上一巨石状若古瓶，也像一人昂首站立。北面再远处有山峰状如龙角，即泰山有名的七十二峰之一的龙角峰；其东，山峰半腰有山似柱，上有树丛，古称"九女寨"，志书载柳下跖带

图 37　扇子崖

领奴隶造反"掠人妇女"于此，但既是"掠人妇女"，寨如何能以"九女"称之呢？当是起义女兵扎寨的地方。西为傲徕峰，为泰山西溪最高大的山峰。站在扇子崖上才知道，到此来只有天胜寨一条路，其他三面崖陡千丈概莫能攀，难怪起义英雄选中了这里。

扇子崖西侧，有始建于明代的庙宇一座，庙依山势而建，山门朝东，内由穿堂、正殿和东、西配殿组成，殿前有三间卷棚，中间开门，后为"无梁殿"，卷石拱顶，全部石作，顶上履以瓦。殿内神龛供奉元始天尊莲花座像一尊，前有金童玉女捧桃侍于两侧，四周塑有黄天化、殷洪、哼哈二将等18尊塑像，皆为神话小说《封神演义》中的天兵天将。殿前门额上有明代王无欲所题"天尊殿"三字。院内西有古松一株，探枝东南，荫蔽半个庭院；东有银杏，其姿亦古。西配房为穿堂式，穿越西上，又有一溜排开的三座殿宇，中双层者为"吕祖祠"，内有重塑吕洞宾像，西是"太阳宫"，东是"地母宫"。地母宫东北有自然洞一处，前为条石砌厅，上书"圣贤祠"。西面三组建筑因受地形限制，体量不大，但是背依高峰，前临深壑，且视野开阔，倒也耐人寻味。

再向西便到了傲徕峰。先有"月亮泉"隐于高阔各数丈的垂壁下，泉呈半月状，终年不竭，泉旁有爬山虎一株，已长得粗若杯口，爬满了泉上的石崖。

傲徕峰位于泰山主峰的西南，从城里看它，觉得很高，但当地有句俗语："远看傲徕高，近看不及奶奶（民间称泰山为奶奶）腰。"其实站在它近旁仍然觉得它高。要想上傲徕峰，不能像登泰山主峰那样"登"，而必须攀爬。有兴趣者不妨手足并用，上去看一看。

山空绝尘嚣　悠然闻天籁

——岱阴奥区览胜

　　由泰山南麓登山有三条路，前面已介绍了从红门或从天外村登山的道路，还有一条路在泰山东南，自上梨园经柴草河到中天门，是汉武帝登封泰山所走过的路。因此路已废圮多年，在此就不作介绍了。

　　岱阴也有三条登顶的路，而其在东北麓者最为壮观神奇，这就是著名的天烛峰登山道，或曰"天烛胜境游览区"。

　　也许有人认为，泰山的特色主要以悠远的文化见长，自然景色不过平平。那么，请到这里来吧，这里不仅最为集中地体现了泰山的"雄"，而且兼有黄山之秀、峨嵋之俊、华山之险、雁荡之俏。只有从天烛峰登上过泰山的人，才能真正读懂泰山，才能知道泰山作为"天下第一山"，除了帝王的封禅、文人的题咏乃至成为中华民族精神的象征之外，还有着其自身内在的足以唤起各个阶层、不同需求的人们的美感与灵感的无穷内蕴与魅力。

　　随着旅游业的不断发展，过去长期封闭的天烛峰已变得来去方便，乘泰佛公路去大津口乡的公共汽车至艾洼村下车，到天烛峰就不远了。艾洼是一个古老的小村庄，明代时叫"艾峪"，因村边洼地多生艾草得名。由艾洼西去，道路两旁核桃树、栗树、柿树成林，树大者粗若水桶，大概都有几十年树龄了。不少老的核桃树树皮被环剥一圈，有的已被环剥了数次，树干上一个环一个环的。据说采取这种措施，可以防虫，亦可减少养分回流，能够增产。不觉间走出果树林，又来到一个叫扫帚峪的小村庄，登山将从这里开始。

从扫帚峪看泰山，除了可见山半腰有几尊高耸的岩峰外，似也没有什么奇特——几座圆圆的山包成为大山深邃处的天然屏障，不使之过早露出峥嵘，过早显现异姿。于是我们想到了中路的几座起屏障作用的建筑物原来是在向大自然学习，是"师法自然"的产物哩。进山路口处，一座大方古朴的花岗岩石坊面东而立，坊额大书"天烛胜境"（图38）四字。石坊既界定了从此处开始经后石坞再至岱顶的大片区域为"天烛峰景区"，又是泰山这一带景呈多样，而以奥深为主的"奥区"的门户。

石坊北面，有一泉为"长寿泉"，盖因泉水富含多种矿物质，长期饮用对人体有益，使得饮用此泉的扫帚峪村民中八九十岁的长寿老人颇多而得名。泉北修竹婆娑，四季常青。坊南有一巨石状若心形。上端劈裂多瓣，使人想到"心花怒放"，故人称其为"开心石"。

由石坊西去，山道仅宽 1 米有余，石阶也只是用

图38　天烛胜境坊

未经细錾的条石铺成，山野情调十分浓郁。山道南侧
是"天烛峪"深涧，一小石坝截断峪水，坝中之水既
清且凉，碧绿碧绿。行不远，山道即遇北面来水的
"会仙峪"，峪上的桥很奇特，不是平平的桥面，而是
垒砌了数个石墩，溪水从石墩之间流过，人则从石墩
之上跳过。走惯了平路的人，离了喧嚣的闹市来此跳
一跳山涧的石墩，确是十分"开心"。越过会仙峪，
再穿过大片的果树林，隔涧南望，一座高耸的"马
山"出现在眼前。马山上扯下了一条极其伟岸的瀑
布，瀑布石崖高达200米，宽约20～40米。站在涧
对岸小道上观瀑，瀑比人高的一段有百余米，好像此
水源自蓝天；在人之下的一段又有数十米，天上之水
似乎直接注入了大地深处。瀑崖因山势三曲三拐，像
一个特大草书的"之"字，顺崖而下的瀑流便被称作
"三折瀑"。每当雨后，循着瀑水的泄下，小心翼翼地
探视深涧，瀑布跌处有碧水一湾，这就是相传有鹤嬉

水的"洗鹤湾"（图 39）。初到此来的游人无不为这
巨瀑而惊讶，但是更使人称绝的景致还在后面呢。

图 39　洗鹤湾

　　沿天烛峪深涧南侧再上，曲曲折折的山道也犹如
一个又一个的"之"字。山道变换莫测，先是把人带

过了天烛峪溪谷，接着又把人带到了三折瀑的最上一个折拐处，这里是一片巨大的石坪，比长寿桥处的石坪还要大得多，瀑流在此稍缓，人们可藉水中的石墩跳过瀑布。继续上行，到了马山顶峰之后，人们才知道马山之侧更有高山，瀑水便是自那儿发源。这座山不是泰山主峰，其状却酷似主峰，且比主峰更为险峭，人称"小泰山"。

继续前行，人走得愈高山涧便显得愈发深不可测，掷小石子于涧中，几乎听不见回声；稍大些的石头扔下去，几秒后才有击石声传来。此间松树甚多，无名山花布满山崖，空幽的大山，茫茫的林海，晴高的蓝天，悠悠的白云，山的信息是如此丰富而又迷离，即使人们调动起全身所有感官也似应接不暇。是的，此刻，一种大山特有的香气弥漫在峰岭沟壑之中，这种山香不是具体的野花的甜甜的香味，也不是松树的苦苦的香味。是水的香味吗？不是，水是无味的；是云的香味吗？不是，云也是无味的。但是人们确实闻到了一种城市中没有、乡村中也没有的山的香味儿，去过大海的人仿佛会觉得这同大海的那种莫名的味儿有些相像，但也不是，这里没有大海的那种丝丝的微腥。山香到底是种什么感觉？我们形容不出来，但吸着它，便觉得沁人心脾，头脑特别清醒，身体格外有劲，闻也闻不够。大山的香味太抽象了，人们无法表达它；然而，这无穷的山香却在热情地努力使你感受到它，通过你的鼻子，通过你的心，甚至通过你的皮肤，使你觉得温馨，觉得兴奋而又沉静。只有吸着这带香味的空气，你才能够真正同大自然融为一体，物我两忘。

　　沐浴在这满山皆香的空气中，阳光温和地洒下，脚下的山道长满小草，暄暄的，犹如踏在毯上。游人分散在大山中显得很少，而鸟儿却很多，不同颜色的鸟儿唱着各自的歌，但它们又像是形成了默契，各种不同的声音奏出了一组组优美的和弦。望着这山景，人们才明白大自然是不能用画来描摹的，眼前的这一切谁能用笔画得出来？你能画得出这几百种不同层次的绿，这几十种不同浓淡的红，这千变万化的云，这横看成岭侧成峰的立体山势，这隐在巨涧中的湾湾清泉吗？大自然呀，难怪人们始终忘不了你，要回归你，要拥抱你，因为只有你才是无可替代的，才是人们的生活、创造的物质与精神上的动力和源泉。

　　欣赏着、思考着，望天门到了。这里离扫帚峪2.5公里，距岱顶也是2.5公里，路程走了一半。望天门，也有人称之为山呼门，是一座天然石门，或许古人为了行走方便曾把它开凿得更大，但今天已看不出凿修的痕迹了。石门左边的巨石与山体连在一起，而右边的危岩则是从深涧中高高拔起，人称山呼台。见了这个天然门，岱顶上月观峰的"西天门"、日观峰的"东天门"，真如小巫见大巫，相形失色了。其实这个门才真应当叫做泰山的东天门。人穿望天门而过，由东边从陡坡上来，及至到了"门"中间，马上又有陡坡下去，站在望天门中间可谓站到了一个小小的制高点上。回首来路，山道早隐于丛林中，不见了；再向远处看，泰山余脉层层叠叠，目力所及处，高高低低的山丘像是穿着海魂衫，一道道梯田直上山顶，梯田里栽着各种果树，想是早已果实累累了。望着远山的梯田，人们会觉得这是另一种形式的"无字碑"，心中不由泛起热浪。

图40　小天烛峰

从望天门西看，近处天烛峪的北面矗立着的是

"大天烛峰"，此峰因其陡峭高拔似烛入天，并区别于西边的"小天烛峰"（图40）而得名。又因远看像一个硕大的牛心，故自古山民又把它们呼之为大小牛心石。其实，这座峰确也几乎就是一整块巨石，峰南临涧的石面至少有两个足球场大，十分壮伟，使人一下就想起了西岳华山北坡那兀立千仞的石壁。

再往西，天烛峪大峡谷突然升起几十米，又一道巨流自天而降，形成三叠之瀑，最上端的一叠，由于岩石被水长期切割，形成深沟，瀑水从这一狭长的石沟中涌下，远观似一线，人称"一线瀑"。一线瀑之上峪北侧即小天烛峰（图40），峰依九龙岗，岗上之水又从小天烛峰旁流下，于是又是瀑布。瀑布面北，亦有几十米长，古时人称此为"千尺瀑"、"千丈瀑"。但这名称仅仅形容其长，俗而无内蕴，今人认为不如叫"天烛瀑"好。不错，那高垂的白练不就是通天的巨烛流下的蜡瀑吗？

这里是一片石头与水的世界。石崖巨大，铺天盖地，色白、光滑，没有一丝风化的迹象，甚至连一条长草的缝也没有，然而流水的吟唱却在证明着石头是有生命的。"松石为骨，清泉为心"，这就是泰山！泰山在这里向人们敞开了它博大的胸怀，人们终于懂得了它之所以如此稳重，如此不摧的道理：它的骨头是硬的，它的脊梁是硬的，没有什么力量可以使它动摇，更不用说使它弯腰。泰山又是充满生机的，听到远处那淙淙瀑流如鸣如诉了么？它在讲述着泰山的故事，这故事已讲了几千万年，而且还要永远地讲下去。

　　天烛峰景观如此壮丽，历代文人墨客多有到此来一饱眼福、一抒情怀的，但是这里的石头上却没有他们的片语只字。因为这里太美了，无须再用他们的笔来点景、增景了；这里也太大了，谁又能有如椽的笔写出万丈的字来与之匹配呢？即使把山前的清摩崖那么巨大的石刻搬来，在这里也不过是小得犹如一幅大画上点了一个小指尖大的印章。古人明白这一点，便只好"述而不作"了，于是我们才有了这一片任人驰情的保持着原貌的泰山。

　　站在望天门，岱顶已在目中，后石坞通往岱顶北天门的缆车也看得真真切切了。向前走，进入了一片华山松林。株株新松树干笔直，胸径粗若碗口，树皮特别光滑，还长着犹如桦树般的那种美丽的大眼睛。而最为奇特的是，那拂面的油光闪亮的松针是软的。在人印象中，松针一根一根是硬的，否则怎么叫"针"，但当你带着这种印象去摸华山松的叶子时，你会突然感到这是极绵极柔的少女的秀发，使你觉得妙不可言。走进松林深处，阳光便只能从密密的松叶留下的缝隙中筛下，照在脚下小路上，形成一个个圆圆的光斑。忽然，微风起了，一种你从未听过的极其美妙的声音仿佛从天外传来，这声音极为纯净，没有一丝杂音，音高与音的强度绝对不变，而且声音极其悠长，没有任何中断、起伏。更令人不可思议的是，这种声音的美妙绝不仅仅在于"悦耳"，因为当你在还未真切地听清它时，你的整个身体就已同它的频率共振了，你的每一条神经，甚至每一个细胞都从中感到了巨大的愉悦与满足，你会很快陶醉于其中。有人兴

图 41　姊妹松

奋地告诉你，这是"松涛"。多么美妙的松涛啊，这个世界上没有任何声音同它雷同，任何乐队也无法模仿它。松涛之奇绝不亚于泰山的日出与云海，古人曾把它称作"天籁"、"太古音"、"宇宙音"，足见松涛的奇特和不可多得。到泰山来的游客，实在应该到天烛峰景区来看一看、听一听的。山的空气那么香，松的涛声那么美，大自然对你的馈赠是如此慷慨，你的心中充满了喜悦，全身充满了活力，登此大山，获此享受，还有何求？

山道继续向西，松林漫漫无际，道旁景色步移形变。将军山如大将披甲，罗汉峰像巨石叠罗汉，神舰山似破浪的巨舰，及至走到一个丁字路口，往西南攀可径至岱顶，往东北去就到后石坞了。

后石坞自古即被称作"岱阴第一洞天"，今人亦称其为"古松园"，著名的泰山姊妹松（图41）就在

图42　后石坞元君庙

不远处的九龙岗之巅。后石坞摩空托日的"天空山"下，平地数亩，建有一处庵院，称"元君庙"（图42）。庙分东、西两院，西院由山门、正殿和配殿组成；东院高于西院，由"透天门"连接，院内原有殿、亭、阁，早年被毁，现已按原样修复，古庙已不再荒凉。庙址四周，古松甚多，树种为泰山油松。古松经历了数百年的风雨，炼成了铁干铜枝，一株株姿态各异，风摧不折，令人肃然起敬。

庙后天空山下有两个石洞，一为"黄花洞"，一为"莲花洞"，洞旁多有古人题刻，如"岱岳奥区"、"作出世想"、"岱宗钟灵"、"松籁云壑"、"松至此始涛焉"等等，古人对大自然美的感受是很独特的。

出元君庙山门，即是岱阴古老的环道"黄花栈"了。黄花栈又名"独足盘"，极言其窄而险。这条栈道是明万历年间于无路的峭壁前辟出的，但它不是凿栈孔用木桩建成，而是从深涧谷底直接用石垒起，再填以土修成，因此400余年过去了，栈道依然完好。栈道北侧巨岩欲倾，黄花开满岩上；栈道之南壑深万丈，清泉响于涧中。由天烛峪进山一路看不完的景，即使到尾声，依旧不同凡响。

黄花栈西首，山沟中巨石嶙峋，大的如磨盘，小的若碾砣，叠叠压压绵延数里，天烛峪之水即是从此流去。这条沟叫做"乱石沟"，如此多的石头滚入沟中，不知何时山体崩动所致。

乱石沟西畔是造型别致的"后石坞——北天门"索道站，其设备是从奥地利引进的目前世界最先进的"抱索椅式缆车"。乘上缆车，高高在上，整个天烛峪重又收回眼底，此刻，你就要到达"天界"了，但是你对奥妙无穷、亲切无比的天烛峰景区是否还怀着深深的留恋呢？

下了缆车，"文化"的味儿顿时浓了起来，不远处即见一石坊，坊额"北天门"。在中国五行中有金、木、水、火、土，方位有东、西、南、北、中，缺一而不可，于是泰山便有了北天门，北天门孤零零矗立在山坳里，纯是造景的小建筑。去玉皇顶的路上有一巨石，三人高，上书"丈人峰"三字。丈人者，古时对老人的尊称也。后来称岳丈，专指妻父，大概是从《汉书·效祀志》"大山川有岳山，小山川有岳婿山"演变来的。再后来，"泰山"独成了岳丈的代名词，据说其中还有一段故事。《酉阳杂俎》载，唐玄宗泰山封禅后，三品以下的官员普晋一级，当时作为封禅使的张说趁机利用职权将女婿郑镒由九品提升为五品，随即更换了官服，唐玄宗见之不解，质问郑，郑无言可对；问张说，张也无可作答，倒是大臣黄幡绰灵机一动代答道："此乃泰山之力也！"于是泰山便成了岳父——丈人了。这个故事让人哭笑不得。泰山是何等神圣，当年鲁国大夫季氏想来祭泰山，孔子认为他没有资格，便讥讽道：泰山如果接受你这种人的祭祀，它岂不是不如林放了吗？林放是孔子的一个德才兼备的学生，可谓知书达礼，"泰山不如林放"这个典故就是说泰山不容辱没。张说何许人也？贪官污吏而已，他的嘴脸在泰山暴露无遗。而丈人峰留于此的历史与现实的唯一意义就是可作"史鉴"——它是历史的一面镜子，天下的女婿们，今后切莫再称自己的岳父为"泰山"了，因为这只是一种嘲弄，而并非尊称。

好了，我们的天烛峰景区之游到此算是到了尾声，让我们再去看一看岱阴的另一条登顶的道路吧。

仍乘车沿泰佛公路北去，经艾洼村至大津口下车。然后顺乡间大道向西北行，有小村庄名为藕池，再西行不远便到玉泉寺（图43）了。

玉泉寺在泰山北麓，距岱顶约7公里，这里不仅有古寺、清溪、名泉、一亩松等著名景观，而且古老的周明堂、齐长城遗址也在这里。从玉泉寺登岱顶的路自古已有，明清以后，玉泉寺衰落了，游人久不至此，可惜了天地造化。1993年，为满足旅游业发展的需要，泰山管委开发了玉泉寺景区，修复了大雄宝殿，风水宝地再度别开洞天，人们到这里来寻古访幽，自有一番别样的乐趣。

古人认为，修建佛寺古刹，有三个重要的条件，一是"必去人境远为胜"；二是"必依山之名而尊者为胜"；第三个条件最为重要："然山作面南观，虽拔地倚天，其氛翠变态，终不至奇邃，必之于其阴又绝胜也。"玉泉寺就恰恰具备了这三个条件，这里村庄稀落，人烟不多；离岱顶又近，充分借得了名山之势；而且关键是它处于岱阴，幽奥神秘，俨然是神仙住的地方。

玉泉寺建于谷山前，故又称"谷山寺"。谷山西北为恩谷岭，两山之间的峡谷俗名雁岭河，水东流汇入天津湾。恩谷峪北为"佛峪"，也叫"佛谷"，其水东流与下流的跑马泉相汇。玉泉寺便处在岱阴这深山奥水之中,当代人要想暂避人间的烦嚣并不难,到谷山来你立刻就能身静、心静,忘却烦恼。

图43 玉泉寺

在玉泉寺殿址上,按《宋营造法式》复修的大雄宝殿巍峨高大,殿内塑了释迦牟尼及十八罗汉像。山

图44　一亩松

门石阶旁两株古银杏树最为壮伟，树高30余米，胸围7米有余，为泰山银杏之最，奇怪的是两棵银杏均为雌株，附近30华里内并无雄株，但老树仍能结果，让人感叹这种被称作"活化石"的古老树种的衍生能力。寺北面山坡上生长着一株已有800余年树龄的古松，因其树冠极大，实测冠幅为897.8平方米，折合1.3亩，故人称其为"一亩松"（图44）。一亩松树干极粗壮，树干基部，几条侧根裸出地面，状似龙爪，向东、西、北三个方向延伸；南面由于长年冲刷，地表土流失，露出内部根群紧紧抓住巨石。这些裸根，遇土入土，遇石裹石，咬定青山，给人以启迪。寺东有甘泉，金人党怀英题"玉泉"于其旁；再东有历代住持墓塔数幢，造型大同小异，高僧法名、年号隐约可见，似乎在证明着这座古寺年代的久远……

桃源知不远　浮出落花红

——桃花源秀区览胜

　　山阴另一条登顶的道路在泰山西北麓，乘汽车顺104国道行至长清与泰安交界处的马套村北拐，即到达泰山西麓的一处山清水秀的景点——桃花峪；再从桃花峪东行，便到了又一处景点，亦是以桃花命名，叫桃花源。桃花峪——桃花源——岱顶这一段以自然风光为主的秀丽灵透的景区被称作桃花源景区。

　　相传，古时桃花峪的桃树很多，从山坡到山顶，因海拔高度不同众多的桃树从早春三月至四月次第开放，红成一片，因此古人又称此地为"红雨川"，大概是取唐代诗人李贺"桃花乱落如红雨"的诗意。元代炼师张志纯很看重这里，有诗《桃花峪》云："流水来天洞，人间一脉通，桃源知不远，浮出落花红。"乾隆皇帝来泰山，自然也不会错过游桃花峪，并曾有诗曰："春到桃花无处无，峪名盖学武陵乎？五株不见苍松老，半点何曾受污涂。"这末一句写得好，桃花源景区可贵之处就是它自然清纯、玲珑精致而极少人为的破坏或加工，完美地保存了天成的情趣。

来到桃花峪，人的第一印象会感到这里好像不是泰山。泰山不是雄、奥、幽、旷吗？但这里却既无巨峰又无苍岩，山是那样青，水是那样宽，举目四望，山光水色融为一体，灵石异花相谐斗趣，俨然一幅江南山水的情调。是的，桃花源景区的特色就是"秀"，其风格同我们已经去过的那些景区形成了鲜明的对比。可以打一个比方，如果说泰山是大自然精心雕塑的一座石像的话，那么桃花源就是这座石像的眼睛，它是泰山最为细巧、最为传神的所在。

过去桃花源没有路，人们慕名到这里来只能像陶渊明公《桃花源记》中的"晋武陵人"那样艰难地缘溪而行。而现在好了，混凝土公路依山傍溪，不陡也不远，人们自可逍逍遥遥优哉游哉地饱览这北国江南的灵秀风光了。

桃花峪溪中之水源头甚长，有三路来水：一是月观峰之北的上桃峪来水；另一是沐龟沟来水；再是龙角山的雁群峪来水。三条溪水汇至桃花源，合而为一，因此桃花峪溪水不仅平时水量大，就是逢旱年亦不断流。这在泰山是很难得的。沿公路顺溪东行，路始终与水很近，没有天烛峪的那种百米深涧，也不像中路那样，时常有建筑将人与山隔断。宽宽的溪谷中，流水或平缓成潭，或跌宕成瀑。但是潭不深、瀑亦不大，就像行云的慢板，悠悠缓缓让人看不够。

行约2公里，流水之下忽如彩石铺就，溪底一条条石纹五彩纷呈，阳光照耀下，分外生动，这就是著名的"彩石溪"（图45）。弯弯曲曲的溪水像是被彩石染上了色，也像是一条五彩的飘带，在此流淌得格

图45　彩石溪

处精神。动人的彩石常引得游人驻足，如果你细心，就可看见水中的赤鳞鱼了。《岱史》载，泰山鱼"有斑文，四五寸许，四五月生岳北溪涧中，过此则无矣。"斑文即赤鳞鱼，又名石鳞鱼，与我国云南洱海的油鱼、弓鱼、青海湖的湟鱼、富春江的鲥鱼，并列为我国五大稀有名贵鱼种，曾为清代贡品。赤鳞鱼是一种小型野生鱼种，属鲤科，鳞细密紧凑，背呈微蓝色，腹白，体侧鳞片微黄，中间一条金色的线，尾呈红色，像是涂上了胭脂。赤鳞鱼在阳光下是彩色的，这人间的珍奇、水中的精灵总是溯水上行，遇到小瀑布便奋力跃过，一次失败了就再试一次，直到跻身上游，让人惊叹它那小小的美丽的身躯竟有如此执著的追求和不达目的誓不罢休的韧性。

　　新公路修得很得体，三五座桥梁使路一会儿在溪南，一会儿在溪北，宛若杭州的九溪十八涧。变化本身就富有魅力，何况在这里一变一个景，景景不同，

图46　桃花源瀑布

真使人"忘路之远近"了。溪水南折处，有一池叫
"混元池"，石岸皆黑，中央独白。在此望两岸青山：
白云朵朵笼罩的是雪花山，似笔架的为笔架山，如绿
色屏障的是翠屏山，重重叠叠像一串铃铛的叫五峰叠

翠山；稍远处还有清风岭、映霞峰、青天岭、藏秀峰……再看河中之石，或大或小，光滑剔透，形态各异，任人揣摩想象。问及游人对此景区作何感想，有深富见地者作如是言：这里没有令人惶恐的天门、天阶、天界；没有叫人怯步的仙亭、仙桥、仙坊；没有高龄孤韵、已经被神化了的秦松汉柏；没有摩崖石刻，没有亭堂。万木生于山麓，百花开在沟壑，一切都出于原始，出于自然。沿着古代帝王登封的御道上山，固然可以领略妙佳之处，但总觉得那里王气、仙气太重，笼罩太多的神圣光环，积淀了太厚的历史尘埃。登天道上的每一棵树、每一块石头都被人审读过、想象过、界定过，游人只是沿着先人的思维向上盘旋。而游历桃花峪则不同，它需要你从头去审视、去探索、去创造。它的那份生命的本真、形态的纯朴，使人更觉亲切。如果登天御道有它动人心魄的人文美，那么桃花峪则有它独具天趣的自然美。"愿寻古的就去十八盘，原访秀的就来桃花峪。"这位朋友既说出了桃花源景区的自然美，也说出泰山博大精深具有不同层面、不同内涵美的本质。

前行不远就到桃花源了（图46）。桃花源旧称"三岔"，意即三条溪谷汇聚于此的意思。这里海拔800米左右，三面环山，形成了特殊的小气候，植物长得特别茂盛，1989年杨辛先生来此有感于绿化得好，曾赋诗《游泰山桃花源·桃花峪》一首："石绣彩云，水映赤鳞。山披绿装，人美心灵。"并有注："桃花源山区绿化面积达90％，林区工人终年辛勤，默默无闻，而贡献极大，余谓：石美、鱼美、树美、工人心灵更美。"是的，在这里你最先感到的就是无边无际的绿，各种树木繁茂苗壮，从溪岸直绿到山巅，从眼前直绿到天边。新中国成立后，已是两辈林业工人用他们的汗水浇绿了这层层岭、座座山。如果你决定不乘缆车，而是沿着三公里的山道步行上山的话，那么你将始终走在密林中，不必说别的成百种的树，这里仅松树就有落叶松、白皮松、油松、黑松、赤松、日本松、华山松等十余种，让外行难以辨清。这每一棵树都是人工栽植的，甚至悬崖石缝中的也是用绳子将人吊上去栽的；人实在上不去的地方，则在雨季把幼苗的根用湿泥裹住抛上去，渐渐也成了大树……现在的桃花源即使大风天也决不扬尘，因为有土的地方都有树和草，而没有草、树的地方则没有一丝土。多少年来，林业工人身居深山，像培育自己的儿女一样呵护着这一株株树木，为雄奥的泰山增添了浓浓的秀色。

　　桃花源景区溪谷两侧多山，山势峻美秀丽，且多有古代遗迹，只是这些山上没有现成的旅游路，有兴趣的游人可作"探险一日游"。但这"险"的含义并不是危险，而是让游人自己去踏出一条前人没有走过的路，自己去把握方向，感受大自然的美。有学者说过，中国传统的登山方式是"文登"，文绉绉地走在已铺就的路上吟诗作赋，文绉绉地品评着先人已嚼烂的馍；而西方的传统精神却崇尚"武登"，越是别人没有去过的地方越要去，比胆量，比速度，比吃苦耐劳的精神。改革开放后，泰山吸收了西方的这种文化精神，一年一度的国际登山节就是一种比速度的武登；探险游也是武登。

从桃花源往西北去，有清风岭、"老虎窝"，侧旁有玄都观遗址。再北去有长城岭，俗呼大岭，齐长城经过这里；又有映霞峰、傅老庵遗址；庵旁有香泉，因旧时丁香花甚多而得名。

往西南去有青岚岭、梯子山。梯子山之南为透明山，山有穴洞透过光线；梯子山北有老鸦峰，老鸦峰宛如几案。南有摩耳石。东南有东神库，石若垂帘，无苔痕，时或光彩闪烁；东为龙山，上为姜倪寨；南又有一石，若人形，曰真人峰，又有车道岩，岩上双沟如辙迹；西为笔架山，五峰排列，崖崿倒悬，多野巢。据志书记载，泰山之阴桃花源附近有一巨大而神秘的石圈。《泰山述记》说："在笔架山北《岱史》谓仙人牧地，巨石环列，秀丽异他处。"《岱史》记载民间传说："夜有呼号相力声，及朝巨石垒成圈，传为五仙女为之。"笔架山多巨石，秀丽尤奇，又有燕脂坡，地多燕脂瓣花。

以上两路是古人"探险"所得，是否真的如此，是否还有别的景观，当代"抢险者"可作进一步挖掘。总之，走前人没有走过的路，是令人兴奋的。

从桃花源可乘缆车直达岱顶天街东端。桃花源索道（图47）建于1993年8月，全长2196米，也是从奥地利引进的，为"抱索吊箱式"，很先进。这种缆车视野极好，可观360°景，扶摇直上时，云山渺远，树海苍茫，现代科技帮我们实现了"一步登天"的梦想。

登泰山的6条道路，就或略或详地介绍到此。一

图 47　桃花源索道

般的游人不可能一次把这些路都走遍，但是最好的游
泰山的方式是不要走回头路，你可以从某一条道路
上，然后再从另一条道路下，这样你就可以看得更
多，对泰山也就了解得更多。

凤辇入瑶池　磬音出古刹

——岱麓丽区览胜

泰山历史悠久，泰安城亦历史悠久。

在漫长的历史发展过程中，古老的泰安城由于帝王封禅、民众礼神、文人骚客的游历渐渐地发展起来，并渐渐地形成了山不压城，城不占山，而又"山城一体"的独特格局。

经过千百年的营建，如今，代表着"天"的山和代表着人间的城，结合巧妙，浑然一体，城仰山势，山借城辉，自然与人文景观相得益彰，古代遗存与当代作品互映成趣，形成了十分壮丽而又意味无穷的景观群。人们把山与城的结合部，东起中溪王母池，西至西溪大众桥，并由一条环山公路联接起的一带名胜称作泰山的"丽区"。

环山路东首坐落着王母池。王母池是一组依山傍水、高下相间、玲珑紧凑的古代建筑群。《泰山述记》记载："王母池本名'瑶池'，俗名王母池。池上为群玉庵，祀王母，下临虹在湾，前有飞鸾泉。"《岱史》也说："黄帝建观岱岳，遣女七人，云冠羽衣，修奉

96

香火，以迎西王母，故名。"黄帝之事，荒远难稽，但三国时曹植就有"东过王母庐"的诗句，足见王母池由来久矣。

王母池建在中溪西岸，溪旁曾建有王母梳洗楼，中溪之水至此便改名为"梳洗河"。河上原有一座王母桥，早废。后又在河上筑一石桥，取名"八仙桥"。桥东北石壁下有一石洞，名"吕祖洞"，相传吕洞宾曾在此炼丹，洞中嵌有碑碣，说是吕洞宾的题诗，但文辞粗陋，不足为观，无聊文人所为也。吕祖洞之北是虎山水库的大坝（图48），大坝同龙潭水库的坝一样也为顶溢式，所不同的是坝上又建了一条近百米长的观澜桥，每至雨季，六个桥墩把水分为七段，形成七条瀑布，只有见过的人才知道，人造的景观只要恰到好处，也是十分动人的。这虎山水库与西溪的龙潭水库一东一西，一虎一龙，扼守着山前的两条溪谷，积起了两泓碧波，就像是在泰山脚下镶上了两块晶莹的翡翠。

大坝下，由王母池后门进庙为"七真祠"，原先这里曾有明代塑像吕洞宾、铁拐李、何仙姑和吕洞宾的四个弟子。像塑得极好，李健吾在《雨中登泰山》中写道："站在龛里的两个小童和柳树精对面的老人，实在是少见的传神之作。一般庙宇的塑像，往往不是平板，就是怪诞，造型偶尔美的人，又不像中国人，跟不上这位老人这样逼真、亲切。无名的雕塑家对年龄和面貌的差异有很深的认识，形象才会这样栩栩如生。"如此精妙的艺术品竟毁于"文化大革命"，令人痛惜。现在人们看到的是后来重塑的，没什么可说了。

图48 虎山水库大坝

王母池北是建于虎山旁的虎山公园（图49）。虎山是传说中当年孔子过泰山侧，闻妇人哭于墓并发出"苛政猛于虎"的感叹的地方。公园很美，有古代庙宇，有山、有水、有高大的虎山阁，还有亭、桥、

堤、廊等小品。游人登泰山多要到此来看一看，看看
当年孔子所走过的"圣堤"，看看那貌似凶恶但却已
无丝毫能耐的石雕的老虎，再看看那漫山遍野的果树
和农民居住的小楼，定会思绪万千……

图49　虎山公园

从王母池西行，过红门路，沿环山公路行约一公里，见十字路口，上坡北去就是至"六朝古刹"普照寺的路。上得坡来，左侧有"冯玉祥小学"，游人奇怪，小学为何以冯玉祥命名？这里是有着一段故事的。继续前行，路旁多树，并有刻石数处，其中一石刻有"三笑处"三字，据说也是根据一段孔子的故事附会的。《孔子家语·六本》载，孔子游泰山时遇到一位90岁的隐士荣启期，荣启期身披鹿皮，腰束草绳，正在弹琴唱歌。孔子问道："先生为何这般快乐呢？"荣启期回答："使我快乐的事太多了，天生万物，以人最为尊贵，我能生而为人，是第一件快乐事；人又分为男女，男尊女卑，我能作为男人，是第二件快乐事；有的人寿命短，甚至夭折于母腹或者襁褓之中，而我有幸活到90岁，此为三乐……贤德之士的处境通常是贫寒的，死亡是人生的最终归宿，我于通常处境中走向人生的最终归宿能不快乐吗？"孔子听了深有感触地说："讲得好！你真是个能自我宽慰的人！"

普照寺前有溪水绕流，一座平板石桥横跨溪上，称作"子午桥"。过桥拾级而上就是普照寺山门（图50）。《泰山述记》载："普照寺，唐宋时古刹。金大定年间奉敕重建，额曰'普照禅林'。"后人习称六朝古刹，是因为相传寺中的松树为六朝时所植。这里曾有过两位有名的主持：一是明永乐年间高丽（今朝鲜）僧满空禅师，他为中朝文化交流做出了贡献，现寺西尚有满空塔遗存，二山门下《重开山记》碑记录着他重兴普照寺的经过；另一位是清代康熙年间高僧元玉，他是一位诗人，在寺东修筑了石堂，并在石堂

图50　普照寺

附近的溪谷荷花荡中题景12处，各是长短句，颇见文才。元玉有以泰山为题材的诗集《石堂集》刊行。经过历代僧人的营建，普照寺成为房舍严整、环境十分清幽秀丽的地方。清代和尚奚林有《普照寺》诗一首，把这一景观描述得颇为真切：“门前几曲流水，寺后千寻碧峰。鸟语溪声断续，山光云影玲珑。”

但是，最使普照寺具有历史价值和纪念意义的是20世纪30年代，一位平民出身，以百姓为父母，为泰山民众做了大量好事的爱国将领曾先后在此赋居过三年。这位将领不仅在泰安人民口中口碑丰彰，而且还在这一带留下了众多的有着中国人传统中固有的亮节高风、浩然正气的历史遗存，他就是冯玉祥先生。

1931年“九·一八”事变后，东北三省沦陷，冯玉祥积极主张共赴国难、收复失地，但腐朽的蒋、汪政府令他失望，他被迫脱下军装，于1932年3月来到泰山隐居。半年后他重返张家口，建立了察哈尔民众抗日同盟军，自任总司令，吉鸿昌为前敌总指挥，打响了向日本侵略者反击的第一炮，一举攻下康保，攻占宝昌，收复沽源。初战告捷，全国民心为之振奋。但蒋、汪对冯的抗战却一味阻挠，说这是一条死路，冯玉祥回电：“我决心抗日，本来就是找死，但是死在抗日旗帜下，良心是平安的。”继而又收复了多伦，抗战节节胜利。而此时蒋、汪又发出了联合通电，给冯玉祥加了“擅立各种军政名义，妨害中央边防计划，煽动赤焰，滥收土匪”的罪名，并集结大军重重包围同盟军。为了不打内战，冯玉祥忍痛收束军事，于1933年8月再次来到泰山，直至1935年。

在泰山期间，冯玉祥请了中国共产党的理论家李达及北京、山东许多专家教授如老舍、吴组缃、李伯峻、赖亚子等为师，攻读马列著作和《春秋》、《左传》等历史书籍，写下了大量的读书札记，悟出了“若不信辩证唯物论则我民族不能复兴”的真理。

冯玉祥一面学习，一面到民众中考察，了解他们的疾苦、意愿，全力帮助他们解脱困苦。他看到山区人民祖祖辈辈没有学上，不识字，连山顶的店铺都没个匾牌，只是挂个棒槌、笊篱……算帐也是靠数棒子。穷人的日子难得温饱，走投无路，却又去烧香求神。于是他深有感触，吟有一首诗：“泰山古庙多，巨石伴松柏，为求财与福，香客常成伴……女子虽缠足，忍泪登高坡。纯洁幼儿心，已被迷信侵。军旁多乞妇，伸手讨馍哭。慈悲爹娘叫，无人把钱掏。教育不猛进，国弱大众贫……”他决定办学校，千方百计聘请教师，动员群众，拿出南京国民党政府给他的本来就很少的生活费用，在方圆几十里的范围内，创办了15所小学。刚才我们看到了"冯玉祥小学"就是其中一所，原名"大众小学"，为纪念这位将军，后改今名。

为了解决山区人民旱季吃水的困难，他出资开凿了"大众泉"；为了解决山区人民的行路难，出资建起了"大众桥"……他的心中始终装着"大众"，而他自己呢，一日三餐粗粮咸菜，穿布衣，女儿也是穿着补钉衣服同大众的子弟同在一个教室里学习。他在泰山还大义凛然地营救共产党员，营救爱国的民主人士，资助孤儿院的贫儿，为百姓伸张正义……冯玉祥在泰山的所做所为，使我们的耳边始终响着范仲淹那句掷地有声的名言："先天下之忧而忧，后天下之乐而乐！"

为了纪念冯玉祥先生，弘扬他的爱国精神，泰山管理委员会在普照寺东院开辟了"冯玉祥先生在泰山"普照寺馆，那些实物和照片，会使你对冯玉祥了解得更多，也对泰山了解得更多。普照寺西南侧的院中，有48块冯玉祥题诗，30年代著名画家赵望云作画的"诗画碑"，反映的全是百姓疾苦，宣传抗战及宣传教育救国、科学救国的内容。院内另有冯玉祥泰山花岗石雕像一座和1941年周恩来总理写给冯玉祥先生六十寿辰祝辞书迹的大理石巨碑。

普照寺东北，有冯玉祥修建的"革命烈士祠"，内祀参加滦州起义牺牲的将士。后殿中有冯玉祥的题联："救民安有息肩日，革命方为绝顶人。"祠内外自然石上有许多题刻，多是颂扬为民献身精神的。如祠南门外，西侧石面上有楷书挽联一幅："诸公豹已留皮，黄土泰山真并重；精气虹常贯日，白衣易水至今寒。"祠东自然石上有李宗仁挽联："百世名犹存，众所瞻依，祠巍泰岳；三代道未泯，闻兹义烈，气肃冰霜。"西南路侧巨石上有鹿钟麟摹写经石峪大字"寿"，其下冯玉祥先生注曰："人欲得寿，须要为大多数人们牺牲寿命！"望着这铿锵的豪言，谁的心中也不会平静。"五四"运动以来，为了争取民主、自由，求得真正的解放，多少炎黄子孙，笑傲黄泉，为铸造一个崭新的中国，洒尽了最后一滴鲜血，他们是中国人的楷模，他们死得壮丽，比泰山还要重！游泰山，我们知道了秦始皇、汉武帝、唐玄宗，知道了岱庙、斗母宫、碧霞祠，我们更知道了什么叫泰山精神。

烈士祠西北路旁有巨石似大象卧地，上题"卧象石"。卧象石西北不远，半山中有一座不大的院落，这就是泰山古老学府——五贤祠。五贤祠在唐时为道教"栖真观"，宋初辟为学馆，后称"泰山上书院"。北宋初年，范仲淹的门生孙复、石介、胡瑗为弘扬儒学，来泰山创办了书院，其规模虽不及白鹿、石鼓、睢阳、岳麓等著名的"四大书院"，但当是对于促进泰山乃至山东地区的学术发展，培养人才，改变民风仍起到了很大的作用。《泰安县志》称："泰安旧俗淳朴，士习于孙石遗风，多好经术，重气节。"孙、石之后，泰山兴办书院之风不绝，如明代李汝桂的育英书院、宋焘的青岩书院、清代赵国麟的泰山书院、徐肇显的徐公书院、许莲君的怀德书院等等，泰山的文化地位大为提高，四方士子纷至沓来，成为泰山历史的又一段佳话。为纪念宋初三先生，泰安人在书院故址建起了"三贤祠"，后又增祀明人宋焘、清人赵国麟，遂改称"五贤祠"。祠东有深谷，名"投书涧"。传说泰山书院的创始人之一泰州海陵人（今江苏泰县）胡瑗学习十分刻苦，朱熹在《三朝名臣言行录》中说"侍讲（胡瑗）布衣时，与孙明复（孙复）、石守道（石介）同读于泰山，攻苦食淡，终夜不寝，十年不归。得家信，见上有'平安'二字即投之涧中，不复展"。为褒扬胡瑗的刻苦精神，人们便把这条涧叫做投书涧了。胡瑗十年不归，家书也不看，引得乾隆皇帝竟也写诗一首："报来尺素见平安，投涧传称人所难。诚使此心无系恋，平安两字不须看。"题目为《戏题投书涧》，似乎名儒还不如皇帝懂得世情。冯玉祥第二次循迹泰山时住在五贤祠，还曾为大众小学的老师画过一张画，是一帧水墨大白菜，上端有题识："白菜者，营养丰富，生长泼辣，索取甚少，贡献巨大。"与鲁迅先生吃的是草、挤出的是奶的"孺子牛"同工异曲。

五贤祠上，山坳之中有全真教派道观"三阳观"（图51）。三阳观创建于明代嘉靖时，东平道士王阳辉（号三阳）携徒昝明复来此凿石以居，道士德藩助资而建，万历初又行扩建，成为著名道观。明文学家于慎行《重修三阳观记》称这里"入门三重"，"有殿有阁"，"仙圣之秘境，寰宇之大观"，"几与岳帝之宫比雄而埒胜焉，可谓非常之创述矣。"三阳观曾毁于文革，现已按原样修复。

图 51　三阳观

　　从三阳观循小道西行，穿过层层树林就到了大众桥。大众桥横跨西溪，东端正对着的是冯玉祥墓（图52）。墓为泰山花岗石砌成，墓壁正中上方有郭沫若写的"冯玉祥先生之墓"七个镏金大字，大字下是冯

玉祥侧面铜浮雕头像，再下面嵌以黑色磨光花岗岩方碣，上刻他的隶书自题诗《我》，这是他一生做人的

图 52　冯玉祥先生墓

写照，诗曰："平民生，平民活，不讲美，不要阔。只求为民，只求为国，奋斗不懈，守诚守拙，此志不移，誓死抗倭，尽心尽力，我写我说。咬紧牙关，我便是我，努力努力，一点不错。"冯玉祥先生这样说了，也是这样做的。1941年周恩来总理在贺先生60大寿时，曾对他有过一段评价，这些话至今听起来，仍有匡扶世风的教育意义："先生好读书，不仅泰山隐居时如此，即在治军作战时，亦多手不释卷，在现在，更是好学不倦，永值得我们效法。……对朋友同事，尤其对领袖，先生肯作诤言，这是人所难能的。先生生活一向习于勤俭朴素，有人以为过，我以为果能人人如此，官场中何至如今日之奢靡不振？！先生最喜欢接近大兵和老百姓，故能深知士兵生活、民间疾苦，也最懂得军民合作之利，这是今日抗战所必

需。先生在不得志时，从未灰过心，丧过志；在困难时，也从未失去过前途。所以先生能始终献身于民族国家事业，奋斗不懈，屹然成为抗战的中流砥柱……"泰山是一面镜子，映出了这样一位有着崇高人格的人，泰山幸甚！

至此，我们已粗粗地浏览了泰山主峰上下的几个风景区，在我们觉得泰山很大、很美的同时，我们是否已深切地感到了泰山这座之所以不同于其他名山的主要地方就在于，它似乎总是同国家的命运、同人的修养品格有着那么一种联系，正因为如此，我们在游历此山的时候，便每每被它所吸引、所启示，以至倾倒叹服。泰山总能激发人的深层次的思考，总能给人以激励、鼓舞，以向上的力量，这便是泰山的伟大之处，也是它之所以引起全世界人民瞩目的原因。你到泰山来，决不会虚此一行；你再二再三来，也将会永远有所收获。

名山登临更几重　山外青山有游踪

泰山支脉很多，主峰之外还有着众多的名胜古迹，这些名胜古迹或受泰山影响，或与泰山有着内在的文化联系，它们簇拥着泰山，形成了一个以泰山主峰为中心的阔大的风景名胜群。

1. 灵岩山（灵岩寺）

灵岩山位于泰山西北长清县万德镇东北，距泰山主峰约 30 公里，山下有灵岩寺，是我国著名古寺之一，向与天台国清寺、江陵玉泉寺、南京栖霞寺并称"域中四绝"。

灵岩山处于泰山北侧张夏——崮山地区的寒武纪地层结构带。这一地层的剖面俗称为"馒头山剖面"，由早古代浅海环境中沉积的石灰岩和页岩组成，总厚度 510 米左右，从老到新一层又一层，犹如一部不同时期、不同岩石与不同古生物躯体写成的地质大书。张夏寒武系标准剖面在我国地质学上占有重要地位，也是许多古生物种属的命名地或模式标本原产地，是不可多得的自然遗产。灵岩山顶平而四面如削，远望似古代官印，方方正正，所以又称玉符山或方山。灵岩山北崖最高处俗称功德顶，其上有石龛，开凿于唐贞观年间，内雕释迦牟尼坐像，高五米，体态丰雍。像侧原有四侍者菩萨，今剩其二，龛壁上多唐宋题刻。

灵岩寺在山阳，相传前秦僧朗在昆瑞山创建寺院后，又至此大兴土木所建。后北魏太平真君七年（446年）太武帝灭佛，寺院尽毁。孝明正光元年（520年）僧法定重建，以后多有修建，规模愈加宏大。今寺内有双重山门、大雄宝殿、千佛殿、御书阁、辟支塔、墓塔林等历史遗存。

千佛殿为寺的主体建筑，始创于唐，拓于宋，重修于明清。殿内须弥座上供三尊释迦分身大佛：中为

图53　灵岩寺千佛殿彩塑

宋塑藤胎毗卢遮那，东、西为明铸药师卢舍那和阿弥陀铜佛。尤为精绝的是殿内四壁台座上的40尊罗汉彩色泥塑（图53）。泥塑均为宋、明之作，技法高超，神态各异，栩栩如生，呼之欲出，甚至人物的细小筋络都表现得十分精当，显示出了中国古代的雕塑艺术已达到了相当高的水平。清末梁启超称其为"海内第一名塑"；1983年，国画艺术大师刘海粟更称之为"灵岩名塑，天下第一。有血有肉，活灵活现"。

千佛殿西有高塔，唐天宝年间创建，宋代重修，名"辟支塔"。塔基石筑，四周浮雕阴曹地府图像；塔身砖砌，八角九级十二檐，通高54米，每级四门六窗，塔内底层有塔心柱，底四层塔内设登塔阶梯，自五层起改为实砌塔体，登塔须沿塔檐上仅70厘米宽的平座绕转再上，直至九层。塔顶铁刹直刺云端，垂下八根铁链由塔顶八大金刚拽引加固。

图54　灵岩寺墓塔林

寺西有历代住持高僧的墓塔（图54），计167座，墓塔由塔座、塔身和塔刹组成。塔座或方或圆，有须弥座亦有莲花座；塔身形状也不同，分别为圆柱体、多角长方体和金钟形体，上刻塔主名号及年代；塔顶一般为长方形雕花瓣覆体或圆形相轮，上置宝瓶或相轮式宝尖。灵岩寺墓塔同嵩山少林寺墓塔的不同之处，在于它全为石制，而少林寺墓塔则多为砖建。诸塔中以慧崇塔最为著名。慧崇塔建于唐天宝元年（742～752年），是塔林中最早的一个。塔为石砌单层方形，重檐，南面辟门，东西面雕半掩之门，有侍者作欲出状。门上雕有狮首、飞天、伎乐、力士等图案，工艺古朴庄谐，为我国墓塔中的精品。林内还有墓志铭81块，其中日本僧邵元于元至正初撰定的《息庵禅师道行碑》，堪作古代中日文化交流的见证。郭沫若曾有诗题此："息庵碑是邵元文，求法来唐不让仁。愿作典型千万代，相师相学倍相亲。"

徂徕山

徂徕山位于泰山东南，总面积250平方公里，其主峰太平顶，海拔1027米，与泰山玉皇顶的直线距离为30公里。徂徕山又称尤徕山，峰峦嵯峨，林木茂密，古迹众多。今尚存寺庙三处、碑碣54块、摩崖刻石113处、古树名木千余株。太平顶位于徂徕山中部，其巅双峰并立，老松偃覆其上。西峰较平，上有感应祠遗址，为金代章宗皇帝于明昌元年（1190年）封山神为"护国感应侯"而建。顶南为万松岭，

《诗经·鲁颂》有"徂徕之松"的辞句，可见徂徕山有松的历史是极其悠久的。岭下有石屋，中有甘冽清泉，甚旺。顶东南为贵人峰，峰巅奇石兀立，孤峰刺天，遥望如人立。

山东南麓有"光化寺"，初创于北魏，隋代称光化寺，宋易名崇庆寺。元初兖州军节度使时珍重修。今寺院正殿四壁有清代《西游记》故事壁画，院中配房分列，古柏挺立；东山门内有清乾隆、光绪年间重修碑；院西南有古松，冠盖如伞，遮地亩余，传为唐植。寺北门路东有巨石，上刻北齐武平元年（570年）梁父县令王子椿隶书《大般若经》。寺东南路西有墓塔林遗址，今存塔石数十块，均为元明遗物。墓塔林东是映佛岩，岩巅有巨石，上刻王子椿隶书《般若波罗蜜经》，存85字。其字古拙苍润，为历代书法家所推崇，宋代赵明诚《金石录》、清代冯云鹏《金石索》均载其文。映佛岩东为黑山，又东为松山，上有松岩洞；东南为周蒙山，山上有周蒙洞，两洞可通。

徂徕山南麓有礤石峪，此处群峰簇列，一水曲环，松柏掩映，云霭满谷。清道光年间《泰安县志》称其"徂徕第一奥区"，谷内有古道观遗址，原为巢父庙，后称隐仙观，坐北面南，依山叠筑。东侧，前有玉泉阁，下层石门额书"金阙云宫"，门前银杏双挺；后为三清殿，原祀天皇、地皇、人皇诸神。西侧，前有吕祖殿，原祀吕祖；后为六逸堂，祀"竹溪六逸"，额题"筱洞天"。抗日战争期间，徂徕山起义便以此为营地，展开了可歌可泣的抗日斗争。

山的西南麓乳山下，为"竹溪"，周围峰峦突起，溪水西流。溪南崖旁巨石上有金代安知卿题"竹溪佳境"。其下有陡峭石壁，壁上天然花纹如深雕竹叶片片。坡下有"二圣宫"，元初创建，祀孔子、老子。后增建玉皇阁、王母殿、三清殿。唐天宝年间，李白、孔巢父、韩准、裴政、陶沔、张叔明等同隐于此，号"竹溪六逸"。东南峭石壁立，上有篆刻"贫乐岩"、"演易斋"诸迹。

竹溪东南为三岭崮。其巅三峰鼎立，又名三台山。北岩为独秀峰，下有李白书刻"独秀峰"三字。峰阴有金大定年间石震题："徂徕居士石震过独秀峰，览太白遗刻有感，题识于后。婿党怀英偕行。"独秀峰后峪有著名景观"徂徕夕照"，旧时为泰安八景之一。每当夏秋雨后黄昏，山青树翠，夕阳穿云拨雾，余晖洒向崇山峻岭，山峦万物若明若暗，变幻莫测，景致颇为不俗。清人林杭学有诗曰："独秀峰前落照红，千岩飒飒晚来风。竹溪云径层岚掩，桑海霞楼倒影空。石涧苍松明灭外，金支翠羽有无中。"

徂徕山西南团山下有大寺，古称"四禅寺"，北齐河清二年（563年）创建，历代重修，清乾隆年间被暴雨冲毁。1938年1月1日，中共山东省委在此组织徂徕山抗日武装起义，建立八路军山东人民抗日济南第四支队，创建徂徕山抗日根据地，院内有"徂徕山起义遗址"标志牌。1988年1月1日，为纪念徂徕山抗日武装起义50周年，中共山东省委在大寺遗址前马头山建纪念碑，徐向前题"徂徕山抗日武装起义纪念碑"，碑体雄伟，鎏金大字熠熠生辉。

太平顶西北，有"中军帐"，传吴王伐齐时，中军设于此，故名。清康熙年间在原址建三清殿，后又增建灵宫殿、蓬莱观等，今仅存房基。其址北依悬崖，南临深壑，丹壁凌空，松鸣云飞，清人在此题联："万叠青松千涧月，一曲流水四周山。"中军帐西北有竹溪庵，是党怀英当年读书处，并在此著《竹溪集》。自隋唐以来，历代名流隐士多有隐此著书立说者，故又名"作书坊"。

昆瑞山（神通寺）

昆瑞山位于泰山北麓济南市历城区柳埠镇东北，与岱顶直线距离为 22.5 公里，古称昆仑，又名昆嵛山、金庐山，为佛教胜地。据南朝梁慧皎《高僧传》记载，当时这一带"峰岫高险，水石宏壮"，东晋时僧朗在山中别立精舍，"内外屋宇数十余区，闻风而造者百有余人"。现在这里佛教遗存甚多，自然环境宜人，仍不失为得天独厚的仙境福地。

昆瑞山谷中有神通寺。前秦始皇元年（351 年），僧朗西游东返创建此寺，名朗公寺。至北魏、北周时尽毁，隋唐加以重建。隋开皇三年（582 年）改名神通寺，盛极一时。清末庙宇尽毁，但残存石塔、砖塔、摩崖造像，均是古代建筑与雕刻艺术中的珍品。

神通寺东侧有著名的"四门塔"。四门塔建于隋大业七年（611 年），以青石砌成，塔为方形，东、西、南、北各有一门，朝着四门有石雕佛像四尊，均贴金，雕工精美。四门塔是中国现存最早的单层石塔。塔北古柏参天，上分九枝，因名九顶柏，传为汉代遗植。塔西北白虎山麓有南北朝时所建涌泉庵，隋开皇年间重修，被毁已久。唯泉流不息，泉水自山谷而出，汇入池中，又从石雕虎口中喷涌而下，溪流过处，修竹成林，环境清幽。

　　白虎山西侧崖壁上，有唐代早期造像艺术珍品。造像刻工精湛，保存较好，在65米长的石崖上有大小窟龛100余个、大小造像221躯、题记43则。其中较著名的有唐太宗三女南平公主于显庆二年（657年）、南平公主的丈夫齐州刺史刘玄意和唐太宗十三子赵王青州刺史李福于显庆三年为太宗所造佛像。

　　柳埠镇东南灵鹫山麓，有建于唐代的九顶塔。塔单层实心，为八角形，在顶端每个角上各筑有一个三层小塔，中心部位则有一个稍大些的，即塔顶又有九个小塔，故名九顶塔。这种造型为国内罕见。灵鹫山上还有唐代造像三处，计17龛，佛像58尊、题记三则，盛唐风格十分浓郁。

　　四门塔东又有"龙虎塔"一座，因塔身雕有龙虎而得名。龙虎塔始建无考，砖石结构，深浮雕，塔身每面刻火焰状纹饰券门，精刻龙虎、罗汉、力士、伎乐、飞天等。室内有方形塔心柱，每面雕佛像。顶为重檐，上置覆盆相轮塔刹，造型优美华丽。附近还有七级小型石雕塔，亦浮雕龙虎，名"小龙虎塔"，唐开元初建。塔北为祖师林，为宋元以来神通寺住持僧墓塔林，砖石结构，今存46座。

大汶口遗址

大汶口遗址位于泰安城南大汶河畔，距泰安市 25 公里的泰安市郊区汶口镇附近。文化遗存分布在大汶河沿岸，面积约 12 万平方米，为 1959 年铺筑津浦铁路复线时发现。后组织了发掘，经考证定为距今 6000 年至 4000 年之间的原始社会新石器晚期的遗存。随后，考古学界遂将大汶口遗址及其类同的其他文化遗存命名为大汶口文化。遗址内涵丰富，有墓葬、房址、窖坑等等。出土的生活用具主要有鼎、豆、壶、罐、钵、盘、杯等陶制品，形式分为彩陶、红陶、白陶、灰陶、黑陶几类，其中彩陶器皿花纹精细匀称，几何图案规整，个别器皿上还有类似象形文字的符号。出土的生产工具有磨制精致的石斧、石锛、石凿和骨器。大汶口文化的发现，为山东地区的龙山文化（属新石器晚期，已采用快轮制陶，有些遗址中发现有青铜器，晚于大汶口文化）找到了渊源，也为海岱文化圈的存在提供了有力证据。

齐长城

齐国古长城始筑于齐桓公元年（公元前 685 年），至今已有两千多年历史，它是中国最古老的长城之一，绵绵千里，历经两千多年的硝烟烽火、风雨沧桑，至今雄姿犹存。其基础一般宽 6~10 米，墙高 2~11 米，高者多在山岭低凹处，较完整者多在山区险要处。山区均以石垒砌，中间夯土，平原则多用泥土板筑。泰山地区的齐长城尤以谷山玉泉寺以北仙人岭一带保存最为完好。登临其上，顺长城遗迹眺望，可见长城墙垣高低起伏，延伸不绝，气势十分磅礴，而且城墙以北遍生松柏，残垣南坡尽是刺槐，树种以长城为界，截然不同。每年槐花芬芳时节，这里北是一片绿，南是一层雪，景色秀奇喜人。如果有兴趣沿长城作一番考察，定会很有意思的。

后　记

　　泰山自古有六条登顶的路，只是后来大多荒圮了。人们登泰山只知有中路和西路，泰山雄奇俊秀的自然风光和深邃多样的文化内涵也就因此不为游人所全面知晓了。

　　新中国成立后，尤其是改革开放以来，当代泰山建设者出于高度的历史责任感，不仅抢救了一大批濒临毁坏的文物古迹，还根据国务院批复的《泰山总体规划》，相继修复、开放了一些包括道路和古建筑在内的景区、景点，如天烛峰景区、玉泉寺景区、桃花源——岱顶步游路、后石坞元君庙、五贤祠、三阳观等等。新的景区、景点各具特色，从不同的层面述说着泰山丰厚与不朽的历史与文化。

　　本书试图将这一切告诉游人，使游人来到泰山，能看到更多，感受更深，得以更好地了解泰山全貌。

　　本书写作过程中得到徐桂荣、王志明、王其勇、牛健、陈岩、韩红梅等同志的帮助，在此一并致谢。

张用衡

2000 年 8 月于岱下

图书在版编目（C I P）数据

岱宗览胜/张用衡著．－济南：齐鲁书社，2000.9
（泰山文化之旅丛书）
ISBN 7－5333－0709－7

Ⅰ．岱… Ⅱ．张… Ⅲ．旅游指南－泰山
Ⅳ．K928.3

中国版本图书馆 CIP 数据核字（2000）第 45603 号

泰山文化之旅丛书

岱宗览胜

张用衡　著

齐鲁书社出版发行

（济南经九路胜利大街）

山东人民印刷厂印刷

850×1168 毫米 32 开本　4 印张　80 千字

2000 年 9 月第 1 版 2000 年 9 月第 1 次印刷

印数 1—5200

ISBN 7—5333—0709—7

K·192 全 8 册定价：68.00 元

泰山文化之旅丛书

汤贵仁　著

齐鲁书社

序 一

莫振奎

泰山为我国五岳之东岳，是闻名遐迩的旅游胜地，年接待中外游客达到 400 万人次。泰山的魅力不仅在于她雄、奇、险、秀的自然景观，更在于她悠久的历史和丰厚的文化，在于她得天独厚、绝无仅有的人文景观。封建帝王的封禅，文人骚客的游览，以及宗教的活动和民间的传说，使泰山成为一座神山、圣山、文化山。泰山被誉为中华民族精神的象征，被称作东方文化的宝库，是当之无愧的，联合国教科文组织把泰山列为"世界文化与自然遗产"，也是名副其实的。

随着改革开放的深入和经济社会的发展，我国旅游业呈现出强劲的发展势头，泰山已成为人人向往的旅游热点。近年来，泰安市委、市政府确定把旅游业作为一个新的经济增长点来抓，提出了"营造大泰山，开拓大市场，发展大旅游，构筑大产业"的战略构想，加大宣传促销力度，加快旅游资源开发，加强基础设施建设，治理整顿旅游环境，做了大量工作，

取得了显著成效。挖掘泰山的文化内涵，弘扬泰山的历史文化，让世人更多、更深入地了解泰山，为中外游客提供深层次、高品位的服务，是发展泰山旅游业的一项重要工作，也是编辑出版《泰山文化之旅丛书》的根本宗旨。

　　《泰山文化之旅丛书》的编者，以高度的责任心和使命感，以严肃认真、精益求精的态度和作风，精心撰稿，精选图片，编成了这套图文并茂、雅俗共赏的丛书。通过这套丛书，使广大游客在遍览泰山风光名胜的同时，也能领略博大精深的泰山文化，这对进一步宣传泰山，促进泰山旅游业的发展，将发挥积极的作用。值丛书编成出版之际，即兴随笔，写此数语，是为序。

2000 年 8 月于泰安

序 二

杨辛

　　旅游是一种层次较高的综合性文化体育活动。古人在谈及学识时，常提到"行万里路，读万卷书"。所谓"行万里路"，其中带有旅游的意味，这是对自然、社会的一种亲身考察与体验。旅游的兴味往往反映人的文化素养。前人把"行万里路"与"读万卷书"并列，确是很有道理的。

　　旅游本身是一种文化熏陶，也是一种精神享受，到名山胜水旅游，特别是到泰山这样的历史文化名山旅游更是如此。泰山作为我国文化名山被誉为五岳之首，而且是世界上为数不多的"文化与自然"双遗产，旅游资源十分丰富。

　　我曾说："生有涯，学泰山无涯。"泰山的文化内涵博大精深，它以儒家思想为主导，融合道家思想、佛教思想为一体，它对人的精神影响既是哲理的、伦理的，又是审美的。泰山的雄伟气魄和蕴涵的自强不息的进取精神激励着华夏子孙。名山不厌百回游，我现已攀登泰山 33 次，兴味仍有增无减。我在 80 年代

中期曾写过一首《泰山颂》：

高而可登，雄而可亲，松石为骨，清泉为心，呼吸宇宙，吐纳风云，海天之怀，华夏之魂。

这首诗，表达了我对泰山的感受，还被刻在了泰山的盘道旁。可以说，它源于泰山，又回归泰山。我爱泰山的自然，更爱泰山的文化，似乎我与泰山有着不解之缘，我还会继续攀登。

《泰山文化之旅丛书》的编者以推介宣传泰山文化为己任，将这套雅俗共赏、图文并茂的丛书奉献给读者，使不同层次的游览者，通过泰山诸多的风光名胜、诗文传说、宗教建筑、摩崖碑刻，以及众多名人轶事来品味泰山，这是为弘扬泰山文化所作的重要贡献，可喜可贺。

是为序。

2000 年 8 月 1 日于岱下

目　录

智慧的火光　联系的纽带

——七十二帝王与泰山

　　远古茫茫，宇宙洪荒。百十为群的人的群体散居在黄河上下，大江南北，他们以血肉之躯抗击狂风暴雨，躲避洪水猛兽，为生存而忙碌、奔波，乃至牺牲生命。成功和失败使他们懂得，为了生存，一要力量，二要智慧。从某种意义上讲，在洪荒年代，人的智慧的价值远远超过力量的价值。

　　人与动物不同，就是因为具有社会性，而社会性的形成就在于人群的凝聚、联合，并且不断地凝聚和联合组成更大的群体，在这个群体组成的过程中，一要动用智慧，二要动用战争，这就是"文武之道"。传说中的黄帝战蚩尤，正史有据的周殷牧野大战，是动用战争凝聚联合的事例；传说中的黄帝夫人嫘祖养蚕抽丝，典籍有征的周先人后稷发明农业生产，是用智慧凝聚联合的事例。智慧与战争，何者为先？何者为后？先文后武，先武后文，文武并用，纷纭复杂，不可一概而论。

　　人群的凝聚和联合需要生存的空间。原始时代，

图1　泰山十八盘

人的群体较小，流动性大，居住并不固定，随着时间

图2 五岳独尊刻石

的流逝、生产的发展、文明的进步，空间地域就需要

3

相对固定。空间地域的固定需要标志。远古时代，人群稀少，地形地貌变化甚快。那时不仅没有东经西经、南纬北纬之说，甚至连地域名称亦难寻觅。河流平地受自然灾害影响，或改道，或泛滥，难以成为标志。只有山岳，倘无特大毁灭性的地震，那是岿然不动的自然地域的方位标志。五岳，实际上是最早的东南西北中的地理标志。五岳之所以名扬天下，应该和这个历史背景相联系。

从新石器时代到秦始皇时代大约三四千年，泰山之阳的大汶口文化已相当发达，人群的居住情况我们虽不明底细，但泰山周围属于大汶口文化的其他零星的新石器文化的出土，可以使我们确信东夷的部落群体大量存在。因此，比较强大的代表先进文化

图3 大汶口文化陶器图刻

的部落领袖不断地向四方扩张，加快民族凝聚联合的过程是可以想见的。与此同时，中原地区、西方、南方、北方的强大的部落群体不断地扩张、凝聚、联合，和东夷的状况相似。东夷的凝聚联合可能上泰山，东夷、西夏、南蛮、北狄的凝聚联合则一定要上

泰山，因为泰山是东方的标志。这就是史书上说的七十二帝王"封禅"泰山的历史社会背景。

有文字记载的到泰山祭祀封禅的古代部落领袖和帝王有无怀氏、伏羲氏、神农、炎帝、黄帝、颛顼、帝喾、尧、舜、禹、汤、周成王，计十二位，不足七十二位。大概上泰山的部落领袖太多，以七十二概言其数。因为有许多部落领袖凝聚联合之心甚雄，而终乏凝聚联合的大智大力，所以虽有其事，而无其功，被历史的进程所湮没，令人遗憾。

图 4　古登封台碑刻

"七十二帝"中的最后一位是周成王，他上泰山，

5

史有明文，今泰山有物证。泰山东北侧有"明堂园"，相传即周成王建明堂之地，该地风景优美，有山道可

图5　周明堂泉

达山顶。明堂遗址亦有泉，惜乎时间久远，荒堙毁废，只有踪迹可寻了。值得一说的是舜。众所周知，相传舜是尧的接替人。那时权力移交比较宽松。舜为人忠厚勤恳，有从事耕作的故事。"舜耕历山"的"耕"可能对当时人的生活生存影响甚大，所以广为流传。历山在何处，众说纷纭。我想，大家都设想和认定"舜耕历山"的历山在自己的居住地，正说明舜

的人格影响，也说明"耕"对当时人群的生活和生存的深刻影响。毫无疑问，耕与种相联系，而耕种又和天时（日、月、季、年）、地利（平原、山岳、河流、湖泊）相关。因此，舜巡狩四方时就有协调月、时和宣传度、量、衡运用的记载。

据古书记载，舜每五年巡行一次，而各地部落领袖在巡行的间歇，每年到舜居住的地方朝见一次。这当然是后代的学者按等级观念研究出来的说法。在舜时，亦未必如此规格化和模式化。但有一点却可以坚信不移，只有各部落的联系不断地强化，才能形成生产、生活、文化、心理相一致的民族共同体。最令人感兴趣的是，舜在应该巡行之年，二月东至岱宗，五月至南岳，八月至西岳，十一月至北岳。巡行的路线首先是东岳泰山。可见东岳泰山周围的东夷各部落在当时社会结构中的地位。我们今天说的舜巡行，古人用"巡守"或"巡狩"二字。人称"守"乃"守土"，"狩"乃"狩猎"。我们以为，古时生产力十分低下，剩余养生物不丰，舜长期巡行，恐怕在巡行途中不得不"狩猎"维持生活。因为巡行本身有联络各地居住部落人群的目的，说"守土"也不过分。毫无疑问，无论是舜五年一巡狩（守），还是各地的部落领袖到舜的住地回访，其社会效应都是为了加强民族的凝聚和联合，为将来在更高的社会层次上建立大一统政权作历史的积累。

应该指出的是，无论是舜的巡狩（守）或者是地方部落领首向舜回访朝见，都是各地人群的一种凝聚和联合的形式，要使人群凝聚有力，联合有效，必有一些凝聚、联合的实质性内容，而这些内容应该给各地的民众以实在的利益和精神的满足。据前人记载，实质性内容大约有三：一为祭祀，名目有"柴""望秩""望"之类；二为协调月、日、年时，设置符合客观规律的日历；三为制定度量衡，建立数量与交换的概念。

柴，就是以柴烧火。也有人说是在柴火上架上牲畜。聚会烧火，是古人火崇拜的遗留。火给人光明，给人温暖，给人生活上的种种方便，也促人兴奋！现代人的篝火晚会、少数民族的火把节，都是群体活动的兴奋点！原始部落相会以火为标志，可以理解。笔者少年时代在江南山村居住。每年除夕之夜，村民户户以松枝柴草燃火，一家一堆，人皆从火堆上跳跃或跨越而过，以为避邪，祈福。大概是古代"柴"祀风俗的遗存。望的仪式并无确切记载，后人的研究亦不可信，照今日礼仪推测，望可能就是注视、注目。古今中外，注视、注目是一种尊敬，今日之世界，各国军人检阅无不行注目礼，各种群体活动的严肃场面也往往有注目礼，大约是各个民族共同心理文化的遗存。望秩，就是按次序（或按一种特别的人文规格，例如长幼、强弱、地位、等级）一一注视。这些祭祀的礼仪方式带着强烈的原始特点，与进入文明社会后的祭祀礼仪相比，自有精粗之分，简繁之别。当然，古书上文字记载语焉不详，后人亦未与其事，阐释困难，只能追往述今，见其大概。需要指出的是，柴、望这些仪式在人群聚会中的心理作用、凝聚作用和团结作用是巨大的，越是远古的洪荒时代，其作用越发地具有魅力。

地球围着太阳转，月亮围着地球转。日出日落，月圆月缺，人们细细观察，日出日落，日复一日，无轨迹可寻，变化的是气温高低和日照的长短，但是，地球围着太阳转所引起的气温高低变化和日照长短变化是渐进的，分割线在哪里，处于野蛮时代的先民们是难以划定的。月亮围着地球转，从圆到缺，从无到有，时间较短，易于把握。于是，人们首先从月球运行的规律，找出了"月"的时间概念，即二十九日或三十日。然后寻找年的概念。说起来容易做起来难，古代先民为了年之始和月之始，不知费了多少周折。众所周知，月亮绕地球旋转，从缺到圆，从圆到缺，从无到有，从有到无，中间有四五天的时间人们看不见月影。人们要在这四五天确定"月"之始和"月"之末，颇费精力。此外，一年365日有零，按月亮围绕地球转的周期规则，并不能确定"月"和"年"的关系，必需找一个中介——"闰月"以补不足。即使"月"和"闰月"确定，"年"之始依然众说纷纭。中国历史上的"三正"之说便是其例。史称夏、殷、周各有自己的年之始，或建子，或建丑，或建寅，即"三正"。夏建寅，以今日之农历正月初一为一年之始；殷建丑，以今日之农历十二月初一为一年之始；周代建子，以今日之农历十一月初一为一年之始。秦始皇统一中国之后，别出心裁，以今日之农历十月初一为一年之始。汉武帝恢复夏制，建寅，此后一直沿用。重提旧事，只是说明年历的问题在历史上反复研讨，才成定制。读二十四史的人都知道，皇帝即位定

"正朔"是一个重大措施。"正"就是一年的开始，"朔"就是一月的开始。在农业社会里，"正朔"之制事关农业生产，事关人民生存，事关政权的稳定。由此可见，传说中的七十二帝王在巡行的过程中，不断地协调年月日时，用智慧的光芒加强各群体之间的联系，舜是一位有记载的杰出代表。

度、量、衡的设置，对任何一个原始的群体来说都十分重要。不管舜时的度、量、衡多么简陋粗糙，但总要协调一致，只有有了度、量、衡的概念和实质，人群内部和群体之间的交换、交流才成为可能，才能减少不平等、不公平的交换和交流。也只有实现了相对公平和平等的物质交换和交流，才能在部落群体内部和群体部落之间增强凝聚力。也就是说，相对平等公正的交换是社会稳定的因素。据前人研究，中国古代度量衡的确立和古代的乐器有关。古代音乐有乐律，按音调高低分十二律。即黄钟、大簇、姑洗、蕤宾、夷则、无射、大吕、夹钟、仲吕、林钟、南吕、应钟。又称六律六吕。共十二管，管的直径三分有余，空围九分。黄钟长九寸。依次，长者声低，短者声高。音低者重浊而舒迟，音高者轻清而剽疾。以黄钟九十分之一长为一分，十分为寸，十寸为尺，十尺为丈，是为度。以黄钟之内腔为容，内容黍粒一千二百为龠，十龠为合，十合为升，十升为斗，十斗为斛，是为量。以黄钟内容之黍一千二百粒为十二铢，二十四铢为两，十六两为斤，三十斤为钧，四钧为石，是为衡。百思不得其解的是，度、量皆十进位，唯衡为不规则进位。由此推论，先前部落人群是否真像宋元时人想象的这样，如此这般地确定度量衡，大可疑问。如果前人的这个叙述是正确的，那么，声调不同十二律乐器是用什么标准确定的？如果前人的这个叙述是不正确的，那么，舜所协调的度量衡的具体内容是什么？需要指出的是，我国古代度量衡的统一有一个十分漫长的过程。就个人记忆所及，秦始皇曾统一度量衡，东汉光武帝也统一过度量衡。儿时在江南，农村中使用的合、升、斗、斛、石，与县城里就不一样。中国封建社会的封闭性在度量衡问题上十分突出。大概到解放后，即中华人民共和国成立，才真正彻底地统一了度量衡。不过，远古的先民们为了交换，为了公平，费尽了心血，不断地寻找一个比较公平的度量衡标准，当这个共同确认的标准在一定范围内被认定时，当事人欢欣雀跃的情景是可以想见的。舜在巡行过程中不断地做这项工作，是功不可没的。

　　七十二位帝王，或者说，漫长历史时期中的众多部落领袖不停地到泰山巡行或巡狩，虽然史无详文，但以舜一例可说明，巡行是为了推行智慧，推行智慧就增加凝聚力，日久天长，持之以恒，一个强大的多民族的共同体逐渐形成。毫无疑问，凝聚、联合一定包含着战争的征服和镇压，两者结合，便是“文武之道”。推论说泰山是民族凝聚、联合、团结的灵魂，十分可信。更为令人惊叹的是，南岳、西岳、北岳、中岳在历史前期的作用与泰山相同。但进入高度文明的社会形态之后，皆纷纷退却，唯独雄镇天东的泰山自远古的七十二帝，中经秦汉，乃至唐宋明清，由于历代帝王的封禅与祭祀，不断地在多民族的社会结构中担当起凝聚作用。

　　泰山，引无数英雄竞折腰！

　　泰山，中华民族的一统魂！

维护新一统　追求永长生

——秦始皇与泰山

秦始皇帝（公元前 259～公元前 210 年），名嬴政，中国历史上的第一位皇帝。他 13 岁即王位，整顿好内部之后，与东方六国争雄，十年之间，消灭了韩、魏、燕、赵、楚、齐，建立了中国封建地主阶级的第一个中央集权制的统一政权。公元前 221 年统一天下后，他又进行了一系列的改革：废分封制为郡县制，割天下为 36

图 6　秦始皇嬴政像

郡；废除六国的文字，统一为李斯小篆体；废六国的度量衡，建立统一的度量衡；连车轨的大小都做了统一的规定。这无疑对巩固中华民族的统一起了良好的作用。

秦始皇统一六国之后，为了加强对统一大帝国的统治，多次进行全国性的巡视。在巡视中，他以封禅为旗号，于公元前219年登泰山。

秦始皇登泰山是举行封禅仪式。按照古人的解释，在泰山上堆土为坛，在坛上祭祀天神，报答天神的功绩，叫做"封"。在泰山下小山上扫除出一片净地，在这块净地上祭祀地神，报答地神的功绩，叫做"禅"（读善 shàn）。古人认为，皇帝乃天帝之子，是奉天命来统治臣民百姓的，天和地是古代价值观念中的高贵象征，因此，在改朝换代之后，或者某帝王以为治功显赫时，都可以也应该到泰山封禅，告太平于天地，告成功于天地，以答谢天地的恩泽。

公元前219年，秦始皇从河南进入山东巨野，由西而东，至今邹县邹峄山，在邹峄山上刻石纪功，随后由南而北，到达泰山。在邹县时，他曾征请齐鲁两地的儒生博士70人，和他们共同商讨登泰山封禅事宜。据说，有的儒生提出："古时上泰山封禅用蒲草包裹车轮子，因为怕伤害了山上的土、石、草、树；扫除地面来祭祀，铺在地上的席子要用草杆和庄稼秸子编制。"儒生们并不了解秦始皇上泰山的意图，一是镇服东方六国的复仇情绪，巩固秦政权的统治，维持大一统的局面；二是寻求长生不死，企图统治权的永久不变。儒生们为了让秦始皇觉得封禅容易办到，就编了上述一套简单易行的话，这些话在秦始皇听来既不顺耳，又不顺心，认为儒生们的议论庸俗不堪，毫无根据，不过是强不知以为知，按照各人的臆想，胡说一通而已。于是秦始皇决定自行其是，整治车道，攀登泰山。秦始皇上泰山的经过，秘而不宣，连司马迁也慨叹无法记述。所以，同一部《史记》，《封禅书》和《秦始皇本纪》记载秦始皇登山路线不一致，一说阴上阳下，一说阳上阴下。主张阳上阴下的人，以为秦始皇上山遇雨，封禅不成，天不相助，故有"秦灾风雨"之说。主张阴上阳下之说的人以为，秦始皇下山遇雨，是在完成封禅之后，因此秦始皇还是完成了封禅仪式的。从中国古代五行说考虑，周秦汉的登山方向皆应从东开始。秦始皇深信"五行"、"五德"之说，应该从泰山之东开始登山，史书又记其"阴"，因此，秦始皇极可能从后石坞天烛峰一线登山。推其始，应该从"扫帚峪"山谷循谷渐进渐登，而从山南下山的。

秦的都城在今陕西省的咸阳市附近，距离泰山千里之遥。尽管当时秦始皇命令全国修建了驰道，但坐马车长途跋涉，还是相当艰苦的。秦始皇为什么不避辛劳，远巡东方？

首先是出于强化统一政权的政治考虑。

秦灭六国之后，六国的贵族集团不甘心自己的失败。大家熟知的张良，原是韩国贵族的后裔，姬姓，在韩国被灭之后，耿耿于怀，总想伺机复仇。当秦始皇东巡到达河南博浪沙（一作"博狼沙"，地在今河南省原阳县东南秦阳武故城南）时，张良请力士用大铁椎击杀秦始皇，结果误中秦始皇的副车，谋杀未成。张良的谋杀引起了秦始皇的警觉，他下令搜查十日，张良不得不改姓更名逃至下邳（今江苏省邳县）。后来，张良遇一老人，相约某一天凌晨在桥边相会，必有一赠。相约之日，张良至而老人已先在桥上。老人责怪张良。又约，张良如期提前应约，结果老人又先在桥上。于是第三次相约，张良半夜前往桥上待老人。老人至，以为张良可教，授以韬略一卷。细细想来，所谓天书并非天书，通过故事，老人教育张良，凡事不宜急躁。所谓君子复仇，十年未晚。经老人指点，张良改变了急于求成的个人刺杀的鲁莽行为，参与刘邦起义，利用群体的力量来灭秦，终于完成复仇大业。此外，张耳、陈余的灭秦，也具有同样的性质。当然，张良从刘邦反秦，性质已经起了变化，但究其初衷，属于政治报复是毫无疑义的。项羽和他的叔父项梁原是楚国的贵族。秦始皇东巡到江苏南部的时候，项羽口出大言，说"彼可取而代也"，项梁急掩其口。据史书记载，说秦灭六国，楚最无罪。因为楚与秦之间绝少纠纷。因此，秦灭楚，楚不服，当时有"楚虽三户，亡秦必楚"的说法，复仇情绪可见一斑。后来项羽、项梁率江东（今江苏南部和安徽南部）子弟八千余人渡江西进，成为灭秦的主力军，直捣咸阳，灭了建国十四年的强大秦国。复仇有时候是一种凶狠的力量。

另一方面，秦始皇对六国的人民缺少政治家的宽厚胸怀，把六国人民对秦的不理解和六国贵族的政治反抗视同一律，统统使用残酷的镇压手段，加上繁重的经济负担和过分的徭役，使人民心中的反抗情绪日益高涨。史书上记载的陈胜、吴广起义是最典型的例子。秦灭六国后，大批征用农民充当劳动力，并且办法十分严苛。修长城的人长期劳役，思家心切，秦统治者用割去生殖器的办法来遏止思家所引起的怠工。征用劳动力限期到达，若不按时到达劳动地点，不问情由，一律问斩。陈胜、吴广赴劳役途中遇雨，耽误了时间，法当斩。因此，陈胜、吴广以为与其引颈受戮，不如揭竿而起，这就是著名的陈胜、吴广起义。作为一个政治家，秦始皇敏锐地感觉到了这一点，他曾说过"东南方存在夺取天下的政治势力"。于是就出现了"到东方巡行视察镇压东方人民的反抗情绪"的多次东巡。

秦始皇东巡，在政治、经济、文化道德方面禁其所异，褒其所同，推行他所制定的新政策、新法式，因此，在加强帝国的统一方面，也起了积极的作用。

其次是受长生不死的诱惑。

据顾炎武在《日知录》中考证，周代末年，泰山"有人成仙"之说甚盛。这种原始的宗教思想，经过春秋战国，一直延续到汉末。秦始皇自然会受到这种思潮的影响。

从心理学的角度看问题，人越接近死亡的时候，就越是恐惧，越是追求健康长寿乃至不死。秦始皇一面命令大批的劳动力在骊山附近修建自己的地下宫殿，准备死亡。一方面疯狂地企求长生不死之药，讳言死。由于反科学的长生不死乃至成仙的思潮盛行一时，使秦始皇迷信神仙、寻求长生不死之药的劲头达到了惊人的程度。

可能是出于对山东沿海海市蜃楼天象的误解,古人盛传海上有仙山,山上有仙人之说。徐市(读福 fú),是齐(今山东省北部)人,他向秦始皇上书,声言东海上有蓬莱、方丈、瀛洲三座仙山,山上有仙人,请求秦始皇允许他去海上寻求仙山和仙人。秦始皇给徐市未婚男女数千人,让他率庞大的船队入海求仙。徐市求仙数年不得,耗费又多,唯恐秦始皇责备,因而编造谎言,说他多次见不到仙人,搞不到长生不死之药,是因为海里的大鲛鱼从中作梗,请求秦始皇射杀大鲛鱼。恰好此时秦始皇做过一次恶梦,在梦中,秦始皇与海神作战。于是那些博士们便纷纷进言,说海神是恶神,应当消灭。秦始皇欣然听信他们的谎言,命人带着捕鱼的工具到海上去捕杀鲛鱼;自己还带着能自动发射的连弩在山东东部沿海巡行,伺机射杀大鲛鱼。从琅玡(读牙 yá)台至荣成山,终于在今烟台的芝罘(读福 fú)岛附近看见了巨鱼,秦始皇当即用连弩射杀一鱼。仅此一事,可见他迷信到了何等荒唐的地步。

秦始皇好长生,求不死之药,还糊涂到了有损国家政治生活的地步。

据说,当时有一位卢生,他和徐市、韩众、侯生等人都在给秦始皇寻求不死之药。卢生多次寻求不得,无可奈何,编了一个荒唐的理由,说他之所以求不到仙人不死之药,是因为有恶鬼从中阻挠。于是,卢生建议秦始皇躲避恶鬼。办法是秦始皇的住处,不能让大臣们知道。秦始皇平时热衷于成为“真人”(即仙人),以为真人能入水而不沾湿,入火而不怕火烧,可以腾云驾雾,飞行长空,生命与天地长久。他声称“羡慕仙人,希望做仙人而不愿做皇帝。"秦始皇处于这样一种精神状态之下，自然对卢生的邪说言听计从。于是，秦始皇下令把咸阳附近二百里以内的宫殿统统用甬道连接起来，宫中多设帏帐，使自己的行踪和住处不定化、诡秘化。他严肃宣布：如有泄露他的行踪和居住地址的，一律处以死刑。有一次，秦始皇在宫中说丞相的车马太多。第二天，丞相乘坐的车马数目减少了。秦始皇十分怀疑，便推断是有人把他的话告诉了丞相。他立即召集随从审问，当时在场的随从没有一个承认这件事。秦始皇盛怒之下，把当时所有在场的人统统杀掉了。像这样缺乏理智的行为，自然会在统治集团内部引起危机感，造成内部的惊恐和不安。

这样一位热爱神仙的皇帝，自然会充分利用东巡的机会，登上泰山进行封禅活动，以求长生不死，成为仙人的。因此，他上泰山封禅，行为诡秘，过程细节秘而不宣，使后世的史学家有无穷的遗憾。

秦始皇泰山封禅之后，在泰山留下了两件文物：秦刻石和五大夫松。

秦刻石一名秦篆碑。

秦始皇东巡各地，随处刻石以纪功德；但亦有结合地方情况，发布指令性意见的，如《会稽刻石》。秦始皇时代，北方已进入高度文明的时代。而南方却被认为是蛮荒之地，甚至还存在赤发纹身的现象。道德伦理观念大异于北方。所以《会稽刻石》中就有"夫为寄豭，杀之无罪"的话。秦始皇的刻石，大都毁废。今天完整保存下来的，有琅玡刻石，藏北京历史博物馆；泰山刻石，只剩数字残片，藏泰安市岱庙

图7 秦泰山刻石（复制）

内。泰山刻石辞完整地保存在司马迁的《史记》中，大意是：

　　　　皇帝就任帝位，制定法律，诸位大臣认真执行。始皇帝二十六年，第一次统一天下，各地没有不臣服的。现在又亲自东巡视察远方的黎民百姓，登上了泰山，看到了最东部的地方。随从的大臣感到行踪奇伟，推想事业宏大，都称颂皇帝的功德。目前治理天下的办法被积极推行，各地的生产也很正常，一切都显得有条不紊。大义昭明于人间，希望要流传后代，永远继承不要改变。皇帝圣明，在统一天下之后，又毫不放松地处理天下政务，早起晚睡，兴办有利的事业，注重教导感化人民。皇帝的命令一经宣布，远近的国事都得到治理，老百姓都秉承皇帝的意志办事。全中国高贵的人和卑贱的人都分辨清楚，男人和女人都各自遵守礼仪，谨慎地做自己应该做的事情。明确区别内外，各阶层的人都平静无争，要把这种好风气传给后代。这样代代相传以至无穷，永远尊崇皇帝的命令，好的永远继承，坏的永远引以为戒。

秦始皇死后，秦二世胡亥又效其父东巡，在秦始皇的泰山刻石上，又加刻了二世的文字。我们现在见到的残片上的几个字，是二世的刻辞，而秦始皇刻辞的字体，除拓本以外，则一个字也见不到了。

记载秦始皇和秦二世泰山石刻的典籍，自然首推《史记》，《史记》以后，历东汉、三国、两晋、南北朝到隋唐五代，很少有人提到这块石刻。到了北宋，著名散文家欧阳修在他的《集古录》里提到这块碑刻。欧阳修说，他的朋友江邻畿贬官在奉符（即今泰安市）时，曾在山顶上见过秦刻石。江邻畿说，秦刻石所用的石块非常坚硬，不知当时怎么能在如此坚硬的石块上刻字。还说，由于长时间的风雨侵蚀，剩下的字数已和《史记》记载的字数不相等。由此可见，这块秦篆碑在北宋时就远非全璧了。后来，人们把这块残碑移到山顶碧霞祠内。清代乾隆五年（1740年），碧霞祠遭火灾，这块残碑也失其所在。直到道光年间，清政府官员柴兰皋监修泰山山顶工程，清理玉女池（在今碧霞祠西北侧）时，才重得这块秦刻石残碑，这时仅有"臣斯、臣去疾昧死请"等九字，随即移至山下保存。光绪十六年（1890年），有一伙盗贼劫走了这块残碑，当时泰安县令毛蜀云下令，泰城戒严十日，进行搜查。盗贼们迫于形势，只好把这块

图 8　泰山刻石

残碑弃置城北门桥下。由于清末这位小官员的努力，我们才有机会看到这件珍贵文物，确是幸事。

五大夫松亦称秦松，现在云步桥与朝阳洞之间。据史书记载，秦始皇登泰山时，中途遇到大雨，他在"树"下避雨，就封此"树"为"五大夫"。这里有两点，一是在"树"下，没有说在什么"树"下。二是封"树"为"五大夫"。查秦官爵制度，"五大夫"是官爵名称，属九等爵，而不是说封为五位大夫，更没有说是五棵松树。到了唐代，大诗人李白才有秦始皇"登泰山封禅，风雨大作，五棵松树受到封号"的说法。晚于李白的唐代著名宰相陆贽在《禁中春松》一诗中，也有"不羡五株封"的句子。也就是说，到了唐代，秦始皇当年"休于树下"的"树"，被指为"松树"，而且数目是"五棵"。

图9　五大夫松

今天游人见到的五大夫松，并非秦松，是清代的丁皂保栽植的。见到秦松的古人形容秦松"树干粗而弯曲，仿佛是一条遒劲的苍龙，大有飞腾之势。"这秦松老树是什么时候消失的？其说不一。史书上说是明代泰山大雨，山洪暴发，冲走了秦松。人民则赋予它以传奇的色彩：说是八仙中的吕洞宾路过泰山，见秦松苍翠，以为秦始皇焚书坑儒，严刑峻法，他封的松树不配留在胜地泰山，于是，吕洞宾以所佩之剑指向天空，顿时飞沙走石，巨石自天外飞来，不偏不倚，砸毁了秦松。今日，虽然秦松早毁，而"飞来石"却仍在游人目前！

图10　飞来石·五大夫松坊

需要指出的是，秦始皇公元前 219 年登泰山封禅，其主要目的是维护刚刚建立的秦政权，保持大一统的稳定，但是，秦始皇在巩固统一政权的过程中，也犯过一些极严重的错误：把六国的贵族和人民不加区别，视为一体，统统以严刑峻法对待；对知识分子的特殊性没有清醒的认识，朋友、敌人、社会寄生力量不加区别，焚书坑儒，破坏文化传统；好大喜功，穷奢极欲，不知爱惜民力，驱使成千上万的劳动力大兴土木工程，残民以逞，竭泽而渔。所以招致天怨人怒，立国仅十四年，就在农民大起义的怒涛声中灭亡了。由此可见，泰山封禅就其本质而言，不过是一个特殊的登山活动，它不能挽救政策失调、滥用权力的政治腐败，也不能改变客观规律，使任何人长生不死。

誓保边境安宁　热望神仙福佑

——汉武帝与泰山

西汉孝武帝刘彻（公元前156～前87年），公元前140年即帝位，时年17岁。在位54年间，政绩卓著，历史学家对他有"雄才大略"之誉。他的主要贡献是：加强了中央集权，削弱了地方割据势力；加强了中原地区和边疆的联系，镇压了边境上的强硬派和对抗势力，确保了边境的稳定与安宁，派张骞出使西域，

图11　西汉武帝刘彻像

派唐蒙出使夜郎，在西北进行屯田，在西南建立七郡；解除了自西汉建立以来长期存在的边患，维护和

发展了大一统的局面，形成了中国地主阶级政权史上的第一个盛世。

　　自从高祖刘邦在平城（今山西省大同市东北）东白登山被匈奴人包围，并身中一箭之后，一则畏惧匈奴人的强悍，一则刚刚建立的西汉政权需要整顿巩固，于是，刘邦对匈奴实行"和亲政策"。尽管西汉政府给匈奴人以大量财物，但是，匈奴人还是不断地在边境骚扰，这种状况持续了几十年。到汉武帝即位后，由于西汉经济的发展，国力的强盛，太仓之粟，陈陈相因；陇亩之上，牛马成群；府库之中，钱积如山。于是，刘彻有条件来解决长期存在的边患问题。汉武帝重用卫青、霍去病、李广等人，屡与北方的匈奴人交战。最后，大大削弱了匈奴人的势力。其中，青年将军霍去病战功卓著，八年间身经六大战役，将匈奴人赶到祁连山以西，安定了北方边界。在频繁的战争间隙，刘彻屡次登上泰山封禅。检索《汉书》如下：

　　元封元年（公元前110年）登泰山，坐明堂，发布诏书。

　　元封二年（公元前109年）夏四月，祠泰山；秋，作明堂于泰山。

　　元封五年（公元前106年）春三月，至泰山；增封；祭高祖于明堂，以配上帝。

　　太初元年（公元前104年）冬十月，幸泰山；十一月，祀上帝于明堂；十二月禅高里。

　　太初三年（公元前102年）夏四月，修封泰山，禅石闾山。

天汉三年（公元前98年）三月，行幸泰山，修封；祀明堂。

太始四年（公元前93年）春三月，幸泰山；先后祀高祖、孝景皇帝于明堂；禅石闾山。

征和四年（公元前89年）春三月，幸泰山修封；祀于明堂；禅石闾山。

汉代的都城在长安（今陕西省西安市），和泰山相距千里之遥，在二十余年间，汉武帝和泰山发生如此频繁的联系，在当时的交通条件下，应该说是空前的盛事。

汉武帝如此频繁地光临泰山，当然是一个饶有兴趣的社会现象，值得探究。

秦汉之际是我国原始的鬼神迷信思想泛滥的时期，通常的世俗生活且不必说，就是国家严肃的政治生活和讲究求实精神的学术思想也受到严重的影响。国家有事，必先期祭祀天地神祇（读奇 qí），祈求保佑。连所谓经书，也用谶纬那种似通不通似懂非懂的模糊语来解说，借以神化经书，宣传圣人未卜先知，可以预言天下大事。刘彻这位雄才大略的政治家，也受到了原始宗教迷信思想的困扰，闹了许多在今天看来是令人喷饭的笑话。

当时有一位方士李少君，隐瞒了自己的身世、籍贯和年龄，进行欺骗活动。他自称能接近鬼魂，使人不死，骗得那些脑满肠肥的贵族馋涎欲滴。在一次宴会上，李少君对一位年已七十余岁的老人说，他曾和这位老人的祖父一起在某地做过游戏，而这位昏聩的老人居然证明确有其事。因此，参加宴会的人都认为李少君是高寿长生之人。由于李少君捣鬼有术，他得到许多幻想长生不死的王公贵人赏赐的财物，而那些追求财富的王公贵人又以为李少君既无家庭妻子，又无产业，却富有钱财，认定李少君会炼金术。这些贪婪成性的家伙，以讹传讹，造谣欺骗和信谣受骗恶性循环，于是李少君声名日著，终于被介绍给了汉武帝刘彻。

刘彻自然不会轻信李少君。刘彻见李少君时，拿出宫中一件古铜器，让李少君辨认。李少君未及细看，就断定是齐桓公十年陈列在柏寝台中的铜器。刘彻细按铜器上的刻文，果然是齐桓公时代的东西，于是轰动了朝廷，大家又以讹传讹，说李少君的寿命已数百年了。他们推断，齐桓公十年陈列在柏寝台中的铜器，李少君倘若亲眼见过，并且至今记忆犹新，那么，齐桓公十年，是公元前375年，至汉武帝时代，已近三百年。由此看来，李少君至少活了三百岁。这个简单的逻辑推理，将李少君神化了。

李少君一接触刘彻，就看透了刘彻希求长生的病态心理，向刘彻展开了一场心理战。他告诉刘彻，人是可以长生的，长生术是把丹沙炼成黄金，然后把黄金做成食器，以这样的食器来饮食，便可以益寿延年，长生不死，才能见到海上蓬莱仙山上的仙人。李少君公然向刘彻撒谎，说自己曾见过海上仙人安期生，安期生吃的枣子形大如瓜。这些谎言，搞得刘彻神魂颠倒，每次上泰山前后总要去海边期待会见仙人。虽然毫无踪影，却坚信不移。真是糊涂得发昏。

汉武帝虽然雄才大略，却颇好女色。他"金屋藏

娇"的故事，在封建帝王中，称得上风流韵事。相传
汉武帝有一位漂亮的李夫人，曾有人写诗称颂她的美
丽：

> 北方有一位美人，
>
> 全国数她突出。
>
> 她一回头倾倒了人一城，
>
> 她再回头倾倒了人一国。
>
> 且不说为之倾倒的是一城还是一国，
>
> 绝世的美人啊，真是难得。

相传李夫人生病时，刘彻去看她。李夫人以被蒙
面，求汉武帝照顾她的兄弟。汉武帝要求她撤去被
子，要看看李夫人美丽的面庞，李夫人坚决不同意，
刘彻只好悻悻而去。刘彻走后，李夫人的姊妹们责备
李夫人，李夫人说，"刘彻所喜欢的是我的美丽，如
今我生了病，就不美了，让他一看，他就会厌烦我，
也就不会照顾我的兄弟了。"因此，李夫人死前，始
终未让刘彻看一眼。果然，李夫人死后，刘彻思之欲
狂。当时有位叫少翁的山东人，告诉刘彻说，要见李
夫人并不难，他可以让李夫人来见刘彻。条件是：刘
彻深夜独坐；见李夫人时不可接近，不能和她对话。
汉武帝信以为真，愿意恪守这些条件。于是，他深夜
独坐宫中期待李夫人。夜深人困，汉武帝老眼昏花，
迷惘中忽然看见一女子着李夫人衣飘然而过，汉武帝
遵守只可远观而不可亵玩的告诫，于是神魂颠倒，兴
奋异常，说："这是真实的会见呢，还是梦幻中的虚
想？——我伫立在这儿痴痴地盼望呀，你为什么如此
地姗姗而来迟！"这就是"姗姗来迟"这个成语的出

处。

虽然汉武帝在少翁导演下，扮演的是一次重会李夫人的闹剧。然而汉武帝却以假为真，高兴得不亦乐乎，又写了一篇赋来表达他对李夫人的入骨痴情。在那篇赋中，汉武帝既赞扬李夫人苗条美丽的身影，又叹息她妙龄早逝；既眷恋生前他二人燕尔娈婉之爱，又抒发了李夫人死后他本人的寂寞凄凉之情；既述说李夫人遗子的幼小孤单，又重申自己当年许过的诺言。不失为一篇富有真情实感的悼亡佳作。后来，李夫人的哥哥李广利被封为海西侯，另一位哥哥李延年被任命为协律都尉（音乐机关的官员）。李夫人的儿子刘髆（读勃 bó）受到汉武帝的宠爱，被封昌邑哀王。遗憾的是刘髆也和她的母亲一样，不幸短命而死。汉武帝这类荒唐故事书不胜书，他在迷信的时代里扮了特别迷信的角色。他多次到泰山封禅祭祀，和这种精神状态有着至为密切的关系。

据古书记载，西汉的风俗是，在战争中取得重大胜利，可以举行封禅活动，祭祀天地以示庆祝，好像后人的庆功祝捷大会一样。霍去病元狩四年（公元前119年）与卫青出击匈奴，而霍去病攻过大沙漠，俘虏了单于首领屯头王、韩王，就"封"于狼居胥山（在今内蒙古自治区五原县西北黄河北岸，一名狼山），"禅"于姑衍山（地望不详，想距狼居胥山不远）。《史记》和《汉书》都记载了霍去病在狼居胥山"封"、姑衍山"禅"事。但这里的封禅和天子封禅泰山与《封禅书》说的封禅显然有等级不同，规格不等。但封禅作为一种礼仪形式大概又有某种内在的共同意蕴，即告天地以成，庆祝成功。霍去病在打败匈奴人之后，封狼居胥山，显然是庆祝胜利，纪念战事的成功。因此，汉武帝频繁地到泰山进行祭祀活动，也有明显的组织战争、祈求胜利、庆祝成功的性质。

其次，秦汉之际的人认为，古代传说中的黄帝是一边打仗一边学仙人而终于成为仙人的。黄帝又是古代传说中七十二帝王在泰山封禅的人物之一；黄帝的经历和汉武帝相似，黄帝用战争征服各个部落群体以强化联合，汉武帝要征讨匈奴安定边境以强化统一。汉武帝学习黄帝"且战且学仙"的经验是极自然的事。据《汉书》记载，元封元年（前110年），南方和东方边境虽然安定，西北的少数民族仍然在边境为患。汉武帝亲自执掌兵权，整治军伍，自云阳（今陕西省淳化县西北）至五原（今内蒙古自治区五原县），出长城，北登单于台，随从的军队有十万人。据说当时军旗逶迤，浩浩荡荡，十分威武壮观，连强悍的匈奴也心惊胆颤。汉武帝在西北边境炫耀武力之后不久，便到泰山举行了他的第一次封禅仪式。由此可见，汉武帝封禅泰山，和战争的关系是十分密切的。

汉武帝登泰山前，做了许多思想准备：他曾派专人去司马相如家索取司马相如关于封禅泰山的文章，进行研究；他听取方士们关于黄帝祭祀诸神，游华山、首山、太室山、泰山、东莱山的情况介绍；他和官员、儒生们反复研讨上泰山封禅的礼仪制度，在做好各种准备之后，才在泰山举行封禅大典。

汉武帝在到泰山的途中，先登上西岳华山，继登太室山（即中岳嵩山，在今河南省登封县北）。相传汉武帝登嵩山时，官员吏卒都听到空中有一连三次呼喊"万岁"的声音。汉武帝闻知后，以为这是祥瑞之兆，更增加了他登泰山封禅的兴趣。

汉武帝第一次到泰山时，泰山的草、树尚未发芽，封禅活动无法进行，只派人在山顶立石而未上山，转而去海边等候海中的仙人。此时，有人告诉汉武帝说，他们曾在夜间见到过"大人"，其长数丈，但远观则有，近视则无。这又增加了汉武帝的兴趣，他等了若干时间，依然未见踪影，只好又回到泰山进行封禅活动。据史书记载，汉武帝在泰山下东麓和山顶都进行了"封"的仪式，而在泰山下肃然、梁父两小山均进行了"禅"的仪式。山下的祭坛宽一丈二尺，高九尺；因为上山诸事皆秘隐，只有奉车子侯霍嬗（霍去病之子）一人随从，所以山上祭坛的大小就不清楚了。据说汉武帝从今日泰山东侧的大直沟登

图12　西汉武帝登山之大直沟

图 13　泰山黄岘岭

山，以羊驾车，经黄岘岭（今日中天门附近）折而北向，到达山顶。汉武帝封禅泰山的仪式结束之后，发表文告："我以极渺小的身份继承皇帝的高位，战战兢兢地担心自己的道德修养不够，不懂得礼仪制度，所以祭祀八方神灵以求保佑。现在得到了天地神灵的赏赐，天帝明白地出示祥瑞征兆，在嵩山，我亲切地听见了（指空中呼喊"万岁"的声音）。我为神灵感动，想停止封禅也不敢了，才登上泰山举行封禅大典，并在梁父山、肃然山举行祭祀仪式。从此，我将努力自新，善自与诸大臣共同努力，并定本年十月为元封元年的开始。"

此外，汉武帝还宣布免去包括泰山在内的五县当年的赋税，给七十岁以上的老人每人发帛两匹，以示对泰山周围老百姓的关怀。

汉武帝的八次泰山之行，给泰山留下了汉立石、

图 14　泰山极顶之汉立石（无字碑）

汉柏、明堂等文物和建筑。

立石，现存山顶，在玉皇庙围墙外路西。立石高大古朴。世人俗称"无字碑"。秦始皇曾封禅泰山，又曾"焚书坑儒"，后世讹传汉武帝"立石"为秦物，文人憎恨秦始皇不重儒生，借"无字"做诗文，刻于碑旁，其实是个误会。这块石头应该是汉武帝立的，今见之碑亦远非原石之形。屡经后人雕刻磨制，笔者曾见照片，今汉立石上有国民党时期"党权高于一切"的大字，解放后已磨去。汉武帝于元封二年（前109年）下令在泰山下筑明堂。北魏郦道元在《水经注》中说，汉武帝在泰山建的明堂在奉高（今泰安城

图15　汉明堂遗址

东）附近，明堂的规格、体制是济南人公玉带提供的。据说明堂四面无墙壁，上覆以茅草屋顶，四周引环形水道包围。建复道入口于西南方。明堂早已废

图 16　汉明堂泉

毁，如今只有遗址供人凭吊了。明堂西侧有明堂泉，泉水甘洌，饮之沁人心脾。村中人称饮此泉，多长寿。

　　汉武帝在泰山留下的第三件纪念品是"汉柏"。今岱庙院内有古柏数株，葱茏苍郁，枝叶扶疏，乃汉武帝登泰山时所植。古书记载，西汉末年的赤眉军曾以刀砍汉柏，柏树流血。今日岱庙汉柏院中一株柏树树干上有一块紫红色，人谓即当年赤眉军刀砍之处。清代编的《泰安县志》称"汉柏凌寒"是泰山著名的八景之一。

图 17　岱庙汉柏

继封禅大业　续刘家正统

——东汉光武帝与泰山

东汉光武帝刘秀（公元前 6～公元 57 年），是东汉的第一个皇帝。他原是西汉的宗室，世居南阳蔡阳（今湖北省枣阳县西南）。

西汉末年，政治黑暗；王莽改制，利益调整，社会动荡不安。外有匈奴的骚扰，内有铜马、绿林、赤眉等农民起义的爆发。在这样一个战乱时代，刘秀乘机于南阳起兵，先加入绿林军以掩护身份，继而收编了铜马军以壮大声势，最后又以镇压和收编的方式，吞并了赤眉军。在篡夺农民起义军领导权的过程中，他以西汉皇族的身份，赢得了地主阶级的支持，终于建立了东汉政权。刘秀称帝后，多次宣布释放奴隶，积极兴修水利，注意减轻赋税，努力精简官吏，使西汉末年存在的尖锐社会矛盾有所缓和，生产有了相应的发展，故史家有"中兴"之誉。

刘秀于公元 25 年称帝，至公元 57 年逝世，在位33 年。关于他封禅泰山，说来还有一点戏剧性的变化。

图18　东汉光武帝刘秀像

据《后汉书·张纯传》记载，建武三十年（公元54年），张纯上书，建议光武帝封禅泰山。张纯说："自古以来，受天地之命而做人间帝王的，治理国家有了成绩，一定要举行封禅大典，向天帝报告自己的成功。""我目睹皇帝陛下受天帝之命，中兴汉朝政权，平定海内的叛乱，恢复了西汉朝廷的正统，安抚了天下百姓，天下平安无事，人民都蒙受再生之德，皇上的恩德像天上的行云，给人民的恩惠像雨水滋润大地，老百姓安居乐业，连中国本土以外的民族也慕仰您的恩义。"他建议东汉光武帝刘秀到泰山举行封禅大典。张纯的话有些是正确的，如"平定海内叛乱"、"恢复西汉朝廷正统"，但也显然有些过誉之词，如"天下平安无事"、"人民蒙受再生之德"之类，所以光武帝刘秀听了之后，有点面红耳赤，自觉难堪。他回答张纯的谀词，既表现了他清醒的政治头脑，也表现了他作为中兴之主的政治风度。他说："我即帝位三十年，老百姓怨气满腹。我欺骗谁啊？欺骗天吗！孔夫子说过，泰山神比林放更懂得礼仪，不会接受身份不相宜的人的祭祀。我何必去玷污古代七十二位帝王封禅的历史呢？世称一霸的齐桓公要去封禅，他的大臣管仲还坚决反对哩！如果各地方官吏再派人来给我祝寿，乘机进行不切实际的吹捧，一定割去他的头发（割发，是古代一种刑法）。而且，还要罚他去种地！"

刘秀头脑之清醒，态度之坚决，为人之开明，确实值得称赞。但是，事隔不久，他却一反常态，决心到泰山封禅。诚然，封建地主阶级的政权是专制政权，皇帝是天下的主宰，可以号令自出。不过，像举行封禅大典这类事，还是应该找点可靠的依据或像样的理由，一则可以遮他人耳目，二则可以给自己脸上贴金。东汉光武帝刘秀的态度转变，大臣们尚未体察出来，只好自己急急忙忙地下手寻觅依据：建武三十二年（56年）正月，刘秀夜读《河图会昌符》，该书上有"赤刘之九，会命岱宗。不慎克用，何益于承。诚善用之，奸伪不萌"的话，找到了封禅泰山的依据。《河图会昌符》是谶纬书。谶是巫师和方术之士的符咒式的语言，以微言隐义来表示吉凶征兆；纬是受了巫师和方士影响的儒生解释古代经书的语言，他们多半是虚构和附会，很少有科学的求实精神。这几句"模糊语"暗示刘秀应该到泰山封禅。另外，在古代人的意识中，有一种循环论，认为一切事物都是周而复始的。战国的阴阳家以金木水火土为五德，认为五德也在循环、变化、转移，国家的兴亡盛衰便是五德循环转移的结果。据说夏朝是木，商朝是金，周朝是火，因为火克金，金克木，夏商周的变化就是遵循这个轨迹。汉朝建立后，自认为是属于火德，这里"赤刘"的"赤"表示"火德"。那个"九"字是表示宗法关系的。刘秀是汉王朝宗族，查家谱，他是汉高祖刘邦的九世孙。因此，"赤刘之九"就是指东汉皇帝刘秀。以上几句的大意是：到泰山去封禅接受天命，不善于利用封禅大典，于国家朝廷无益。如能认真利用封禅大典，那么，奸邪伪善的人就不会出现。据此，刘秀决定封禅泰山。封禅的目的就是续刘氏正统，宣传"非刘氏不王"，杜绝汉高祖逝世之后诸吕篡权的事态发生。与此同时，刘秀将高祖夫人吕氏从刘邦的神祠中迁出去，表示刘秀捍卫"非刘氏不王"的决心。大概刘秀突然发现健康状况不佳，急需安排后事，利用封禅来坚持刘姓正统，稳定东汉政权。这就是刘秀在封禅问题上大转变的历史奥秘！

公元57年2月22日，刘秀登泰山设坛祭天，举行封禅大典。随同刘秀封禅的，有太尉赵熹，高密侯邓禹，孔子的后裔以及十二位"蕃王"。少数民族的首领从封泰山，这大约是第一次。刘秀上泰山之前，先派石工在泰山刻石。这块刻石虽未保存下来，但刻石文却完整地保存在《后汉书》中。有趣的是，刘秀在刻石文中痛诋王莽，说王莽有外戚的身份，有三司宰相的权势，假借周公、霍光辅助幼主的名义，篡夺了汉朝的政权，伪称帝号自立为王；汉朝政权被破坏，国家被灭亡；刘汉的祖先得不到祭祀，前后共一十八年；扬、徐、青三州首先发生大乱，乱兵横行，战争四起，一直蔓延到湖北的荆州；天下豪强雄杰互相兼并，有百里之地就屯兵聚粮，僭号称王称帝；北方的匈奴人乘机入寇边境，真是千里无人烟，无鸡鸣狗叫之声。他痛诋王莽，目的是警告后世篡权人。刘秀说他遵照《河图》和《洛书》的指示，建武三十二年二月辛卯日（即二十二日），登泰山举行祭天大典。甲午日（即二十五日）在梁父山举行祭地大典。以此承应上天显示的祥瑞征兆，为万民求福。希望天下统一，永远流传于后世。

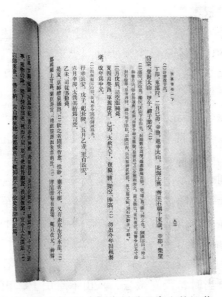

图19　《后汉书》中刘秀登泰山的记载

刘秀是汉王朝的皇族，但是他不认近亲而追寻远祖，这表明他虽系皇族，而非嫡系。因此，他在临死之前，必须如此这般地强调一番，并以上泰山祭天地神灵的郑重方式昭告天下，无非是为了防止身后的意外。西汉嫡系真传们的二百余年的基业及影响不能不予以重视。宣称自己出自刘邦的系统，可以大大缓和这方面的矛盾。此外，刘秀还着力强调自己治国平天下的功绩。至为有趣的是，两年前他说自己统治的天下"百姓怨气满腹"，而两年之后，却又吹嘘黎民安居乐业了。中兴之主刘秀如此出尔反尔，其目的主要是为了巩固自己的政权。两年前，身体健康，自我感觉良好，极需保持清醒的头脑，努力于吏治，希望出现一个强盛而安定的局面，故不自满，要前进。两年后，老病兼加，自我感觉不佳，极需安排后事，尽力宣传自己的德政以笼络民心，美化自己的形象，巩固自己的地位。两者殊途同归，可以说是封建地主阶级政治家的一种权术。

秦始皇上泰山，其事皆秘，司马迁慨叹无从述记。汉武帝上泰山，随从极少，所以《史记》和《汉书》都语焉不详。只有东汉光武帝刘秀上泰山，随从众多，参阅有关史籍，亦可得若干细节：

刘秀于公元57年正月二十八日从洛阳出发，二月九日到山东，十二日到奉高（今泰安城东），十五日开始斋戒，二十二日登山。

是日晨，刘秀在泰山下东南方举火焚柴，加牲畜于火上，叫做柴祭。随后登山。刘秀居车，以人挽车而上。诸大臣步从。中午以后，刘秀到达山顶。下午，待诸大臣陆续登上山顶之后，开始举行祭天仪式。仪式结束时，诸大臣及随从山呼万岁，山鸣谷应，十分壮观。当时，天有微云，从山下看山上，山顶在云雾之中，但云量较轻，山顶上的人则不觉身在云中。山上山下的人互相称说，颇有神秘之感。仪式结束之后，天色将晚，刘秀命令随从百官依次下山，刘秀自己则由数百人簇拥而行。因为山道窄小，互相拥挤，队伍绵延近二十里。天黑后，人们举着火把在崎岖陡峭的山道上蜿蜒而下。黑夜之中，面临高崖深谷，脚踏石响，不免胆战心惊。有的大臣饥肠辘辘，口中呻吟不绝。

刘秀于深夜回到山下，而大臣们到第二天天亮后才下山完毕。在深夜下山的途中，一些年老体弱的官员走得上气不接下气，无可奈何地瘫倒在岩石下。天亮后，刘秀派太医们一一去问候。

刘秀下山后，认为封禅顺利，兴高采烈地对臣僚们说："昨天上山的时候，我的车子若要快行，怕催逼了前边的人；若要停止，又怕踩踏了后边的人。一路上道路险峻，危险异常，真担心上不了山。幸好我身体好，不觉劳累。只是你们诸位露宿涧饮，辛苦了。不过，我们这次封禅，无一人摔跤，无一人生病，那也是老天爷的保佑！"

刘秀在山下稍事休息之后，于二十五日到梁父山举行祭地仪式，完成了全部封禅活动。

悠悠泰山情　拳拳国事心

——唐太宗与泰山

　　唐太宗李世民（599～649年），李渊的次子，唐代的第二位皇帝。隋代末年，农民起义风起云涌，天下大乱。他力劝父亲李渊起兵反隋。李渊建立唐王朝后，他被封为秦王。他积极镇压农民起义队伍，削平各地的割据势力，对巩固新生的唐政权，做出了积极的贡献。随后，李世民兄弟之间展开了争夺王位的斗争。李世民于武德九年（626年）坚决地发动了"玄武门之变"，杀了哥哥李建成和弟弟李元吉，被立为太子。公元627年，继帝位，改年号为"贞观"。李世民继帝位之后，以隋代的失败为借鉴，进行了一些改革，实行了一些比较明智的政策：他推行均田制和租庸调法，使农民的负担相对合理，生产的积极性有了明显的提高，从而推动了生产的发展；他重修《氏族志》，明显地抵制南北朝以来的门阀政治，特别是压抑山东世族，提拔出身于中小地主而有真才实学的人为官吏，给中小地主知识分子以政治出路；他继续大规模地实行考试制度，比较客观地从各阶层中选择人才，缓和了统治阶级内部的矛盾；他能

图20　唐太宗李世民像

听取正确的意见，并且能身体力行，知过必改，给地
主阶级政权建设增添了新的活力，他用文武两手对付
边疆的少数民族，扩大了版图，巩固了边防，对我国

多民族国家的稳定作出了积极的贡献，所以历史学家把他统治的时期称誉为"贞观之治"。

李世民能够取得比较可观的政绩，和魏征等大臣的辅佐也是分不开的。

魏征，初唐著名的政治家，李世民的诤臣。隋末，他曾当过道士，又参与农民起义。李唐王朝建立之后，他追随太子李建成。"玄武门之变"后，李世民在舆论上处于不利的地位，加上建成和元吉都各自有一股军事和政治势力，难以平服。李世民急需有一位建成方面的人才来协助笼络和收编建成和元吉的势力，以巩固自己的地位。结果，魏征以直言不屈和出色的政治才能为李世民赏识。在和李世民相处的过程中，他始终能抗颜直谏，纠正了李世民的许多错误。据有关史籍记载，他给李世民提过二百多条重要意见，备受李世民的赞赏，认为三国时的诸葛亮也无法和他相比。他的《谏太宗十思疏》，集中体现了他对封建地主阶级政治哲学的见解，是一篇值得一读的文章。魏征在这篇文章中指出了历代封建王朝的一个普遍事实：就一个朝代而言，善于始，不善于终。推翻旧政权，建立新政权的人不少，而把一个政权善始善终地维持下去，实属罕见；就一个封建帝王个人而言，也是善于始，不善于终，所谓"新官上任三把火"，多少干一点事业的人，不乏其例，而贯彻始终，坚持到底的人，极为罕见。这是封建集权主义制度下不可避免的现象。魏征清醒地认识到了这一点，因而他提醒统治者，要正确处理自己和被统治者——人民群众的关系。他说，老百姓好像水，皇帝好像船，水

既可以载船运行，也可以使船覆没，沉入水底。到了
人民要抛弃你的时候，你即使以威怒恐吓，严刑镇压
也没有用。为了改善封建统治阶级同人民群众的关
系，魏征向唐太宗李世民提出"十思"：希望李世民
要限制个人的私欲，使人民安居乐业；要戒骄戒躁，
谦虚谨慎；要限制自己的享乐而勤于政事；要广泛听
取下层的批评建议而抵制小人的谗言；要严格防止谬
赏与滥罚等等。魏征死后，唐太宗从他家里取来了一
篇未写完的文章，其中有这样的话：

> 天下的事，有好有坏。任命一位贤人来治理
> 天下，天下就平安；用奸人来管理国家，国家就
> 衰败。在大臣之中，皇帝有喜欢的，有不喜欢
> 的，不喜欢的就尽量找他的缺点，喜欢的就只看
> 他们的优点，因此，皇帝个人对喜爱的人和憎恨
> 的人要谨慎对待。假如对喜欢的人能了解他的缺
> 点，对憎恨的人能了解他的优点，做到去邪恶而
> 不犹疑，重用有品德的人而不猜忌，那么国家就
> 可以强盛了。

魏征一生努力以提高封建统治者的个人品格来振
兴封建政权，虽然不能从根本上解决问题，但由于唐
太宗李世民本人头脑清醒，也的确取得了良好的结
果。魏征死后，李世民十分悲伤，号令诸大臣把魏征
的话写在记事牌上，向魏征学习，多提意见，以期有
补于国家政事。

李世民并未到过泰山，但他在执政期间却时刻挂
念着泰山，经常议论到泰山封禅事宜，比较重要的有
三次：贞观五年、贞观十五年和贞观二十一年。其

中，贞观十五年已形成正式决定，准备封禅泰山，遗憾的是，李世民等人行至洛阳时，突然发生了意外的变故，封禅泰山的行动不得不停止。

李世民和他的大臣们第一次议论封禅泰山事宜，大约在贞观五六年。

据《册府元龟》和《唐会要》记载，贞观五年（631年），各地的朝集使（地方派往京城朝拜皇帝的特使）汇集长安，他们认为李世民执政以来，天下统一，四境的少数民族纷纷归顺，应该上泰山封禅。李世民也认为自己执政以来，既有武功，又有文治；既有仁爱之道，又有崇信之心，是应该展礼名山，以谢天地。然而，这些议论，却遭到了魏征的极力反对。魏征认为：一位皇帝的名声大小，在于他道德水平的高下，而不在于是否到泰山去封禅。他指出，从隋代以来，天下大乱，泰山附近的州县遭受灾害最为严重。如今皇帝要封禅泰山，那里的负担一定会加重，这是因为封禅要劳役百姓，而且，事实上那里的老百姓也承受不了这一笔浩大的封禅费用。由于魏征的反对，贞观十一年以前的封禅泰山之议，几议几辍。但是，许多大臣怂恿李世民封禅，以取悦于李世民的虚荣心。有一次，李世民对魏征反对封禅十分恼火，以咄咄逼人的口气责问魏征，他说："我想去泰山封禅，你极力反对。难道是我的功劳还不够大吗？道德还不够高尚吗？四境的少数民族还没有臣服吗？吉祥的征兆还没有出现吗？年成没有丰收吗？为什么还不能封禅呢？"魏征也据理力争，慷慨陈词："皇上的功劳诚然很高了，但人民尚未感受到您的恩惠；皇上的德望固然厚重了，但恩泽尚未被大多数人感受到；中原大地虽然平安了，但尚无财力以供皇帝兴办封禅大典；边远的少数民族虽然羡慕唐朝而内附，但朝廷尚无法满足他们的要求；表示吉祥的征兆虽然时有出现，但法网依然严密；虽然连年丰收，但是粮仓并不丰实，据此，我个人以为，暂时还不能去泰山封禅。"

唐太宗毕竟是封建独裁者中间比较杰出的人物，比较能自我克制。魏征的谏诤，得到了他的采纳和嘉奖。

李世民执政时期的第二次议论封禅是贞观十一年到贞观十五年。

这个时期的唐王朝，无论在政治上或经济上都有较为明显的发展，"贞观之治"的业绩已得到了普遍的承认，李世民踌躇满志，大臣们也兴高采烈。此时，大臣中又有人提议封禅，于是唐太宗批准，魏征也不再持异议。在这种情况下，唐太宗指示一些人研究历代封禅的仪礼和制度。由于理解有差，依据有别，各位大臣所拟定的封禅仪礼差别甚大。此时，唐太宗出面裁决，以著名的学者颜师古的意见为定见，才算结束了长期是是非非的争论，完成了上泰山的准备。

贞观十五年（641年）春，唐太宗李世民正式从长安起身去泰山封禅。但是，这个经过长期讨论和准备的封禅活动，忽然流产了。史书记载的原因很简单，就是李世民的车驾到达洛阳时，天上有慧星之变，于是，李世民立即下令：停止去泰山封禅。

李世民所以停止到泰山封禅，当然不是因为慧星之变的不祥征兆，而是因为这时发生了一场不大不小的战争，当李世民行至洛阳时得到了正式报告。

据《旧唐书》卷 199 记载，当唐太宗经洛阳去泰山封禅的时候，北方的铁勒族（古代西北边疆的少数民族之一，汉称丁零，后亦称狄历、敕勒）首领夷男对部下说："天子东到泰山去封禅，周围许多国家都要派使者去参加盛典，军队也将集中于泰山附近，这样一来，边疆的防务就大为减弱。我们趁这个机会去占领李思摩的领地，一定会像摧枯拉朽一样容易。"李思摩是突厥族（古代北方的少数民族之一）的首领。他的领地和夷男的领地相邻，一南一北。夷男和李思摩不睦，每有吞并之心。夷男和李思摩与唐王朝皆有密切关系，均受到李世民的封号。夷男被封为真珠毗伽可汗，李思摩亦被封为可汗。于今，夷男趁李世民封禅之机，命令自己的儿子大度设率二十万大军进攻李思摩，李思摩向李世民求救，李世民为安边计，停止封禅，从洛阳返回长安，并派英国公李勣和蒲州（今山西省永济、河津、临猗、闻喜、万荣、运城一带地方）刺史薛万彻出兵，平息了这一场战事。

唐太宗在位期间第三次议论封禅泰山是贞观二十一年前后。

贞观二十年（646 年）十一月，长孙无忌（李世民的内兄）带头上书，请求封禅泰山。开始，李世民表示不同意。同年十二月，长孙无忌率百官坚请，希望李世民"当仁不让"，李世民接受请求，要求有关机关做封禅的准备：召集士大夫研讨封禅礼仪制度，责成有关机构修造车辆和卫队的仪仗。并指定以洛阳宫殿为准备封禅的中心。

贞观二十一年正月正式决定：二十二年春封禅泰山。但是，唐太宗这个决定并未实行。因为贞观二十一年，唐王朝对高丽用兵；薛延陀（古代部落名，属铁勒族）因内乱而投降，急需安置；加上河北水灾，唐太宗李世民于二十一年八月下诏，停止原定于二十二年的封禅。

李世民虽然未到泰山，但对泰山封禅是心往神驰的。只是他能够正确对待个人的欲望，不让个人的欲望来干扰国家大政而已。

借皇家盛典　铺权势阶梯

——唐高宗及皇后与泰山

　　唐高宗李治（628～683年）继李世民为帝。李世民共十四子，属皇后长孙氏所生者三子，长为承乾，次为泰，三为治。早先，李承乾被立为太子，他行为放肆，勾结异族，为非作歹，甚至酷好男风，伤风败俗，毫无人主风范，又拒绝大臣的规谏，逐渐失宠。他的弟弟李泰每怀夺位之志，于是兄弟二人各树朋党，邀集智术之士，互相明争暗斗。贞观十七年（643年），李承乾勾结大臣企图杀害李泰，内部纷争，十分混乱。唐太宗李世民命令长孙无忌审查李承乾等人的行为，并废李承乾为庶人，流徙到黔州（今四川省彭水县、黔江县一带），两年后李承乾死于贬所。李承乾被废之后，李泰亦败。这时，唐朝廷关于太子问题发生了争论，在长孙无忌的坚持下，一向被人视为"仁厚"的李治被立为太子。

　　贞观二十三年，李世民逝世后，李治即位。李治仁厚无能，上朝不能决大事，必待宰相提出意见后，他才能表示自己的意见，毫无疑问，这就是按照宰相的意见办事。但是，这位仁厚无能的皇帝在位三十四年，竟然天下太平，生产发展，史家有"永徽之治"的美誉。这是因为，他本人虽然无能，但却仁厚，不肆意胡作非为，因而，在位的前一段，有著名大臣长孙无忌、褚遂良等人辅助，天下相安无事，承贞观年间的余绪，诸事顺遂。另外，他还有一位杰出的妻子。李治即位后，从尼寺中娶回唐太宗李世民美丽的幼妾武媚。这就是有唐一代，乃至中国历史上名声卓著争议千年的武则天。武则天貌美才多，精明强干。她和李治结婚后，很快被册立为皇后。李治于武则天是言听计从。李治在位的后半段，主要由这位皇后决断天下大事，所以也能够承继先前的美政，维持天下平安的局面。

高宗皇后武则天（624～705年），名曌，并州文水（今山西省文水县东）人。在唐代宫廷中，她有一段曲折的生活道路：由于她长得十分漂亮，十四岁被召入宫，为太宗李世民的才人，并深得宠爱，被赐名为"武媚"。太宗死后，入感业寺削发为比丘尼。高宗李治游感业寺，见其貌美，大为赞赏，又召入宫，立为昭仪，又进而为宸（读尘 chén）妃。永徽六年（655年），高宗李治废王皇后，立武则天为皇后。

武则天深通文史，御人有术，利用皇后身份和高宗仁厚无能的机会，迅速除掉了实际掌握朝廷大权的长孙无忌和褚遂良，干预朝政。显庆五年（660年），高宗李治正式下诏，宣布朝廷大政由皇后武则天处置。从这一年开始，直至武则天逝世前一年止，她实际上掌握着唐王朝的权力，虽然她掌权的后半期曾将国号改为"武周"。

武则天统治时期，广泛搜罗人才，用举荐、试用、殿试（她是中国帝王第一个亲自参与人才选拔的人）等手段，使大量的中小地主阶级出身的青年知识分子有仕进的机会，并且能按照他们各自表现出来的实际情况决定晋升、黜陟、罢免。她使用酷吏，大兴告密之风，以打击政治上的反对派。但是，一旦滥杀之风大炽，群情激荡，她又毫不留情地用最残酷的手段来处置酷吏，以缓解紧张的气氛。她有一些男宠，也有一些心腹，但她从不过分地放纵他们。例如，她的男宠和尚怀义挨了宰相李昭德的耳光向她诉苦，她却劝怀义不要触犯宰相，而不忌恨宰相。因此，武则天执皇帝权柄期间，虽有过失，但无大害，基本上维持了贞观时代的统一和强盛。

图 21　武则天像

高宗李治和皇后武则天封禅泰山，时在乾封元年（666 年）。

李治封禅泰山，除了大臣们的敦请之外，还特别得到了皇后武则天的"密赞"。武则天在给李治的表章中提出了合情合理的疑问，说"研究登山祭天的礼制，远古就有，但山下祭地仪式，却并不合理。因为封禅祭地神之日，总要以皇太后配祀，祭祀地神及太后之事，皆让公卿大臣来办。以我愚见，恐怕不能算作周详。为什么呢？天与地有定位，刚与柔的区别不宜混淆；古代经书明白记载，内与外的礼仪是不同的。以皇太后配祭，是合乎地神的身份的；摆设祭器和祭品，应该由内职妇女来实施。我们尊敬太后，请她享受祭祀宴席，岂能由外廷的公卿大臣来主持宫中女眷的祭祀？推究原理，这样做实在违背规章。"

武则天的上表词情委婉，言外之意，祭地神、祭长孙皇太后应该由她武则天来主持，以中国传统礼教"男女有别"之矛，攻封禅祭祀中"男女无别"之盾。同时，李世民生前，长孙是皇后，武则天是才人，同在宫中，是主奴关系，而不是婆媳关系，也从未进行过晨昏定省（中国古代社会中，子女于早晚要向父母问安）的两代人之间的礼节。现在武则天成了高宗李治的皇后，与长孙皇后是名正言顺的婆媳关系，应该借此机会，以尽其礼。高宗称帝又是靠了母党（舅父长孙无忌）的力量，对武则天的这些议论自然十分赞赏，对武则天要上泰山的请求也立即照准。因此，泰山封禅史上的创举出现了：皇后随皇帝登泰山封禅。武则天是一位颇有政治头脑的人，她深谙政治斗争的权术，特殊身份使她距离皇帝的宝座是近在咫尺，又远在天涯。为了登上皇帝宝座，她利用佛教、道教，利用年轻的知识分子，利用特务和酷吏，利用唐王朝大臣内部的利害冲突。她也利用封禅，因为封禅可以显号扬名，扩大影响，取得社会的承认。

武则天要和自己的丈夫高宗李治一起登泰山封禅，在当时也有一定的困难：一位皇后抛头露面于大臣之中，是十分不相宜的。于是聪明的武则天又想出了办法，据《大唐新语》记载，武则天举行祭祀大典时，让宫人手牵锦绣制成的大帏帐遮隔，以示回避。由于当时武则天尚未即帝位，也由于唐代的政治生活相对自由，当武则天在帏幕内举行祭神仪式的时候，一些大臣站在帏幕外边，私议的私议，嘲笑的嘲笑。武则天在冲击世俗的偏见，世俗的偏见也在冲击武则天，武则天依据有力有利的政治地位取得了冲击的胜利。

现存岱庙中的"双束碑"，人们俗称"鸳鸯碑"。这块碑上镌刻着高宗李治、武则天、中宗李显、睿（读锐 ruì）宗李旦、玄宗李隆基、代宗李豫、德宗李适（读扩 kuò）等七人在泰山建醮（读叫 jiào）造像诸事。最初，这块碑是一位道士为讨好武则天和唐高宗而立的，下有碑座，中间由两块长条形的方石合并而成，上套一完整的碑

图22　双束碑（鸳鸯碑）

额。这样的碑形格式，在国内是极为罕见的。设计这样一种形式的碑，大概也是经过精心思索的。双碑并束，对唐高宗来说，是天皇天后永不分离的爱情的象征，李治会有柔情蜜意的快慰之感；对武则天来说，天皇天后并驾齐驱，是登上皇帝宝座的不可缺少的准备。这块碑把历史的奥秘、政治的企图、夫妻的恋情、宗教的神秘气氛天衣无缝地揉合在一起，称得上是一件艺术杰作。

　　高宗李治和皇后武则天到泰山封禅，随从众多，各国的蕃王和少数民族的首领皆参与盛会。据《册府元龟》卷36说：公元665年12月12日（麟德二年十月丁卯），李治从东都洛阳出发赴泰山，随从皇帝车驾的文臣武将、兵士和仪仗队伍，相继延续数百里，士兵们住的营帐，文武官员们住的帏幕，布满了沿途的郊原田野。北方的突厥族、西域的于阗族、中亚的波斯（今伊朗）、南亚的天竺（今印度），以及东邻倭国（今日本）、新罗、百济、高丽（皆今日朝鲜半岛）等首领，都率领各自的部属随从高宗和武则天东封泰山，并在高宗的封禅碑上刻石纪念。这样宏大的规模，是与唐代国力强盛而又实行开放性的政策密切相关的。需要说明的是，历代帝王封禅泰山，重要的目的是建设大一统的政权，但方式各异，秦代推行法式规则，施加影响。汉武帝组织战争，维护一统。唐代则宣传成功与政绩，吸引各族各国参与，宣示大一统的气象。真可谓各有特色。

　　唐高宗李治和皇后武则天封禅的时间，选在一年的开始——我国人民的传统节日春节期间，令人瞩目。

据《旧唐书》记载，高宗李治和皇后武则天于这一年阴历的腊月中下旬到达当时的齐州（今山东省济南市），在齐州住了十天，于除夕的那天，从齐州到泰山。中经灵岩寺佛教圣地，于正月初二（666年2月11日）在泰山开始一系列的祭祀活动。

唐高宗李治封禅泰山后举行了盛大国宴，并亲自发表演说。演说大意如下：

> 封禅大典没有举行已数十年了！近世帝王虽然都自称是封禅，但他们与古人说的封禅是根本不同的。他们中有的人是为了求仙，有的人是为了巡行游幸，都不是为了尊崇祖宗的基业。就近而言，隋朝的灾乱最为严重：老人孩子贫病而死，暴尸沟壑；青年壮年都被拉去当兵，成为刀下之鬼。我们高祖皇帝（李渊）自山西晋阳发兵讨隋，拨乱反正；太宗皇帝身披甲胄，协助高祖建立大唐伟业，扫除隋代留下的污秽，使天下清平，四海安定，万方敬仰。我继承帝位十七年以来，终日勤勤恳恳，从不懈怠。现在适逢国家无事，天下太平，战争平息，周边的国家和民族与我们和睦团结，所以我亲自来举行封禅大典，宣扬祖先的勋业，意在归功于高祖、太宗，并非为了炫耀自己。终于上合天意，下孚人望。现在，大典已经结束，我深感欣慰。诸位大臣历来与我休戚与共，因而都参加了如此盛大的庆典。我希望和大家一起痛饮尽欢！

宴会结束以后，唐高宗命令在泰山附近建立三所僧寺，三所道观。僧寺名为：封峦、非烟、重轮。道观名为：紫云、仙鹤、万岁。并命令把山上山下三处祭坛分别命名为舞鹤台、万岁台、景云台。诸事完毕，唐高宗李治及皇后武则天一行于乾封元年正月二十日（666 年 3 月 1 日）离开泰山。十八年之后，武则天正式登上了皇帝宝座，实现了她精心追求的理想。

武则天是中国历史上天字第一号女强人！

感戴祖宗深恩　宏扬自身伟业

——唐玄宗与泰山

　　唐玄宗李隆基（685～762 年），是一位毁誉兼加的人物。平心而论，他在唐代还不能算做昏聩无能的人物。公元 710 年，26 岁的李隆基以迅雷不及掩耳之势平息了韦后之乱，扶助自己的父亲睿宗李旦登基，使自己成为皇储，从而在通向皇帝宝座的道路上稳步前进。两年后，在保留太上皇某些权力的情况下，李隆基登上皇帝宝座，接管权力。公元 713 年，又以极其果断的行动，消除了太平公主政治集团的隐患，既巩固了自己得到的权力，又迫使父亲交出了全部权力。这两次行动虽然以统治集团内部的矛盾形式呈现出来，但它的意义却令人瞩目。初唐的安定局面能够保持并发展，形成后来的开元盛世，是和李隆基的努力分不开的。纵观初唐盛唐的历史，继太宗的是武则天，继武则天的是李隆基。因此，李隆基即位前后的两次斗争，应该给予积极的评价。

　　李隆基完全掌握皇帝大柄之后，选择了一些出身寒族的人担任重要职务，任命了几位德才兼备的宰

图 23　唐玄宗像

相，国家的政治局面安定，生产继续发展，出现了李唐王朝建立以来，也是中国地主阶级执政以来的最好局面。开元后期，他在政策上逐渐改变了方向：重兵驻守边陲，意在备边而放松中原的防务，失去了居安思危的信念；防备大臣连结形成政治势力而过分放纵文臣与文臣、文臣与武将、武将与武将之间的矛盾，致使统治集团内部人人自危，互相戒备；挥霍过度，赏赐过厚，不知节用储财，致使国库空虚而无法应急；对各种势力失去控制，又丧失了必不可少的警惕性。安禄山、史思明以范阳之兵直捣长安，决不是偶然的现象。"安史之乱"发生后，李隆基仓皇出逃四川，唐王朝从此江河日下，李隆基有不可推卸的历史责任。不过，这是后话。李隆基的封禅泰山，却是处在开元盛世的高潮之中。

开元十二年（724 年）末，裴漼、原乾曜、张说等大臣先后上书，请求唐玄宗李隆基封禅泰山，唐玄宗经过一番谦让，表示同意。他的《允许封禅诏》保留在《册府元龟》和《全唐文》中。他说：

> 我能够蒙受皇天的保佑，依靠祖宗的洪福，以一介渺小之身而特享帝王大位。我要接受诸位的建议，来发扬光大封禅泰山的传统，显耀我高祖皇帝的宏图，继续我太宗皇帝的伟业。高祖、太宗永受祭祀，我永远感戴他们的深恩。可于开元十三年十一月十日，遵照封禅的惯例，去泰山举行大典。有关部门和公卿大臣、儒生博士，要详细制定典礼仪式，进行准备。但不应过分劳役人民，务必厉行节约，以合我意。所拟定的封禅

礼仪条文、调集军队随从护卫诸事，皆应逐一向我报告。特此通告远近臣民知晓。

这篇文告并没有提出新鲜的思想。文中的厉行节约和唐玄宗到泰山过程中的实际情况也差别甚大。据记载，唐玄宗庞大的仪仗队伍中的马队，就以一种颜色的马千匹为一个方阵，"远望之如云锦"，由此可以想见骑从之盛状，与"务必厉行节约，以合我意"相去甚远。

由于李隆基的指示，他的大臣张说、徐坚等人积极主持封禅礼仪条款的拟制，考功员外郎赵冬曦、太学博士侯行果、四门助教施敬本等参与起草和讨论。不过，封建统治者重视的仪礼制度，无非是祭祀坛多长、多宽、多高，各垒几个台阶，无非是什么时候烧火，什么时候下跪，什么时候掩埋玉牒，以及祭神时是否要洗手之类的问题。这些问题既繁琐又枯燥无味，连唐玄宗看起来也头痛，他决定"方便从事"。

唐玄宗李隆基集团为上泰山做的另一项准备工作是考虑封禅期间的国家安全。开元之世，北方的突厥族仍然是不安定因素。所以东封泰山之前，张说想在北方边境增加军队，以防备突厥。兵部郎中裴光庭却认为，封禅祭天，显示成功，忽然征发大军，有点名与实不相符。张说的理由是，突厥族虽然请和，但他们向来不守信义，而且现任首领小杀很有权术，善于驾驭手下官员，文臣有智谋，武将骁勇善战，如果他们利用东封泰山的机会举兵内侵，仓促之间，无法对付。于是，裴光庭建议，派使者出使突厥，请小杀派大臣随从玄宗东封泰山，这样一来，小杀不敢不从，也不敢轻举妄动。张说接受裴光庭的建议，派中书省属官袁振出使突厥。小杀见袁振后，提出请求与唐公主结为婚姻，说："吐蕃人并不好，唐朝却与他们结婚姻；奚人和契丹人原是我突厥人的家奴，你们唐朝廷也把公主嫁给他们。而我们突厥人前后多次请求与唐公主结为婚姻，唐王朝总不同意，这是为什么呢？"袁振回答说："你是可汗，与唐朝的皇帝是父子相称。父子两辈怎能结姻亲呢？"小杀对袁振的回答不满意，说："吐蕃、契丹也是唐王朝赐姓，却能和唐公主结婚。依照这个先例，有什么不行？况且，我听说到吐蕃、契丹去的公主都不是皇帝的亲女儿，我现在求婚，不问真假，只要有个名声。多次求请不同意，实在面子上过不去！"袁振见其意诚情恳，答应代为向皇帝奏请。于是，小杀派大臣阿史德颉利发随袁振入朝进贡，并随玄宗到泰山封禅。

在做好一切准备之后，唐玄宗李隆基于开元十三年十一月七日（725 年 12 月 16 日）到达泰山进行封禅大典。

据《旧唐书》记载，唐玄宗李隆基的车驾到泰山西侧时，忽然东北风大作，从中午到晚上刮个不停。随从官员们住的帐幕被吹裂，支撑帐篷的柱子被吹折，官员们大惊小怪，十分恐慌。张说出来告诉大家说，不要惊恐失措，这是海神来迎接皇上封禅。等到达泰山之下，天气晴和，一丝风也没有。但到玄宗斋戒的晚上，又狂风袭人，寒气彻骨。玄宗停止饮食，肃立夜露之下，直至夜半。他虔诚地祷告上苍："如果是我本人有罪过，请上天惩罚我本人。如果其他随从人员没有福分参加山上的封禅，亦请求降罪于我。随从的兵士和骑乘的马匹委实受不了寒风袭击，请停风寒。"玄宗祷告之后，果然风停，山间的气温随之转暖。玄宗登山之日，从山下一直到山顶的祭坛，一路上都有士兵设岗，他们组成了一条"人"的传话线，负责传呼时间辰刻，传递皇帝及大臣的命令，只需一会儿工夫就能到达。夜间，山道上沿途燃火，一堆堆火光相连，从山下望去，仿佛是星星从地上一直串连到天上。这一天，泰山上热闹极了：山上天气晴和，微风南来，丝竹之响不绝于耳。

李隆基登山是十一月十七日。这一天早晨，他乘马从泰山南麓循山谷登山。原先决定三次祭祀活动，两次在山下，一次在山上。但是，礼官学士贺知章认为，皇天上帝，应属君位；五方时帝，应属臣位；虽然所祭的神都带一个帝字，实际上他们的地位并不相等。玄宗是皇帝，按礼应祭祀天帝，而礼成于"三"，因此，三次祭天的活动都应该在山顶上进行。山下的祭五方神时，应由大臣主持进行。玄宗同意，说贺知章的想法和他本人的想法一致。这是唐玄宗封禅泰山在礼仪上的一项改革。

唐玄宗问贺知章："前代帝王封禅泰山的玉牒文（按：刻在玉石片上的祈祷文章）为什么秘而不宣呢？"贺知章回答说："玉牒文是封禅的人向神灵说明自己的意愿的。前代到泰山来封禅的帝王，有的想请求长生不老，有的想请求成为仙人，这类事自然微茫隐秘，因此，后世人都不知晓。"玄宗说："我这回来泰山，目的是为天下的老百姓求福，本人没有隐秘的

请求，所以应该将玉牒文出示给诸位大臣看，使他们
了解我的本意。"唐玄宗的《玉牒文》意译如下：

> 唐代继承帝位之臣李隆基，谨昭告于皇天上
> 帝：天助我们李姓，使我们运逢土德（古代人有
> 循环论思想，把阴阳家的五行——金、木、水、
> 火、土，称为五德，历代周而复始。唐代属土
> 德）。高祖和太宗，受天帝之命而建唐朝；高宗
> 到泰山封禅，天下兴盛；中宗继复皇位，遭受挫
> 折。幸蒙天地佑护，赐臣忠武，平息内乱，拥戴
> 父亲睿宗。我恭承皇位，已经十三年。承蒙天
> 意，四海平安。谨封禅于泰山，感谢天地赐予的
> 成功。子子孙孙享受无上的俸禄，老百姓享受天
> 赐的幸福。

公开玉牒文、公开宣称"为苍生祈福，更无秘
请"，是唐玄宗封禅泰山的第二项改革。第二项改革
说明唐玄宗李隆基在思想上和人格上都比以前封禅泰
山的帝王略高一筹。

为了这次封禅盛典，李隆基亲自撰写了《纪泰山
铭》一文，刻在泰山山顶的崖壁上，这就是我们今天
见到的大观峰上的"摩崖碑"。《纪泰山铭》全文一
千余字，以工整的八分书镌刻在依山而立的自然崖壁
上，字体峻雄飞动，堪称杰构。全碑气象宏伟，非寻
常碑刻可比。

《纪泰山铭》首先陈述李隆基自己主政的功德，
具备了到泰山封禅的条件。其次记述了封禅泰山的经
过："我于十一月十一日在泰山举行封禅大典，祭祀
上帝天神，以我高祖配祭。请天上诸神，都下降受

祭。第二日，设祭坛于社首山，求佑于我列祖列宗，兼祭祀地神。请在地诸神，都来受祭。"其三，借封禅发议论，讲皇帝和人民的关系。皇帝统治人民，但也要关心人民，给人民以利益和恩惠。最后从唐王朝的功业讲到自己的贡献。踌躇满志，十足地表现了"开元之治"的帝王心态。不过，唐玄宗身为帝王，自以为承天之命，时刻想着"以美利利天下"，记挂

图 24　泰山大观峰之《纪泰山铭》

着"以厚生生万人",总比身居深宫大殿,却残民以逞,竭泽而渔,使人民长期处于饥饿状态要好一点;唐玄宗身握政柄,提出"道在观政,名非从欲"的主张,总比利用权力沽名钓誉的统治者要强一点;李隆基自称"顾惟不德,懵于至道,任夫难任,安夫难安",总比那些自称神人下界,天生优种的昏愚之主稍高一等。因此,这块刻着《纪泰山铭》的摩崖碑,巍然屹立泰山之顶,趣不仅是一件十足的古董,它多少还给后世人民提供了一点鉴别、比较、思考的材料,给人们缅怀历史,展望未来提供了一个直接的依据。

唐玄宗东封泰山时,国内各少数民族的首领和周围各友好国家的国王或使者都随从至泰山,统统参与朝觐大典,并在泰山山顶上礼部尚书苏颋撰写的《东封朝觐颂》碑上留名。可惜这位和张说在唐代被并称为"燕许大手笔"所撰写的碑刻被后世的伧夫俗子磨去,刻以"忠孝廉节"四个大字。

如前所说,唐玄宗上泰山是骑马的,但唐人笔记却说是骑骡的。相传唐玄宗上泰山封禅时,益州(今四川省成都市一带地方)曾进献白骡一头,状极奇伟。唐玄宗乘白骡上山下山,下至山麓,忽报白骡死去。唐玄宗为了酬报白骡驮他上山下山的功绩,封它为"白骡将军"。今泰山红门东侧山坡上,尚有"白骡冢"的遗址。

唐玄宗封禅泰山之后,大为得意。下令给各级官员晋级。中书令张说,身为封禅主持人,自然可以利用这个特殊的机会。据唐人笔记记载,张说女婿郑镒,时官九品,登封后连升四级,晋升为五品,具备了参加皇帝举行的庆祝宴会的资格。相传在宴会上唐

图25　唐垂拱碑

玄宗曾注意此人，声称原先并不认识。诸大臣聪慧而

图26　丈人峰题刻

幽默地回答说:"此乃泰山之力也。"妙语解颐。唐玄宗误以为是封禅中的功臣。后人把泰山和岳父联系在一起,称岳父为"泰山",大概是因此而得。于是,泰山顶上也就出现了"丈人峰"。

用上苍威灵　镇北方强敌

——宋真宗与泰山

　　宋真宗赵恒（968～1022 年）是北宋的第三位皇帝。他从 29 岁即帝位，到 54 岁死为止，共在位 26 年。26 年间，他并没有重大的贡献，反而有许多耻辱。虽然史家认为，他即帝位之初是北宋的经济发展时期，但那不是他的德政，而是赵匡胤（读印 yìn）和赵匡义的遗泽。至于他本人在北宋民族战争中所表现的胆怯、畏战、无能，在封禅中的弄虚作假，自欺欺人，皆令人喷饭，连政治家的风度也谈不上，更不必说有作为了。只是在他封禅泰山之后，契丹人无力南下，给了他偷安的机会，才平安地度过了一生。

　　宋真宗的封禅泰山和北宋的民族战争有着十分密切的关系。

　　自从赵匡义深入黄河以北，寻找契丹人作战，巩固北方边境的企图失败之后，契丹人不断南侵。赵恒即位的第三年，契丹人又大举入侵，北宋军队节节败退。景德元年（1004 年）契丹再次入侵，直接威胁北宋的都城——今天的河南省开封市，中外震惊，朝

73

图27　宋真宗赵恒像

野哗然。在这种形势下，赵恒束手无策。江南人王钦若建议迁都金陵（今江苏省南京市），四川人陈尧叟建议迁都成都（今四川省成都市），失败主义情绪笼罩着北宋朝廷。只有宰相寇准力主抗战，甚至宣称要将迁都的王钦若和陈尧叟斩首。在他的主持和敦促下，宋真宗赵恒亲临作战前线——澶州（今河南省濮阳县）。皇帝和宰相到达抗战前线，对北宋的战士无疑起了鼓舞作用。由于北宋的士兵努力作战，在澶州城下大败辽（契丹）军，射杀辽国大将肖挞览，形势于北宋有利。但是畏敌如虎的宋真宗在前线如坐针毡，惶惶然不可终日。先通过降辽旧将王继忠表示愿意接受辽方提出的议和，又派曹利用去辽方进行谈判，积极进行媾和活动。虽然寇准极力反对，但终于以北宋每年向辽输岁币银20万两（一说30万两），绢20万匹而签订和约。这就是历史上的"澶渊之盟"。

　　尽管"澶渊之盟"是胆怯畏战的产物，但在澶州，毕竟打了胜仗。所以"澶渊之盟"以后，寇准名声大噪。这引起了寇准同僚们的注意。当年力主迁都金陵的"北宋五鬼"之一王钦若自然挟嫌，免不了要搞一点小动作。据说：某日大臣朝见宋真宗，寇准先退，宋真宗目送寇准出殿堂。王钦若向宋真宗进谗言，说："皇帝陛下如此敬重寇准，是因为他于国家有功绩吗？"宋真宗回答说："是的。"王钦若说："敌方兵临城下而结盟，孔夫子写的《春秋》认为是一种耻辱。寇准主持的澶渊之战，最后以您皇上尊贵的身份而和契丹人结为城下之盟，这是人世间的奇耻大辱！"赵恒听了非常不愉快。王钦若又说："皇上听说过赌博吗？赌钱的人常常在输钱将尽的时候，把所有的钱一下子押上，叫做孤注一掷。澶渊之战时，陛下您就是寇准的'孤注'，当时可真危险哪！"因此，宋真宗赵恒渐渐地疏远寇准。最后，赵恒免去寇准的宰相职务，改为刑部尚书，到陕州（今河南省陕县）去任地方官。

赶走了寇准，并不等于解除了北方的边患。契丹人的存在，始终是北宋朝廷感到头痛的问题。主战派失势，主和派总得想出一条使皇帝安心的计策来。

主和派的代表人物之一王钦若，被历史学家讥为生性奸巧、贯于弄虚作假的人。此人治国无方，却捣鬼有术。他明明知道赵恒是一个得了战争恐惧症的皇帝，却偏偏向赵恒提出"用军队夺幽、蓟两州（均在今河北省北部），才能洗刷澶州城下之盟的耻辱"的建议。宋真宗一听战争二字就心惊胆颤，立即驳回，说："朕怎么忍心干打仗这样残忍的事？你再想想别的办法！"这个奸诈成性的王钦若，巧妙地把自己求和厌战的责任搁在宋真宗赵恒的肩膀上，然后又从容不迫地贩卖自己的奸计。王钦若向宋真宗提议："上泰山封禅祭天，可以镇服四境少数民族的反抗，可以向周围的国家夸示大宋王朝的功德。"历代帝王封禅泰山，须有突出的功绩，而且，必须天帝示以祥瑞的征兆才能进行。宋真宗在和契丹人的战争中屡吃败仗，好不容易在澶州打了一个胜仗，又订下屈辱之盟，祥瑞的征兆亦未显现，宋真宗显然觉得为难。在这种情况下，王钦若提出了所谓"人造祥瑞"的建议，他说："天地显示的祥瑞征兆怎么才能得到呢？从前曾有过以人工制造祥瑞的事，只要皇帝深信不疑并坚决信奉，明白昭告天下，大肆宣扬，那么人工制造的祥瑞征兆就和天地赐予的祥瑞征兆没有什么两样。皇上，您说古代真有《河图》、《洛书》吗？那不过是圣人们造出来'教化'（实为欺骗）老百姓罢了！"宋真宗赵恒对此一担心二害怕，担心的是，大臣们会不会反对？害怕的是忠诚老实的宰相会不会出面阻拦？有一天，宋真宗特意向秘阁学士杜镐提问："河出《图》，洛出《书》是怎么回事？"老糊涂加书呆子杜镐不明白皇帝的用意，随口说了句实话："这不过是圣人以神灵来'教化'老百姓罢了。"宋真宗见老儒杜镐和王钦若的意见一致，自然减轻了心病，但是宰相王旦这一关却需动点脑筋费点事才能通过。

据《宋史·王旦传》记载，宋真宗为了要搞人工祥瑞设计，请王旦喝酒，王旦喝着皇家美酒，特别高兴。宋真宗在席间对王旦说，我赠给你美酒一坛，回家后和妻子儿女共享。王旦回家打开坛子，不是美酒，而是珍珠。富有政治经验的王旦心里明白，皇帝向他行贿，是有求于他。于是，他决定凡属皇帝搞天书封禅之事，他不再提出异议。一坛珍珠，封闭了宰相之口。

该做的准备工作完成之后，这一场弄虚作假的闹剧便拉开了幕布：大中祥符元年（1008年）正月，宋真宗在朝堂上对大臣们说："去年十一月四日，半夜，我刚刚就寝，忽然看见屋内光明耀眼，一位神人头戴闪星帽子，身穿大红衣服，对我说：'下个月应该在正殿设置供奉道教经书的道场一个月，天上将要降天书《大中祥符》三篇。'我惊惧而起，神人已经不见了。自从十二月初一日开始，我就在朝元殿斋戒（古人在祭祀前不吃荤，不饮酒，沐浴更衣，表示诚心和敬意），建立道场以等待神灵赐给天书。"说到这里，负责保卫开封的皇城司官员前来报告，说有黄色的丝织品悬挂在左承天门的建筑物上。皇帝赵恒立即派太监去察看，原来就是宋真宗赵恒说的"天书"。这块黄帛长二丈左右，上边写着"赵受命，兴于宋，付于恒，居其器，守于正，世七百，九九定"这样的话。这些符咒式的语言大意是说，宋朝的皇帝姓赵，是秉承天命才享有天下的，他们一定能使天下繁荣昌盛，现在的皇帝赵恒统治天下，一定能遵循正道治理好天下，宋朝的统治一定能永久地维持下去。于是赵恒跪下接受，大臣们手舞足蹈地庆贺，假戏真唱，煞有介事。只有龙图待制孙奭（读市 shì）迷惑不解，他傻乎乎地对宋真宗赵恒说："以愚臣所见，天哪里会说话呢？怎么会有天书呢？"

宋真宗于大中祥符元年的四月正式下令到泰山封禅，指派王旦为封禅大礼使，王钦若、赵安仁为封禅经度制置使并判兖州，冯拯、陈尧叟为封禅礼仪使，丁谓主管粮草财用，曹利用、李神福主管修筑行宫和道路。六月，王钦若到兖州、乾封（在今山东省泰安市东南）视察并安排有关事宜。

王钦若到泰山后又搞了一次祥瑞的把戏。他先报告说泰山醴泉出现，苍龙显形。随后又将一位木工发现的天书送至开封。这个天书上说：

> 你（指宋真宗赵恒）崇尚孝道，尊重天神，抚爱人民，使他们广被恩泽。我赐给你祥瑞，使老百姓知晓。你一定要恪守我的教导，正确地领会我的意旨。这样，国家基业将永远维持，个人的年寿也将长命百岁。

这个以天的名义写给赵恒的天书，强化了赵恒上泰山封禅的意志。

这一年的十月初一，宋真宗采取行动，通告全国：一月之内，禁止屠杀牲畜；亲自到皇家宗庙中向祖先祷告；规定自开封出发至泰山举行祭祀仪式之前，禁止演奏音乐；自己从十月一日起禁止荤食，开始素食。

十月初四日，宋真宗一行从开封出发，经过十七天跋涉，于十月二十日到达泰山下。

赵恒登山时，从山下到山顶，每隔两步设一人供使役；由于山路险峻，登山的人每人以两块长三尺左右的木板横绑在肩上，木板两端系以丝绸，爬山人一

侧身，随从的士兵和沿途的役夫或推或拉，使登山的
官员既省力又防止摔跤；供使役的人或随从的士兵皆
穿钉鞋以防山路险滑；宋真宗坐步辇而上，险要之
处，则下辇步行。行至泰山云步桥附近，见山青水
秀，飞瀑沁人，即休息观赏，后人称宋真宗于其地驻
跸（读毕 bì），名其地为御帐坪。封禅活动使宋真宗

图 28　御帐坪遗址

心情舒畅，一扫当年在澶州城下和契丹人对峙时的紧
张恐怖心理，于是下令把全国各地进献给皇帝的珍鸟
异兽统统放纵于泰山之下，让它们各求生路。这是一
种宗教性活动，行善放生，积德求福。

　　宋真宗从开封出发，到结束封禅活动返回开封，
共 47 天。史书称这 47 天从未下雨下雪。到达泰山
时，天气虽一度变阴，又有劲风，不可以点烛火，但
在举行封禅典礼时，却天气晴和，一丝风也没有，山
上点燃蜡烛，连烛火都不摇动。宋真宗认为是神灵保

图 29　岱庙神主——东岳泰山之神

佑。东岳大帝（泰山神）在唐代被封为天齐王，宋真

图 30　宋宣和碑

宗加封为仁圣天齐王。

封禅泰山后，宋真宗赵恒下令王旦撰《封祀坛颂》，王钦若撰《社首坛颂》，陈尧叟撰《朝觐坛颂》，皆刻石为碑。凡随宋真宗在山顶上举行典礼的官员，皆在王旦撰的《封祀坛颂》的碑阴刻名；凡在山下参加祭祀地神仪式的官员，皆在王钦若撰的《社首坛颂》的碑阴刻名；其他官员、军队校领、各地刺史、少数民族酋长、周围国家的使者，皆在陈尧叟撰的《朝觐坛颂》的碑阴刻名。

宋真宗封禅之后，契丹人确实没有和北宋政权发生过重大冲突。对这一段和平的获得，宋真宗赵恒认为是封禅的力量，所以此后他继续搞祭祀之类的迷信活动，并在全国各地兴建了许多庙宇寺观。不过，根据有关历史资料分析，宋真宗东封泰山之后，辽之所以没有对北宋发动大规模的战争，是因为辽政权内部发生了一些变化，牵制了辽的力量。这些"变化"主要是：

第一，澶渊之盟后，辽的萧太后逝世，辽政权的力量格局受到了较大的影响。据《辽史》说，萧氏是一位很有计谋的人物，她善于驾驭大臣，每次入侵中原，都亲自在战场上督战。她的逝世，使辽政权失去了中心，需要时间来重新调整政治格局，建立新的平衡体制系统。

第二，大中祥符三年（1010年），高丽（今朝鲜民主主义共和国）的康肇杀掉了国王，辽首领隆绪认为是大逆不道，主张发兵攻打康肇，以示惩罚。于是，爆发了高丽和辽政权之间的战争。虽然辽政权取得了最后的胜利，但是，连年战争，使辽的国力大损。

第三，辽统治集团内部矛盾加剧。公元 1029 九年，辽大延琳据辽阳（今辽宁省辽阳市）反叛；公元 1031 年，辽主隆绪逝世，其子宗真继立，宗真的生母耨斤和养母齐天后争权，耨斤杀齐天后，而耨斤又因擅权被废。

由此看来，宋真宗的封禅泰山，在历代封禅泰山的帝王中，扮演的是最不光彩的角色。《宋史纪事本末》的作者陈邦瞻议论道：

> 契丹人的领袖自称是天，领袖的妻子被称做地，一年中祭祀天神也不知道有多少次，打猎射落大雁，大鸹自坠于地，都说是上天的恩赐，一边祭祀天神，一边大加夸耀。我想，大约是北宋大臣了解契丹人的这个习惯，又见宋真宗有厌战的情绪，就向宋真宗提出神道设教的建议，企图借封禅泰山来影响契丹人的心理，希望以此来达到消除契丹人南侵的野心吧？但是，一个政权如果不考虑以富国强兵来克敌制胜，反而效法敌人的迷信行为，真是下策啊！

这个批评既切合实际，又十分中肯，值得后人深思！

宋真宗在封禅泰山中虽然扮演了不光彩的角色，但由于他在封禅后广建祠宇，因而在泰山留下了两大建筑群：一是山下的岱庙，一是山上的碧霞祠。这两个建筑群在明清两代多次重修，但其规模体制大体保持宋代的规格。岱庙中的主殿在宋代称峻极殿，后来改成"宋天贶殿"（贶读况 kuàng，赐的意思）。改成

图31　岱庙天贶殿

这个名字，是很符合宋真宗封禅的特点的。其实"天贶"是虚，"人贶"是实。一切神、仙，包括他们寄居的庙宇，都是人类制造的，神是人造的心灵偶像，庙宇是人造的眼前实体。统治者造这个东西是"神道设教"，统治人民；老百姓制造这些东西，是寄托在现实生活中难以求得的希望，使痛苦、破碎的心灵，求得片刻的安慰。山下的岱庙祀泰山神——东岳大帝，山上的碧霞祠祀碧霞元君。碧霞元君的来历，说法甚多。中国的道教常常因人因地因物而设神，一人传其虚，万人传其实。通常的说法，她是东岳大帝的女儿，人称泰山老奶奶。这两大建筑，在宋真宗封禅之后，原拟都建在山顶上。后因种种原因，碧霞祠建

图32　岱顶碧霞祠

在山上，独占泰山风光；而东岳大帝庙却屈居山下，令人百思不得其解。有人说，今山顶碧霞祠东为原东岳大帝庙，后毁废，但并不详其始建于何时，毁于何时。同样令人纳闷的是，山顶碧霞祠自宋以后，亦多次毁于火，但每毁每建，唯山顶东岳庙毁后即不能再修，亦令人遗憾。

强化皇权　弱化神权

——明代帝王与泰山

　　朱元璋（1328～1398 年），字国瑞，濠州钟离（今安徽省凤阳县东）人。他出身贫苦，青年时代曾于皇觉寺削发为僧。元代末年，政纪大坏，天下骚然。北方有韩山童、刘福通、郭子兴等人起义，南方有张士诚、陈友谅、徐寿辉等人的起义。朱元璋于二十五岁投奔郭子兴，受到郭的重视，以郭子兴部为基础，逐步扩大势力，终至翦灭群雄，战胜元朝，统一天下，建立大明王朝。朱元璋是一位地地道道的贫苦农民，他开始参与的是地地道道的农民起义军。然而朱元璋在和他的对手斗争的过程中最终却成了地地道道的地主阶级代理人。他咒骂红巾军是"妖"军，公开宣称要保护地主阶级的"财产房舍"。不过，朱元璋是从社会的低层爬上来的，比较了解人民的疾苦，比较了解元代吏治的腐败情况，也比较了解人民群众的愿望和情绪，他统一全国之后，采取了一系列的符合人民要求的措施，诸如兴修水利、严惩贪官污吏、均平赋役、减轻对工匠的奴役等。此外，他还废除宰

图33　明太祖朱元璋像

相制，以强化皇权。

朱元璋文化水平不高，但富有智慧，在中国政治史上，算得上一位有韬略智谋的人物。他在赢得对元朝的战争之后，向部下总结自己的经验，不无得意地说："我生逢天下大乱，刚刚起事于穷乡僻壤的时候，目的就是保全自己。待到渡过长江，眼看各地起义的英雄，只是给人民增加灾难，其中张士诚、陈友谅最为严重。张士诚依仗财富，陈友谅依仗强勇，而我却一无所恃。我只是不滥杀人，讲究信义，厉行节俭，和大家同心协力对敌。当初，和张、陈相对峙的时候，张士诚距离我们最近，有人说应该首先攻击张士诚。而我却认为，陈友谅意气骄横，张士诚心胸狭窄；意气骄横的人容易生事，心胸狭窄的人常无远谋，所以要先打击陈友谅。当我们和陈友谅在江西鄱阳一带进行决战的时候，张士诚龟缩在苏州城里不给陈友谅以半点援助；假如先攻击张士诚，浙西的敌人可以依仗地形险要而坚守，陈友谅又一定会倾鄱阳之兵来寻衅，我门就会腹背受敌。除灭张士诚、陈友谅之后，我们开始北定中原，当时之所以先进攻山东，再进攻河南，而在潼关停兵，不立即进攻陕西和甘肃，是因为那里的守将扩廓帖木儿（蒙古人）、李思齐、张思道都是身经百战的宿将，不会轻易放弃阵地。若我们急于进攻，他们很可能联合起来抵抗，短时间内不易取胜，所以出其不意，挥师向北。待北平攻占之后，再挥师西征。此时，张思道、李思齐政治上绝望，军事上势穷，我们不战而克。但是，扩廓帖木儿还拼死反抗。假如在攻下北平之前，就仓促和他们较量，胜负是不可预料的。"朱元璋在夺取政权的过程中，充分利用了自己的聪明才智，始终没有在战略上犯过错误，是一位颇有胆识的军事家。

朱元璋称帝之后，踌躇满志，在意识形态上重视礼仪制度，而轻视精神领域中的神祇观念。他宣称"治国之道，一定要重视礼仪制度。山川湖海封禅，终于唐、宋两朝。不过，天地间的英灵之气，聚集荟萃而成神，它一定秉承天帝的旨意，哪里是皇帝能随便加个封号的呢？肆意违背礼仪制度，没有比这更厉害的了。我们现在要依据古人定制，去掉唐、宋两代加给的封号。五岳称：东岳泰山之神，南岳衡山之神，中岳嵩山之神，西岳华山之神，北岳恒山之神。"朱元璋既来自民间，又当过和尚；既知道宗教的内幕，又了解它的影响和作用，所以他本人陷入一种意识上的矛盾之中，既不敢否定神的观念，又不敢不尊崇神的观念。决定只在京城南京举行岳镇海渎山川之祀。到了洪武十一年（1377 年）思想有些变化，将祭祀泰山神的规格升格。派曹国公李文忠，道士吴永舆、邓子方为特使，到泰山奉祭，并在岱庙中立碑。此后每有祭祀。

朱元璋在位期间，中国的西部和南部边患频仍，明王朝经常派兵镇压，而朱元璋派人到泰山祭祀，也常常和他希望平息边患的愿望联系在一起。洪武三十年（1397年），朱元璋已接近死亡了，西南边陲尚不安静。这年的九月，他派道士朱铎如、监生高翥（读住 zhù）祭泰山。他还写了祝文。说"近来戍守西南的将领，不能实施仁政以取得威信，只知道虐害人民以中饱私囊，致使西南的苗民生活困窘，因而愤怒反抗，伤害了普通百姓。我迫不得已，才命令诸将讨伐。西南苗民住地远离中原，山川险远，那里林茂草盛，云雾缭绕，这种浓郁的湿热之气，人们呼吸之后往往生病。希望泰山神灵转达天帝，赐给清凉净爽之气，消除烟霭，使西南早日平定，诸将士速回营垒。"明王朝的将校们残酷剥削和压榨苗族人民，朱元璋不惩处将校，反而指挥军队镇压苗族人民，还要求泰山神保佑他取得胜利，这样的皇帝也实在太霸道了，这样的祈求，简直是对以救众生苦难为宗旨的"神"的亵渎。

明代皇帝和泰山关系最密切的，应该是万历皇帝朱翊（读义 yì）钧和崇祯皇帝朱由检。他们两人把自己的母亲送到泰山封神，并建庙供奉。

朱翊钧的母亲李氏，漷县（今北京市通县东南漷镇）人。她原是穆宗朱载垕（读后 hòu）的宫人，隆庆元年（1567年）三月进封为贵妃。

相传她对朱翊钧的教育十分严格，朱翊钧学习不认真，她罚朱翊钧下跪；朱翊钧听老师讲课之后，必得向她回讲；每天五更，她亲自到朱翊钧住的地方催他起床，给他洗脸，携他登车，送他去上朝，不许他贪睡误政；朱翊钧一次饮酒过量，令侍从唱新鲜曲调，侍从不唱，朱翊钧割了侍从的头发，李氏知道后，喝令朱翊钧下跪，下"罪己诏（相当于今天的自我检讨）"，并历数朱翊钧的过错，直到他痛哭流涕，承认过错为止。

但是，李氏在宫中的地位并不高。封建宫廷里，等级森严，皇帝的妻子也分三六九等。至于一般的宫人，就是奴隶。李氏在穆宗朱载垕即帝位前，只是一般的宫人，由于受到朱载垕的青睐，生下一子。朱载垕即帝位后，才把她进封为贵妃。朱载垕的皇后是通州人陈氏，她多病无子，故而受到事实上的冷落。李氏进封号为"慈圣皇太后"是儿子神宗朱翊钧即帝位之后的事。还有一件事，可以说明"宫人"在宫廷中的地位：朱翊钧之后的光宗朱常洛也是宫人之子。朱翊钧在立朱常洛为太子之前，犹疑不决。一次，太后李氏问朱翊钧："为什么还不立太子？"朱翊钧回答说："常洛他妈妈是'都人（明代宫廷中称宫人为都人）'，所以不想立他为太子！"李氏听了，大为恼火，气狠狠地对儿子朱翊钧说："你的妈妈也是都人！"朱翊钧无奈，只好立朱常洛为太子，这就是后来的光宗。由此可见，李氏在穆宗朱载垕生前，在宫中的地位是不会很高的。李氏在朱翊钧即位后，不仅进封为皇太后，和当年的皇后并驾齐驱，而且在事实上比当年的皇后更显赫。不仅如此，朱翊钧还将她封为九莲菩萨，在泰山下建大殿供奉。

"九莲"一词是佛家语，是九品净土的异称，九品莲台的简称。密宗派佛教认为，九品莲台是佛、如来所居之地，是极乐世界。万历皇帝朱翊钧把他母亲的大殿建在泰山"天书观"内，而天书观是宋真宗时建的道教观宇，供道教女神碧霞元君。如今，被封为佛教神的皇太后的大殿，也建在道教观宇里，佛道杂揉，如果不说是皇家的煞风景，也应说是中国宗教史上的"奇观"。

朱由检是明代的最后一位皇帝。公元 1644 年 4 月，闯王李自成攻占北京，这位崇祯皇帝吊死在今日北京市的景山公园内。极为有趣的是，他在北京上吊之日，正是他给母亲在泰山脚下建的封神庙宇——圣慈天庆宫落成之时。朱由检的母亲刘氏，在宫廷中遭遇悲惨，死后，他的儿子朱由检继承皇位，深感母亲不幸，将母亲在泰山封为智上菩萨。"智上"一词，可能是"智无上"之省，也是佛家语。意为智慧无边。

朱由检的母亲刘氏，原籍海州（今辽宁省海城县），后移居宛平（今北京市）。她在宫廷中的境遇比朱翊钧的母亲更为难堪。刘氏入宫之初，身份是淑女。朱常洛私幸她之后，她生下了朱由检。不久，无情的朱常洛就抛弃了她。她在被遗弃的失意中结束了自己的生命。后来，朱由检长大，封为信王，母随子贵，这位早已死去的不为人所知的淑女刘氏，才被进封为贤妃。据说朱由检长大之后，寻找生母，访问宫人，皆不知其形状，探求葬身之所，人不知其墓穴何处。几经周折，才查访清楚。一代人主的母亲，生而人不知其情状，死而人不知其墓地，明代宫廷的黑暗，刘氏在宫中的境遇之悲惨，可想而知。

明代皇帝还把泰山当作摇钱树，纳入财政收入的组成部分。在泰山设立官员向香客征收香税，可称为他们的一大发明。明代在遥参亭（今泰安市岱庙正门

图34　岱庙南门外之遥参亭

前）设立征收香税的官员，向本省和外省的香客收税。明文规定，本省香客每次上山焚香，交税银五分四厘；外省香客每次交税银九分四厘。官员征税后，发给单据。山前山后的官员凭收据放香客上山；山顶碧霞祠中官员见单据放香客入碧霞祠。由于有的外省香客冒充本省香客，少交香税银两，万历八年（1580年），明王朝又决定，不论本省、外省的香客一律交香税银八分。有人统计，春季得香税银一万两有零；冬

图35　万仙楼

季得一万二三千两；加上夏、秋两季，明王朝每年得香税银三四万两（也有人说是十万两）。

　　明王朝不仅在泰山征收香税银子，连香客们捐赠给庙宇的香火费也要征收。嘉靖三十七年（1558年）规定，香客施舍的金银珠宝、玉石首饰、金银娃娃、铜钱、袍服、纱罗缎锦等等，除留一部分作地方费用外，悉皆上缴礼部。这部分的财物，其价值远远超过香税银子。

　　明代在泰山的建筑，保存较好的，大约只有一座"万仙楼"。这座门楼式的建筑后人虽屡有维修，但大体保持明代的格式。

崇尚中原文化　凝聚中原人心

——清代帝王与泰山

爱新觉罗·玄烨（1654～1722年），清代著名皇帝。8岁即位，年号康熙，世称康熙皇帝。他在位61年，为巩固、建设清政权做出了积极的贡献。康熙平三藩，抑重臣，御侵略，安边陲，重生产，兴水利，奖垦荒，停圈地，崇节俭，轻赋税，开考试，编图籍，做了许多有益的工作。康熙晚年，臣下虽有结党营私，贪污腐化之弊，但他本人却依然称得上是地主阶级杰出的政治家。

康熙五十六年（1717年）十一月，爱新觉罗·玄烨的母亲病重，他本人也头晕、脚面浮肿。爱新觉罗·玄烨每天让别人搀扶着去看望母亲。母子皆病，康熙本人的心情十分沉重，觉得应该趁有生之年，向子孙、臣民一吐个人心迹，以求后人理解，于是写了一道诏书。这道诏书，对我们了解康熙的思想、为人以及政风，是十分有益的。他在诏书中说，帝王治理天下国家，一定要以崇尚天意和效法祖宗为根本。综合天下人的心愿为自己的心愿，尊重天下人的利益为自

图 36　康熙皇帝爱新觉罗·玄烨像

己的利益，要治事于未乱之先，要保国家于未危之
前，他说他总是日夜兢兢业业，为的是图谋长久之
计。他说他从小读书，寻求治国的道理。年强力盛的
时候，也挽强弓射硬箭。削平三藩，安定漠北，都是
精心筹划，未曾乱杀一人。府库中的财物，若非军队
需要和救济灾民，他不敢擅自浪费。巡行各地所住的

95

行宫，都不加彩色涂抹。从少年时代起就懂得戒声色，远奸佞，幸而宁静平安。

爱新觉罗·玄烨的话，虽然有自矜的色彩，也有不确切的地方，但总的说来，还是表达了一个有作为的封建政治家的真实思想。

康熙皇帝来泰安是在康熙二十三年（1684年）十月。他登泰山，祭泰山神，仪式比较简单，只行二跪六叩礼，在山上烧了一堆柴火，仿照传说中的帝舜的"柴"、"望"（两种简单的祭祀方式）之礼。四十二年（1703年）春，南巡视察时，康熙皇帝曾再次登上泰山。

康熙写过一篇《泰山龙脉论》，全文较长，其中讲到泰山山脉发源于东北的长白山。这个说法，后人颇多怀疑。其实，康熙本人还是比较崇尚科学的。他

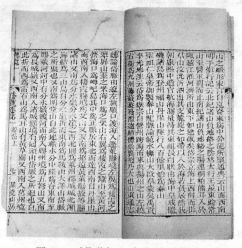

图37　《岱览》一书中的《泰山龙脉论》

在位期间，编纂了一本《皇舆全图》颁发给大臣，就是用一种新的测量方法绘制的。他在《泰山龙脉论》中说，他研究了地形，并派人在海中进行过实际测量，才得出泰山发源于长白山的结论的。近代地质学家认为，泰山的岩石形成年代久远，这类岩石，辽东半岛确实存在。康熙的说法，也许不无根据。另一种揣测以为，清皇族的根据地在东北，康熙将泰山与辽东半岛联系在一起，有明显的政治色彩，即为清政权入关统治寻找文化渊源方面的根据。

康熙还写诗作文歌颂泰山。他在《南巡笔记》中曾这样描写泰山：

> 泰山石路险峻不平，我缓步攀登四十里。在御帐崖，瀑布悬空直泻，秦代的五大夫松还在山崖上，——也许这是后来栽植的吧！进入南天门后，抚摸秦始皇的无字碑。站在"孔子小天下"处，真可放眼遐荒，使胸怀畅爽。我在山上题"普照乾坤"、"云峰"诸字。当天住宿在山顶，夜间月色清明，在月下赋诗遣兴抒怀，第二天登上日观峰，看东方日出。

他的《登岱》诗还是颇有见地的：

> 巍巍泰山呵，其高无极；
> 努力攀登呵，站在峰头。
> 天门路险呵，青气四合；
> 日观顶峰呵，白云飘游。
> 高岗振衣呵，身凌千仞；
> 远望茫茫呵，难辨九州。
> 君臣同心呵，崇尚实干；

图 38　康熙御笔"云峰"
封禅虚名呵，不必心留。

　　身居帝王之位，能始终贯彻崇尚实政而不务虚名，这大约是康熙成功的秘诀。

　　爱新觉罗·弘历（1711～1799 年），清代著名皇帝。二十四岁即位，八十五岁禅位皇太子，做了三年的太上皇。他的年号是乾隆，所以人们就以年号相呼，称为乾隆皇帝。他在位期间，为安定边陲，抵御外来侵略，发展生产做出了积极的贡献。在文化方面，他下令编辑的《四库全书》值得称道。虽然在编书过程中，销毁、篡改了一些于清

图 39　乾隆皇帝爱新觉罗·弘历像

政权不利的书籍，但更多的是保存了许多珍贵的古籍。《四库全书》收入书籍 3503 种，约计 8 万卷，是一项了不起的文化工程。承先人之绪，他也屡兴文字狱，为后人诋议。相比较而言，他在清代历史上，成绩还是显著的。

　　乾隆到泰安的次数，在中国古代封建帝王中，是

图40　岱庙东御座

首屈一指的。从乾隆十三年（1748年）他陪母亲第一次登山，到乾隆五十五年（1790年）他最后一次巡幸山东并登泰山为止，前后十一次，六次登上山顶。

乾隆有一首无题诗，是于乾隆五十五年最后一次登泰山时写的，说古代七十二位帝王登泰山封禅祭天，只是一种传说，后来的历代帝王上泰山封禅，不过是为了夸耀自己的功绩而搞的可鄙行为，他本人虽然六次登上泰山山顶，但却从来不搞封禅活动，除了有自惭自愧的虔诚而外，别无他求。这段自白，说明乾隆登泰山既没有借泰山封禅来夸耀自己功绩的愿望，也没有成仙作祖的企求。据《清史稿》记载，乾隆到泰安、登泰山如此频繁，不外以下几方面的因素：

南巡（乾隆有六次规模盛大的江南之行）途中路

经泰安，登泰山；

　　陪他母亲登泰山；

　　祭祀孔子时，路经泰安；

　　乾隆视察山东时，到泰安，登泰山。

　　另外，他游山玩水的因素也是不容置疑的。

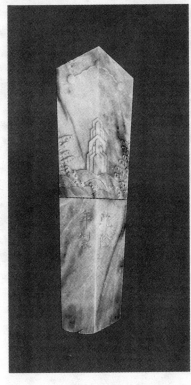

图 41　温凉玉圭

　　特别值得一提的是，乾隆到泰山，还常常给泰山赠送礼物，最为珍贵的有温凉玉圭、沉香狮子等。乾隆的字特别自然、流畅，有潇洒风流之概。

　　乾隆一生广游历，多写诗。他一生写的诗数万首。论数量，在中国诗歌史上是首屈一指的。遗憾的是，文学史家和鉴赏家极少称许。这是因为他的诗大都是即兴之作，淡乎寡味。他在泰山写的诗约一百七十首，称得上好诗的，确乎罕见。但爱新觉罗·弘历的汉文修养较好，是一位风流儒雅的皇帝。且

图 42　沉香狮子

看他第一次登泰山时写的《朝阳洞》诗，试译如下：

环山抱着深凹，阳光先期独照。

所以称名朝阳，此亦名山常号。

此地高在云端，数亩平坦山坳。

造型意境幽奇，窗外景色妖娆。

攀登喜见平地，稍息继续前跑。

赏景有如治学，墨守陈规最糟。

图43　天贶殿前御碑亭

　　原诗是五言古诗，每句五字，计十二句，共六十字。这首诗就形象、意境的角度说，难以令人首肯，然而乾隆确有一点才子气。相传他站在泰山南侧的朝阳洞上，环顾四方：周围群山环绕，主峰屹立正北。主峰和西侧峰峦夹峙，十八盘东侧的山涧逶迤而下，溪水淙淙。山峦、怪石、青松、溪水、山道、房舍构成了一幅天然的山水画。他慨叹大自然巧夺天工！遗憾的是，这幅天然的山水画，尚缺画家的印记。于是，他命令臣下把他的上述诗作镌刻在泰山主峰的山崖上，字径大三尺，俗称"万丈碑"。而这"万丈碑"就是这山水画的印记了。这确乎别出心裁，不仅有浓郁的帝王思想，而且有浓郁的风雅情韵。

　　清代帝王中还有一位和泰山有过比较密切关系的是康熙的儿子，乾隆的父亲雍正皇帝。此人在位期间，大力纠正乃父晚年的弊政，开辟财源，虽不无严

图44　万丈碑（清摩崖）

酷之讥，但却开清王朝新气象，为其子乾隆的兴盛奠定了物质实力的基础。但他在争夺帝位过程中表现出的权诈和狠毒，受到历史学家们的讥评。文字狱是清初通病，乃父乃子率皆有意于此，以为是一大统治术，但人们对雍正的文字狱更加痛恨。历史的功过是非，政治家的手段和目的之间的矛盾，一时难以细说。但他于泰山，却实实在在做过一些有益的事。

雍正六年（1729年），爱新觉罗·胤（读印 yìn）禛（读真 zhēn）下令整修泰山，派丁皂保督工。泰山至今还有雍正年间的建筑。例如，现存的岱宗坊便是其中之一。丁皂保在泰山风景点的建设上，也有贡献。例如五大夫松，原松已毁，他亲自补植。虽然后来的乾隆皇帝在诗中说"五大夫松"已名实不符，但毕竟留下痕迹，让后人即其地来抒发怀古的幽情。

雍正自己也登泰山，并写诗歌颂泰山。他的《岱

图45　岱宗坊

顶》诗写道：

> 山峰如芙蓉直插在白云间，
> 海上仙山不能和泰山比齐。
> 九州大地的烟云变幻莫测，
> 为看日出五更天就等天鸡。
> 云绕峭壁上松树虬枝盘曲，
> 苔藓布满古碑而字迹清晰。
> 山岭上仙乐飘飘仙人来到，
> 封禅台下埋着封禅的金泥。

这首诗虽然和历代诗人的泰山诗不可同日而语，但就形象、意境、表情达意的委婉曲折而言，却在乃父、乃子的诗作之上。最后两句说，山上有仙乐仙人，封禅坛下有历代封禅用的玉检金泥，把人带到对历史回顾的低回情绪之中，给人一种回肠荡气的感觉。

从古代传说中的七十二帝王到清代的康熙、乾隆，五千年绵延不绝，帝王们志在泰山，心在泰山：或封禅，或祭祀，或派员焚香，或登临致意。从社会的角度说，都在为历史的责任尽心，谋求统一，巩固统一。从个人人生的角度说，都有个人的欲望，或求成仙，或求长生，或显号觊名，或赏心悦目。细加品味，漫长的历史在不知不觉中演进：推进它，如此，阻碍它，亦如此，不以任何个人的意志为转移。这就是科学，这就是规律。从历史哲学的角度说，从神本位，到政本位，到人本位，重心转移，人类进步：承认它，如此，不承认它，亦如此，它也不以任何人的意志为转移。这也是科学，这也是规律。探讨一个局部的社会现象的历史，环视整个人类社会的进程，个人的作用可以说伟大，也可以说渺小，只看你选一个什么角度去审视，只看你从一个什么角度去评说。佛教禅宗主张"顿悟"，说顿悟成佛，一阐提皆有佛性。大意是说，什么人都可以成佛，只看你"悟"不"悟"。去掉成佛作祖的虚幻，中国古代哲学家称人皆可以为尧舜，只看你"为"不"为"。人生天地间，一要"悟"，二要"为"，帝王如此，常人亦如此，慎矣哉！

后　记

　　泰山文化最突出的是帝王情结，从七十二帝王到秦皇汉武，到康熙乾隆，造成了泰山的民族向心力。中华民族从蛮荒时代开始凝聚联合，发展到高度文明时代的一统，分则弱，合则强，是历史的经验，也是历史的规律。一个人、一个国家要生存，要发展，而生存与发展都离不开联合与统一。因此，泰山的向心力就是民族自强的灵魂和动力。我的这本小册就是宣传这个观念。

　　政治，或称社会政治伦理，是一个客观存在，有时轻松和谐，有时严峻冷酷，有时两者兼容，任何人或任何时代都无法回避。泰山的历史就是从一个侧面承载着国家和民族的社会政治伦理。

　　校对完毕，交代缘起，发一点感慨，请读者谅解饶舌。

汤贵仁

2000 年 8 月于岱下

图书在版编目（ＣＩＰ）数据

帝王登临/汤贵仁著．－济南：齐鲁书社，2000.9
（泰山文化之旅丛书）
ISBN　7－5333－0709－7

Ⅰ．帝…　Ⅱ．汤…　Ⅲ．帝王－生平事迹－中国
Ⅳ．K827．2

中国版本图书馆CIP数据核字（2000）第 46082 号

泰山文化之旅丛书

帝王登临

汤贵仁　著

齐鲁书社出版发行

（济南经九路胜利大街）

山东人民印刷厂印刷

850×1168 毫米 32 开本　3.625 印张　75 千字
2000 年 9 月第 1 版 2000 年 9 月第 1 次印刷
印数 1—5200
ISBN　7—5333—0709—7
K·192 全 8 册定价：68.00 元

泰山文化之旅丛书

袁爱国　著

齐鲁书社

序　一

莫振奎

　　泰山为我国五岳之东岳，是闻名遐迩的旅游胜地，年接待中外游客达到 400 万人次。泰山的魅力不仅在于她雄、奇、险、秀的自然景观，更在于她悠久的历史和丰厚的文化，在于她得天独厚、绝无仅有的人文景观。封建帝王的封禅，文人骚客的游览，以及宗教的活动和民间的传说，使泰山成为一座神山、圣山、文化山。泰山被誉为中华民族精神的象征，被称作东方文化的宝库，是当之无愧的，联合国教科文组织把泰山列为"世界文化与自然遗产"，也是名副其实的。

　　随着改革开放的深入和经济社会的发展，我国旅游业呈现出强劲的发展势头，泰山已成为人人向往的旅游热点。近年来，泰安市委、市政府确定把旅游业作为一个新的经济增长点来抓，提出了"营造大泰山，开拓大市场，发展大旅游，构筑大产业"的战略构想，加大宣传促销力度，加快旅游资源开发，加强基础设施建设，治理整顿旅游环境，做了大量工作，

取得了显著成效。挖掘泰山的文化内涵，弘扬泰山的历史文化，让世人更多、更深入地了解泰山，为中外游客提供深层次、高品位的服务，是发展泰山旅游业的一项重要工作，也是编辑出版《泰山文化之旅丛书》的根本宗旨。

《泰山文化之旅丛书》的编者，以高度的责任心和使命感，以严肃认真、精益求精的态度和作风，精心撰稿，精选图片，编成了这套图文并茂、雅俗共赏的丛书。通过这套丛书，使广大游客在遍览泰山风光名胜的同时，也能领略博大精深的泰山文化，这对进一步宣传泰山，促进泰山旅游业的发展，将发挥积极的作用。值丛书编成出版之际，即兴随笔，写此数语，是为序。

2000 年 8 月于泰安

序 二

杨辛

　　旅游是一种层次较高的综合性文化体育活动。古人在谈及学识时，常提到"行万里路，读万卷书"。所谓"行万里路"，其中带有旅游的意味，这是对自然、社会的一种亲身考察与体验。旅游的兴味往往反映人的文化素养。前人把"行万里路"与"读万卷书"并列，确是很有道理的。

　　旅游本身是一种文化熏陶，也是一种精神享受，到名山胜水旅游，特别是到泰山这样的历史文化名山旅游更是如此。泰山作为我国文化名山被誉为五岳之首，而且是世界上为数不多的"文化与自然"双遗产，旅游资源十分丰富。

　　我曾说："生有涯，学泰山无涯。"泰山的文化内涵博大精深，它以儒家思想为主导，融合道家思想、佛教思想为一体，它对人的精神影响既是哲理的、伦理的，又是审美的。泰山的雄伟气魄和蕴涵的自强不息的进取精神激励着华夏子孙。名山不厌百回游，我现已攀登泰山 33 次，兴味仍有增无减。我在 80 年代

中期曾写过一首《泰山颂》：

高而可登，雄而可亲，松石为骨，清泉为心，呼吸宇宙，吐纳风云，海天之怀，华夏之魂。

这首诗，表达了我对泰山的感受，还被刻在了泰山的盘道旁。可以说，它源于泰山，又回归泰山。我爱泰山的自然，更爱泰山的文化，似乎我与泰山有着不解之缘，我还会继续攀登。

《泰山文化之旅丛书》的编者以推介宣传泰山文化为己任，将这套雅俗共赏、图文并茂的丛书奉献给读者，使不同层次的游览者，通过泰山诸多的风光名胜、诗文传说、宗教建筑、摩崖碑刻，以及众多名人轶事来品味泰山，这是为弘扬泰山文化所作的重要贡献，可喜可贺。

是为序。

2000 年 8 月 1 日于岱下

目　录

登泰山而小天下

——孔子与泰山

　　孔子是中国古代著名的政治家、思想家、教育家和文学家。泰山与名人结缘，肇始于孔子。孔子登临泰山，抒怀畅志，开阔胸襟；考察封禅，学习礼仪；了解民情，观知时政，活动内容与历史遗迹十分丰富。明代《泰山志》说："泰山胜迹，孔子称首。"这不仅拓展了泰山文化的内涵，也使儒家思想文化借泰山之力发扬光大。同时，孔子也开创了名人登泰山的先河。由于他的特殊地位和影响，使后人竞起仿效，接踵而至。"登泰山而小天下"，成为历代文人名士不可缺少的生活内容，沿袭成为积淀深厚的文化心理，蔓延成为流传久远的文化风气，演变成为传统文化中的一大景观。

　　孔子曾登泰山，考察封禅制度。泰山处于我国东部，称东岳。在原始宗教信仰中，东方主生，所以泰山主生死交代，后来又扩大为帝王朝代嬗递的"禅代"之意。历代帝王在改朝换代，天下太平以后，都要封禅泰山，以示受命于天，四海率从。《管子·封禅篇》中有"古者封泰山禅梁父者七十二家"的记载。封禅的内容，就是在泰山极顶筑土为坛来祭天，以报答天功，叫封；在泰山脚下梁父山祭地，以报地功，称禅。这种隆重庄严的封禅大典有一套神圣而严格的仪式，这对十分重视礼乐制度的孔子有极大的吸引力。孔子一生以周公为榜样，以恢复周朝政治和礼乐制度为己任，准备随时辅弼国君实现这一主张，则封禅大典是必须掌握的重要国礼。《韩诗外传》记载："孔子升泰山，观易姓而王可得而数者七十余人。"经过多次实地考察，反复对照，孔子发现历代封禅的具体仪式差异很大，为他掌握封禅礼仪提供了丰富的材料。当时的封禅与祭山活动都要由国君举行，诸侯以下举办是不合礼节的。据《论语·八佾》，鲁国掌权的大夫季孙氏要祭泰山，孔子问给季氏当管家的学生冉有：你不能阻止吗？冉有回答不能。孔子讥笑说：难道泰山也不懂礼仪，接受这不合规矩的祭祀吗？

孔子在泰山一带从事政治活动，其中最著名的就是在泰山东侧莱芜境内举行的夹谷之会。《史记·孔子世家》载：鲁定公十年（前500年），孔子任鲁国司寇，开始以自己的政治主张治理国家，并使之逐渐强大起来，这使齐国十分不安。为了治服鲁国，齐景公采纳大夫黎钽等人的建议，邀请鲁定公在夹谷聚会，想趁机以武力使鲁国屈服。鲁定公答应赴会，孔子按照"有文事者必有武备"的方针，调集军队随从。齐国随景公赴会的是著名政治家晏婴。

图 1　夹谷会盟图（采自清点石斋刊《东周列国志》）

会见开始后，齐国请演奏地方歌舞，于是"旍旄羽被矛戟剑拨鼓噪而至"，意在威胁定公。情况紧急，孔子不顾常礼，一步迈上台阶，扬起衣袖厉声喝道：我们两国国君正在庄严地会见，为什么会有这种野蛮的歌舞？请问齐国方面该怎么办？景公觉得很不好意思，示意退下。过了一会儿，齐国要求演奏宫廷雅乐，于是有"优倡侏儒为戏而前"，以此侮辱定公。孔子又迈上台阶大声说：戏弄诸侯者要依法斩首，执法官应该立即执行！执法官只得砍掉这些人的手脚。由于孔子态度严正，掌握礼节严密合度，军事上又有充分准备，使齐景公感到鲁定公不是可以轻易挟持的，便匆匆结束了会见。

归国以后，齐景公余悸未消，埋怨臣下说，孔子是按照礼仪辅佐国君，而你们却以旁门左道教我，现在失礼得罪了鲁国，该怎么办？于是只好归还以前侵占鲁国的汶阳田、龟阴田，表示谢过。现泰安城东傅家村附近还有谢过城遗址，就是因此事修建的。

夹谷会后的第四年，齐国担心"孔子为政必霸"，会吞并齐国，便接受那位黎钼的提议，送给鲁君：八十名妖艳美女，皆善唱靡靡之音，一百二十匹高头骏马，鞍辔俱耀金光。想以此消磨鲁君意志，又离间鲁君与孔子的关系。果然，"季桓子微服往观再三，将受。乃语鲁君为周道游，往观终日，怠于政事"（《史记·孔子世家》），猴急之情、轻薄之态跃然欲出。孔子见鲁君如此荒唐，只得辞职，带领弟子，怀着沉重的心情，离开精心治理初见成效的鲁国。途中经过泰山以南的龟山，看到肥沃的龟阴田，夹谷之会的胜利成果犹在，而自己却被迫去鲁，胸中郁愤难平，遂作《龟山操》一曲。据东汉蔡邕《琴操》记载："《龟山操》者，孔子所作也。齐人馈女乐，季桓子受之，鲁君闭门不听朝。当此之时，季氏专政，上僭天子，下畔大夫，圣贤斥逐，谗邪满朝。孔子欲谏不得，退而望鲁。鲁有龟山蔽之，辟季氏于龟山，托势位于斧柯。季氏专政，犹龟山蔽鲁也。伤政道之陵迟，闵百姓不得其所，欲诛季氏而力不能，于是援琴而歌云：予欲望鲁兮，龟山蔽之。手无斧柯，奈龟山何？"

孔子游泰山，还有观览名胜，开阔眼界，增强道德文化素养的目的。泰山上下有不少孔子游览遗迹。

瞻鲁台。在岱顶南侧，是孔子登山眺望鲁国的地方。《孟子·尽心上》载："孔子登东山而小鲁，登泰山而小天下。故游于海者难为水，游于圣人之门难与言。"这是讲知识境界要不断递进，才能有更高的道德修养。

虎山。在泰山南麓王母池东侧。《礼记·檀弓》篇载："孔子过泰山侧，有妇人哭于墓者"而慨叹"苛政猛于虎"。不过此处地势开阔，山峦疏旷，似非虎狼出没之地，"虎山"之称或系后人附会。清乾隆皇帝在此立"乾隆射虎处"石碑，声称曾在此亲射猛虎，不少人信为史实，其实是附庸风雅，借题发挥，寓革除"苛政"之意罢了。

泰山还有关于孔子的建筑。孔子庙有两处，一处在泰城岱庙东南，始建于宋代，一处在岱顶天街东首，碧霞祠西侧，始建于明嘉靖年间。庙中除供奉孔子外，还祀颜回、曾子、孟子、子思，是为"四配"，另有"十二贤哲"列祀。清代泰安知县徐宗干题联曰："仰之弥高，钻之弥坚，可以语上也；出乎其类，拔乎其萃，宜若登天然。"

图 2　岱顶孔子庙

"孔子登临处"牌坊。在红门宫前。明嘉靖三十九年（1560 年）山东都察御史朱安等人建。坊上镌联："素王独步传千古，圣主遥临庆万年。"不过汉代以前，登山是走泰山东路，入山须走大津口乡。明人在此建坊是以儒家文化晓喻游人，"代圣人立言"，扩大孔子在泰山的影响。

"泰山岩岩，鲁邦所瞻。"这是孔子晚年删定的《诗经》中对泰山的赞叹。泰山对孔子的影响是巨大的：学习礼乐，由此得窥封禅大典全豹；登泰山而小天下，以开阔的眼界胸襟审度自己德才学识的修养；孔子临终，孔鲤，颜回、子路相继死去，自知已日薄西山，遂唱出"泰山其颓乎！梁柱摧乎！哲人萎乎"的最后歌声，把自己的生死与泰山联在一起，足见泰

图3　孔子登临处

山在孔子心目中不同寻常的地位。

　　孔子在泰山的影响又是深远的：夹谷之会，是儒家政治的成功范例，证明儒家绝非"盛容服而饰辩说"，"博学不可仪世"的虚妄之徒；《龟山操》、《邱陵歌》，引出屈原、李白等人行路难的千古传唱；长期奔走齐鲁，对比中悟出"智者乐水，仁者乐山"，似乎已涉及到文化地理对人的性格的影响；在细致的观察中体味到"智者动，仁者静，智者乐，仁者寿"，是山水欣赏对于人的心理与健康的作用，无疑是对旅游心理学、旅游审美学最早的启蒙认识。如果说有谁在山川游览中留下了最为丰富的思想文化遗产，那么孔子是当之无愧的。后人把孔子与泰山紧密联系在一起，誉为"孔子圣中之泰山，泰山岳中之孔子"（明·严云霄《咏孔子庙》），这一见解，是相当深刻的。

本原事业　祗颂功德

——李斯与泰山

　　李斯是秦代政治家、文学家。他长期担任秦国丞相，辅佐秦始皇统一中国，并先后随从秦始皇、秦二世封禅巡祀泰山，在泰山极顶刻石纪功，歌颂秦德。李斯撰文并书写的泰山刻石，不仅是秦王朝鼎盛的见证，也开启了泰山碑刻的先河。它是泰山历史的珍贵纪录，也是泰山碑刻艺术中的翘楚。

　　李斯的政治生涯，与泰山有不可分割的因缘。他的一生，凡四次与泰山有关。第一次始于秦王政十年（前237年）的"逐客事件"。这是李斯政治生涯中的第一次危机，也是秦国统一天下大业面临的危机。这时他上了著名的《谏逐客疏》，陈述天下与秦国形势，力辩逐客之非，指出："是以泰山不让土壤，故能成其大；河海不择细流，故能就其深；王者不却众庶，故能明其德。是以地无四方，民无异国，四时充美，鬼神降福，此五帝三王之所以无敌也"，进而郑重提出广招人才，广聚资源以完成统一大业的建议，使秦王顿悟逐客之非，也使秦国统一天下的谋略免于夭折，李斯面临的政治危机亦随之化解。《谏逐客疏》也以它的论证严密、辩驳犀利、排比采错、气势酣畅、语调铿锵，成为不可多得的政论散文，奠定了李斯的文学地位。

第二次是在秦始皇二十八年（前219年），李斯以丞相之职，随从秦始皇封禅泰山。在"逐客事件"以后的十八年间，李斯尽心竭力辅佐秦王，终于吞并六国，统一天下，成为功高位重的一代名臣。随从封禅，是他政治生涯中辉煌的顶点。登封之时，始皇命李斯书写铭文一篇刻于泰山极顶，表明登封成功，内容是"颂秦始皇帝德，明其得封也"。

第三次是在秦二世元年（前209年），李斯仍以丞相之职随从二世皇帝胡亥东巡，登上泰山，以礼祀之。于秦始皇刻石上加刻秦二世诏书，仍由李斯撰写。

第四次是李斯在政治上陷入穷途末路之际。由于赵高的挑拨，李斯受到秦二世猜疑。当时陈胜吴广起义势已燎原，二世派人调查李斯之子、担任三川太守的李由镇压不力，"群盗吴广等西略地，过去弗能禁"，以及李斯"居三公位，如何令盗如此"（《史记·李斯列传》），使李斯惶恐不安。为了逢迎二世，保全自己，李斯上了《论督责疏》，以"城高五丈，而楼季不轻犯也；泰山之高百仞，而跛牂牧其上"为喻，劝谏二世加强独裁，以重刑治乱世。此议一出，残民以逞的秦二世大悦，结果"刑者相半于道，而死者日成积于市，杀人众者为忠臣"，"税民深者为明

9

图 4　明代李斯碑拓片

吏"，使秦王朝加速走向崩溃。

李斯被系狱以后，"自负其辩，有功，实无反心，幸得上书自陈，幸二世之寤而赦之"，乃从狱中上书二世，自述有"七大罪状"，借此历数担任丞相三十多年来辅佐秦王，匡定天下的功绩。其中"罪状"之一，就是在泰山刻石纪功，使秦皇父子名扬天下。但这种辩解是徒劳的。赵高轻蔑地说了一句"囚安得上书！"李斯的命运便无可挽回了。临刑前，李斯懊悔地对儿子说："吾欲与若复牵黄犬俱出上蔡东门逐狡兔，岂可得乎？"这就是流传千古的"黄犬狡兔"之叹。

李斯泰山刻石具有相当重要的价值。它是秦篆保留至今的唯一真迹。

据《史记·始皇本纪》载，秦始皇称帝后曾五次出巡，先后留下泰山、峄山、琅玡、芝罘、碣石、会稽六处七篇刻石，皆为李斯所书。其中芝罘、碣石刻石早毁，遗迹无从寻查；会稽刻石只存后人拓本；琅玡刻石剥漓严重，字迹漫漶，难以辨认，现藏中国历史博物馆；峄山刻石被后魏太武帝拓拔焘捣毁，后人以拓本复刻石上。唐代杜甫曾至峄山，写下"峄山之碑野火焚，枣木传刻肥失真"的诗句。宋代欧阳修在《集古录》中也说峄山刻石"其字体差大，不类泰山存者"。峄山与泰山两处刻石相对照，其形神矩矱相差甚远。那么，泰山刻石堪称是李斯小篆唯一的传世真迹了。

李斯泰山刻石还是中国碑刻制度演变的重要见

证。

中国刻石形制，最早见于东周，状为石鼓，亦称猎碣，形状上小下大，顶部微圆而下平，略近鼓状，或近圆柱体。秦代泰山刻石高约五尺，为不规则四方形，各面广狭不等。两篇铭文共222字，自西面开始向北、东、南面依次环刻。西面6行，北面3行，东面6行，南面7行，共22行，行12字。二世诏书最后"制曰可"三字转在西南石棱上。到了汉代，就出现了比较统一规范的长方形石碑。其间嬗递传承关系，脉络清楚。泰山刻石的形制，是考查中国碑刻史的实物依据。

李斯泰山刻石矗立于泰山之巅碧霞祠西侧。经过两千多年的风雨沧桑，屡遭劫难，极富传奇色彩。汉代至隋唐罕有人提起，至宋代开始引起注意。宋真宗封禅泰山时，兖州太守献出40字拓本。欧阳修好友江邻几任奉符县令时，亲临岱顶寻访此碑，尚存数十字。此后学者刘跂专程登岱考察，制成拓本，撰为《秦篆谱》一书。欧阳修《集古录》、赵明诚《金石录》都有著录。明代嘉靖年间刻石被毁，仅存二世诏书29字，移置碧霞祠东庑。现流传29字拓本即出于此。清乾隆五年（1740年）碧霞祠毁于火，此石遂失。嘉庆二十年（1815年）在岱顶整修时被发现，仅余残石两块，存10字："臣斯臣去疾昧死请矣臣"，嵌于大观峰前东岳庙西墙外侧之"读碑亭"内。道光十二年（1832年）读碑亭倒塌，泰安县令徐宗干"索残石于瓦砾中"，移至山下岱庙中保存。光绪十六

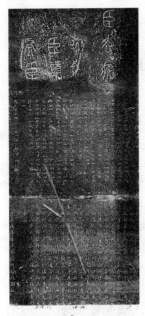

图 5　李斯残碑照片

年（1890 年）残石被盗，县令毛蜀云大索十日，得石于泰城北关桥下，宣统二年（1910 年）五月，泰安知县俞庆澜在岱庙环咏亭附近专门建亭置放。今存于岱庙东御座，周围以玻璃镶嵌，使游客能一睹李斯小篆风采。

李斯泰山刻石对泰山文化的贡献是巨大的。首先，秦始皇是封禅泰山的第一位封建帝王，它具有正统、一尊的性质，结束了氏族部落首领和春秋战国诸侯封禅祭祀的阶段，使泰山封禅史进入一个新的重要转折。秦朝的统一与封禅，也包含着李斯的历史功绩。其次，李斯泰山刻石一出，引发了泰山历代刻石，形成了庞大的泰山刻石家族：汉代石表、北齐金刚经刻石、唐摩崖、宋摩崖、元明题刻、清乾隆万丈碑，或为丰碑巨制，或为娟秀小品，篆隶真草诸体荟萃，名家手迹洋洋大观，峰壑岩谷随处镌刻，登山道上目不暇给，汇为独具特色的碑刻文化，成为泰山文化不可或缺的重要组成部分。其首创之功，当毫无愧色地属于李斯。

封禅史学的开创者

——司马迁与泰山

司马迁是西汉伟大的史学家、文学家。他的《史记·封禅书》把传说中的古代帝王直至秦始皇、汉武帝的泰山封禅活动进行整理,给予生动翔实的记载介绍,从而使这种富有浓厚政治、文化色彩的祭祀活动,引起后代帝王重视,作为隆重的国家大典加以延续。《史记》作为史书的范例,其《封禅书》也成为后世修史的重要内容,列出专章加以记载。可以说,对于封禅进行专门研究,始于司马迁;把封禅列入史书专章,亦始于司马迁。这是他对泰山文化具有开创性的独特贡献。

图6　司马迁像

《史记·封禅书》是前无古人的开创之作。司马迁以"从巡祭天地诸神名山川而封禅"的亲身见闻，结合对封禅文献的研究，"论次自古以来用事于鬼神者，具见其表里"。他首先对于封禅的起源作了可贵的探索。

司马迁父子认为封禅是远古流传下来的礼仪。司马谈称汉武帝封禅是"接千岁之统"，而不言承秦代封禅之制。司马迁《封禅书》也在开篇即指出："自古受命帝王，曷尝不封禅？盖有无其应而用事者矣，未有睹符瑞见而不臻乎泰山者也。"其具体仪式，是"此泰山上筑土为坛以祭天，报天之功，故曰封。此泰山下小山上除地，报地之功，故曰禅"（张守节《史记正义》）。举行封禅有几个非常重要的条件：一是改朝换代，即"易姓而王"；二是致太平，即出现太平盛世；三是君王有德，"虽受命而功不至，至梁父矣而德不洽"，亦不能成功；四是符瑞见，即出现吉兆。这几个条件缺一不可，要求比较严苛。所以并不是所有君王都可以举行封禅，以致于"厥旷远者千有余载，近者数百载，故其仪阙然堙灭，其详不可得而记闻云"。

尽管如此，司马迁还是花了很大力气，搜集到一些有关封禅的历史文献。其中比较重要的有三条：

一是《管子》一书中的《封禅篇》，这大约是司马迁见到的最早文献。管子首先提出远古以来七十二代帝王封禅说；二是孔子关于泰山封禅的言论，出于《韩诗外传》等书；三是西汉辞赋家司马相如的《封禅赋》。但是，司马迁并未完全把这些材料直接作为信史。他认为仅有这些尚嫌不足，因而采取了审慎态度，取《尚书》中的记载，以大舜祭祀泰山作为封禅的直接起点，即所谓"岁二月，东巡狩，至于岱宗……柴，望秩于山川。"此后有"禹遵之"，以至于周，遂成系统。因为资料文献缺乏，司马迁对封禅起源的研究受到很大限制，远未穷其究竟，但这种探索精神是相当可贵的。

《封禅书》以主要篇幅详细记载了秦始皇、汉武帝的封禅活动。

秦始皇兼并天下，改正朔，易服色，"即帝位三年（公元前 219 年），东巡郡县，祠邹峄山，颂秦功业。于是征从齐鲁之儒生博士七十人，至乎泰山下"，在议论了一番古代封禅礼仪后，"遂除车道，上自泰山阳至巅，立石颂秦始皇帝德，明其得封也。从阴道下，禅于梁父。其礼颇采太祝之祀雍上帝所用，而封藏皆秘之，世不得而记也"（《封禅书》）。封禅的具体仪式，是采用"祀雍上帝"之礼。秦在雍（长安西南）用四畤祠白、黄、青、赤四帝，祭献用驹、犊、羔三牲及珪币，礼毕"皆生瘗埋"。

汉武帝即位，有白麟、宝鼎之瑞，正应合武帝急于封禅的心理。元鼎六年（公元前 110 年）下诏征涉西方北方，并亲率大军"行自云阳、北历上郡、西河、五原，出长城，北登单于台，至朔方，临北河。勒兵十八万骑，旌旗经千余里，威震匈奴"（《汉书·武帝纪》），然后先祭华山、嵩山，三月登泰山，因

图7 汉武帝无字碑

"泰山之草木叶未生，乃令人上石立之泰山巅"（《封禅书》），即玉皇顶之汉无字碑。武帝乃东行至海，求蓬莱仙人之属。四月还泰山,先于梁父禅地,又在泰山脚下东方,按照祭祀太一神的仪式举行封礼,其封土高九尺,阔一丈二尺,封土下秘埋玉牒书。封礼之后武帝独带奉车子侯霍嬗上泰山极顶,再行封礼,其仪式与内容皆秘之,第二天,自泰山之阴返回,按照祭祀后土之礼,再禅于泰山东北之肃然山,开创了两封两禅的先例。山巅封礼的唯一见证人霍嬗不久已暴亡,引起了人们的种种猜测。这显然与武帝神秘其事有关。典礼完毕,武帝在泰山旧有的明堂接受群臣朝贺祝寿,并颁布诏书,宣扬在泰山见到的种种神异,表示封禅已为上天接受,并改年号为"元封元年"。为了便于巡祀泰山又专门下诏:"古者天子五载一巡狩,用事泰山,诸侯有朝宿地。其令诸侯各治邸泰山下。"想以泰山脚下的奉高城为东方行辕。元封二年,武帝据济南人公玉带所献《明堂图》,在泰山东侧周明堂遗址不远处重建明堂:"中有一殿,四面无壁,以茅盖,通水,圜宫垣为复道,上有楼,从西南入,命曰昆仑,天子从之入,以拜祠上帝焉。……祠太一、五帝于明堂上坐,令高皇帝祠坐对之。祠后土于下房,以二十太牢"(《封禅书》)。此后汉武帝又多次来泰山举行封禅大礼,并在明堂中朝见诸侯。

司马迁一生曾多次来往于泰山。他二十岁时奉父命南游,并在向往已久的泰山,领略峰峦之伟岸,考察封禅的遗迹,流连低徊,不能遽去。先父的遗恨,使司马迁对泰山的崇敬情感更加刻骨铭心。武帝历次到泰山,司马迁皆为随从,详于记述(见王国维《太史公行年考》)。正是在这个基础上，才产生了他"承敝通变"的《封禅书》。

司马迁对泰山文化的贡献，不止于《封禅书》和《史记》中有关泰山的文字，更在于他的崇高精神和峻洁人格。遭李陵祸后，司马迁"身直为闺阁之臣"，"每念斯耻，汗未尝不发背沾衣也。"但他以"人固有一死，死有重于泰山，或轻于鸿毛，用之所趣异也"来激励自己忍辱负重，完成著述大业。泰山在他心目中是至高无上的，他把"重于泰山"作为崇高的精神境界引入人生哲学，富有雄壮的阳刚气势。他在《报任安书》中还说："夫人情莫不贪生恶死，念父母，顾妻子，至激于理义者不然，乃有所不得已也。"他自己正是把事业置于生死之上。这种砥砺名节，慎于生死，推崇建功立业，名扬后世的思想，这种高度肯定个体人格的独立性、主动性，把个体对社会应承担的责任置于崇高地位的进取精神，是他一生辉煌的写照，也是泰山文化乃至民族精神中宝贵的财富。

我本泰山人

——曹植与泰山

曹植是三国时期"建安七子"的核心人物，建安时期最杰出、最有代表性的作家。曹植长期生活于泰山周围地区，创作了一批泰山诗文，慷慨悲凉，词采华茂，情兼雅怨，成为建安文学的代表之作，也是泰山诗坛中的高华篇章。

曹植作为"生乎乱，长乎军"的乱世才子，出生于泰山，而且他的少年时代是在泰山及其周围地区度过的。直至建安九年（公元 204 年）曹操攻克袁绍盘踞的邺城（今河北临漳县），并把大本营放在那

图8　曹植(顾恺之《洛神赋》局部)

里，才结束了他在泰山一带十三年的飘流生涯。他虽生长于军旅，却"少好词赋"（《与杨德祖书》），"十岁余，诵读《诗》、《论》及辞赋数十万言，善属文"（《三国志·魏志》）。曹操在泰山一带征战时即注意"外定武功，内兴文学"，尽力招揽文学之士，形成以"三曹"为核心，以"建安七子"为骨干的庞大的邺下文人集团。"七子"之中孔融、王粲、徐干、刘桢都属泰山附近的山东作家。曹植就是在他们中间交流切磋，文学才能大有提高，天赋得以充分发挥。

曹植才华超众，待人坦诚，深得曹操喜爱，屡次欲立为太子。但曹植热情外露，气质浪漫，"任性而行，不自彫励，饮酒不节"，尤其不擅权术谋略，在一些关键时刻不能自控，逐渐失去了曹操的信任。而他的兄长曹丕却"御之以术，矫情自饰"，笼络左右，收买人心。每当曹操出征，诸子送别时，曹丕便伏地痛哭，以显示诚心，终于在立太子的斗争中取得胜利。曹丕在建安二十五年（220年）继位后，处心积虑地迫害这位同母兄弟，曹植的命运从此发生了根本变化。

曹丕首先把各兄弟诸侯遣赴封地，然后分而治之，对曹植尤其严苛。曹植来到封地临淄，不久，遭到监国使者灌均诬告，奏曹植"醉酒悖慢，劫胁使者。"曹丕本想借刀杀人，但因母亲卞太后干预，只得"从轻发落"，贬为安乡（今河北晋县）侯，继又改封鄄城（今山东鄄城县）侯。黄初六年，曹丕卒，其子曹叡继位，对曹植表面稍见放松，骨子里仍在严加控制。太和三年（229年），徙封曹植为东阿王，邑在今山东东阿县。六年，徙封陈王（今河南淮阳）。从曹丕即位至太和六年的十一年中，曹植封地多次迁徙，"号则六易，居实三迁，连遇瘠土，衣食不继"（《迁都赋序》），到淮阳后不久便悒郁而终，卒年仅四十一岁。他生前待遇比诸兄弟"事事复减半"，死后谥号曰"思"，称"陈思王"。按《谥法》，"思"之意是"追悔前过"。在曹丕父子看来，曹植不仅生前有罪，而且终生未赎，死后还要继续悔罪。这种生死继之的骨肉相残，实在罕有其匹。

与曹植的经历、处境相关，他的泰山诗多为游仙诗。作为聪颖敏慧的诗人，长期处于险恶的环境之中，悚然面临生存危机，曾一度以求仙访道来取得精神解脱。曹植的六处封地分处在泰山东、西、北方向，均与泰山相去不远。黄初年间在往返迁徙中，曾多次游览泰山，观光名胜，求仙访道。《驱车篇》就是赞颂泰山神仙真人的篇章。他在奉高故城，遥望五岳之首的神奇泰山，高入云霄，似与天接。登顶观览，可遥视吴野，追察日精。餐霞饮秀之际，不由联想起历代帝王封禅祭祀以求长生的故事。像黄帝那样求道学仙，最后乘龙飞升，永蹈仙籍的情景，历然如在眼前，怎不令人神往呢！

曹植另一首著名的泰山游仙诗是《飞龙篇》。在清晨的云雾开合之际漫游泰山，遇到乘白鹿、执仙草、明眸皓齿的道童，虔诚地拜谒，并随入金玉雕琢的琼瑶仙阁，得到长生不老的仙药，象金石一样长存

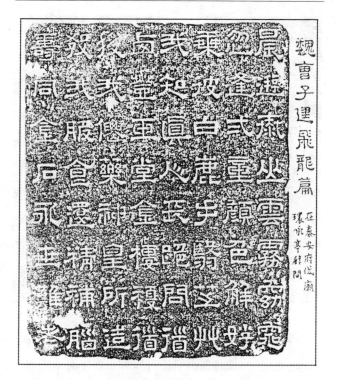

图9 《飞龙篇》碑刻

不朽。方外仙境是如此可遇可求，服药长生是这样易得，比之现实中的混浊丑恶，生计艰难，又是这样富有人情味，美好而富有吸引力，那么名山修仙，是最好不过的脱俗超尘办法了。

还有一首《仙人篇》。此诗自言求试无门，而应韩终、王乔之邀，上天寻求出路，升太虚，凌彩云，观紫微，会天神，登天门，过王母，遍游仙境，有人生寄居之感，只求羽化成仙，暗衬出现实中身受迫害，有志难伸的阴影。

图 10　王母池

　　曹植还有一些与泰山有关的反映现实的诗，抒发"忧生之嗟"。如《泰山梁甫行》就反映了封地周围人民的悲惨境遇：

　　　　　八方各异气，千里殊风雨。
　　　　　剧哉边海民，寄身于草野。
　　　　　妻子象禽兽，行止依林阻。
　　　　　柴门何萧条，狐兔翔我宇。

　　连年不息的战乱，使人民流离失所，栖身于山林荒野之中，土地荒芜，村舍废弃，触目伤心。诗人对封地的人民的惨况是充满同情的。

　　曹植多次经过、登临泰山，除寻仙访道的优游之外，还借此抒发积极入世、建功立业的政治热情。建安时期他就希望能"戮力上国，流惠下民，建永世之业，流金石之功"，至少也要像司马迁那样"采史官之实录，辨时俗之得失，定仁义之衷，成一家之言"，藏之名山，流传后世（《与杨德祖书》）。后在"圈牢之养物"的困境中还再三上疏请命，欲率军将征吴伐蜀，"乘危蹈险，骋舟奋骊，突刃触锋，为士卒先"（《求自试表》）。他在诗中把泰山作为自己建功立业的象征和寄托，"愿蒙矢石，建旗东岳"（《责躬诗》），"抚剑西南望，思欲赴泰山"（《杂诗》）。在壮志难酬，落魄失意时，仍在吟咏"驾言登五岳，然后小陵丘"（《鰕鮔篇》）、"飘摇周八泽，连翩历五山"（《吁嗟篇》）。无论是求仙的愉悦经历，还是在现实的艰难处境中，他的整个精神世界都始终不渝地表现了对泰山的景仰思恋，心往神追。他在《盘石篇》中更直接明白地宣称"我本泰山人"。他在上给曹丕的《黄初六年令》中也自称"身轻于鸿毛，而谤重于泰山"，在失题诗中说"身轻蝉翼，恩重泰山"、"长者赐颜色，泰山可移动"，表达了同样的意思。他回忆年轻时生活的快意豪纵，也说是"愿举泰山以为肉，倾东海以为酒"。曹丕死后，他在《文帝诔》中称自己也行将魂归泰山，与曹丕为伴："将登泰山，先皇作俪"。这是他生前再三提及的选择。他的封地东阿地处泰山支脉，境内有一座鱼山与泰山遥望，曹植经常登临，纵目遐观，希望死后能葬在鱼山之下。但不久又徙封为陈王，并卒于陈地，他的后人把他葬于鱼山，实现了他魂归泰山的夙愿。曹植的一生，堪称是与泰山生死相随的。

　　曹植的《飞龙篇》、《驱车篇》、《仙人篇》等是泰山享有的第一批游仙诗。想象奇丽，意境开阔，具有很高的艺术水平，后人称为："游仙诗到此，真是'轻举凌太虚，'觉后人所作，俱是屋下架梁"（宝香山人《三家诗·曹集卷二》）。然而曹植游仙诗，是在神仙思想的表层下，蕴藏着强烈关心现实、渴望建功立业的激越跳荡的诗魂，看似漫不经心的游仙，更加激发着对现实的关注。唯其如此，游仙诗才能称为泰山文化中的异珍奇宝。

环水出泰山　东流注于海

——郦道元与泰山

郦道元是南北朝时期著名的地理学家，也是"中世纪时代世界上最伟大的地理学家"（陈桥驿《水经注全译序》引日本地理学家米仓二郎语）。他的《水经注》是一部杰出的地理学著作。该书《汶水》篇以汶水源流为纲，记载了泰山及其周围地区的自然地理与人文地理，涉及大量名胜古迹、历史典故、人物传说、风俗民情等等，因而成为南北朝以前泰山历史文化及沿革的权威著作，受到广泛的重视。

《水经注》卷二十四《汶水篇》记载了大量关于泰山的内容。记载顺序是按汶水流向，从源头开始，到入济为止。汶水源头有二处：一是泰山，一是属于泰山山脉的莱芜原山。流经泰山东部、南部，向西经东平，进巨野泽（今东平湖）入济水（即大清河，清咸丰五年黄河夺大清河道，即今黄河）。

《汶水篇》中首先记载了与泰山封禅祭祀有关的名胜古迹和事项。

泰山天门。天门是泰山最为险峻之处。郦氏记："《马第伯书》云：光武封泰山，第伯从登山。去平地二十里，南向极望无不睹，其为高也如视浮云，其峻也石壁窅窱。仰视岩石松树，郁郁苍苍，如在云中；俯视溪谷碌碌，不可丈尺。直上七十里，仰视天门，如从穴中视天矣。应劭《汉官仪》云：泰

图11 《水经注》扉页

山东南山顶，名曰日观者，鸡一鸣时，见日始欲出，长三丈许，故以名焉。"郦氏所引《汉官马第伯封禅仪记》文字与今存者不同，或为当时有异本流传。天门以东溪谷，便是汶水源头之一。郦氏记曰："右天门下溪水，水出泰山天门下谷，东流。古者帝王升封，咸憩此水，水上往往有石窍存焉，盖古设舍所跨处也。"此溪当为今扫帚峪。沿峪上行，至大天烛峰下的洗鹤湾石梁，仍留有许多很深的石柱窝，即为郦氏记中之"石窍"。

泰山三庙。此部分主要引《从征记》所载。《从征记》是东晋义熙五年（409年）伍缉之从晋相刘裕北伐南燕，到达泰山地区所著《从刘武王西征记》的

简称。因实地勘察泰山名胜，而记载详细准确。泰山三庙即上、中、下三庙，上庙在岱顶封禅处，中庙大体位置在今王母池西侧，"东南夹涧"，屋宇崇丽。下庙即今岱庙，"墙阙严整，庙中柏树夹两阶，大二十余围，盖汉武所植也……门阁三重，楼榭四所，三层坛一所，高丈余，广八丈，树前有大井，极香冷，异于凡水……库中有汉时故乐器，及神车木偶，皆靡密巧丽。又有石勒建武十三年永贵侯张余上金马一匹，高二尺余，形制甚精。"这是关于岱庙最阜的文字记载。

汉明堂。是据《史记·封禅书》改写。郦氏记曰："汉武帝元封元年，封泰山，降坐明堂，于山之东北阯。武帝以古处险狭而不显也，欲治明堂于奉高旁，而未晓其制。济南人公玉带上黄帝时明堂图，图中有一殿，四面无壁，以茅盖之，通水。圜宫垣为复道，上有楼，从西南入，名曰昆仑。天子从之入，以拜祀上帝焉。于是上令奉高作明堂于汶水，如带图也。古引水为壁雍处，基渎存焉。世谓此水为石汶。《山海经》曰：环水出泰山，东流注于海，即此水也"。今大津口乡以西明堂河、明堂泉即其遗址。其水因环绕明堂，故名环水。

亭亭山。在今泰山以南汶口镇境内。《史记·封禅书》引《管子·封禅篇》："黄帝封泰山，禅亭亭。"郦氏记曰："汶水又西南迳亭亭山东，黄帝所禅也。山有神庙，水上有石门，旧分水下溉处也。"

徂徕之松。《诗经》中有"徂徕之松"。郦氏征引多种古籍来说明徂徕之松的神异。如《广雅》说：

29

图 12　天烛峰——环水之源

"道梓松也。"《抱朴子》引《玉策记》说："千岁之松
中有物，或如青牛，或如青犬，或如人，皆寿万岁。"
《鲁连子》说："松枞高千仞而无枝，非忧王室之无柱也。"《尔雅》曰："松叶柏身曰枞"。《邹山记》说："徂徕山在梁甫、奉高、博三县界，犹有美松，亦曰尤崃之山也。"西汉末年赤眉军首领樊崇曾占据此山，所以自称为"尤崃三老"。

《汶水篇》中的大部分内容记载了泰山地区汶水流域的史迹典故。

菟裘城。郦氏记曰："汶水又南，左会淄水，水出泰山梁父县东，西南流，迳菟裘城北。"据《左传·隐公十一年》："羽父请杀桓公，将以求太宰。（隐）公曰：'为其少故也，吾将受之矣。使营菟裘，吾将老焉。'羽父惧，反谮于公桓公而请弑之。"鲁隐公为同父异母的弟弟公子轨代掌国政，在位十一年。大将羽父居功自傲，要求当宰相，并劝说隐公杀掉公子轨。隐公说当时摄政是因为公子轨年少，现在该把君位让给他了。我已经派人到菟裘城去盖房子准备隐居了。此言引起羽父惊慌，又跑到公子轨处策动杀死隐公自立，是为桓公，羽父也当上了太宰。此后士大夫多以"菟裘"指代归隐退居，如苏轼有"一林丛竹吾菟裘"诗句。菟裘城遗址在今新泰市楼德镇。

文姜台。郦氏记曰："汶水又南迳钜平县故城东，而西南流。城东有鲁道，《诗》所谓'鲁道有荡，齐子由归'者也。今汶水夹水有文姜台。"文姜之事见《诗经·齐风·载驱》篇："汶水汤汤，行人彭彭。鲁道有荡，齐子翱翔。汶水滔滔，行人儦儦。鲁道有荡，齐子游遨。"另外《南山》、《敝笱》两篇内容与此相同，都是讽刺齐襄公与文姜的。襄公与文姜是同父异

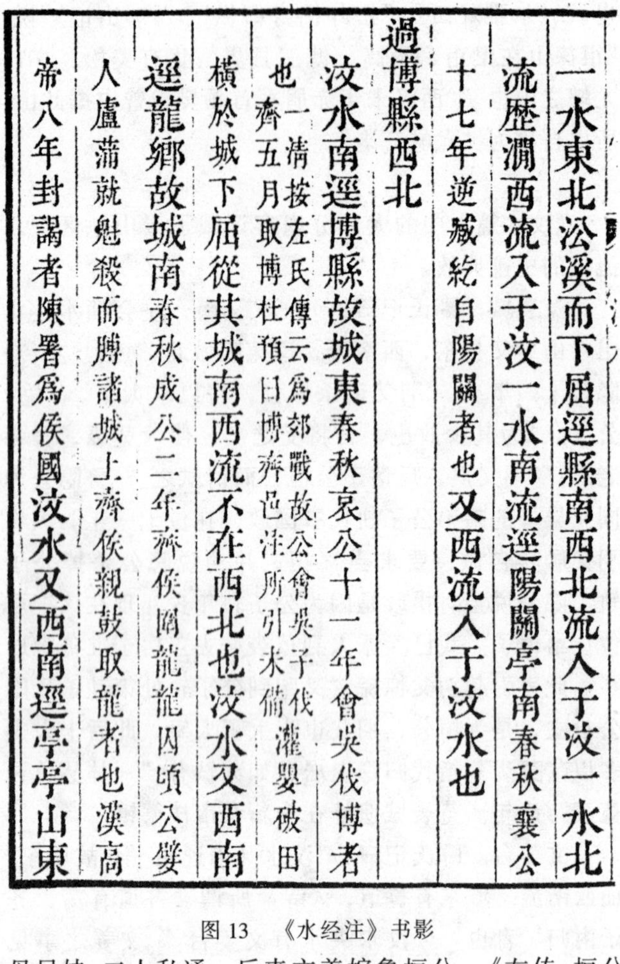
一水東北沿溪而下屈逕縣南西北流入于汶一水北
流歷澗西流入于汶一水南流逕陽關亭南春秋襄公
十七年逆臧紇自陽關者也又西流入于汶水也
過博縣西北
汶水南逕博縣故城東春秋哀公十一年會吳伐博者
也一清按左氏傳云爲郊戰故公會吳子伐齊五月取博杜預曰博齊邑注所引未備灌嬰破田
橫於城下屈從其城南西流不在西北也汶水又西南
逕龍鄉故城南春秋成公二年齊侯圍龍龍囚頃公嬖
人盧蒲就魁殺而膊諸城上齊侯親鼓取龍者也漢高
帝八年封謁者陳署爲侯國汶水又西南逕亭亭山東

图 13　《水经注》书影

母兄妹，二人私通，后来文姜嫁鲁桓公。《左传·桓公十二年》载，鲁桓公陪文姜回国走娘家，兄妹重续旧情，被鲁桓公察觉。襄公派力士彭生将鲁桓公“拉杀”。文姜返鲁后，仍经常到齐国与襄公幽会。后来干脆在齐鲁交界处筑城以为会合之所。《载驱》篇正是描写兄妹相会的情景，以欲抑先扬手法讽刺这种荒淫无耻的行径。文姜台在今汶口镇东北，土台高1.8米，面积2.25万平方米。即文姜城旧址。

无盐邑。郦氏记曰："其右一汶西流，迳无盐县之故城南，旧宿国也，齐宣后之故邑，所谓无盐丑女也。"无盐丑女即钟离春，战国时齐国无盐邑人，史载她丑陋无比，凹头深目，皮肤若漆，但才识超人，常自夸耀，年已四十尚未出嫁，《列女传·辩通》载，钟离春粗衣麻服求见齐宣王，面陈"四殆"，即齐宣王面临的"四大危机"：一是外有强敌，内有奸佞，太子未立，而宣王沉湎女色；二是修建豪华奢丽的五层渐台，饰以黄金白玉，民力不堪负担；三是奸邪当道，言路阻塞；四是宴乐无度，贻误外交内政。有此四危，齐国岂有不亡之理？宣王沉默良久，叹道：说得好，真令我茅塞顿开！于是传令拆渐台，罢女乐，退谄谀，实府库，进直言，立太子，并拜钟离春为王后。从此齐国日益强盛，成为与秦国抗衡的东方强国。无盐邑在今东平县宿城镇无盐村，民间至今流传这样的歌谣："无盐娘娘长得丑，她为齐王定九州。"

对于泰山，郦道元没有亲自登临的明确记载，但这并不影响他关于泰山描述的准确性和权威性。《汶水篇》中泰山描写仅有四千七百余字，却征引了大量古籍文献，显示了严谨求实的科学态度。文中指明的书目有二十二种，未指明书目而引文的有七种，合计为二十九种。这些文献的搜集运用，显示了郦氏作为学者的渊博学识，也成为他准确描摹泰山汶水的重要基础。其中有些古籍如《从征记》等早已亡佚，其引用的资料更是珍贵。其中泰山三庙之说及其详尽描述，更是汉代泰山庙宇的独家记载。但郦氏并非机械地列举堆砌材料，而是在详细占有资料的基础上，加以精到的考证核实，辨误指谬，文字上经过加工润色，统摄熔铸，有所创新，然后荟萃成为一家之言。

明清以降，《水经注》成为史学、文学、方志学中的一门显学，被称为"郦学"。从明代开始，编纂泰山志、泰安志时，都把《水经注》作为参考文献的首选书目，广泛引用，视为权威论断。《水经注》还具有很强的文学价值。古人认为郦道元是山水散文的高手，《水经注》是游记文学的先导。明末清初张岱说："古人记山水手，太上郦道元，其次柳子厚，近时则袁中郎"（《琅嬛文集》卷五《跋寓山注》）。柳宗元游记不少地方可以看出《水经注》的影响。历代作泰山诗、游记的名家高手，如宋苏轼、明钟惺、清姚鼐等，也都从《水经注》中受到启发，吸取营养，写出一篇篇华彩的泰山美文。

天门一长啸　万里清风来

——李白与泰山

李白是伟大的浪漫主义诗人，唐代开元、天宝年间诗坛上的煌煌巨星。他的光芒一直辉耀着古代诗坛，被誉为"诗仙"。他以天纵之才，谱出雄奇瑰丽、豪壮奔放的诗篇，反映着盛唐的时代精神。天宝初年，他来到泰山求仙访道，寻奇探胜，并隐居徂徕，留下了奇丽的泰山诗文，也留下了他在那一特殊时期的心路历程，成为泰山文学宝库中不可多得的珍品佳作。

图 14　李白像

李白携夫人许

35

氏、女儿平阳,于开元二十四年（736）移家任城。天宝元年（742）四月,李白来到泰山,作较长时间的游览逗留,并写下了一批关于泰山的作品。有《游泰山六首》,及《梁甫吟》、《拟恨赋》等。

李白游泰山之后,即于初秋到泰山南麓的徂徕山。这是他第三次到徂徕。早在开元二十四年冬,他到任城刚刚半年,即到徂徕山,结识了孔巢父。开元二十八年秋,再至徂徕,与

图15　李白手书"独秀峰"

孔巢父等人隐居。据《旧唐书·文苑传》:李白"与鲁中诸生孔巢父、韩准、裴政、陶沔、张叔明隐于徂徕山,酣歌纵饮,时号竹溪六逸。"竹溪遗址在徂徕山乳山之下,今尚留有李白"独秀峰"题刻。孔巢父字弱翁,孔子三十七世孙,自幼勤学,长期隐居徂徕山。据《旧唐书》本传载:"永王璘起兵江淮,闻其

贤，以从事辟之。巢父知其必败，侧身潜遁，由是知名。"看来他的政治判断力远高于李白。李白有《送韩准裴政孔巢父还山》诗。

李白关于泰山的诗篇，既是雄奇俊逸的游仙诗，又寓于深刻的现实含义，是反映李白思想的重要资料，纵观李白一生，"五岳寻仙不辞远，一生好入名山游"是其孜孜不倦的实践与追求。少年李白是在当时浓厚的道教文化气氛中成长起来的，他家乡昌明县境内的紫云山、戴天山均为道教名山。蜀中道风繁盛，一些著名的"道门龙凤"多在幼年即入道。李白"弱龄"时就结交了著名道士元丹丘，其最早的诗篇《访戴天山道士不遇》，大约就是赠元氏之作。道教典籍是李白启蒙教育的重要教材。

李白政治理想的形成和从政道路的选择，也是由儒道互补的社会风气熏陶和道教文化的深刻影响所决定的。这就是他在《代寿山答孟少府移文书》中阐述的："申管、晏之谈，谋帝王之术，奋其智能，愿为辅弼，使寰区大定，海县清一，事君之道成，荣亲之义毕，然后与陶朱、留侯，浮五湖，戏沧州，不足为难矣。"要实现这个理想，一般科举取士是办不到的，这就决定了他必须走以隐逸访道求官的终南捷径，以布衣之身直抵卿相，功成名就之后，再回到自由放逸的道教中去。如此，李白与道教著名人物司马承桢、吴筠、元丹丘等的密切交往，就有多重含义，带有明显的功利目的。司马氏在当朝的影响非同一般，则天、中宗、睿宗、玄宗四朝频频应召入宫讲道，司马氏身边有一名女弟子持盈法师，是玄宗同父异母之妹玉真公主，这无疑是引荐进身的绝好人选。李白曾满怀虔诚在长安远郊的玉真公主别馆（今陕西周至县楼观台）小住，期待能与公主会面，献上精心撰写的《玉真仙人词》，只是机缘不巧，未能如愿。吴筠也是茅山道派，司马氏师弟，长于道教理论阐发，李白曾与他同隐剡中。天宝元年初，玄宗召筠入京讲道，一时深得玄宗赞许。吴筠此行也不负李白所托，趁机引荐。所以《旧唐书》说李白因"筠荐之于朝，遣使召之，与筠俱侍诏翰林"。与李白关系最为深厚的是元丹丘，李白与其不仅相交弱龄，而且长期同游，共修道业。天宝元年春，玉真公主奉诏谒谯郡真源宫，元丹丘以"道门威仪"封号随行，极有可能借机荐白于玉真公主，遂在返朝后请玄宗下诏。此时正是李白游泰山之际。是年八月，李白自泰山返任城后接诏入京。所以与李白结交甚厚，又是第一个编辑李白诗文集的魏颢说："白久居峨嵋，与丹丘因持盈法师达，白亦因之入翰林，名动京师。"（《李翰林集序》）应当说，道门人物的推举引荐，总算有了成效。

　　李白的泰山之游，正是他具备了一定声望与条件，尚在待机进身的特殊时期进行的。此游目的，一方面是为了满足精神需求，开阔眼界，追溯历代帝王先贤遗踪。另一方面也是为现实功利计，期冀与神仙异士际会，得到高士名师指点。这一目的强烈吸引着李白，使他心旷神怡，流连忘返，从"四月上泰山，石平御道开"，到"山花异人间，五月雪中白"，再到"举手弄清浅，误攀织女机"，一气住了四个多月。这种长时间的独往独来的畅游，是李白游历生涯中罕见的。

　　《游泰山六首》反映了李白丰富的精神世界，表现了他的泰山寻仙从想象、等待到怀疑、失落的内心活动和真实的情绪变化。诗中首先表现了那种神奇浪漫的想象。在想象和形象思维方面，道教与诗歌有着密切的血缘关系。道教的"存想思神"，即通过"心斋"达到"光景内藏"来想象神仙世界，追求在强烈欲望支配下的迷狂幻觉，是道教的重要法门。对李白来说，这种想象当然就有一定的真实性。所以"登高望蓬瀛，想象金银台"，"玉女四五人，飘摇下九垓。含笑引素手，遗我流霞杯"（其一），"想象鸾凤舞，飘摇龙虎衣。扪天摘匏瓜，恍惚不忆归，举手弄清浅，误攀织女机"（其六），都是身入仙境，独与神仙往来的真实情景。但此时尚未名忝仙籍，位列仙班，还不能"旷然弃世"，必须等待知己或识才者的引荐，需要时间和机遇，只好耐心等待，"清斋三千日，裂素写道经"，期望"吟诵有所得，众神卫我形"（其四）。但是等待的结果往往令人生疑："山际逢羽人，方瞳好容颜。扪萝欲就语，却掩青云关。遗我鸟迹书，飘然落岩间"（其二）。天书难识，天意难测，继续从师深造吧，却已为时太晚："笑我晚学仙，蹉跎凋朱颜"（其五），这一下全然没有了"自愧非仙才"的谦虚，满腔热望顿成烟云，惆怅笼罩在心头。什么"安得不死药，高飞向蓬瀛"，什么"终当遇安期，于此炼玉液"，统统成为水中月、镜中花——"明晨坐相失，但见五云飞"！瑰丽的泰山游仙诗，就这样悲凉地划上了句号。现实中的状况同样不堪回首——数十年汲汲于名山寻道，至今仍布衣飘零；元丹丘入京转眼快一年了，吴筠在朝也半年多了，引荐之事全无动静，会不会像以前历次被推荐一样没有下落呢？在这里，李白翘首以待的形象和焦急忧虑的心态活现在面前。难怪他辞山返任城不久，接到诏书以后，是那样地喜出望外："仰天大笑出门去，我辈岂是蒿蓬人！"（《南陵别儿童入京》）这神态简直呼之欲出了。

《拟恨赋》是一篇南朝江淹《恨赋》的拟作，是李白自己最珍爱的作品。稍晚于李白的山东文士段成式在《酉阳杂俎》中记载，李白曾先后三拟《文选》，皆不如意而焚手稿，唯留《恨》《别》二赋。《拟别赋》早已亡佚，《拟恨赋》则为硕果仅存。

在李白"晨登泰山，一望蒿里"的时候，全然没有了道教的迷狂，对人生世事格外冷峻清醒。纵观古今，"浮生可嗟，大运同此"：你看那些名垂青史的帝王，如叱咤龙跃的汉高祖，力拔山兮气盖世的楚霸王，早已化为灰烬。风萧萧兮易水寒的壮士荆轲，香草美人般高洁的屈原大夫又在哪里？辅佐秦王统一六国，在泰山极顶刻石纪功的李斯，最终连带着儿子驱黄犬猎狡兔也办不到，只落得身首异处。古往今来，那些高官巨贾，宠妃丽姬，乃至平头百姓，从军夫，天涯客，生在世上不啻有天壤之别，最后的结局却是"玉颜灭兮蝼蚁聚，碧台空兮歌舞稀，与天道兮共尽，莫不委骨同归。"魂归蒿里之后，还能分得出贵贱高低吗？既然人生梦幻般归于寂灭，那么这胸襟抱负能否实现又算得了什么？

如果说《游泰山》在自由飘逸的"求仙"下掩盖着强烈的入世之心，那么《拟恨赋》则是窥破红尘，毫无遮拦地抒泄对人生、仕途的失望和哀叹。李白从少年时代即以"长鲸"、"鲲鹏"自喻，晚年投李光弼平叛，因衰老不堪半途病还，仍自称"孤凤向西海，飞鸿辞北溟"，甚至在绝笔诗《临路歌》中依然高歌"大鹏飞兮振八裔，中天摧兮力不济"，情绪始终是激昂奋进，气势始终是宏阔磅礴，铸成他雄奇瑰丽的诗魂。而《拟恨赋》这样的悲歌在李白诗赋中是绝无仅有之作，这不是不能，而是不为，不忍为，他不愿成为折翼的鹏鸟。它真实地映现了李白思想感情的另一侧面，这或许是李白格外珍视这篇作品的原因所在，因此也具有特殊的价值。

《梁甫吟》是用乐府古题，正面抒发进取精神。诗中列举东周吕尚八十岁垂钓渭滨，九十岁才受到文王重用，汉代郦食其游说齐王田广以七十余城降汉，和洛阳大侠剧孟的故事，以及干将、莫邪两柄神剑被西晋张华得到，后来化龙而去的传说，来说明自古英才起于蓬蒿，历经磨难，而最终得遇明主，施展抱负，功成名就。值得注意的是，李白非常崇拜的贤相诸葛亮，少年时代曾随任梁甫县尉的父亲在徂徕山度过四年光阴，并善于吟唱慷慨悲凉的《梁甫吟》。不过李白看不上躬耕垅亩的隐居方式，认为还是以道求官来得风流儒雅，所以"耻学琅琊人，龙蟠事躬耕"（《郢中王大劝八高凤石门隐居》）。加之历代封禅大典都要在梁甫举行禅地仪式，在此地隐居，会不会重现

"三顾茅庐"也未可知。所以李白禁不住按节高歌："张公两龙剑，神物合有时。风云感会起屠钓，大人峢屼当安之!"

如果说《游泰山》是迷离、飘逸，《拟恨赋》是透彻、沉郁，那么《梁甫吟》便是奋厉、昂扬。将三者对比察照，联系审视，庶几可全面了解李白丰富的思想情感与不羁的独特性格。

李白在泰山的游览和创作大大丰富了泰山文化的内容：经春历夏的泰山寻仙，留下令人缅怀的足迹遗

图16　徂徕山独秀峰

踪。《游泰山》把诗人的理想抱负与求仙访道完美的结合，是继屈原的香草美人形象之后，开创了以神仙道化

寓政治理想的崭新手法,显示出"诗仙"的非凡手笔。
他创造的具有浓厚道教色彩的奇丽意象和旷达境界,
那种与天地往来的自由放逸精神,给人以强烈的情绪
感染。《拟恨赋》"观古今于须臾,抚四海于一瞬",察照
人生,直抒胸臆,令人耳目一新。隐居徂徕,"竹溪六
逸"的诗名传播深远,慷慨激昂的《梁甫吟》传唱有人。
这些都给后人留下了悠远的思考与回味。

会当凌绝顶　一览众山小

——杜甫与泰山

图 17　杜甫像(清杨伦《杜诗镜铨》)

杜甫是与李白同时代的诗人,他以优秀的现实主义诗作,和沉郁顿挫,骨力遒劲,气势宏阔的诗风,被称作盛唐时期的"诗史",他本人也被誉为"诗圣",与李白一起成为中国诗坛上两座并峙的高峰。杜甫年轻时期在山东度过了一段快意时光,写下了流传千古的泰山诗,并在泰山一带与李白、高适等人交游，结下深厚友谊，传为文坛佳话。

　　杜甫虽然躬逢盛唐，却命运多蹇，尚不如李白。他一生颇多悲苦艰窘，记忆中美好的时光只有"快意八九年"（《壮游》）。这是指他天宝五年（746年）入京求仕以前，两次漫游山东的时光。第一次漫游他登上泰山，写下了著名的《望岳》诗，成为千古传诵的名篇；第二次与李白、高适等携游泰山南北，留下文坛佳话。这段快意之游，给泰山增添了华彩的篇章。

　　开元二十四年（736年），杜甫在东都洛阳考进士不中，开始了第一次齐赵之游。此时杜闲正担任兖州司马（736～740年），有条件使杜甫从容优游。当时泰山属兖州管辖，杜甫初至齐鲁，深为丰富的文物古迹和雄伟的泰山所折服。在这里他与诗人苏源明相识。苏源明（？～764），原名苏预，字弱夫，京兆武功（今陕西武功县）人。因早年父母皆丧，流寓徐州、兖州一带，曾隐居泰山读书。其地当在岱顶天街白云洞附近。二人意气相投，相携纵游，"放荡齐赵间，裘马颇轻狂，"显示了青年杜甫的意气风发，神彩飞扬，充满昂扬的进取精神。大约在开元二十九年（740年），杜甫来到泰山，写下了著名的《望岳》诗：

> 岱宗夫如何？　　齐鲁青未了。
> 造化钟神秀，　　阴阳割昏晓。
> 荡胸生层云，　　决眦入归鸟。
> 会当凌绝顶，　　一览众山小。

　　《望岳》诗中"会当凌绝顶"的"会"字，引起了人们的歧议。有的据此认为杜甫并未登泰山，有的则认为

图 18　岱顶青云洞，与白云洞相对

一定登上了泰山。杜甫作于大历三年（768 年）的《又上后园山脚》前半部分揭开了谜底：

昔我游山东，忆戏东岳阳。
穷秋立日观，矫首望八荒。

……

毫无疑问，杜甫是登上了泰山。

杜甫的第二次齐鲁之游是在天宝四年（745 年）至天宝五年。在泰山南北，汶河之畔，杜甫与李白、高适、李邕等文坛巨擘聚集一堂，高歌长吟，成为文学史上千载难逢的盛会。现代诗人、学者闻一多先生惊呼，这是"青天里太阳和月亮走碰了头"，要"品三通画角，发三通擂鼓，然后提起笔来，蘸饱了金墨，大书而特书。"这一盛会和他们留下的名篇，足以使泰岱生辉，齐鲁增色。

图 19　清·何人麟书《望岳》诗

杜甫与李白相识在天宝三年（744 年）四月。相同的际遇和共同的志向，加之互相倾慕，使二人一见如故，结为至交。夏秋之际，又与诗人高适相会，三人同游梁宋，登临当时属于宋州的单父（今山东单县）琴台，慷慨怀古，畅论诗文。

天宝四年夏，杜甫与李白等来到济南。时李邕从侄李之芳为齐州司马，乃邀北海太守李邕至济与诸人相聚。李邕当时以文章、书法、篆刻闻名海内，号称"北海三绝"。他们在碧波环抱的古历下亭设宴欢聚，纵饮剧谈，说古论今，豪歌咏怀。杜甫写下了著名的《陪李北海宴历下亭》。李白则作《上李邕》。李邕也题写了《登历下古城员外孙新亭》诗。

历下盛会以后，杜甫北上临邑（今德州临邑县）看望担任县令的弟弟杜颖，李白南返任城家居，李邕则由高适陪同西游东平。

这年秋天，杜甫来到任城与李白相聚。他们与好友任城许主簿来到贺兰氏酒楼，登高望远，饮酒赋诗。杜甫北望泰山云起雨骤，遂赋《对雨书怀走邀许主簿》：

> 东岳云峰起，溶溶满太虚。
> 震雷翻幕燕，骤雨落河鱼。
> 座对贤人酒，门听长者车。
> 相邀愧泥泞，骑马到阶除。

此后，杜甫与李白相携游览了东蒙山，寻访道教名士董炼师及元丹丘，又访问鲁郡城北的隐士范十。不久，杜甫将西入咸阳，李白亦欲重游吴越。二人行将分手，即在兖州城东的尧祠亭上宴饮话别。两年交游，二人情同手足，离别之际，情意绵绵，依依难舍。李白作有《秋日鲁郡尧祠亭上宴别杜补阙范侍御》。几天之后，又在尧祠附近洸洙河上的石门举行第二次宴别。二人举杯相劝，吟诗赠答。李白作诗二首《鲁郡东石门送杜二甫》和《戏赠杜甫》。石门相别之后，二人再未相见，但从未忘怀。五年之后的天宝十年（751年），李白漫游平阴沙丘城，作有《沙丘城下寄杜甫》，诉说"思君若汶水，浩荡寄南征"的情思。而石门别后的岁月里，杜甫怀念和寄给李白的诗作有十二首之多。他们之间诚挚深厚的友谊，"相与细论文"的诗艺切磋，在唐代诗坛写下感人至深的一页，给人们留下回味深长的记忆。

"李杜文章在，光芒万丈长"（韩愈《调张籍》）。杜甫和他的诗友们在泰山的游览活动，留下了气象高华，风神俊逸的诗章，给泰山增添了辉煌的一页。杜甫雄视一世的《望岳》诗，以积极向上、奋发进取的精神，千百年来源源不断地给人们以鼓舞和力量，激发人们攀登绝顶，开阔胸襟，达到更高的精神境界。

不度蹄涔微　直欲触鲸鲤

——孙复、石介与泰山

　　孙复、石介是泰山书院的创始人。泰山书院是北宋初年山东境内最早、最著名的书院。孙、石二人既是著名的古文家、教育家，也是宋代理学的先驱。他们以儒家理学精神，培养了一批富有成就的人才，树立了一代严谨学风，形成了影响深远的"泰山学派"。这不仅对于古代书院史的考察，而且对于思想史、政治史的研究，都具有相当重要的价值。泰山书院也成为泰山文化史上富有理性光辉的篇章。

　　孙复（992～1057 年），字明复，晋州平阳（今山西临汾）人。自幼笃学，早孤。仁宗天圣五年（1027 年），范仲淹主持南京应天府（今河南商丘）南都学舍，孙复前往求学，引起了有相似经历的范仲淹的注意，并给予资助，使他稍得安顿。在这段宝贵的时光中，孙复师从范仲淹攻研《春秋》，打下了扎实的学问基础，并结识了泰安人石介等一批年轻学子，意气相投，相互激励，结下了深厚的同窗之谊。

图20　孙复像（采自徐守揆刊《孙明复小集》）

从景祐二年，孙复在泰山居住八年，主要从事泰山书院的招生授徒活动。

书院是具有研究性质的民间私学。经过唐末五代的长期战乱，至北宋初年，文化凋敝，教育荒废，亟待重新整顿。统治者鉴于唐朝教训，实行了对外妥协，对内加强中央集权统治的政策，限制武将，擢用文臣，通过科举选拔大批下层文人充实官僚机构，因而极大地刺激了书院的发展。

号称"天下四大书院"的庐山白鹿洞书院、河南应天府书院、湖南岳麓书院、云南石鼓书院开风气之先，泰山等地起而响应，一时盛况颇为可观。

孙复来泰山，是受石介邀请，并得到石介的帮助。这一方面是因为有应天府同窗之谊，一方面也是石介对孙复学说的佩服敬仰。经石介等人筹措，景祐四年（1037）在岱庙东南隅汉柏地筑室建起学馆，孙复命名为"信道堂"，不久北迁至普照寺西侧的栖真观，正式称为"泰山书院"。

这一时期，书院的主要活动有如下几项：

图21　信道堂旧址——岱庙汉柏院

一是交游社会名流与地方名士，争取各种支持，扩大书院影响。孙、石与师友、同年中的范仲淹、富弼、韩琦、杜衍、欧阳修、蔡襄、明子京等人联系密切，书信往还。孔子四十五代孙，以"性情鲠挺，不轻易许人"著称的孔道辅，曾多次来书院道访，盛赞书院学风及师生之贤，奉符知县马永伯与石介是同年进士，也诗文酬和，过从甚密。时贬官兖州的前丞相李迪，也把侄女许配孙复。

二是招徒授业，讲习儒术。书院声誉既起，四方士子闻风而趋，除《泰山书院记》中所述外，还有杜默、张续、李常、李堂、徐遁等人。在教学内容上，以儒家经典为主，兼及子、史群书。其中尤以《周易》、《春秋》为重。石介说："先生尝以谓尽孔子之心者大《易》，尽孔子之用者《春秋》。

是二经,圣人之极笔也,治世之大法也。"石介本人也讲授过《尚书》、《周易》等经典。

三是开展学术研究与交流活动,在讲学基础上深入研究,撰写学术著作。孙复《春秋尊王发微》十五卷、《易说》六十四篇及《春秋总论》、《尧权议》、《舜制议》、《文王论》、《董仲舒论》、《四皓论》、《扬子辨》等著述均完成于此时。石介也著成《易解口义》十卷及其它文稿。郓城儒学家士建中、曲阜孔道辅等人也应邀来书院讲学。这些活动丰富了教学内容,活跃了学术空气,开阔了学生眼界,提高了学生思辩能力。

四是推荐学生出仕。孙、石二人用世之心极切,所谓"一寸丹心如见用,便为灰烬亦无辞"(孙复《蜡烛》诗)。在与高官显宦的信中,荐才请用的占相当数量。除孙、石二人互荐外,学生也普遍受到举荐。这种举荐亦收到明显效果。

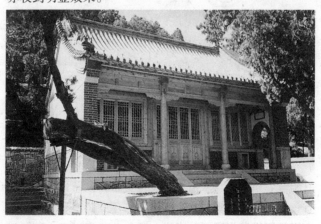

图22　泰山书院旧址——五贤祠

庆历二年（1042 年）夏，石介居丧期满，由杜衍推荐任用国子监直讲。同年十一月，范仲淹、富弼、石介推荐，孙复也出任秘书省校书郎，国子监直讲。此时书院学生或由进士及第，或由推荐得官，所余无几，又主持乏人，书院便告消歇。而孙、石二人在太学齐心协力，振兴教育，使太学由零零落落的二三十人，在极短时间内增至数千人，开始了他们努力改革教育、文风，为"庆历新政"培养人才的新时期。

泰山书院的创办与运筹，真正的组织实施者是石介，这是一位以性情刚烈，嫉恶如仇著称的悲剧人物。

图 23 石介像

石介（1005～1045 年），字守道，一字公操，兖州奉符（今山东泰安）人。家居徂徕山下西旺村，尝讲学徂徕，学者称为徂徕先生，石介年轻时亦甚清贫，入应天府南都学舍从范仲淹学习。天圣八年（1030 年），石介与欧阳修、蔡襄、马永伯等同登进士第，授将仕郎，秘书省校书郎，郓州观察推官。庆历二年（1042 年）夏，石介以杜衍推荐为国子监直讲。不久孙复亦以布衣超拜试校书郎、国子监直讲。当时正处于庆历新政前夕，范仲淹、欧阳修等人亟思振兴教育，为改革培养人才，加之孙、石讲学切合实际，针对现实，砭刺时弊，使生徒由二三十人骤增至数千人。

石介抱负极强，慨然以复兴儒学，重整道统，廓清政治为己任。庆历三年（1043 年），仁宗起用范仲淹、富弼、韩琦、杜衍同时执政，欧阳修、余靖、王素、蔡襄为谏官，权臣吕夷简、夏竦罢官，并着手实行一系列政治改革措施。石介喜形于色，乃效韩愈《元和圣德颂》，赋《庆历圣德颂》一首，赞誉范仲俺、富弼等，直斥保守派夏竦，言辞十分激烈。此诗一出，政坛震动，在为新政广造舆论方面起了巨大的积极作用，但同时过于激进，授人以柄，导致保守派的极力反对。

庆历四年（1044 年）三月，石介以韩琦之荐，擢集贤院，仍兼国子监直讲。同年十月即成众矢之的，不自安于朝，遂请外任，得通判濮州。未及赴任，即于次年七月病卒于家，年仅四十一岁。有《徂徕集》二十卷传世。

孙复、石介开创的泰山书院和泰山学派，为北宋复兴儒学，普及教育，培养人才，立下了筚路蓝缕的开拓之功。在儒学理论上，他们颇多建树，成为宋代新儒学——理学的先驱。

泰山书院在当地的影响也相当深远。明代泰山名士李汝桂的育英书院，宋焘的青岩书院，清代赵国麟的泰山书院，徐肇显的徐公书院，徐大榕的岱麓书院，许莲君的怀德书院，唐仲冕的泰山书院等等，无一不打出泰山书院的精神旗帜，成为"能使鲁人皆好学"风气的体现，使古老的泰山书院成为一方之望。

壮岁旌旗拥万夫

——辛弃疾与泰山

图24 辛弃疾像

辛弃疾是南宋著名爱国志士、词坛猛将，他与泰山渊源深厚。他一生的精采篇章与惊心动魄的壮举，都与泰安、泰山有关。参诸史料，可约略归纳如次：

一是辛弃疾少与泰安人党怀英同学，先后师事蔡松年、刘瞻，并称"辛党"。同窗之间，辛弃疾与党怀英才华出众，关系融洽。

二是辛弃疾与党怀英曾同游泰山。元代王恽《玉堂嘉话·卷二·辛殿撰小传》载："辛弃疾，字幼安，济南人。姿英伟，尚气节。少与泰安党怀英友善。肃慎氏既有中夏，誓不为金臣子。一日与怀英登一大丘，置酒曰：'吾友安此，余将从此逝矣。'遂酌别而去。"同条中又记："初，公在北方时，与竹溪尝游泰山之灵岩，题名曰'六十一上人'，破'辛'字也。至元二十年，予按部来游，其石刻宛在。"辛、党置酒酌别之大丘，地望 亦应在泰山。由此可见，南北分途并未影响二人友谊。

三是辛弃疾曾讲授过岱庙通天鼓的故事，说明他对泰山、岱庙非常熟悉。据宋人《异闻总录》卷二记云："颍昌韩元英，字勤甫，晚仕金为汴洛辇运使，素奉事岳帝甚谨。……（神）告都相官辛君曰：'韩运使且死。'……（韩）急遣一亲信仆持香往岱岳祈谢。谓曰：'圣帝惟享头炉香，每将旦启庙时，庙令谒奠者是也。能随其后，神其歆答。若迟缓顷刻，则飙驭登山，虽复控请，已不闻。汝当以先一日昏时赂庙吏，入宿，伺晓而祷，不然，必误我事。'仆受戒而去。既入庙，憩于通天鼓架下，久行倦困，不觉睡熟，及觉，正门已开，但见羽仪骑从赫然甚盛，初疑以为庙令归驷耳，而念常日不如此。既乃圣帝乘舆出，径诣东厢采访殿。……仆知不及事，犹焚香，既毕，归复命。……（韩）月余而卒。辛幼安说。"篇中涉神异处，固不足信。然辛氏所叙庙令掌庙制度及通天鼓之设，都是独家记载，有着重要的民俗史料价值。

四是辛弃疾在泰安投奔耿京，开始抗金。据《三朝北盟会编》卷二百四十九："济南府民耿京，怨金人征赋骚扰，不能聊生，乃结集李铁枪以下得六人入东山，渐次得数十人，取莱芜县、泰安军，有众百余。有兰州

图 25 岱庙鼓楼

贾瑞者亦有众数十人归京，京甚喜。瑞说京以其众分为诸军。各令招人，自此渐盛，俄有众数十万。"耿京招军，是在泰安、东平期间。辛弃疾《美芹十论》中称："臣尝鸠众二千，隶耿京，为掌书记，与图恢复，共籍兵二十五万，"此事亦发生在泰安招军之时，而不会提前到耿京"有众百余"之际。

五是辛弃疾追杀义端，极可能发生在灵岩寺。徐北文先生《辛弃疾小传》（见《二安词选》，济南出版社出版）认为义端是泰山灵岩寺僧，其千余人队伍当是以灵岩寺习武僧人为骨干。清康熙《济南府志·人物志》载："弃疾缚（张）安国，戮之灵岩寺。"张安国被斩于临安于史已明，倒是在灵岩寺杀义端合乎情理，著录方志者可能有误。

辛弃疾应当有关于泰山的诗词作品。但在泰安期间戎马倥偬，军机万变，他来不及玩味创作的雅趣，也没有保留与党怀英优游泰山时作品的客观条件，南渡以前的作品只能全部付之阙如了。邓广铭《稼轩词编年笺注》也是从江淮时期开始。

散见于辛弃疾现存作品中有关泰山的内容，大致可分为三类：

一是泰山旧游的回忆与词作中的比喻。其《贺新郎·题赵兼善龙图东山小鲁亭》："下马东山路。恍临风，周情孔思，悠然千古。寂寞东家丘何在？缥缈危亭小鲁。试重上、岩岩高处。"该词为龙图阁学士赵达夫铅山东山园所作，园中有亭名"小鲁"，取《孟子》中"孔子登东山而小鲁，登泰山而小天下"之意。词中"岩岩"为泰山代称，出自《诗经·鲁颂·閟宫》："泰山岩岩，鲁邦所瞻"，是辛弃疾"掉书袋"用典的习惯手法。"试重上"意中涵括了"当年曾上"，是对泰山之游的回忆。《水调歌头·巩采若寿》："泰岳倚空碧，汶□卷云寒。萃兹山水奇秀，列宿下人寰。"按□应为"水"，泰山南望，可见汶水如带。也与"山水奇秀"之句相合。《临江仙·戏为山园苍壁解嘲》："有心雄泰华，无意巧玲珑。"

图26　灵岩寺辟支塔

《哨遍·秋水观》："君试思，方寸此心微，总虚空包并无际。喻此理，何言毫末，从来天地一稊米。"这里是说与包并无际的虚空相比，泰山之大，不过是天地中间一稊米。语出《庄子·秋水篇》："计中国之在海内，不似稊米之在太仓乎？"《太常引·寿韩南涧尚书》："今代又尊韩，道吏部、文章泰山。"这里是把韩元吉比作唐代韩愈。《新唐书·韩愈传赞》："自愈之没，其言大行，学者仰之如泰山北斗云。"

二是当年泰山抗金生涯的追忆描写，此类作品是辛词中最为激越者。如《鹧鸪天·有客慨然谈功名，因追念少年时事，戏作》："壮岁旌旗拥万夫，锦襜突骑渡江初。燕兵夜娖银胡䩮，汉箭朝飞金仆姑。追往事，叹今吾，春风不染白髭须。却将万字平戎策，换得东家种树书。"《破阵子·为陈同甫赋壮词以寄之》："醉里挑灯看剑，梦回吹角连营。八百里分麾下炙，五十弦翻塞外声，沙场秋点兵。马作的卢飞快，弓如霹雳弦惊。了却君王天下事，赢得生前身后名，可怜白发生！"另外还有散见词句，如《水调歌头·舟次扬州，和杨济翁、周显先韵》中的："忆昔鸣髇血污，风雨佛狸愁。季子正年少，匹马黑貂裘。"《永遇乐·京口北固亭怀古》中的："想当年，金戈铁马，气吞万里如虎"等等。

三是他在上疏陈述恢复中原之计时，反复强调泰山、东平一带和整个山东的战略地位和重要作用。如在《美芹十论·详战第十》中指出："今日中原之地，其形易、其势重者，果安在哉？曰：山东是也。不得山东则河北不可取，不得河北则中原不可复……由泰山而北，不千二百里而至燕，燕者虏人之巢穴也……故臣以谓兵出沭阳则山东指日可下，山东已下则河朔必望风而震，河朔已震则燕山者臣将使之塞南门而守。"在分析战略局势的基础上，还详细制定了水陆并进，直取山东，奠定胜局的奇计："我以沿海战舰驰突于登莱沂密淄潍之境，彼数千兵者尽分于屯守矣……而陛下徐择一骁将，以兵五万，步骑相半，鼓行而前，不三日而至兖、郓之郊，臣不知山东诸郡将谁为王师敌哉。山东已定……然后传檄河朔诸郡……天下之人知王师恢复之意坚，虏人破灭之形著，则契丹诸国如窝斡巴之事必有相轧而起者。此臣所以使燕山塞南门而守也。"他在《九议》其五、其六中也再次提出相同的主张，他十分看重的"兖、郓之郡"自古以来就是泰山、东平一带的代称或泛称。这是他当年抗金活动的主要区域，因而他从亲身经历中总结提出的战略方针，有极强的可行性。可惜南宋朝廷根本无心恢复，反而对辛弃疾等人提防于肘腋，频繁调换，使得英雄志士只能"把吴钩看了，栏杆拍遍，无人会、登临意"，扼腕长叹而已。

辛弃疾"以气节自负，以功业自许"（范开《稼轩词序》）。他在泰山地区的抗金活动展示了他过人的勇气和超人胆识。在他一生中留下了魂萦梦绕、刻骨铭心的深刻印象，构成他词作的中心主题和独特风格。所以他的《鹧鸪天》、《破阵子》等代表作才能如此气象恢宏、激烈纵横，有一种奔腾驰骋、不可羁縻的豪情，被称之为"大声镗鞳，小声铿锵，横绝六合，扫空万古"（刘克庄《稼轩集序》）。辛弃疾留下的关于泰山的词章文字，闪耀着强烈的爱国主义精神，历久弥新。

山灵见光怪　似喜诗人来

——元好问与泰山

　　元好问是金元之际著名的文学家、史学家，金元两代的文坛盟主。他的诗歌继承了现实主义优良传统，以雄健的笔力，描绘了金元之际的社会矛盾，写出了亡国乱世中人民的哀痛。金代诗文巨擘赵秉文说他的诗是"少陵以来无此作也"。郝晋卿称其诗"规模李杜，凌轹苏黄"。历代评论家公认为"一代宗工"。元好问的泰山诗文，以及他在泰山一带的长期活动，也在金元之际产生了重要影响。

　　元好问登泰山，是在蒙古太宗八年（1236 年）三月。上年，元好问移居冠县，并在县令赵天锡帮助下迁往新居。赵天锡，字受之，冠县人。其父因贞祐之乱保护地方有功，擢为冠县令，不久天锡嗣任。后归东平行台严实，仍授原职，后擢升左副元帅、同知大名路兵马都总管，成为严实的得力辅佐。赵不仅有军事才能，还雅好文艺，与元好问关系融洽。这年春，严实约赵天锡在泰安相见，赵"以予宿尚游观，拉之偕行"（《东游略

图27 元好问像

记》）。元好问此行作有杂言诗一首《游泰山》。这次游历有一篇《东游略记》叙述整个游览全程，其中主要是泰山及泰城见闻，以写实手法为主。在岱顶，诗人考察了"泰山鸡鸣"的情况："太史公谓'泰山鸡一鸣，日出三丈'。而予登日观，平明见日出，疑是太史公夸辞。问之州人，云尝有抱鸡宿山上者，鸡鸣而日始出。盖岱宗高出天半，昏晓与平地异，故山上平明，而四十里之下才昧爽间耳"，所以司马迁之言是可信的。元好问认为泰山王母池一带最具山水真韵："岱岳观有汉柏，柯叶甚茂。东有岩岩亭，山水自溪涧而下，就两崖为壁。如香山石楼，上以亭压之。北望天门，屹然如立屏，而浊流出几席之下，真泰山绝胜处也。"岩岩亭即王母池东侧旧有的梳洗楼，确是美景荟萃之地。城中的岱庙，三十年间两次被毁，重要建筑已不复存在："大定十九年被焚，二十一年新庙成，又三十年毁于贞祐之兵。今惟客省及诚享庙在耳。"结合自己的亲身经历，元好问对刚刚过去的贞祐之乱有深切的创痛。泰城四周，有岱岳、青帝、乾元、升元四观。另外，元好问还实地考察了北宋泰山书院遗址和蒿里山宋代禅礼坛。此行泰山，共盘桓五日。

元好问在泰山，首次见到了东平路总管、行军万户严实，并见到老友、严实幕僚杜仁杰、徐世隆等人。这对元氏以后的生活经历发生了重大影响。杜仁杰（1197?～1282年?），字仲梁，号善夫，泰安长清（今济南市长清县）人。著名诗人、散曲家。早在金哀宗正大二年（1225年）漫游汴京（今河南开封）时，就与元好问交谊颇深。杜于天兴元年（1232年）入为严实幕府，又兼严实之子的教师。游泰山的前一年，元氏还约杜同游济南大明湖诸胜。此次与严实相见，很可能得力于杜的谋划引荐。徐世隆（1205～1285年），字威卿，陈州西华（今河南陈州）人。天兴二年（1233年）奉母北渡黄河，入严实幕府，为掌书记。徐久慕元好问诗名，相见自然投契，这次泰山会面，促成了第二年元好问的东平之行。

这次相会，他们还结识了泰山全真教重要人物张志纯。志纯号天倪子，又号布金山人，泰安埠上保（今肥

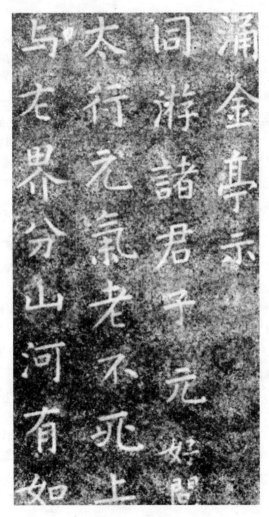

图 28 元好问墨迹

城市马埠乡张家庵村）人。他六岁能诵五经，十二岁入教，道行超群，后被元世祖赐号崇真保德大师，授紫服，任东岳提点监修官兼东平路道教都提点。金元之际，全真教在知识分子及士大夫中颇为流行。元好问与全真教渊源颇深，有许多教中好友。其次女元严就是道中女冠，号语溪真隐，曾奉诏入为宫教。元、杜、徐、张诸人曾在泰城会真宫内斗茶饮酒，诗文唱和，相得甚欢。

通过泰山之游及与当地人士交往，元好问还搜集到一些有关泰山的奇闻轶事，收入他的笔记小说集《续夷坚志》中，计有六条。《包女得嫁》记载包拯因为铁面无私，死后主东岳七十二司之一的速报司。金元之际，其孙女被掠。娼家以其有姿色，欲高价收买，主家图利相逼，备施捶楚。一女巫怜悯其为忠臣之后，施计援救，乃至主家装作神灵附体，大呼："我是东岳速报司主包拯，你怎敢强卖我孙女为娼，限你十日之内将我孙女嫁与良家，不然灭你满门！"主家果然畏惧神灵惩罚，赶快将其孙女嫁出。据《泰安县志》载，包拯于北宋仁宗年间任奉符令，政声卓著。泰城西关外曾建包公祠奉祀。包拯主速报司故事在泰安流传很广，也是一种民意反映。

《徂徕石守道心化石》条载："徂徕石守道墓在奉符，太和中，墓崩，诸孙具棺葬骸骨，与常人无异，独其心如合两手，已化石矣。"这位徂徕先生生前耿介，嫉恶如仇，死后心如石坚，可算是生死不渝了。

有关党怀英的两条。《党承旨生死之异》载：党怀英母孕时，梦唐代著名道士吴筠托宿，后来党怀英果然仪表修整，望之如神仙。临终之时，有大星陨落在家中。党怀英最擅长书法，推为当朝第一。篆书出李阳冰，隶书如钟繇、蔡邕，楷书如虞世南、褚遂良。这些大家各擅一体，而党怀英却诸体皆备，深受推重。苏东坡评论韩愈是"生也有自来，逝也有所为"，用之于党怀英也很合适。元好问对党怀英诗素所服膺，有《继愚轩和党承旨雪诗四首》。《吕氏所记古印章》条，说党怀英藏有汉代名将周亚夫的铜印，珍爱不已。按金代"泰和通宝"铜钱即为党怀英篆书，因书体精美，制作精良，成为收藏精品，或许与党氏珍爱的铜印不无关系。

《神告胥莘公》条载：胥莘公曾梦见泰山神来告，说"敬我无福，慢我无殃，当行善道，家道久长"。胥莘公便经常以此劝人向善。此条意在说明福祸在于人定，而不决于神明，具有积极意义

《高白松》：徐伟在京为官时，梦有绿衣老人求救，说将有斧斤之灾，望徐保全。后徐任泰安太守，适岱庙火灾，需取境内大木修复。莱芜高白村有一数百年古松，枝干茂盛，荫覆两亩，亦当采伐。该村父老向徐求助，徐乃悟前梦，下令免伐，又梦绿衣老人来谢。后来当地人在松前立碑记其事。

元好问一生钟情于山川游历，自称"诗人爱山爱彻骨"（《游承天泉》）。泰山是他心神向往已久的地方，又与它山感情不同。他的泰山诗"未成曲调先有情"。郁积着一股浩然正气，升腾着一种宏阔的境界："泰山天壤间，屹如郁萧台。厥初造化手，办此何雄哉。"在诗人眼里，泰山亦是有情物，以其独有方式迎接知己："夜宿玉女祠，崩奔涌云雷。山灵见光怪，似喜诗人

图 29 岱顶碧霞祠

来。"泰山与诗人,有一种高度的心灵投契。在心境与山境的融合中,"眼前有句道不得,但觉胸次高崔巍"。全诗汪洋恣肆,宏放飘逸,显示了牢笼天地的豁达胸襟。较之于李白、杜甫等人的泰山诗,元好问诗熔铸新意,自成一格,使他的山水诗达到一种新的境界。

毕生绝艺　雕绘泰山

——高文秀与泰山

　　高文秀是元杂剧创作中具有显著特色的重要作家，向有"小汉卿"之誉。他又是第一位写泰山戏的剧作家，其《黑旋风双献功》是泰山拥有的第一部戏剧，并在水浒戏中占有重要地位，与康进之《李逵负荆》合称"黑旋风双璧"，在全部元杂剧中也属上乘之作。高文秀和一批东平杂剧作家的出现，确立了东平、泰山一带戏剧创作演出中心的地位，丰富了泰山文化的艺术蕴藏。

　　高文秀，东平人。其事不见于正史、野史，亦不见于历代《东平县志》，故其生平不详。元代钟嗣成《录鬼簿》中，将其列入"前辈已死名公才人，有所编传奇行于世者"，也仅有寥寥数字："东平人，府学，早卒。"贾仲明增补本《录鬼簿》稍详，作："东平府学生员。早卒。都下人号小汉卿。"据元好问《东平府新学记》，元代东平府学恢复于宪宗五年（1255年）六月，当时招收"子弟秀民，备举选而食廪饩者余六十人"，高氏当为其中之一，后来辗转南下至江浙，做过县官，生年当五十岁以下，一般认为卒于至元末年。

高文秀作有杂剧34种，仅次于关汉卿的66种，数量上列元杂剧作家第二位。其杂剧按取材分类，可分为水浒剧、历史剧、神话剧、风情剧等，尤以前两类为多。水浒剧计有九种，其水浒戏数量之多，质量之高，在元杂剧作家中是独一无二的，是当之无愧的黑旋风专家。

《黑旋风双献功》是戏曲史上第一部关于泰山的戏剧，也奠定了高文秀在戏曲史上的地位。泰山为水浒英雄李逵提供了表演舞台，李逵的英雄业绩为泰山艺苑增添了光彩。高氏着力刻划了李逵英勇、机智、敏锐、谨慎，而又不乏诙谐、幽默的农民义军头领形象。这与其它元杂剧中的李逵，与后来《水浒传》中鲁莽骄躁的李逵差别极大，有鲜明的性格特色。

《双献功》剧情并不复杂：郓城县孔目孙荣与妻子郭念儿到泰山进香还愿，暗地到梁山泊请结拜兄弟宋江派人护送。李逵自愿请行，并立下军令状。来到泰城，孙妻与白衙内相约私逃，然后白衙内“借”了泰安州衙门坐着，把前来告状的孙荣打入死牢。李逵乔装入狱，用计救出孙荣，并潜入州衙，杀死白、郭，回梁山报功。

泰山历来是四方香客云集的繁华之地。作者以一支《混江龙》描写：“春光明晔，路行人拂袖扑蝴蝶。你觑那往来不断，车马相接，墙角畔滴溜溜草荇儿挑，茅檐外疏剌剌布帘儿斜。可知道你做营运的家业，大古里人烟热闹，买卖稠叠。”随着戏剧情节的展开,高氏着力刻划了李逵这一形象。其性格展现的基础，是对梁山事业

图30　岱庙遥参亭

的无比忠诚，对统治阶级的强烈仇恨。听说要护送孙荣去泰山，他立即自报奋勇争先前往。宋江提醒他注意，仔细叮咛，他却毫不畏惧："泰安州便有那千千丈陷虎池，万万丈牢龙井，我和你待摆手去横行"，并主动立下了军令状，若出了差错，"情愿输了我吃饭的这一颗头和颈"，充分体现了他视赴危履险若等闲的英雄气概和过人胆量，奠定了他的性格基调。

　　然而高氏的过人之处在于并没有更多的以浓笔重彩渲染这种勇武的性格基调，而是把它作为侧面烘托，从正面着力表现了李逵的细致、机智、灵活，尤其要按捺住自己鲁莽冲动的躁脾气，忍事饶人。既使挨骂也"只索忙陪着笑脸儿相迎"。遇到比武打擂，也"紧闭口不敢放些儿硬，我只作没些本领"。同时要奉孙荣为兄长，悉心照料，"上马处与他执鞭坠蹬，吃酒处与他绰镟提航"，全然不许有平日的顽泼。对于李逵来说，确是用短克长，这种严厉的束缚，远不如阵前厮杀来的痛快。但关系到梁山泊的声誉和事业，他还是毫不含糊地应承下来。

下山以后，李逵处处谨慎，留心观察，显示了他长期生活在社会下层，久经江湖，并在农民义军中养成的高度警觉。见到郭念儿，他一眼就看出："这嫂嫂敢不和哥哥是儿女夫妻么。"使得办案老手孙荣也吃了一惊："兄弟，你好眼毒也，你怎么便认将出来。"从郭氏轻佻放浪的言行举止中，李逵预感到迟早会由她引出"一场天来大小利害"。果然，郭氏与白衙内早已暗地勾搭，在泰安城火炉店相约私逃。白衙内为绝后患，还"借"了泰安州衙门坐着，把前来告状的孙荣打入死牢。事情发展的结果，完全证实了李逵的料事准确。

面对如此变故，李逵只能独自力挽危局。这对他的应变能力与处事韬略无疑是严峻的考验，同时也为他施展才能机智提供了充分的余地。在探监时，他紧紧把握住自己"庄家呆后生"的身份，装痴佯傻，嬉笑嘲讽，并抓住牢子贪财好利的弱点，巧妙周旋，应对从容，摸清虚实，掌握了斗争的主动权，终于引敌入彀，集中展示了他的机智灵活和幽默诙谐。他怕露出破绽，进狱时不去拉牵铃索，却用砖头砸门，并编了一套假话，自称是孙的庄户兄弟，合情入理，不由人不信。他说在牢里丢了钱，引得牢子团团乱转，又以羊肉泡饭为诱饵，用蒙汗药麻翻了馋嘴的牢子。在这里，呆傻身份成了迷惑敌人的便利条件，庄家后生的粗愚反倒战胜了牢子的奸诈。而这一劣胜优败的转变，竟是性格莽撞，"身似碑亭"的李逵别出心裁运筹的结果，就实在令人忍俊不禁了。这种鲜明的性格对比，是李逵形象中最为精彩的一笔，也为全剧造成了强烈的喜剧效果。

下山以前，李逵已做好了充分准备，一旦遇到危险，他就要逞勇显威，"喝一喝骨嘟嘟海波腾，撼一撼赤力力山岳崩"，把官兵歹徒打做"翻过来落可吊盘的煎饼"。救出孙荣以后，他只身潜入泰安州衙，力杀白衙内、郭念儿，为民除害，为孙荣报仇，表现出嫉恶如仇的性格和勇武过人的胆识，显示了他的英雄本色，从而在不同角度上丰富了这一形象。

在词曲方面，全剧大量运用泰山方言和本色语言，朴素贴切，准确地表现了人物性格与感情。例如"没梁桶儿便休提"，"谁有那闲钱补笊篱"。"囊里盛锥，尖者自出"。"吹筒粘竿，有诸般来摆设"。"翻过来落可吊盘的煎饼"，"亲身作业亲身受"，"闲茶浪酒结绸缪"等等。剧中还涉及到许多泰山地名及礼仪风俗。例如孙荣在泰城所住的香客店名火炉店，即是以店门口所挂火炉模型得名，一如山顶天街的金钟店、笊篱店，是泰城独有的招幌店名，令香客一看便知，"但是南来北往官员士庶人等进香的，都在我这店中安歇"。再如剧中提到的草参亭，实为遥参亭，在岱庙之前，是旧泰城中心位置。凡来朝山进香的帝王大臣等，都要在祭东岳庙以前，在此行"遥参"之礼，以示敬重。泰城民间称之为"草参亭"，高氏对此也很清楚。另外如东岳庙打擂博彩等等，都说明高氏对泰山相当熟悉。因泰安州在元初隶东平路，东平府学师生的游迹、题刻遍布泰山上下，高氏亦自应登过泰山，并有所感受，遂移入剧中，点染生春，大大增强了表现力。吴梅评论高文秀是"毕生绝艺，雕绘梁山"的作家，还应补充一点，他也是"雕绘泰山"的作家。

图 31　岱庙天贶殿露台——东岳庙擂台旧址

飞仙携我游天门　足蹑万壑云雷奔

——王蒙与泰山

　　王蒙（1301～1385年），字叔明，号黄鹤山樵。他也是著名书画家，与黄公望、倪瓒、吴仲圭并称元代四大家，是国画史上的关键人物。其书画深受外公影响，顾瑛说他"强记力学，作诗文书画尽有家法，尤精史学"（《草堂雅集》卷十二）。元末张士诚割据浙西时，他做过"理问"、"长史"之类的小官，不久弃官隐居余杭临平黄鹤山，因以为号。明洪武二年（1369年）出任泰安知州，"清廉有守，吏习而民安之。公余与士大夫饮酒赋诗，临池染翰，一时盛事"（《泰安县志·宦绩志》）。洪武年间，明太祖朱元璋为了巩固统治地位，严刑峻法，屡兴大狱。当时左丞相胡惟庸勾结日本与蒙元残余势力，企图谋反，遭到朱元璋严厉镇压。胡惟庸被处死，株连达三万余人。王蒙曾至胡氏私邸观赏过藏画，也被牵连下狱，于洪武十八年（1385年）死于狱中。

　　王蒙在泰安任上，用了三年时间精心创作了巨幅《岱宗密雪图》。据钱谦益《列朝诗集小传·陈经历汝言》

及《明诗纪事》甲签卷十八《王蒙》条记载：王蒙于明洪武初年任泰安州知州。州府后院有一座小楼，正好北望泰山。王蒙就把白绢挂在楼壁上，经常面对泰山，观察揣摩，每有感悟，才提笔点染。这样经过三年完成了泰山全景图。时值隆冬大雪，王蒙的好友，在济南做官的画家陈汝言前来拜访。二人于楼上赏雪品画。遥看泰山银装素裹，逸兴勃发，要改为泰山雪景图，只是难于表现大雪纷飞的气势。陈汝言想了半天，拍手道：有了！于是以笔蘸满白水粉，用小弓往画绢上射。水粉弹落绢上，竟有雪片飞舞的效果，二人相视大呼神奇。王蒙即于画上题名《岱宗密雪图》。这幅画遂为陈汝言珍藏，非精鉴赏者与至友亲朋不得观赏。陈死后，此画为御史姚公绶以三万银购得，可惜后来姚宅失火，画亦被毁。

洪武四年（1371 年），王蒙在泰安任上还为马文璧作《清溪书楼图》，或是以下临投书涧的宋代泰山书院为蓝本构思创作，当是又一幅泰山佳作。

王蒙还作有长篇歌行体诗《登泰山》：

余过奉高，谒岳祠，见郝伯常（泰）山三诗刻于庑下。明日，登日观峰，下瞰沧海，尘世苍茫，青徐在衽席间耳。因成此诗，以补郝公之所未道者云。

飞仙携我游天门，足蹑万壑云雷奔。

凌虚直上数千尺，适见混沌分乾坤。

巨龟左折蓬莱股，鲸波东注扶桑根。

地高俯瞰沧海日，天近仰叩清都阍。

古帝何年辟下土，九点青烟散环宇。

图 32　王蒙《溪山高逸图》（元）

翠於羽盖此登封，盛德神功照今古。

人间瞬息三万年，七十二君何茫然。

秦皇汉武踵遗躅，镂玉坎埋山之巅。

金宫翠阶苦不乐，遣使碧海求神仙。

羲和龙辔不稍贷，岂料海水成桑田。

试向封中一回首，六合块莽空云烟。

千秋谁识当时事，五松大夫知此意。

岩前长揖大夫松，数子胡乃干秦封。

高标直下鲁连节，避世不及商山翁。

雪鬐雪干如屈铁，涛声瑟瑟吟悲风。

松本无心偶然耳，人情好恶多弥缝。

欲倾箕颖一瓢水，为汝洗净羞惭容。

为君解嘲君勿怒，万事转首成虚空。

帝子绛节朝丹穹，神灵阿娜群仙从。

嘘呵紫焰开芙蓉，光景上属超鸿濛。

玉女夜降骑青龙，鸾匏凤笙声喤喤。

霓裳舞袖飘长虹，琼音间作鸣丝桐。

白云清谣曲未终，泠风命驾归崆峒。

千峰万峰浸明月，恍惚身在瑶池宫。

明朝稽首下山去，翠嶂突兀青霞中。

王蒙在泰安任上曾到灵岩寺、娄敬洞游历，并撰有《娄敬洞记》，记述了他从娄敬洞道士张德玄听到的一段掌故：秦代张良谋刺秦始皇于博浪沙，尔后潜迹匿踪。秦廷大索天下，不知其藏身之处。及汉高祖破秦，张良又出而辅佐。究竟张良藏身何处，成为千古之谜。王蒙在张道士引导下来到娄敬洞，见到"洞离地二十丈，乃石壁上一小窍耳。藤萝悬挂其上，不复知有洞……有葛

79

图33　岱顶雪景

拳 洞中。钩而下之，两葛交挽若梯，可蹑而登。洞若厦屋，连构十五里达东崖，古人凿娄敬、张子房对坐其中"，因而恍然大悟：原来张良被娄敬藏于此洞中，那娄敬极可能是刺秦的同谋。是"非此山不足以隐娄敬，非娄敬不足以匿子房，非子房不可以报娄敬，是诚千古之奇迹。当时后世，人不及知。余因偶得于登览笑谈之顷，于是睇丹崖之嵯峨，仰高峰之绵邈，溯往古之穷流，发鬼仙之神秘，为之感叹唏嘘，而纪其遗迹云"。显然，王蒙对这一意外发现感到格外振奋。

　　王蒙的书画，自幼即受到外祖父赵孟頫的深厚影响，倪瓒称"允尔英才最，居然外祖风"。同时他又努力研习前代诸家。董其昌说他："泛滥唐宋诸名家，而以董源、王维为宗。故其纵逸多姿，又往往出文敏规格之外"。说明他注重学习传统，广征博采，又能融会贯通，自立门户。《岱宗密雪图》与他现存的传世之作一样，属于密体，郁然深秀，又得苍茫之致。其技法不局限于一家，或用董源、巨然披麻长皴，或用郭熙卷云带斧劈皴，或浓墨点染，或无点细擦，使画风绵密蓊郁，浑厚苍茫，又生机盎然，气韵生动。倪瓒称他"王侯笔力能扛鼎，五百年来无此君"(《题岩居高士图》)，确实道出了他旷达的襟怀与非凡的功力。山水之外，王蒙尚能墨竹、墨梅及人物画，具有多方面的艺术才能。

　　王蒙的山水画对明清两代产生了巨大的影响。王世贞《艺苑卮言》中认为传统山水画至"黄鹤又一变也"，成为重要转折，说明他在山水画发展史上有着举足轻重的地位。那么，他的《岱宗密雪图》不幸被焚，实在是泰山艺术史上无可弥补的重大损失。

路入天衢畔　身当宇宙中

——王守仁与泰山

　　王守仁是明代中叶著名的思想家、政治家、哲学家、教育家，也是文学家。他所创立的"阳明心学"，与南宋以来的"程朱理学"分庭抗礼，其学说影响，不仅风靡当时，而且波及明清两代以至近代儒学，并在日本、朝鲜等国发生了重要作用，成为中国传统文化中的重要组成部分。作为文学家，他曾经参与"前七子"的活动，在诗歌、散文创作中独树一帜，卓有成就。"前七子"中的徐祯卿及当时一批著名诗人都是他的门人；"后七子"重要成员王世贞笃信"阳明心学"，自述"余十四岁，从大人所得《王文成公集》，读之而昼夜不释卷，至忘寝食，其爱之出于三苏之上"（《读书后·书王文成公集后》）。说明阳明学说对前、后"七子"创作均有一定影响。王守仁的泰山诗，也别具风格。

　　明孝宗弘治十四年（1501年），王守仁在刑部云南司主事任上，应山东监察御史陆偁礼聘，担任山东乡试

图34 王守仁像

考官。这对于向往泰山已久的王守仁真是喜出望外。他在《山东乡试录序》中说："山东，古齐、鲁、宋、卫之地，而吾夫子之乡也。尝读夫子《家语》，其门人高第，大抵皆出于齐、鲁、宋、卫之叶，固愿一至其地，以观其山川之灵秀奇特。"在《山东乡试录后序》中还说："夫山东天下之巨藩也，南峙泰岱，为五岳之宗，东汇沧海，会百川之流；吾夫子以道德之师，钟灵毓秀，挺生于数千载之上，是皆穷天地，亘古今，超然而独盛焉者也。然陟泰岱则知其高，观沧海则知其大，生长夫子之邦，宜于其道之高且大者有闻焉，斯不愧为邦之人矣！"考试结束之后的深秋，王守仁登临泰山，写下了八首泰山诗。《登泰山五首》：

一

晓登泰山道，行行入烟霏。
阳光散岩壑，秋容淡相辉。
云梯挂青壁，仰见蛛丝微。
长风吹海色，飘摇送天衣。

峰顶动笙乐，青童两相依。
振衣将往从，凌云忽高飞。
挥手若相待，丹霞闪余晖。
凡躯无健羽，怅望未能归。

二

天门何崔嵬，下见青云浮。
泱漭绝人世，迥豁高天秋。
瞑色从地起，夜宿天上楼。
天鸡鸣半夜，日出东海头。
隐约蓬壶树，缥缈扶桑洲。
浩歌落青冥，遗响入沧流。
唐虞变楚汉，灭没如风沤。
貌矣鹤山仙，秦皇岂堪求。
金砂费日月，颓颜竟难留。
吾意在庞古，冷然驭凉飕。
相期广成子，太虚恣遨游。
枯槁向岩谷，黄绮不足俦。

三

穷厓不可极，飞步凌烟虹。
危泉泻石道，空影垂云松。
千峰互攒簇，掩映青芙蓉。
高台倚巉削，倾侧临崆峒。
失足堕烟雾，碎骨巅崖中。
下愚竟难晓，摧折纷相从。
吾方坐日观，披云笑天风。
赤水问轩后，苍梧叫重瞳。
隐隐落天语，阊阖开玲珑。

去去勿复道，浊世将焉穷！

四

尘网苦羁縻，富贵真露草！

不如骑白鹿，东游入蓬岛。

朝登泰山望，洪涛隔缥缈。

阳辉出海云，来作天门晓。

遥见碧霞君，翩翩起员峤。

玉女紫鸾笙，双吹入晴昊。

举首望不及，下拜风浩浩。

掷我玉虚篇，读之殊未了。

傍有长眉翁，一一能指道。

从此炼金沙，人间迹如扫。

五

我才不救时，匡扶志空大。

置我有无间，缓急非所赖。

孤坐万峰巅，嗒然遗下块。

已矣复何求，至精谅斯在。

淡泊非虚杳，洒脱无蒂芥。

世人闻予言，不笑即吁怪。

吾亦不强语，惟复笑相待。

鲁叟不可作，此意聊自快。

另外还有长篇歌行体《泰山高次王内翰司献韵》，及五言律诗《游泰山》、《御帐坪》。

王守仁的诗文成就，往往为他的功业学术所遮掩，而较少有人论及。他作为诗人，也有很高天分。十一岁随父赴京上任，船过镇江金山寺，大人们饮酒赋诗，尚未成篇，他已脱口而出："金山一点大如拳，打破维扬水底天。醉倚妙高台上月，玉箫吹彻洞龙眠。"使人大为惊异。后来在京师，与李梦阳、何景明交游，"刻意为词章"（《列朝诗集小传·王守仁传》），并负有才名。只是后来专心研究学问，才停止了酬唱。据

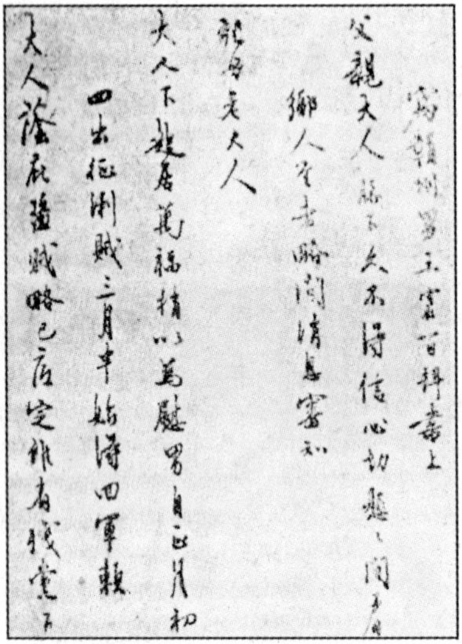

图35 王阳明手迹

王之门人钱德洪、罗洪先所作《年谱》记载："京中旧游俱以才名相驰骋，学古诗文。先生叹曰：'吾焉能以有限精神为无用之虚文也！'"但他在文学上仍取得很高成就。清人徐元文称他"文章汪洋浑灏，与唐宋八大家抗行。"他的《瘗旅文》等被选入《古文观止》，成为广为传诵的名篇。他的诗作也自成一体，独抒胸臆，形成秀逸自然的诗风。他的《登泰山五首》之一，还带有摹仿、化用唐代李白《游泰山》诗的痕迹。其它几篇，也有较浓厚的寻仙访道、厌倦尘世的味道。但是作为注重内心省察的学者，却不可避免地涉及到现实社会的内容。如《登泰山五首》之三中"失足堕烟雾，碎骨巅崖中。下愚竟难晓，摧折纷相从"，对当时在泰山"舍身崖"舍身还愿的迷信陋俗进行批评，表示惋惜。在第五

首中，直接以议论为诗，说明自己的志向与处世态度不为世人理解，自己却能以洒脱相对，淡泊处之。

他的两首五律《游泰山》、《御帐坪》清新爽利，秀美如画，可视为早期诗歌的代表作。"飞湍下云窟，千尺泻高寒"，准确地捕捉到泰山之秋的传神景致，使一路游览"真如画里看"。天、山、人相参，乃生出"路入天衢畔，身当宇宙中"的感悟。凭吊秦松汉碑，倍感人生短暂，这次游踪更是忽如过隙。那么什么才能与山川景物同样永存呢？看来只有"吾心"了。这次游览泰山，对王守仁一直苦思冥想的"心学"不无启迪，也使泰山增添了富有"心学"意味的诗篇。

正气苍茫在　敢为山水观

——张岱与泰山

张岱是晚明著名的历史学家、诗人、散文家。他在文学上吸取了公安三袁"不拘格套，独抒性灵"和竟陵派钟惺、谭元春"孤峭幽深"的长处，要求"纵壑开樊"，解除种种束缚生灵的桎梏，使"物性自遂"（《西湖梦寻·放生池》），从而创作出任情适性，率尔天意的小品文，成为集晚明小品之

图 36　张岱像

大成的作家，当时就被誉为"文中之乌获"，"后来之斗杓"（王雨谦《琅嬛文集序》）。他的泰山诗文，也有着鲜明独特的个性，卓异不凡地特立于泰山文史之林。

张岱自称"余少爱嬉游，名山恣探讨"（《大石佛

院》）。因家庭渊源，他曾两次游历齐鲁，一登泰山。
张岱祖父张汝霖，曾于万历三十四年（1606年）
任山东布政司副使。天启四年（1624年）张岱之
父张耀芳到兖州任鲁献王长史司右长史。在此期间，
张岱先后于崇祯二年（1629年）北上游览了曲阜，
于崇祯四年游览了泰山、兖州。此次泰山之行，留有五
言律诗《泰山》：

> 正气苍茫在，敢为山水观？
> 阳明无洞壑，深厚去峰峦。
> 牛喘四十里，蟹行十八盘。
> 危襟坐舆笋，知怖不知欢。

　　泰山之行给他留下了深刻印象，在后来的另外一些
诗篇中多处提及。

　　张岱的泰山文仅有一篇《岱志》，这是他为数不多
的长文之一。动笔之前，他阅读了历代描写泰山的名
作，认为"应劭记封禅而岱之事尽，钟惺记岱而记事
尽，李士登记十六字而诗文之事尽。此外再益一字，是
不知岱者也。"这就先给自己出了一道难题。但随即机
锋一转，说明"余之志岱，非志岱也……亦言岱之上下
四旁已耳。一字不及岱，而岱之事亦缘是而尽"。显示
他擅构思，长于机巧。是志果然避开抒写景胜典故
的老路，另辟蹊径，重点写了泰山及周围形势地
貌、泰山气候之诡异无常，泰安客店习俗，岱庙集
市，泰山香税、乞丐、山轿等，不仅令未至泰山者向
往，即身处泰山者亦觉隽永，回味无穷。例如他写泰城
客店的一段文字：

离州城数里，牙家走迎，控马至其门。门前马厩十数间，妓馆十数间，优人寓十数间。向谓是一州之事，不知其为一店之事也。到店，税房有例，募轿有例，纳山税有例。客有上中下三等，出山者送，上山者贺，到山者迎。客单数千，房百十处，荤素酒筵百十席，优僮弹唱百十群，奔走祇应百十辈，牙家十余姓。合计入山者日八九千人，春初日满二万。山税每人一钱二分，千人百二十，万人千二百，岁入二三十万。牙家之大，山税之大，总以见吾泰山之大也。呜呼泰山！

文字仅有二百，容量却很大，俨然是老泰山叙说一个韵味醇厚的故事。张岱自己对这篇文章也格外看重，后来单独摘出，冠以"泰安州客店"的题目，收入《陶庵梦忆》中。这在张氏文章中，似为仅见的一例。

又如写岱庙集市，仅百余字，却清清楚楚，曲尽其致：

东岳庙大似鲁灵光殿。棂星门至端礼门，阔数百亩。货郎扇客，错杂其间，交易者多女人稚子。其余空地，斗鸡蹴踘，走解说书，相扑台四五，戏台四五，数千人如蜂如蚁，各占一方。锣鼓讴唱，相隔甚远，各不相溷也。

写泰山轿的形制与登山方法，仅四十余字，便觉游刃有余：

山樏在户，樏杠曲起，不长而方。用皮条负肩上，拾山蹬则横行如蟹。已歇而代，则旋转似螺，自成思理。

写泰山乞丐习俗，也是奇异非常：

甫上舆，牙家以锡钱数千搭槔杠。薄如榆叶，上铸阿弥佛字，携以予乞。凡钱一贯七分，而此直其半。上山牙家付香客，下山乞人付牙家。此钱只行于泰山之乞，而出入且数百余金。出登封门，沿山皆乞丐，持竹筐乞钱，不顾人头面。入山愈多，至朝阳洞少杀。其乞法扮法叫法，是吴道子一幅地狱变相，奇奇怪怪，真不可思议也。

这番直叙白描，虽仅点到"出入且数百金"，却把牙家乞丐串通一气，欺诈游客的伎俩揭露无遗。古今泰山游记中写到乞丐之状，且如此深刻者，仅有张岱《岱志》与今人吴组缃《泰山风光》两篇。

张岱泰山诗文的成就，首先就是着力发掘泰山的真性情，直接把泰山文化的底蕴和盘托出："正气苍茫在，敢为山水观"，"泰山元气浑厚，绝不以玲珑小巧示人"。这里所说的"正气"、"元气"，超出泰山作为外在景观的具象，上升到深层的哲学体验。自孔子、司马迁把泰山与人生境界联系起来，此后一直无人承乏。倒是张岱以超人的见识，执着于此，点出长期以来朦朦胧胧，欲浮欲现的东西，触到了中国古代文人的泰山情结，实现了对泰山认识上的跨越。虽然张氏对这种"正气"、"元气"没有阐述，但无疑是指向泰山文化的真谛，揭示泰山文化的本体和实质。在这一点上，张岱的贡献是巨大的。

其次，他善于以敏锐的眼光捕捉别人不易察觉的事物，尤以勾划晚明泰山风俗画见长。其中泰安州客店、东岳庙市场、泰山山轿、泰山乞丐、泰山香火钱等等，历来为正统文人不屑一顾，在历代泰山游记中，此等事物多属绝无仅有。他功力非凡的白描，鞭辟入里的点评，使风土人情、时俗掌故跃然纸上。牙家喃喃，香客笑语，看似闲笔，实则点睛，读之如身临其境，令一幅幅画卷灵气活现。今天的民俗学者谈泰山民俗，必先提张氏《岱志》，足见其重要的文献价值。

图37　《琅嬛文集》书影

张岱的文风简约平易，造句奇诡，苦心铸辞，又不失自然。他写登山的情景，是"牛喘四十里，蟹行十八盘。危襟坐舆笋，知怖不知欢"，平直，诙谐，几近打油，却生动传神，耐人回味。这类警句、慧语，令人解颐，给人启迪，是一般正统文人无法做到的。他的《岱志》擅长在短章小幅中营造波澜，文章法度中规中矩却又背叛传统，其才思语句之富之妙，汩汩如泰山泉水，脉脉如奇峰幽壑，显示着永久的艺术魅力。

徂徕之松新甫柏　生性孤挺抽千尺

——孔尚任与泰山

　　清代康熙年间创作演出的《桃花扇》、《长生殿》两部传奇，成为轰动剧坛的双璧。一时间，梨园勾栏争相扮演，独擅戏场；官绅士夫竞为传抄，纸贵京华。连康熙皇帝也格外关注，连夜亲索剧本观看。正所谓"两家乐府盛康熙，进御均叨天子知。纵使元人多院本，勾栏多唱孔洪词"（金埴《东鲁春日展＜桃花扇传奇＞悼岸堂先生作》）。这番热闹，却使有"南洪北孔"之誉的剧作者孔尚任、洪昇革职丢官，落得"断送功名到白头"的结局。

　　孔尚任（1648～1718年），字聘之，一字季重，号东塘，别名岸堂，自称云亭山人，山东曲阜人，孔子第六十四代后裔。

　　《桃花扇》中的一些人物都与泰山有关联。首先就是侯方域。侯在剧中是男主角，以正生应工，是当时进步政治力量的代表。全剧以侯生与李香君的悲欢离合为主线，反映出纷纭复杂的政治斗争，从而深刻揭示兴亡主题。侯方域（1618～1654年），字朝宗，河南商邱人，

图38　孔尚任画像
（中国历史博物馆藏）

明末复社重要成员，南京四公子之一，著有《壮悔堂文集》、《四忆堂诗集》。其岳父常维翰，字子羽，崇祯年间任东平州太守。在任期间开仓赈饥，变卖家产代灾民交赋税，因此被罢官。侯曾游历泰山、东平。在东平受到民众的欢迎："往过东平，父老来迎。爱公及我，有酒如渑"（《壮悔堂集》卷十《明东平州太守常公墓志铭》）。

剧中担纲人物张薇，应工"外"行，是作者创作思想的体现者。特别是《入道》一出，让他设坛打醮，显现出忠奸两种人物各得其善恶之报之幻景，史可法、左良玉成神，马士英、阮大铖惨死，并让他以国家君父大义喝醒男女主角，促使侯、李翻然入道，借以总结全剧兴亡之感。

在现实中，这是一位传奇人物。他名张怡（1602～169 年），字瑶星，初名鹿征，号璞生，一号薇庵，江苏上元县人，以诸生荫袭锦衣卫千户。甲申三月，李自成攻陷北京，他坚决不降。剧中说崇祯吊死煤山后，他"领着本管校尉，寻着尸骸，抬到东华门外，买棺收敛，独自一个戴孝守灵"，也基本符合事实。温睿临《南疆

94

逸事》卷四十一本传载："煤山之变，殡于西华门，百官无至者。鹿征独缞服哭临，守梓宫不去，护葬天寿山。"据说李自成见他"忠"得可爱，便"义而释之"（《嘉庆江宁府志》卷四十一"隐逸"）。后潜归南京，在弘光朝补了原官，旋升指挥使。清兵南下后，他便到南京东郊栖霞山白云庵做了道士，

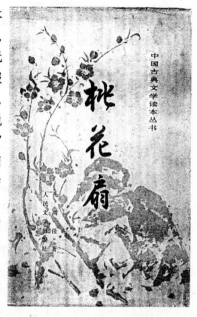

图39　《桃花扇》书影

隐居不出，致力著述，活到九十三岁。康熙二十九（1690年）年秋，孔尚任从扬州游南京，专门拜访张怡。《桃花扇》中有些重要史实，无疑得于张怡的提供。

正是由北京南下的途中，张怡登临了泰山，并写下了寄托感慨的三首诗篇。

《登岱》：

玉简金书事渺茫，神房河阁迹全荒。

老松死不撄秦爵，御帐名犹志宋皇。

石上写经云气护，池边濯月水痕香。

当年辇道迷荒草，剩有寒鸦噪夕阳。

《西阙丈人峰》：

西阙峨峨缀碧苔，摩挲拄杖拨蒿莱。

孤峰箕踞如人坐，双岫崔巍似幛开。

冯翊从来称右辅，长庚原自楼中台。

更从石壁看题字，知有人曾载酒来。

《由新盘路而上》：

盘路新开道又更，我来冉冉踏空行。

下临绝壑无疆界，仰视诸峰自纵横。

洞口白云时缕缕，涧中流水忽琤琤。

此来愧乏金钱供，惟有神羊不世情。

刘泽清也是剧中起重要作用的人物之一，以"丑"角应工。从剧情及行当来看，是个反面形象。刘泽清，字鹤洲，山东曹县人。崇祯末年任山东总兵，封东平伯。解过泰安之围，清王度《历年守城记》载："（辛巳）四月间，史东明有众十万，自南塞野而来，分立营寨，四面环攻。守道左佩与乡绅士民，枕戈城头十数夜，各关厢分遣乡勇杀贼甚众。驰檄总镇刘泽清，援兵至，乃解围"。刘泽清得胜后很是高兴，专门写了一首《解围作·呈左添老公祖用以引玉》。关于刘泽清其人，除剧中情节外，尚能从王渔洋先生为刘孔和所作的传中窥其一斑："泽清武人，不知书。既贵，好为诗。一日，高会酒酣，出诗示客，次至孔和。孔和掷不视，大言曰：'国家举淮东千里付足下，今敌骑旦夕饮江淮，不闻北向发一矢，而沾沾言诗，即工何盖？况不必工耶！'拂衣径出。泽清大恚，遣壮士二十人追及舟拉杀之。"

剧中反派人物阮大铖也与泰山有些关系。其父阮自华，是明代礼部尚书、东阁大学士于慎行门生。于先后

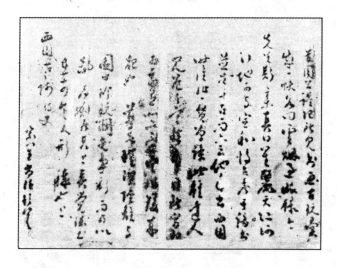

图40　孔尚任墨迹：致孔贞灿书

七次登泰山，留有大量诗作及散文。其中阮自华伴师上山，也留有一首《登泰岳》：

　　　　朝回青帝坐山前，历落繁星缀绣檐。

　　　　封色锦浮司马颂，海光红起祖龙船。

　　　　松亭岩屋神堪画，石峡天门秀可怜。

　　　　枉自浮槎寻八月，已教襟带入重玄。

一部戏剧之中，有如许人物与泰山有关，有如此曲折生动的经历，尚不多见。它不仅给这部名著增添了意趣，也为泰山人物画廊添上了几笔异彩。

孔尚任是杰出的戏剧家，他的不朽作品《桃花扇》，牵出几许历史人物的泰山轶事。他是古代戏剧家中与泰山缘法最深的一位。

新闻总入狐鬼史

——蒲松龄与泰山

诗人写泰山，或豪迈雄奇，或清新隽永，构成一幅山水长卷。小说家写泰山，多涉鬼魅神仙，从干宝《搜神记》开此先例，后蔚成风气，编织出一个幻想的鬼神奇境。在这中间，清代小说家蒲松龄以"写鬼写妖高人一等"的思想深度和

图41 蒲松龄像

艺术力量，使其作品成为泰山小说中的明珠美玉，成为这个鬼神世界中最有光彩的篇章。

由于地缘接近，也由于泰山的号召力，蒲松龄曾多

次到泰山。《聊斋志异》中有关泰山的作品有 26 篇，约占全部篇目的百分之五。其内容大致有以下几类：

反映社会现实，抒写时代风云。这是一切优秀作品的共同特点。《小二》一篇反映了明末天启年间滕县爆发的白莲教徐鸿儒起义事件。此间着重书写了白莲教法术的灵验，例如剪纸作判官，假泰山帝君之名诈取富绅千金，作纸鸢驱蝗，设坛祈雨等。这些神秘的法术屡验不爽，官府和豪绅却无可奈何，成为小二得心应手的斗争手段。

《鬼隶》、《韩方》则反映了明末清兵在济南屠城的暴行。《鬼隶》即借鬼隶之口说往东岳冥府投文，称"济南大劫，所报者，杀人之名数也"，果然"未几，北兵大至，屠济南，扛尸百万"，是在借东岳冥府之名，稍加委曲，控诉了清兵屠戮无辜的残暴罪行。

在有关泰山的另一名篇《狐妾》中，还侧面反映了"姜瓖之变"的史实。此事在清初影响极大。姜原为明代宣北镇总兵，曾在居庸关投降李自成，后降清，镇守大同。顺治五年（1648 年），姜在大同举兵反清，山、陕一带遗臣宿将多起兵响应。顺治六年八月，清廷派英王阿济格率清兵及吴三桂等前往镇压，姜粮尽兵败，清兵破大同，尽屠城中军民，所过之地，无数百姓家破人亡。《狐妾》中刘洞九之子至汾州探亲，即死于此难。这一事件，在《乱离》等篇中也有表现。

关注吏治清浊，体察民间疾苦。这两方面原是互为表里的。《一员官》、《鸮鸟》、《潞令》三篇都是写泰安的官员，皆实有其人。《一员官》记载泰安知州张公，性格倔强刚直，人称"橛子"。凡达官贵人来登泰山，役夫车马山轿之类征用繁多,泰城民众不胜其苦。张公上任,一切皆予罢免。如遇索要财物者,张坦然相对:"我即一羊也,一豕也,请杀之以犒驺从。"张公名迎芳,据《泰安县志·宦绩志》载为山西应城人,进士出身,康熙二十一年至二十九年(1682～1690年)任泰安知府。康熙东巡登泰山,张也只是扫除宫室,清理街道,"丝毫不以扰民"。他死后"室无长物,惟图籍数笥"。

《鸮鸟》记康熙乙亥年(1695年),西塞用兵,官府购买民间骡马运送军粮。贪婪成性的长山县令杨某借机搜刮,公然率兵丁将周村集市骡马悉数掠夺,共数百头,外地客商"道远失业,不能归"。事情发生时,蒲氏正在淄川西铺毕际有家任西席,其记述当是亲闻亲见。

《潞令》则记述了一名酷吏,说东平人宋国英,任山西长冶潞城县令,"贪暴不仁,催科尤酷,毙杖下者,狼藉于庭"。宋不以为耻,反而得意洋洋地说:"官虽小,莅任百日,诛五十八人矣。"这样的贪横暴虐之徒,不久既暴卒。蒲氏认为这是应得的报应,"幸阴曹兼摄阳政",不然,贪贿杀人越多,其政声就更"卓异",黎民百姓何以忍其荼毒!在那个"强梁世界,原无皂白"的社会,怎样解除人民的痛苦,蒲氏只能"惟翘白首望清官"了。

狐鬼变幻,情寄泰山。蒲氏本擅以狐鬼应工,一入此题,便运斤成风,游刃有余。《胡四姐》、《长亭》、《云翠仙》三篇是人狐相恋的故事。《胡四姐》写泰山人尚生与胡三姐、胡四姐姊妹的交往,尤其是与胡四姐的爱情。胡氏姐妹虽为异类，却美艳绝伦，心地善良，性情柔顺。尚生与之一见钟情，"倾吐平生，无复隐讳"。四姐以符咒阻止了三姐伤害尚生的意图，又驱逐了引诱尚生的野狐。尚生在四姐被术士收伏时救其出逃。患难之中，情感益深。后来四姐炼成大丹，名列仙籍，并度尚生为鬼仙。

图42　蒲松龄故居

《云翠仙》写破灭的，或是没有过的爱情。小商贩梁有才泰山进香，遇到美貌少女云翠仙，假意殷勤，博得云母好感，招为婿。翠仙察觉其轻薄无行，坚辞不果，只得"迫母命，漫相随"。婚后梁得云母资助，无虑温饱，"惟日引里无赖朋饮竞赌，渐盗女郎簪珥佐博"，翠仙屡劝不听，后来竟想卖妻为妓。但他无法说出这一无耻打算，于是装穷叫苦，拍桌子，骂丫环，旁敲侧击。聪慧的翠仙与梁对饮，巧妙试探，一步步引他露出真意。这是全篇最为入胜之处：翠仙"忽曰：'郎以贫故，日焦心，我又不能御贫，分郎忧，衷岂不愧作？但无长物，止有此婢，鬻之，可稍佐经营。’才摇首曰‘其值几何！’又饮少时，女曰：‘妾于郎，有何不相承？但力竭耳。念一贫如此，便死相从，不过均此百年苦，有何发迹？不如以妾鬻贵家，两所便益，得值或较婢多。’才故愕言：‘何得至此！’女固言之，色作庄，才喜曰：‘容再计之。’”这番斗智，如层层剥笋，把梁有才的丑恶嘴脸，龌龊灵魂暴露无遗。翠仙以辞母为由携梁至家，历数其忘义负心，遂与决绝：“我岂不能起楼宇、买良沃？念汝儇薄骨、乞丐相，终不是白头侣！”梁有才最后落得个沿街乞讨，毙于狱中的下场。

蒲松龄的泰山小说异彩纷呈，堪称一篇一境界，一事一精神，故事、人物绝无雷同。同是写官员，有张槲子的刚直倔强，范溥的委婉曲致，宋国英的贪狠暴戾，个性鲜明，栩栩如生。同是写狐女，胡四姐艳丽柔顺，长亭通礼晓义，云翠仙聪慧机警，如描如画，飘然欲出。

蒲松龄是造奇设幻的圣手。叙述故事一波三折，摇曳生姿，令

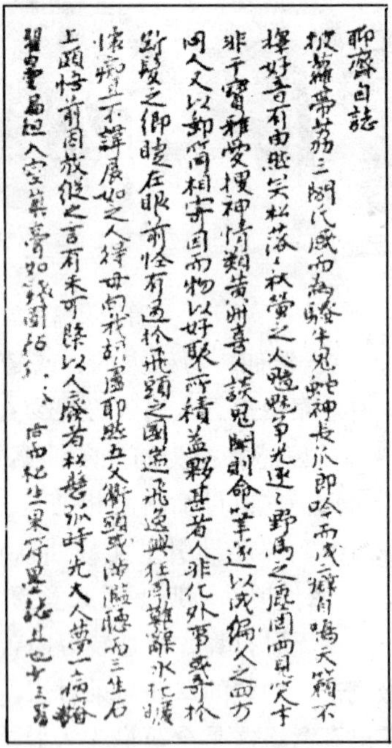

聊斋自誌
披萝带荔三闾氏感而为骚牛鬼蛇神长爪郎吟而成癖自鸣天籁不
择好音有由然矣松落落秋萤之火魑魅争光逐逐野马之尘罔两见笑才
非干宝雅爱搜神情类黄州喜人谈鬼闻则命笔遂以成编久之四方
同人又以邮筒相寄因而物以好聚所积益夥甚者人非化外事或奇于
断发之乡睫在眼前怪有过于飞头之国遄飞逸兴狂固难辞永托旷
怀痴且不讳展如之人得毋向我胡卢耶然五父衢头或涉滥听而三生石
上颇悟前因放纵之言有未可概以人废者松悬弧时先大人梦一病瘠
瞿昙偏袒入室药膏如钱圆粘乳际 寤而松生果符墨誌且也少

图 43　蒲松龄手迹

人目迷神离。胡四姐由狐而人，由人而仙，"变幻之状，如在目前"。《云翠仙》"叙次忽断忽续，如山势奔腾而来，突成绝壁，令人目眩心迷，中间烟拢雾合，仍一气接入对面"（但明伦评点），更成奇观。

蒲松龄是炼字铸句的大师，有点石成金，着墨为花的功力。同写狐女之美，胡三姐"如碧叶红桃，虽竟夜视，勿厌也"；胡四姐"粉荷露垂，杏花烟润，嫣然含笑，媚丽欲绝"；长亭"光艳尤绝"，"丽如天人"。简洁凝炼，明白如话，又非常传神。叙述故事，也极扼要简当，论者称为"缩字"之法。

蒲松龄对泰山的专注之情，通过他神奇的笔触，写成一篇篇华美的小说，描出一个个鲜明的形象。在他的小说和诗文中，没有什么地方比泰山享有更多的篇章。在泰山历代小说中，没有谁能达到蒲松龄这样的艺术高度和如此数量。泰山将永远享有蒲松龄创造的文学珍品，《聊斋志异》的艺术魅力也会同泰山一样千古永存。

振策天门上　奋袂超峥嵘

——纪昀与泰山

　　纪昀是清代乾隆、嘉庆年间的著名学者和文学家。他一生的学术功绩,是以总纂《四库全书》、著作《四库全书总目》和《阅微草堂笔记》而享誉当时,著称后世,被奉为"一代文宗"。《四库全书》是中国古典文化的总结与成熟标志。而《阅微草堂笔记》则被鲁迅先生称之为"测鬼神之情状,发人间之幽微,托孤鬼以抒己见者,隽思妙语,时足解颐,间杂考辨,亦有灼见。叙述复雍容淡雅,天趣盎然,故后来无人能夺其席,固非仅藉位高望重以传者"(《中国小说史略》)。这部"天趣盎然"的作品中,就有一批生动的泰山故事。

　　《阅微草堂笔记》中有关泰山的内容十七则,从不同方面反映了泰安当时的鬼神信仰和风土人情,明清以来,泰山主人生死,人死魂归泰山的观念愈益普及。纪氏所记多与此有关。值得注意的是在这些故事中,"测鬼神之情状,发人间之幽微,托孤鬼以抒己见"(鲁迅《中国小说史略》),突出表现了作者的思想倾向。按其内容可大致分为几类:

劝善惩恶,宣扬因果报应。《东岳急牒》记述了义士史某捐金帮助卖妻还债的贫困农民,又严词拒绝了农妇自荐枕席的报答,后来全村大火,紧急时刻仿佛听屋上喊道"东岳有急牒,史某一家并除名",史家三口因而得脱。纪氏认为这是典型的因果报应。得之于心存正念,连行两善,所谓"此事见佑于司命,捐金之功十之四,拒绝之功十之六。"《东岳检籍》中农夫陈四之母自承盗名,出钱解救被疑为盗,几乎被主人打死的婢女。此事由城隍报告东岳神府,"东岳检籍,此妇当老而丧子,冻饿死。以是功德,判陈四借来生之寿于今世,俾养其母。"陈四无意中得知事情原委,乃消除误解,善事其母。《新泰书生》则从反面提出劝诫,说新泰一书生赴省乡试,将近济南,遇一美艳少妇,心有所

图44 纪昀像

动,少妇自称是书生嫁在济的表妹,并故作忸怩,"微露十余岁时一见相悦意",殷勤邀至家中吃饭,结果一去不返。同行人寻至其济南表妹家,则表妹已殁半年余。说明纵欲忘患,报应即至,应为少年佻薄者戒。

事亲以孝，能感天地通鬼神。《碧霞元君女官》记叙一狐女与佣工结为夫妇，夫死后又侍奉公婆至孝，终于感动东岳大帝，许其破格升仙，擢为碧霞元君帐下女官。《岳帝审勾魂》中无常鬼奉牒拘某妇，而某妇却对病重的婆母牵肠挂肚，不肯就死，以至"念念固结，神不离舍，不能摄取。"城隍见此事奇异，竟不忍命厉鬼强行拘拿，只好上报东岳大帝，请令定夺。纪氏虽在宣扬封建道德，但并不是一个道学家。他对那些伪道学有着深刻的揭露和辛辣讽刺。在这两则故事中，纪氏的着眼点在于反对"愚忠愚孝"，褒扬"精诚之至，鬼神所不能夺者"，后则中某妇对婆母的眷恋，是一种至深的亲情，并非单纯以"孝"能够涵括，而狐女与佣工的结合，"本出相悦，无相媚意，"具有一定爱情基础。夫死之后，狐女"心恒愧悔，故誓不别适，依其墓以居。"其侍奉公婆，也是出于"追念逝者，聊尽寸心，"是在爱情基础上的升华。"孝感鬼神"在这里只是故事的外壳，而对真情的颂扬，在当时确乎难能可贵。

考察风情，反映世态人心。《泰山日观峰》中描写了日出的壮丽景观："丹曦欲吐，海天混耀，千汇万状，不可端倪。"用语极简，将奇诡险怪，变化万端的景致高度概括，同时以详致的笔墨，论述了日出景观形成的原因，证明传说初日自海中出之谬误："日未至地平，倒影上射，则初见如一线；日将近地平，则斜影横穿，未明先睹。今所见者是日之影，非日之形。是天上之日影隔水而映，非海中之日影浴水而出也。至日出地平，则影斜落海底，转不能见矣。"又论及天"凡有九重，最上者曰宗动……次为恒星……次七重，则日月五星各占一重,随大气旋转。"这些内容已很接近现代天文知识,说明了纪氏学问广博。《泰山云雨》则考察了泰山兴云布雨的两种说法,一是宋儒之说,以《春秋公羊传》"触石而出,肤寸而合,不崇朝而雨天下者,惟泰山之云尔"为本;一是世俗之说,以《易·文言传》称云从龙,汉儒董仲舒以祈雨法召龙为本。《泰山庙祝》记载娼妓与嫖客在登山进香途中接唇,竟粘结不解,经众人为之忏悔乃得脱。纪氏一语揭穿把戏,乃是"庙祝贿娼女作此状,以耸人信心也。"

魂归泰山,,得道登仙。《董天士》中号称董天士的贫穷画家,心气高远,性情孤傲,纪氏高祖吊亡诗称之"五岳填胸气不平,谈锋一触便纵横。不逢黄祖真天幸,曾怪嵇康太世情。开窗有时邀月入,杖藜到处避人行。料应尘海无堪语,且试骖鸾向紫清。"画家亡后,只落得"残稿未收新画册,余资惟卖破儒冠。"后来有人见到他已在泰山登仙,时常骑驴隐现。

借泰山以论学术。纪氏作为一代学者,他心中泰山和儒学紧密相连,而且似乎有一种互相感应的对应关系,岱顶孔子庙中有清代联刻"孔子圣中之泰山,泰山岳中之孔子",恰切地说明了这种关系。《岱岳经香阁》是有关泰山篇幅最长者,说当地士人游至泰山深处,忽有巨响,石壁中开,贝阙琼楼涌现峰顶,有宿儒迎入其观看,并介绍说,自孔子创立儒学,至汉唐递相传授,训诂笺注,笃溯渊源。至于北宋,汇为十三经注疏。历代儒学大师担心新学日兴,使正统儒学失传,乃建是阁,专门贮藏孔圣亲传经典,及历代官私刻版本,实际是儒学经典图书馆。历代儒学大师之神每年一次聚会于此,研究探讨,阁中藏书每天子午二时,一字一句皆发浓香,故名曰经香阁。纪昀本不崇尚汉学,轻蔑宋明理学,一有机会,忍不住就要贬损挖苦一番。如《塾师分财》中满口程朱理学的塾师,却贪图云游僧人的钱财,结果被蜂群螫得头面尽肿,狼狈不堪。《塾师密札》中两名大讲天理人欲的道学家,背地里却在密谋夺取一个寡妇的田产。阴私被揭露以后,弄得丑态百出,

图45 纪昀手迹

其情状之生动,令人绝倒。

警惩奸伪,匡正人心。《岳庙心镜》是泰山篇章中最为深刻,在《阅微草堂笔记》全书中也是最富批判力的一则。此说东岳神庙中原先设有业镜,专照人间行事之善恶。但后来奸伪谗佞之徒日多,居心叵测。"往往外貌麟鸾,中韬鬼蜮,隐匿未形,业镜不能照也",连

神府也无法监察,以致"此术滋工",行奸伪者"或终身不败。"诸神计议对策,乃移业镜于左,照真小人,增设心镜于右,照伪君子,两相对映,庶无逃匿,毫发毕现之际,但见"有黑如漆者,有曲如钩者,有拉杂如粪壤者,有混浊如泥滓者,有城府险阻千重万掩者,有脉络屈盘左穿右贯者,有如荆棘者,有如刀剑者,有如蜂虿者,有如虎狼者,有现冠盖影者,有现金银气者。甚有隐隐跃跃,现秘戏图者;而回顾其形,则皆岸然道貌也"。这一番嬉笑怒骂,批判奸佞丑态入木三分,揭露伪君子畅快淋漓。神府中设司镜吏,逐一录记,上报东岳大帝,决定奖惩。对于奸佞之徒,"大抵名愈高则责愈严,术愈巧则罚愈重"。这当然又是借鬼神之情状,抒个人郁愤,在封建社会中,是不可能实现的幻想了。

与一般文人的游览不同,纪昀与泰山有多重而又复杂的关系,他对泰山的格外关注不为无因。

泰山牵涉着纪昀的宠辱。乾隆三十六年(1771年),高宗为庆贺其母皇太后钮祜禄氏八十大寿,奉母东巡,祭祀岱庙、碧霞祠,然后在白鹤泉行宫大宴群臣,各行赏赐。高兴之余,想起了在乌鲁木齐挨冻的纪才子,于是下令"宥纪昀,赏翰林院编修"(《清史稿·高宗本纪》)。纪昀在经历了第一次严重的仕途挫折后复出,也缘有几分"泰山之力"。

纪昀的伯父纪迈宜在雍正年间任泰安知府。在任间饬吏治,设义学,筑河堤,颇有善政。有《岱麓山房稿》咏泰山景物,对纪昀泰山诗有一定影响。

纪昀门生朱孝纯在乾隆年间任泰安知州。在泰安任上著有《泰山图志》《泰山金石记》(今佚)。朱氏还是山水画家，尤擅长孤松怪石，曾作《泰岱全图》，画风苍劲浓郁。岱庙今存其《泰山赞》书画碑。纪昀《阅微草堂笔记》中的泰山故事，如《东岳经香阁》等篇即直接由朱氏提供。

纪昀长子纪汝佶曾长期避居泰山。正当纪昀全力

图46　《阅微草堂》扉页

以赴撰写《四库全书总目提要》时，汝佶与西商发生债务纠纷，不得已窜身泰山，投奔时任泰安知府的朱子颖。纪昀因此受弹劾，吏部拟降调，乾隆下诏降三级留任。汝佶幼颇聪慧，很早即能撰八股文及制诗。在泰安期间，又读到《聊斋志异》抄本，大为折服，遂刻意模仿，写下不少聊斋体小说，其中《岱庙环咏亭之狐》、《徂徕巨蟒》、《韩鸣岐击怪》等篇什，颇具聊斋意味。汝佶死后，纪昀特意将其遗稿收附《阅微草堂笔记》中，以"存其名字"。在有意无意之间，把纪汝佶的一组泰山故事，作为《笔记》全书的结尾，究竟有无寓意寄托，让人难琢磨，费猜详。但这中间，总还透出一种与泰山息息相关的情怀。

妙笔写奇女　彻悟说情缘

——刘鹗与泰山

清代光绪宣统年间，正是中国社会变革风云初涌的时代，反映在文学方面，出现了一种引人注目的小说创作潮流。刘鹗作于光绪三十二年（1906 年）的《小说闲评》这样描述当时的情状："十年前之世界为八股世界，近则忽变为小说世界，盖昔之肆力于八股者，今则斗心角智，无不以小说家自命。于是小说之出日见其多，著小说之人日见其夥。略通虚字者无不握管而著小说。"在这种狂潮裹挟下，本来无意涉足文坛的刘鹗也沉溺其中，写出了一部以山东和泰山为背景的惊世骇俗之作—《老残游记》。

《老残游记》的最大贡献，在于成功地塑了崭新的女性形象，这就是泰山斗姥宫女尼逸云。这一形象因对人生与爱情的透彻感悟和对自身命运的主动把握而显得特立不群。作为一名封建时代的女性，她首先从正面明确了女性主动争取爱情的合理性，即"男女相爱，本是人情之正"，即使是束发修行的尼姑，"被情丝系缚，也是有的"。在此基础上，展开了她勇敢

图47 刘鹗像

追求爱情的心理历程。

第一个阶段，是从少女的情窦初开到迷狂的思恋，富于浪漫幻想与理想追求。逸云与年轻倜傥的任公子相见，"两三面后别提多好"，"想到好的时候，就上了火焰山；想到不好的时候，就下了北冰洋，一霎热，一霎凉，仿佛发连环疟子似的……真是七窍里冒火，五脏里生烟"，乃至以后的爱情生活，全都考虑得细致周到，无一处不妥贴，无一事不美满，活画出清纯少女的向往追求。

第二阶段，剖析这种理想爱情在现实中不可能实现，倒会像泡沫般容易破灭。首先是任公子母亲的反对，并由此想出两个办法：一是让别人在逸云那里"打头客"，"你做第二个人去，一样的称心，一样的快乐，却不用花这么多的冤钱"，二是"你且问他是爱你的东西，是为爱你的人？……你正可以拿这个试试他的心。"这两个办法对逸云的爱情都是致命的打击，因为逸云的爱情毕竟离不开经济基础。其次是斗姥宫成规：年轻尼姑一染红尘，就不再享有庙里供

图48　斗母宫寄云楼

给，还要对庙里有经济支持，这是孤立无援的逸云无法办到的。即使甘愿为任公子舍弃一切，含辱负重，忍饥受寒，如王宝钏守寒窑那样，结局又当如何？"就算我苦守了十七年，任三爷做了西凉国王，他家三奶奶自然去做娘娘，我还不是斗姥宫的穷姑子吗？"到得此时，逸云已有所感悟，清醒地看到了这场爱情的最终结局。

　　第三阶段是爱情的彻底破灭，这种破灭在很大程度上是由逸云自己实现的。以冷静的心态反思爱情，发现其中危机四伏，陷阱遍布。那任公子"有一句话很可疑"，即任老太太说的"你正可以拿这个试试他的心"，恐出自任公子本人之口，则逸云忍辱负重所做的努力，正中任公子的圈套："直怕他是用这个毒着儿来试我的心的罢？倘若是这样，我同牛爷、马爷落了交，他一定来把我痛骂一顿，两下绝交，嗳呀险呀！我为三爷含垢忍污的同牛马落交，却又因亲近牛马，得罪了三爷，岂不大失算吗?"即使公子不肯使出这一毒着儿，那么任老太太还会有第二条妙计，其刻毒不亚于第一着："倘若我与牛爷、马爷落了交情，三爷一定装不知道，拿两千银票来对我说：'我好容易千方百计地凑了这些银子来践你的前约，把银子交给你，自己去采办罢'。这时候我才死不得活不得呢!逼到临了，他总得知道真情，他就把那二千银票扯个粉碎，赌气走了，请教我该怎么办呢? 其实他那二千的票子，老早挂好了失票，虽然扯碎票子，银子一分也损伤不了，只是我可就没法做人，活臊也就把我臊死了。"

面对危机陷阱，逸云没有胆怯退缩，而是采取对策，主动抗争，摆脱被动："就算他下了这个毒手，我也有法制他……我先同牛马商议，……不忙作定，然后把三爷请来，先把没有钱不能办的苦处告诉他，再把为他才用这忍垢纳污的主意说给他，请他下个决断。他说办得好，以后他无从挑眼；他说不可以办，他自然得给我个下落，不怕他不想法子去。"这一番斗心角智，显示了逸云超人的胆识和敏锐的观察力、判断力，以及不畏强暴，不甘屈辱，勇敢追求的斗争精神。但不难看出，逸云对这种斗争的复杂性还不可能从根本上有所认识。这种爱情从一开始就是一种不平等对话，她的抗争在危机中显得那样无力，有一种破釜沉舟的悲壮，却无法使爱情的结局逆转。

看清了危机陷阱以后，逸云的爱情面临两种可能：一种是任公子同意由有钱人打头客，这将使逸云置身于水深火热。另一种是嫁给任公子，在逸云的爱情选择中是上上之策了，却也不过是飞蛾扑灯，自寻死路，妻妾成群的人家，"一百里也没有一个太太平平的"，自己若嫁到任家，恐怕"也是死多活少，况且就算三奶奶人不利害，人家结发夫妻过得太太平平和和气气的日子，要我去扰的人家六畜不安，末后连我也把个小命儿送掉了，图着什么呢?"至此，逸云已大彻大悟:爱不行，嫁不行，是一场没有结局的爱情。它纵然美好，令人心旌摇动，向往追求，也是水中月，镜中花。处于这种绝境当中，逸云并没有消极避世，心如死灰，而是穷则生变，超越了狭隘的男女之情，产生了对大才子、大英雄的爱慕钦敬，进入更高层次的人生境界，对世间万象洞彻达观:"把我自己分做两个人，一个叫做住世的逸云，既做了斗姥宫的姑子，凡我应做的事都做……又一个我呢，叫做出世的逸云，终日里但凡闲暇的时候，就去同那儒释道三教的圣人顽耍，或者看看天地日月变的把戏。"这里虽然披一层"悟道"的外衣，实际上是何等可贵的超越。

文学史上争取爱情幸福的女性形象并不少见，如杜十娘、张莺莺、杜丽娘乃至林黛玉等，可谓林林总总，蔚为大观，但如逸云具有这种超越意识，达到这种人生境界的却极罕见。一个地位卑微的尼姑，能以超乎凡人的见识，审慎地对待男女之情，冷静地分析爱情与现实的矛盾，洞察爱情背后隐藏的危机陷阱，终于在迷离红尘中大彻大悟，从而始终牢牢把握住自己的命运之舟，躲过一道道急流险滩，明礁暗涡，却没有折桨沉没——这种厄运是前此的女性形象几乎毫无二致的结局。这种爱情的超越，对自身命运的认识与把握，对人生境界的高度觉悟，使逸云形象脱出一般"闲情"、"艳情"俗套，达到高超审美境界和高层次的文化品位，成为当时文学创作中一个新的高峰。逸云也成为泰山文学形象中最为丰满生动、光彩照人的一位。

《老残游记》还以泰山为喻，写出了一篇脍炙人口的"白妞说书"，这段描写，刘鹗使出了浑身解数，倾注了全部文学才能，动用了长期的生活积累，进行了精心的艺术构思，使白妞的生动形象和精湛艺术得到令人信服的展示。

白妞说书的地点在济南明湖居。写白妞出场的时候，是""半低着头出来，立在半桌后面"，其"相貌不过中人以上之姿。"这种淡化处理是欲扬先抑的手法，紧接着陡然上扬，以四个比喻集中描写她的一双眼睛，极尽夸张渲染之能事："那双眼睛，如秋水，如寒星，如宝珠，如白水银里头养两丸黑水银。左右一顾一看，连坐在远远墙角子里的人，都觉得王小玉看见我了；那坐得近的，更不必说。就这一眼，满园子里便鸦雀无声，比皇帝出来还要静悄得多呢，连一根针掉在地下都听得见响"，确是先声夺人，造成浓厚气氛。

这段勾魂摄魄的文字是这样写的：

王小玉便启朱唇，发皓齿，唱了几句书儿。声音初不甚大，只觉入耳有说不出来的妙境：五脏六腑里，像熨斗熨过，无一处不伏贴；三万六千个毛孔，像吃了人参果，无一个毛孔不畅快。唱了十数句之后，渐渐的越唱越高，忽然拔了一个尖儿，像一线钢丝抛入天际，不禁暗暗叫绝。那知他于那极高的地方，尚能回环转折，几啭之后，又高一层，接连有三四叠，节节高起。恍如由傲来峰西面，攀登泰山的景象：初看傲来峰削壁千仞，以为上与天通；及至翻到傲来峰顶，才见扇子崖更在傲来峰上，及至翻到扇子崖，又见南天门更在扇子崖上；愈翻愈险，愈险愈奇。那王小玉唱到极高的三四叠后，陡然一落，又极力骋其千回百折的精神，如一条飞蛇在黄山三十六峰半中腰里盘旋穿插，顷刻之间，周匝数遍。从此以后，愈唱愈低，愈低愈细，那声音渐渐的就听不见了。满园子的人都屏气凝神，不敢少动。约有两三分钟之久，仿佛有一点声音从地底下发出。这一出之后，忽又扬起，像放那东洋烟火，一个弹子上天，随化作千百道五色火光，纵横散乱。这一声飞起，即有无限声音俱来并发。那弹弦子的亦全用轮指，忽大忽小，同他那声音相和相合，有如花坞春晓，好鸟乱鸣，耳朵忙不过来，不晓得听那一声的为是。正在撩乱之际，忽听霍然一声，人弦俱寂。这时台下叫好之声，轰然雷动。

这段描写，确实使人如临其境，如闻其声。作者虽只有一支笔，却像是三管齐下，既写出白妞唱腔的高低变化，回环曲折，又写出乐师的精彩伴奏，还写出老残和全场听众的内心感受和热烈反应，而且一字不多，一丝不乱，干净利落，井井有条。尤其是以登泰山为比喻的精彩描写，把本来抽象的声乐，转化为壮美而又颇具动感的图画，即使对音乐一窍不通的人也能完全领会。刘鹗自己对这段描写也十分自豪，在自评中写道："昔年曾游泰山，由泰安府出北门上山，过斗姥宫，览经石峪，历柏树洞，上一天门，看万松崖，迤逦而上，甚为平坦。比到南天门、十八盘，方觉斗峻。不知作者几时从西面上去？经得如许险境，为登泰山者闻所未闻，却又无一字虚假，出人意表。王小玉说书，为声色绝调；百炼生著书，为文章绝调。"设若刘鹗不谙熟泰山景胜，雄奇俊秀之气韵不蕴于胸中，是断乎写不出这篇文字的。

　　刘鹗的《老残游记》并不是专写泰山的小说，但泰山在书中起到了提供背景、联络头绪、创造形象、设定比喻的重要作用。逸云是泰山文学人物画廊中最具现实性，又最为超凡脱俗的一位，堪称绝无仅有；脍炙人口的"白妞说书"，透出泰山雄奇俊逸的气韵风骨；是泰山和《老残游记》使刘鹗跻身于学者文士之林；刘鹗和《老残游记》又丰厚了泰山的文化蕴涵。

后　记

　　追寻历代文人在泰山的足迹，曾是我多年的夙愿。在新千年即将到来之际，我的《泰山名人文化》一书由山东友谊出版社出版，不久，泰安市新闻出版局编纂的《泰山文化之旅丛书》亦决定把文人与泰山纳入选题，这真是令人高兴的巧合。

　　前哲早已指出，泰山是中华民族文化的缩影。它涵盖极广，内涵极厚。约略言之，大体由帝王—政治的，文人—文化的，民众—民俗的三部分组成。这本小书的主旨即在介绍历代文人的泰山游踪，及他们所创造的泰山文化，题咏的泰山诗文，留下的胜景遗迹。所选人数不多，却皆属鸿儒硕彦，名彪史册，读者耳熟能详。相信本书能为大家的泰山之旅增加一些知识，让大家了解一些史迹掌故，平添艺术情趣，提高游览品位，于身心愉悦不无小补。

　　学识水平所限，不足之处尚多。敬请广大读者教正。

袁爱国

2000 年 8 月于岱下

图书在版编目（CIP）数据

文人神游/袁爱国著．－济南：齐鲁书社，2000.9
（泰山文化之旅丛书）
ISBN　7－5333－0709－7

Ⅰ．文… Ⅱ．袁… Ⅲ．随笔－作品集－中国
Ⅳ．I26

中国版本图书馆 CIP 数据核字（2000）第 45604 号

泰山文化之旅丛书

文人神游

袁爱国　著

齐鲁书社出版发行
（济南经九路胜利大街）

山东人民印刷厂印刷

850×1168 毫米 32 开本　4 印张　80 千字
2000 年 9 月第 1 版 2000 年 9 月第 1 次印刷
印数 1—5200
ISBN　7—5333—0709—7

K·192 全 8 册定价：68.00 元

泰山文化之旅丛书

宗教与庙宇

刘　慧　著

齊魯書社

序　一

莫振奎

　　泰山为我国五岳之东岳，是闻名遐迩的旅游胜地，年接待中外游客达到400万人次。泰山的魅力不仅在于她雄、奇、险、秀的自然景观，更在于她悠久的历史和丰厚的文化，在于她得天独厚、绝无仅有的人文景观。封建帝王的封禅，文人骚客的游览，以及宗教的活动和民间的传说，使泰山成为一座神山、圣山、文化山。泰山被誉为中华民族精神的象征，被称作东方文化的宝库，是当之无愧的，联合国教科文组织把泰山列为"世界文化与自然遗产"，也是名副其实的。

　　随着改革开放的深入和经济社会的发展，我国旅游业呈现出强劲的发展势头，泰山已成为人人向往的旅游热点。近年来，泰安市委、市政府确定把旅游业作为一个新的经济增长点来抓，提出了"营造大泰山，开拓大市场，发展大旅游，构筑大产业"的战略构想，加大宣传促销力度，加快旅游资源开发，加强基础设施建设，治理整顿旅游环境，做了大量工作，

取得了显著成效。挖掘泰山的文化内涵，弘扬泰山的历史文化，让世人更多、更深入地了解泰山，为中外游客提供深层次、高品位的服务，是发展泰山旅游业的一项重要工作，也是编辑出版《泰山文化之旅丛书》的根本宗旨。

《泰山文化之旅丛书》的编者，以高度的责任心和使命感，以严肃认真、精益求精的态度和作风，精心撰稿，精选图片，编成了这套图文并茂、雅俗共赏的丛书。通过这套丛书，使广大游客在遍览泰山风光名胜的同时，也能领略博大精深的泰山文化，这对进一步宣传泰山，促进泰山旅游业的发展，将发挥积极的作用。值丛书编成出版之际，即兴随笔，写此数语，是为序。

2000 年 8 月于泰安

序 二

杨辛

　　旅游是一种层次较高的综合性文化体育活动。古人在谈及学识时，常提到"行万里路，读万卷书"。所谓"行万里路"，其中带有旅游的意味，这是对自然、社会的一种亲身考察与体验。旅游的兴味往往反映人的文化素养。前人把"行万里路"与"读万卷书"并列，确是很有道理的。

　　旅游本身是一种文化熏陶，也是一种精神享受，到名山胜水旅游，特别是到泰山这样的历史文化名山旅游更是如此。泰山作为我国文化名山被誉为五岳之首，而且是世界上为数不多的"文化与自然"双遗产，旅游资源十分丰富。

　　我曾说："生有涯，学泰山无涯。"泰山的文化内涵博大精深，它以儒家思想为主导，融合道家思想、佛教思想为一体，它对人的精神影响既是哲理的、伦理的，又是审美的。泰山的雄伟气魄和蕴涵的自强不息的进取精神激励着华夏子孙。名山不厌百回游，我现已攀登泰山 33 次，兴味仍有增无减。我在 80 年代

中期曾写过一首《泰山颂》：

高而可登，雄而可亲，松石为骨，清泉为心，呼吸宇宙，吐纳风云，海天之怀，华夏之魂。

这首诗，表达了我对泰山的感受，还被刻在了泰山的盘道旁。可以说，它源于泰山，又回归泰山。我爱泰山的自然，更爱泰山的文化，似乎我与泰山有着不解之缘，我还会继续攀登。

《泰山文化之旅丛书》的编者以推介宣传泰山文化为己任，将这套雅俗共赏、图文并茂的丛书奉献给读者，使不同层次的游览者，通过泰山诸多的风光名胜、诗文传说、宗教建筑、摩崖碑刻，以及众多名人轶事来品味泰山，这是为弘扬泰山文化所作的重要贡献，可喜可贺。

是为序。

2000 年 8 月 1 日于岱下

目　录

引　言

几年前，一部大型电视纪录片《中华泰山》，使国内乃至国外，掀起了泰山文化热，我钦佩该片对泰山文化深度、广度的发掘。不过，我还感兴于它那"中华泰山"的命名。

假如将"中华"二字，冠于中国其他任何一座山的名号之前，恐怕都会觉得不合适，缺乏分量。只有用于泰山，你才会觉得理顺情合，这是为什么？一句话，这得惠于泰山的历史文化。泰山是民族文化之山。这就像著名考古学家苏秉琦先生所指出的："泰山这个'大文物'，在中华文明史上是有过特殊地位的。"泰山是伟大中华民族历史的见证①。否则，泰山何以能"独尊"？

在泰山浩瀚的历史文化中，如略加留意，你就会发现，它的宗教文化是那样的绚丽多姿。从史前的巡

----

① 《加强泰山"大文物"的研究》，《泰山研究论丛》（一），青岛海洋大学出版社，1989年，第21—22页。

狩柴望，到封建帝国的封禅告祭；从朦胧的信仰，到各种宗教的形成与融合，无不是中华民族诸多文化特征的体现。可以说，宗教文化在泰山文化中有着特殊的位置。虽然，随着时间的推移和宗教氛围的淡化，我们已无从感知它的过去，不过，作为宗教文化载体的庙宇、神祇，仍然能让我们窥见博大而深厚的泰山宗教文化。

晨钟暮鼓知沧桑，让我们对泰山宗教文化来一次巡礼吧……

远古之梦

人类源于自然，并在自然中不息地延续，而自然对人来说又是那么的不可琢磨。"天何所沓，十二焉分？日月安属，列星安陈？"这就是战国时期伟大诗人屈原在《天问》中的思索。自然如何？只有向天地发问。况远古之混荒，人类之初生，又如何能弄得明白。伴随人类的发展，对自然始终是疑而不解，解而又迷。于是人们想象在冥冥之中有一种力量，有一种超自然的存在，或许是他或他们在制约着操纵着整个世界，人们梦想如果有了这种力量的帮助，定会无所不能，这是一个始终没有终止的梦。

（一）不熄的圣火

在数千年前一个春天的早上，有一位部落首领，登上了高耸雄伟的泰山（图1），于山巅之上，堆起了干柴，大火熊熊，随着徐徐升起的太阳燃烧着，这是与天地沟通的信号，同时也是这位首领取得政权得到上天

图 1　泰山远眺

恩准的标志。这位首领便是人们常说的"三皇五帝"中

的舜。他的这一举措，被《尚书》记载了下来（图 2）。这种燃火祭天的形式，也就是所谓的"柴"。

图 2　《尚书·舜典》文字片断

舜帝这种与天对话的形式，并不是孤例。在新石器时代文化的考古材料中也有这方面的资料。在距今四五千年的大汶口文化遗址中，曾多次发现这样一个图案文字"🚫"、"🌙"（图

3、4)①，专家认为后者是前者的简体②。这个图案表示什么意思呢？仅就其形象来看，上下部分很容易看出来：上面是一个圆圆的太阳，下面是座高高的大山，只是中间的部分所表达的意思不够明显，如果结合甲骨文及金文来考证，

图3　大汶口文化遗址出土的图案文字

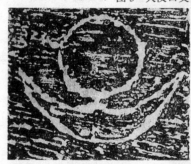

图4　大汶口文化遗址出土的图案文字

便不难看出，中间表现的是"火"，并且这也被商代之时甲骨文中常见的"寮岳"习俗所印证。有意思的是，这个图案文字出现了简体，去掉了下

---

①　山东省文物管理处等：《大汶口》图94，文物出版社，1974年；黄景略：《山东莒县发现我国最早象形文字》，《中国历史学年鉴（1979年）》，三联书店，1980年；王树明：《谈陵阳河与大朱村出土的陶尊"文字"》，《山东史前文化论文集》，齐鲁书社，1986年。

②　唐兰：《从大汶口文化陶器文字看我国最早文化的年代》，《大汶口文化讨论文集》，齐鲁书社，1981年。

面的山字。这就明确地显示:这种烧火祭日以祭天的方式,在高山上进行已是约定俗成的事,故而即使山形省略,而所表达的意思是不变的。也就是说,在高山上烧柴祭天,已是不成文的"规矩",这是当时人与天对话的基本形式。

图5 乾隆御赐泰山的玉圭

这泰山之火,这东方黎明的圣火,自从燃起,在中华民族的心头就始终没有熄灭过。它代表着新生,代表着力量,代表着成功,后来的封禅、郊祀的祭天活动,便是这种柴祭形式的延续和发展。泰山是中华民族精神的象征,同世界上其他民族一样,都有着恋山的"情结",但泰山的奇迹却在于,它的历史与它民族的文明史同步。

也正是这山巅的祭祀之火,标志着泰山宗教观念的形成。《尚书·舜典》说:舜"在璇玑玉衡、以齐七政,肆类于上帝,禋于六宗,望于山川,遍于群神。……岁二月,东巡守,至于岱宗,柴。望秩于山川。"尽管对于六宗,有着不同的解释,但《古尚书》所讲:"六宗,天地神之尊者,谓天宗三,地宗三。天宗日月星辰,地宗岱山河海。"是较为符合早期人们信仰观念的。因为在先民那里,最大之神祇莫过于天地,天的象征最明显是日月星,而地的代表自然是山河。乾隆三十六年(1771年),乾隆皇帝向泰山进献的温凉玉圭,其圭上的图案,就形象地表明了六宗的含义。玉圭分为上下两部分,上部有图案,下部刻有治玉年代。图案部分为两层,上面三星表示的是日月星;下层两侧及底边表示的是河海,中间的山象征的就是岱,这是天地六宗最好的诠释(图5)。可以认为,在史前时期,泰山的宗教信仰就已经确立起来。

(二)荧荧坛迹

说到泰山庙宇,明代人李贤说:"三代以前,不过为坛而祭之,如周制四坎坛,祭山林丘陵于坛是也。秦汉以来有神仙封禅之事,于是有祠庙之设。"[①] 是的,当初的祭祀大多在坛上进行,尤其是祭天,坛是人与天对话的最佳建筑形式,在泰山上筑坛祭天,有着高上加高之意,与天相近,更便于与天接触。因此说,泰山最早的祭祀建筑是坛。只可惜,坛本来的构筑就比较简单,加之时代久远,现已不见踪影。

泰山封禅是中国历史上一种特殊的祭祀形式。何为封?就是在山顶上筑坛祭天,意在高上加高,故亦称之为"登封"、"升封";禅,是把山下的小山上打扫干净,

---

① 《岱史》卷九。

以祭地，因在山下，亦称之为降禅。封坛与禅坛，如就其本质意义而言就是所谓的天坛、地坛。

图6 "古登封台"碑刻

司马迁在《史记·封禅书》中引管仲的话说："古者封泰山禅梁父者七十二家，而夷吾所记者十有二焉。"列举有无怀氏、神农氏、炎帝、黄帝等等，《庄子》也云："易姓而王，封于泰山，禅于梁父者，七十有二代。"① 在《淮南子》中也曾多次提到泰山之上有七十余圣之坛②。我们说，这七十二王封禅之论，是后人的伪托，因为封禅的理论，在战国时期才得以形成，不会存在所谓封禅的问

---

① 《后汉书·祭祀志》注。
② 《缪称训》："泰山之上有七十坛焉，而三王独道。"《齐俗训》："尚古之王，封于泰山，禅于梁父，七十余圣。"

题,但筑台祭天祭地的做法起源尚早。泰山在史前时期就成为先民崇拜的对象,因此不能断定诸多王者曾来泰山祭祀是子虚乌有之事。从种种文化迹象看,史前时期有众多的部落酋长曾来泰山是可能的,管仲之说虽不是历史事实,但有着历史的影子,只是不应当说其封禅罢了(图6)。

图7 大汶口遗址出土的"八角纹"彩陶豆

在泰山脚下大汶口遗址中,曾发现一种方心八角纹图案(图7),这个图案还多次发现于其他的大汶口文化遗址中①,说明在大汶口文化时期,有一个大家认同的东西在里面。笔者曾对大汶口遗址的三角纹作过初步探讨,认为三角纹是由水波演变而成的,由此涉及到这个方心八角纹图案。方心,便是一个方整的台子,四边环以水,这应是一个祭坛的形式。这种形制,被后来所谓的明堂制而继承了②,这是后话。

关于祭坛形式,就泰山而言,看来就是坛与墠。"封土为坛",即用土石堆砌成一个高出地面的祭坛,因此,这种简单的礼制建筑,不容易保留下来。而墠(也就是"禅"),"除地为墠",把平地扫除干净,也即"扫地而祭",这种祭坛,更容易湮灭。祭坛虽然简单,但是,这却是典型的礼制性建筑,可以看作是"文明的标志之一"③。这表明,自人们跨进文明的门槛,泰山信仰就伴随着历史的脚步而逐步走向成熟。

① 山东省文物考古研究所编:《大汶口续集》,科学出版社,1997年版,第162—163页。这种八角纹在大墩子遗址、野店遗址也有发现。

② 请参见拙著《泰山宗教研究》,文物出版社,1994年版,第51—52页。

③ 关于这个问题,可参见李学勤:《走出疑古时代》,辽宁大学出版社,1994年版,第30-31页。

10

遗踪追古

"逝着如斯夫"！原始的祭坛没有了,众多的宫观也随着时间的推移消失了。这里面有自然的因素,也有人为的原因。但历史的记忆,却不能让人们去遗忘它。那不但是泰山文化的重要组成部分,同时也是泰山宗教文化的见证。我们在此选几处重要的遗址,作一下历史的追忆。

(一)文化之谜——明堂

在中国礼制史上,明堂的性质及其制度可能是最难解的文化之谜了。在早期的礼制典籍中,就有了对明堂的记述,如《礼记》有《明堂位》等。但自古以来,关于明堂的性质及形制,一直有多种的说法。

《史记·封禅书》载:"上欲治明堂奉高旁,未晓其制。济南人公王带上黄帝时明堂图。"说明在汉初之时人们已不甚了解明堂的古制。泰山原有古明堂,而汉武帝为什么要在泰山下的奉高旁另建明堂呢？理由是,泰山原有的明堂地处泰山东北,"处险不敞"①,是说原有的明堂,地处偏远道路不畅,而且不够轩敞,所以要在奉高旁新建一个明堂。这样又有一个问题来了,既然原有明堂,汉武帝封禅时曾用过,为何建新明堂时,又不晓其制了呢?我们想,在汉武帝看来,原有的明堂形制不符合汉武帝时的明堂观,所以不足以取。形制到底如何,就说不清了,还好的是泰山方士济南人公玉带,有所谓黄帝时的明堂图(这当然也是附会),汉武帝觉得符合自己的意思,"令奉高作明堂汶上,如带图"②,于是泰山下就有了两处明堂。一处是泰山东北址的古明堂,一处是汉武帝的汶上明堂。古明堂被人们称之为周明堂,而武帝明堂就被称之为汉明堂。这两处明堂是泰山最早见于历史记载的宫观建筑。这两处明堂地上建筑虽无,但遗迹尚存。

周明堂在明代《岱史》中是这样记载的:"周明堂在岳之东北,山谷联属四十里,遗址今尚存。"据《史记·封禅书》所载,汉元封元年(前110年)汉武帝在泰山顶行封,在山下东北方的肃然山施禅后,曾于此接受众臣的祝福,并下诏于御史,令诸侯各治府第于泰山。关于周明堂的具体位置,文物考古工作者曾多次前往调查,但收获甚微。1994年10月,带着种种疑惑,笔者同摄影师宋其忠同志前往调查,所幸的是有了新的收获。

周明堂遗址,位于泰山郊区大津口乡的沙岭村。现沙岭村由三个自然村组成。南为赵村,东北为沙岭村,西为西坡村。三个自然村呈三角形分布。明堂遗

---

① ② 《史记·封禅书》。

址就在三个自然村之间的中部地带。在高台地遗址的东端,有一断层,可见其文化层的堆集,主要有砖瓦等

图 8　周明堂遗址

建筑文化遗存(图 8)。从采集的标本看,一部分为东周时期的遗物,一部分为汉代遗物(图 9)。从而可知,此明堂最迟建于东周而延续到汉,这也与《史记·封禅书》、《岱史》所载相吻合。为撰本书,笔者于 2000 年 4月 13 日,又一次到该遗址进行了考查,博物馆研究部的几名同志也随同前往,遗址文化层断面已不明显,仅见零星文化遗物,但在垒砌的地堰上见其大型铺地砖块与瓦片,其文化特点与第一次所采集的标本相同。

　　周明堂是泰山有文字记载且有遗存证明的最早的礼制建筑。关于它的形制如何,尚待来日的发掘。不过我们从有关的记述中,可知其大概的内容和意义,其中清代的大学者孙星衍在其《封禅论》中的说法,就很值得参考。他指出:"孟子为孔子之学者,曰:明堂者,

图 9　周明堂文化遗物

王者之堂,行王政,勿毁之。明堂在齐,泰山即古者封禅考绩之堂。"孙氏所云明堂,也就是我们所说的周明堂。与其他的一些说法不同的是,他将明堂与泰山祭祀结合了起来,认为是帝王功成封禅向天地报告功绩的地方,也是与天进行对话的场所。这很值得重视。

汉明堂遗址,位于今泰山区谢过城村,现该村有西城东城之分,遗址位于两村之间。关于它的情况,明《岱史》明堂条中有所记叙:"汉明堂,在岳址东南,去州治十里,武帝元封间用齐人公玉带所献图创焉。其上有元人题刻'明堂故基'四字。其地舒衍,突起一石冈,巅平而高四丈许,周三亩许。后枕岳麓,支山如屏障,而左右如卫从,然涧水萦回,南会于汶。遥望徂徕诸山,如列屏案。当时朝会规模,宛然在目。"关于这个汉明堂,在《汉书·地理志》注中也有记述:"奉高有明堂,在西南四里,武帝元封二年造。"

从这些材料的记载和上面我们已谈到的情况,我们可以知道,汉明堂的建造,是因原周明堂"处险不敞"而异地而置的。也就是说,此明堂使用后,周明堂遂废。

图 10　汉明堂遗址远景

遗址为一高台地,现北侧是石壁断崖,在其他三方断面,可见其大量的文化堆积物,有的文化层厚达 1 – 3 米(图 10)。遗物有砖、瓦等建筑材料,也有陶豆、陶鬲等生活器皿(图 11),从采集的标本特征看,早至商周,晚到两汉。关于汉明堂的形制,《史记·封禅书》有记载:"明堂图中有一殿,四面无壁,以茅盖,通水,圜宫垣为复道,上有楼,从西南入,命曰昆仑,天子从之入,以拜祠上帝焉。于是上令奉高作明堂汶上,如带图。"看来,其建筑形式并不复杂,有一殿,四面无壁,以水环之,并有昆仑楼之设。

元封五年(前 106 年),武帝修封泰山,曾在这里祀

图 11　汉明堂文化遗物

太一神和五帝于上座,让高皇帝的灵位设在对面。在下房祭祀后土用的是十二太牢之礼。汉武帝从昆仑道进去,按郊祭之礼在此拜祭。祭祀完毕,再在堂下烧柴以祭。此后,汉武帝又于太初元年(前 104 年)、天汉三年(前 98 年)、太始四年(前 93 年)来泰山均于此明堂行礼。汉武帝所建造的这一明堂直至东汉章帝、安帝时仍在使用。据《后汉书·祭祀志》记:"章帝即位,元和二年……宗祀五帝于孝武所作汶上明堂"、"安帝即位,……延光三年,上东巡狩,至泰山,柴祭,及祠汶上明堂。"

　　从汉武帝及章帝、安帝在明堂的种种行为看,明堂之设与泰山祭祀有关,同样有着与天地沟通的含义,是帝王与天对话,与泰山对话的场所。这也符合孙星衍所谓的考绩之堂的说法。

（二）扑朔迷离泰山宫

泰山宫不见史载。

1961 年 12 月 28 日,在西安西郊阿房宫遗址的北部,发现了一批西汉时期的铜器,在出土的铜器中 12 号鼎("12"为考古发掘时器物的编号),赫然刻有"泰山宫"字样。其全文为"泰山宫鼎容一石具盖并重六十二

图 12　泰山宫鼎

斤二两甘露三年工王意造第百一十六"(图 12、13)①。

图 13　泰山宫鼎铭文

在这批铜器中,铭文者大多有"上林"之记。出土地点是阿房宫遗址的北部,据考古人员推测,这里是上林苑中较为重要的宫观所在,因此,这批铜器的出土,引起专家学者的关注,而"泰山宫"鼎,与"上林"之记有异,关于它的由来,专家的意见较为统一:它来自泰山的泰山宫。

有人认为,此鼎出自泰山宫,这泰山宫是汉武帝封泰山时所建成的泰山神祀建筑;也有人认为,庙为祀神之所,宫则可能既是祀神之所,亦可能为人君驻跸之行宫,此泰山宫则可能即泰山庙之别名,此鼎为泰山郡博县泰山庙原物,后调入上林苑②。于是,泰山宫鼎为泰山神祀宫观的祭器无疑,但具体出自泰山哪一个庙(宫)则是个疑问。

在《汉书·地理志》、《郊祀志》中,泰山郡记有两处著名的西汉礼制建筑:一处为武帝建于奉高旁的明堂宫,时间是元封二年(前 109 年);一处为宣帝

①　西安市文物管理委员会:《西安三桥镇高窑村出土的西汉铜器群》,《考古》1963 年第 2 期。
②　参见陈直《古器的文字丛考》,《考古》1963 年第 2 期;黄展岳:《西安三桥高窑村西汉铜器群铭补释》,《考古》1963 年第 4 期。

神爵元年（前61年），"五岳、四渎皆有常礼，东岳泰山于博"的泰山庙。上面已谈到，明堂是武帝来泰山的必祀之处，而泰山庙则是宣帝祭祀泰山所举行大礼的地方。两处重要的礼制建筑，似与泰山宫没有直接的联系。

从出土的泰山宫鼎的铭文看，有"第百一十六"之记，这个数字，无非有两种意思：一是此鼎在泰山宫作为祭器使用，编号是116；另一种意思是此鼎出自工匠之手，是工匠造器数量的排号。如以前者，则说明泰山宫供器之众，其建筑规模也一定不凡；况且，有"宫"之称，就非一般性建筑①，而泰山宫鼎能从异地调入西安汉宫的上林苑，也足见泰山宫在当时的影响，但不知为何《汉书》中却未有记述。究其原因，可能是与皇室封禅祭祀泰山无关，不像明堂、泰山庙那样，有帝王之遗迹而显赫所致。

我们认为，这个泰山宫，就是现在的岱庙，古时的"岱宗庙"，也就是汉武帝时所建成的神祠所。

据史载，尤好鬼神的汉武帝为了等候神仙的降临，在泰山封禅之前曾"郡国各除道，缮治宫观名山神祠所"②，这祭祀泰山神的宫所，不会是明堂宫，也不会是博之泰山庙，明堂宫建成于封禅之后的元封二年（前109年），而在全国各地建神祠所是封禅以前的事；博之泰山庙建成于神爵元年（前61年），时间则更晚。所以，史书所记的西汉两处重要宫观与武

① 参见刘敦桢主编：《中国古代建筑史》，中国建筑工业出版社，1987年版，第49页。
② 《史记·封禅书》。

帝的神祀所无关。那么，武帝的神祀所，也就是泰山宫置于何处？东汉的《风俗通义》及北魏的《水经注》为我们提供了线索。

《风俗通义·山泽》说："岱宗庙在博县西北三十里，山虞长守之。"又按《岱史》中《岱岳观至元碑》云："岳庙在岳之南麓，岱岳、升元二观前，当为汉址。"依《风俗通义》所说的方位距离及至元碑的记载，在泰山南麓于岱岳观、升元观之前有一个汉代的岳庙，这就是岱宗庙。

《水经注》引《从征记》说：泰山有上、中、下三庙，下庙"墙阙严整，庙中柏树夹两阶，大二十余

图14　岱庙汉柏——古柏老桧

围，盖武帝所植也。"（图14）上庙在岱顶，中庙即元至元碑所云的岱岳观，至此可以认定在中庙之南，即其下庙，并为汉时所建。这是文献上的记述。同样得益于有关遗物的出土，为今之岱庙为汉代所建提供了

实物佐证。

图 15　岱庙出土的"长乐未央"瓦当（拓片）

1995 年秋，在为岱庙配天门、仁安门等古建筑设置避雷设施，挖掘地下坑时，意外地发现了大量的汉代遗物。最有价值的是，出土了多件较为完整的"长乐未央"、"千秋万岁"等汉代瓦当（图 15、16）。瓦当是建筑的重要构件之一，作为铭文瓦当，亦非民居所有。因此，汉代遗物的发现，解决了多年来争论不休的岱庙始建问题；同时，不见史载的泰山宫位于何处，也划上了一个令人满意的句号。

图 16　岱庙出土的"千秋万岁"瓦当（拓片）

（三）高僧灵迹

佛教外来，使泰山又平添了几分生气。随着东汉统一帝国的结束，也宣告了儒家独霸天下危机的到来，这为佛教在泰山的传播提供了良好的政治环境。在这一大的历史背景下，佛教在泰山得以迅速发展，出现了一批在全国颇有影响的高僧及寺院。本文将选择早期几位重要的高僧及相关的寺院，作一简单介绍，以有助于对泰山佛教文化有个整体的了解。

1. 僧朗与朗公寺（神通寺）

谈泰山佛教，首先不能不说一下僧朗。僧朗是有史可稽的来泰山最早的一位僧人，其朗公寺，也是泰山出现的第一座佛寺。

竺僧朗，京兆（今陕西西安）人。于前秦苻坚皇始元年（351年），"移卜泰山，与隐士张忠为林下之契，每共游处"①，隐士张忠是泰山早期著名的道士。佛教传入中国之初，国人是将其视为神仙方术之类来接受的，佛在人们的眼中乃是国外的神仙。因而佛僧们也自觉不自觉地利用道家的信仰在泰山立足，因此僧朗与张忠结为朋友是很自然的。后来张忠羽化后，"朗乃于金舆谷昆仑山中别立精舍，犹是泰山西北之一岩也。峰岫高险，水石宏壮，朗创筑房室，制穷山美，内外屋宇数十余区，闻风而造者百有余人"②，这便是著名的朗公寺。后又因其广法"孜孜训诱，劳不告倦"，在当时影响很大，引起最高统治者的关注，并得到秦苻坚的征请。在后来控制佛教发展的活动中，还特别强调"昆仑一山不在搜例"，给予特别的照顾。后来又得到北魏太武帝拓拔圭、南燕慕容德、

①② 梁·慧皎撰：《高僧传》卷五。

东晋孝武帝等统治者的青睐。据《法苑珠林》卷十三记叙，僧朗及朗公寺，不但在国内有一定影响，而且"威声振远，天下知闻。……诸国竞送金铜像并赠宝物"。

能得到最高统治者的礼遇，是僧朗能产生很大影响的重要因素。僧朗在泰山鞠躬尽瘁，八十五岁时卒于泰山。继僧朗后，又有僧敦主持泰山佛事，他"妙通大乘，兼善数论"，著有《人物始义论》流行于世①，也是著名的泰山高僧。朗公寺在隋代易名神通寺，后屡有重修，现遗址尚存（图17）。

图17　神通寺遗址的四门塔

2．僧意与谷山寺（玉泉寺）

僧意与僧朗大致是一个时期的人。据《续高僧

———————

① 梁·慧皎撰：《高僧传》卷五。

传》卷二十五载，僧意"贞确有思力，每登座讲说，辄天花下散在于法座。"在泰山谷山寺"聚徒教授，迄于暮齿，精诚不倦"，其寺在当时影响也很大。寺内有高骊、相国、胡国、女国、吴国、昆仑、岱京七像，均金铜为之，"俱陈寺堂，堂门常开，而鸟狩无敢入者"。据《法苑珠林》卷十三记，朗公寺也有"七国金像"之设，谷山寺与朗公寺在泰山之阴东西呼应，同为当时影响最大的两座佛寺，在唐代之时仍兴盛不衰，在元代也曾影响一时。

3．僧明与静默寺（神宝寺）

僧明，也是一位著名布法泰山的高僧，创建静默寺，是他在泰山的突出贡献。静默寺创建于北魏正光元年（520 年），至唐代改名为神宝寺。现在岱庙《历代碑刻陈列室》中最大的一通碑就是神通寺《大唐齐州神宝寺之碣》，碑文说到创始人僧明，"不知何许人也，禅师德隆四辈，名优六通。僧徒具归，群生宗仰"。在唐代之时，"寺内有石浮图两所，各十一级，舍利塔一所。众宝庄严，胡门洞启，石户交辉，返宇锵锵，飞檐辚辚"，仍很兴盛。后世屡有重修，至清渐废，现仅存遗址，位于泰山西北宝山南。

4．僧志湛与衔草寺

僧志湛，齐州山茌人，是僧朗曾孙的弟子。在《续高僧传》卷二十八中《魏泰岳人头山衔草寺释志湛传》说：僧志湛以诵《法华经》为常业，"立行纯厚，省事少言，仁济为务。每游，诸禽兽而群不为乱，住人头山邃谷中衔草寺。寺即宋求那跋摩之所立也"。寺屡有兴衰，唐代时，僧志湛其塔尚存。至元十三年（1276年），泰山灵岩寺退堂方丈复公及徒浩公曾重修殿宇，开堂受徒，明末毁于兵火。清道光年间，泰山普照寺祖心和尚的弟子莲光和尚住持衔草寺，修禅堂、客舍，并开辟数十亩山田，仅大殿未得修建，后由弟子完成。现寺内仅存一方塔，遗址上多有柱础等建筑构件，在塔之西北存有大德六年（1302年）"洁公墓塔"及清道光"莲光悟公和尚"之墓。衔草寺，地处偏僻山中（今固山镇王庄塔寺），规模虽不大，但历史延续较长，并在泰山有一定的影响。

除上述僧人外，还有僧照、法定等著名高僧。僧照"性虚放喜追奇，每闻灵迹谲诡无不登践"，修《法华经》[①]。曾住持泰山丹岭寺。僧法定，是泰山历史上影响最大的佛寺—灵岩寺的复兴拓建者，僧朗于昆仑山降锡时，曾来此说法，因猛兽归服，乱石点头而名之灵岩，僧法定于北魏正光年间（520－525年）在方山之阳建灵岩寺。法定对灵岩寺的影响很大，关于灵岩寺，后文予以介绍。

---

① 《续高僧传》卷二十五。

名山第一庙——岱庙

到泰山旅游，您一定会遇到庙宇，一来，泰山文化在很大程度上体现为宗教文化，要了解泰山文化，必然要到庙宇看一看；二来，在泰山，众多的人文景观就与庙宇相关，你也就不可能避其而行。于是，在泰山旅游，不可能对宫观寺庙视而不见。而在众多的庙宇中，岱庙应该是您首选的目标。

（一）大山故事多

泰山古称岱，何为"岱"？岱就是大山。按照《说文》的说法，岱是域内最大之山，岱山就是大山，大山才能称之为岱。泰山亦称太山，而太同样是大。段注说文："凡言大而以为形容未尽则作太。"因而在古代，太通大、通泰。大、太、泰可互通。泰山又称岳，岳的古字就是像高形，因此说，泰山原本的意思就是大山，名之为太、岱、岳，都缘于其山之大。故在古人眼中，泰山是一座大山，是一座最高的山，所以，早在两千多年前，我们的先哲就告诉人们，"登泰山而小天下"①。

对大山的崇拜，不仅中国，在世界各民族中都有着一定的历史渊源，之所以如此，大抵有两个方面的原因：一是在于山的自然特征，它高耸入云，给人的直观感觉就是与天相近，很容易被人看作是天与地相通的阶梯，人与天相联系的媒介，有着神秘的自然属性；另一方面，山本来就是人类赖以生存谋求物质生活资料的地方。特别是在人类的早期阶段，山不仅是人们生活饮食的生命之源，同时，高山可躲避洪水之灾，是靠山。既然大山是人类生存的物质之源，也就值得崇拜、值得供奉。因此，我们不妨说，大山所具有的神秘性和恩泽于人的功德，是大山崇拜的认识根源。

1．泰山崇拜的形成

泰山之所以成为岱宗（大山之首），简单地说，无非有两个主要的原因，一是自然的，一是文化的。

自然的形体是泰山崇拜形成的基础。在古人的眼里，泰山是最高最大的山，这种感受就来自于泰山山体自然特征的影响。泰山受地质构造的影响，在6—7公里的水平距离内，相对高差竟达1300—1400米左右，使山体的体量在空间的结构中，给人以直冲霄汉的感受（图18）。

人们对高低长短的感受，主要来自对比。也就是说，某一物高，是相对它物之低；说某一物长，是因

① 《孟子·尽心上》。

图 18　南天门远景

它物较之为短。因此，对比在人们的视觉中是至关重要的。之所以看到泰山高，是因为周围的山低，而在华北地区的丘陵平原上，方圆数十到数百公里，泰山一山高耸，因而被认为是"东天一柱"也就不足为奇了。同样是自然的因素，古代泰山良好的生态环境，为人类的生息提供了必不可少的条件，以致被认为是"中央之美者"，是华夏富殖的中心[①]。再加上变化莫测的气候物象，有"不崇朝而遍雨乎天下者，唯泰山尔"[②]的神秘感受，也就顺理成章了。

自然属性是崇拜形成的必不可少的客观条件，而文化的因素又是"五岳独尊"形成所必需的历史基础。

考古资料已经表明，泰山周围一带是我国古老文化的重要源头之一。在几十万年间，这一地区的历史一直就没有间断过。特别在人类进入文明门槛时期，泰山周围的大汶口文化，逐渐取得了对其他新石器文化的优势，以至在以后的一千余年中，在许多方面都处于领先地位，以其绝对的文化优势，影响渗透着中原文化。关于这一特点，著名考古学家苏秉琦先生就曾指出：泰山这个"大文物"，在中华文明史上有着特殊的地位，"长城、运河是伟大中华民族的象征，泰山何尝不是伟大中华民族历史的见证"[③]。

正是泰山这种发达的文化，深深地影响着人们，

---

① 《淮南子·地形训》："……中央之美者，有岱岳以生五谷桑麻，鱼盐出焉。"

② 《公羊传·僖公三十一年》。

③ 《加强泰山"大文物"研究》，《泰山研究论丛》（一），青岛海洋大学出版社，1989年版，第22页。

以致人们无论迁徙到何处，都把泰山作为文化的故乡，这种文化上的优势感，凝固在人们的潜意识中，泰山被认为是天地的中心，当阴阳说、五行说、五德说出现，泰山也就自然而然地成为万物之始的圣山。于是也就有了舜在岱顶点燃圣火的故事，也就有了七十二王封禅泰山的传说。

然而，山是自然的静止的，同时又是抽象的，像人们创造其他神祇一样，要将泰山具体为人格化的象征性神灵时，就有了说不完的故事。

2．泰山神是谁？

当人们走进神殿，都会习惯地问：泰山神是谁？这是受神祇具有人格化特征影响的结果。从整体上说，泰山神就是泰山的化身，不过这就太抽象了，因此要认识这个问题，我们不妨把自古以来人们对泰山神的理解总结一下。

关于泰山神是谁的说法很多，概括起来，大致有以下几种：

泰山神是金虹氏　这是《三教源流搜神大全》的一种说法。在盘古之时，盘古的五世苗裔赫天氏有个儿子叫胥勃氏，胥勃氏的儿子叫玄英，他有两个儿子，一个是金轮，一个是少海。少海的妻子是弥轮仙女。有一天弥轮梦中吞下了两个太阳，于是有了身孕，生下两个孩子，一个叫金蝉，一个叫金虹。这个金虹氏，就是泰山神——东岳大帝。这在《东岳大帝本纪》、《历代神仙通鉴》中也都是这种说法。

泰山神是太昊　这种说法与五帝、五岳说有关，《枕中书》是这样安排的："太昊氏为青帝，治岱宗山，颛顼氏为黑帝，治太恒山；祝融氏为赤帝，治衡霍山；轩辕氏为黄帝，治嵩高山；金天氏为白帝，治华阴山。"《洞渊集》亦说："太昊为青帝，治东岳，主万物发生。"

泰山是盘古的化身　盘古的神话是人们常常谈论的话题。在神话中盘古是开天辟地的英雄，死后化身宇宙万物，有一种说法，他的头化作了东岳—泰山。《述异记》就是这样讲的："秦汉间俗说：盘古氏头为东岳。"

泰山神是黄飞虎　这种说法来自小说《封神演义》，在小说中，武成王黄飞虎被姜子牙封为东岳泰山天齐仁圣大帝，执掌幽冥地府十八层地狱。凡一应生死转化人神仙鬼，俱从东岳勘对，是为五岳之首。

除以上诸说外，泰山神还有天帝之孙、上清真人的说法，不过影响不大。

在以上诸说中，泰山神是黄飞虎的说法虽为小说虚构，但流行很广，这与小说容易被人接受有关，尤其在民间。1997年，笔者为撰《泰山庙会》一书，曾访问过时年88岁的李希奇老人，他在谈到泰山神时曾讲过一个有趣的故事：有一年，京城来了一个官，是翰林的，在大殿指着泰山神问道士："这是谁？"道士答道："是黄飞虎。"这个京官笑了："你天天忙活的什么？连侍候的谁都不知道，这是少昊！"这个故事很有意思，连道士都说是黄飞虎，可见影响之大。泰山神是盘古化身的说法，其意思不在泰山神是盘古，而是冲着盘古是创世主去的，与泰山主生，始发万物有关。因此，在诸说中，最有文化价值的应是金虹氏及太昊的说法。

金虹氏的说法，点明了泰山神是太阳之神，因为金虹氏是母亲梦吞太阳而生，其伯父金轮及父少海也与太阳及东方崇拜有关①。而太昊说，也与太阳崇拜有关，因为太昊，一向被以为是太阳之神②，因此，两说均吻合于对太阳的崇拜。而这种太阳崇拜，又是与泰山崇拜信仰的基础相一致的。

在原始信仰中，太阳崇拜是较为普遍的一种。太阳能给人以温暖，而升与落的动态，又激起人们对它"人性"的感受。在原始形态的崇拜中，正是太阳这具体可视的特征，而成为天的代表，因此，古代的祭日活动也就是祭天。前面说到的图案文字"𤇾"，就是祭日以祭天的生动写照。泰山脚下的大汶口遗址，其葬俗大都仰身直肢，头向着东方，所反映的也是远古时期这一地区人们对太阳崇拜的意识。无论从考古发现研究还是文献的考证上，海岱地区普遍存在着对太阳崇拜的信仰。

在《山海经》中，海岱区域被称为日出之地的"扶桑"。可以说，古人一直把泰山及其周围视为太阳的故乡。后来东岳大帝的出现正是这种日神信仰的承袭和发展。在古之齐国的八神中，有日神—阳主，至今，人们仍有到泰山之顶一睹日出的习俗，正是基于这种太阳信仰的基础。至此我们可以说，泰山神的信仰来自由来已久的太阳神崇拜，就其信仰而言，泰山

---

① 金轮，是太阳的别称；少海，是对东方的泛称。
② 《帝王世纪》："象日之明，是称太昊。"

神就是太阳之神。

3. 泰山神管什么？

神有着无所不能的本领，否则，人们就不会在他的面前顶礼膜拜了。因此，在朝拜泰山神之前，自然会想到的是他管什么？因为神多，所管辖的事情就会有所分工，那泰山神的职司也就不能马虎。

主生与主死，这是泰山神的两大基本职能，其他职司，是在此基础上延伸出来的。先秦时期，泰山始生万物的观念就已经形成，这主要与泰山位于东方，是日出的方向有关。日出昭示着生命的开始，日出东方是一日之始，东方属春，又是一年之始，万物的复苏又在春季，因而泰山主生也便在情理之中；而日落是一天的终结，是一个过程的结束，伴随而来的是黑夜的到来，有升必有落，有生必有死，人们不可能回避这个基本的问题，于是，这主死的大任，也就同样落在了泰山神的肩上。这是从大的方面来讲的，具体到每个人，就会有不同的希冀和要求，泰山神所管的事情也就具体起来。

主万物之生 这是泰山信仰的源头。大到国家的朝代更易，小至每一个人的生命都在泰山神的管辖范围之内。因此，在传统观念中，每一个王朝取代另一个王朝时或自以为功及天下，就应到泰山来祭祀一番。如远古时期的舜、一统六国的秦始皇，以及汉武帝、汉光武帝、唐高宗、唐玄宗、宋真宗等等，都曾到泰山举行过封禅大典，以此来证明自己是天帝在人间的合法代表，是受命于天的，只有这样国家才能安定，因此也就有了固国安民的说法。同样是为新生命的到来，帝王子嗣也要来泰山拜一拜，如明代的世宗皇帝。现在人们仍有到泰山求子的习俗，究其历史，送子娘娘的职能，就来源于泰山神的这一基本信仰。

操命之仙成　在统治者上层，最流行的莫过于来泰山封禅，封禅泰山既能使江山安定，又能使自己长生不死、成仙升天。秦始皇为长生不死来过，汉武帝为成仙三番五次来泰山祭祀。由于帝王的炒作，在平民百姓眼里，也相信到泰山就能长寿。如西汉的《太山镜铭》就说："上太山，见神人，……受长命，寿万年。"可知在秦汉时，上到帝王，下至百姓，确信泰山神是使人长命的神灵。泰山神能治病的说法，也是对长命不死的扩展，因为有病则不能长命。

掌贵贱高下　既然泰山神主生，那么也就应该负责生之质量的高低，因而人的官职福禄，贵贱优劣等事就成了泰山神的职责之一。所以有了泰山神"执掌人世臣民贵贱高下之分，禄科厚薄之事"①、"主世界人民官职、生死、贵贱"② 等等说法。于是，当人们期望有职可升，或是要求日子过得再好一点，就会到泰山神面前祈求一下。

司生死之期　人们认为泰山神能知道人的寿期，并管理着人的鬼魂。《博物志》就说：泰山神，主召人魂魄，能知道人命的短长。较出名的例子，是汉武帝探策的传说。《风俗通义正义》云：泰山有金箧玉策，能知人的寿限，相传汉武帝欲知寿命，曾探寻玉

---

① 《历代神仙通鉴》卷四。
② 《岱史》卷三引《道经》。

策，策为十八，因倒读成八十，所以活到了八十以上。这使人们深信不疑，泰山能知道人的寿命长短。在文人的心中，也有这种观念，以致一旦感到命在旦夕，就会想到泰山，如东汉刘桢《赠五官中郎将》，有"常恐游岱宗，不复见故人"的诗句；三国应璩《百一诗》：有"年龄在桑榆，东岳与我期"的诗句。死归泰山的这种观念，在汉代就已流行。《后汉书·乌桓传》说："死者魂神归岱山也。"也有"生属长安，死属太山"的等等说法①。

泰山神主生主死的职能，是泰山崇拜基本信仰的反映，正是这生与死的判定及其观念的延伸，使泰山神成为大可安邦治国、小可使人长命，阳管福禄厚薄，贵贱高低，阴掌万鬼之魂，生死之期的神祇，不能不说其权力之大，管辖范围之广。因此，上到皇帝下到百姓，没人敢不买泰山神的帐。

（二）庙以神显

就一般建筑而言，人是主体，而就庙宇来说，神是主体，人贵室丽，神尊宫显。就像在汉代，大臣萧何在主持营建未央宫时，一再坚持宫殿要求庄严、气派，为的是"非壮丽无以重威"②。岱庙建筑如何，首先要看它的主人是谁？由于泰山神地位的显赫，其宫室也就随之"壮丽"气派。

---

① 东汉镇墓文，见《镇墓文中所见到的东汉道巫关系》，《文物》1981 年，第 3 期。

② 《史记·高祖本纪》。

1．古老的宫廷之庙。

泰山神首先是在帝王的推崇下成为神界王者的。

司马迁的《史记·封禅书》说："自古受命帝王，曷尝不封禅？……每世之隆，则封禅答焉。"自古以来，哪里有不想祭祀泰山的君主呢？除非自以为无能，不是受命于天的。想当初，司马迁的父亲司马谈，因留滞周南，不能跟随汉武帝从封泰山而遗憾终身，临终之时还哭着向司马迁叙说自己不能从封的不幸。泰山无论在帝王心中，还是在士大夫的眼里，都是神圣的。

在唐代，泰山神被帝王封为"天齐王"，在宋代被封为"仁圣天齐王"，后又加封为"天齐仁圣帝"，到了元代，又诏封为"天齐大生仁圣帝"。不说别的，就说这由"王"到"帝"，泰山神的身份就已经无以复加，有了这种"帝"的身份，自然就会有了相应的名正言顺的待遇。不过在此之前，神宫岱庙，就有着"王者之居"的风范。

在岱庙的始建之初，就有泰山宫之称。既然称"宫"，也就非一般建筑。宫原指房屋，并无特殊，但在秦汉，就与帝王发生了联系，其规模规格也有了说法。在东晋时，泰山神宫有"威仪甚严"的记述①。在唐代有"飞楼绮观，架迥凌空，侍卫严峻，有同王者"的描述②。而到了宋代，这种王者之居的规模有了较为详尽的记述。

---

① 干宝：《搜神记》。
② 唐临：《冥报录》。

哲宗之时的《东岳庙碑》说,岱庙殿堂林立,"飞观列峤,修廊周施,总为屋七百九十有三区"。重要的是庙内设有临池籞殿。"籞",为帝王之禁苑。《汉书·宣帝纪》云:"又诏池籞未御幸者假与贫民。"颜师古注引应劭之语说:"池者,陂池也;籞者,禁苑也。"这种御苑形制的设置,是宫廷形制的特点,不难看出,至迟在宋代,岱庙就是以皇宫的形制来设计营造的。

到了宋代的宣和年间,岱庙又进行了一次大的修缮,使岱庙更加"轮奂崇丽","增治宫宇,缭墙外周,罘罳分翼,岿然如青都紫极",计有殿寝堂阁等"八百一十有三楹"①。而以后的金、元、明、清各代,对岱庙"敕建"不怠,"朱堞金扉,龙楹螭殿,罘罳象魏,俨然帝居"②、"规模宏侈,俨然若王者居"③,这既是庙貌的特点,也是对岱庙形制的定性。

2.何以称之为宫廷式建筑?

去过北京故宫的人,来岱庙后会有似曾相识的感觉,"宛如北京的紫禁城"④,就是文学家吴组缃先生到岱庙时的感受。这是因为岱庙同故宫有相似之处,两者均为宫殿式建筑的格局(图19)。

岱庙在总体布局上,遵循的是传统的宫城模式,以轴线对称的形式来布局,即用一条南北方向的主轴线,将众多的重要建筑依次排列在这一轴线上,其他建筑则对称于左右两侧。庙宇四周,城墙高筑,四角及各门皆有楼。具体地讲,主要建筑正阳门、配天

---

① 岱庙《宣和重修泰岳庙记》碑。
②③ 《岱史》卷九《灵宇纪》。
④ 《泰山风光》。

图 19　岱庙全景

门、仁安门、天贶殿、后寝宫、后载门依次坐落在南北轴线正中，而其两侧，分别对称于别殿及汉柏院、唐槐院、东御座、西道院等，而最有典型意义的是以天贶殿为中心，前后分为两个大的部分，这就是所谓的"前朝后寝"（图20）。

关于前朝后寝（也称前宫后寝），在《考工记》中，就有这种宫城形式的布局，并成为后来宫城营造的规范，元、明营建北京宫城，就继承了这种传统的布局。所谓前朝，也就是处理朝事政务的地方，而后寝则是休息养性的寝宫。岱庙天贶殿是泰山神处理"政务"的大殿，殿前的建筑之设，在构思上说，是大殿的前奏，而大殿后即为后寝之宫，是休息场所。"办公"需要空间的"放"，显示其动；"休息"之地就需闭，为的是静，一动一静，一松一弛，也使格局动静有序，闭合有致。因为泰山神的身份是帝，所以也应当享

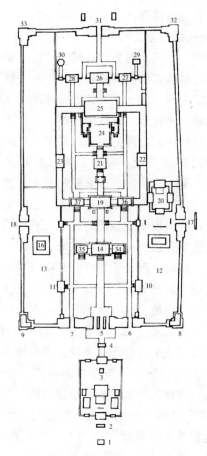

图 20　岱庙平面示意图

1.双龙池　2.遥参坊　3.遥参亭　4.岱庙坊　5.正阳门　6.仰高门
7.见大门　8.巽　楼　9.坤　楼　10.炳灵门　11.延禧门　12.汉
柏院　13.唐槐院　14.配天门　15.汉柏亭　16.库　房　17.东华
门　18.西华门　19.仁安门　20.东御座　21.小露台　22.鼓　楼
23.钟　楼　24.大露台　25.天贶殿　26.后寝宫　27.东配寝　28.
西配寝　29.铜　亭　30.铁　塔　31.厚载门　32.艮　楼　33.乾
楼　34.三灵侯殿　35.太尉殿　36.东神门　37.西神门

受到帝王的规格待遇。

3．天贶殿与金銮殿

金銮殿，是民众对皇帝宫殿的叫法。在泰山有这么一个民间故事，说在很久以前，岱庙失修，道士便化缘来修缮大殿，谁知化缘来的钱都被小偷偷走了，道士梦见泰山神让他去京城给皇姑治病。道士在为难之时，果然按照泰山神的说法治好了皇姑的病，皇帝坐在金銮殿跟道士说：有什么要求都可答应。道士说，要修大殿。皇帝问修什么样的，道士就说，就修个你这样的殿吧，皇帝因有言在先只好答应，所以泰山神的大殿就盖成了金銮殿的样子，只是矮了三砖。

这个故事是说，在百姓的眼里，泰山神的大殿与金銮殿是一样的，只是矮了点。其实金銮殿（故宫太和殿）无论是阔还是高，其体量要比天贶殿大得多，但规格却是一样的，这就犹如两个将军，职务身份的高低不在个头大小，而要看他的军衔，看他的星花。如果按传统建筑的规格规范来说，泰山神的大殿采用的是我国古代建筑中最高规格的样式，即是以"九五"之制及重檐庑殿顶的制度来建造的（图21）。

"九五"之制　所谓"九五"之制，也就是开间为五，进深为九的形制。"九五"之数，在我国古代，是一个很神圣的数字，《易·乾》说："九五，飞龙在天"，经学家解释说："九五，阳气盛，至于天，故云飞龙在天，……犹若圣人有龙德，飞腾而居天位。"后即以"九五"之数尊帝位。以这个数组合的大殿，在古代是慎重使用的。一般说来，只有非常重要的大殿才能使用"九五"这个数作为开间，甚至只有王宫

图21　岱庙主体建筑——天贶殿

的正殿才能使用。

重檐庑殿顶　也就是《考工记》中所说的"四阿重屋"。在古代建筑制度中，只有最尊贵的建筑才能使用庑殿顶，它前后左右四面都为斜面，前后坡相交，成正脊，左右两坡与前后坡相交成四垂脊，形式特征是四坡五脊（四垂脊一正脊）。在宋《营造法式》中对这种形式称为四阿或五脊殿。如重檐，便是重檐庑殿，是规格等级最高的，而歇山顶、悬山顶、硬山顶等其规格依次递减。

可以说，泰山神的宫殿，在中国古代建筑规格是最高的，与皇帝的宫殿形制是一样的，之所以如此，为的是适应泰山神帝的身份。如果说，泰山神是帝王化了的神，那么岱庙则是皇宫威仪化了的庙。我们说岱庙是华夏名山第一庙，一方面讲它历史延续之长不多见；另一方面，其庙宇建筑规格之高，实为稀有。

4．岱庙是道教神府吗？

在岱庙游览，常会听到导游员讲：岱庙是道教神府，这主要是因为对岱庙的整个历史了解得不够全面所致。在宗教史上，岱庙有其特殊性，不能简单地将它归结为道教的道观。岱庙与北京的天坛有相似之处，天坛是道教的吗？不是，是佛教吗？更不是。岱庙与天坛的性质一样，是皇家专用祭祀泰山神的场所。我们可从以下几个方面来看：

庙司的沿革　我们先从岱庙由谁掌管说起。岱庙始建于西汉时期，当时尚无道教可言，因为道教在东汉末年才得以形成，所以也就谈不上什么道教属性。根据有关材料记载，最早管理岱庙（岱宗庙）的，是掌管山岳的山虞长，《风俗通义》说，岱宗庙，"山虞长守之"。在早期阶段，历代的岳祠不像其他道教庙宇那样，有着相对独立的组织活动系统。

泰山神的身份特点　泰山神的出现，早于道教的产生，因此，泰山的信仰体系形成与道教并没有多大的关系。如果说有影响的话，泰山治鬼的说法倒是在道教那里得到了全面的发挥。

前面我们已经谈到，泰山神是主万物之生的神祇，掌管生的大权，这是他的最基本的职责，因此，帝王才纷至沓来进行封禅祭祀。主死的说法是对主生这一职能延伸而形成的观念。在这一方面与道教仅强调"主死"的一面是不同的。在道教早期的鬼神谱系中，本来没有泰山神的位子。南朝梁代著名的道教理论家陶弘景所撰的《真灵业位图》，是道教最早也是最系统的神谱，在里面主死的是酆都北阴大帝，被认为是"天下鬼神之宗"。陶弘景在他的另一部著作

图 22　泰山神像（1912 年摄，法国肯恩博物馆提供）

《真诰》也说北阴大帝是"鬼官之太帝",不过南北朝时期托名东方朔的《洞玄灵宝五岳古本真形图》有"东岳太山君,……主治死生,百鬼之主帅也"的说法。可以看出,泰山神是道教因袭民间的说法而受到崇奉的。故有的学者就指出:"我国传统信仰的地狱主宰有东岳大帝、地藏和酆都大帝,前者源于汉族民间信仰,中者源于佛教,后者则源于道教。"① 泰山神在传统的宗教里面,是帝王之神(图22、23),被供奉为神灵界的王者,而在道教里面,只不过是一位冥世之主,这种反差本身也体现了信仰上的差别。

图23 天贶殿内壁画中的泰山神

　　泰山神何时被编入道教系统,现在尚不十分明确,但总的说来是较晚的。后来之所以将其归入道

----

　　① 卿希泰主编:《中国道教史》第三卷,知识出版社,1994年版,第101页。

教，可能有两方面的原因：一是受佛教的影响，在佛教中有地狱之设（图24），泰山神被称为府君。二是泰山神的影响很大，尤其在民间，泰山治鬼的说法非常流行，于是如果找一位冥世之主，非泰山神莫属。

因此，从信仰的角度而言，泰山神在传统宗教中的身份与在道教里面的角色相比，差异是很大的。

庙制及装饰

岱庙是按宫廷的规范来营造的，与道教庙宇的一般布局有区别，而建筑的细部装饰与道教的常规建筑图案装饰也有区别。

以宋哲宗绍圣四年（1097 年）动工，徽宗靖国元年增制扩修竣工的庙制看，岱庙周以城墙，凡为五门，南有三门，中为太岳门，

图24　佛道融合中的泰山神
——七殿王

东为锡符门，西为锡羡门。在南北中轴线上的重要建筑依次为：太岳门、镇安门、灵贶门、嘉宁殿（正殿）、鲁

瞻门,其他有诸多配殿及亭楼等①,后代也屡有修葺,建筑名称有所变化,但庙制基本未变。如在明代,南北中轴上的主要建筑有:岳庙门、配天门、仁安门、仁安殿(正殿)、寝宫、后宰门②。其形制及名称,现在基本上保留了下来。

道教宫观则不同。道教初创时期,多以山洞或立茅舍为修道之所,建筑较为简单。从南北朝起,开始注意宫观之营造,并在道书中也有一定的规定,逐步形成一套宫观营造法式,其主殿多以三清殿为正殿。在元代《天坛十方大紫微宫懿旨及结瓦殿记》中,就有"凡修建宫观者,必先构三清巨殿,然后及于四帝二后,其次三界诸真,各以尊卑而侍卫,方能朝礼而圆全,无慊于焚修虔奉之心"的规定③。一般的宫观,除山门外,多有灵官殿,而后为"三清"、"四御"的殿,有的还有藏经楼等,如道教中以全真教天下第一丛林之称的白云观为例,南北轴线上的建筑依次为:山门、灵官殿、玉皇殿、老律堂、邱神庙、四御殿及三清阁等。如果从庙制的布局,特别是中轴线上的重要建筑的作用来看,岱庙与典型的道教宫观也是不同的,看一下建筑的名称便知道其表现内容上的差异。岱庙重要建筑的名称所表现出来的传统儒学观念,是道教宫观所没有的。

从建筑细部装饰的图案上看,岱庙的特点也明显异于道教的装饰。道教的建筑装饰,鲜明地反映了道教追求吉祥如意、延年益寿和羽化成仙的思想。如常

---

① 详见《东岳庙碑》。
② 《岱史》卷九。
③ 《道家金石略》,文物出版社,1988年版,第481页。

见的有日月星云、松柏灵芝、鹤狮麒麟等,组成故事的图案多有八宝图、福寿图等。但这些在岱庙的主要建筑装饰中几乎是没有的。如果您细心地看一下,就会发现岱庙的装饰图案与北京故宫建筑的装饰大致是一致的。图案是以龙为主(图25),在后寝诸宫是龙凤图案。所以我们说,泰山神是帝王化了的神,而岱庙则是皇宫威仪化了的庙。

图25　天贶殿藻井图案

再一点就是,道教在发展过程中,因帝王的好恶,其宫观也随着道教的命运几经周折,而岱庙却不同,历代统治者均重泰山之祀,因为这是"望秩之定制"①,所以历代敕建不绝,这也是道教宫观所不可比拟的。

因此我们讲:岱庙不能简单地说是道教的宫观。

---

①　《岱史》卷九。

高山明珠——碧霞祠

如果说，泰山神东岳大帝因受到最高统治者的崇奉，成为神界的王者，在历史上显赫了数千年；那么泰山女神碧霞元君则是凭借着广大黎民百姓的诚心拥戴而走上泰山，成为神界的女皇。以致自明代之后，其影响远远超过了东岳大帝，碧霞祠便是碧霞元君的神宫。

（一）高山奇筑——金瓦仙阙第一宫

碧霞祠位于玉皇顶前怀，旧名昭真观。始建于宋代，明拓其旧制，名为"碧霞灵佑宫"、"碧霞灵应宫"，清有"碧霞祠"之谓。这一高山建筑以其选址的精当与建筑构件的特殊而著称。

1. 高山杰作

关于碧霞祠选址的巧妙，多被古人所称道。《岱史》卷九称："其形胜环拱，宫东南则五花崖，东北迤西则岳顶，磨崖、日观诸峰，蜿蜒峙列，三面若屏宸，前若双阙。由宫门西下，石磴三丈许。南俯悬崖，下视城郭若畦圃。自城郭望之，则崖峰森蔽，不见宫宇，此盖造化灵区真天奇云。"

碧霞宫北有玉皇顶，东有大观峰，东南有日观峰，南临断崖，西通天街，在整个大环境中，以"藏"为特点。但它又是由天街通向岱顶的必经之所，从天街望去，云雾飘渺，宫宇藏秀于崖峰之间（图

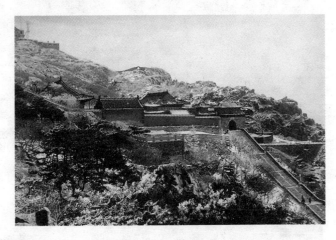

图26　碧霞祠远景

26）。若在玉皇顶向下俯视，浮云洒落，一派"仙山琼阁"的景象（图27）。《岱史》卷九《崔文奎记略》亦云："神庙在兹，揖日月之峰，拥层峦之秀。左则岳顶之峻极，右则天门之开朗，历选名胜之所，无逾此境之妙。"

碧霞祠在建筑上的第二个特点是：金属覆顶。为防"云蒸雨降"、"飚风刚劲"之灾害，从明代开始，一些房顶构件以金属为之，形成碧霞祠"铜梁铁瓦，

图 27　俯视中的碧霞祠

琉璃砖甓之坚固，丹腹青垩，藻绘漆饰之辉焕"的特点①。

现代的碧霞祠，正殿覆以铜瓦，其鸱吻、脊兽等也为铜制（图28）。东西配殿覆以铁瓦，其鸱吻、脊

图28　碧霞祠大殿的金属脊兽

兽等为铁制。似乎碧霞祠与金属建筑有缘，现岱庙内的铜亭即是碧霞祠之原物。铜亭又谓之"金阙"，全仿木结构，重檐歇山式，整体鎏金，是明万历四十三年（1615年）的遗物，造型精美，制作工整，金碧辉煌，在碧霞祠可谓锦上添花（图29）。与金阙相对应的还有"金碑"，也是铜质鎏金。在泰山碑刻中石碑林立而群，以铜为之，仅碧霞祠所独有。

我国著名园林专家陈从周先生，对碧霞祠就钟爱有加："碧霞祠这组建筑群，在泰山是一座精美的建

────────────

①　《岱史》卷九《刘定之记略》。

图29　铜亭（现置岱庙）

筑，很是完整严密，尤其是为了适应山顶气候，在建筑材料上亦有所改进处理。"① 碧霞祠不愧是我国高山建筑的杰作。

2．神主显尊

在一通清代《万善同归》碑中，曾这样写到："东岳祀事之盛，首碧霞元君……是天下正神。"在信仰者的眼里，似乎其他神祇都不能与碧霞元君相比，因为碧霞元君已成为万能的女神："贫者愿富，疾者愿安，耕者愿岁，贾者愿息，祈生者愿年，未子者愿嗣，……而神亦靡诚弗应"②。碧霞元君信仰，原本起源于民间，首先是作为妇女的信仰偶像而产生，继而走向社会各阶层，特别是到了明代中期以后，由于

---

① 陈从周编《岱庙》，山东科学技术出版社出版，1992年版，第7页。

② 明万历二十一年（1593年）《东岳碧霞宫碑》。

最高统治者的加盟，使元君信仰的影响在更广泛的区域内迅速扩展。尤其在我国的北方，几乎每地均建有碧霞元君的行宫。

"碧霞"一名，不见于先秦典籍，亦不见于《列仙传》。其元君之称，最初也不只是对女仙的尊称①。碧霞元君与其早期道教中所说的元君，没有直接的渊源关系。碧霞元君的名号始自明代，这是文人仙士们为了使其"规范"化，而赋予的一个仙号，而在百姓那里，仍以泰山老母、泰山奶奶、泰山娘娘尊之，故其宫庙，就谓之奶奶庙、娘娘庙，以致没有人知道什么元君，即便在现代的众多信士中，也有只知道奶奶而不知道元君者，可见女神在民众中口碑的影响之大。

在泰山，每年都有一个重大的民俗事项活动，这就是泰山庙会。起初庙会所信仰的主神是东岳大帝。到了明代，因碧霞元君信仰影响的扩大，信仰的主神及场地也发生了一些变化。这样中心由原来的东岳大帝及岱庙，移到了元君女神及山顶的碧霞祠。碧霞祠在当时成为香客朝拜的圣地，"近数百里，远即千里，每岁瓣香岳顶数十万众"②。每逢春日香会期间，香客从四面八方云集岱顶。明人于慎行在他的《登泰山记》中曾这样描述："五方士女，登祠元君以数十万。夜望山上篝灯，如聚萤万斛，左右上下蚁旋鱼贯，叫呼殷赈鼎沸雷鸣，弥山振谷，仅得容足之地以上。"

---

① 元君之称，不只用于女仙，《抱朴子·金丹》云："元君者，老子之师也"、"元君者，大神仙之人也。"

② 明《东岳碧霞宫碑》。

碧霞元君的影响为何能超过了东岳大帝？这与碧霞元君贴近生活及所具有的平凡的人格有关。

明代张岱在他的《岱志》中，对东岳大帝的形象曾这样描述："圣像庄严，罗列阴森，不敢久立。"与东岳大帝相比较，先不说碧霞元君的来历如何，职司怎样，仅看到她的形象，便给人以慈善可亲之感（图30）。甚至连国外人士也有这种感受。有一位来过泰山的日本人曾这样描述到，她"有着美丽而丰满的面容，给人一种可以依赖、庄重的感觉。我理解人们的心情，他们怀着极大的心愿，认为这种心愿不到泰山顶就无法祈祷"①。在香客的心目中，碧霞元君像是一位慈祥的长者，是她在护佑着自己的子孙。倘若再深一点去看，碧霞元君可亲的背后是她那像平常人一样的身世。

图30　碧霞元君像

① 〔日〕福井康顺等监修：《道教》第一卷，上海古籍出版社，1990年版，第140页。

关于碧霞元君的身世，尽管有着很多的说法，但在民间影响最大的还是她出身于普通的农家。她是泰山人，从小心地善良，勤劳聪慧，受到仙人的指点而入山修行，最后成仙于泰山。一般人也可升入仙界，也能受到人们的尊重，体现着平民百姓渴望自由生活的愿望，这种意识的本身就是对现实生活不平的抗争。在民间故事中，碧霞元君还是一个不屈的形象，她曾与玉皇抗争，与龙王相斗。这些也正是碧霞元君有着雄厚牢实的社会基础的根本原因。

平凡的出身，相同的愿望，消除了底层劳苦大众的心理隔阂，而把她作为自己的亲人看待。"泰山奶奶"、"泰山娘娘"、"泰山老母"的称呼就是人们已把碧霞元君看作是自己家人的一种反映。这种关系是至诚至信的，这曾使见多识广的明代巡抚御史何起鸣在谈到这种关系时感慨万分："四方以进香来谒元君者，辄号泣如赤子久离父母膝下者然。"①

如果说碧霞元君的平凡出身与东岳大帝身居高位、神态威严相比，平民百姓感到她平易近人、和蔼可亲，而她的女性特征更是东岳大帝所不能比拟的了。

从发生的角度讲，碧霞元君崇拜首先是从广大的妇女开始的。在中国几千年的封建社会里，妇女始终生活在社会的最底层，在社会上受歧视，在家庭中同样没有地位。这使她们有了自卑自贱的负重心理。与男性相比，她们更渴望得到解脱，并希望精神上有所

---

① 《岱史·巡抚都御史何起鸣宣谕》。

寄托。碧霞元君就是在这种背景下诞生的，她集善良、仁慈、美丽于一身，成为和蔼可亲、乐施好善的象征。"……夫乾天称父，坤地称母，父严而母慈。凡男、妇欲祈年、免病、求嗣、保寿，竭诚于元君前者，元君即如其意佑之，惟慈故也，其灵应何昭昭也。"① 是的，人们对"父严而母慈"遗训的体会是深刻的，这的确是碧霞元君的一个优势。作为一位女神，让人不但可亲，而且可值得依赖，谁都愿意将自己心中的苦难及愿望倾诉给这位慈祥的老母。

碧霞元君平凡的身世，慈母的可亲，把她与平民百姓的关系拉近了，而元君所管的又是人们所最关心的现实生活中的实际问题，因而以平民信仰的优势取代东岳大帝在泰山的地位已是大势所趋。

前面说过碧霞元君信仰，首先是作为妇女生育信仰的偶像出现，继而走向社会各阶层的。妇女要祈求的事情固然很多，但在封建社会里最重要的莫过于"生儿育女"。在"多子多福"的传统意识严重束缚下，妇女生活多灾多难，盼子、求男成为妇女生活中的基本夙愿，这也是一个家庭的头等大事。她们需要一位能理解自己的神，来解除自己的痛苦。而泰山一向被认为是生孕万物的地方，"生儿育女"也自然在其职责之内，于是关于生育观念的信仰便逐渐集中到了碧霞元君身上，从而成为古代妇女生育信仰的主要对象。泰山神—东岳大帝本来就是主生的，但在民间主死的说法也有一定影响，特别是后来佛教、道教的

---

① 清《万善同归碑》。

掺入，使其变为了招魂治鬼的主神，况且他又是男性之神，妇女求生育子之事也就多有不便，只好让位于碧霞元君了。

人们围绕元君主生的功能，根据自己的需要形成了更多的与生育有关的各种职能要求。对此，早在本世纪二十年代罗香林先生就曾作过精辟的论述："碧霞元君最初只是被认为能管理妇女问题的，所以士大夫中没有去注意。后来奉祀的人渐渐杂了多了，声名渐渐远了，于是她的职能，也就由香客意识的转变，而一天一天的扩大，到了现在，差不多人间一切的祸福都能管了。……小之一家人口的寿夭祸福，四方农民禾稼的丰歉，大之社会的良窳，国家的治乱。"①碧霞元君成为能解决现实问题的万能女神。于是，"四方男女不远千里进香报赛，皆有事于元君，而后及他庙也"②。

（二）奶奶当家—民间道统说碧霞

无论在民间还是在最高统治者那里，自明以后，碧霞元君影响越来越大，加上道教也来凑热闹，使得碧霞元君的宗教色彩又愈加浓重起来。虽然其信仰的主题没有发生多大变化，但从不同的观念不同的说法，表露出信仰者所不同的立足点。

1. 碧霞元君的来历

---

① 罗香林：《碧霞元君》，1929 年，《民俗》第 69、70 合刊。
② 《泰山道里记》。

由于人们受史官文化的影响，诸位神祇都会有一个来历的问题，碧霞元君是谁？同样是人们所关心的，不同的回答，代表了不同观念。有影响的大致有三种，一是凡女成仙说；二是玉女说；三是东岳大帝之女说。

第一、凡女成仙说。

这种说法来自民间，也是碧霞元君信仰确立的基础。

在民间广泛流传有这么一个传说：在很早以前，泰山之南的徂徕山有一位正直的庄稼人，姓石。他有三个女儿，大女儿、二女儿出嫁了，只有三女儿在家。她勤劳、善良，帮助父母维持着生计。有一天，她正在山里砍柴，遇上了暴风雨，天黑了，正在迷路之际，看到从一个山洞里发出的亮光，为了避雨，壮着胆子进了山洞。见到洞中有一个老嬷嬷在火旁烤火，三姑娘心里很高兴，给老嬷嬷跪下，说在山上砍柴，遇到风雨迷了路，求收留她住一晚上，老嬷嬷高兴地答应了。

从那以后，每逢三姑娘到山里砍柴，一定会到洞中看看这位老嬷嬷。有一天，老嬷嬷说："你已不是凡人，你去泰山吧，那里需要一个当家的人。"于是三姑娘按照老嬷嬷的指点到了泰山，并按老嬷嬷授予的办法当上了泰山的主人，这个三姑娘就是碧霞元君①。

这个故事传说，要表达的意思很明确，碧霞元君

①　详见《泰山民间故事大观》，文化艺术出版社，1984年。

之所以对百姓慈善，原因就是她原来也是凡人，没有神的"架子"，只是受了老嬷嬷这位仙人的点化才成为神仙。这种说法，到了道教里面，就有了一定的变化，《玉女卷》说：汉明帝时，西牛国孙宁府奉符县的善士石守道之妻金氏，于中元七年甲子四月十八日生了一个女儿，名叫玉叶，她相貌端庄，聪慧过人，"三岁解人伦，七岁辄闻法，尝礼西王母"，十四岁得仙人指点，入泰山黄花洞修炼，三年丹就，遂依于泰山，是为玉女之神。这一说法与传说有相同之处，点名她是凡人的女儿，但着重强调的却是她的天才并神秘化了，不像传说那样更近乎情理，这也是民间信仰与道教说法的区别。

第二、玉女说。

这种说法，应来自文人及道士。玉女，也就是仙女。在泰山顶上有女神，自然会想到玉女。李白游泰山诗有："玉女四五人，飘摇下九垓"之句，来圣山仙地，激起诗人无限的遐想。碧霞元君为玉女说，见于《玉女传》，说泰山玉女者，就是天仙神女，出现于黄帝之时，汉明帝时又一次出现。黄帝曾建岱岳观，遣玉女七人以迎真人，元君即七女中的一个。这种说法明显地透露出民间传说与道教说法相揉合的痕迹。在另一个黄帝与蚩尤作战的神话传说中，讲黄帝与蚩尤九战而无一胜，黄帝是在泰山得到了玄女的战法，尔后才打败了蚩尤。在史传中，也多有黄帝封泰山，合鬼神的说法，因此，黄帝遣玉女来泰山也就有了充足的理由。由黄帝出面，这玉女的身份自然会尊贵起来。因为黄帝被认为是中国人的始祖，特别是方士、道士，都把黄帝尊为神仙。

碧霞元君，是玉女仙人，并是黄帝所遣玉女，在文人那里得到了认可，如：王思任的《泰山记》就认同这种说法①。还有人说，碧霞元君是来自华山的玉女，如王世懋的《东游记》称："考道书，元君即华山玉女也。"这与华山玉女在历史上较为出名有关，如仅从时间上来判断，华山玉女的说法产生较早，因华山玉女影响较大，而被说成是华山玉女。

第三、东岳大帝之女说。

这种说法也有很大影响，在方志与道书中常见到此说法。《帝京景物略》说：按民间的说法，汉代时东岳大帝像前，有石琢金童玉女。至五代殿圮，石像也倒了，金童因石纹裂开而尽毁，玉女沉于池中。宋真宗来泰山封禅时，洗手池内，一石人浮出水面，这就是玉女。于是宋真宗命分管的官员建小祠安奉，号为圣帝之女，遂封天仙玉女碧霞元君。

这个民间传说，是经过加工了的，这与碧霞元君得到最高统治者的崇奉有关。道书里面也选择了这种说法，讲东岳大帝有一女，"玉女大仙，即太平顶玉仙娘娘是也"②。

说碧霞元君是东岳大帝之女，主要是在借东岳大帝的影响。东岳大帝是中国历史上地位最为显赫的山神，同治泰山的碧霞元君出现较晚，以辈份来划分是很自然的事。况且，以东岳大帝已有上千年的历史作

---

① "考元君之始，黄帝封岱，遣七女云冠羽衣，迎昆仑真人，元君其一也。"

② 详见《三教源流搜神大全》。

为基础，成为他的女儿也是比较理想的。不过，后世元君香火之盛，超过了东岳大帝，是当时人所始料不及的。

在岱顶有一铜钟，铭有《太山老君说天仙玉女碧霞护世弘济妙经》，讲碧霞元君与西天王母有关，是"金莲化生"，受敕"天仙玉女碧霞护世弘济真人"，这已是道教的专业发挥了，在外界几乎没有什么影响。

综合以上分析，凡女成仙的说法反映的是一种平民意识，是对人们的现实生活欲望予以最大限度的肯定，平民百姓也可升入仙界，不受社会、自然的束缚而逍遥自在，并能造福于民，这一方面反映了人们渴望自由生活的愿望；另一方面，则是对现实生活的积极抗争，寻求得到精神补偿和力量，这也是碧霞元君之所以为广大平民百姓拥戴的基础。也可以这样说，是平民化的信仰观念构筑起了碧霞元君雄厚的社会基础。

东岳帝女说，则是从一个方面强调了与泰山的"血缘"关系，以至借助于泰山神而得到最高统治者的崇奉，这乃是中国君主制的宗法政治在泰山神祇信仰中所产生的连锁反应。而玉女说，其用意无非要说明这位女神有着辉煌的历史。黄帝自古以来就与泰山有着密切的关系，碧霞元君作为泰山之神也当不会例外。况且，传统的玉女文化也深入人心。

2. 碧霞信仰渊源

我们说，碧霞之称，是文人们给予泰山女神的一个名号。不过这"碧霞"也是有讲究的。何为"碧霞"？碧霞就是东方的日光之霞①，包含了东方、太阳崇拜的种种因素，它与东岳泰山的信仰是一脉相承的。

前面已说到，碧霞元君信仰的核心是以关于生育成长观念为基础的，这同样源于泰山"东方主生，一本乎坤元资生万物"的信仰系统。东方是日出的地方，是万物生命的萌发之处。东岳泰山是生命复苏和万物萌生之源。于此可见在

图31　岱庙所藏眼光娘娘神轴画像

以泰山为代表的东方崇拜的文化链中，方位与生命之环紧紧扣着泰山信仰的内核。碧霞元君信仰首先是满足广大妇女生子欲望而降临人世的，在罗香林先生《碧霞元君》中说她"是管妇女及小孩的女神"。在信仰者看来，碧霞元君能使她们生子，能保佑小孩顺利出生及健康成长。随着她影响的扩大，职司的功能也

---

① 详见《泰山庙会》，山东教育出版社，1999年版，第47页。

随之增加，但碧霞元君"主生"的功能始终占据着整个信仰的中心。

图32　岱庙所藏送子娘娘神轴画像

在碧霞元君的庙宇中，除祀碧霞元君外，尚有"送子娘娘"、"眼光奶奶"之祀（图31、32）。一神三体，其职司范围的具体化更明显地体现出东方崇拜的因素。送子娘娘能送子，自不必说来源于泰山居东方主发生之气的观念。而眼光奶奶能治眼疾，是一位光明的使者，是"大明"之神，这不是一种偶然的巧合。

"主春，象日之明"①，乃是东方崇拜中同一文化结构下的"殊途同归"。"眼光奶奶"作为光明之神，实是太阳崇拜的延伸。因为光明源于太阳，这位东方女神同东岳大帝一样，其信仰缘起于对东方的崇拜、对太阳的崇拜。从信仰的源头而言，东岳大帝和碧霞元君，同是太阳之神。

---

①　《帝王世纪》。

泰山之神——东岳大帝和碧霞元君的信仰同源于泰山的东方崇拜，这决定了这两位神祇职司的共同性。但既然出现两位神祇，就会有不可替代的神格，也一定会有一些信仰观念上的差异。

首先是碧霞元君的可亲性。这在上一节中，我们已经讲过，碧霞元君平凡的身世，慈祥的形象，与东岳大帝身世不凡、威严不可近形成鲜明的对比。东岳大帝是帝王的化身，而碧霞元君是平民的代言人，无形之中拉近了与普通人之间的距离。还有，碧霞元君是女性，也有着东岳大帝不可比的优势，特别在主生这一点上。在现实之中，生育之事女性是中心，生子之类的祈求，理应由女神来主管，正因为碧霞元君有这种可亲性、可依性，故有什么难题，人们愿意跟"奶奶"讲讲，跟"娘娘"说说，本来就是一家人嘛。

其次是主生与主死观念的差别。在人们的观念中，要求改变现实，比祈求死后安宁更直接。因此，碧霞元君的主生观念得到了进一步的巩固，原有的泰山主死的观念逐步淡化，甚至表现出与碧霞元君无关。正是基于这种观念的改变，碧霞元君的信仰更加深入人心。

明弘治十六年（1503年），孝宗皇帝遣御马太监致祭碧霞元君："佑苍生于寿域，鼓群品以沾依。兹因眇躬偶爽调摄，敬祈圣力，永保康宁。"明嘉靖十一年（1532年），皇太后遣太子太保致祭碧霞元君："皇帝临御海宇，十有二载，皇储未建，……仰祈神贶，默运化机，俾子孙发育，早锡元良。"① 要想长

---

① 《岱史》卷九《御祝文》。

寿康宁是现实的，皇帝也不能脱俗；求子心切，未有儿子继承皇位更是皇帝的心头大病，于是就有了来泰山求碧霞元君增寿赐子的举措。上有好者，下必效焉，皇帝老子的一举一动，都会牵动平民百姓的心理神经，更何况，在中国的诸位女神中，能受到皇帝亲奉的没有几个，碧霞元君信仰的普及已是势不可挡。到了清代，碧霞元君更受礼遇，仅乾隆就先后六次登顶拜祭碧霞元君，还题诗十余首于碧霞祠。

宇满巅麓

　　如果有人要问，泰山上下有多少庙宇寺观，恐怕一个熟悉泰山的人，也很难马上说出个一二三来。历史上曾有多少不好说，即便是现存的，如不屈指算一下，也不会有结果。

（一）众星拱岳

　　前面已经介绍过，城中的岱庙山上的碧霞祠，是泰山最重要的两处神宫，并且都有上、中、下三庙之设，而其他"佛老之宫，群灵之府，倚岩缘谷，比比而是"①。以二十世纪初为例，泰山上下及泰城内的庙宇宫观就有 140 余处。

　　从城内到山顶，下列的宗教建筑是有案可稽的。在泰安城内，岱庙东有关帝庙（凡二）、文庙、节孝祠、奎星楼、资福寺、普济堂、城隍庙；南有徐朱公

---

　　① 《岱史》第九卷。

祠、马神庙；东南有刘将军庙、龙王庙、关帝庙、张仙庙、萧公祠、和圣祠、二贤祠、观音堂；西有法华寺、长春观、莲花庵、白衣堂、关帝庙。邻近泰安古城，东有关帝庙（凡二）、文昌阁、佛殿、白衣阁、风雨坛、观音堂、元君庙、先农坛；南有关帝庙（凡三）、山川坛、唐封祀坛、宋封祀坛、先农坛、火神阁、火神庙、观音堂、准提庵、二郎庙、吕祖阁；西有关帝庙（凡四），观音堂（凡三）、关帝阁、观音阁、迎旭观、灵派侯庙、五哥财神庙、金星庙、瘟神庙、玉皇庙、真君庙、速报司、天书观、清虚观、火神阁、玄帝庙、三官庙、社稷坛、马神庙、娘娘庙、火神庙；城西南社首山有十王殿、森罗殿、文峰塔、关帝庙。再北有灵应宫、弥陀寺、观音堂、炼魔堂等。出岱庙沿登山路经岱宗坊至一天门，东有普慈庵、灵官庙、青云庵、关帝庙、三皇庙、元帝庙、观音堂、升元观、酆都庙、三曹庙、后土殿、老君堂、药王殿、王母池、吕祖楼、东眼光殿；西有玉皇阁、北斗殿、青帝观、大王庙、关帝庙、西眼光殿、普照寺。自一天门过孔子登临处有红门宫、万仙楼；壶天阁至中天门，自下而上东有佛殿、斗姆宫、元君殿、玉皇庙、三大士殿、金星亭、二虎庙；西有红门宫、三官庙、普照寺、渊济公祠、五贤祠、三阳观（三阳庵）、竹林寺、元始天尊庙、灵宫殿等。自中天门至南天门，东有增福庙、梦仙庙等；西有元君殿、寿星亭等。自南天门至极顶依次有碧霞宫、东岳上庙、玉皇庙，在岱顶的西侧还有青帝宫、神憩宫、孔子庙等。

　　泰山宗教具有的兼容并蓄的特点,反映在建筑上呈现出内容丰富、形式多样的特色。从以上的灵宇看,既有儒家的,也有道教和佛教的,更多的还是民间神祠。但从规模上看,占主导地位的还是与泰山信仰有直接关系的神宇,特别是东岳大帝的灵宇和碧霞元君的宫殿,由于受到历代最高统治者的关注而恢宏有加。

（二）晨晓采曜

　　由于庙宇之多,史存情况复杂,现仅就保存较好,并已对外开放的几处重要宫观寺庙介绍如下:

　　普照寺　一看这名字,就知道是佛家圣地。它位

图33　普照寺全景（1937年摄,泰安市博物馆提供）

于泰山前怀的凌汉峰前,是环山路以北距登山中路最近的一座寺院（图33）。

　　普照寺始建年代无考。清《泰山道里记》以为是唐宋古刹。金大定年间（1161－1189年）奉敕重建，赐额"普照禅林"。明宣德三年（1428年）高丽僧满空禅师在重建竹林寺后，曾驻锡禁足于普照寺，前后二十余载，"鼎建佛殿、山门、僧堂，伽蓝焕然以新。寓内庄严，绀像金碧交辉，僧徒弟子及湖海禅衲依法者，何止数千也"[1]。

　　清康熙九年（1670年），僧元玉住持普照寺，仍为泰山一名刹。元玉，自号古翁、死庵，世称岱岳老人、石堂老人，为临济宗三十三世住持，因其"参禅之余，善为文"，故一生著书颇丰，有《石堂集》、《石堂近稿》、《金台随笔》流传于世。康熙二十三年（1684年），帝玄烨东巡泰山，元玉曾迎驾于御帐坪。元玉主张儒、释、道三教一理，要以佛养心，以儒治性，讲其归释不可背儒，背儒就是背神，因此深得统治者的赏识。元玉是泰山佛教史上一个著说颇丰、留迹较多的僧人。

　　普照寺现有建筑布局，基本保存着清代的形式。寺为四进式院落，以山就势，建筑由南向北逐步升高，主要建筑山门、大雄宝殿、筛月亭、摩松阁（佛阁或称藏经楼）依次坐落在南北轴线上，东西配以庑殿及其他禅院等建筑。

　　像一般的佛寺一样，大雄宝殿是寺院的正殿。进入宝殿，迎面就会看到结跏趺坐、表情安详的一座佛像，他就是佛教徒奉为教祖的释迦牟尼，也有佛徒称

---

　　[1]　明《重开山记碑》。

之为"如来",如来是"佛"的十号之一。所谓如来,是"如实道来,故名如来"①;"如"亦名"如实",即真知,指佛所说的"绝对真理",循此真知达到佛的觉悟。释迦牟尼之称,是佛教徒对他的尊称,释迦牟尼姓乔答摩,名悉达多。关于悉达多的出生年月,古印度史没有明确记载,因此,学者说法不一,有人认为生于公元前 565 年,卒于公元前 485 年,大致与中国孔子为同一时代的人。

普照寺建筑布局是很有特点的,较之其他佛寺,其生活气息显得特别突出,它采用的是中国传统的中轴对称式格局,有秩序感、庄严感,但其环境的处理却是现实化、生活化的。"竹森于后,梅香于前",有"藏花之坞",而"四时之卉不凋"②,充满了浓厚的生活情调,体现出现实世间的生活意境,大大淡化了超现实的宗教神秘。

王母池　王母娘娘在民间应当是家喻户晓的,最普遍的信仰就是她能使人长寿,因为瑶池蟠桃会的故事是妇孺皆知的,但泰山有座重要的供奉王母娘娘的宫观,却不太为外人所知(图 34、35)。

王母池,又名群玉庵,位于泰山南麓虎山水库下,是从岱庙上山,离登山路不远的一座宫观。创建年代无考,三国时期的曹植在《仙人篇》中就有"东过王母庐,俯视五岳间"的诗句;《水经注》说:"水出天门下谷,东流,古者帝王升封,咸憩此水,水上

---

① 《大智度论》卷二十四。
② 清《重修普照寺碑记》。

图34 王母池外景（1937年摄，泰安市博物馆提供）

往往有石窍存焉，盖古设舍所跨处也。"这里的"跨处"之舍，可能就是王母池的早期建筑。王母池以水成名，以水为号，也大抵于此。在唐代的《双束碑》中有"瑶池"之说，唐代大诗人李白的《泰山吟》，也有"朝饮王母池，暝投天门关"的诗句，因此，到泰山，不能不游王母池。

王母池现存殿宇多为清代建筑，主要建筑有大门，王母殿，东西配殿、东西耳房、悦仙亭、七真殿和小蓬莱阁（戏台）等组成。

王母殿即正殿，祀王母。据清《泰山道里记》讲，宋皇祐年间，著名的紫衣炼士庞归蒙曾在此修行。后人增置药王殿、观澜亭、王母桥、八仙桥等。另外，还有"金母洞"、"梳洗河"等与王母有关的自然景观。

图 35　王母池内景（选自 F. Dransmann 所著
《泰山曲阜指南》，1934 年出版）

　　王母神祠的存在，自然是对王母崇拜的结果。王母被认为是女仙的领袖，之所以在著名的泰山有一座灵宇，与她神格的特点有关。在其信仰的发展过程中，早期既主死，又主生，到了后来，主生的信仰进一步被强化，是她掌管着不死之药，并且还有着"王母善祷，祸不成灾"的种种说法。

在民间，传说农历三月初三，是王母娘娘的圣诞。这天，王母要在瑶池举行蟠桃盛会，诸路神仙都应邀赴宴。因此，每年的三月初三王母池要举行盛大道场，供奉花果，焚香叩拜，以示祝贺（图36）。现王母池由泰山碧霞祠的坤道进行管理。

图36　1994年王母池举行道场的情景

红门宫　在登泰山的中轴线上，红门宫跨盘道而起分列两旁，位于一天门、孔子登临处石坊之后，是和岱庙一样位于登山盘道上的一座重要的宗教建筑群（图37）。

红门宫创建年代无考，明清多有拓修，在建筑布局上，可分为东西两个院落，东院更衣亭，为善男信女的歇息之处，清改称弥勒院，奉祀弥勒佛。西院为元君殿。东西两院由横跨盘道的飞云阁相连。

图 37　红门宫外景

现东院由山门、弥勒殿、更衣亭、南穿堂等建筑组成；西院由庙门、元君殿、且止亭、南茶亭等建筑组成。从东西两院奉祀的神祇来看，就知道这是一处佛道相融的宫观。

先说弥勒，弥勒佛是中国民间普遍信仰的一尊佛。据佛经记载，弥勒菩萨从兜率天降生人间，在龙华树下成佛，向诸天演说佛法。其形象本与释迦佛像的造型没有多大区别，只是到了五代，一个笑口常开、袒胸露腹的弥勒形象被民间所公认。

有这样一个传说：五代后梁时有个僧人叫布袋和尚，形体宽胖，大腹便便。平时疯疯癫癫，言语无定，以杖背一布袋入市，见物即乞，但能示人吉凶，测其阴晴，且极为灵验。后坐化于明州岳林庑下的一块磐石上，示寂前，曾留一偈："弥勒真弥勒，分身千百亿，时时示时人，时人自不识。"于是后人认为

75

他是弥勒传世,为其建塔供养,此后这种喜笑颜开的笑口大肚弥勒形象,便流传于世,深得人们的喜爱。红门宫弥勒殿的弥勒形象,就取材于此,原像早毁,20世纪90年代重塑此像。

西院的正殿,是碧霞元君的大殿,原来奉祀的元君像在"文革"中被毁,后又将元君下庙灵应宫供奉的九莲菩萨移于殿中,以供一时之需。现殿内又重塑元君金身以供奉祀,九莲菩萨又迁置于院南的南茶亭。其神主的变迁,意味深长,从而也不难看出,泰山宗教的某些特点,佛道同宫,无论是佛还是道,讲

图38　红门宫的道士与和尚（1912年摄,法国肯恩博物馆提供）

究的也是现实的意义,其信仰很难从严格的宗教意义上去认识和理解,信仰的世俗化是浓重的（图38）。

斗姆宫　古称龙泉观,又名妙香院,位于万仙楼北龙泉峰下的盘道东侧,因奉祀斗姆而名斗姆宫（图

39、40），始建年代无考，自明至清多有重修。从现有资料看，嘉靖二十一年（1542年）曾重建。据清代临济宗三十三世住持，普照寺嗣祖沙门元玉所撰的《斗姆宫新建白衣殿记》碑所载："斗姆宫乃泰山盘路第一精舍，来自远也。"因此宫地处登山要道，且"景象万千"，故香火兴盛。但在明天启初年，因无"真实主人"而"百功俱废"。清康熙年间重修斗姆正殿，并建观音殿、崇台、白衣殿等。乾隆十四年（1749年），重修时建听泉山房。现存建筑格局和形制大致保持了清代的面貌。

图39　位于溪河之西的斗姆宫（选自1934年《泰山曲阜指南》）

斗姆宫分南院、中院、北院三个院落。中院是斗姆宫的主院，由山门、正殿、东西配殿和钟鼓楼组成；南院由山门、寄云楼、禅房组成；北院由观音殿、西配殿、听泉山房、龙泉亭、禅房组成。斗姆宫是泰山现存较大的一组古建筑群，西靠盘道，东临山溪，因山就势而筑，但整体布局由南北轴线所贯穿，

图 40　斗姆宫内景（选自 1934 年
《泰山曲阜指南》）

既中心突出，又布局灵活，颇有特点。

　　说到斗姆，如与玉皇、关帝等神祇相比较，人们对其认识还是陌生的。斗姆信仰，起源于人们对星辰的崇拜。斗姆，又称斗姆天尊、斗姆大圣元君。"斗"指北斗众星，"姆"是母亲之义，其形象为三目、四首、八臂。在道书《玉清无上灵宝自然北斗本生真经》及《太上玄灵斗姆大圣元君本命诞生心经》有北斗、七星之说，并有紫光夫人感莲花生北斗七星的故事。说有一国王的妃子名紫光夫人。某日于莲池中沐浴，忽感莲花九朵化生九子。长为天皇大帝，次为紫微大帝，其余七子为贪狼、巨门、禄存、文曲、廉贞、武曲、破军七星，也就是所谓的北斗七星。这样，紫光夫人被尊为"北斗九真圣德天后"、"道身玄天大圣真后"，在其他道书里面，则被称为斗姆元君，所以，人们认为斗姆是众星之母。

在清《斗姆宫新建白衣殿记》碑中，认为斗姆有"能宰人之寿命"的说法，这本于北斗七星中有"主寿夭"的职司，故有其信仰。当然了，和其他神祇一样，斗姆也是万能的，如主富贵、爵禄、年丰等等，不管你求什么，斗姆都会关照的。

按理说，斗姆宫应有道士管理，因为斗姆是道家之神，故旧称龙泉观，在康熙年间才建有观音殿，参考斗姆宫最后一代住持尼正品的说法①，斗姆宫由尼姑管理，可能始于清初。现在正殿的斗姆神已不在位，供奉的是原在天书观的智上菩萨，斗姆宫已是空有其名。

青帝宫 又称青帝观，位于玉皇顶西北，创建年代不详，仅知在万历年间曾得到修葺。青帝观在泰山原有两处，岱顶为上庙，在山下的一座为下庙，下庙今已无存。青帝宫为一进院，由宫门、正殿和东西配殿组成（图41）。

青帝是东方之神。关于方位之神的仰信是久远的，在殷墟卜辞中，就有对四方和中央五方的祭祀。泰山的青帝祭祀，始于何时不得而知，但不会晚于隋

---

① 据正品听师父讲，明末有位皇后来泰山进香，因盘路上下的庙观，都是道士或和尚管理，皇后及宫女随从休息更衣无去处，于是让北京天仙庵来一位尼姑住持，遂改为尼庵。

图41　青帝宫远景（选自 1934 年《泰山曲阜指南》）

代。因为《隋书·礼仪志》中记叙了隋文帝来泰山，在筑坛郊祭后，于南门外"又陈乐设位于青帝坛，如南郊"。祭青帝而在泰山，这是与泰山位在东方，主春，于色为青的传统文化有直接关系的。

不过具体而明确地将泰山视为青帝，是宋代以后的事情了。宋真宗时，将泰山作为青帝的象征而下诏加号"青帝广生帝君"，因为"名岳配天，乃众山之雄长；盛德在木，实万物之资生。惟真宰之斯存，盖灵篇之攸纪。青帝真君，职司煦育，道叶冲虚，赞玄化于高明，庇群生于溥率。……宜尊懿号曰'青帝广生帝君'，观宇特加修饰。"①

关于青帝的仰信在民间影响不大，故祭祀之事多

————————

① 《岱史》卷九《宋加青帝懿号诏》。

为官方行为。近年来，青帝宫经修葺，已对外开放。

孔子庙　旧称孔子至圣殿，位于岱顶西南的望吴峰下。此处为越观峰，其下为孔子崖，因《韩诗外传》有所谓孔子登泰山望吴国宫门外系有白马以示颜子而故名。孔子庙创建于明嘉靖年间（1522－1566年），明万历十一年（1583年）至十二年（1584年）济南府郝大酉创建正殿三间，前门一间，四周垣墙。但因其迁任而未及安神奉祀。几年后，山东盐运使同知查志隆重修殿宇，于殿内正中南向设立至圣孔子神主，而东南配享以复圣颜子、宗圣曾子、述圣子思、亚圣孟子，"一如学宫之制，春秋丁祭"，并于殿旁建房三间，令道士看守①，后废。清康熙十五年（1676年）重建，乾隆三十五年（1770年）奉敕改建于旧址之南，庙三楹，中奉孔子像而以四配分侍左右，额御书"因高喻大"，其后又多有修葺。民国时期毁于战火。近几年于清代遗址上复建孔子庙，有庙门、正殿、东西配殿等主要建筑。

《岱史》说："孔子，人中之泰山"，而泰山如山中之孔子，于自然于人文，泰山、孔子，是中华民族的骄傲。在《礼记·檀弓下》中，孔子于泰山有"苛政猛于虎"的故事；在《论语》中，孔子有"泰山不如林放乎"的愤慨；在《韩诗外传》中，孔子在泰山有望吴观马的举动。在古人的心目中，孔子与泰山有着不解之缘。泰山上置孔子之庙（图42、43），表达了人们对这位历史上最有影响的先贤圣哲教育家的崇

---

① 《岱史》卷九《查志隆岱巅修建孔庙议》。

图 42　孔子庙远景（选自 1934 年《泰山曲阜指南》）

图 43　今之孔子庙

敬之情。

玉皇庙 旧称太清宫，又名玉帝观、玉皇观、玉皇祠，位于泰山天柱峰顶。因有玉皇庙宇的存在，故

图 44　玉皇庙远景

岱顶又俗称玉皇顶（图 44）。玉皇庙创建年代无考，据明《岱史》记载，此处即古登封台，明成化十九年（1483 年）中使以内帑金资重建。原庙宇建在极顶石上，明隆庆六年（1572 年），侍郎万恭奉旨来祭泰山时，"撤观于巅北"，"始返泰山之真而全其尊"[①]（图 45）。玉皇庙现存规模及形式，大致与明代相当，由山门、玉皇殿、迎旭亭（观日亭）、望河亭及东西配房等建筑组成。

玉皇，在道教中全称为"昊天金阙无上至尊自然妙有弥罗至真玉皇上帝"，亦称"玄穹高上玉皇大帝"，地位仅次于"三清"，与中天紫微北极大帝、勾

———————

① 明《岱史》卷九。

图 45　玉皇庙内景（选自 1934 年《泰山曲阜指南》）

陈上宫天皇大帝及后土皇地祇合称为"四御"。

玉皇之名，初见于南朝梁代陶弘景所著《真灵位业图》，后经统治者的推崇，尤其是唐宋两代，其影响渐大，在民众的心目中，皇帝是人间的主宰，而玉皇则是神界的统帅，其声誉远远超出了道教的最高之神"三清"。

玉皇之宇建在岱顶，也足见玉皇在泰山的影响，泰山神是泰山的化身，其庙宇有上、中、下三庙，上庙也未建在泰山最高处，而建在了极顶下的东南方（图 46），为何不在最高处，其原因已不可考，不过将玉皇之庙建在极岱，自然与前人的立意相悖。倒是明代侍郎万恭对此事甚是敏感，于是撤宇于极顶石北，他之所以如此，用他的话说就是"返其真而全其尊，以毋得罪于泰山之神"也。在他的眼里，泰山应是至高无上的。

图 46　玉皇顶下的东岳上庙（1937 年摄，
泰安市博物馆提供）

　　三阳观　初称三阳庵，位于泰山之阳的投书涧之
北，创建于明代。观依山而建，主要建筑坐落在南北
轴线上，观为三重院落，有山门、混元阁、正殿及配

房等重要建筑，正殿祀碧霞元君，毁于"文革"之中，1999年，在原址上进行了复建，其格局保持了明清之时的风格（图47）。

图47　三阳观修复后的山门

创建人王阳辉，号三阳，携徒昝复明（号云山）于此建观，先是"凿石为窟以居"，后又"营葺庐居"，名三阳庵。王三阳羽化后，云山承其师业，广结众缘，大兴土木，形成入门三重，有殿、阁、台、亭、寮等规模宏大的宫观，名曰：三阳观。在昝复明住持期间，三阳观达到鼎盛时期，不仅民间百姓、达官贵人前来焚香醮祀，就是皇亲国戚来泰山朝拜碧霞元君，也要来此醮典。万历十七年（1589年）钦差乾清宫近侍太监樊腾遵皇贵妃郑淑旨意，来此拜祀岱顶圣母娘娘保"皇子平安"①；万历二十二年（1594

---

① 明《皇醮碑记》。

年），又遣近侍太监来三阳观，"进香三次，礼醮三坛"，以期"皇帝万岁"、"贵妃遐龄"①。

据现存三阳观道士墓碑所记，三阳观由全真教住持，按其谱系，三阳观之派系为全真教果老祖师云阳派。在昝复明之时，徒子徒孙已有近百人。在其门徒中，师承明确，辈分清楚，影响颇广，不失泰山一著名道观。

玉泉寺　又称谷山寺、佛爷寺，位于泰山之东北麓的谷山，创建于北魏时期，是泰山早期佛寺中著名的一处寺院。

创建者僧意在《高僧传》中有记载，其寺也曾名噪一时，后屡有兴废。据现存泰和元年（1201 年）《谷山寺记》碑所载：金天眷年间（1138－1140 年），有僧善宁远涉泰山于谷山寺旧址，独青于此处山色，苦苦经营三十余载，被誉为谷山寺初祖。后有僧法朗继之，锄理荒险，复又三十年，而被尊为第二祖师。至金泰和元年（1201 年），有僧智崇继二祖之业，达到鼎盛时期。智崇大师，被金代大文学家、赐紫金鱼袋党怀英称之为北魏僧意的再现。在泰和六年（1206 年），住持僧智崇以资买到寺额一道曰"玉泉禅寺"。元大德年间（1297－1307 年）寺又重建。据谷山玉泉寺《药师七佛阁记》，在沙门英悟大禅师普谨住持期间，僧人曾达数百人，于至元十七年（1280 年），又增建七佛阁，寺在清代也多次重修，后建筑大多毁于"文革"中。1994 年，在原址上复建了大殿等建筑（图 48、49）。

---

①　明《皇醮碑记》。

图 48　玉泉寺复建后的大雄宝殿

　灵岩寺　位于泰山西北麓的灵岩山，始建于北

图 49 玉泉寺山古银杏

魏。灵岩寺，是泰山现存规模最大的佛寺，也是中国唐宋时期最为著名的寺院之一，有"四大丛林"、"天下四绝"之誉。寺院的建筑规模宏大，至明代尚有伽蓝殿、地藏殿、韦驮殿、观音殿、十王殿、般舟殿、后土殿、辟支塔、千佛殿、藏经殿、达摩殿、驻跸亭、超然殿等重要建筑 30 余座。现存的主要有千佛殿、大雄宝殿、辟支塔、御书阁、积翠证明龛、钟鼓二楼、山门等建筑。

从灵岩寺的现状看，没有严格按中轴线对称布局的形式，这主要是与历代修葺改建有关。一般说来，中国佛寺的布局特点是进山门依次为天王殿、大雄宝殿（佛殿），有的在佛殿与天王殿之间设金刚殿。大雄宝殿应当是正殿，而灵岩寺以千佛殿为正殿，大雄宝殿作为献 殿的差异，与在历代拓建中，殿堂有所换置有关。这在山东省文物科技保护中心 1995 年至 1996 年的一些遗址清理中，已得到证实。

主体建筑千佛殿，因殿内周壁供置众多的小佛像而得名。殿正中，供奉有三尊大佛，中为毗卢遮那佛、东为药师佛、西为释迦牟尼佛。毗卢遮那佛，意为"光明遍照"，在佛教内部有不同的解释，分别有报身佛、法身佛的不同说法。药师佛，是佛教中东方净琉璃世界的教主。而释迦牟尼是佛教的创始人。殿内最负盛名的还是那四十尊罗汉像，造型写实，栩栩如生，被誉为"海内第一名塑"（图 50）。

辟支塔，是泰山灵岩寺的标志性建筑。塔原本是佛寺的主体，用以藏舍利（佛的遗骨），是教徒崇拜的神圣对象，后因建殿供奉佛像而转以佛殿与塔同为主体。灵岩寺的辟支塔，始建于唐代，此时兴起以殿

图 50　灵岩寺罗汉彩塑之一

堂为中心，塔居其次的时代风格，改变了原有的以塔
为寺之中心的格局（图 51）。

隋唐以后，由于佛教在中国的发展较快，带有各

图 51　灵岩寺千佛殿与辟支塔

种地方文化色彩的教派纷纷而起，禅宗是中国佛教中最大的一个派别，也最具有民族特色。它化复杂为简易，变彼世为现世，更容易被人们所广泛接受，泰山灵岩寺在唐宋时期是禅宗重要的广法之地，而禅宗中所谓的"五家七宗"，在灵岩寺的宗派史上，也可找到相应的发展线索。

其他重要宗教建筑一览表

名称	地理位置	备　注
酆都庙	泰山中路岱宗坊东	始建于明弘治十四年（1501年），祀北阴酆都大帝，配以冥府十王。今已无存（图52）。
三皇庙	泰山中路岱宗坊北	创建年代无考。祀伏羲、神农、黄帝，配以八蜡，两庑祀先医。岁以农历十二月初八致祭，民国之时废。
升元观	泰山中路岱宗坊北	初名建封院，又名朝元观，始建年代无考。宋政和八年（1118年）赐额"升元"。清乾隆三十五年（1770年），曾建行宫于观内，御额"礼元堂"。现已无存。
玉皇阁	泰山中路岱宗坊北	万历八年（1580年）建。据《泰山志》载：玉皇阁上祀玉皇，下为三元洞，阁西为北斗殿，明隆庆年间（1567～1572年）建。现仅存玉皇阁石坊（图53）。
金龙四大王庙	泰山中路玉皇阁北	祀南宋谢绪，因其行四故名。谢氏，钱塘人，因南亡而投苕水自尽。明天启四年（1624年）封号，清康熙元年（1662年）祀此，现已无存。
岱岳观	泰山中路王母池西	为东岳庙上中下三庙的中庙，唐改曰"岱岳观"，北魏《水经注》引《从征记》对此庙曾有记述。唐代成为皇室重要的修斋建醮的场所，后渐衰，明代时主要建筑仅存三清殿，俗成老君堂，民国时增佛殿及药王殿，后又圮废。

名称	地理位置	备　　注
关帝庙	泰山中路红门宫下	又名关帝祠，创建年代不详，明清多有拓修，清乾隆十三年（1748年），赐额"神威巨镇"，主要建筑有山门、戏楼、拜棚、大殿、配殿等，现基本保留了清代的格局和风格（图54）。
高真院	泰山南麓金山	明立，清称西眼光殿，现已无存。
后土殿	玉皇阁坊东北	有宋大观元年（1107年）范致君题名勒壁，清乾隆六十年（1795年）曾修葺，现已无存。
老君堂	凡二：其一，王母池西；其二，山顶凤凰山围屏峰	其一，为岱岳观之一隅，明为三清小殿。现额五间，已改他用；其二，于南天门移此，清圮。
吕仙祠	泰前岱道庵村	明万历年间（1573—1619年）建，久圮。
东眼光殿	泰山南麓虎山	清雍正八年（1730年）建，已圮。
人祖殿	泰山南高老桥北	明置，清改三官庙。
万仙楼	红门宫北	旧称望仙楼，明万历四十八年（1620年）建，上祀王母，配以列仙，清额曰"景会群真"。后多有重修，现大致保留其清代风格（图55）。
三官庙	凡五：其一，高老桥北；其二，快活三里；其三，泰城内教场街；其四，城东关；其五，岱阴元君庙东。	高老桥三官庙，始建年代不详，明代为人祖殿，清代改为三官庙，祀天官、地官、水官。民国时废，1994年在原址复建。计有山门、配殿、正殿等重要建筑（图56）。

名称	地理位置	备　注
壶天阁	泰山中路回马岭下	旧称升仙阁，明嘉靖二十四年（1545 年）创建，门阁三楹，清乾隆十二年（1747 年）拓建，改曰"壶天阁"，阁跨道而建，门额为乾隆所题"壶天阁"。
壶天阁元君庙	泰山中路壶天阁北	始建年代不详，乾隆十三年（1748 年），赐额"琼霄珠照"。现存大殿三间，内祀碧霞元君。
壶天阁玉皇庙	泰山中路回马岭南	始建年代无考。原有玉皇殿一楹，明嘉靖二十四年（1545 年）拓建，增为五楹，并复建门阁。清乾隆十三年（1748 年）赐额"紫垣凝命"。
三大士殿	泰山中路壶天阁北步天桥东	创建年代无考。明清均曾重修，后圮。1981 年重建，基本上保留了清代的风格。
二虎庙	泰山中路中天门	又名伏虎庙，始建年代不详。清同治六年（1867 年）重修，后废，1972 年重建。原中天门坊，即以"伏虎庙"为额。
增福庙	快活三里北	今之增福庙为 1992 年易地新建。
元君殿	朝阳洞南	久圮。
龙王庙	凡二：其一，泰山十八盘南大龙峪；其二，岱庙东南。	其一，清已圮。其二，祀渊济公，即宋封白龙渊济公。清乾隆三十年（1765 年）知县程志隆以白龙池渊济公祠久废，始建祠于城中，今已无存。

名称	地理位置	备　注
大悲殿	对松山北	清乾隆十三年（1748年）赐额曰"莲界慈航"。
金母殿	十八盘南大龙峪	清已圮。
南天门	十八盘尽头，飞龙岩与翔凤岭之间山口	俗称"三天门"，创建于元中统元年（1260年），明清多有重修。南天门分上下两层，上层为"摩空阁"（图57）。
南天门关帝庙	南天门内	始建年代无考。据清《泰山志》载，旧有三灵侯祠，宋真宗东封见三神人于天门，故加封建祠，后又改址凤凰山，遂于此建关帝庙。乾隆十三年（1748年），赐额"乾坤正气"。
三灵侯祠	原在南天门内，后改址凤凰山。	宋真宗东封始加封建祠，清末已圮。
五贤堂（云巢宫）	岱顶天街北	始建元代不详，祀孟、荀、杨、文、韩五子。清乾隆十二年（1747年）于五贤堂址建行宫，御题"云巢"额，不久即圮。
万寿殿	岱顶凤凰山东	又称万寿宫，万历四十二年建，祀九莲菩萨。崇祯十四年，复增祀智上菩萨，清圮。
挟仙宫	岱顶平顶峰南	明置，圮。清于旧址建乾坤亭。
后石坞元君庙	岱阴后石坞	俗称娘娘庙，始建年代不详。清《泰山道里记》称：元君庙内有万松亭，后改弥勒殿，自东而上为蔚然阁，下祀吕仙。东有三官殿，后圮，移像于元君殿西舍，明万历十九年（1591年），修圣母寝宫楼；隆庆六年（1572年）供昊天上帝像。清顺治、康熙、乾隆年间多次重修，同治年间又修，改称"青云庵"。光绪年间重修后又称后石坞庙。民国时渐废。1994年重修或重建元君殿、西配殿，以及其它建筑（图58）。

名称	地理位置	备 注
迎旭观	泰城西灵芝街南	建于清康熙四十二年（1703年），"上有关帝阁，阁北楼亭台榭，曲径幽邃。"现已无存。
刘将军庙	岱庙东南	清雍正三年（1725年）知州吴曙建，乾隆十七年（1752年）知县冯光宿重修，现已无存。
火神庙	泰城南关	祀司火之神，原像设崇阁之上，乾隆十五年（1750年）知县周藩移建于阁之东北，复于阁上增祀文昌，现已无存。
马神庙	凡二：其一，在城西；其二，在城西南隅。	祀马王之神，现均已无存。
旗纛庙	城西校场	祀军牙六纛之神，现已无存。
包公祠	泰城西门瓮城内	祀包公，后州人合祀清顺治间知州傅镇邦、康熙间知州张迎芳，故又曰三公祠。清雍正元年（1723年）曾重建，现已无存。
和圣祠	岱庙南鲁两先生祠北	俗称展家祠。明万历四十五年（1617年）建，祀和圣柳下惠。清曾重修，民国初年民众自愿出资扩建祠堂，现已无存。
萧公祠	岱庙东南	祀明万历间兵部尚书萧大亨，现已无存。
侯公祠	岱庙东南	祀明万历间州守侯应瑜，现已无存。

名称	地理位置	备　注
赵公祠	岱庙东南	祀清顺治间郡人侍御赵宠文，现已无存。
鲁两先生祠	泰安州城东南隅	又称信道堂、泰山书院、二贤祠。鲁两先生即宋泰山先生孙明复、徂徕先生石守道。后祠迁址北上，俗称上书院。金又于岱庙东南建祠，后祠多有兴废，明代成化二十三年（1487年）又易地而建，明天启年间又重建。民国时也曾修葺，后渐废，现已无存。
城隍庙	岱庙东南方	始建于唐，明万历十五年（1587年）曾重修，清乾隆二十四年（1759年）恢拓，现已无存。
会真宫	岱庙东南方	旧名奉高宫，又名太平宫。奉高宫始建于汉代，宋改奉高宫为会真宫。明成化年间仅存玉皇殿三间，成化十八年（1482年）重修。清曾在其址改建为关帝庙，民国时遂废。
朱公祠	岱庙南	祀清康熙间州守朱麟兆，后祠颓圮，移主于徐公祠，现已无存。
灵派侯庙	泰城灵芝街南	始建于后晋天福六年（941年），祀漆河将军。漆河将军后又称通泉侯。宋真宗东封时封为灵派侯。元至元十三年（1353年）曾重修，内增置五哥、王母等殿，后俗称"五哥庙"。清多次重修，民国时改作它用，渐废。现已无存。

名称	地理位置	备　注
相公庙	社首山	又名赵相公庙、蒿里相公庙，立庙于宋真宗所禅祀之地，祀赵相公。赵相公为长安人，唐睿宗延和元年（712年）受封，俗称为相公。置相公庙因蒿里而立，被称为东岳辅相，清曾重修，现已无存。
蒿里山神祠	蒿里山与社首山之间	又名森罗殿，创建年代无考。晋陆机曾有"蒿里亦有亭"的诗句。自唐至宋，香火兴盛。元代曾拓建，明成化年二年（1466年）重修，有七十五司及三曹对案之神。1929年被国民党驻军拆除，并于是1931年又在旧址建烈士祠，现已无存。
徐公祠	遥参亭西	又名徐公书院，建成于清康熙五十一年（1712年），祀州守徐肇显，现已无存。
崔公祠	岱庙东南	建于明嘉靖二十二年（1543年），清已圮。
风伯雨师庙	岱庙东北	元代至元年间（1264—1294年）建。祀风神风伯、雨神雨师。明成化年间曾大修，不久又废，明嘉靖年间易以坛，清曾重修，后又废，现已无存。
王公祠	岱庙西南	祀乡贤王嘉宾、王度，现已无存。

名称	地理位置	备　　注
灵应宫	古泰城之西南蒿里山之北	又名天仙祠，是为碧霞元君下庙，创建年代无考。明万历三十九年（1611年）曾奉敕拓建，赐额"灵应宫"。清曾多次重修，灵应宫为二进院，有山门、钟鼓楼、正殿、配殿等主要建筑。现除正殿，由一工厂占用。
天书观	泰城西汶阳桥北	原名乾元观，宋大中祥符元年因降天书于泰山而改建，俗称天书观。明正德年间始祀碧霞元君，并于元君殿后又构九莲殿祀九莲菩萨，改天书观为"天庆宫"。崇祯年间（1628—1644年）又于九莲殿后，敕建智上殿，祀智上菩萨，更名"圣慈天庆宫"，观废于清末。
永福阁	泰城永福街南	跨道为阁，祀观音、大士。建于清康熙二十七年（1688年）。乾隆十五年（1750年）毁于火，二十年（1755年）重修，今已无存。
长春观	岱庙西北	始建于元代。丘长春曾居于该观，其弟子訾守慎（赐号"妙真"）曾住持于此，"前有圣殿，后有祀堂，左有寮室，右有庖房"。清时已圮。
青帝观	金山脚下	又名青龙观，始建年代无考。宋大中祥符元年（1008年）曾重修。明多次拓修，清也曾多次修葺，后渐废。现遗址辟为公园，名曰"广生园"。

名称	地理位置	备　　注
白云观	岱庙西北	明万历年间（1573—1619年）建，祀王母，其后增祀碧霞元君，清乾隆年间（1736—1795年）改称梳妆院，久圮。
三贤祠（五贤祠）	普照寺西北	三贤祠原为泰山上书院。明嘉靖年间（1522—1566年）安孙明复、石守道神位于此，名曰"仰德堂"，后又增祀胡瑗，故被称为三贤祠。清康熙五十一年（1712年）曾重建，乾隆四年（1739年）、二十四年（1759年）重修。清道光年间又祀明之宋焘，清之赵国麟，故又称五贤祠。
渊济公祠	白龙池	宋元丰五年（1082年）封白龙为渊济公，始建祠于该处。金时祠毁于战火，元人复建，清乾隆三十年（1765年）以祠久废而移祠于城中，名曰龙王庙。现已无存。
元始天尊庙	扇子崖东南	又称石庙，始建于明代。清末曰大殿为"无梁殿"，祀玉皇。前为石阁，上祀元始天尊，后多有重修。现有山门、元始天尊殿、东西配殿等。
许真君庙	漤河东	建于清康熙六十一年（1722年），现已无存。
北极庙	泰城北门外	建于明天启五年（1625年），清康熙十年（1671年）曾重修，并于庙东建白衣堂，现已无存。

名称	地理位置	备注
会仙观	泰山东北麓门家墅	始建年代无考。金时孟养浩等人游历于会仙观故址，重新营建此观，建有三清殿、七真堂、斋厨贮库等，久圮。
九龙宫	泰山东南徂徕山三岭崮	已圮。
玉皇庙	泰山东南徂徕山三岭崮	明崇祯间（1628—1644 年）重修，已圮。
感应侯祠	凡二：均在徂徕山	祀徂徕山神，金明昌元年（1190 年）被封为护国感应侯，已圮。
二圣宫	徂徕山竹溪六逸址南	古称二圣堂，创于元初，时珍建。后增建玉皇阁、王母殿、三清殿，今圮。
三皇庙	徂徕山演马岭	旧称寺基，今废。
三清殿	徂徕山极顶北	清康熙年间（1662—1722 年）建，今圮。
隐仙观	徂徕山礓石峪	始建年代无考，祀吕纯阳。有玉帝阁、三清殿等。清多次重修，后改为六逸堂，祀竹溪六逸。现已废。
汉武帝庙	徂徕山宫里	为汉武帝东封曾驻跸于此而立庙，金毁于火，后重修。
广禅侯祠	泰山南麓亭亭山	宋真宗大中祥符元年（1008 年）封山神为广禅侯，曾遣官致祭，元、明均有重修，现已无存。
帝王堂	泰城西南天平山之阳	金大定二十四年（1184 年）创建，明曾重修，乾隆四十一年（1776 年）重建。

名称	地理位置	备　注
全真观	泰城西南	金明昌年间（1190—1195年）始建。元代之时"其祠圣有堂，宅众有庐，至于斋庖宾次像设绘事，凡道馆之制罔有不备，又起大殿于东偏以祀三清，宏壮富丽，甲于东州"，现已废。
大圣院	泰城西南	创建无考，元至元三十一年（1294年）曾重修，清圮。
云溪观	泰城西南北仇村	元代著名道士张志纯曾于此修炼。
玄都观	泰山西北麓清风岭	清已久废。
元君庙	泰山西北麓襆负山西南	内有玉皇殿及铁佛殿（移碧寺之铁佛），已废。
青龙宫	泰山西北麓大倒沟西	清圮。
冥福禅院	岱庙东南	又名崇法禅院、资福寺，唐开元年间（713—741年）奉敕创建，历代多有重修，现已无存。
竹林寺	西溪百丈崖之北	创建年代无考。自唐至清，屡经兴废。在元代为泰山著名佛寺之一。明代时满空禅师曾住持于此。建筑已无存，现重建。
天封寺	泰山东西旧县村	旧称郭头地，始建年代不详。宋真宗东封后，遂以"天封"为额。金时多有重修，现寺已废。
藏峰寺	泰山西南麓骆驼峰	创建于元代，明清多有重修，民国时渐废，现仅存殿的基址及部分残造像、塔石等。

名称	地理位置	备　注
神宝寺	泰山西北麓宝山南	原名静默寺，创建于北魏正光元年（520年），唐改称"神宝寺"为泰山著名的古刹之一。
神通寺	泰山北麓柳埠	旧称朗公寺，创建于前秦苻坚皇始元年（351年），是泰山最早的佛寺。现遗址尚存。
九塔寺	泰山西北麓柳埠西南灵鹫山南	始建年代无考。历代多有重修，现寺塔尚存（图59）。
衔草寺	泰山西北麓崮山镇王庄塔寺	创建于南北朝时期，元、明、清多有重修，现寺内建筑仅存一座方塔（内祀关公石像）。遗址上多有柱础等建筑构件。
大云禅寺	凡三：其一，在泰山东麓姚庄；其二，西南麓布金山；其三，东南麓尧山。	其一，旧名古云台寺，金重建，明弘治十五年（1502年）重修；其二，创于唐，金、元明历代均有重修。
洪福寺	泰山东麓	元曾重修，现已废。
金铃寺	泰山东麓栗林村	现已废。
广福寺	凡二：其一，在泰山东麓山口村；其二，在南麓西留庄。	现均废。
南泉寺	凡二：其一，泰山东南麓角峪；其二，南麓西望庄。	现均废。
水音堂	泰山西南夏张村南	建于清乾隆十一年（1746年）。
石佛寺	泰山东南麓延东庄	宋宣和年间（1119—1125年）创修，现废。

名称	地理位置	备注
宝圣寺	泰山南寺岭庄	明嘉靖间（1522—1566年）曾重修，今废。
观音堂	泰城南	始建于明万历年间，萧大亨曾重修，现已无存。
岱岳禅院	泰城西南	又名炼魔堂，现已无存。
隆兴寺	泰城西南下望庄	创建于元至正年间（1341—1368年），明成化年间（1465—1487年）重修，清即久废。
妙觉禅院	泰城西南夏张	又称白马寺，创建于唐开元年间（713—741年），金大定三年（1163年）奉敕重建，额曰："白马庵"。今废。
精礼寺	泰城西张侯村玉女山	创建于唐贞观年间（627—649年），宋大中祥符年间（1008—1016年），奉敕重建，元明均有重修。
莲花庵	岱庙西	创建于明代，清多有修葺，其后有楼祀大士，乾隆十三年（1748年）毁于火，仅存前殿，现已无存。
青云庵	泰城东北	建于清顺治八年（1651年），现已无存。
普慈庵	泰城北门外	清顺治年间知州傅镇邦创建，是为龙泉观下院。清康熙四十一年（1702年）、乾隆二十年（1755年）皆重修，现已无存。
四阳庵	泰山东南麓屏风岩	一名潜仙庵，旧址于明万历初道士柴慧庵修炼处，萧大亨移建于此，今圮。
大佛寺	凡二：其一，泰城西大佛寺村；其二，泰山北麓马蹄峪。	均废。

名　称	地理位置	备　　注
光化寺	徂徕山映佛崖西	创建于北魏。唐、宋、元、明代屡兴屡废。宋大中祥符七年（1014 年）曾赐号"崇庆"，现存大殿三间，尚存部分重修碑刻。
毛姑庵	徂徕山乳山西	传为元初州人毛仙姑居此，修行 30 余载。清圮。
卧云庵	徂徕山悬珠山	祀吕纯阳，清康熙年间（1662—1722 年）高沙卧云者居此，故名。清圮。
四禅寺	徂徕山团山	创造于北齐清河二年（563 年），几经兴废。金大定二年（1162 年）奉敕重建，赐额"法云禅寺"。
竹溪庵	徂徕山顶北攒石岗	金党怀英所居，著《竹溪集》，清康熙年间（1662—1722 年）又立玉帝阁，今圮。
大觉禅寺	徂徕山南梁父故城	金大定年间建，元初僧道庆重建，今废。
云台庵	凡二：其一，西北麓襁负山东南；其二，西北麓夕阳洞。	其一，有明正德释道转重建三教堂碑，庙清圮；其二，清圮。
云台寺	西北麓黄山	旧称延庆寺，宋海定禅师重建，元、明皆重修，额曰"云台寺"。
伽蓝殿	灵岩新石桥东	明弘治年间（1488—1505 年）曾重修，清即圮。
天齐庙	泰山北柳埠村东北	明弘治年间（1488—1505 年）重修，清乾隆四十六年（1781 年）重修，现存残址。

图 52 酆都庙（1934 年摄，泰安市博物馆提供）

图 53 玉皇阁远景（1937 年摄，泰安市
博物馆提供）

图 54　关帝庙远景（1937年摄，
泰安市博物馆提供）

图 55　万仙楼（1912年摄，法国肯恩博物馆提供）

图 56　三官庙

图 57　南天门（1912 年摄，法国肯恩博物馆提供）

图 58　后石坞元君庙

图 59　九顶塔

名山逐鹿

以上我们对泰山的庙宇宫观作了简要的介绍，宗教建筑作为宗教存在的物质形态，无疑会加深我们对泰山宗教特点的理解。从发生的角度看，泰山信仰的形成不可谓不古，早在史前时期就已形成。从发展史的角度看，其延续时间之长也是其他信仰所不可比拟的，从蒙昧的史前时期至漫长的封建社会，上下数千年，经久不衰。可以说，泰山是中国宗教史上独一无二的宗教名山。在中国最高统治者那里，道教可以信，也可以不信，佛教可以信，也可以不信，但对泰山，任何一个皇帝都不敢怠慢，泰山的信仰，是不能没有的。

（一）佛道式微

当谈到宗教的时候，人们首先想到的是儒、释、道三教（儒学是否为宗教暂且不说），因此在谈及泰山宗教时就会说，儒、释、道三教合一是其最大的特点。其实你略加注意就会发现，在中国的名山中，几乎是没有某一宗教单独存在的。三教相融合，在中国的宗教史上是一个普遍的现象。那么泰山宗教的特点是什么？或者说在泰山哪一宗教形态占主导地位呢？

既然在前面我们已对泰山的庙宇寺观有了大概的了解，因此不妨从中管窥一下，这些宗教建筑的性质、特点及地位。

从早期的宗教建筑看，泰山最早的礼制建筑要数明堂（周明堂、汉明堂）、泰山宫（今之岱庙），明堂始建于周，泰山宫始建于西汉初（这在前面已介绍过），当时佛教尚未外来，道教也未形成（一般认为佛教在两汉之交传入中国，道教形成于东汉末年），自然也就谈不上什么佛教和道教的属性。与儒有关系吗？不能说没有，但当时儒学作为一种政治思想体系，尚未有教的特点，因此，无论是明堂还是泰山宫，与儒、释、道尚未有直接关系。

从宗教建筑的分布上看，在泰山上人文景观最集中的是登山中路，这也是泰山历史文化的主轴线。在这一轴线上，从现存建筑来看，重要的有岱庙、红门宫、王母池、关帝庙、二虎庙、南天门关帝庙、孔子庙、碧霞祠、青帝宫、玉皇庙等，表面上看虽儒释道皆全，但细加分析，几乎没有一处能算得上某一教的产物。在这些建筑中影响大的也只有岱庙、红门宫、碧霞祠及玉皇庙，而最具代表性的还是岱庙与碧霞祠。前面已谈到，岱庙是皇家祭祀泰山的场所，犹如北京的天坛，虽金以后有道士管理，但仍未改变其皇家专用祭祀场所的性质。碧霞祠，从管理的角度而言从明代后为道教府地，如果从其产生、发展的角度看与道教也无直接关系。因为碧霞元君信仰在明代中期以后，才得到道教的注意，以前只是民俗的事项而已。而其他宫观，也很难说是真正意义上的佛教寺院及道教宫观。在历史上，东岳庙的中庙在唐代改为岱岳观，作为道教宫观，成为皇家的修斋建醮之地，并曾红极一时，但唐后即衰。

佛教在泰山的出现较早，但也只是东晋以后的事，如与泰山信仰已有上千年的历史及自始至终受到最高统治者的崇奉相比，佛教却不幸得多，始终挫折不断，并且佛寺也大多分布在登山中轴线以外的阴区。如单从庙宇建筑而言，儒家在泰山的历史就更短了，大致在宋代以后，山顶上的孔子庙则是创建于明代。

除此之外，如果从泰山所发生的大的宗教事项看，儒、佛、道诸家均未在泰山发生具有全国影响的事件，这也是泰山在宗教方面没有形成什么"宗"、什么"派"的原因所在。泰山封禅应该说是泰山祭祀中最有影响的事情，但是与儒、释、道是没有必然联系的。

从泰山信仰所形成的神祇看，它自成体系，被拉入佛教、道教中，主要是借泰山神祇已有的影响。而在神谱体系中，为泰山神安排的地位也不高。在两教的身份仅是职司阴曹地府。而在传统信仰中，泰山神是人与天地对话的使者，具有与人世间皇帝相匹敌的权威。

（二）宗法称雄

从以上几个方面就不难看出，泰山的宗教属性，是有着自身特点的，从其性质而言是与中国传统宗教相联系的，也可以说是中国传统宗教较为形象的体现，具有很强的宗法性。这种特点，是与中国社会历史特殊的环境造成的。它鲜明的政治性与伦理性，构成其基本的内核。当然，同源于中国古老文化的儒学及道教，无疑也为泰山宗教增添了新的活力与生命，而佛教的出现则又使其宗教文化更为丰富。

现在我们可以对泰山宗教，作一纵向的回顾：

泰山以其高大雄伟的自然特征及悠久的文化，奠定了它在中国文化史上的崇高地位，同时也成就了它独特的宗教形态。在先秦时期，泰山祭祀无论从形式还是内容，已建立起较为完备的宗教体系。《尚书·舜典》所讲的舜取得统治地位后，于春天的二月，东巡狩，至于泰山而柴望，尔后秩次其他诸岳，说明泰山作为众岳之宗的地位已经确立，并且祭祀泰山成为王者取得最高祭祀权的一个标志，它是一种权力的象征。这也就成为后来只有"天子"才有资格祭祀泰山礼制的原型，同时也就宣告了泰山信仰与政治相结合即"政教合一"的确立。尤其是西周宗法制形成以后，"祭必告于宗子"，泰山成为众山之宗，天地自然之宗，对它的祭祀也就只有人间的宗子来实施成为定制。神权和政权集于一身，宗教和政治融为一体，政教合一渗透于泰山信仰之中。

秦汉以降，为适应当时大一统封建帝国的政治体制，作为泰山祭祀崇拜的特殊形态——封禅成为中国历史上一种特有的宗教文化现象。它以功成受命为核心，以天人感应为特征，构筑了一个帝王、一个朝代将兴之时的一种命定论模式，它以特定的祭祀形式和独有的宗教内容，以致成为历代帝王统一天下、改制应天的旷世大典。

当封禅理论被秦始皇实践后，历代帝王竞相效仿，其祭祀形式始终没有改变过。限于封禅大礼的特殊要求，有诸多帝王不能实现这一崇高的理想，但作为封禅的替代形式—柴礼泰山，却从来没有停止过。宋代之后，泰山崇拜与统治者的关系也发生了一些微妙的变化，像封禅这样的举国大典也随着宋真宗登封降禅的结束而偃旗息鼓。但是，基于中国传统的宗法性政治文化结构的影响，泰山与最高统治者的密切关系仍然继续保持着。凡是大祭、战事、灾祸、庆典等重大事情，统治者大都要亲自或派员到泰山举行祭祀典礼，这种状况一直延续到清王朝的结束。作为一代帝王，只有在泰山举行过告天之礼后，才能证实政权是上天赋予的，才能名正言顺地统治天下。因此对统治者来说，道教、佛教可以信，也可以不信，但泰山信仰是不能少的。可以说，"万物始生"、"阴阳相代"是泰山宗教信仰的核心。

泰山宗教有着特殊的组织系统，国家政权系维系着它的宗教行为。它由最高统治者——天子亲自主事，既是君主，也是教主。在泰山宗教中天神、地祇是崇拜的主体，配以祖先崇拜，形成相对固定的模式。西汉之时，"独尊儒术"的格局形成，不但没有阻挡泰山信仰的发展势头，反而作为礼制倍加崇尚。只是作为一种补充，这种传统的祭祀大典也融进了更多的伦理色彩。就封禅的特征而言，是受命帝王改制应天、德及于天下所举行的告功于天地的神圣宗教典礼。当它与祀祖结合在一起时，使这一祭祀活动增添了更多的祖先崇拜因素。这反映着对血缘关系的重视，成为告功于先祖，以慰祖灵的重要形式。亦天亦祖，既通天地之神灵，又有伦理纲常之人情，这应是封禅祭天地同时祭先祖的内在原因。

神界的多样性，是传统宗教的特点，同时又因为"泰山不攘土壤"的缘故，泰山也就有了"神州"的美誉。从崇拜偶像而言，神灵繁多而又有主次之别，大致分为天神、地祇、人鬼、物灵四大类。凡与传统宗教有关的神祇，几乎大都可以在泰山找到他们的栖身之地。

泰山神—东岳大帝、碧霞元君、石敢当诸偶像，就是在泰山文化特定的氛围中诞生发展起来的。从原始部落酋长的巡狩、柴望，到封建帝王的封禅告祭，东岳大帝大致 经历了由太阳神崇拜转变为对天地信仰的发展过程。具体地说，远古时期这一地区的太阳神崇拜，孕育了泰山神的雏形。封禅说的出现，使泰山神成为上天与人间沟通的神圣使者，成为帝王受命于天，治理天下的保护神，并多次获得最高统治者的封号，或"王"或"帝"，体现出一种皇权高于一切的专制精神。如果说，唐宋以前，东岳大帝受到最高统治者的竭力崇尚，而在历史上显赫了上千年，那么自宋之后，碧霞元君靠着平民百姓的力量，有口皆碑，征服了大半个中国。碧霞元君与东岳大帝一样同源于泰山的东方崇拜，有着同源连带的文化关系。而石敢当，作为山岳崇拜的延伸，是勇敢正义的化身，并成为镇妖辟邪的吉祥之神。

概括泰山宗教形成的发展过程，大致有以下几个特点：

其一，历史久远，延续时间长。自原始的自然崇拜开始，一直延续到封建社会的解体，其间几千年时间始终没有停止过。它几乎贯穿了中国传统宗教发生、发展的整个过程，具有一定的典型性。

其二，性质独特，祭祀规格高。泰山祭祀活动在很长的一段时间内，仅限于统治者阶层，并由最高统治者亲自执事，祭祀活动始终是作为国家的最高宗教活动来对待的，有着特殊的组织系统。无论是理论体系还是祭祀形式，起源成熟早，有着很强的影响力。

其三，信仰基础深，影响范围广。泰山的基础信仰是"万物始生"、"阴阳相代"，这几乎概括了一切事物的发展规律，很容易被人们所接受，这也是泰山信仰在全国范围内有很大影响的重要原因。

我国著名哲学史家张岱年曾指出："泰山的宗教信仰是中国传统文化很重要的一部分。研究中国宗教史，必须研究泰山的宗教历史。"这对泰山宗教的文化价值及历史地位，给予了充分的肯定。我们有理由相信，随着泰山历史文化的进一步发掘，泰山宗教研究将会出现一个新的局面。

后　记

　　来去匆匆，我们对泰山的宗教及庙宇作了一次浏览。

　　在这本小册子即将收笔的时候，我收到了一位朋友的回信，是我请她能否给泰山文化下一个定义，她自然不便多说，但涉及我所提到的区域性问题时，她还是提出了自己的见解：

　　你说让我对泰山文化下一个定义，我如何能做得了呢？我还不懂泰山，更不敢随便涉入她的文化，因为她包蕴的东西太多了。这底蕴深厚，庞大浑然的山脉，不仅记载着华夏民族的历史，也寄托着炎黄子孙的希望，当你把眼界打开的时候，就会发现：任何一种文化现象都来自一个固定的地方与区域，有生命力的东西就会无限地延伸下去，并蔓延开来，而无生命力的东西却在发展中消亡。

　　任何一个传承下来的东西都不是那一个人的，也不是那一个地区的，它是整个民族的，也是整个人类的。你说不是么？昔日的帝王，当代的游人，当他们怀着一颗虔诚的心，一步一步地攀登上泰山之巅的时候，我想要是仅去看风景就会显得逊色。……这种信仰观念的形成，又何尝不是一个人的文化积淀呢？八方游人带去了他们的观念，又从泰山带走了他们的所求，这浑然交错的来来往往会形成什么呢？……抑或我也在用一种文化的观念观照泰山？

是的，当我们分析一种文化时，常常以区域性的东西来限定自己，文化是有一定的区域性，但当它发展开来，也便没了界限。泰山文化已不再是一个地方性的区域文化，而属于整个人类。正基于此，季羡林先生在为《岱宗学刊》题词时指出："泰山是中国文化的主要象征之一。欲弘扬中华文化，必先弘扬泰山文化，这是顺理成章的事。"

在博大精深的泰山文化中，其宗教文化始终是它的主脉。中国传统宗教的理论体系、组织体系以及宗法特点，在这里得到了淋漓尽致的体现。这也正是泰山不可能成为道教名山，更不可能成为佛教名山的根本原因。

但愿这本小册子，有助于读者对泰山宗教文化特点及庙宇状况的了解。

刘　慧

2000 年 6 月于岱下福全街 1 号

图书在版编目（CIP）数据

宗教与庙宇/刘慧著. －济南：齐鲁书社，2000.9
（泰山文化之旅丛书）
ISBN 7－5333－0709－7

Ⅰ.宗… Ⅱ.刘… Ⅲ.①宗教文化－简介－泰山
②寺庙－简介－泰山 Ⅳ.K928.75

中国版本图书馆 CIP 数据核字（2000）第 45598 号

泰山文化之旅丛书

宗教与庙宇

刘 慧 著

齐鲁书社出版发行

（济南经九路胜利大街）

山东人民印刷厂印刷

850×1168毫米 32 开本 4 印张 80 千字
2000 年 9 月第 1 版 2000 年 9 月第 1 次印刷
印数 1—5200
ISBN 7—5333—0709—7
K·192 全 8 册定价：68.00 元

泰山文化之旅丛书

碑刻与摩崖

史 欣 编著

齐鲁书社

序 一

莫振奎

泰山为我国五岳之东岳，是闻名遐迩的旅游胜地，年接待中外游客达到 400 万人次。泰山的魅力不仅在于她雄、奇、险、秀的自然景观，更在于她悠久的历史和丰厚的文化，在于她得天独厚、绝无仅有的人文景观。封建帝王的封禅，文人骚客的游览，以及宗教的活动和民间的传说，使泰山成为一座神山、圣山、文化山。泰山被誉为中华民族精神的象征，被称作东方文化的宝库，是当之无愧的，联合国教科文组织把泰山列为"世界文化与自然遗产"，也是名副其实的。

随着改革开放的深入和经济社会的发展，我国旅游业呈现出强劲的发展势头，泰山已成为人人向往的旅游热点。近年来，泰安市委、市政府确定把旅游业作为一个新的经济增长点来抓，提出了"营造大泰山，开拓大市场，发展大旅游，构筑大产业"的战略构想，加大宣传促销力度，加快旅游资源开发，加强基础设施建设，治理整顿旅游环境，做了大量工作，

取得了显著成效。挖掘泰山的文化内涵，弘扬泰山的历史文化，让世人更多、更深入地了解泰山，为中外游客提供深层次、高品位的服务，是发展泰山旅游业的一项重要工作，也是编辑出版《泰山文化之旅丛书》的根本宗旨。

《泰山文化之旅丛书》的编者，以高度的责任心和使命感，以严肃认真、精益求精的态度和作风，精心撰稿，精选图片，编成了这套图文并茂、雅俗共赏的丛书。通过这套丛书，使广大游客在遍览泰山风光名胜的同时，也能领略博大精深的泰山文化，这对进一步宣传泰山，促进泰山旅游业的发展，将发挥积极的作用。值丛书编成出版之际，即兴随笔，写此数语，是为序。

2000 年 8 月于泰安

序　二

杨辛

　　旅游是一种层次较高的综合性文化体育活动。古人在谈及学识时，常提到"行万里路，读万卷书"。所谓"行万里路"，其中带有旅游的意味，这是对自然、社会的一种亲身考察与体验。旅游的兴味往往反映人的文化素养。前人把"行万里路"与"读万卷书"并列，确是很有道理的。

　　旅游本身是一种文化熏陶，也是一种精神享受，到名山胜水旅游，特别是到泰山这样的历史文化名山旅游更是如此。泰山作为我国文化名山被誉为五岳之首，而且是世界上为数不多的"文化与自然"双遗产，旅游资源十分丰富。

　　我曾说："生有涯，学泰山无涯。"泰山的文化内涵博大精深，它以儒家思想为主导，融合道家思想、佛教思想为一体，它对人的精神影响既是哲理的、伦理的，又是审美的。泰山的雄伟气魄和蕴涵的自强不息的进取精神激励着华夏子孙。名山不厌百回游，我现已攀登泰山33次，兴味仍有增无减。我在80年代

中期曾写过一首《泰山颂》：

　　高而可登，雄而可亲，松石为骨，清泉为心，呼吸宇宙，吐纳风云，海天之怀，华夏之魂。

　　这首诗，表达了我对泰山的感受，还被刻在了泰山的盘道旁。可以说，它源于泰山，又回归泰山。我爱泰山的自然，更爱泰山的文化，似乎我与泰山有着不解之缘，我还会继续攀登。

　　《泰山文化之旅丛书》的编者以推介宣传泰山文化为己任，将这套雅俗共赏、图文并茂的丛书奉献给读者，使不同层次的游览者，通过泰山诸多的风光名胜、诗文传说、宗教建筑、摩崖碑刻，以及众多名人轶事来品味泰山，这是为弘扬泰山文化所作的重要贡献，可喜可贺。

　　是为序。

2000 年 8 月 1 日于岱下

目　录

引　言

　　远古邈邈,绝难追寻。当许多辉煌一时的文明早已沦为尘壤,化作烟风之后,那些镌刻在石头上的文字,还依然存活着。这是千百年前留下来的遗迹,虽苍古斑驳,却历历在目! 面对着它,让人能真切地触摸到历史的脉搏,想见那久已逝去的古代社会。选择生命力如此恒久的岩石来记事,可说是人类的一大发明,而这发明,在泰山挥洒到了极致。

　　泰山石刻数量之多,规模之宏,堪称名山之首。在古老的庙宇中和登山盘道两侧,处处可见林立的碑碣和眩目的摩崖。倘若你沿中轴线登山,那么,一路上始终都有石刻陪伴着你。这些石刻典雅凝重,为大山平添了几分古朴和斯文。据不完全统计,泰山现有各类石刻作品 1400 余处,分为碑刻、摩崖、墓志、经幢等类型。在漫长的历史岁月中,它们无声地与游人交流着登览的感悟,诉说着世事的沧桑。

　　泰山石刻是敞开在游人面前的一部用石头刻成的大书。

石书载千古

——露天的书法博物馆

泰山是一座天然的石刻博物馆，泰山石刻内容丰富，从秦至今，几乎从未间断，称得上是一幅历史长卷。它记录了发生在泰山的重要的政治、宗教、文化事件，镌印下登览者的抒怀题咏，鸿爪雪泥，有着很高的历史和美学价值。细读它们，不仅可以从中领悟到中华民族的成长过程，了解泰山古今的变迁，也可受到美的陶冶。

（一）帝王铭功颂德

在泰山的石刻中，保存有大量的古代帝王到泰山封禅祭祀的遗迹，这是一笔异常珍贵的历史文化遗产，也是泰山有别于其他名山，成为群山之首的有力佐证。虽然泰山的绝对高度在中国的大山中并不算很高，但由于它紧靠海边，突起于海拔较低的齐鲁丘陵平原之上，所以，相对高度就很可观了。从地质构造上看，泰山南坡分布着三大断层，由此形成了高差对比非常强烈的三大台阶式地貌，呈现出深谷幽壑、危岩陡壁的景观特征，因此，使人感到泰山拔地通天，直冲霄汉。北京大学教授朱亮璞先生说："从一幅局部放大的美国陆地卫星 Mss 图像可以看到，方圆数十到百公里内，泰山一山独尊。"泰山的这种高耸峻拔的气势，早在先秦时期，就曾深深地震撼着古代的哲人。孟子曾云："孔子登东山而小鲁，登泰山而小天下"。泰山是齐鲁平原与丘陵中最高峻的山，犹如东天一柱。它不仅高大，而且居于天地的中心，具有适合人类生存和发展的环境，《淮南子·地形训》曰："……中央之美者，有岱岳，以生五谷桑麻，鱼盐出焉。"同时，泰山还可出云导雨，滋育万物，"触石而出，肤寸而合，不崇朝而遍雨乎天下者，唯泰山尔"（《公羊传·僖公三十一年》）。泰山有着如此优越的自然和地理环境，一向被古人视作是一座可以孕育万物、连接天地、直通帝座的大山。《白虎通·封禅》指出："王者易姓而起必升泰山何？报告之义也。始受命之时，改制应天，天下太平，功成封禅以告太平也。所以必于泰山者何？万物之始，交代之处也。"因此，受命于天被称作"天子"的帝王，必来泰山封禅，这是一种祈求安邦定国的仪式，也是一种神圣的政治大典。在中国漫长的封建社会中，泰山曾接受过十二个封建王朝最高统治者的亲临封禅和祭祀。这些封禅祭祀的帝王也给泰山留下了珍贵的石刻文物。

1. 秦泰山刻石

在岱庙东御座院内，陈列着被定为国家一级文物的秦泰山刻石残字。秦刻石镌刻着秦始皇功德铭及秦二世诏书。被誉为天下名碑之最。公元前 221 年，秦始皇消灭了韩、魏、燕、赵、楚、齐六国,完成了统一大业。为了加强对统一大帝国的统治,他认为必须夸示天下,以震慑六国反抗势力。于是,便进行了全国性的巡行。公元前219年,秦始皇率群臣封泰山。在泰山极顶,除举行祭天大典外,还立石颂德。始皇刻辞共144字,在刻辞中,他着重宣扬了统一天下的功绩,表达了治理国家的决心。公元前210年,秦始皇病死于东巡的归途中,其少子胡亥继为二世皇帝。秦二世即位

图1 秦泰山刻石

后,曾与赵高说:"先帝巡行郡县以示强,威服海内,今晏然不巡行,即见弱,毋以臣畜天下。"于是在公元前209年,秦二世也东封泰山,并在始皇刻辞之阴刻其诏书。二世诏书共79字。唐代张守节曾注曰:"二世言始灭六国,威振古今,自五帝三王未及。既已袭位,而见金石尽刻其颂,不称始皇成功盛德甚远矣。"现存秦泰山刻石就是二世诏书中的十个残字。

图2　秦泰山刻石残字

秦泰山刻石是泰山刻石中时代最早的作品，传为丞相李斯所书，故又称"李斯碑"。

李斯善大篆，并在大篆的基础上改省结体，整齐笔画，创造了小篆，为秦统一文字、创立书体做出了重要贡献。秦泰山刻石是李斯的代表作，一直受到历代书法史家的高度评价，被誉为天下第一名碑。汉刘勰曾说："始皇勒岳，政暴而文泽。"《书林藻鉴》、《唐代书评》则称："斯骨气丰多，方圆妙绝。"元代郝经也在他的《太平顶读秦碑》中赞道："拳如钗骨直如筋，屈铁碾玉秀且奇。千年瘦劲宜飞动，回视诸家肥更痴。"明赵宧光评曰："斯为古今宗匠，一点矩度不苟，聿遒聿转，冠冕浑成。藏妍婧于朴茂，寄权巧于端庄。乍密乍疏，或陷或显，负抱向背，俯仰承乘，任其所之，莫不中律。书法至此，无以加矣。"李斯书法瘦劲而圆润，所以被称为"玉箸篆"。《书概》云："玉箸之名仅可加于小篆"，"篆之所尚，莫过于筋，然筋患其弛，亦患其急"。宋刘跂《秦篆谱序云》："李斯小篆，古今所师。"由此可见，李斯所书的秦泰山刻石小篆不仅在书体上，而且在书法神韵上，皆有承前启后的作用，对后世篆、真、行、草都有较大的影响。鲁迅先生曾指出，泰山刻石"质而能壮，实汉晋碑铭所从出也。"

两千多年过去了，多少历史的遗迹早已湮灭，而秦刻石却依然存世，成为人们研究帝王封禅史和秦代"书同文"现象的珍贵历史资料。

2．双束碑与垂拱碑

岱庙碑廊中有一通岱庙观造像记碑，碑身双石并立，覆以石盖，故名"双束碑"，又因形似鸳鸯并栖，亦名"鸳鸯碑"。碑雕刻精致，具有典型的唐代风格。此碑立于唐高宗显庆六年（661年），为道士郭行真所立，是一通唐高宗以后六帝一后来泰山建醮造像的记事碑。碑文四面环刻，每面四五层不等，先后刻有唐代六帝一后在137年间的斋醮造像之事二十九则，另有宋人题名四则插刻其间。在鸳鸯碑刻辞中，有武则天易唐为周而称帝的九则刻文，采用了她自造字如"天"作"而""地"作"埊""人"作"𤯔"等。武则天是中国历史上唯一的女皇，在她执掌朝政的五十年间，始终与泰山有着密切的联系，她之所以遣郭行真行道泰山，除了立双碑昭示世人，还有为日后封禅泰山作铺垫的目的。果然，到乾封元年（666年）封禅时，便以皇后武氏为亚献。碑文中多青祠醮章，作功德，言符应。题记的内容情节比较详细，且都与武则天有关，而这些内容在正史礼志中很少记载，因此，双束碑是一通研究唐代政治、宗教和历史，特别是武则天时代历史的实物资料碑。

垂拱碑立于泰山红门宫之东，碑高660厘米，宽185厘米，厚66厘米，圆首，碑身高大雄伟。因碑早已断踣，故历代的金石书中皆无著录。清乾隆间泰安学者聂剑光在《泰山道里记》中首次记载了该碑的情况："红门东有丰碑断踣，趺下磨灭无字，惟碑额棱上有'垂拱元年□月廿五造二年五月'十二字，碑侧犹存宋人题识'当日东封安在哉？茫茫古今泯尘埃'字句可读。翻转审视，底面有行书，字影差小，隐隐莫辨。"后又有道光年学者柴兰皋、民国间赵新儒、李东辰先生续加考

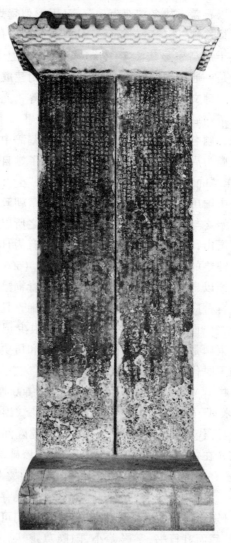

图 3　岱岳观造像记碑(双束碑)

订,认为此碑为武则天垂拱年间所立,其上宋人题刻内容说明了该碑与泰山封禅有联系,疑为武后与高宗来岱封禅时所立的《登封纪号文碑》中的山下小字碑。唐高宗乾封元年(666年)封禅泰山时,外夷首领从封者30余人,车骑震天,盛况空前,故在山上、山下两处刻石记功,立《登封纪号文碑》遥遥相对,两碑皆为御制御书。碑正文之后,刻外夷从封者姓名。此碑形制宏伟,不仅记载了盛唐史事,而且反映了武则天在泰山的活动。垂拱前后,是武则天预谋代唐的重要时期,为了制造代唐自立的社会舆论,武后屡屡伪造符瑞,愚弄臣民,并借诸符瑞,大加岳渎封号,遍立碑铭,以此来抬高自己的政治威望,立于此时的泰山垂拱碑,正是这一段历史的真实写照。

3.纪泰山铭

图4 大观峰摩崖题壁

在岱顶的大观峰上，苍岩如堵，峭壁如削，镌刻了数十处摩崖石刻，其中最壮观的要数唐玄宗御制的《纪泰山铭》了。摩崖高13.2米，宽5.3米，现存铭文1008字。这是唐玄宗李隆基于开元十三年（725年）封泰山后，亲自撰书的纪封禅颂功德的纪事碑，并于第二年镌刻于崖上。《纪泰山铭》首先叙述了封禅的起因和规模，接着描写了封禅仪典的过程，赞颂和夸耀了"五圣"的功绩，然后，一扫过去专为自己"秘请"天神赐福的旧习，改变了以往帝王封禅仅秘祀个人侈望的陈规，明确提出"至诚动天，福我万姓"，并谆谆告诉来者："道在观政，名非从欲"，这充分反映了玄宗开元盛世时的雄心壮志和务实的施政

特点。《纪泰山铭》形制宏伟，飞龙蟠首，金碧辉煌，蔚为大观。碑文通篇为八分隶书，是唐隶的代表作之一，其雄强之势，婉润之体，端庄之态，为隶书开拓了一种新的面貌。《述书赋》盛赞曰："开元应乾，神赋聪明，风骨巨丽，碑版峥嵘。思如泉而壮风，笔为海而吞

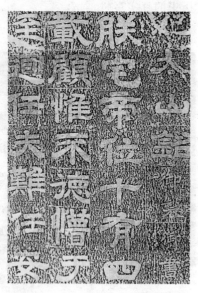

图5　《纪泰山铭》拓本局部

鲸。"明王世贞在《弇州山人集》中称："虽小变法而婉缛雄逸，有飞动之势"、"穹崖造天铭书，若鸾飞凤舞于烟云之表，为之色飞。"《泰安县志》载："盖自汉以来，碑碣之雄壮未有及者。相传燕许修其辞，韩史润其笔，以故文颇雅驯，不猥弱。而御书遒劲若怒猊渴骥，羁束安闲，不比孝经之多肉少骨"。此摩崖是研究唐代历史和书法镌刻艺术的重要文物。

4. 宋摩崖碑

在大观峰左偏的崖壁上，有宋真宗赵恒封禅泰山时亲撰并篆额的摩崖碑《登泰山谢天书述二圣功德铭》。宋摩崖镌于宋大中祥符元年（1008 年）十月。摩崖高 8.56 米，宽 4.16 米，额高 0.92 米，额宽 1.82 米，其铭文已被明人所刻"德星岩"、"只有天在上，更无山与齐"等大字覆盖，但碑额篆书及所题大字之间的铭文至今仍清晰可读。铭文主要颂扬宋太祖赵匡胤和太宗赵匡义的功德。《石墨镌华》评曰："帝既侈言天下书之妄，复为泰山之封，而作此铭。述太祖、太宗经及其身，语多浮夸，文亦拖沓。"宋真宗当年封禅泰山后，与此摩崖碑文书体相同的，还立了一道碑，碑由五石组合而成，立在山下旧泰城南门外，碑文朝向岱岳，俗称阴字碑。阴字碑早已杳无踪迹，其拓本现存岱庙博物馆库房，据此可知宋摩崖的内容及书法全貌。《泰山道里记》载："唐摩崖东为宋摩崖碑，真宗述功德铭摩勒于上，碑高二丈六寸，宽一丈一尺六寸，额高二尺六寸，宽五尺五寸，碑文字径为二寸，碑额字径八寸，共一千一百六十字。字体真书，绝佳。"这是对宋摩崖形式的描述。其实，在宋

图 6 宋摩崖遗迹

真宗封禅泰山的前夕，北宋王朝已到了山穷水尽，积贫积弱的地步。宋真宗与金人签定了输银纳绢的"澶渊之盟"，为了缓和矛盾，欺骗舆论，大臣王钦若策划了天书降于泰山的骗局，宋真宗也心领神会地演出了封泰山谢天书的历史闹剧。尽管今天人们所看到的只剩下宋摩崖的篆额和少量残字，但它却是宋真宗封禅泰山历史的真实记录。

5. 宋封祀坛颂碑

《宋封祀坛颂碑》立于宋大中祥符二年（1009 年），由宰相王旦撰文，裴瑀篆额并真书。碑高 4.5 米，宽 1.65 米，厚 0.8 米，方座圆首。此碑是宋真宗东封泰山的典仪纪实："祀前一日，未质明，备法驾，至于山趾，更衣于帷殿。上乃乘轻舆，陟绝巘，跻日观，出天门。筑圜台于山上，度地宜而循古制也。升山之前夕，层云蔚兴，严飚暴起，达曙振野而未已，有司失职而是忧。洎宝篆先登，华盖徐至，焚轮止息，寥沈清霁，若胚浑之初判,状群灵之先置。辛亥,祀昊天上帝,设天书位于左次,登歌乐作,奉迎就位,显奉符而错事也。二圣严配,定位侧向,以申恭事,表继志而奉天也。亚献终献,作之乐章,以为礼节,一其仪而申昭事也。祝史正辞,秘刻勿用,黎元蒙福,孚佑是祈,克其己而厚勤恤也。裒冕俯偻,金石铿越,捧珪币,奠牺象,络金绳而斯毕,飞紫烟而上达。舒迟暨礼,陟降尽恭。明德之馨,至诚之感。芯芬以荐,胙敌如答。通帝乡之岑寂,接云汉之昭回。协气上浮,纤罗不动,神策锡灵长之祚,日卿奏殊尤之瑞。垂绅委珮,蹈舞斋室之前,鳌抃山呼,声震云霄之外。"碑文洋洋洒洒,通篇长达4000余字。虽其中溢美夸饰之词颇多,但描写栩栩如生,记载过程也详实可靠,极富资料性。此碑不仅可补宋史记载"略而不详"的缺憾,而且对研究宋代封禅大典也具有极高的史料价值。

6. "去东岳封号碑"与"东岳祝文碑"

《去东岳封号碑》与《东岳祝文碑》均为明太祖朱元璋于洪武年间的御制碑,立于岱庙天贶殿西南侧。《去东岳

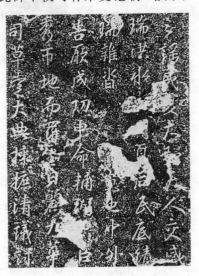

图7 宋封祀坛颂碑拓本局部

封号碑》高 6.55 米，宽 1.6 米，螭首龟趺，碑首无题额。朱元璋认为，泰山自唐始加神之封号，历代相因至今，已把泰山神晋封到无以复加的地步，而自己出身于布衣，惧不敢加号，特以"东岳泰山之神"名其名，以时祭神，惟神鉴之。《东岳祝文碑》为明洪武十年八月（1377 年），朱元璋遣李文忠、吴永舆、邓子方代祭泰山神时而立，碑首亦无题额。两

图 8　去东岳封号碑拓本局部

碑均由朱元璋亲撰碑文，是明太祖朱元璋告祭泰山神的历史见证。

7．康熙与"云峰"刻石

在岱顶大观峰西偏，有清代康熙皇帝到泰山登览、致祭时留下的摩崖石刻。清圣祖爱新觉罗·玄烨，年号康熙，在位长达 61 年。康熙帝东巡中曾三次到泰山，两次登临岱顶。第一次巡幸泰山是在康熙二十三年（1684 年）的九月，经河间、德州、济南抵达泰山。康熙帝对这座历代帝王都来封禅的圣山，仰慕

已久，他一路兴致勃勃地缓步攀登，泰山的石路虽险峻不平，但自然风光壮丽，人文古迹璀璨。他在御帐崖观飞瀑直泻，在岱顶抚摩无字碑，真可谓放眼遐荒，胸襟畅爽，于是挥毫赋诗抒怀："岩岩岱岳高无极，攀陟遥登最上头。路转天门青霭合，峰回日观白云浮。振衣巘崒凌千仞，骋目苍茫辨神州。欲与臣邻崇实政，金泥玉检不颂留。"诗成后康熙帝对百官说："朕向来崇尚实政，古人重金泥玉检，徒劳民力，实无意义，故此行只为巡察社会利病，省观民隐，体念黎民疾苦，问俗观风，以资勤求治理，绝不效前人铭功纪德，告成于天也。"听了皇帝的训谕，群臣山呼万岁，盛赞皇帝是至圣至仁的天子，德可比尧舜。康熙帝遂乘兴援笔御题"普照乾坤"四字，并谕于"孔子小天下处"建亭悬额，复书"云峰"二字，令于极顶处勒崖。如今这潇洒雄劲的御书大字仍完好地保存在大观峰上，与天风白云作伴。

8. 乾隆碑刻与摩崖

在"云峰"刻石下面，是清高宗弘历的"夜宿岱顶作"摩崖诗刻。爱新觉罗·弘历，年号乾隆。乾隆帝是来泰山最多的一位皇帝，曾先后10次来泰山游历、祭祀，所到之处，动辄题诗刻石。据不完统计，他共有泰山诗作130余首，仅现存的摩崖与碑刻就有80余处。他的《朝阳洞诗》摩勒在朝阳洞东北的御风崖上，可说是泰山主峰最大的摩崖刻石了。摩崖高30米，宽12米，字径三尺，因其形制宏伟，俗称"万丈碑"。相传乾隆站在朝阳洞前的平坦处，环视四方，但见周围群山环绕，峰峦叠翠。十八盘在双峰夹

图 9　康熙帝与乾隆帝摩崖石刻

峥中逶迤而上，犹如天梯倒悬。盘路旁的山涧中，溪水淙淙，白云悠悠，奇松怪石，巧夺天工。好一幅天然的山水画卷！但继而想到，在这幅优美的山水画上，怎么没有画家的一方印记？实在是美中不足。于是，他突发奇想，将"朝阳洞"诗镌刻在主峰壁立的悬崖上，碑上描的朱红，恰如泰山这幅山水巨轴上的一枚印章。乾隆皇帝到 80 岁时，仍来泰山礼神。他写了一首《谒岱庙瞻礼》的诗，表明了他对封禅的看法，至今镌刻在天贶殿前西御碑亭的

图 10　乾隆登泰山诗碑拓本局部

碑侧："来因瞻岱宗，岱庙谒诚恭。封禅事无我，阜安祈为农。代天敷物育，福国锡时雍。九叩申虔谢，八旬实罕逢。"

　　千百年过去了，那些追求永恒的帝王，早已被雨打风吹去，但他们到泰山封禅告祭的遗迹，却以石刻的形式长久地保存了下来，引得游人在它面前驻足、观赏，发思古之悠情。

　　（二）释道儒名山留迹

　　泰山自古以来就是道教和佛教的兴盛之地，也是孔子和历代儒家学派开展学术活动的重要场所。在泰山石刻中保存了相当多的关于释、道、儒三家在泰山

建庙、布道、宣教的内容，可为研究泰山宗教的发展和历史提供珍贵的实物资料。

1．创建重修碑

泰山庙宇寺观中有着数量可观的创建重修碑，分别立于不同的历史时期。这些碑详细地记载了祠庙宫观的创构、沿革以及屡废屡兴的过程，也真实地反映了泰山宗教在不同历史阶段的发展和兴衰状况，具有重要的历史价值。在这类碑中，较为重要的有《大唐齐州神宝寺之碣》、《天贶殿碑铭》、《宣和重修泰岳庙记》、《大金重修东岳庙碑》、《天门铭》以及清康熙与乾隆时期的重修岱庙碑。

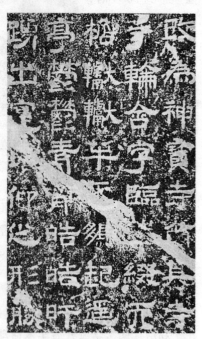

《大唐齐州神宝寺之碣》立于唐开元二十四年（736年），碑高 2.1 米，宽 1.34 米，原在岱阴神宝寺遗址。1965 年移岱庙，现存东碑廊内。碑额篆书古拙，隶书典雅超脱。碑文叙述了佛家艰苦创业的精神："貔豹蹲踞，人绝登临，虺蟒纵

图 11　大唐齐州神宝寺之碣拓本局部

横,鸟通飞路,粤有沙门讳明,不知何许人也。禅师德隆四辈,名优六通,僧徒具归,群生宗仰。……貔豹枕膝,禅心寂而不惊;虺蟒萦身,戒定澄而不乱。"同时,也描绘了大唐重修神宝寺后的辉煌气派,"寺内有石浮图两所,各十一级;舍利塔一所。众宝庄严,胡门洞启,石户交晖,返宇锵锵,飞檐辚辚。半天鶟起,遥遥烟雾之容;一地龙盘,宛宛丹青之色。挹朝霞之旸旸,湛夜月之濯濯;风牵则宝铎锵锵,日照则花盆晶晶;迢迢亭亭,郁郁青青,皓皓旰旰,焕焕烂烂。远而望之,炳若初日照灼皎扶桑;近而察之,似素云霭霭度夕阳。"由此既可看出神宝寺的创建与沿革,又可考证佛教在泰山的发展情况。

《天贶殿碑铭》立于宋大中祥符二年(1009年),碑高3.86米,宽1.48米,今存岱庙天贶殿东南。北宋文学家、史学家、翰林学士杨亿撰文,翰林待诏、国子博士尹熙古书并篆额。为宋真宗封泰山、谢天书以及创建天贶殿后所立。碑中详细介绍了降天书的经过,概述了岱庙的沿革和建修大殿的情景:"既而步自闾阖,率先群司,纳之殊庭,是为秘宝。且复讨论前载,追求遗范。辉景下烛,秦既作畤;珍瑞云获,汉亦起宫。其后因轨迹而增崇,建名称而不朽者,非可以悉数也。乃诏鲁邦,申饬攸司,爰就灵区,茂建清宇。授规于哲匠,董役以廷臣,朴斫前施,墍涂咸备,法大壮而取象,曾不日以克成。直寒门相对之庭,镇阿阁神房之麓。云封崛起,回对于轩檐;泉流沵清,载环于阶城,祗若天贶,表以徽名。"通过碑中的描述,依稀可见当年胜景。

《宣和重修泰岳庙记》碑是岱庙最大的丰碑，位于炳灵门前。碑高9.25米，宽2.1米，规制穹崇，螭首龟趺，雕刻精美。此碑立于宋宣和六年（1124年），翰林学士宇文粹中撰文，朝散大夫张崇篆额并书。碑文主要叙述宋徽宗自建中靖国元年（1101年）登基后至宣和四年（1122年）间，陆续重修岱庙的情况："诏命屡降，增治宫宇，缭垣外周，罘罳分翼，岿然如清都紫极，望之者知其为神灵所宅。凡

图12　宣和重修泰岳庙记碑拓本局部

为殿、寝、堂、阁、门、亭、库、馆、楼、观、廊、庑合八百一十有三楹。"从这里可以看出，岱庙至北宋末年，已具有了相当宏大的规模。

《大金重修东岳庙碑》立于金大定二十二年（1182年）。碑高6.2米，宽1.83米，今存岱庙天贶殿东南。礼部侍郎杨伯仁撰文、礼部员外郎黄久约书、大学士党怀英篆额。《金史》称"伯仁文词典丽，久约善书，怀英工篆籀。"三美荟萃一碑，书笔秀逸，实为金元一代金石

之冠。碑文是金世宗重修岱庙之记:"大定十八年,岁在戊戌春,岳庙灾,虽门墙俨若,而堂室荡然。"第二年开始兴建,三年告成:"凡殿、寝、门、闼、亭、观、廊、庑、斋、库,虽仍旧制,加壮丽焉。诏谓:'格神之道,所贵致洁。'其当阳之像,毋用漆塑,以涿郡白玉石为之。"此文不仅叙述了修建的原因,而且还记载了在这次重修中将大殿中的泰山神像更换为白玉雕像的史实。

《天门铭》碑高 1.95 米,宽 1.48 米,由元代著名诗人、书法家杜仁杰撰文,东平路总管严忠范正书,元中统五年(1264年)立。今嵌于岱顶南天门下石棚西壁。铭文记载了在元代中统以前,南天门原址上并无建筑,是当时提点道教官、岱庙住持道士张志纯"为之经构,累岁乃成,可谓破天荒者也"。

图 13　天门铭拓本局部

于是,十八盘的尽头,才有了南天门楼阁,从此也才有了"天门云梯"的著名景观。

清代重修碑在泰山遗存最多,康熙十七年(1673

年）及乾隆三十五年（1770 年）重修岱庙碑为其中
佼佼者。康熙碑是山东布政使施天裔撰书，碑文记载
了在"康熙盛世"中，始自康熙七年（1668 年），告
成于康熙十六年（1677 年）的大规模修建活动。更
为珍贵的是碑阴还附有"重修岱庙履历纪事"，把这
次浩繁工程的历经时间，所费财力，所购材料，所栽
树株，所建殿庑、斋堂、垣堞、楼观，一一刻记，是
一份重修岱庙的珍贵史料。乾隆碑是御制碑，上刻
满、汉两种文字，俗称"满汉碑"，又因碑面磨制精
细，光洁如镜，也称"亮碑"。碑文所记古帝王封禅
的由来及演变，是研究泰山封禅活动的重要资料，同
时也叙述了因"岁庚寅为庆祝皇上六十寿辰，至辛卯
恭逢圣母皇太后八旬大寿"而重修岱庙的因由。

　　2. 墓塔铭与摩崖刻经

　　佛教传入泰山，大约在公元 350 年左右。《魏
书·释老志》载："帝好黄老，颇览佛经。但天下初定，
戎车屡动，庶事草创，未建图宇，招延僧众也。然时
时旁求。先是，有沙门僧朗，与其徒隐于泰山琨瑞
谷，帝遣使致书，以僧、素、旖罽、银钵为礼。"僧
朗隐居泰山琨瑞谷，建立朗公寺，并使之成为山东最
兴盛的佛教圣地。隋文帝为纪念其母于开皇三年
（584 年）将朗公寺命名为神通寺。神通寺是我国佛
教史上的名刹，也是泰山最早的佛寺。以后，佛教陆
续在泰山北麓、东麓、西麓和徂徕山一带兴起，甚至
延至泰山南麓。

　　在神通寺遗址、灵岩寺、玉泉寺、普照寺、斗母
宫等佛教寺院中，存有很多历代住持僧的墓塔铭和宗

教记事碑，从这些石刻中，不仅可以了解历代住持僧的出身背景、道行和成果，而且也从一个侧面反映了寺庙的兴衰与当时佛教发展的趋势，是研究泰山宗教历史的重要资料。

在灵岩寺墓塔林中，有一块《息庵禅师道行碑》，立于元代至正元年（1341年），息庵禅师曾担任过少林寺15代住持，也曾任泰山灵岩寺第39代住持。他死后，其弟子由少林寺分灵骨重塔于灵岩。碑高163厘米，宽74厘米，行书潇洒，为书法艺术杰作。碑文由日本山阴道但州正法寺住持邵元撰书。邵元于元泰定四年（1327年）来我国，曾先后到过许多著名的佛教盛地。他在碑文中称赞息庵禅师："幼而至于壮，壮而至于老，皆道丰时盛，而遂得其志，以至嫡嗣古岩大和尚，天下禅林谁能称其右乎？"

《重开山记》碑位于普照寺院内，明正德十六年（1521年）九月立。碑文详尽地介绍了高丽僧满空和尚在泰山重修竹林寺、振兴普照寺的情况："永乐间，粤高丽僧云公满空禅师等数僧，航海而来，达于京师，钦奉圣旨。敕赐金襕袈裟及送光禄寺筵宴，遣官送赴南京天界寺住坐。宣德三年（1428年）亦钦奉圣恩，着礼部各给度牒壹道，敕令天下参方礼祖。禅师因登泰山访古刹，始建竹林寺壹所，殿宇圣象俱以完成。复睹普照禅刹，颓零既久，乏人兴作，禅师遂驻锡禁足二十余载，以无为之化，俾四方宰官长者捐资舍贿，鼎建佛殿、山门、僧堂。伽蓝焕然一新，宇内庄严，绀象金碧交辉，僧徒弟子及湖海禅衲依法者，何止数千也，名公巨卿信向，以师礼待之。"此碑对于了解满空其人及泰山竹林寺、普照寺的兴废有着重要的作用。

佛教在泰山的传播，除了创建佛寺，由高僧聚众说法外，还利用摩崖刻经的形式，广泛进行教义宣传，泰山经石峪摩崖刻经就是一个典型的范例。经石峪周围环境清幽，景致绝佳。大石坪光洁、平坦，堪称造化奇

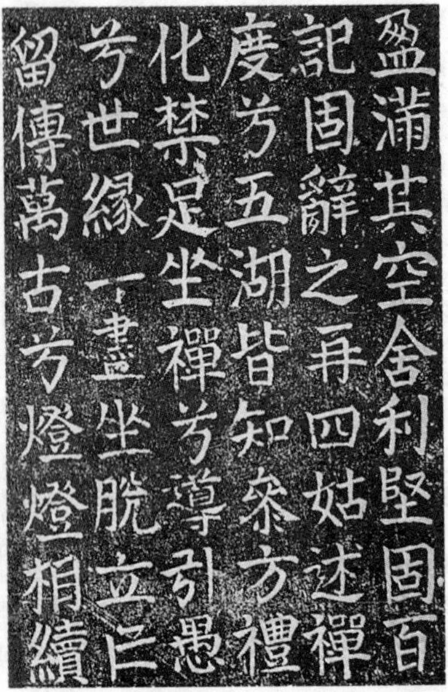

图14 重开山记碑拓本局部

迹。选择这样一个地方摩勒佛教的重要经典"金刚般若波罗蜜"经文，不能不说是佛家的大手笔。这种传经形式实在可谓匠心独具，经文刻在石上，既可传之久远，又可以最亲近的方式与游人对悟，从而达到宣教布道的目的。遗憾的是，经文只刻了一半就中止了。为什么只刻了一半，也未署刊经时间、经主及书经人呢？这中间透露出一个重要的历史信息，那就是可能在经文刊行的过程中，正好碰上灭佛运动，故不得不停止。北朝时期，有两次大规模的灭佛运动，对泰山佛教都有很大影响。一次是在太平真君七年（466年），北魏太武帝下令，焚经毁像，尽杀各地沙

门。泰山灵岩寺因此而殿宇尽毁，僧侣大量逃匿。第二次是北周武帝于建德三年（574年）下诏禁断佛、道两教，实际上是废佛不废道。北齐灭后，又把灭佛政策推行到山东，于是北方寺像扫地悉尽，地论大师法侃，从泰山灵岩寺南逃建康。由此可见，经石峪摩崖刻经所承载的历史信息是何等的丰富和沉重！

图15　经石峪摩崖刻经

经石峪摩崖刻经,体制宏伟,大气磅礴,历来被视为"大字鼻祖"、"榜书之宗"。康有为在《广艺舟双楫》中云:"榜书亦分为方笔圆笔也,亦导源于钟卫者。经石峪圆笔也,白驹谷方笔也。然自以经石峪为第一,其笔意略同于郑文公,草情篆韵,无所不备,雄浑古穆,得之榜书,较观海寺尤难也"。经文字大如斗,世所罕见,字径50公分见方,书体以隶为主,兼有篆、楷、行、草各种笔意,体势开张宏阔,用笔苍劲古拙,神采潇洒安闲。唯默契秦汉风采,奄迈魏晋风规,始能达到此种境地,成为擘窠大字的典范。

3. 五岳真形图与常清静经碑

中国道教是由方士之学演变而来的,海岱地区是神仙方士的发源地,所以早在战国之初,方士黄伯阳就在泰山之阴的山洞里修炼,成为后来泰山道教的先驱者。秦汉以后,由于皇帝到泰山行封禅之礼,神仙方士们又使泰山成为了一座修仙的名山。在宋真宗命张君房编修的《云笈七签》中,泰山名列三十六小洞天的第二洞天,取名为蓬玄洞天,泰山诸神也被收编进道教神系之中,泰山石刻里也包括一些道教的符箓与经文。

在岱庙的东碑廊中,有一通五岳真形图之碑,碑上刻有五岳真形图概说:"盖闻,乾坤之内,五岳者谓之神。五岳之中,岱岳为其祖,莫不应其造化,生于混沌之初,立自阴阳,镇乎乾坤之位。且五岳者,古经云'分掌世界人间等事'。"碑的右上角刻有东岳泰山真形图及东岳泰山图说:"东岱岳泰山,乃天帝之孙,群灵之府也,在兖州奉符县,是□□公真人得道之处,长白、梁父二山为副。岳神姓□讳□,封号

'天齐仁圣帝'。岱岳者，主于世界人民官职及定生死之期，兼主贵贱之分，长短之事也。"据《抱朴子》载，凡修道之士，栖隐山谷，须得五岳真形佩之，则鬼魅虫虎一切妖毒，皆莫能近。此碑不知刻于何年。但将此符箓刻在碑上，以存久远，显然是泰山道教活动的记载。

另外，在三阳观三官殿前，有一通《常清静经碑》，碑的上半部刻"太上老君常清静经"，计8行，凡420字，正书。下半部

图16　五岳真行图碑拓本局部

刻"太上老君说经图"，形象生动，线条流畅。说经图两侧有对联："有物先天地，无形本寂寥；能为万象主，不逐四时凋。"此碑立于明万历乙未年（1595年），是大明皇三太子舍施给三阳观的修醮礼神碑，皇三子刊经之事固然与明万历"国本案"有关，但也可从中看出当时泰山道观中建醮、作道场的活动情况。

4．儒家思想的影响

齐鲁为圣贤之邦，泰山是孔子心目中的一座故国的家山，在他“仁者乐山”思想的影响下，激励了一代又一代的儒家学者前来登临泰山。因此，在泰山的石刻中，儒家思想的影响就较为突出，大多集中在登山中路的盘道两侧。如：孔子登临处的“登高必自”，斗母宫北的“仰之弥高”、斩云剑北的“郁确其高”，云步桥附近的“仰止”、“从善如登”、十八盘下的“仰不愧于天，俯不怍于人”，丈人峰旁的“峻极”等均语出儒家经典，都是鸿儒学士们在登陟泰山时有感而发，充满着积极的入世精神，很能与游人共鸣。

泰山书院是北宋初年兴建起来的一处私学，是著名学者孙复、石介、胡瑗在泰山讲学弘儒之所。普照寺内有碑记载了泰山上书院的沿革，兴废情况。如《王玜三贤祠题诗碑》，刻于清康熙四十七至五十一年间，碑中有诗云：“泰岱名儒盛，三贤聚一堂。投书留涧古，讲学有坛荒。道永輶轩慕，祠新俎豆光。传经惭予职，仰止倍傍徨。”再如《五贤祠记碑》刻于清道光十年（1830年），为泰安知府徐宗干撰文，举人卢琳书丹。碑文详细记载了泰山上书院及五贤祠的创建和沿革：“泰山凌汉峰下三贤祠，崇祀泰山、徂徕暨安定三先生，始末具载岱乘。迄今登讲书台，抚侍立石，临投书涧，未尝不憬然，想见其为人。第孙子乔寓斯邦，胡子则吾乡人也。以岱岳灵淑之区，徂徕而后莫为之继，人往风微，欷歔曷极！然齐山鲁水间，代有伟人，殁则已焉，抑未表而彰之者之咎也。昔陶山师主讲岱麓于书院三贤祠，敬奉宋绎田、赵仁圃先生于侧，由是学者于孙、石而下得所景从。今兹层层幽谷，林密泉清，为三子所藏修而息游者，即右两先生所瞻依不忍去者也。两先生心源相接之处，即两先生与三子殁后栖神之所，亦即后之学者百世下闻风思淑之地也。己丑秋，重葺试院落成，将余资整治祠宇，属宋君兴帏、赵生育民、乔生钿、徐生择、刘生光典、贾生锡彤董其事，诹吉日，恭奉绎田、仁圃两先生神主于内，改名五贤祠而为之记。"此碑是研究泰山书院兴废的重要资料。

（三）文人抒怀题咏

帝王的封禅祭祀，使泰山成为冠盖五岳的历史文化名山，也深深地吸引着历代的文人学士前来登临、游览，他们往往被泰山雄伟壮丽的自然风光和璀璨夺目的文物古迹所感染，留下了许多抒发情怀，歌咏泰山的华美词章。其中有很大一部分保留在泰山的石刻中。

1．陆机、谢灵运诗碑

在岱庙汉柏亭南的墙壁上，有一块高 60 厘米，宽 105 厘米的诗碑，刻着晋陆机与南朝宋谢灵运的《泰山吟》各一首。陆机，字士衡，晋吴郡人，曾官平原内史，世称陆平原。太康末，与其弟同至洛阳，文才倾动一时，时称"二陆"。陆机诗歌词藻宏丽，有《陆士衡集》传世。这首"泰山吟"是一首挽歌，言人死后精魂归蒿里。歌词悲楚，声调低沉，读之令人潸然："泰山壹何高，迢迢造天庭。峻极周以远，层云郁冥冥。梁甫亦有馆，蒿里亦有亭。幽岑延万鬼，神房集百灵。长吟泰山侧，慷慨激楚声。"

谢灵运，南朝宋阳夏人。谢玄之孙，承封康乐公，故称谢康乐。工书画，诗文纵横俊发，独步江左，明人辑有《谢康乐诗集》。这首五古虽名"泰山吟"，但已脱离了挽歌的形式，成为歌咏泰山的诗篇："岱宗秀维岳，崔萃刺云天。岞崿既巉嶮，触石辄迁绵。登封瘗崇坛，降禅藏肃然。石闾何晻蔼，明唐秘灵篇"。诗不仅写出了泰山山石峻峭的岩岩气象，也描述了登封台，明堂等古迹。历来为诗家所称道。

2．李白诗碑

岱庙遥参亭院内，有日本书法家泰云柳田伊秀先生所书的"李白游泰山六首"诗碑。李白，字太白，唐代著名浪漫主义诗人。"一生好入名山游"的李白，于天宝元年来到泰山，泰山秀丽的自然风光激发了作者的灵感，使他一气呵成了"游泰山六首"五言古诗。这些诗都是描写泰山景色的，诗雄浑潇洒，意境旷远，读之使人有飘逸之感。如第一首所吟："四月上泰山，石平御道开。六龙过万壑，涧古随萦回。马迹绕碧峰，于今满青苔。飞流洒绝巇，水急松声哀。北眺崿嶂奇，倾崖向东摧。登高望蓬瀛，想像金银台。天门一长啸，万里清风来。玉女四五人，飘摇下九垓。含笑引素手，遗我流霞杯。稽首再拜之，自愧非仙才。旷然小宇宙，弃世何悠哉。"诗中既写了御道、青苔、古涧、绝巇、飞瀑、松涛、天门、清风等实景，也写了蓬瀛、玉女、金银台、素手、流霞杯等想象，虚实结合，动静相间，充分体现了诗人清新脱俗的浪漫主义创作风格。

3．杜甫诗碑

岱庙碑廊内，有清乾隆年间何人麟书杜甫《望岳》诗碑。杜甫，字子美，唐代著名现实主义大诗人。少举进士不第，漫游各地。安史之乱后，曾官左拾遗，后表为检校工部员外郎，也称杜工部。杜甫在开元年间，曾游于齐赵间，"望岳"诗即是这一时期的作品："岱宗夫如何？齐鲁青未了。造化钟神秀，阴阳割昏晓。荡胸生层云，决眦入归鸟。会当凌绝顶，一览众山小。"全诗气势宏大，意境旷远。作者着重在"望"字上渲染，描绘逼真，想象丰富，不仅生动地勾勒出泰山的整体气势和景观特色，还吟出"一览众山小"的千古绝唱，不愧为诗家大手笔。

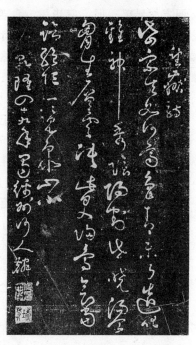

图 17　何人麟书《望岳》诗碑拓本

4．苏辙诗碑

在泰山灵岩寺院内，有北宋文学家苏辙的诗碑。苏辙因谏青苗法而出掌齐州书记，于元丰二年（1079年）五月游灵岩题诗："青山何重重，行尽土囊底；

岩高日气薄，秀色如新洗。入门尘虑息，盥漱得清
泚。升堂见真人，不觉首自稽。祖师古禅伯，荆棘昔
亲启；人迹尚萧条，豺狼夜相觚；白鹤导清泉，甘芒
胜醇醴；声鸣青龙口，光照白石陛。尚可满畦塍，岂
惟濯蔬米。居僧五百众，饮食安四体；一念但清凉，
四方尽兄弟；何言庇毕屋，食苦当如荠。"此诗真实
地反映出当年寺院的鼎盛及作者对释佛的崇仰。碑文
真书，字体端庄逸宕，诗意盎然，把灵岩幽胜之景描
绘得淋漓尽致。

（四）志士心声呐喊

到了近现代，泰山摩崖中记录了时代的音符，有
的直抒胸臆，有的疾呼呐喊，充满着壮怀激烈之情，
如袁家普《高瞻远瞩》之文刻在云步桥南路东的巨石
上，写于1928年"五三"惨案后的第二年。作者以
勇登泰山极顶的英雄气概，号召民众雪我国耻，与山
同固，奋斗到底："愿同胞努力前进，上达极峰，独
立南天门，高瞻远瞩，捧日擎云。可以张志气，拓胸
襟，油然生爱群救世之心。感斯山之永固兮，国家柱
石，曰严曰峻，巍然吾民族之威棱。"再如：写于
1932年6月的余江吴迈的刻石："还我河山"和"接
踵过中天，高山群仰止，为问熙攘人，曾否忆国耻？"
作者此诗写在"九·一八"事变后不久，登上泰山，
更加感到沦丧山河之苦，于是饱蘸悲愤写下了这首
诗。

"九·一八"事变后，冯玉祥将军赴南京促蒋抗战
不成，于1932年第一次退隐泰山，察哈尔抗战失败
后，1933年再度到泰山隐居。他在泰山一面读书学

习，一面宣传抗日，为泰山留下了一批石刻作品，主要有"冯玉祥配画诗碑"48 块、烈士祠题联碑、洗心亭题刻及自题诗碑，诗曰："平民生，平民活。不讲美，不要阔。只求为民，只求为国。奋斗不懈，守诚守拙。此志不移，誓死抗倭。尽心尽力，我写我说，咬紧牙关，我便是我。努力努力，一点不错。"诗表达了作者高度的爱国主义热忱，给人以深刻的感染，是一篇脍炙人口的爱国主义诗篇。

图 18　冯玉祥自题诗碑

崇庙藏古碑

——石上凝固的春秋

泰山是一座积淀丰厚的人文历史之山，伴随着帝王的封禅祭祀，儒释道的兴盛与发展，泰山相继建起了一山的祠庙宫观，其中保存了许多弥足珍贵的碑刻精品。

（一）岱庙丰碑赫赫

岱庙是泰山下的一座古老的山神庙，也是泰山现存规模最大的一处古建筑群。历代帝王来泰山，都在这里举行大典和祭祀泰山神。追溯它的历史已经很久远了，北魏郦道元在《水经注》中曾引《从征记》记载，泰山有上、中、下三庙。下庙"墙阙严整，庙中柏树夹两阶，大二十余围，盖汉武帝所植也"。东汉应劭在《风俗通义》中也说："岱宗庙在博县西北三十里。"所以，大约在西汉时期，泰山神的庙宇已有了相当的规模。据庙存《宋天贶殿碑铭》载："秦既作畤，珍瑞云获，汉亦起宫，其后因轨迹而增崇，建名称而不朽者，非可以悉数也。"

由于岱庙的历史久远，因而保存了大量的历代碑碣，总计有200余通。

　　遥参亭是岱庙的一个序幕,古代帝王登封泰山时先在此遥参,后入庙祭祀,再行登封。遥参亭前有三门四柱冲天柱式牌坊,结构简洁,造型古朴,额题"遥参亭"。亭内外共有碑碣 10 处,有"曹公渠记碑"、"双龙池"题词碑、"双龙池记碑"、"济南五三惨案纪念碑"、"遥参亭"题额、"禁止舍身碑"、"重修遥参亭记碑"、"李白游泰山诗碑"、"中日友好之碑"、"许建一题词碑"等。

　　出遥参亭,迎面有岱庙坊,四柱三门楼式,建于清康熙十一年(1672 年),为泰山牌坊中体量最大、雕刻工艺最为精美的一座。坊柱南北向皆有对联,南联为山东布政使施天裔题:"峻极于天,赞化体元生万物;帝出乎震,赫声濯灵镇东方。"北联为山东巡抚赵祥星题:"为众岳之统宗,万国具瞻,巍巍乎德何可尚;操群灵之总摄,九州待命,荡荡乎功孰与京。"

　　过岱庙坊,则从正阳门进入岱庙了。岱庙是按帝王宫城建制营造的一座神宫,采用前朝后寝的布局,主要建筑依次排列在一条南北轴线上。四周城墙高筑,殿宇嵯峨。

　　第一进院落为配天门院,配天门为穿堂式建筑,面阔五间,九脊歇山顶。东有"三灵侯"殿,西为"太尉殿"。配天门两侧有碑碣 35 处,西侧有"大宋东岳天齐仁圣帝碑"、"五岳独尊"、"翔凤岭"、"飞龙岩"题词碑,有"创建藏峰寺记碑"、"供祀泰山蒿里祠记碑"、"泰山赞碑"、"定亲王诗联碑"、"方阙形诗碑"等。东侧有"冯玉祥誓师碑"、"大元太师泰安武

图 19　岱庙配天门西侧碑群

穆王祠碑"、"太师泰安武穆
王神道之碑"、"重修青帝观
碑"、"宣和重修泰岳庙记
碑"、"万代瞻仰"、"大观峰"
题词碑"、"社主碑"、"重修东
岳蒿里山神祠记碑"、"重修
普慈庵记碑"、"明□悟亭碑
记"、"重修碑记"、"金桥碑
记"、"创塑州学七十子记
碑"、"大定重修宣圣庙记碑
等"。在这些碑中，最著名的
是"宋宣和重修泰岳记碑"
和"大宋东岳天齐仁圣帝
碑"。双碑东西对峙，气势赫
赫。

图 20　宋宣和重修泰岳
庙记碑阴

汉柏院位于配天门东，门额曰"炳灵门"，院内原有炳灵殿。因有五株古柏，若虬龙蟠曲，苍古葱郁，传为汉武帝植，故称汉柏院。院内今存各类石刻 90 处，东墙内嵌 53 块，汉柏亭基四周嵌 23 块，可谓琳琅满目。主要有清乾隆登泰山题诗碑 26 块，有"汉柏"、"第一山"、"登泰观海"、"簣为山"、"观海"等题词碑，有"佛顶尊胜陀罗尼经幢"、"五经论碑"、"冥福院经幢"，有登岱题诗碑和记事碑若干，其中元代史学家翰林徐世隆至正二十四年

图 21　大宋东岳天齐仁圣帝碑阴

（1364 年）一碑及明弘治七年（1494 年）邢部右侍郎戴珊一碑，皆为名碑。

东御座是岱庙中一处设计考究的四合院建筑，恬静幽雅，曾为清代帝王或大臣朝山祭庙时的驻跸之所。院内现存古碑 12 块。台基下西有被誉为天下第一名碑的"秦泰山刻石"，东有"青帝广生帝君赞碑"、"加青帝懿号碑"，为宋真宗大中祥符元年（1008 年）立，御制御书。另有郭沫若游泰山的六块诗碑、二块题词碑及王家榕颂秦刻石诗碑。

天贶殿周以回廊，是岱庙中轴线上最大的建筑，

图22　岱庙汉柏院碑群

天贶殿为东岳大帝的神宫，面阔九间，进深四间，重檐庑殿，上覆黄色琉璃瓦顶，内施藻井，绘金色升龙。殿内供奉东岳大帝，东、北、西三面墙上有巨幅壁画"泰山神启跸回銮图"，是我国绘画史与道教壁画史上的重要艺术品。

　　天贶殿前是岱庙中最大的一个院落，院内有古碑碣30通。东侧有"大观圣作之碑"、"大金重修东岳庙之碑"、"修补准提庵记碑"、"题泰山碑"、"王珫德政碑"、"修建元君行宫碑记"、"济南五三惨案纪念碑"、"乾隆题岱庙诗碑"、"王梦龙题名刻石"、"王珍题名刻石"等。西侧有"康熙重修岱庙碑"、"洪武祭祀碑"、"经幢"、"大宋天贶殿碑"、"东岳泰山之神庙重修碑"、"去东岳封号碑"、"道光重修玉皇阁记碑"、"泰安州重修庙学记碑"、"重修青岩书馆记碑"、"重修北殿记碑"、"颂德碑"、"乾隆御碑亭诗碑"及"扶桑石"、"醴泉"、"浴鹤"题词碑等。这些碑，可说是泰山与岱庙历史的文物档案。

　　东廊庑现辟为"历代碑刻陈列馆"，廊内置碑，自北向南按历史年代排列，共陈列碑碣 27 通。分别为"徐宗干复刻秦刻石二十九字本碑"、"衡方碑"、"张迁碑"、"晋任城太守夫人孙氏之碑"、"王盖周等造像记"、"比丘尼慧等造像记"、"张子初等造像记"、"修岳官等题名刻石"、"唐祭岳官题名刻石"、"大唐齐州神宝寺之碣"、"李北海书蜜多心经碑"、"岱岳观造像记碑"、"幽栖寺陀罗尼经幢"、"升元观敕牒碑"、"泺庄创修佛堂记碑"、"重修天封寺记碑"、"张宣慰登泰山记碑"、"五岳真形图之碑"、"东岳庙供器碑"、"凌志魁登岱八首诗碑"、"太极图碑"、"聂剑光摹刻秦刻石二十九字本碑"、"谷山寺敕牒碑"、"胡一龙题诗碑"、"乾隆恭依皇祖登岱诗韵碑"、"何人麟书杜甫《望岳》诗碑"、"萧启筑桥

图 23　衡方碑

记诗碑"，其中
"衡方碑"、"张迁
碑"为我国汉碑双
璧，"孙夫人碑"
也是书法史上的重
要证物。衡方碑，
建于东汉建宁元年
（168 年），是衡方
的门生朱登等为他
所立的颂德碑。衡
方碑结体方整严
密，神态敦厚朴
茂，"方古中有倔
强气"（何绍基
语）。张迁碑，建
于东汉中平三年
（186 年），是毂城
旧吏韦萌等为张迁

图 24　张迁碑

立的去思碑。张迁碑书体雄强，字体严整而富于变化，
朴厚中见媚劲，蚕不并头，雁不双设，外方内圆，内掾
外拓。词旨既淳古，隶书亦峻美逸宕。明王世贞曾评
曰："典雅绕古意。"《书概》云："汉碑萧散如韩勅孔宙，
严密如衡方张迁，皆隶之盛也。"衡方、张迁两碑一向
为历代金石史家所推崇，它们不仅在隶书中占重要地
位，对后世亦有较大影响。翁方纲在《两汉金石记》中
谓衡方"似开后来颜真卿正书之渐"；杨守敬《平碑
记》谓"北齐人书多从此出。"《碑帖叙录》将此碑说

成是北魏济阳书风之源，也不为过。近世很多的书家都从这两块名碑中获益非浅。何绍基能成为大家，入乎古又能出乎古者，与其曾临张迁百余遍不无关系。

晋孙夫人碑是泰山又一名碑，也是全国不可多得的晋碑之一，与山东

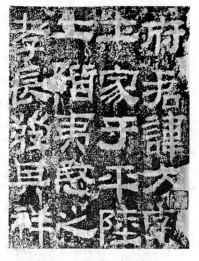

图25　衡方碑拓本局部

图26　晋任城太守夫人孙氏之碑
拓本局部

历城郛休碑、河南吕太公望表，共同构成晋代三大丰碑。晋孙夫人碑立于西晋武帝泰始八年（272年），现存岱庙东碑廊中，碑文笔画方劲，有两汉之遗风，结构方长，似楷之严谨，又似隶之放逸，是隶楷错变中的典型作品。《书概》云："晋隶为宋、齐所难继，而孙夫人碑及吕

望表尤为晋隶之最"。

（二）灵岩寺碑林塔影

泰山西北麓为灵岩山，古称"方山"或"玉符山"。明代文学家王世贞有"登泰山不游灵岩不成游"之说。灵岩寺历史悠久，前后有很多得道高僧在此驻锡。唐时与天台国清寺、江陵玉泉寺、南京栖霞寺并称为"域中四绝"。寺内建筑宏伟，泥塑传神。碑碣错落，墓塔成林。

灵岩寺内外共有碑碣题刻 140 余处，主要有"灵岩胜境"、"灵岩道场"、"黄茅岗"、"十里松"、"大灵岩寺"、"珠树莲台"、"名山胜水"、"虚白"、"藏拙"、"汉柏记"、"白鹤泉"、"卓锡泉"、"御书阁"、"绝俗"、"持戒"、"龙藏"、"活水源头"、"甘露泉"、"留云"、"拂日岩"、"可公床"、"灵山一脉"、"名山石室"、"壁立万仞"、"日观近可攀"、"白云洞"、"灵岩观音道场"、"积翠证明"、"蹲狮岩"、"别是乾坤"等题刻。有"灵岩寺崇兴桥记碑"、"光绪修地藏庵记碑"、"唐垂拱造塔记碑"、"管妆塑圣像施主花名碑"、"灵岩寺田园记碑"、"元国师法旨碑"、"元圣旨碑"、"明圣旨碑"、"徐中行游灵岩题诗碑"、"施五百罗汉记碑"、"灵岩寺颂断碑"、"苏轼题黄茅岗诗碑"、"吴拭题灵岩寺诗碑"、"周英治题灵岩寺诗碑"、"刘海粟题千佛殿名塑碑"、"梁启超题词碑"、"请宝公开堂疏碑"、"李公颜金像题记碑"、"清涤公开堂疏碑"、"李公颜金像题记碑"、"和仁钦灵岩十二景诗碑"、"王元翰游灵岩寺题诗碑"、"蔡安特题诗碑"、"王焕饭僧记碑"、张淑、文昌题诗碑、"苏辙游灵岩寺诗碑"、"李迪游灵岩诗碑"、"朱济道游灵岩题诗碑"、"韩夫人游灵岩题记碑"、"妙空禅师诗赞碑"、"张掞题灵岩寺诗碑"、"张掞送义公祥公赴灵岩诗碑"、"陈恬题诗碑"、"宋居卿、刘公度题诗碑"、"李中夜宿灵岩题诗碑"、"郭思游灵岩寺记碑"、"寿公禅师舍财记碑"、"五苦颂碑"、"净照和尚戒小师碑"、"赵子明谢雨记碑"、"观音托相圣迹序碑"、"达摩面壁像记碑"、"张汝为游灵岩寺记碑"、"平公勤迹铭碑"、"山门五庄记碑"、"举公提点施财记碑"、"灵岩千佛殿记碑"、"海会塔铭碑"、"定光禅师塔铭碑"、"法云禅师塔铭碑"、"肃禅师行碑"、"广提点寿碑"、"达禅师道行碑"、"海禅师道行碑"、"就禅师道行碑"、"举提点寿塔铭碑"、"泉首座寿塔铭碑"、"举提点塔铭碑"、"让禅师道行碑"、"傅公宅等灵岩墓塔林题诗碑"、"重修灵岩寺卧佛殿记碑"、"郑芸登灵岩和苏韵诗碑"、"进香植福记碑"、"重修观音堂记碑"、"乾隆题灵岩诗碑"等碑铭。还有"朗公传摩崖刻石"、修方山证明功德记刻石以及张竹峰、相如、程鹏起、晓峰、马普正、王揆、庚祜、永淑、李颜、齐慕仲、英和等题名刻石。

（三）普照寺碑碣参差

泰山南麓的凌汉峰前，峰峦环抱，涧水低流，苍松翠柏掩映之下，坐落着一处幽深宁静的佛教寺院，这就是著名古刹普照寺了。普照寺取"佛光普照"之意，传为六朝创建，后屡废屡兴。明永乐年间高丽僧满空，清康熙初年诗僧元玉及光绪年间瑞庵禅师先后卓锡于此。冯玉祥先生于1932年至1935年间，也曾两次在此隐居，并出资在其旁建烈士祠，纪念在辛亥滦州起义中死难的烈士。

普照寺北去不远，即泰山上书院故址，是北宋著名学者孙复、石介、胡瑗在泰山讲学弘儒之处。明在此建"三贤祠"，春秋致祭"宋初三先生"。至清道光年间，又增祀泰安名儒宋焘和文阁大学士赵国麟，改名"五贤祠"。

普照寺附近，共有石刻150余处。主要有"三笑处"、"云门"、"界尘"、"迎送柏"、"大众泉"、"精神不死"、"投书涧"、"讲书堂"、"六朝遗植"、"普照禅林"、"一品大夫"、"寿"、"佛"、"梅花岗"、"杀身成仁"、"浩气凌云"、"卧象石"、

图27　"一品大夫"题刻

"洗心"、"送爽"、"迎旭"、"胡安定投书处"、"景贤石"、"侍立石"、"山高水长"、"三龙陟"、"授经石"、"讲书台"等题刻；有"范明枢墓志碑"、"林伯渠、谢觉哉题词碑"、

"普照寺重开山祖满空塔铭刻石"、"廿八戒师之塔铭刻石"、"重修普照寺记碑"、"重开山记碑"、"任弘业谒三贤祠题诗碑"、"重整上书院记碑"、"王玑三贤祠题诗碑"、"李朴等题五贤祠诗碑"、"重修三贤祠记事诗碑"、"郭沫若咏普照寺六朝松诗

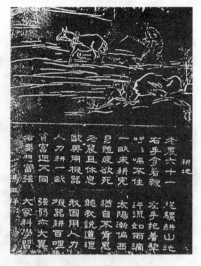

图28 冯玉祥配画诗碑拓本

图29 普照寺碑墙

碑"、"佛顶尊胜陀罗尼启请经幢"、"普照寺重修碑"、
"普照寺香火田记碑"、"筛月亭柱联石刻"、"周恩来贺
冯玉祥六十寿辰碑"、"冯玉祥配画诗碑"、"祖诊题十二

图30　普照寺香火田记碑

景"、"刘熙众题烈士祠挽联"、"邱山宁颂泰山诗刻"、"于右任烈士祠题刻"、"卧虎石题记刻石"、"泰山烈士祠落成纪念诗碑"、"冯玉祥烈士祠字据碑"、"王金铭、施从方二烈士赞碑"、"冯玉祥烈士祠题联碑"、"郭松龄将军被难记碑"、"张绍增将军被难记碑"、"邓长耀题烈士祠诗碑"、"郑金堂将军被难记碑"、"郑金堂烈士之碑"、"为革命烈士祠落成题诗刻石"、"邓长耀书岳飞《满江红》刻石"、"豹隐烈士祠题刻"、"李宗仁题烈士祠挽联"、"泰安州重修三贤祠碑记"、"泰山五贤祠五贤事迹碑记"、"周桐三贤祠题刻"、"徐祖望谒五贤祠题诗"等石刻以及张树声、宋湍华、吉鸿昌、李炘、程希贤、冯基道、彭国政、刘治州等题词碑。

（四）斗母宫碑记兴废

斗母宫位于龙泉峰下，旧称"妙香院"、"龙泉观"，为泰山古道观。其创建年代无考，明嘉靖二十

图31　斗母宫山门外碑群

一年（1542年）重修，至清康熙初年，改为尼姑住持。

斗母宫内外有十余处碑刻，大多是记载重修的，如："重修斗母宫碑"、"重修斗母宫钟鼓楼记碑"、"重修斗母宫前后殿东西配殿记碑"、"乾隆重修斗母宫钟鼓楼记碑"、"斗母宫新建白衣殿记碑"、"嘉庆重修斗母宫记碑"、"重修斗母宫后殿西配殿记碑"、"道光重修斗母宫记碑"、"重修斗母宫山门碑"等，通过这些记载，可使人们了解斗母宫建筑在一定的历史时期拓修、增葺状况。据《重修斗母宫后殿西配殿记碑》载："乾隆元年，比丘心海受戒京师善国寺，旋为天仙庵住持，越十余年回泰山，乃托钵募化，以次修整。于是建东西殿，建钟鼓楼，屈指计之，殆百有余年矣。嗣是踵事者，随时修葺，故庙貌完固，得至今不废。"在《重修斗母宫碑》中，还记载了斗母宫香火鼎盛时的情景："每岁春初，奉楮帛而祈福者，奔走偕来；周遍海内，命俦啸侣络绎于山巅水溪间。以故磴道左右，梵呗杂奏，佛号竞呼，百千成群，蒸云霞而动林壑，诚神仙之洞天，祷祀之福地也。其最当冲道，斗姥宫为尤著焉。"另外还有"高恩进香碑"、"泰山行宫记碑"、"刘义厚等捐资题名碑"、"天然池记碑"、"斗母宫僧尼世系图"等。

苍苔饰摩崖

——解读名山的韵章

《诗经·鲁颂·闷宫》中有："泰山岩岩，鲁邦所詹"的歌咏，说明早在先秦时期，人们就对泰山巨石裸露的岩岩气象有了深切的审美感受。这些形成于遥远太古代的巨石，不仅与苍松、古柏一起塑造了泰山雄浑壮美的山姿，也给摩崖刻石提供了便利的条件。泰山摩崖刻石历时久远，数量可观，内容广泛，形式多样。攀行在登山的盘道上，石刻遍布于道旁涧边，崖顶峰腰，常引得游人驻足观赏，兴致倍增。现在，就让我们顺着山道，作一次摩崖石刻的巡礼吧。

（一）瞻岩初步

由泰山东道攀阶而上，始迎岱宗坊。岱宗坊是泰山的山门，为三门四柱式石坊，创建于明隆庆年间，后圮，清雍正八年（1730年）郎中丁皂保、赫达塞奉敕重建。坊额由丁皂保题篆。坊南有雍正九年所立《重修泰安州神庙谕旨碑》及《重修泰山记碑》。从红门的盘道起工处到万仙楼，一路上有石刻60余处。红门宫前是登山总汇之区，牌坊叠峙，碑碣林立。有明代隆庆年间镌刻的"天下奇观"和"盘道起工处"大字碑。一天门坊由明参政龙光题额，意在告诉人们，这是天界的第一道大门，跨过它便进入登天的路了。再往前，是"孔子登临处"石坊，这是一座雕刻精美的三门四柱式牌楼，明嘉靖三十九年（1560年）钦差巡抚朱衡创建，坊额由罗洪先题，坊柱上有联："素王独步传千古，圣主遥临庆万年"。《泰山志》载："泰山圣迹，孔子称首"，泰山是孔子及历代儒家学派开展学术活动的重要场所，很多摩崖石刻说明了这一点。坊前有"第一山"和"登高必自"碑分列道旁，"登高必自"语出《中庸》，原文为"君子之道，譬如行远必自迩，登高必自卑"。刻石昭示游人应具有脚踏实地、循序渐进、埋头苦干、胸怀大志的精神，登山犹如修行君子之道。"登高必自"和"孔子登临处"

图 32　孔子登临处

刻在山麓,正是为了奏响中华精神的主旋律。其旁有"红门验单官题名碑"、"泰山种柏道里记碑"等。紧接着迎面又是一道牌坊,额题"天阶",由明巡按高应芳题。这里又一次强调了登天的主题。坊柱上有联曰:"人间灵应无双境,天下巍岩第一山。"再上为碧霞元君中庙,因其建于丹崖之下,故又称"红门宫"。康熙年间在宫门前建红门坊,额题"瞻岩初步",门柱上也有联:"万壑泉声沉宝磬,千峰云影护禅关。""瞻岩初步"这个题额是很有点意思的。许评在散文《瞻岩初步》中说到:"就是这个'初步',是三条登山路线中,古迹胜景最集中的一段,就是在这个'初步',足足可以看到整个泰山的综合类的雏型。""举目远眺,群峰争秀,层峦叠嶂,巍巍峨峨,莽莽苍苍,可以最真切地观赏到泰山的拔地通天之势和擎天捧日之姿。"再上,有飞云阁跨道而建,朱红的宫墙上镶嵌着清光绪年间泰安权守石祖芬的经石峪看红叶诗碑:"中天门外梵仙乡,枫叶初经九月霜。独倚乔柯舒冷艳,不侪凡卉炫秋香。孤红莫恨荣华晚,众绿都成惨淡光。休上危桥云步迥,更高寒处更凄凉。"作者通过写枫叶的傲霜,不侪凡卉的高贵品格,抒发了自己孤独的心境和慨叹高处不胜寒的凄凉之感,给人留下了很深的印象。

过飞云阁,几块巨石东西叠连,矗立路旁,犹如群峰横亘,故名"小泰山",很多不便登顶的香客常在此朝山进香,祈求神灵的保佑。因此,这里长期以来累积了20余通香社香众的捐袍、建醮、进香、题名等万古流芳碑,号称红门小碑林。再上,有任道熔修盘路记碑,陈士杰修盘路碑记等,简要记载了不同时期拓修盘道的情况。

路旁溪涧中，美石错落，曲水粼粼，清幽异常，有刻"小洞天"三字于崖者，意在描写周围景致，堪称妙句。其上，有单震蒙所题"醉心"题刻。这类美石，观之赏心悦目，令人叹自然造化的神奇，在从红门到中天门的溪涧中，不时可以发现此类美石发育，它们大小不一，或彼此交错排列，或上下对称分布，沿途约有五百多个。

图 33 "醉心"题刻

沿盘道再上，路边有"有求必应"、"云山胜地"、"胜游"、"勇登仙境"、"仰答神庥"、"三义柏"等题刻，至万仙楼前，有"重修万仙楼记碑"、"莱芜县进香施茶记碑"、"朱自然等施茶记碑"以及六十三块捐修万仙楼的信士题名碑。

（二）渐入佳境

过万仙楼，山路平坦，风清林茂，在路边石崖上迎面可看到有庚子岁石祖芬的"渐入佳境"题刻，这显然在告诉人们，山中景致，将逐渐幽深，愈行愈胜。在从万仙楼至经石峪路口的山路上，摩崖刻石共60余处。出万仙楼上行，溪中有平广如台的大石坪，石坪下形成短崖水帘，一年四季流水潺潺，故路边崖上有"听泉"题刻。北行不远处，有"仰止"题刻，"仰止"语出《诗·小雅》中"高山仰止"句。再上是革命烈士纪念碑，碑正面刻着"英名与泰山共寿"七个大字，气势巍然。

在路边的石崖上，还有"拜石"

图34 "渐入佳境"题刻拓本

题刻，传为宋代书法家米芾所书。据《宋史·米芾传》载："无为州治有巨石，形状奇丑，芾见大喜曰：'此足以当吾拜。'具衣冠拜之，呼之为兄。后称米颠拜石。"米芾宁可拜石，也不拜贪官麦知州的故事在民间广为流传，泰山气象岩岩，灵石触目可见，"拜石"刻在路边，给游人增加许多登山的乐趣。再上，有张振声、黄以瑚、王大使、张邦茂、刘康叟、赵茂实、方应之、张友之、张田玉等题名刻石散见于崖上，再上有"老君游"诗刻，有民国年间的一些登山言志的题刻，如："行利他"、"为党牺牲"、"唤起民众"、"虎"、"万古长青"、"放怀"、"神州磊落"、"中流砥柱"、"万古凌霄"、"勇登仙境"、"立志"、"做事"等，有描写山中景致和抒发登览感悟的题刻，如："名言莫馨"、"初步登高"、"蔚然深秀"、"肤寸升云"、"虫二"、"各一天"、"青未了"、"人间仙境"、"瞻仰"等，也有跃

图 35　"虫二"题刻

动着道教出世精神的题刻，如"洞天福地"、"步玉清"等，给人超然尘表，飘飘欲仙之感。"虫二"是一处字谜石刻，隐射"风月无边"，意在赞叹此处景色窈窕。但它以字谜的形式出现，让游人去猜，一旦猜出，可平添许多游山的兴致。还有清末著名金石家

吴大澂篆书的《杜甫望岳诗》、《汉镜铭》、《琅琊台二世诏书》刻石，明代太监进香题名刻石及岱宗造林纪念碑题名刻石等。

（三）梵呗清音

自经石峪石坊向上沿道左小盘路行半里许，便是泰山著名的经石峪刻石区了。经石峪又名"石经峪"，宋陈国瑞题名"石经谷"，清以后则称"经石峪"了。路旁有"漱玉桥"题刻。陆机有诗云："山溜何泠泠，飞泉漱鸣玉"，想必桥名源于此。道旁有石亭，造形浑厚古朴，与泰山的审美特征极为吻合，额题"高山流水之亭"，是明隆庆年间总理黄河道大臣、都御史万恭东裡泰山时所创构，亭原在经石峪经文旁的石崖上，后挪移至此。亭又额"源头活水"，柱联曰："天门倒泻一帘雨，梵石灵呵千载文"。绝妙地写出了高山与流水、石坪与经文相互依存的关系，意韵隽永。路旁有明代李三才暴经石水帘诗碑。李三才，明万历进士、凤阳巡抚加户部尚书，因反对太监揽权谋私，横征暴敛，而上书朝廷，为民请命，遭到宦官朋党的反对，被迫辞职。他在抱负无由施展，郁郁不得志的时候，于万历十六年来到泰山，在经石峪高山流水亭旁观经听涛，整日流连。是山静水动的景色陶醉了他？是石经出世的空灵解救了他？还是古老的知音故事感动了他？我们已不得而知，但是，有一点是可以肯定的，那就是泰山使他的心灵得到了莫大的慰藉，他似乎在泰山找到了知音，虽然，他兼济天下的理想不被世人所理解，但他仍要像"矫首"的青山一样傲然于世。他的诗读来意味深长："暴经石旁水泠泠，镇日独来倚树听。此意世人浑未解，半天矫首万山青。"诗中写出了作者在游览经石峪时所得到的难为人解的感悟，别有一番滋味。

崖上题刻遍布，有清咸丰年间陈纪勋题勒的"梵呗清音"，经石峪环境清新，超凡脱俗，叮咚的流水让人联想到声声梵呗。

向前在一大片石坪之上，由北向南摩刻着北齐人所书《金刚般若波罗蜜经》的部分经文，虽历经1400余年的风雨剥蚀，尚存1300余字。书法遒劲有力，字体雄奇壮阔，彼跞古宕，神采奕奕，被人誉为"大字鼻祖，榜书之宗"。

石坪上方倒刻着"暴经石"三大字，字径1.9米，刻深8厘米。大字之所以要倒刻，是因为从南天门的方向看，"暴经石"三大字是正的，他是将泰山作为一个整体来对待的，这里面蕴藏着题刻者独具的匠心。北面石崖上昔日流水潺潺，故有"水帘"两字，均为万恭所题。其旁有"深趣"、"水石阴森"、"高山流水"、"试剑石"、"清磬"、"冷然清韵"、"铭心淘虑"、"经石峪"、"岱宗余胜"、"枕流漱石"等题刻。"枕流漱石"典出《世说新语》，晋孙楚少时欲隐，谓王济曰当"枕石漱流"，误为"漱石枕流"。王曰："流可枕石可漱乎？"孙曰："所以枕流，欲洗其耳，所以漱石，欲砺其齿。""铭心淘虑"则说的是这里美妙的景致会永远铭记在你的心上，帮你冲洗思忧神虑。

大石坪的东北面，有一段高起的石崖，沿石崖北立面，刻有"经正"两个大字，字径90公分见方，旁有跋语曰："孟轲氏云：'君子反经而已矣。经正则

庶民兴。'石上之经亦经也，今以圣经反之，故曰
'经正'。万历六年三月，都御史肥城李邦珍书。"石

图 36　经石峪摩崖石刻

崖上平广数丈，有汪玉的《历代文论》刻石及
《周颂·般》诗及跋语刻石，意思再明白不过了，就是
要以儒家的圣经来反石上所刻佛经，由此可见儒释在
泰山争相发展之一斑。石坪西侧山崖上峭壁如削，摩
崖满布，有崔应麒草书的"晒经石水帘诗"及万恭的
"高山流水亭记"。崔应麒于明万历十九年（1591 年）
登泰山，题下了《晒经石水帘诗》："晒经石上水帘
泉，谁挽银河落半天。新月控钩朝挂玉，长风吹浪暮
凝烟。梵音溅沫干还湿，曲涧流云断复连。选胜具觞
恣幽赏，题诗愧乏笔如椽。"书为草体，如行云流水，
一气呵成，潇洒不羁。高山流水的故事源于《列子·
汤问》，伯牙善鼓琴，钟子期善听，伯牙鼓琴，志在
高山。钟子期曰：'善哉，峨峨兮若泰山。'志在流

水，钟子期曰：'善哉，洋洋兮若江河。'后多用此作为知音难遇之典。万恭来到经石峪，被周围的景致所陶醉，想起了古老的知音故事，于是，创构了高山流水亭，并为之记，留下了这段脍炙人口的石刻佳话。

图 37　高山流水亭记摩崖石刻

（四）曲蹬盘云

自经石峪路口上行，盘道渐渐陡了起来，从这里到壶天阁之间，共有 20 余处摩崖题刻。有信阳张玉采、刘仲平等题名刻石，有"云路""放怀"、"别依云山"、"行利他"等题词，都是登山有感而发。"云路"犹言"青云之路"，隐喻宦途。"别依云山"是说不要依恋沉迷在云缠雾绕的山林之中，而应以积极的人生态度投入社会，为民族与国家的振兴建功立业。"行利他"是冯玉祥先生的宣言。冯先生在 1932 年至 1935 年间，曾两次息影泰山，为泰山留下了不少的石刻，也做了许多诸如建桥、凿泉、办学校等"行利他"的善事。再上，路边有一片片出露完整的柱状节理石景观，其下有"万笏朝天"的大字题刻，意在形容这片竖然而立，朝向泰山主峰的奇石，犹如上朝时大臣手中的笏板。道右稍远处的崖壁上，有钟惺题水帘洞诗刻石。过东西桥子，路旁崖上有"蓬莱季良小住"题名刻石，有"仰之弥高"、"万古长春"、"曲蹬盘云"、"天衢"、"歇马崖"等题刻。道左有建于1929年6月的总理奉安纪念碑，系山东各界爱国人士为纪念孙中山先生灵柩移葬南京而立。碑高9.27米。为全石结构的建筑，其上刻有总理遗嘱。过纪念碑上行，盘路两旁古柏夹道，荫森蔽日，人行其间，如在洞中，故有"柏洞"题刻。再上，有创建关帝庙配殿记碑及张彝宪题登岱诗碑。

图38 "天衢"题刻

（五）峰回路转

壶天阁创建于明代，清乾隆十二年（1747年）拓建，原名为"升仙阁"，因四周山势若壶，恰似道家所言的仙境，故更名为"壶天阁"，阁南门洞两侧刻有对联：外联为清嘉庆廿一年（1816年）泰安知府廷璐题："登此山一半已是壶天，造极顶千重尚多福地。"内联为清嘉庆辛酉年（1801年）泰安太守崔映辰所题："壶天日月开灵境，盘路风云入翠微。"对联既写出了壶天阁酷似道家仙境的特色，又点明了此处已到达山的半腰，越向上登陟景色越佳，福地尚多，给人以继续攀登的鼓励。壶天阁周围有"魏祥督修泰山记碑"、"重修玉皇阁记碑"、"重修盘道记碑"以及乾隆题壶天阁的摩崖诗刻。过了壶天阁，山势骤然陡峻，盘路曲折，奇峰环绕。迎面有"回马岭"石坊跨道而立，回马岭旧称"石关"，传为东汉光武帝登封泰山时的回马之处。应劭在《汉官马第伯封禅仪记》中记载："是朝上山骑行，往往道峻峭…乍步乍骑，且相半至中观留马。"说的应该就是这里了。路边崖上刻有清乾隆帝摩崖诗："昔人回马地，进马跋岩屃。夫子有明训，功毋一篑停。"他认为昔日封禅帝王骑马至此回，实在是功亏一篑，而自己却能跃马而上，洋洋得意之情溢于言表。从这里向上仰望，透过重峦叠嶂，中天门楼阁掩映在绿树丛中。从壶天阁至中天门，途中共有石刻30余处。过回马岭坊，道左有"重修泰山盘道题记"、"乾隆题回马岭诗刻"、"勒马回看岱岭云"、"峰回路转"等题刻，再上便是药王殿了，药王殿祀药王孙思邈，殿门两侧有石刻对联："造物犹资五色石，回生独普四时春。"转过药王殿、三大士殿，就是"步天桥"了，桥北山势更陡，盘道盘盘相连，人称"十二连盘"。路旁石崖上，有

图39 "峰回路转"题刻拓本

梦天外史唐天涛、王德懋等登岱题诗刻石。十二连盘中，有"山高水长"大字题刻，"山高水长"语出范仲淹《桐庐郡严先生祠堂记》："云山苍苍，江水泱泱，先生之风，山高水长。"用来比喻高士的风度与节操。

中天门是东西两条登山路的交汇处，岭峻谷幽，景色壮美。有清建石坊跨道而立，额题"中天门"，坊侧有"重修泰山二虎庙记碑"。循中溪山攀援而上，至巅有台湾陈英杰先生捐资所建慈恩亭，亭内的澎湖石上，刻着慈恩亭创建题记。

（六）山辉川媚

中天门一过，摩崖石刻又比较集中，从这里到云步桥，共有摩崖石刻70处。下了倒三盘，路左的崖壁上刻有清道光年间吴大澂所题的象形"虎"字，有1932年吴迈的五绝诗："接踵过中天，高山群仰止。为问熙攘人，曾否忆国耻？"读罢令人肃然，这是中国近代史上的振振强音。有今人张爱萍题王维句"但去莫复问，白云无尽时"，有黎玉题的"中华精神"、九江蔡懋星所题"保障平原"，以及汤金钊、何桂清、由桂森等题名刻石。有孔宪彝登岱题诗石刻："长风莽荡日曈昽，回指天门又几重，云海平铺三万里，朗吟人在最高峰。"再行，有唐仲冕题二天门诗刻："左崇环水分黄现，前引松阴入翠微。从此云衢堪快步，跨虹桥畔彩云飞。"再向前，道右有一竖立的孤石，上刻"斩云剑"三大字。这里位于谷口，云雨变幻无穷，寒云顺谷而下至此遇暖云化而为雨。石兀立如剑，仿佛正在斩云播雨，故名。附近还有方遇熙的"蛟龙石"、"气象万千"，王普的"五岳之尊"等题刻。再往前，有清光绪年间宁世元所题"既雨晴亦佳"。此语出于杜甫《喜雨》一诗："皇天久不雨，既雨晴亦佳。"徐世元冒雨登岱至此，次日天晴，景色宜人，题此表达了雨后初霁的喜悦心

图40 "斩云剑"题刻

情。再上行，有"天空"、"泉"题刻，"泉"系李星源于民国五年（1916年）所题，作者将游泰山后的第二年，因病而对钱所产生的深刻认识，题勒在泰山，很值得一读："余来岱之次年，岁在丙辰。是年春，暴风甚多。寒暖不时，余因之而病。病后因阿堵物有感曰：是物也，何物也？得之则生，弗得则死。岂西人所谓人生之第二生命者耶！然英雄豪杰为汝

坟，黑其心，灭其性，变易其操守，至死不悟。己不能至者，必欲强人以致之。汝之势力，不可方物，无论如何不可捉摸之。生龙活虎，一入铜臭范围，立时与至无灵之蠢鹿顽豕等，真可叹也。余老矣，不能从诸君后，请拭目以观之。"再上，有"云路先声"、"山辉川媚"、"从善如登"、"峻岭"及张百熙、裕德等登岱题刻。"从善如登"语出《国语·周语下》："从善如登，从恶如崩"，这是人生的警语，的确，从善如同登高，需要勇气，毅力和付出。再行，有李嘉乐等登岱题刻，有"郁确其高"、"曲径通霄"、"人间天上"等，"郁确其高"语出孔子《丘陵歌》："喟然回

图41 "人间天上"题刻

顾，题彼泰山，郁确其高，梁甫回连。"再上行，有溥心畲登岱题诗刻石："苍苍复落日，遥下晚枫林。浣漾连溪色，岚光何处深。"其上有"天下名山第一"、"造化钟神秀"、"若登天然"等大字题刻，有张

默君偕夫邵翼如于民国二十二年（1933年）登岱时的诗刻："笑指齐州九点青，漫教治乱问山灵，且将同梦生华笔，来写千秋泰岳铭。"诗书豪放，气势磅礴，给游人留下了深刻的印象。在盘道左侧，有修复盘道古迹题记刻石，这是赵新儒于民国二十一年（1932年）所记载的关于晋军对泰山大肆破坏后，县长周百锽对泰山盘道古迹的保护修建情况："十九年战役，晋军据城，分兵守泰山，沿盘道筑埠垒，破坏不堪言。泰安县长周百锽具状省府韩向方主席，筹办工赈，择要兴修中天门至南天门一段，计长二十余里，他尚未遑也。并修宋天贶殿古迹，保存壁画古物及筑军拆毁岳庙围墙，又包公祠。奖廉惩贪。五贤祠崇祀先贤，同时竣工。古迹名胜逐渐兴复，谨志颠末，以示后来……。"这是一则重要的记事题刻，从中可以真实地反映出在特定的历史时期内，泰山遭受的劫难及其修复保护情况。再上行，崖壁上有"如"、

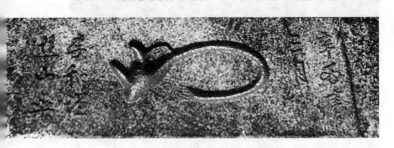

图42　"如"字题刻

"逍遥游"、"登天喜地"、"妙极"、"气象岩岩"等题刻，"如"字刻石，一笔写成，像一只活泼的小鼠，生动可爱，别具情趣，落款为"李和谦游山乐"。相

传李和谦是清代泰安城内一家饭铺的店小二，他借整天擦桌子的机会，练就了一手好笔力。一天闲来无事，便与几个伙计上泰山游玩，行至此处，看到四周景色窈窕，心畅神爽，即兴题出了"如"字，刻在这里，作为对来来往往的朝山人们的如意祝愿。再上，有袁家普、郭宝昌、季关无、黄云鹏、区桐、李根源、王舟瑶、李森等登岱题刻，有"海天在目"、"仰止"、"快活天"、"耸壑昂霄"、"山高水长"、"绝巇飞流"、"在山泉"、"云泉飞瀑"、"气象岩岩"、"至此始奇"、"水流云在"、"良心问己"、"鲁邦所瞻"、"寒云"、"洗心"、"在山清"等题刻，其中"在山泉"与"在山清"取自："在山泉水清，出山泉水浊"，宣示了一种幽远的人生哲理；"水流云在"语出杜甫的"水流心不竞，云在意俱迟"诗句，鄙夷追名逐利，向往返朴归真，通达于庄禅之间。

（七）排闼送青

云步桥畔，悬崖飞瀑，题刻遍布，是一个风光秀美，文物荟萃的地方，也是游人驻足小憩的天然所在。从这里到朝阳洞，一路上计有石刻60余处。云步桥旁有小石亭，名"酌泉亭"，又名"观瀑亭"。亭柱内外刻满楹联诗文。崖壁上有"飞泉挂碧峰"、"银河落九天"、"揽胜"、"云步跻天"、"俯瞰群峰"、"飞泉"、"涤虑"、"笫云天衢"、"云桥飞瀑"、"月色泉声"、"洗心"、"濯缨"、"霖雨苍生"、"澄清宇宙"、"红桥飞瀑"、"畅游"等题词，有任侠过云步桥题诗石刻："岩壑幽深处，蜿蜒露小桥。古亭藏石壁，飞瀑出重霄。松老涛声吼，泉清月影皎。峰回云路曲，有福此逍遥。"其旁还有"河山元脉"、"都归一览"、

"奇观"、"泉清自洁"、"太古清音"、"泉响云飞"、"天下奇观"、"排闼送青"题词以及"云步桥题记"、"万方多难此登临"等题刻，"排闼送青"语出王安石《茅檐》诗中的"一水护田将绿绕，两山排闼送青来"句，用来形容对松山东西对峙，松峰叠翠，犹如门扉洞开，送出一片青绿。过云步桥，北折而上，有朱士焕等登岱题名，有"栏环翠秀"、"雄冠五岳"、"飞来石"等题刻，有毛

图43 "维天东柱"题刻

泽东《沁园春·雪》刻石及王汉登岱题诗："足指蹑云霞，襟带携星斗。或如天马斯，或如凶蛟闹"。再行，有乾隆帝题飞来石诗刻、题五大夫松诗刻及"东天一柱"、"抚松盘桓"、"秦松"、"同步青云"、"倚松听涛"、"群峰拱岱"、"登峰造极"、"冠盖五岳"、"岩

瞻"、"名山洞府"、"鲁瞻"、"圣寿万年"、"朝阳洞"、"维天东柱"等题刻，有"在山花亭"登岱题刻、牟志夔题名刻石及毛泽东题庐山仙人洞诗刻等。

（八）从此看山

自五松亭上行，不远处便是朝阳洞了。朝阳洞是一个天然的石洞，因向阳而得名。朝阳洞内的石壁上，有线刻碧霞元君像。周围是一片平坦的开阔地，盘路从其中穿过，登山的人们常在这里歇脚休息。出朝阳洞上行，山路益发陡峭，在这段山路上，摩崖石刻很多，约计 100 余处。有北京女子高等师范学校考查泰山题记，有吴文华登岱题刻，也有描写名山胜境和抒发登岱感怀的题刻，如"泰山松"、"数风流人物还看今朝"、"松云绝壁"等，有刘凤池登泰山诗刻，其一为《登泰山》："峰峦缥渺入烟霄，三月登临雪未消。万里鸣鸾更旧迹，几朝老树识新条。晴天海气连云洞，莫日□□到忝苗。上帝欲从间化术，谁增仙嶂作长桥。"其二为《登封禅台有感》："大风吹雨落天华，独上荒台有所思。千载烟霖忽聚散，几家钟鼎遍兴衰。树当路口排仙仗，苔到春深封古碑。万古英雄只如此，何劳宇宙角雄雌。"诗刻于明嘉靖辛丑年（1541 年），为敦厚古拙的隶书体。再行，崖上有题刻曰："从此看山。"的确，这里是观览峻极于天的泰山胜景的好地方，从开山始，十八盘逶迤直上，盘盘相接，宛若天门云梯。盘路的尽头，是双峰夹峙的南天门。盘道两侧，崖壁如削。题刻遍布，有"大好河山"、"空翠凝云"、"心香诚祝"、"举足腾云"、"独立大夫"、"处士松"、"驰奔云蠹"、"山静似太古"、"松

门"等，"独立大夫"题刻有跋语曰："五大夫松世传
蓺执自秦嬴。今观之，质理脆脆，非古也，或后人树
建，以存旧耳。此松不在五大夫中，乃其虬屈苍劲，
有君子中立不倚之意，□视五大夫为强，予嘉之。书
此以表孤节。岁壬戌，广汉任斋涂泽民题，济南府同
知相郡翟涛立石。"题刻者状物抒情，表达了自己崇
尚独立不倚的君子之风，鄙视趋炎附势的小人行径的
思想倾向。其实，"处士松"与"独立大夫"本是不
同的游人给同一棵松树先后题写的两个名号，"处士
松"题刻旁也有一段跋语，曾刻于附近的山崖上，为
明中期刘宗岱所题，跋曰："余自嘉靖己酉夏，始来
登泰山，见秦始皇所封五大夫松者，耸而立。又里
许，一松偃塞如盖，曰处士松，乃近，曰方两江氏
题。以其不与秦封云。呜呼，秦迄今数千百岁，人但
知有大夫，不知有处士，岂物之显晦有时欤？暨隆庆
戊辰春，余再来登泰山，岁月曾几何，向所见五大夫
松者，已亡其三。独处士松依然无恙，岂物之荣枯有
数欤？抑养素者终吉，怙宠者多败，固物之自取然
欤？今安阳翟公又改处士者为独立大夫，疑若曾受封
秦者。呜呼，五大夫松之存亡不足惜，余独惜夫处
士，何不幸，而多斯名也噫。"两篇跋语各有自己的
观点，思想鲜明，语言犀利，对照读来，耐人寻味。
再上行，有"胡景桂祀岱宗题记"、楚图南的"千山
闻鸟语，万壑走松风"题刻，有"雄山胜景"、"万境
皆空"、"与天地参"等题刻，"与天地参"语出《中
庸》，即参天戴地，引申为人之德可与天地相比。在
隔溪相望的御风岩上，有清乾隆帝的朝阳洞诗刻：

"回峦抱深凹，曦光每独受。所以朝阳名，名山率常有。是处辟云关，坦区得数亩。结构寄幽偏，潇洒开窗牖。历险欣就夷，稍憩复进走。即景悟为学，无穷戒株守。"此摩崖刻于清乾隆十三年（1748年），为乾隆帝登泰山过朝阳洞时所写，摩崖规制宏伟，字径三尺，俗称"万丈碑"。

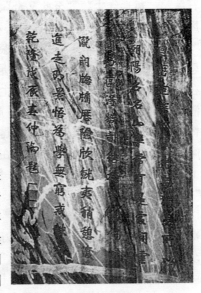

图44　万丈碑

再行，有清道光年间王大埙登岱题诗石刻："虬枝万杆嵌危峰，稷稷清风翠影浓。自是腰间森傲骨，当年不受大夫封。"王鸿题诗石刻："梦游天地外，身堕烟霞中。愿举饱腹稿，万古开心胸。"任克溥颂泰山诗刻："岩岩气象岱宗开，五岳首推信壮哉。势接沧溟藏雨露，形连霄汉起风雷。千丛脉秀龙鳞树，万丈骨高虎卧台。策杖重游堪纵目，盘桓懒去问蓬莱。"诗作者早已被泰山的岩岩气象所倾倒，优游于壮美的岱岳山水间，连海上仙山之一的蓬莱都懒得问津了。

继续攀登，崖上有"揽翠"、"岱岳雄姿"、"松雪"、"能成其大"、"天下名山"、"松壑云深"、"千叶石莲"、"甓远红尘"、"至此又奇"、"风涛云壑"、"松风泉韵"、"苍松翠霭"、"月明松翠"、"振衣千仞"、"龙洞"、"倚石听涛"等题刻，"振衣千仞"摘自晋左思《咏史》诗"振衣千仞岗，濯足万里流"，意思是在千仞高山上振衣以抖落世俗的尘埃，在万里清流中濯足以洗去足上的污垢，抒发了高蹈尘世的高士襟怀。这"振衣千仞"写得大气磅礴，读后使人陶醉其间，以至暂时忘却了登山之劳。在对松亭对面的峭壁上，有很多大字题刻，如："铁保书杜甫望岳诗"、"林远尘"、"松风吹冷尘心"、"云壑松涛"等，其中以乾隆题对松山诗刻为著："岱岳最佳处，对松真绝奇。古心谁得貌，变态不容思。万稀惟全碧，四时无改枝。依稀佺羡辈，倚树劚灵芝。"沿崖前小路前行，可游梦仙龛。梦仙龛建于清道光七年（1827年），是一座小巧玲珑的古建筑。龛前有"魏祥创建梦仙龛记碑"及"麟庆创建梦仙龛记碑"，读了碑文，你才能知道那段堪称曲折的建龛故事。

　　从十八盘再向上攀登，两侧山崖上题刻满目，尤以右侧为多。有"问心朝山"、"开此直山"、"青玉案"、"拜石"、"上天梯"、"龙门"、"寿同山岳"等，再上，有郭沫若题万松的诗刻，"脱稿题名刻石"、"魏祥记碑"、"姜学海登岱题刻"，"仰不愧于天，俯不怍于人"等。有"天门长啸"、"神功利济"、"嵩高峻极"、"层云空谷"、"绝顶云峰"、"唯天为大"、"神贶崇朝"、"云端"等。"天门长啸"源自李白诗《泰山吟》二首："天门一长啸，万里清风来。"题刻在靠近天门的绝壁上，每每引起游人的共鸣，登山至此，已是气喘吁吁，在题刻前，略一停步，真的感到万里清风扑面而来，好不舒畅！从"升仙坊"再行，南天门端居于盘路的尽头，已是咫尺可望了。游人可一面攀陟，一面欣赏崖上的题刻，主要有柳堂摩登南天门铭："开抉荡，何险危，仰不愧，履如夷"、"天地交泰"、"知止观止"、"飞龙岩"、"翔凤岭"、"首出万山"、"如登天"、"山险心平"、"努力登高"、"亦可阶升"、"共登青云梯"、"天门石壁"、"渐入佳境"、"东柱"、"有求必应"、"果然似我"、"云路千盘"等题词，"果然似我"为徐岩所题，题刻者在感受泰山的岩岩气象时，联想到自己的名字，题写了此句，也有一番巧思。附近还有乾隆渡十八盘及题登封台诗刻、"潘鼎新等登岱题记"、"天门铭摩崖刻石"、南天门门洞对联："门辟九霄仰步三天胜迹，阶崇万级俯临千嶂奇观"。循步游小路可至月观峰，其上有"西阙"、钟惺、林古度等题刻。

（九）拔地通天

经过艰苦的攀登，跨入南天门，就算进入天庭了，这里自然风光奇妙，人文遗迹荟萃，摩崖题刻也最为集中。据粗略统计，在岱顶 0.6 平方公里的游览区域内，约有近 200 处。从南天门北去东折，拾级而上便是天街，穿过石坊，漫步天街，天地悠悠，飘然若在仙境。崖上有"五岳之尊"、"山高望远"、"凤凰山"、"气通帝座"、"日近云低"等题刻。北拐不远处，有一条向东蜿蜒的小路，沿小路台阶下行，可游"象鼻峰"、"白云洞"、"青云洞"等。泰山的云是神奇的，早在战国时期，《公羊传》中就有"触石而出，肤寸而合，不崇朝而遍雨乎天下者，惟岱宗尔”的记载。白云洞内及附近的崖壁上有许多关于云的题刻，如“乾隆题白云洞诗刻”、“焦扑腾登岱题诗刻石”、“白云深处”、“石鼓”、“山河一览”、“贮云峰”、“卧云”、“锁云”及清光绪年间山东按察使豫山所题白云洞题联刻石：“品物流形万民所望，山泽通气百谷用成。”

继续北行，可见邓颖超八旬时写下的题词“登泰山看祖国山河之壮丽”、彭真的“山高望远”、乔石的

图 45 “白云洞”题刻

“海岱纵目”及“气象万千”等题刻，沿道左小路上行，有孔子“望吴圣迹”石坊，再上，便是孔子庙了。孔子与泰山有着不解之缘，从明代嘉靖年间起，

72

岱顶就有奉祀孔子的庙宇了。山门前有徐宗干所题孔子庙门联："仰之弥高，钻之弥坚，可以语上也；出乎其类，拔乎其萃，宜若登天然。"庙北有孔子崖，上面刻着鸣清题识的汪稼门中丞的七古长篇："高瞻远瞩重徘徊，小天下处孔子崖。当日望吴谁侍立，同看白马一颜回。物各有类类如此，见山类者叹观止。孔子圣中之泰山，泰山岳中之孔子。见其大者心泰然，人心中自有泰山。求其所安皆目得，何须琴祷翠微天。"盘道两侧，巨石黑丽，题名题刻很多，有上官均、赵令绯、张祕、刘衮、马熙等题名石刻，也有"振衣冈"、"海日石莲"、"天柱峰"、"斯碑岩"、"天台难上"、"万代瞻仰"等题刻，斯碑岩刻石透露出一则重要的历史信息，这里曾经安放过珍贵的秦泰山刻石。再往前，循台阶而上，进了西神门，便是殿庑嵯峨的碧霞祠了，碧霞祠是碧霞元君的上庙，祠内外有重修碧霞祠记碑。过碧霞祠北折而上，迎面就是大观峰石刻群，其上历代碑铭题刻众多，气势恢宏，洋洋大观。有"于山见泰岱之高"、"天根云窟"、有赵明诚、张大受、孙□、杨舜宾、郝樗年、赵子和、王宜、秦奎三、梅启照、孔广陶、吴廷斌、高孝本、马乾元等题名刻石，有唐玄宗开元盛世留下的巨幅贴金摩崖碑铭《纪泰山铭》、有"天下大观"、"壁立万仞"、"天地同攸"、"至哉乾元"、"弥高"、"青壁丹崖"、"岩岩"、"置身霄汉"、"大观"、"尊崇"、"呼吸宇宙"、"与国同安"、"五岳之宗"、"名山圣水"、"云峰"、"与国咸宁"、"体乾润物"、"超然尘表"、"泰山乔岳"、"只有天在上，更无山与齐"、"乾壮"、"俯仰乾坤"、"登峰造极"、"德星岩"、"深远高大"等题刻，有宋真宗封禅泰山时留下的"登泰山谢天书述二圣功德铭"，俗称"宋摩崖"。宋摩崖原文1143字，现只有篆额完好，碑文已被明人题刻破坏，但仍可依稀读出200余字。从大观峰到泰山极顶，沿途还有许多题刻：有"俯视九洲自高下，仰观万象时有无"，有1927年无名氏所刻："眼底乾坤小，胸中块垒多。峰头最高处，拔剑纵狂歌。"登至玉皇顶，有玉皇庙，祀玉皇大帝。玉皇顶所在的南北垂圆台，是秦汉两代皇帝封禅祭天的地方，巅石前有无字碑。游人至此，

已攀至绝巅，游览也进入高潮。这里，天风莽荡，云雾缥缈，苍古的玉皇庙，神秘的无字碑，似乎都在无声地诉说着地老天荒。路边的崖壁上刻满了古人题刻，主要有："奇观"、"天高与山齐"、"岳宗"、"蹑云捧日"、"天日苍茫"、"高山仰止"、"聪明正直"、"捧日擎天"、"日高月同"、"无能名焉"、"独

图46　"奇观"题刻

石"、"儿孙罗列"、"一览众山小"、"岩岩"、"俯察万类"、"俯视一切"、"旷然天际"、"青云可接"、"目尽长空"、"静观自得"、"天路非遥"、"山河一览"、"最

图47 "五岳独尊"题刻

上一峰"、"万法唯识"、"登峰造极"、"昂头天外"、
"五岳独尊"、"登云霄"、"只有天在上"、"绝然高
大"、"高处不胜寒"、"民国泰山"、"仰止"、"卧虎战
胜"、"绝顶"、"惟天在上"、"古登封台"、"天左一
柱"、"雄峙天东"、"果然"、"拔地通天"、"唯天为
大"、"首出万山"、"飞 仙驻足 处"、"我对青山云 作

图 48　"拔地通天"题刻

伴"、"长伴白云居"、"与天地永大"、"五岳之尊"、
"雄峙东海"、"拱北石"、"云海"、"凌云气"、"船
石"、"岱岳云拥"、"瞻鲁台"、"造化钟神秀"、"哀愚
思道"、"传道处"、"可止台"、"仙人桥"、"望海"、
"双流翼注"、"御霜"、"天下第一山"、"丈人峰"、
"峻极"、"中天独立"、"东柱第一灵区"、"国泰民安"
等题词，有明太祖朱元璋的洪武《制祝文》赞碑，有
王舟瑶、康有为、张灵丘、袁克文、叶仰山、白钟
山、徐向前、辛耀文、春煊、盛恩、谢东山、蔡元

图49 "望海"题刻

培、陈兴亚、陈介卿等题名题记,也有乾隆、崔应阶、李一氓、章蕴、尹瘦石、赖少其、郭沫若、张铨等题诗石刻。张铨观无字碑诗碑曰:"莽荡天风万里吹,玉函金检至今疑。袖携五色如椽笔,来补秦王无字碑。"在太平顶的开阔处,还有秦刻石复制碑。

(十) 入山深处

自岱顶"丈人峰"顺阶而下,过"北天门"石坊,就是去山阴后石坞的小路了。这里旷远清幽,深奥奇绝。沿明万历年间所辟的岱阴环道"独足盘"行一公里许,便到了三壁环抱的后石坞了。有摩空托云的"天空山",其巅平坦,名"尧观顶",传说尧曾到此观览。山前有元君庙,祀泰山女神碧霞元君。东南有大、小天烛峰从谷底拔起,直插云端,景色雄奇。山上古松怪石峥嵘,清泉松涛交响。后石坞有大约40处明清文人学士的题刻及记事碑刻。如:"黄花

图 50　"亘古丹丘"题刻

栈"、"岱岳钟灵"、"松籁云壑"、"亘古丹丘"、"悬崖
积翠"、"石坞云间"、"丛翠"、"真境"、"玉女修真
处"、"松峰叠翠"、"后石坞"、"入山深处"、"黄花

洞"、"云根灵液"、"灵山玉柱"、"天空山"、"透天门"、"王度读书处"、"三心地上"、"作出世想"、"莲花洞"、"灵□云凝"、"忘机"、"双凤岭"等题刻及乾隆莲花洞诗刻、刘满圆、钟伯敬、王谦、万大用、刘凤翔等题刻，元君庙内外，有悟修墓塔铭刻石、圆顺墓塔记碑、重修后石坞青云庵碑、修圣母寝宫楼题记碑、尼僧圆顺报恩碑、后石坞执照碑、碧霞元君墓碑等。

附：泰山重要石刻选录

秦泰山刻石

（皇帝临〔位〕，作制明法，臣下修饬。廿有六年，初并天下，罔不宾服。亲巡远黎，登兹泰山，周览东极。从臣思迹，本原事业，祇诵功德。治道运行，者〔诸〕产得宜，皆有法式。大义著明，垂于后嗣，顺承勿革。皇帝躬听，既平天下，不解于治。夙兴夜寐，建设长利，专隆教诲。训经宣达，远近毕理，咸承圣志。贵贱分明，男女体顺，慎遵职事。昭隔内外，靡不清净，施于昆嗣。化极无穷，遵奉遗诏，永承重戒。）

（皇帝曰："金石刻尽始皇帝所为也。今袭号而金石刻辞不称始皇帝，其于久远也如后嗣为之者，不称成功盛德。"丞相臣）斯、臣去疾、（御史大夫臣德）昧死（言）："臣请（具刻诏书金石刻，因明白）矣。臣（昧死请。"制曰："可。"）

［注］（ ）内为磨灭的内容碑文，参见《泰山大全·泰山石刻》。

《金刚般若波罗蜜经》摩崖刻石

佛说金刚（般若波）罗蜜经

如是我闻：

一时，佛在舍卫国祇树给孤独园，与大比（丘众千二百）五十人俱。

　　尔时，世尊食时，著衣（持）钵，入舍卫大城乞食。于其（城中），次第乞已，还至本处。饭（食讫，收衣钵）。洗足已，敷座而坐。

　　时，长老须菩提在大众中，即从坐起，（偏袒右肩，右膝著）地，（合掌恭敬）而（白）佛（言：

　　"希有！世）尊，（如）来善护（念）诸菩萨，（善）付嘱诸菩萨。世尊：善男子善女人发阿耨多罗三藐三菩提心，应云何住，云何降伏其心？"

　　佛言："善哉！善哉！须菩提：如汝所说，如来善护念诸菩萨，善付嘱诸菩萨。汝今谛听，当为汝说。善男子、善女人发阿耨多罗三藐三菩提心，应如是住，如是（降伏）其心。"

　　"唯然！世尊。愿乐欲闻。"

图 51　经石峪摩崖刻经局部

佛（告）须（菩）提："诸菩（萨、摩诃萨）应如是降伏其心：所（有一切）众（生之）类——若卵生、（若胎）生、若湿生、若化生、若有色、若无色、若有想、若无想、若（非）有想非无（想），我（皆）令入无余涅般而灭度（之。

"（如是灭）度无量、无数、无边众生，实无众生得（灭）度（者）。何（以故？须菩提：若）菩萨有（我）相、人相、众生相、寿（者相，即非菩）萨。

"复次，须菩提：菩萨于法应无所（住，行）于（布施。所）谓（不住色布施），不住声、（香）、味、触、（法布施）。须菩提，菩（萨应）如是布施，不住于相。

"何以故？若菩萨不住相布施，其福德不可思量。

"须菩提：于意（云）何？东方虚空可思量不？"

"不也，（世）尊！"

"须菩提：南西北方，四维上下（虚空亦）复如是，不可思（量。

"须菩提：菩萨无住相）布（施），福德亦复（如）是不可思（量。

"须菩）提：菩萨但应如（所）教住。

"须菩（提：于意）云（何）？可（以身相见）如（来不？"

"不也，世尊！不可以身相）得见如（来。何以）故？（如来所说身相，即）非身相"

（佛告须菩提："凡）所有相，皆是虚妄。若见诸相（非）相，则见如来。"

须菩提白佛言："世（尊）：颇有众生得闻如是言

（说章）句，（生）实信不？"

　　佛（告须）菩提："莫作是说。如来灭后五百岁，有持（戒）修德者于此章句能生（信心），以此为实。当知是人不于一佛、二佛、三、四、五佛而（种）善根，已（于无）量千万佛所种诸善根。闻是章句，乃至一念生净（信者）。须菩提，如来悉（知）悉见，是（诸）众生得如是无量（福）德。"

　　"何以故？是诸众生无复我相、（人相）、众生相、寿者相，无法相，亦无非法相。何以故？是诸众生若心取相，则为著我、（人）、众生、寿者，若（取）法者，（即）著我、人、众生、寿者。何以故？若取非（法相），即著我、（人）、众生、寿者。是故，不应取法不应取非法。以是义故，如来常（说，汝等比丘知）我说法，如筏喻者。法尚应舍，何况非法。

　　"须菩提：于意云何？如来得阿耨多罗三藐三菩提（耶）？如来有所说法耶？

　　须菩提言："我解佛所说义，无有（定）法名阿耨多罗三藐三菩提，亦无（有）定法如来可说。何以故？如来所说法，皆不可取、不可说，非法、非非法。所以者何？一（切）圣贤皆以无为法而有差别。"

　　"须菩提：于意云何？若有人满三千大千世界七宝以用布施，是人所得福德宁为多不？"

　　须菩提言："甚多，世尊！何以故？是福（德），即非福（德性）；是故如来说福德多"。

　　"若复有人于此经中受持，乃至四句偈等，为他（人）说，其福胜彼。何以故？须菩提，一切诸佛（及）诸佛阿耨多（罗三）藐三（菩提法，皆从此经）

出。须菩提，所谓佛法者，即非佛法。

"须菩提：于（意）云何？须陀洹能作是念——'我得须陀洹果'不？"

须菩提言："不也，世（尊）。何以故？须（陀洹名为入流，而无所入）。不入色、声、香、味、触、法，是名（须）陀洹。"

"（须）菩提：于意云何？斯陀含能作是念——我得斯陀含果'不？"

须菩提言："不也，世（尊）。何以故？斯（陀含名一往来，而实无往来，是）名斯陀含。"

"须菩（提：于意云何？阿那含）能作是念——我得（阿）那含果"不？"

须菩提言："不（也，世）尊。（何以）故？阿那（含名）为不来，而实无（不来，'是故'名阿那含。"

"须菩提：于意云何)？阿罗汉能（作是念——'我得阿罗汉道'不)？"

须菩提言：不也，（世尊）。何以（故？实）无（有）法，（名阿）罗汉。世尊，若（阿罗汉作是）念——'我得阿罗汉道'，（即为着我、人、众生、寿者。世尊：佛说我得无诤三昧，人中最为）第一，离欲阿罗汉。我不作是（念——'我是离欲阿罗汉'，世尊，我若作是）（念——'我得阿罗汉道'。世尊则不说，须菩提是乐阿兰那行者。以须菩提实无所行，而名须菩提，是）乐阿兰那行"。

佛告须菩提：（于意云何？如来昔在然灯佛所，于法有所得不？"

"不也，世尊。如来在然灯佛所，于法实无所得。"

"须菩提：于意云何？菩萨庄严佛土不？"

"不也，世尊。何以故？庄严佛土者，即非庄严，是名庄严。

是）故，须菩提，诸菩萨、摩诃（萨）应如（是生清净心：不应住色生心，不应住声、香、味、触、法生心；应无所住而生其心。须菩提：譬如有人，身如须弥山王，于意云何？是身为大不？"

须菩提言："甚大，世尊。何以故？佛说非身），是（名）大身。"

"须菩提：如恒河中（所有沙数，如是沙等恒河。于意云何？是诸恒河沙宁为多不？"

须菩提言："甚多，世尊。但诸恒河尚多无数，何况其沙！"

"须菩提：我今）实（言告汝，若有善男子、善女人，以七宝满尔所恒河沙数三）千（大）千（世界，（以）用（布施，得福多不？"

须菩提言："甚多，世尊。"

佛告须菩提："若（善男子）、（善女人于此经中，乃至受持四句偈等，为他人说，而此福德胜前福德。

复次，须菩提：随说是经，乃至四句偈等，当知此处，一切世间天）、人、阿修罗（皆）应供（养，如佛塔庙。何况有人尽能受持、读诵。须菩提当知是人，成就最上第一希有之法。若是经典所在之处，即为有佛，若尊重弟子。"

尔时，须菩提白佛言："世尊，当何名此经？我等云何奉持？"

佛告须菩提："是经名为金刚般若波罗蜜，以是名字汝当奉持。所以者何？须菩提，佛说般若波罗蜜，即非般）若（波罗蜜，是名般若波罗蜜"

"须菩提，于意云何？如来有所说法不？"

须菩提白佛言："世尊，如来无所说。"

"须菩提：于意云何？三千大千世界所有微尘是为多不？"

须菩提言："甚多，世尊。"

"须菩提：诸微尘，如来说非微尘，是名微尘：如来说世界，非世）界，是名（世）界。（须菩提：于意云何？可以三十二相见如来不？"

"不也，世尊。不可以三十二相得见如来。何以故？如来说三十二相，即是非相，是名三十二相"。

"须菩提：若有善男子、善女人以恒河沙等身）命布施；若（复有人于此经中，乃至受持四句偈等，为他人）说，其福甚多。"

尔时，须菩提闻说（是经，深解义趣，涕泪悲泣而白佛言：

"希有，世尊！佛说如是甚深经典。我从昔来，所得慧眼，未曾得闻如是之经。世尊：若复有人得闻是经，信心清净，即生实相，当知是人，成就第一希有功德。世尊：是实相者，即是非相，是故如来说名实相，世尊：我今得闻如是经典，信解受持，不足为难。若当来世，后五百岁，其有众生得闻是经，信解受持，是人即为第一希有。何以故？此人无我相、无人相、无众生相、无寿者相。所以者何？我相即是非相，人相、众生相、寿者相，即是非相。何以故？离一切诸相，即名诸佛。"

佛告须菩提："如是，如是。若复有人得闻是经，不惊、不怖、不畏、当知是人甚为希有。何以故？须菩提，如来说第一波罗蜜，即非第一波罗蜜，是名第一波罗蜜。

"（须）菩（提：忍辱波罗蜜，如来说非忍辱波罗蜜，是名忍辱波罗蜜。何以故？须菩提：如我昔为歌利王割截身体，我于尔时无我相，无人相，无众生相，无寿者相。何以故？我于往时节节支解时，若有）我相、人相、（众生相、寿者相，应生嗔恨。须）菩提，又念（过去于五百）世（作）忍（辱仙）人，（于）尔所世无我（相、无人相、无众生相、无寿者相。是）故，（须菩提，菩萨应离一切相发阿耨多罗三藐三菩提心。不应住色生心，不应住声、香、味、触、法生心；应生无）所（住心）。若（心有住，即为非住，是故，佛）说菩萨心不应住色布施。须菩提，（菩萨为利益一切众生故），应（如是布施。如来说一切诸相，即是）非（相，又说一切众生，即非众生。

"须菩提：如来是真语者、实语者、如语者、不诳语者、不异语者。须菩提，如来所得法，此法无实无虚。须菩提，若菩萨心住于法而行布施，如人入暗，即无所见，若菩萨）心（不住法而行布施，如人有目，日光明）照，见种（种色）。

（"须菩提：当来之世，若）（有善）男子、（善女人能于此经受持读诵，即为如来以佛智慧，悉知是人，悉见是人，皆得成就无量无边功德。

"须菩提：若有善男子、善女人，初日分以恒河沙等身）布（施），中（日分复以恒河沙等身布施，后日分亦以恒河沙等身布施；如是无量百千）万（亿劫以身布施。若复有人闻此经典，信心不逆，其福胜彼。何况书写、受持、读诵、为人解说。须菩提：以要言之，是经有不可思议、不可称量、无边功德。如）来为（发大乘者说，为发最上乘者说。若有人能受持读诵，广为人说，如来悉知是人、悉见是人皆得成就不可量、不可称、无有边、不可思议功德。如是人等即为荷担如来阿耨多罗三藐三菩提。何以故？须菩提，若乐小法者，著我见、人见、众生见、寿者见，则于此经不能听受读诵、为人解说。须菩提：在在处处若有此经，一切）世（间天、人、阿修罗所应供养。当知此处，即为是塔，皆应恭敬，作礼围绕，以诸华香而散其处）。

　　[注]（　）内为磨灭内容。

纪泰山铭摩崖碑

纪泰山铭　　　　　　　御制御书

　　朕宅帝位，十有四载，顾惟不德，懵于至道，任夫难任，安夫难安。兹朕未知获戾于上下，心之浩荡若涉于大川。赖上帝垂休，先后储庆，宰衡庶尹，交修皇极，四海会同，五典敷畅，岁云嘉熟，人用大和。百辟金谋，唱余封禅，谓孝莫大于严父，谓礼莫尊于告天，天符既至，人望既积，固请不已，因辞不获。肆余与夫二三臣，稽虞典，绎汉制，张皇六师，震叠九宇。旌旗有列，士马无哗，肃肃邕邕，翼翼溶溶，以至于岱宗顺也。

图 52　纪泰山铭摩崖碑

《尔雅》曰："太山为东岳。"《周官》曰："兖州之镇山。"实惟天帝之孙，群灵之府。其方处万物之始，故称岱焉；其位居五岳之伯，故称宗焉。自昔王者受命易姓，于是乎启天地，荐成功，序图录，纪氏号。朕统承先王，兹率厥典，实欲报玄天之眷命，为苍生之祈福，岂敢高视千古，自比九皇哉？故设坛场于山下，受群方之助祭，躬封燎于山上，冀一献之通神。斯亦因高崇天，就广增地之义也。

乃仲冬庚寅，有事东岳，类于上帝，配我高祖。在天之神，网（罔）不毕降。粤翌日，禅于社首，侑我圣考，祀于皇祇。在地之神，网（罔）不咸举。

暨壬辰，觐群后，上公进曰："天子膺天符，纳介福。"群臣拜稽首，千万岁。庆答欢同，陈诚以德。大浑叶度，彝伦攸叙，三事百揆，时乃之功。万物由庚，兆人允植，列牧众宰，时乃之功。一二兄弟，笃行孝友，锡类万国，时惟休哉。我儒制礼，我史作乐，天地扰顺，时惟休哉。蛮夷戎狄，重译来贡，累圣之化，朕何慕焉。五灵百宝，日来月集，会昌之运，朕何感焉。凡今而后，儆乃在位，一王度，齐象法，榷旧章，补缺政，存易简，去烦苛，思立人极，乃见天则。

於戏！天生蒸人，惟后时父，能以美利利天下，事天明矣。地德载物，惟后时相，能以厚生生万人，事地察矣。天地明察，鬼神著矣。惟我艺祖文考，精爽在天，其曰"懿余幼孙，克享上帝。惟帝时若，馨香其下"，丕乃曰"有唐氏文武之曾孙隆基，诞赐新命，缵戎旧业，永保天禄，子孙其承之"。余小子敢对扬上帝之休命，则亦与百执事尚绥兆人，将多于前功，而悆彼后患。一夫不获，万方其罪予；一心有终，上天其知我。朕维宝行三德，曰慈、俭、谦。慈者，覆无疆之言；俭者，崇将来之训；自满者人损，自谦者天益。苟如是，则轨迹易循，基构易守。磨石壁，刻金记，后之人听词而见心，观末而知本。铭曰：

维天生人，立君以理，维君受命，奉天为子。代去不留，人来无已，德凉者灭，道高斯起。赫赫高祖，明明太宗，爰革隋政，奄有万邦。馨天张宇，尽地开封，武称有截，文表时邕。高宗稽古，德施周溥，茫茫九夷，削平一鼓。礼备封禅，功齐舜禹，岩岩岱宗，衎我神主。中宗绍运，旧邦惟新，睿宗继明，天下归仁。恭己南面，氤氲化淳，告成之礼，留诸后人。缅余小子，重基五圣，匪功伐高，匪德矜盛。钦若祀典，丕承永命，至诚动天，福我万姓。古封太山，七十二君，或禅奕奕，或禅云云。其迹不见，其名可闻，祗遹文祖，光昭旧勋。方士虚诞，儒书龌龊，佚后求仙，诬神检玉。秦灾风雨，汉污编录，德未合天，或承之辱。道在观政，名非从欲，铭心绝岩，播告群岳。

大唐开元十四年，岁在景寅，九月乙亥朔十二日景戌建。

登泰山谢天书述二圣功德铭碑

登泰山谢天书述二圣功德之铭

御制御书并篆额

朕闻一区域而恢德教，安品物而致升平，此邦家

之大业也；考茂典而荐至诚，登乔岳而答纯锡，此王
者之昭事也。结绳以往，茫茫而莫知；方册所存，章
章而可辨。罔不开先流福，累洽储休，长发其祥，永
锡尔类。故能禋祀上帝，肆觐群侯，追八九之遐躅，
徇亿兆之欢心。是以武王剿独夫，集大统，而成王以
之东巡；高帝平三猾，启天禄，而武帝以之上封。曩
以五代陵夷，四方分裂，嗷嗷九域，顾影而求存，
□□万民，呼天而仰诉。不有神武多难何以戡，不有
文物至治何以复。恭维太祖启运立极英武圣文神德玄
功大孝皇帝，积庆自始，受命无疆，历试以艰难，终
陟于元后。威灵震叠玄泽，汪翔无往不宾，有来斯
应，济民于涂炭，登物于春台。俾乂万邦，成汤之甚
盛；咸宣九德，文王之有声。启运于前，垂裕于后。
太宗至仁应道神功圣德文武大明广孝皇帝，洪基载
绍，景贶诞膺。如日之升，烛于率土；如天之广，覆
于群生。人文化成，神道设教，尊贤尚德，下武后
刑。金石之音，明灵是格；玉帛之礼，蛮貊来同。书
轨毕臻，典彝无缺。上元降鉴，舜禹之温恭；庶民不
知，唐尧之于变。重熙之盛，冠绝于古先；增高之
文，已颁乎成命。逡巡其事，谦莫大焉。肆予冲人，
获守丕构，其德不类，其志不明，弗克嗣兴，罔识攸
济，属以阳春届节，灵文锡庆。由是济河耆老，邹鲁
诸生，启予于神休，邀予以封祀，不远千里，来至阙
庭。朕惕然而莫当，彼确乎而莫止。俄而王公藩牧，
卿士列校，献封者五上，伏阁者万余。以为景命惟
新，珍符纷委，不可辞者天意，不可拒者群心。天意
苟违，何以谓之顺道；群心苟郁，何以谓之从人？是

以登介丘，成大礼，敦谕虽至，勤请弥固。窃念乾坤垂祐，宗祏储祉，导扬嘉气，仅洽小康。唯夫疆场以宁，干戈以息，风雨以顺，稼墙以登，无震无惊，既庶既富。皆天之赐也，岂朕之功欤！虽则告成功，纪徽号，非凉德之可堪也。然而序图箓，答殊祯，非眇躬之敢让也。天孙日观，梁父仙闾，五岳之宗，万物之始，升中燔柴，旧章斯在。继成先志懿范，遵已定之经；祗事圜邱严配，肃因心之孝。于是诏辅臣以经置，命群儒而讲习，给祠祀者罔有不至，供朕身者无必求丰。故玉帛牺牲，朕之所勤也；羽仪服御，朕之所简也。精意笃志，夙兴夕惕，诚明洞达，显应遒彰。自天垂恩，正真亲临于云驭；奉符行事，子育敢怠于政经。粤以暮秋之初，恭享清庙，告以陟配；孟冬之吉，虔登岱宗，伸乎对越。奉宝箓于座左，升祖宗以并侑，礼之正也，孝之始也。乃禅社首，厥制咸若。于时天神毕降，地祇毕登，胙釐可期，奠献如睹。其荐也虽惭乎明德，其感也实在乎至诚。亦复酌鄷宫之前闻，遵甘泉之受计，百辟委佩，五等奉璋，肆眚施仁，举善勤治，稽考制度，采摭风谣。文物声明，所以扬二圣之洪烈；欢娱庆赐，所以慰百姓之来思。盖又两仪之纯嘏，七庙之余庆，邦家之盛美，蒸黎之介福，岂予寡昧所敢致焉。唯当寤寐寅畏，夙夜惕厉，不自满假，不自逸豫，宠绥庶国，茂育群伦，以答穹昊之眷命焉。勒铭山阿，用垂永世。铭曰：

节彼岱岳，岿然东方，庶物伊始，玄感其章。自昔受命，反始穹苍，燔柴于此，七十六王。顾惟寡薄，恭嗣洪猷，乾乾慄慄，虽休勿休。元符昭锡，余庆遐流，群情所迫，盛则爰修。前王丕显，是曰告成，伊予冲眇，无德而名。永怀眷佑，祜答景灵，聿崇严祀，用答精诚。殊祥叠委，寓县奔驰，礼无违者，神实格思。藏封石累，刻字山嵋，蒸民永泰，繁祉常垂。

大中祥符元年十月二十七日

御书院奉敕模勒刻石

大宋东岳天齐仁圣帝碑

大宋东岳天齐仁圣帝碑铭并序

翰林学士、中散大夫、守尚书工部侍郎、知制诰、同修国史、判昭文馆事、护军、南安郡开国侯、食邑一千五百户、食实封贰佰户、赐紫金鱼袋臣晁迥奉敕撰，翰林待诏、朝散大夫、守司农少卿、同正上骑都尉、赐紫金鱼袋臣尹熙古奉敕书并篆额。

臣闻结粹为山，丽无疆之厚载；升名曰岳，表奠服之崇邱。至若根一气以混成，媲四时而首出，作镇东夏，实惟岱宗。辨乎五方，设位冠配天之大；画为八卦，建标当出震之区。邃深连空洞之宫，翕习号神霄之府。夫其魁甲艮象，枳制坤轴，岌嶙崎嵚，穹崇岩峣，天门路界于郁苍，日观势临于杲曜。列仙遁迹，存栖真之石间；永命储休，闷与龄之金箧。滋殖百卉，函养庶类，畜泄雷雨，吐纳风云，封之所以合元符，登之所以小天下。近缀梁社，远瞩秦吴，控压海沂，襟带洙泗，邹人所仰，鲁邦是瞻。肇生物之化权，盖颐贞之寿域也。古先哲后，诞膺骏命，披皇

94

图 53　大宋东岳天齐仁圣帝碑

图，稽帝文，告成功，申大报，昭姓考瑞，刻石纪
号，自无怀氏迄唐明皇，登封展采，布在方策者，罔
不于兹矣。开元十三年，始封神曰"天齐王"，礼秩
加三公一等。绵历五代，寂寥无闻。懋暨皇朝，勃兴

嘉运，叶百姓与能之望，应真人革命之秋。太祖皇帝
总揽英雄，鞭挞宇宙，勤劳四征，削平多垒，方混一
于寰中。太宗皇帝纂隆洪绪，懋建皇极，斟酌道德，
统和天人，乃绥怀于海外。然而艰难创业，蕴蓄诒
谋。勒崇奋炎，将底绩而未暇；开先遗大，知奕世而
有归。粤惟崇文广武感天尊道应真佑德钦明上圣仁孝
皇帝陛下，承鼎定之基，格孟安之世，显仁以育物，
广孝以奉先。宣洽重熙，财成庶政，弭息戎旅，抚柔
要荒。乘国步之密清，宅天衷于醇粹，因之以丰懋，
加之以阜康。席庆宗庙之重，游心帝王之术，长辔远
御，大道坦夷，天衢于是乎嘉亨，德教于是乎渐被。
载日载斗，聿遵朝聘之期；太平太蒙，尽入车书之
域。垂衣在上，击壤在下，得以畴咨俊茂，博访幽
隐，讲求典礼，包举艺文。接千岁之统，可炳仪于封
祀；当万物之盛，宜昭告于神明。然犹务谦尊而益
光，体健行而不息，冲晦藏用，渊默思道。俄而天休
震动，上帝顾怀，真箓荐臻，灵心有怿，总集峻命，
觉悟蒸黎。逾金检玉字之文，等河图洛书之宝。承是
秘检，发为蕃厘，沛泽开荣，普天受赐。新建元之
号，易通邑之名，茂昭降祥，耸动群听。是时东土耆
老，奏阙庭以上书；南司宰辅，率官师以抗表。愿循
考古之道，焕发升中之仪。弗获固辞，乃徇勤请，且
以增覆载之高厚，扬祖宗之纯懿也。储峙供亿，悉出
于县官；经启营缮，不烦于民力。大中祥符元年冬十
月，具仪制，严仗卫，陈属御，跻介丘。斋心服形，
奉符行事，群司奔走，百礼修明。集巉岩之巅，凌颢
英之气，坛壝清肃，牲器纯备，玉帛式叙，樽彝在

列，奠献克勤，皦绎用张。晏娱交三神之欢，陟配崇二圣之位。举燧火，升高烟，示瑶牒以环观，建云台而特起。社首之礼，抑又次焉。咸秩无文，奉行故事，朝会赦宥，涵濡荡涤。采舆诵，求民瘼，旌前烈，衍徽章，参用王制，著明皇绩，大猷克集，神实幽赞。故自始至末，见象日昭，史氏之笔，殆不停辍。则有非烟纷郁，太阳晏温。仙芝无根，菌蠢以含秀；醴泉无源，毖涌而善利。灵辉休气，嘉谷奇木，鳞甲之宗长，翔游之品类，表异骈出，旷代绝伦，岂非受职修贡，发祥介福之征乎？人谓是山也，崇冠群岳，功侔造化，斯不诬矣。国家稽《虞书》四巡之首，原汉氏五祠之重，述宣邦典，申严祭法，奉正直聪明之德，馨精虔嘉栗之诚，为民祈福，与国均庆。封峦之后，复增懿号曰"仁圣天齐王"。盖以形容灵造，举褒崇之礼也，名称之义大矣哉。化功生物之谓仁，至神妙用之谓圣，登隆显赫，亦云至矣。复思严饰庙貌，彰灼威灵，责大匠之职，议惟新之制。于是命使属役，协辰僝功，庀卒徒，给材用，兴云锸，运风斤，程土物以致期，分国工而聘艺。规划尽妙，乐勤忘劳，逾年而成，不愆于素。栋宇加宏丽之状，像设赍端庄之容，凡所对越，肃恭逾至。四年春，举汾阴后土之祀，成天地合答之礼。宪章明备，上下交感，纯嘏既锡，大赍施及，圆首方足，式歌且舞。猗欤！间岁顺动，焜煌景铄，而皆拟圣明之述作，从英茂以飞腾。灼叙庆灵，奉扬殊贶，纪诸盛节，悉以命篇。布日星之华，配云雨之润，并刊凤藻，散跱龟趺，播洋溢之颂声，垂极蟠之能事。而志求象罔，顺

拜崆峒，辟众妙之门，广列真之宇。非止卜永年于郏
鄏，是将纳雅俗于华胥者也。又以太一五佐本乎天，
太宁五镇本乎地，其位参两，鸿名可齐，特尊列岳，
咸加帝号。由是奉升泰山之神曰"天齐仁圣帝"。乃
命案驰道之东偏，直宸宫之巽位，辟地经始，别建五
岳帝宫，以申崇尚之礼焉。御制《奉神述》，诏中书，
召侍从之臣，谕以制作之本意。观夫圣文之梗概，以
为岱镇之大，辅于柔祗，动植之所蕃息，泉源之所滋
液。至灵允宅，阴陟攸司，钟戬谷而有征，繄黎元之
是赖，旧史具载，前王式瞻。著册府之典，严祠祀之
礼，增奉邑之数，申樵苏之禁。皆以仰不测之明威，
显无方之妙迹也。方今兵革偃戢，华夷会同，岁获顺
成，物无疵疠。率由丕应，冥助永图，固当稽彼前
闻，进其尊称。谓乎唐虞曰帝，商周曰王。夫商周之
王，爵人臣而有素；唐虞之帝，奉神道而何疑！况其
容卫等威，冠裳制度极徽，数已宿备，宜名体以相
符，因而成之，礼无违者。愿延景祐，普及含生。至
乎哉！鼓动睿辞，无私广大，坦然明白之理，沛然利泽
之德，曲成司牧，俾臻富寿，有以见圣人之情矣。遂志
勒石，遍立于五岳庙庭，从近臣之议也。是岁冬，并命
使介，分诣诸岳，定吉日，饬有司，皇帝被法服，御朝元
殿，礼行乐作而临遣之。持节受册，衮冕相继，次叙而
出，观者如堵，且叹文物声明之盛未尝有也。使者奉诏
讫事，率叶素期，于穆宏观，迥超千古矣。越明年，诏五
臣撰辞，各建碑于岳庙。而臣浸渍皇泽，涵泳清徽，偶
集凫雁之行，遂尘龙凤之署，预承纶旨，强叩芜音，曷胜
眷奖。上以庆幸，宣明盛礼，叨奉册于秦城；润色贞珉，

玷弥文于鲁岳。荷辉荣之稠叠,愧才学之空虚,燥吻濡毫,谨为铭曰:

节彼泰山,蟠亘大东,一气凝神,五岳推雄。势并凫绎,秀出龟蒙,崛起海表,目为天中。高摩霄极,俯瞰旸谷,神策斯秘,昌图可卜。物性钟仁,民居获福,鲁邦是常,盛德在木。百灵渊府,三宫洞天,稷丘真隐,芝童列仙。白鹿方驾,飞龙命篇,宅其胜境,几乎大年。岳长曰宗,岁交曰岱,仰止巉岩,奠兹持载。寿域既优,神聪有赍,祷祀诞隆,寅畏如在。千载兴运,八纮开基,武功荡定,文教缉熙。封禅缛典,祖宗制宜,逮夫圣嗣,方毕宏规。惟帝奉符,惟神佑德,茂绩其凝,皇猷允塞。嘉应沓臻,鸿祯靡测,芄芄丰衍,元元滋息。于赫灵庙,控带名区,有诏改作,俾受金模。协心董役,丰赀庀徒,技殚功倍,雷动星敷。大厦咸新,群黎改观,窈窕靓深,峥嵘轮奂。肃穆威容,洁清几案,钦修允宜,肸蚃攸赞。功茂天作,泽从云游,式谐民望,诏报神休。殊号斯荐,前古匪侔,庶安亿兆,岂止怀柔。天帝之孙,复升以帝,出乎震宫,临乎日际。事固莫京,理亦潜契,树此翠碑,腾芳百世。

大中祥符六年岁次癸丑六月辛酉朔十四日甲戌建。

中书省玉册官御书院祗侯潘进并谢望之刻。

大观圣作之碑

大观圣作碑

学以善风俗,明人伦,而人才所自出也。今有教养之法,而未有善俗明伦之制,殆未足以兼明天下。孔子曰:"其为人也孝悌,而好犯上者鲜也;不好犯上而好作乱者,未之有也"。盖设学校,置师儒,所以敦孝悌。孝悌兴,则人伦明;人伦明,则风俗厚;而人才成,刑罚错。朕考成周之隆,教万民而宾,兴以六德、六行,否则威之以不孝不悌之刑。比及立法保任孝、悌、姻、睦、任、恤、忠、和之士,去古绵邈,士非里选,习尚科举,不孝不悌有时而容。故任官临政,趋利犯义,诋讪贪污,无不为者。此官非其人,士不素养故也。近因余暇,稽《周官》之书,制为法度,颁之校学,明伦善俗,庶几于古。诸士有善父母为孝,善兄弟为悌,善内亲为睦,善外亲为姻,信于朋友为任,仁于州里为恤,知君臣之义为忠,达义利之分为和。诸士有孝、悌、睦、姻、任、恤、忠、和八行,见于事状,著于乡里,耆邻保任以行实申县,县令佐审察延入县学,考验不虚,保明申州如令。诸八行,孝、悌、忠、和为上,睦、姻为中,任、恤为下。有全备八行,保明如令,不以时随奏贡入太学,免试为太学上舍,司成以下引问考验,较定不诬,申尚书省取旨,释褐命官,优加拔用。诸士有全备上四行,或不全一行而兼中等二行,为州学上舍上等之选。不全上二行而兼中等一行,或不全上三行而兼中二行者,为上舍中等之选。不全上三行而兼中一行,或兼下行者,为上舍下等之选。全有中二行,或有中等一行而兼下一行者,为内舍之选。余为外舍之选。

诸士以八行中三舍之选者,内舍贡入上舍,在州学半年不犯第二等罚,升为上舍。外舍一年不犯第三等罚，升为内舍，乃准上法。

诸士以八行中上舍之选，而被贡入太学者，上等在校半年不犯第三等罚，司成以下考验行实闻奏，以太学贡士释褐法；中等以太学中等法，待殿试；下等以太学下等法。

诸士以八行中选在州学若太学，皆免试补为诸生之首，选充职事及诸斋长谕。

诸以八行考士为上舍上等，其家依官户法；中下等免户下支移、折变、借借、身丁；内舍免支移、身丁。

诸谋反谋叛、谋大逆□孙及大不恭，诋讪宗庙，指斥乘舆，为不忠之刑；恶逆诅骂，告言祖父母、父母，别□异财，供养有阙，居丧作乐自娶，释服匿哀，为不孝之刑；不恭其兄，不友其弟，姨妹叔嫂相犯，罪杖，为不悌之刑；杀令略人，放火强奸，强盗若窃盗，杖及不道，为不和之刑。

谋杀及卖略，缌麻以上□欧告大功以上宗长，小功尊属□□乱，为不睦之刑；诅骂告言外祖父母与外姻有服亲，同母异父亲若妻之尊属相犯，至徒违律为婚，停妻娶妻若无罪出妻，为不姻之刑；既受业师犯同□友，至徒应相隐而□□言，为不任之刑；诈欺取财罪杖，告嘱耆邻保任，有所规求避免，或告事不干己，为不恤之刑。诸犯八刑，县令佐州知通以其事，□书于籍报学，应有入学，按籍检会施行。

诸士有犯不忠、不孝、不悌、不和，终身不齿，不得入学；不睦十年；不姻八年；不任五年；不恤三年。能改过自新，不犯罪而有二行之实，者邻保任申

图 54　大观圣作之碑

县，县令佐审察，听入学；在校一年又不犯第二等
罚，听齿于诸生之列。

　　大观元年九月十八日，资政殿学士兼侍读臣郑居
中奏，乞以御笔八行诏旨摹刻于石，立之宫学，次及

太学、辟雍，天下郡邑。二年八月二十九日奉御笔赐臣礼部尚书兼侍讲久中，令以所赐刻石。

通直郎、书学博士臣李时雍奉敕摹写。

承议郎、尚书礼部员外郎、武骑尉葛胜仲，朝散郎、尚书礼部员外郎、云骑尉臣韦寿隆，承务郎、试尚书礼部侍郎、学制局同编修官、武骑尉、陇西县开国男、食邑三百户、赐紫金鱼袋臣李图南，朝请郎、试礼部尚书兼侍讲、实录修撰、飞骑尉、南阳县开国男、食邑三百户、赐紫金鱼袋臣郑久中。

太师、尚书左仆射、兼门下侍郎、上柱国、魏国公、食邑一万一千四百户、食实封三千八百户臣蔡京奉敕题额。

宣和重修泰岳庙记碑

宣和重修泰岳庙记

翰林学士承旨、正奉大夫、知制诰、兼侍读、修国史、南阳郡开国侯、食邑一千五百户、食实封一百户臣宇文粹中奉敕撰，朝散大夫、充徽猷阁待制、知袭庆府事、管勾神霄玉清万寿宫、兼管内劝农使、兼提举济单州兵马巡检公事、陈留县开国男、食邑三百户、赐紫金鱼袋臣张澡奉敕书篆。

宣和四年九月，有司以泰岳宫庙完成奏功，制诏学士承旨臣宇文粹中纪其岁月。臣粹中辞不获命，退而移文有司，尽得营建修崇诏旨本末与庀工鸠材因旧增新之数，谨再拜稽首而言曰：

臣闻自昔受命而帝者，咸有显德，著在天庭，合四

103

海九州之欢心,以为天地社稷百神之主。故有坛场圭币以象其物,有宫室祠宇以奠其居,有牲牢酒醴以荐其洁,有祝册号碶以导其诚。其漠然而意可求,優然而诚可格,殆与人情无以异。是以黄帝建万国而神灵之封五千,虞、夏、商、周,文质迭救,虽所尚不同,而事神以保民,其归一揆。故其言曰:"望于山川,遍于群神。"又曰:"山川鬼神,亦莫不宁。"其诗曰:"怀柔百神,及河乔岳。"又曰:"隨山乔岳,允犹翕河。"河东曰兖州,其山镇曰岱山,自开辟以来,尊称东岳。其穹崇盘礴,虽号为一方之镇,而触石肤寸,不崇朝而利及天下。是以历代人君昭姓考瑞,盛登封之礼,告祭柴望,五载一巡狩,必以岱宗为首。而神灵烜赫,光景震耀,载在诗书,接于耳目者,奕奕相属也。宋受天命,建都于汴,东依神岳,远不十驿。章圣皇帝肇修封祀,盖曾躬款祠下。钦惟神灵响答之异,念唐开元始封王爵,礼加三公一等,未足以对扬休应,遂偕五岳,咸升帝号。自是宫庙加修,荐献加厚,四方万里士民奔凑奠献祈报者,盖日益而岁新也。皇帝聪明仁厚,光于上下,神动天随,德施周溥,既已跻斯民于富寿,乃申敕中外,凡所以礼神祇、崇显祀,尽志备物,毕用其至。岁在辛巳,迄于壬寅,诏命屡降,增治宫宇,缭墙外周,罘罳分翼,岿然如清都紫极,望之者知其为神灵所宅。凡为殿、寝、堂、阁、门、亭、库、馆、楼、观、廊、庑,合八百一十有三楹,财不取于赋,调役不假于追呼,而屹然崇成,若天造地设,灵祇燕豫,福应如响。呜呼! 真盛德之事也。惟古圣王先成民而后致力于神,故奉牲以告曰:"博硕肥腯,谓民力之普存也。"奉盛以告曰:"洁粢丰盛,谓三时不害,而民和年丰也。"奉酒醴以告曰："嘉栗旨酒,谓上下皆有嘉德,而无违心也。"臣窃伏观皇帝陛下,临御以来,夙霄之念,无一不在于民者。发号出令,以诫以告;颁恩施惠,以生以育;设官择人,以长以治;制法垂宪,以道以翼,以训以齐。政成化孚,中外宁谧。于是国有暇日,以修典礼;民有余力,以事神祇。咸秩无文,周遍群祀,自古所建,上下远迩,灵祠告祝,于今莫不毕举。观是宫庙,土木文采,轮奂崇丽,则知郡邑之富庶;帷帐荧煌,衮冕璀璨,则知丝枲之盈溢;牲牷充庭,醪醴日御,则知耕牧之登衍;箫鼓填咽,歌呼系道,则知风俗之和平。神之听之,乃祇陈于上,帝用降鉴,锡兹祉福,则社稷之安固,历数之绵远,盖方兴而未艾也。臣既书其事,又再拜稽首而献颂曰:

于皇上帝,监观九有,埶赞天绂,山川封守。帝欲富民,俾阜货财,溥润泽之,俾司风雷。东方岱宗,是为天孙,体仁乘震,生化之门。昔在章圣,崇以帝号,发册大庭,五云前导。施于子孙,格是神保,岁在摄提,新宫载考。皇帝慈俭,爱民自衷,不侮鳏寡,不废困穷。神鉴其仁,锡之屡丰,皇帝神武,赫然外攘。驯服悍戾,以蓄善良,神予其义,助之安疆。仁义既洽,民有余力,还以报神,神居是饬。峨峨神居,作镇于东,有来毕作,庶民所同。惟此庶民,惟皇作极,丕应徯志,遍为尔德。祝皇之寿,泰山同久,握图秉箓,历箕旋斗。祝皇之祚,泰山等固,镇安二仪,混同万宇。下逮群黎,遍敷锡之,亿载万年,惟神是依。匪神独依,惟天无私,有谣康衢,述是声诗。

图 55　宣和重修泰岳庙记碑

　　宣和六年岁次甲辰三月己酉朔十八日丙寅建。胡宁刊。

施五百罗汉记碑

　　施五百罗汉记
　　承节郎张克卞书。

　　梵语阿罗汉，此云应受世间妙供养。盖具六神通，入解脱，善超诸有，严净毗尼，真可以受世间之妙供矣。矧兹五百大罗汉者，亲受佛戒，荷护法轮，拔济未来，不入灭度，诚苦海之津梁，暗途之灯炬也。惟应真示化，灵迹至多，故貌像庄严，崇信益众。济南，京东大都也，灵岩巨刹，佛事最盛，而五百罗汉之像，未观其杰，齐古窃有志于是久矣。政和之初，得官闽中，闽俗伎巧甲于诸路，而造像之工尤为精致。于是随月所入，留食用外，尽以付工人，洎乎终更而五百之像成矣。端严妙严，奇庞古怪，颦笑观听，俯仰动静，无一不尽其态。自闽而北，水陆几五千里而后至于齐之灵岩，齐人作礼，叹未曾有。噫！岂无因相生信，因信生悟者耶？齐古自少游学，及窃禄仕，踪迹萍梗，几半天下。投老倦游，将欲屏迹闾里为终焉之计，筇杖芒鞋，一巾一钵，可以日奉香火，澡涤妄缘，普及见闻，同趋觉路，此予之夙志也。虽然如是，用辨其质，莫非雕木，外观其饰，尽是明金。然则五百尊者，今在甚处？若也迷□□数，显是徒劳；苟为舍像求真，却成孤负；离此二途如何，则是不见道。金鸡解衔一粒粟，供养十方罗汉僧。奉议郎、赐绯鱼袋宋齐古谨施。

　　宣和六年中秋。

　　住持妙空大师净如上石。

灵岩寺记碑

十方灵岩寺记

翰林学士、朝散大夫、知制诰、兼同修国史、上护军、冯翊郡开国侯、食邑一千户、食实封壹佰户、赐紫金鱼袋党怀英撰并书篆。

名山胜境，天地所以储灵蓄秀，非福力浅薄者所能栖止，必待仙佛异人建大功德，以为众生无量福田。泰山为诸岳之宗，其峰峦拱揖，溪麓回抱，神秀之气尤锺于西北，而西北之胜莫胜于方山。昔人相传，以为希有如来于此成道，今灵岩是其处也。后魏正光初，有梵僧曰法定杖锡而至，经营基构，始建道场。定之至也，盖有青蛇前导，两虎负经，四众惊异，檀施云集。于是空崖绝谷化为宝坊，历隋至宋，土木丹绘之功日增月茸，庄严为天下之冠，四方礼谒委金帛以祈福者，岁无虑千万人。佛事□兴，而居者益众，分而为院者凡三十有六。趣响既异，遂生分别，主僧永义律行孤介，以接物应务为劳，力辞寺事。时开封僧行□方以圜觉密理讲示后学，众共推举，可以住持，乃更命详实来代义，仍改甲乙以居十方之众，实熙宁庚戌岁也。越三年癸丑，仰天玄公禅师以云门之宗始来唱道，自是禅学兴行，丛林改观，是为灵岩初祖。尔后法席或虚，则请名德以主之，而不专□宗，暨今琛公禅师二十代矣，其传则临济裔也。师至之日，属山门魔起，规夺寺田，四垣之外皆为魔境，大众不安其居。师为道力猛，卒以道力摧伏群魔，山门之旧一旦还复，众遂安焉。师以书属怀英曰："吾寺之名，著于诸方旧矣，由希有至于定公，则不□计其岁月。由定至于今几七百年，中更衰叔，历朝刊纪断泐磨灭，荡然无余，而佛祖之因地、建置之本末与夫禅律之改□、宗派之承传，后来者鲜或知之，念无以起信心，镇魔事。虽然佛法坚固，与虚空等，而魔者如浮云，浮云弹指变灭，与虚空等，而魔者如浮云，浮云弹指变灭，而虚空无有□尽，何有乎魔事！惟是著述，铭勒佛事，门中旧所不废，子无以有为谯我，幸为我一言。"余报之曰："诺。"已乃叙师之所欲言者，书□遗之。若夫山川光怪，灵迹示现，山中老宿皆能指其所而详之，此不复道出。明昌七年秋九月十有九日记。

首座僧即敏，书记僧普真，知藏僧蕴奥，知客僧宗彻，知阁僧广仲，殿主僧宗坚，监寺僧法叙，副寺僧普迁，维那僧悟宝，典座僧普守，直岁僧志巧，库头僧觉允。明昌七年十月十四日，当山住持传法嗣祖沙门广琛立石，历山贾德摸并刊。

（碑阴诗及题名）

游灵岩留题

天下三岩自古传，灵岩的是梵王天。
群峰环寺连丛柏，双鹤盘空涌二泉。
此日登临惊绝景，当年经构仰良缘。
停云为忆寥休子，好伴真游社白莲。
丙辰冬至日，蓬山刘德渊识。

监寺净善，维那净悦，典座正宁，直岁善全，住持清安，野叟提点行实，都纲普谨命工刊。

冠氏帅赵侯，济河帅刘侯，率将佐来游，好问与焉。丙申三月廿五日题。

天门铭摩崖刻石

天门铭

泰山天门无室宇尚矣。布山张炼师为之经构，累岁乃成，可谓破天荒者也。齐人杜仁杰于是乎铭之：

元气裂，两仪具。五岳峙，真形露。惟岱宗，俨箕踞，仰弥高，屹天柱。浩千劫，窒来去，谁为凿，起天虑。匪斤斧，乃祝诅，一窍开，达底处。十八盘，盘千步，荈初吐，抱围树。日车昃，惨曦驭，六龙颓，莽回玄。踏此往，嘉无数。无怀下，兵刑措，七十君，接銮辂。圣道熄，彝伦斁，楫让歇，篡夺屡。忽焉阖，梗无路。象纬森，敕诃护，朝百灵，由兹户。金璀璨，朱间布，九虎蹲，万夫怖。我欲叩，阍者怒，辟何时，坦如故。对冕旒，获控诉。豁蒙蔽，泄尘雾，刮政疵，剔民蠹。上得情，下安作，额血殚，帝聪悟。崖不磨，苍壁竖。刻我铭，期孔固，垂万世，正王度。

东莱蓝田至

东平路总管严忠范书。中统五年正月望日。

泰安州刺史张汝霖勒石，渊静大师、岱庙观主刘德源，昭真观主翟庆真同立。高又玄刊。

图 56　去东岳封号碑

去东岳封号碑

皇帝制曰："磅礴东海之西，中国之东，参穷灵秀，生同天地，形势巍然。古昔帝王登之，观沧海，察地利，以安民生。"祝曰："泰山于敬则致，于礼则宜。自唐始加神之封号，历代相因至今。曩者元君失驭，海内鼎沸，生民涂炭。予起布衣，承上天后土之命，百神阴佑，削平暴乱，正位称职，当奉天地，享鬼神，以依时统一人民，法当式古。今寰宇既清，特修祀仪。因神有历代之封号，予起寒微，详之再三，畏不敢效。盖神与穷同始，灵镇一方。其来不知岁月几何，神之所以灵，人莫能测；其职受命于上天后土，为人君者何敢预焉。惧不敢加号，特以'东岳泰山之神'名其名，以时祭神，惟神鉴之"。

洪武三年六月二十日。

高山流水亭记摩崖刻石

高山流水亭记

赐进士第、通议大夫、兵部左侍郎、兼都察院右佥都御史、奉敕总理河道、提督军务、前大理寺左右少卿、南京鸿胪寺卿、太仆光禄少卿、吏部考功寺郎中、南昌万恭撰。

余既表泰山之巅，掠泰麓而南下，则憩晒经之石。石广可数亩，遍刻梵经，皆八分书，大如斗，不知何代所为。近有好奇者，则刻大学圣经于上端以胜之，余乃大书"曝

经石"字,皆博可六七尺、刻深三寸,垂不磨,以助其胜。北
耸石岩,石若斩截而成,涧泉漫石而下以悬于空,岩若垂
万珠焉。余辄大书"水帘"字,深刻之,水澌澌渐字上,字隐
隐匿水中,斯泰山之至奇观也。已乃穿涧水而西得石壁,
高约十五尺,广约四十尺,夷出天成,下拥石基。余东向
而立,则水帘之泉冷冷出其左,而桃柳数十株蔚蔚绕其
右,余遂倚石壁为之亭。亭悉以石,石柱四,直入石基,其
深尺有咫,上覆以石板,令永久,登泰山者得憩息万祀焉。
余嗜鼓琴,辄顾从者曰:"夫是倚泰麓之壁也,斯不亦高山
乎! 夫是临水帘之泉也,斯不亦流水乎! 为子援琴而弦
之,邀泰山之神,聆广陵之散。若将巍巍乎志在高山也,
又洋洋乎志在流水也。是为神品,亦为神解。"从者悦,遂
名之曰"高山流水之亭"。

明隆庆六年壬申冬。

工部郎中金学曾,主事张克文,黄猷吉,张登
云,副使刘庠,参议蔡应阳,余立,佥事郭良,粟在
庭,济南府通判王立刚,泰安知州李逢阳刻石。

康熙重修东岳庙记碑

重修东岳庙记

岱宗长五岳,为古帝王巡封柴望处,其载在
《诗》、《书》、史传者已详。登封有台,肆觐有堂,记
功德有碑,周、秦诸遗址,历历可绪,至为庙以祀,
莫详所始。《风俗通》所称"在县西北三十里,山虞
长守之"者,疑自汉以前事。唐庙已在岳之南麓,而

宋则改置今地，历金、元、明代加崇饰，各有记。盖自宋东封驻跸来，历代祝厘率于此，凡朝廷祭告册书，亦必刻石庭中，我皇朝未之有易。其规模宏丽，俨若王居，固其所也。明之季，兵饥荐臻，四方祈报，由辟之氓，不至于是，崇宫□阁，繁于榛莽。风雨之所摧，鸟鼠之所窜，榱桷泹腐，丹碧渝败，倾圮秽杂，实为神羞，守土者为所以更新之而不能也。国家声教四讫，民用大和，操香币、望石闾而来者无间远迩。天裔切念管缮之役，宜以时举，以告抚君，以诹同列，佥曰可。武举张子所存有智计，可任，进而俾之。量力程工，剂多寡，定期会，岁有所营，月有所构，以底于成。自殿、庑、斋、寝、门、熟、堂、□以至垣墉、楼观，□为更新，迨夫榜题、铭刻、庭植之属，咸厘整涤濯，俯仰瞻顾，耳目为易。天裔稽首庭下而扬言曰："此皆神明幽赞之力也，实皆圣天子仁恩远被之所致也。守土下臣得藉以释惭负，幸甚。愿伏谒游览于斯者，务自砥砺，以承神庥，以承帝德于无疆。"是役也，始于康熙戊申年春二月，告成于康熙丁巳年夏五月。其出教倡始及捐俸赞成诸公，俱刻于后。

康熙十七年岁次戊午孟夏月

吉日旦。

施天裔薰沐拜记

（以下捐资赞助者衔名四列略）

（碑阴文）

重修岱庙履历记事

自皇清康熙八年春二月，蒙布政司施老爷委修岱庙。彼时，周围垣墙俱已摊（坍）塌，惟前面城上仅存五凤楼三座。后载门一座，止存梁柱。东华门、西华门并城上门楼、四角楼仅存基址。大殿琉璃脊兽、瓦片、上层下层周围椽板俱已毁坏，墙根俱已碎塌，檩枋俱坏大半，惟梁柱可用。后寝宫三座，钟鼓楼、御碑楼、仁安门、配天门、三灵侯殿、太尉殿十一处，瓦片、墙垣俱已摊（坍）塌，椽板俱已残毁，其梁柱檩枋堪用者十分之三。廊房百间，止有二十三间仅存梁柱，其余七十七间仅存基址。炳灵宫一座，大门一座，延禧殿一座，大门一座，仅存基址。经堂五间俱已塌坏。余细估殿宇木料、琉璃瓦片并颜料等项，非向远方采买无以应用。于八年三月二十日，亲赴南京上西河长江内，用价一千六百两，买杉木二千根，同店家包与排夫于五等运至济宁，水脚运价银七百五十两，买绳缆器具，将杉木扎成八排，交于排夫。予又到芜湖镇买桐油一万斤，银朱二百斤，铜绿四百斤，官粉四百斤，大绿二百斤，赤金二百厢，誊黄、烟子、松香等料，雇船装载，于七月初三复回南京。择初八吉日，用猪羊排上祭江，留家人二名看守木排，予于本日开船先行，于八月十五日抵济宁，雇车运桐油等料回州。其木排于八年七月十五日自南京开排，用纤夫三百余名，至九年八月方到济宁。予又到济宁将木排卸至岸，雇车运至泰安，共载六百余车，用车价银一千两余，方抵泰安。又在泰安四乡采买榆杨树二千余株。又差人到山西阳城县买铅四千斤。西廊后立琉璃窑三座，烧造琉璃脊兽、瓦片等项。招集木作泥水等匠四百人，分工齐修。先派木作百人修廊房七十七间，木料砖瓦俱如创建，尚有二十三间仅存梁柱者，俱添换新料修葺。次拆卸大殿，将碎坏殿墙俱易为石，其檩枋坏烂者，俱换新料；至于椽子、望板俱换，瓦片、脊兽尽另烧造。后寝宫三座、钟鼓楼、御碑楼、仁安门、配天门、五凤楼三座、后载门一座，俱将瓦片木料并墙拆卸到地，俱换新者。东宫门、炳灵宫、西宫门、延禧殿、东华门并楼、西华门并楼、并四角楼，无根椽片瓦，俱如创新。又创经堂五间、配殿二座、环咏亭、鲁班殿。阖庙殿宇，俱用金朱彩绘油漆，大殿内墙、两廊内墙，俱用画工书像。各殿神龛俱创作者。周围城墙俱拆到地，创添石根脚五行，俱用新砖灌浆垒至墙顶。自大殿东西两边，俱铺新踊路至午门者。门前创建玲珑石碑坊一座。南京请皇路圣像六十轴，锁金法衣四身，北京铸铜案一付，重三百斤。午门内栽柏树八十五株，杨树四十株，槐树二十二株，白果树二株。仁安门前栽柏树五十三株，槐树十二株。大殿左右丹墀，栽柏树五十九株，松树四株，白果树二株，杨树五株、槐树九株。后寝宫栽柏树三十一株，杨树十八株，白果树二株，槐树二株。寝宫后栽榆树三百株。此皆东岳之灵，方伯之功，予亦得艰苦经划于其间。今将所历时日，所费物力，所栽树植，所建殿、楼、墙、宇，一一刻记于石，后亦以见重修之非易易也。

康熙十有七年夏四月。岱下张所存谨志。

道官贾本真 书丹　　张　锐 管工　　胡应试 石匠

住持宿本资　　于时化　　张希圣

张德明 仝立

陈德龙

乾隆重修岱庙记碑

重修岱庙碑记

泰岱位长群岳，称宗最古，表望最尊，而有其秩之举，莫敢废，所系于政经亦最巨。逖稽《诗》《书》，首纪有虞。成周之世，弥文懿铄隆茂，大要非巡狩述职，穆穆皇皇，未闻轻议展彩错事，数典特为严重。陵夷汔乎霸国，觊觎三五，妄希受命告功，其臣犹知设辞以靳之。然自七十二家之说兴，而昭姓考瑞，大号显名，铺陈极乎迁之书，相如之文，世世封土作磓，琢玉成牒，其者以上山恐伤木石，以遇风雨为德未至，以举火辄应为得行秘祠。盖由柴望一变为封禅，由封禅再变为神仙，而汰侈益无等矣。我朝鉴于成宪，祗慎明禋，洪惟皇祖圣祖仁皇帝康熙二十三年甲子，廷臣有援"黄帝上元封峦勒成"之说为请者，圣谕特下九卿等议驳，甚盛典也，甚盛心也。朕寅承永怀，彝训时式，每逢时巡盛仪，即躬祀岳庙，洁蠲将事。而于登封台纪事诸什，时复长言申谕，所谓"便是尧舜至今存，迄无可告成功日"者，其义庶几质诸古皇而不易耳。庆经者不可以不斥，则准经者不可以不修。方曲阺闻之士，猥然易坛禅而庙庭，而像设，疑乎踵事非制。故吴澄以五岳之麓各立一庙，谓始自唐时，及考郦道元引《从征记》称"岱庙有三，今屹

117

峙南麓者,实即昔之下庙"。又称"庙有汉柏,庙库藏汉时神车乐器"。则祀岳于此自汉亦然,从来甚远。且巡狩述职,特祀也;国有令典,遣官赍祝来告,常祀也。是皆于庙有专飨,而又何泥古之云。乃者,岁庚寅为朕六十庆辰,至辛卯,恭逢圣母皇太后八旬万寿,于时九宇胪欢,百灵介祉。维岱大生,秉苍精化醇之气,用克推演鸿厘,绥祚我皇极。而重闱周闳,岁渝弗饬,灵承曷副焉。爰诹将作扩而新之,其岁月详岳顶记中。以是庙为太常宿县之所,因为迎神送神歌,俾主者肄而落之。其辞云:

遥参亭兮置顿,帝乘青阳兮出震。

会东侯兮前驱,标天齐兮作镇。

炳萧兮馧馣,传芭兮遰晋。

裔云童童兮起肤寸,睇肃然其神兮肸蚃献。

右迎神

何九皇兮六十四民,升中颂德兮欲云云。

罗封坎兮菹席,藉禹车兮蒲轮。

江茅郜黍兮纷效,珍神安格兮顾歆。

曰:予正祀兮荐䜣闿,扶桑晁采兮告庆臻。

泰符在握兮与物为春,喑喑乎根一而衍万兮翊我昌辰。

乾隆三十五年岁在庚寅孟冬月之吉。御笔。

后　记

　　泰山石刻内容丰富，数量浩繁，且题刻者广泛，书体众多。泰山石刻作品及其研究内容的结集，是一部上百万字的巨著。因此，想在一本小册子中，将泰山石刻介绍给一般的旅游者，无疑是个难题。

　　本书试图用客观记录的方法，简要地告诉读者，在泰山登山盘道两侧和碑碣集中的庙宇中，那些历史久远的石刻在向当代游人诉说着什么。为满足想更深入地了解泰山石刻内容的朋友的需求，作者还从泰山石刻作品中选取了百分之一的篇章，略加著录附于后。虽然，这仅仅是泰山石刻中极小的一部分，但是，它们却犹如浮出水面的冰山的尖角，通过它，得以窥见那隐于水中的宽厚基础。倘若读者能从这本书中看到泰山石刻的概貌，又从石刻作品中进一步了解了泰山，那么，作者的初衷也就实现了。

　　赵金凤、冯明同志在百忙中抽暇协助了碑文的校对，在此谨致谢忱。

史　欣

2000 年 5 月于岱下

图书在版编目（CIP）数据

碑刻与摩崖/史欣编著. －济南：齐鲁书社，2000.9
（泰山文化之旅丛书）
ISBN　7－5333－0709－7

Ⅰ. 碑… Ⅱ. 史… Ⅲ. 石刻－考古－泰山
Ⅳ. K877.4

中国版本图书馆 CIP 数据核字（2000）第 45602 号

泰山文化之旅丛书

碑刻与摩崖

史　欣　编著

齐鲁书社出版发行
（济南经九路胜利大街）

山东人民印刷厂印刷

850×1168 毫米 32 开本　4 印张　80 千字
2000 年 9 月第 1 版 2000 年 9 月第 1 次印刷
印数 1—5200
ISBN　7—5333—0709—7
K·192 全 8 册定价：68.00 元

泰山文化之旅丛书

艺文华章

杨树茂　编著

齐鲁书社

序　一

莫振奎

泰山为我国五岳之东岳，是闻名遐迩的旅游胜地，年接待中外游客达到 400 万人次。泰山的魅力不仅在于她雄、奇、险、秀的自然景观，更在于她悠久的历史和丰厚的文化，在于她得天独厚、绝无仅有的人文景观。封建帝王的封禅，文人骚客的游览，以及宗教的活动和民间的传说，使泰山成为一座神山、圣山、文化山。泰山被誉为中华民族精神的象征，被称作东方文化的宝库，是当之无愧的，联合国教科文组织把泰山列为"世界文化与自然遗产"，也是名副其实的。

随着改革开放的深入和经济社会的发展，我国旅游业呈现出强劲的发展势头，泰山已成为人人向往的旅游热点。近年来，泰安市委、市政府确定把旅游业作为一个新的经济增长点来抓，提出了"营造大泰山，开拓大市场，发展大旅游，构筑大产业"的战略构想，加大宣传促销力度，加快旅游资源开发，加强基础设施建设，治理整顿旅游环境，做了大量工作，

取得了显著成效。挖掘泰山的文化内涵，弘扬泰山的历史文化，让世人更多、更深入地了解泰山，为中外游客提供深层次、高品位的服务，是发展泰山旅游业的一项重要工作，也是编辑出版《泰山文化之旅丛书》的根本宗旨。

《泰山文化之旅丛书》的编者，以高度的责任心和使命感，以严肃认真、精益求精的态度和作风，精心撰稿，精选图片，编成了这套图文并茂、雅俗共赏的丛书。通过这套丛书，使广大游客在遍览泰山风光名胜的同时，也能领略博大精深的泰山文化，这对进一步宣传泰山，促进泰山旅游业的发展，将发挥积极的作用。值丛书编成出版之际，即兴随笔，写此数语，是为序。

2000 年 8 月于泰安

序 二

杨辛

　　旅游是一种层次较高的综合性文化体育活动。古人在谈及学识时，常提到"行万里路，读万卷书"。所谓"行万里路"，其中带有旅游的意味，这是对自然、社会的一种亲身考察与体验。旅游的兴味往往反映人的文化素养。前人把"行万里路"与"读万卷书"并列，确是很有道理的。

　　旅游本身是一种文化熏陶，也是一种精神享受，到名山胜水旅游，特别是到泰山这样的历史文化名山旅游更是如此。泰山作为我国文化名山被誉为五岳之首，而且是世界上为数不多的"文化与自然"双遗产，旅游资源十分丰富。

　　我曾说："生有涯，学泰山无涯。"泰山的文化内涵博大精深，它以儒家思想为主导，融合道家思想、佛教思想为一体，它对人的精神影响既是哲理的、伦理的，又是审美的。泰山的雄伟气魄和蕴涵的自强不息的进取精神激励着华夏子孙。名山不厌百回游，我现已攀登泰山 33 次，兴味仍有增无减。我在 80 年代

中期曾写过一首《泰山颂》：

　　高而可登，雄而可亲，松石为骨，清泉为心，呼吸宇宙，吐纳风云，海天之怀，华夏之魂。

　　这首诗，表达了我对泰山的感受，还被刻在了泰山的盘道旁。可以说，它源于泰山，又回归泰山。我爱泰山的自然，更爱泰山的文化，似乎我与泰山有着不解之缘，我还会继续攀登。

　　《泰山文化之旅丛书》的编者以推介宣传泰山文化为己任，将这套雅俗共赏、图文并茂的丛书奉献给读者，使不同层次的游览者，通过泰山诸多的风光名胜、诗文传说、宗教建筑、摩崖碑刻，以及众多名人轶事来品味泰山，这是为弘扬泰山文化所作的重要贡献，可喜可贺。

　　是为序。

2000 年 8 月 1 日于岱下

目 录

泰山岩岩

《诗经·闷宫》

泰山岩岩，鲁邦所詹。
奄有龟蒙，遂荒大东。
至于海邦，淮夷来同。
莫不率从，鲁侯之功。

瞻鲁台 1992.4 王宏喝泰山顶

图 1　瞻鲁台

　　这首诗选自我国历史上最早的一部诗歌总集《诗经》中所载"鲁颂"部分，原诗是歌颂春秋时期鲁僖公兴祖业、复疆土、建新庙的振兴之举，全诗共九章120句，是《诗经》里最长的一首诗。诗的作者据考是奚斯，和僖公是同时人，官大夫，亦名公子鱼。鲁国居泰山之南，巍巍泰山在鲁国民众眼里是雄伟崇高的。仰视曰"瞻"，他们所瞻仰的泰山也正是振兴"鲁邦"强大精神力量的象征。正是有了这种力量，东至沿海，连同淮夷都归属鲁国。这里歌颂了鲁国的强大，也歌颂了泰山的威严，是这座名山最初形象的生动写照。

注：詹，通"瞻"。奄有，覆有。龟蒙，龟山和蒙山，在今蒙阴县。大东，鲁国之东。淮夷，淮水流域的异族。来同，来朝。

四愁诗

张　衡

我所思兮在泰山，欲往从之梁父艰，
侧身东望涕沾翰。

美人赠我金错刀，何以报之英琼瑶，
路远莫致倚逍遥，何为怀忧心烦劳。

这首诗的作者为东汉著名科学家、文学家。顺帝时衡出为河间相，天下多弊，乃作《四愁诗》以伤时。此诗看似情诗，其实是以美人喻君子，对时政有所谏议。但诗中"泰山"为作者向往之地，读之低徊情深，使人想见当时泰山在人们心目中的地位。

原诗4首，这里选其一。

注：梁父，泰山东南的一座小山，比喻小人。翰，笔毫。

金错刀，金饰名刀。英琼瑶，美玉。

泰山梁父行
曹　植

八方各异气，千里殊风雨。
剧哉边海民，寄身于草野。
妻子象禽兽，行止依林阻。
柴门何萧条，狐兔翔我宇。

　　曹植是三国时曹操之子。他生活的年代颇多战乱，百姓灾难深重，看来泰山周围一带也不例外。"八方"两句看似写自然风雨，其实也是战乱景象的概述。以下六句所述"边海民"之境况令人怵目惊心：男人寄身草野，女人和孩子如禽兽被困，柴门之内成了狐兔之天地。刻画如此深刻，正是我国文学可贵的现实主义精神的表现，由此可见曹植诗歌的真正思想价值。

泰山吟
陆　机

泰山一何高，迢迢造天庭。
峻极周以远，层云郁冥冥。
梁父亦有馆，蒿里亦有亭。

幽岑延万鬼，神房集百灵。
长吟泰山侧，慷慨激楚声。

作者陆机为晋代著名文学家。《泰山吟》，乐府楚调曲名。《乐府解题》："泰山吟言人死精魂归泰山"，这首诗即为之而唱的挽歌。先写泰山之高峻苍冥，是为天界；而泰山之侧的梁父、蒿里，则为鬼神归宿之地。"幽岑"是阴暗的小山，"神房"是山中的神庙。吟者为之悲歌，音调慷慨激楚，可为死者壮行。旧说泰山上下有天、人、地三界，显然是封建时代荒诞观念造成的。

泰山吟

谢灵运

泰宗秀维岳，崔崒刺云天。
岞崿既岭巇，触石辄迁绵。
登封瘗崇坛，降禅藏肃然。
石闾何晻蔼，明堂秘灵篇。

作者谢灵运为南朝宋人，著名诗文书画家。这首五言古诗专咏泰山自然景观和人文典故。前四句写泰山之高险和云气变幻；后四句写曾在泰山演绎过的人文故事：登封、降禅，王侯朝见，这正是泰山景观的两大内涵。与今日泰山所受"双重遗产"的奖誉不谋而合。

注：崔峷（zú），山高大貌。岵嵷（zuò é），山高险貌。崄嵫（xiǎn yǎn），多山累连。迁绵，绵延不断。瘗（yì），埋筑。肃然、石间，皆山名。晻（àn）同"暗"。灵篇，祭告文书。

登封大酺歌

卢照邻

日观仙云随凤辇，天门瑞雪照龙衣。
繁弦绮席方终夜，妙舞清歌欢未归。

作者卢照邻为"初唐四杰"诗人之一。唐高宗乾封元年（666 年），皇帝李治与皇后武则天共赴泰山封禅。其间，天子与群臣在泰山大酺相庆。这首诗应是诗人就临场所见而写的，由此可见其封庆盛况。诗仅四句，一写车驾（凤辇）、一写皇帝（龙衣），一写宴席（绮席），一写歌舞。一夜方终，欢乐未了，至今仍使人想见其庆宴之盛。

注：酺（pú），聚会饮酒。凤辇（niǎn），天子车驾。

游泰山

李　白

四月上泰山，石屏御道开。
六龙过万壑，涧谷随萦回。
马迹绕碧峰，于今满青苔。

飞流洒绝巘，水急松声哀。

北眺崿嶂奇，倾崖向东摧。

洞门闭石扇，地底兴云雷。

登高望蓬瀛，想象金银台。

天门一长啸，万里清风来。

玉女四五人，飘摇下九垓。

含笑引素手，遗我流霞杯。

稽首再拜之，自愧非仙才。

旷然小宇宙，弃世何悠哉。

作者李白是我国唐代伟大诗人。他25岁离家出川，长期在外漫游。初游鲁地登泰山时，写下游泰山诗六首，此为第一首。从诗中看，李白是沿着十几年前唐玄宗东封泰山时的"御道"上泰山的。不过他并未过多地颂扬圣迹，而是以他绮丽的笔描画泰山飞流绝巘的山川胜境。其中"天门"两句精彩而酣畅淋漓地写出了登上泰山南天门时的独特感受，活画出了诗人寄情山水、放荡无羁的浪漫情怀和鲜明个性，多为后人所击赏。接着，诗中出现"玉女"飘飘而来的神姿，使诗人敬慕不已，颇有神话与现实相交融的奇异色彩。最后，引得诗人也想"弃世"而去，这也是仕途坎坷、信奉道家思想的李白真实思想的自然流露。

注：六龙，即六马拉的车，指皇帝的车驾。蓬瀛，指传说中的东海仙山。金银台，神话传说中的神仙居处。玉女，天上的仙女。

图 2　登山途中

望　岳

杜　甫

岱宗夫如何，齐鲁青未了。
造化钟神秀，阴阳割昏晓。
荡胸生层云，决眦入归鸟。
会当凌绝顶，一览众山小。

作者杜甫是我国唐代伟大诗人。他在唐玄宗开元年间，举进士不第，漫游齐赵间，第一次来到泰山，《望岳》诗就写在这个时候。诗题既为"望岳"，那么诗中所写即是诗人视野中的泰山，由远及近，由大化到细节，"青未了"一句写尽泰山全貌，"钟神秀"写美好空间，"割昏晓"写流动时间；而山中那动荡的云与入归的鸟则使诗人切身感受到了泰山的生机与活力。他已不满足于仅仅是望岳，他决心有一天登上泰山，去领略那更迷人的风光。"会当"两句在"凌绝顶"的壮举中蕴含着更丰富的人生哲理，因此成为后人激励奋进的座右铭。杜甫这首《望岳》诗的丰富内涵与古老的泰山一样，成为我们享有的自然与人文的双重遗产。

注：钟，钟聚。眦（zì），眼眶。

泰山石

李德裕

鸡鸣日观望，远与扶桑对。
沧海似镕金，众山如点黛。
遥知碧峰首，独立烟岚内。
此石依五松，苍苍几千载。

作者李德裕为中晚唐翰林学士。这是写泰山石的一首五言律诗。泰山石，应指探海石，又叫拱北石，位于日观峰北，平地突出向北探伸，是游人观日出的地方。诗中所写，或即诗人立于此石所望景观：日出扶桑（日本），色如镕金；而环顾四望，众山点点，碧峰（岱顶）独立，烟岚环绕，正是岱顶日出前后的壮观景象。最后写松中之石，点明主题，令人回味。

泰山老人诗

张　籍

日观东边幽客住，葛巾藤带亦逢迎。
暗修黄箓无人见，深种胡麻共犬行。
洞里仙家常独往，壶中灵药自为名。
春泉四面绕茅屋，日日惟闻杵臼声。

作者张籍是唐代著名诗人。这首诗刻画了一位幽居泰山、葛巾藤带、耕食自足的泰山老人的纯朴形象，是无数与大山为伴的世代山民中的一个。他平时种胡麻、采灵药为生，也以修黄箓（信鬼神）、拜仙家为乐，他还要日日自杵食粮饱肚，好在他身边还有一只家犬为伴。这种生活竟惹得出入官场和文苑的诗人为之留诗，后人读来也很有味呢。

注：黄箓（lù），鬼神簿。杵臼（chǔ jiù），舂米的石具。

泰　山

石　介

七百里鲁望，北瞻何岩岩。
诸山知峻极，五岳独尊严。
寰宇登来小，龟蒙视觉凡。
此为群物祖，草木莫锄芟。

作者石介为宋代学者，泰安人。为宦时遭逢父母之丧，躬耕徂徕山下，并讲学泰山书院，人称"徂徕先生"。这首诗写他眼中熟悉的泰山之高大雄伟，也写出了他心中尊奉的泰山之神圣庄严。"此为群物祖，草木莫锄芟"两句，简直把泰山看成万物之神，连它的一草一木也不得伤害。今天看来，倒是与我们保护生态、优化环境的意识相通了。

注：龟蒙，即泰山之侧的龟山与蒙山。锄芟（shān），除去。

图 3　瞻鲁台

日观峰

范致冲

岱岳东南第一观，青天高耸碧嶙岏。
若教飞上峰头立，应见阳乌浴未干。

作者范致冲为宋代人，未详其生平事迹，但这首写泰山日观峰的小诗却思路奇特、形象瑰丽，是写日出景象的绝奇之作。阳乌，指太阳，日出即阳乌起飞，当然是从海中出浴。伴着日出，这神奇的鸟儿竟飞到岱顶日观峰上。"浴未干"的细节使人想见日观峰之高，与日距离之近。这位诗人把日观峰所见景象化为瑰丽想象，可谓写到了极致。

注：嶙岏（cuán wán），山峭锐貌。阳乌，传说日中有三足鸟，故指太阳。

送杨杰（节录）

苏 轼

天门夜上宾出日，万里红波半天赤。
归来平地看跳丸，一点黄金铸秋桔。

作者苏轼为宋代著名诗词艺术家。这是从他所写的一首七言古诗中截取的前四句，是专写泰山日出的。"万里"句写日出之前红霞万里、半天红赤，颇为壮观；"一点"句写日出之后，新日初升，剔透晶莹，十分瑰丽。"一点黄金铸秋桔"的比喻，新鲜而贴切，高雅而可爱，把个初升的朝日写得魅力四射，至今仍令人叫绝。

次韵韩宗弼太祝送游泰山

苏　辙

羡君官局最优游，笑我区区学问囚。
今日登临成独往，终年勤劳粗相酬。
春深绿野初开绣，云解青山半脱裘。
回首红尘读书处，煮茶留客小亭幽。

作者苏辙为北宋著名文学家，苏轼之弟。正当春日，将游泰山，官人相送，即兴吟诗，这首诗即写将行之时的感受。"羡君"二句点明相送者与被送者的不同身份：一"官"一"学"，一"优游"一如"囚"。可喜的是，虽曾"终年勤劳"，终有"今日登临"。"春深"二句写尽大自然的诱惑，"囚"自由了。不过，此时的诗人仍留恋那"煮茶留客小亭幽"的读书人生活，有趣。

过汶河

文天祥

中原方万里，明日是重阳。
桑枣人家近，蓬蒿客路长。
引弓虚射雁，失马为寻獐。
见说今年旱，青青麦又秧。

作者文天祥为南宋爱国将领，曾以"人生自古谁无死，留取丹心照汗青"的名句传世。这首小诗却展示了英武大将的另一种情怀。他挥戈中原之际，恰逢临近重阳过汶河。此时的文将军关注"桑枣人家"，别意"射雁"、"寻獐"，赢得几分闲情逸致，颇具人之常情。他听说今年多旱，但看到刚刚播下的小麦，秧苗青青，却得到一些宽慰。今天读来，也使汶河之滨的后人们多感快慰。

登　岱

元好问

泰山天壤间，屹如郁萧台。
厥初造化手，劈此何雄哉？
天门一何高，天险若可阶。
积苏与累块，分明见九垓。

扶摇九万里，未可诬《齐谐》。

秦皇惮灵威，茂陵亦雄才。

翠华行不归，石坛满苍苔。

古今一俯仰，感极令人哀。

奇探忘登顿，意惬自迟回。

夜宿玉女祠，崩奔涌云雷。

鸡鸣登日观，四望无氛霾。

六龙出扶桑，翻动青霞堆。

平生华嵩游，兹山未忘怀。

十年望齐鲁，孤云拂层崖。

青壁落落云间开。

眼前有句道不得，但觉胸次高崔嵬。

徂徕山头唤李白，吾欲从此观蓬莱。

图4　碧霞祠

　　作者元好问为金代杰出文学家。这是一首歌咏泰山的五言古诗，写得气势磅礴、慷慨豪放，用语自然流畅，以七言收束，余音缭绕。先写泰山之"雄"，上可登天门，下可见九州。次写往事之"哀"，秦皇"行不归"，汉坛"满苍苔"。最后重笔写己游，抒己怀：不忘泰山，再观蓬莱。当年李白曾游吟泰山之乐，诗人想与李白为友，同入仙境。其实正是游山之"意惬"所致。

　　注：积苏累块，指积聚的土层与石块。九垓，九州。《齐谐》，志怪之书。茂陵，汉武帝之陵。

诗二首

张志纯

题桃花峪

流水来天洞，人间一脉通。
桃源知不远，浮出落花红。

泰山喜雨

岱宗天下秀，霖雨遍人间。
高卧今何在，东山似此山。

　　作者张志纯为道行超众的玄门大师，曾为岱庙住持，并创建泰山南天门。这两首小诗写了一位道人的生活情趣。前者由流水落花，想到世外的桃源；后者由岱宗霖雨，想到高卧的东山。不过，两首诗都不忘

图 5　桃花峪

"人间"，立足人间。

　　注：东山，东晋谢安隐居之处。

西　溪

王　旭

我爱西溪好，披云屡往来。
一川烟景合，三面画屏开。
薄俗无高隐，清时有逸才。
近岩多隙地，松竹更须栽。

　　作者王旭为元代东平县人，家贫力学，教授四
方，游迹半天下。这是一首五言律诗，专写西溪的。
首句"我爱"即点明态度，可谓开宗明义。西溪好在
哪里？"一川"两句展开一幅西溪自然风光的立体画。
五六句写人事，也表达了作者的好恶褒贬，似有归隐
之志。最后两句应是对西溪景观的建设性设想，而
"松竹"之好也可看出诗人的人格追求。

游竹林寺

王　旭

石径俯云壑，竹林开幽境。
寺古僧徒稀，山深岚气冷。
待游未终兴，红日忽倒影。
曳杖披暝烟，长歌下前岭。

　　竹林寺为泰山西溪重要景点。《泰山小史》中称："小径沿山，清流夹道，蟠曲羊肠，景随步换。抵寺，四水参天，朱樱满地，晨钟晚磬，另一凄清。"可惜，原寺已圮。这首诗可导引我们步随诗人去感受昔日"凄清"幽境："石径"二句写尽古寺氛围，"寺古"二句极尽渲染之力。一"幽"一"冷"，令人心凉；可诗人游兴甚热，只是不觉红日西下，暝烟袭来，只好"长歌"而去了。

　　注：曳（yè）杖，引持手杖。

登　岳
张养浩

　　风云一举到天关，快意平生有此观。
　　万古齐州烟九点，五更沧海日三竿。
　　向来井处方知隘，今后巢居亦觉宽。
　　笑拍洪崖咏新句，满空笙鹤下高寒。

　　作者张养浩为元代济南人。这是一首歌咏登岳的七言律诗，主旨在于表现一种平生之"快意"。首句即尽显其中，如"风云一举"即登上泰山。其实诗人人生历程也多坎坷，说"快意平生"也许是一种自我解脱和超越。因此以下写来便也十分旷达："万古"两句写登岱后眼界之廓大，"向来"两句写登岱后胸襟之拓展。最后借用两位仙人（红崖与王子晋）的故事表述自己也已如飘逸的神仙。

汉　柏

王　奕

肤剥心枯岁月深，孙枝已解作龙吟。
烈风吹起孤高韵，犹作峰头梁甫音。

作者王奕是位入元逸民，这首歌咏汉柏的小诗，也许正是诗人孤忠高韵自我心态的一种写照。"肤剥心枯"从外到内地写出了汉柏久经沧桑风雨之变所呈现出的龙钟老态，但其"孙枝"（新生嫩枝）仍能发出"龙吟"般的深沉韵律；而一旦烈风高韵起作，这汉柏仿佛还能为远去的辉煌王朝唱起挽歌。当然，这是典型的"逸民"情绪的流露。

注：梁甫音，梁甫为山名，梁甫吟为汉乐府曲调名，多为挽歌。

夏日登岱

方孝孺

振衣千仞思悠悠，泰岱于今惬胜游。
秦汉旧封悬碧落，乾坤胜概点浮沤。
海明日观三更晓，风动天门九夏秋。
更上云端频极目，紫微光电闪吴钩。

作者方孝孺为明代学士。他的这首"夏日登岱"的七言律诗思通古今，视达南北，写出了时空阔大的泰山。"振衣"两句点题："登岱"，"惬胜游"三字正是一种好心态。"秦汉"两句承"思悠悠"之意，思古视今："悬碧落"即悬空，"点浮沤"即易失，看来有一点伤感。"海明"两句写眼前景观，却十分鲜明惬意。最后两句"更上层楼"，看到了颇有震撼力的奇异景象，当是写实，也许有某种预感。

注：碧落，天空。浮沤（ōu），水泡，指远看之山景。紫微，星名。吴钩，吴国名刀。

望泰山

胡缵宗

山下秋日正皓皓，山上秋雨还冥冥。
夜来岩畔挂星斗，晓起涧底兴雷霆。
阴阳变幻倏忽异，天地阊阖苍茫灵。
何当结庐向山住，朝朝吟对芙蓉青。

作者胡缵宗为明代进士，泰安人。他身为当地人，对泰山当有更多的了解。诗中所写泰山也更有魅力：山上晴空丽日，山下阴雨绵绵，夜间星斗满天，晓起山洪漫涧。这种"阴阳变幻"的奇特自然景观，大概是非泰山之域所难能看到的，煞是迷人。不过，诗人不能理解，只好归结为是天地之"灵"所致，使泰山有一种神秘感。他迷恋泰山，想有一天在山上盖间房子，天天看着那一座座莲花般的山头吟诗作歌。这也许与他官场失意的不平心态有关。诗中的泰山确实对人们有吸引力。

注：皓皓（hào），光亮洁白，指阳光明媚。冥冥（míng），空阔昏暗。倏（shū）忽，突然，极快地。阊阖（chāng hé），传说中的天门。结庐，构筑房屋。芙蓉青，像莲花般的青山头。

登　岳

边　贡

玉皇祠畔一凭栏，绝顶峰高夏亦寒。
北去尘沙通瀚海，西来天地是长安。
青云迥隔三千界，白日平临十八盘。
似有飞仙度幽壑，凤笙声袅珮珊珊。

作者边贡为明代进士，历城人。他写泰山省去了攀登过程，从登上绝顶"凭栏"所见落笔，首先感到的是"夏亦寒"，这正是"峰之高"造成的。其次展开视野：北望尘沙苍茫，应通大海；西望天地寥阔，直去长安。仰观上天，青云远隔；俯视山麓，白日普照。如此天壤之间的广阔空间，撩人遐思：好像天仙们正凤驾笙歌飞越而去。这正是登上岱顶常有的奇异幻觉，诗人为之陶醉了。

注：玉皇祠，岱顶建筑物。三千界，佛家教化之域。

南天门

陈　沂

望入天门十二重，暧然飞雾半虚空。
千寻不假钩梯上，一窍惟容箭栝通。
风气荡摩鹏翮外，日光摇漾海波中。
欲求阊阖无人问，但拟彤云是帝宫。

图 6　南天门

　　作者陈沂为明代进士，曾任山东参政。他落笔南天门，可谓恰中泰山景观之要塞处。这里两山对峙，崖陡路隘，云气松声，迷离耳目。诗从"望"而"入"，层层台阶，似重重层楼。阵雾飞来，更使层楼虚空，极写天门之高。千寻天门，人自登攀而上；而对峙如窍，似仅能一箭而通，极写天门之险。登上天门，即近岱顶，"风气"二句，写此处所感所见，似近天界；但求问天门未得、猜得一片红云，应是天帝之宫了。回顾来路，从"望"天门，到过天门、移步换景，层层攀升，使人感同身受，颇具画意。

　　注：箭栝，箭末。鹏翮（hé），大鹏的翅膀。拟，猜测。

明　堂

陈凤梧

岱山东畔起层台，九陛升高亦壮哉。
四面溪流横翠带，一方石壁削莓苔。
明堂制度千年在，玉帛朝宗万国来。
我愿吾皇法三代，蚤施仁政及蒿莱。

　　作者陈凤梧为明代进士。明堂，为古代天子会诸侯的地方。泰山之侧，有周、汉明堂遗址二处，此诗所写当为周明堂。"岱山"二句写明堂位置与气势；堂高九阶，不亦壮哉。"四面"二句写自然环境，可谓"水色山光丽有余"。"明堂"二句追抚史事，颇有今昔之感。最后以"我愿"之意语涉时政，劝谏当局以"仁政"施及黎民百姓。而今的明堂遗址，已为游人游山玩水、怡情畅神之所了。

登泰山

王　弼

下蟠沧海上青天，太古谁先探此巅？
万岭蒙羞云雾里，九州分界户庭前。
道高孔子登时见，功陋秦皇禅后镌。
独羡当年李太白，坐临红日观云烟。

这是一首写得很有新意的七言律语。诗人思路开阔，想象驰骋，首二句便提出了一个令人震惊的问题："太古谁先探此巅"：谁是第一个登上泰山的人？而泰山默默千古，从"万岭蒙雾"，到"九州分界"，它生于斯，存于斯。直到孔子来登一言"小天下"，人们才发现了它是那么高；而当年秦皇在此大举封禅之仪，并未延缓其王朝的短命。独有李太白游泰山轻松悠闲，令人羡慕之至。

汉柏凌寒

戴　经

东封玉辇不闻音，柏树犹能慰访寻。
一代精神看翠蔼，千年物色在苍林。

水帘洞口风偏急，御帐坪边雪正深。

到底凌寒谁可共，老松郁郁是同心。

作者戴经为明代进士，曾任泰安知州。这首诗吟咏的"汉柏凌寒"，是"泰安八景"之一。既为"汉柏"，那当然是汉代所植，"东封玉辇"正是对当年的植树者汉武帝旧事的追忆，而今千余年过去，柏树犹在，可慰游人。"一代"两句，尽写汉柏之精神与物色。古柏精神贵在"凌寒"，"水帘"两句以"风急"、"雪深"作反衬，"到底"两句以郁郁"老松"作正衬，使凌寒古柏跃然而立，姿态挺拔。

秦松挺秀

戴　经

野鹤孤云自往还，空名千载列朝班。

奋鬐特立云霄远，偃盖长留岁月闲。

岱岳托根真峻地，嬴秦承命却惭颜。

四时秀色何曾改，桃李春风未许攀。

"秦松挺秀"也是"泰安八景"之一。其实，"秦松"资历比"汉柏"还老。此松因为当年登封泰山的第一个皇帝挡风遮雨而"名列朝班"，被封为"五大夫"，空名而已。松本长青，"奋鬐"句写其张扬之姿，"偃盖"句写其受挫之态，其生命之"根"是岱岳峻地，与"秦命"无缘。这是事实，当然也包含着对秦封往事的嘲讽。最后两句突出松的"四时秀色"，这绝非艳丽一时的桃李所能比拟的。

题无字碑（二首）

柴望当年告治平，谁知风起鲍鱼腥。
惟有石表依然在，蔓草寒烟夕照明。

（明·王　裕）

巨石来经十八盘，离宫复道满千山。
不因封禅穷民力，汉祖缘何更入关。

（明·许天赠）

这两首诗都是为岱顶所立无字碑而写，而且都认为这一石表是为秦皇所立，但其诗意的着力点却是各有不同的：第一首写秦皇来泰山"柴望"是为平定天下，但却死于归途，剩下的只有蔓草、寒烟、夕照中的"石表"；第二首写当年为立碑运石经十八盘，并耗用大量民力搞封禅，因而导致秦王朝短命而亡。当然，石表为何人所立，至今还有待进一步考证。但诗人们所表达的历史见解是很耐人寻味的。封建皇帝们往往过高估计自己的权力，却往往为后人留下笑柄。这通石碑的真正价值只有到了今天才升到最高值。

注：柴望，柴与望都是帝王告祭泰山的仪式。鲍鱼腥，秦始皇东巡回归途中病死，为保密而置鲍鱼于御驾中乱其尸臭。汉祖入关，指当年刘邦入关灭秦。

登岳（六首选一）

胡缵宗

　　海天初纵目，八极思悠悠。
　　大华弹丸出，扶桑勺水浮。
　　秦松云不断，宋简玉空留。
　　落日犹回首，黄河窈窕流。

　　这是一首很有意思的五言律诗，它写泰山，几乎把所谓"四大奇观"都纳入了诗境。"海天"四句是写"旭日东升"，其日如"弹丸"，下有"勺水"浮动，可谓精致。"秦松"句是写"云海"，"落日"句是写晚霞，"黄河"句自然是写"黄河金带"了。不过，诗中以"窈窕"状之，显得更为准确生动。更有意思的是，诗中主要写自然景观，但"秦松"、"宋简"二语使人想起沧桑往事，点出了蕴蓄于泰山文化中的丰厚文史，这正是泰山有别于其他名山的独特魅力所在，这也许正是令诗人"思悠悠"的原因吧。诗虽短小，但却写出一个大泰山。

　　注：八极，天下最远之处。大华，大放光辉。弹丸，指太阳。扶桑，东方日出处。宋简，宋真宗封禅时的简策，函之以玉盖。

五大夫松（三首）

高节栖灵岳，宁污嬴氏官。
天风吹不断，涛卷万峰寒。

（明·屠 隆）

雨中松干倚嶙峋，不洗东风旧日尘。
何似桃花含意远，武陵只恋避秦人。

（明·魏允贞）

四海苍生憔悴尽，五株松树独封官。
仁民爱物秦颠倒，何怪当年共揭竿。

（明·李学诗）

这三首诗都是题吟"五大夫松"的，但立意大相
径庭。第一首极赞松树的高风亮节，生在神灵的泰山
之上，哪能受嬴氏的玷污，在猎猎天风中与千万山峰
抵御风寒。第二首则讥讽古松再也洗不掉旧日被封之
污尘，其形象嶙峋，还不如武陵源中的桃花含意之深
远，其贬意至显。第三首则把秦氏封松树为官与四海
苍生憔悴不堪的社会现实联系起来，指责它颠倒了仁
民爱物的关系，以致引发了农民起义。松树无言，世
人有心。三首小诗表达了人们对秦皇封树的不同评
价。

怀泰山

李攀龙

域内名山有岱宗，侧身东望一相从。
河流晓挂天门树，海色秋高日观峰。
金篓何人探汉策，白云千载护秦封。
向来信宿藤萝外，杖底西风万壑钟。

　　作者李攀龙为明代进士，山东历城人。题目为"怀泰山"，显然是游泰山之后追记的。"域内"两句追忆游山的初衷是慕名而来，乘兴而至。"河流"两句写所见自然景观，天门之树下泉溪如"挂"，日观之峰顶可望海色。"金篓"两句写所想人文往事，汉武封禅留下金篓，秦皇封坛现已无踪。人去物非，怀之无尽。而诗人此来并无深意，随意宿住，一享天籁而已。

诗二首

快活三

人情轻便易，世路重艰难。
不走巉岩路，谁知快活三。

（李学诗）

十八盘

少负青云想，今上青云梯。

一入天门里，回首青云低。

（王 遴）

图7 十八盘

这两首诗写得短小而机巧，与其说是写景观，不如说是写登山中的一种体验和感受。第一首先说"人情"，即人的主观愿望是图"轻便易"，次说"世路"，即客观实际是"重艰难"的。然而二者是相依相成的，"快活三"的真谛是只有在走过"巉岩路"之后才得到的。第二首写登十八盘，这是攀登泰山的最大难点。但诗中未写攀登过程，只写最初之想与最终之见，传达出一种征服者的快慰之情，读来举重若轻，使人遇事信心坚定。

登泰山

杨继盛

志欲小天下，特来登泰山。
仰观绝顶上，犹有白云还。

作者杨继盛为明代进士，因奏劾权相严嵩下狱被杀。这首小诗为诗人咏"志"之作，简洁明快，境界高远。"小天下"本为圣人之言，但对古今每个游人来说，"小天下"又是登上岱顶时的一种感同身受、人所共有的切身体验。这位诗人把它作为一种"志"来看待，便更多地包含着个人志向的意味。"仰观"二句，以"白云"作衬，烘托出一种轻柔飘逸的诗意美，使小诗更有蕴味。

高山流水亭

李 戴

壁立石屏向日明，小亭危坐午风清。
弹琴人去知何日，尚有高山流水亭。

作者李戴为明代进士，曾任山东巡抚等职。这首小诗是题咏经石峪西"高山流水亭"的，此石亭为明代万恭所建，并为之题记命名。顾名思义，他是把古代传说俞伯牙、钟子期知音鼓琴的故事引入到这里，可见这里的山水环境多么优雅。小诗四句，点画勾勒，石壁小亭，白日清风，听潺潺溪流迤逦而去，看巍巍高山默默无语，似琴音重奏，令游人遐思不已。

题晒经石水帘

崔应麒

晒经石上水帘泉，谁挽银河落半天。
新月控钩朝挂玉，长风吹浪暮凝烟。
梵音溅沫干还湿，曲涧流云断复连。
选胜具觞恣幽赏，题诗愧乏笔如椽。

作者崔应麒为明代人。这首诗镌在经石峪之西的巨石上，石上流水，点窜如珠，故名"水帘"。峪中石坪铺地，上刻经文，故名"晒经石"。此地山水相依，泉石相融；恰逢新月如钩，暮云如烟，勾起诗人遐思。"干还湿"是写水在流动，"断复连"是写云在变幻，如此细微的描绘自是诗人细致观赏的结果，如此迷人的画面不可不饮酒助兴。所以"选胜具觞"，所以恣意幽赏。所谓"愧乏"云云只不过是文人自谦罢了。

泰山雪后

姚 奎

晓天红日放高晴，小坐山舆踏雪行。
冻树裹花春有迹，寒溪结玉水无声。
烟销绝顶群峰露，风度虚岩万籁生。
老衲云深知我过，数声清磬出松迎。

　　作者姚奎大概是位官人，你看他是坐着山舆（山轿）上山的。不过，他选择的时机（"晓天红日放高晴"）很好，他看到的景色（"冻树裹花"、"寒溪结玉"、"群峰露"、"万籁生"）也很好。当然，好景还须赏景人，诗意还须慧眼寻，大雪之后的泰山，万籁俱寂，但他却看到"春有迹"、听到"水无声"，是一位有心之人。于是，老和尚知道他来了，敲磬迎客，今天读来，仍感余音袅袅，声犹在耳。

夏日雨霁登岱
查秉直

朱明过雨静岚氛，岳色霏微共夕曛。
倚杖坐看林下润，披衣犹拂洞中云。
狮峰瀑布当空泻，龙峪泉声夹岸闻。
漫说新晴供晚眺，九农应是尽欣欣。

山无水不灵。泰山夏日雨霁最宜登山，这位诗人即选择了这个最佳时机，且在傍晚日落之时。山岚凝静，夕曛犹明，倚坐林下看雨润叶茂，山径披衣犹拂洞中白云，别有氛围。这是视觉；听觉呢，高峰瀑布泻流，深峪泉声盈耳，犹如"大弦嘈嘈如急雨，小弦切切如私语"般动人。诗人不仅迷恋于诗情画意般的"新晴晚眺"，更想到，最高兴的还是广大农民，由此深化了主旨。

注：朱明，即夏季。夕曛，落日余光。狮峰、龙峪，皆为泰山景名。

泰山纪游
曾　钧

名山东峙独崔嵬，千丈灵光接上台。
金削芙蓉迎日出，玉为楼阁倚天开。

炉烟风暖浮秦树，石检年深锁汉台。

一览乾坤空万劫，落霞飞彩入吟怀。

这首七律所写泰山景观多为人常见，包括自然的和人文的，但诗人妙笔生花，灵气飞动，把古老泰山写得活灵活现，颇有诗意。"名山"两句即写其"崔嵬"之气势和"灵光"之神韵。"金削"句写"日出"尽显辉煌，"玉为"句写"楼阁"颇具仙气。"炉烟"句用一个"浮"字，"石检"句用一个"锁"字，各得其妙。最后"一览"句，逼出"落霞飞彩"，可谓秀口出彩，结句不凡。

丈人峰

郭正域

泰岳峰头有丈人，苍颜古貌万年身。

群山百万当前立，东帝还须仗老臣。

丈人峰在岱顶西北，巨石特立，俨然老人状。周围有数石向拱，似老翁弄孙状。据传，玄宗封泰山时，骤迁张说之婿由九品至五品，被人讽为"泰山之力"，遂有"泰山"为"丈人"之说。不过这首诗所写，此石峰为苍颜古貌、万年资历的东帝辅臣，助东岳大帝治理百万群山而已。本来是块石头，诗人却演绎出一个人文故事，游人至此，且吟咏体味，当别有感受。

图 8 北天门

无字碑

邹德溥

绝岩植空碑，古人如有意。
由来最上乘，原不立文字。

无字碑为岱顶重要人文景观。碑而无字，令人费
猜，一说为秦皇所立，一说为汉武所立，还有说为唐
代女皇武则天所立，且立碑者之意，后人不得而详。
这首小诗别出心裁，肯定此空碑是古人"有意"之
作。因为从来最美妙的境界是"不著一字，尽得风
流"，这空碑之作，便应是这条古训的最好注脚。诗

37

之立意可谓妙悟而得。

观　日

张元忭

星河耿耿霁高秋，日观峰头送远眸。
曙色未分青障出，海云初动赤光浮。
俄看明镜离三岛，即拟红轮遍九州。
畴昔登临余怅望，奇观不负此来游。

　　登泰山看日出历来是游人的最大愿望，可此举多不遂人意。这位诗人也曾有此遭遇，怅望而归。但是，这次他如愿了：高秋之晨，群星灿烂，他即登日观峰头等待。一会儿曙色初显，一会儿海云初动，一会儿"明镜"升空，一会儿"红轮"普照。他看得真切，写得生动，终于一扫往昔惆怅，深叹"奇观"不负此来游。但愿所有游人都能有此眼福。

　　注：耿耿，光明状。远眸，远望。俄，顷刻。三岛，传说中的蓬莱、瀛洲、方丈三仙岛。畴昔，以往。

题傲徕山

刘应时

独秀西南数傲徕，天门洞宇镇蒿莱。
竹林屈抱青峰出，月嶂高悬碧涧开。

石壁峪中云散去，仙人掌上鹤飞回。
登临不尽平生兴，对景愧无作赋才。

　　傲徕山是泰山主峰西南一险峻峰崖，俗话说，
"远看傲徕高，近看只到泰山腰"。这里悬崖陡峭，涧
壑深幽，堪称"独秀"。峰巅有归云洞，洞内石池涌
流。峰下竹林寺清流夹流，绿竹千竿；峰北明月嶂点
点秀列、碧涧远伸。石壁峪中云聚云散，仙人掌（即
扇子崖）上鹤去鹤归，使人神往，令人陶醉，诗人也
感到自己才情匮乏了。不过，游人也许会后来居上，
只待一赏。

过桃花峪

吴同春

桃树千重带水涯，灵岩百折傍山斜。
秋高瑶圃日为实，雨过天门浪作花。
方朔频须贻汉主，渔郎何处觅仙家。
我来不及春风晚，杖屦翩翩度彩霞。

　　桃花峪，在泰山之西北。山径偏坳，峪多桃花，
又名"红雨川"。诗中"桃树"两句即写其林深涧曲、
奇峰错列之势。由此自然使人联想到古人笔下的"武
陵源"，想到与桃有关的人和事。"秋高"两句写其自
然景观，"方朔"两句写其古典轶事，极赞桃花峪似
仙人仙居般美妙迷人。最后两句写诗人自己的感受，

图9　桃花源索道

虽来在春风之先，但已踏步彩霞般花丛之中了。

　　注：瑶圃，仙人居处。方朔，汉臣东方朔，后世称为"仙
人"。汉主，汉武帝。渔郎，《桃花源记》中的捕渔人。杖屦
(jù)，代指尊长者，应指诗人自己。

天门三题

袁宗泗

一天门

一入红门界，青崖杳霭中。

轻舆人倒辇，绝磴路悬空。

直上山疑尽，萦迴岫不穷。

岩岩频在望，今日始开通。

二天门

再上天门望，烟云满素衣。
陡崖三面削，峭壁一泉飞。
排戟峰逾簇，通天路转微。
凉风吹傲骨，五月凛寒威。

三天门

攀萝经御帐，驻马憩秦松。
直劈峰双立，斜盘级万重。
山腰惊雨过，峪口乱云从。
自此天阍叩，方知第一峰。

登泰山之路有三道天门，可谓愈上愈险。这位诗人移步观景、步步留诗，组成了登岳三部曲供后人品赏。一天门为起步，"一入"句点明其势，"青崖"与"杳霭"交互，才有"山疑尽"而"岫不穷"之妙。二天门为转折，"杳霭"成"烟云"，"陡崖"连"峭壁"，不仅可见"峰簇"与"路微"之险，且感"凉风"与"凛寒"之威。三天门为高潮，"御帐"与"秦松"的旧事增添了这里的故事性，"峰双立"与"级万重"的地势增强了这里的艰险性，"惊雨"与"乱云"的袭击增加了这里的紧迫感。"三天门"是真天门，走完"三部曲"，方知"第一峰"之峻秀可观。

注：红门，泰山东路一天门处景点。杳霭，空濛的云气。轻舆，山轿。岫，山洞或峰峦。戟（jǐ），古代兵器，有枪尖和利刃，形容山峰高锐。簇（cù），形容山峰密集。御帐，宋真宗封禅住处。秦松，秦始皇封禅避雨处。阍（hūn），门。

登　岱

于慎行

忽出尘寰赋壮游，试从九点辨神州。
浮云直上千峰色，落日常悬万里秋。
紫塞东临沧海断，黄河北滚大荒流。
秦封汉禅成丘土，留与人间不尽愁。

作者于慎行为明代进士。这是从他八首《登岱》组诗中选出来的，其境界廓大，放眼神州，为泰山勾勒了一幅大背景图："忽出"句似从天界（"出尘寰"）俯临"神州"，所见"千峰色"、"万里秋"，十分广阔。"紫塞"两句把视点凝聚于长城、黄河，"东临沧海"、"北滚大荒"正是与之协调的雄伟气势，为泰山作了有力的烘托。最后两句收束于"秦封汉禅"，点明泰山所在，"成丘土"与"不尽愁"是诗人的感慨，这大概与作者晚年告老还乡、看透人生的心态有关。不过，诗的境界的廓大正反映了诗人胸襟的旷达。

注：尘寰，人间。九点，李贺诗"遥看齐州九点烟"，指九处风烟景观。紫塞、长城。秦封汉禅，秦汉帝王封禅泰山之事。

偶得岱阴一石置于池竹之间

王若之

奇石钟灵自可珍，片峰岱削独嶙峋。

移来近使临秋水，看去偏宜映绿筠。

半似凤翔惊翼鸟，浑如玉立谪仙人。

高斋神秀欢相对，下拜频频肃笏绅。

　　泰山钟天下神秀，泰山石也独放异彩。这首小诗歌咏从岱阴得到的一块"灵石"所带来的几多乐趣。石头外观"嶙峋"，但"临秋水"、"映绿筠"都会使它焕发奇异之美：或如惊鸟之凤，或如玉立仙人，于是诗人满心欢喜，高斋相对，有时竟把它当作神物频频下拜。在众多写泰山大观风景之中，此诗独咏一石，也算以小见大，别出情趣。

　　注：绿筠（yún），绿竹。谪仙，下凡的仙人。笏（hù），古代朝官上朝时所持的手板。

登岳为亲祈寿

谢榛

岱岳初登眺，秦松不可攀。

欲将千古色，长比二亲颜。

心切云相倚，行迟鹤共还。

仙童授芝草，灵秀到庭间。

作者谢榛为明代著名文学家，而这首诗却写一个很有情味的主题：为亲祈寿。这在泰山来说应是最常见的现象，但少有留诗。谢榛这首诗独具价值。诗中以"秦松"是瞻，"欲将"两句，恭恳至孝，表现二老双亲的沧桑人生。"心切"两句情深意浓，以云、鹤相烘托，祈祷二亲高寿。最后两句写授受灵芝仙草，望"灵秀"之气注入自家"庭间"，为双亲添福添寿。诗人可谓孝子。

初春遇旱躬赴泰山祈祷

李　戴

忧民无计意悬悬，为叩山灵陟岳巅。
风送雷声摇栋宇，云蒸雨色满山川。
纷纷万壑垂飞练，隐隐千峰锁翠烟。
安得甘霖遍九有，农家到处庆丰年。

作者李戴曾任山东巡抚等职。作为封建官吏，遇旱躬赴泰山祈雨，虽于事难补，但也见其民本之心。"忧民"两句，即表露其"悬悬"之意，因此感动上天，果见"风送"、"云蒸"之雨色，继而"纷纷"、"隐隐"之云烟。因为泰山向来多雨色云烟之象，能否遍及九州，难说。诗人祈祷至诚，期得"农家到处庆丰年"。此诗所写之事，也应是泰山数千年以来为人们所崇拜的原因之一。

日　观

程　云

闻道蓬莱不可期，眼前沧海小如卮。

清秋一片桃花色，玉女投丸半夜时。

　　写登泰山观日出的诗可谓如云霞满天，惟独这首小诗把日出大观写得如此玲珑剔透，如把珍玩。首句一反常见，却道"蓬莱不可期"，而眼前所见到的所谓"沧海"也非广大无边，而是"小如卮"，如一只酒杯。那真是诗人的独特发现。"清秋"句铺染出日出之际的漫天云霞、清新鲜明。而真正的太阳出来了，却似"玉女投丸"，一"丸"出"卮"，比喻恰切，新奇，诗人别具情怀。

　　注：卮（zhī），古人所用酒具。玉女，传说岱顶之仙女。

观日出

文翔凤

乍作丹丘不善圆，徘徊似待彩绳牵。

半轮欲上如中却，想见初生太古前。

　　又是一轮每天所见而又日日常新的太阳。但这首诗中的太阳却给诗人带来新的想象和思索。"丹丘"本是昼夜长明的海外神仙地,诗人想象太阳是从那里升起来的,"不善圆"正是初日未妆。"徘徊"句写新日初出时的忸怩之态,正像一位欲待出阁的新娘。"半轮欲上",真的要出世了,诗人奇思袭来:"如中却":叫停!"想见"句把我们带到一个没有"我们"的荒漠太古时期,不可想象。

一天门

萧协中

天门初步路非遥,城廓人民似可招。
自是登山无委巷,野袍山屐任翛翛。

"一天门者,登岱之始境也"。作者身为泰安人,为泰山景观写下不少诗文。这首七言绝句着眼于山城之交的"一天门",着意于或入城、或登山的山民。"路非遥"写天门之近,"似可招"写人民之亲,正是当年"居民稠集,货市相交"的社会风习图景。此中作者又着意特写"无委巷"的登山之路和逍遥来往的上山之人,"野袍山屐"的装束令人如睹其人,如见其心,好纯朴的"泰山人"哟。

注:委巷,曲折小巷。翛翛(xiāo),无拘之状。

图 10 天 阶

飞来石

萧协中

松亭亭，石屹屹，
偃盖万古青，坚确千年历。
故乘风雨夜飞来，不是秦王鞭策激。

　　这首诗有别于他作，应属歌谣体；在立意上，作者澄清了一个传说，传播了一个事实，今天看来更有意义。所谓"飞来石"是五松亭与御帐砑之间的一块天然巨石。传说是秦皇曾鞭石入海，此石即所鞭石之一，飞来此地。而事实是此石在明代发生的一场山洪中，自山巅坠此。事实远不如传说有诗意，但此诗借助语言张力，却别具魅力。

天柱峰

萧协中

独立诸峰上，巍巍天与齐。

云飞无隐现，风撼不东西。

秋半听鸣鹿，晨初逐晓鸡。

人惊难措足，一瞬我攀跻。

图11　天柱峰（玉皇顶）

　　有人为这首诗作注道："登天柱峰顶，天气清明，西可见灵岩，南可见大汶，北可见黄河，有振衣千仞之势，真奇观也"。（赵新儒）天柱峰为泰山主峰，最高处即为"极顶"。诗的首两句即写其高。"云飞"两句以"云"衬托其高，以"风"衬托其固。当然，如此高峻，亦非幽寂；秋鹿之鸣，晨鸡之啼，编织着大自然的生命组曲，游者以一登为快。当年曾是"难措足"，诗人还是攀跻而上，如今玉皇顶上风光多了，那曾与天齐的"极顶石"似如池中莲花，迎接着登顶游人。勇士们可以骄傲地宣称："山登绝顶我为峰"了。

仙人桥

萧协中

　　三石两崖断若连，空濛似结翠微烟。
　　猿探雁过应回步，始信危桥只渡仙。

　　桥者，人力所为也；但仙人桥却系自然之神功所致。"三石"句即言其桥之天险之至：其下涧深千尺，桥身三石若连。险而多美，"空濛"句写夏秋时节，常有彩虹霞光映射其上，飞烟流云凝聚其间，更显其空濛无依。"猿探"句有些夸张了，大概猿、雁之属未曾光顾。但如此险危之处，恐怕是"只渡仙"了，因此名以"仙人桥"。游者可不信仙，但不可不信其危。

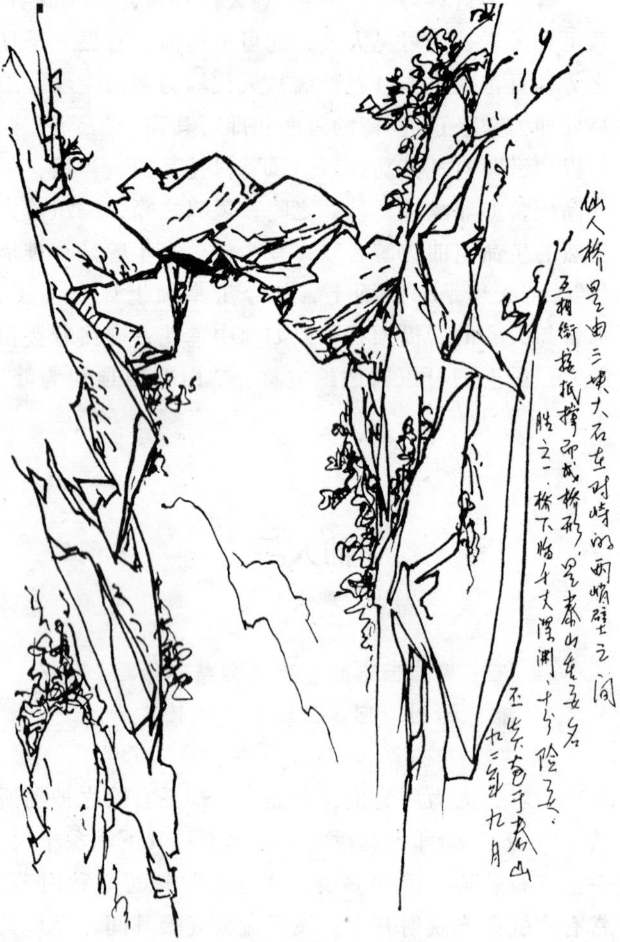
仙人桥 是由三块大石在对峙的两峭壁之间
互相衔接抵撑而成桥形，是泰山奇妙名
胜之一。桥下临千丈深渊，十分险要。
九三年九月

图 12　仙人桥

汶水吟
玄　烨

汶水潺潺清似玉，石涧萦纡行踯躅。
连山百里入莱芜，松柏绵蒙冬尚绿。

　　玄烨即康熙皇帝。他的政绩大于他的诗才，但这
首小诗却别具情趣，没有皇帝口气，而是普通人的眼
光。他有机会看到了当年"清似玉"的汶河水，看到
了从石涧中萦纡曲折、缓缓而进的清溪流，看来他也
挺喜欢这长河清溪。汶河源于莱芜一带的山区，有五
条支流、即"五汶"。正是源远流长的汶水带来泰莱
平原的无限生机，松柏"冬绿"正是当年这位皇帝的
诗意发现。

望　岱
胤　禛

芙蓉万仞插丹梯，海上群峰莫与齐。
九点青烟看野马，五更红日候天鸡。
云封峭壁松多古，藓积残碑字未迷。
冉冉岭头笙鹤下，仙坛曾此降金泥。

　　胤禛是雍正皇帝。他乱世登基，强化专制，很有

些政治手腕。但却很难找到他一首关于泰山的好诗，这首《望岱》并无特色，却也为古老的泰山留下了一笔："芙蓉"两句写其高峻如仙梯，是静写；"九点"两句写其景观之壮丽，是动态。"云封"两句写其古老，像一位久经风霜的老人。最后两句，人云亦云，仙人之乐，仙坛之事，使泰山如入仙境。大概拜佛成仙，是皇帝也是凡人之愿。

题封禅事

弘 历

登封降禅古来传，总属夸为可鄙旃。
造极至今凡六次，无他只谢愧心虔。

弘历（乾隆皇帝）也是盛世之君，他在位 60 年曾 11 次礼祭泰山，6 次登上岱顶，并为泰山留下了一百多首诗，这在历史上是少有的。但他与清代其他君王一样，并未大搞封禅。这首诗便是表述他的心迹的。"登封降禅"是古人的事，而他认为这是过分夸侈的事，不应看得多么重要。他所以多次礼祭泰山是为答谢天意，惭愧的是心还不够虔诚。这大概正是乾隆皇帝的本色。

注：旃（zhān），犹文言"之焉"。造极，登岱顶。

五大夫松下看流泉

施闰章

我寻古松树，爱此岩下泉。
横泻珠帘静，斜飞瀑布悬。
积寒生石发，落日动山烟。
辇道余荒草，长悲封禅年。

作者施闰章为清代进士，其诗名有著。这一首五言律诗写得流畅通俗，诗意浓郁。诗人所写为云步桥一带风光："横泻"两句纵横交织，一静一动，尽写此处飞泉流瀑之壮丽。"积寒"句写水漫石坪，绿草茵茵，"落日"句写红日西斜，山岚滋蔓，流动如烟。如此山水相依，正是此处佳妙。可惜当年宋皇御驾过处，已是荒草一片，想来令人悲叹不已。

晚晴过岱下

赵执信

烟披岳麓翠帷张，雨浥春畦细草香。
人带断霞过小渡，鸟冲飞絮入斜阳。
鞭丝帽影垂垂远，日观天门望望长。
岭半桃花陇头麦，肯输物色与江乡。

作者赵执信为清初进士，为文有奇语，其诗以写性真为著。这首七律写得细腻雅致，物色动人。岳麓，春畴，小渡，斜阳，一幅多么清丽迷人的山水图画。"翠帷张"是好看的颜色，"细草香"是好闻的气息。人呢？小渡悠悠，"鞭丝"句写人渐渐离去，令人牵情挂念；"日观"句写山远远还在，令人神往思飞。诗人多情，连岭上桃花田间麦浪都写得很有诗意，这岱下风光绝不会输给江南水乡。

三阳庵

祖　珍

秋光遥望敛云枝，山色清怜岁晚时。
涧底野看流杜若，径边病羽堕螽斯。
杖临幽地禽声绝，烟迷斜阳树影移。
得句书空仍自笑，峰峦拟共笔争奇。

作者祖珍即元玉僧人，曾居普照寺，所写三阳庵即在寺西北山上，今名三阳观，为东平道士王三阳携徒修道处。诗中所写秋光中的道观及诗僧杖临所见，颇见此处之幽绝："涧底"两句尽写残秋景色，草枯虫病；"杖临"两句尽写幽地之乐趣，禽声绝而树影移。过惯了幽居生活的诗僧不想也从中觅得诗意。"得句"之乐自笑人也笑，"峰峦"竟也人格化了，与诗僧争奇。

普照禅林

孙岳颁

剎藏深坞里，短竹护颓墙。
清磬渡流水，寒山空夕阳。
莓苔纷古色，花鸟悦晴光。
尽日僧无事，安禅坐昼长。

　　普照禅林即普照寺，在泰山南麓凌汉峰下，是佛教圣地。寺隐山坞，藏而不露，正是"剎藏"二句所言。寺中景观并不冷落，每日磬声伴着流水传播，寒山对着夕阳如空。寺内少人，莓苔已积聚多年、天空多鸟，它们为晴光歌唱。寺中僧人无所事事，他们静坐禅房，守着长长的白昼安度时光。全诗一写寺之幽，二写寺之静，这都尽力渲染着那个难以言喻的"空"字。

题后石坞

周在建

丈人峰下过，青翠万山迷。
仄磴泉流滑，轻阴鸟语低。
山深无客至，石古有人题。
坐爱莲花洞，归云好共栖。

　　后石坞在岱阴山谷深坳处，风景幽丽，以怪石、奇松二绝著称。这首诗所写"青翠万山迷"正是其整体风貌。然后细部写来：仄磴、泉流，轻阴，鸟语，别为幽深，被称为岱北奥区。山深，石古，无客至，却有人题，说明这里为一般游人所难到，但独爱幽绝之人却钟情于此。如诗人自己，"坐爱莲花洞，归云好共栖"。莲花洞以洞顶石瓣似莲花得名，与云共栖者当非凡俗之人。

　　注：仄（zè），狭窄。坐爱，因爱。栖（qī），居留。

题秦刻残石

王家榕

访古因耆旧，临池意渺然。
零星两片石，卓越二千年。
体变周宣后，功垂汉武先。
只今题勒富，谁共此留传。

　　秦刻石，即秦始皇及二世封禅功德碑刻，原文220个字，后经风雨剥蚀及搬迁跌打，至明时仅余29字。沉浮至今，仅余九个半字。因年代久远，价值自高。诗由此石题咏，道出残石所佐证的历史："零星两片石，卓越二千年"为主旨所在。"体变"句写李斯小篆的历史地位；继周宣石鼓之后，开汉武立碑之先。当然，至今看到的题勒遍地皆是，但真正能流传的却是不多。

注：耆（qí）旧，年长资深者，指作者旧友。渺然，思绪辽远。周宣，周宣王，石鼓文兴盛之时。题勒，题刻。

饮岱下王母池

何毓福

瑶池小醉几经年，金碧楼台见不鲜。
偶踏闲云来岱麓，翻疑此地会群仙。
会群仙，将进酒，半缕斜阳挂杨柳。
风送山泉入耳清，尘埃一洗无何有。
心超何地不蓬莱，斯世何地无仙才。
壶中天地杯中月，吸到心胸万古开。

作者何毓福为清代进士，曾任泰安知县。这首七言古诗是他与其同僚在王母池饮酒时即席作的，写得酣畅淋漓，颇有醉意。既在王母池，便应是当年西王母的起居处，因此诗的起句便拟西王母的口气开篇："瑶池小醉"而"几经年"便只有仙人才能如此。当年的"谪仙人"李白才只是"一醉累月"的。当然，如西王母如此资历，什么场面没见过，"金碧楼台见不鲜"并非夸口。"偶踏闲云来岱麓"分明是无意而至，悠闲大度；"翻疑"句自是意外发现：此处正是聚会群仙之胜地。从第五句开始，大概诗人酒性初发，显然有挟西王母之口，浇己胸之块垒之嫌，即由写虚进入写实："半缕斜阳"，"风送山泉"，"尘埃一洗"之意，自是凡俗口气，到"心超"句，又是醉意

图 13 虎山公园

大发，由俗入仙："壶中天地杯中月，吸到心胸万古开"的境界，是诗人情怀，还是仙人遗韵？

注：瑶池，传为王母居处。壶中天地，道家语，言以大壶为天地而居者。

百丈崖

赵国治

峭壁谁倾万斛珠，探奇人到但在呼。

空传庐岳千寻练，得与飞涛仿佛无。

　　作者赵国治为清代泰安人。这首小诗所写百丈崖即今黑龙潭上、长寿桥下高崖悬瀑，为泰山西路一大景观。首句"谁倾万斛珠"，拟人兼具夸张，形象新颖地勾勒出高崖悬瀑之气势，以致使"探奇人"见此也惊呼不已。正面写来犹感不足，"空传"两句借李白诗中所写"庐山瀑布"的大名进一步烘托此处"飞涛"的难与匹配。"空传"二字肯定，"得……无"句置疑，语势迭宕，韵味浓郁。

登　岱

施补华

南涵吴楚北幽燕，齐鲁分明列几筵。

沧海一丸看日出，翠屏千仞与云连。

丹楹碧瓦新祠宇，玉检金泥古岁年。

此去已通霄汉路，遥遥天语若为传。

　　作者施补华为清代浙江人，曾官山东道员。这首七言律诗写得浩大渊博，涵蕴古今，写出了一座"大泰山"。首二句写泰山所处方位以显泰山之势，外连吴楚幽燕，内据齐鲁古国。"几筵"小词大用，突现泰山独尊。"沧海"两句概括泰山自然景观之著，"丹楹"两句包容泰山人文积淀之厚。最后通霄汉、传天语之意，以想象烘托泰山之高峻。全诗四方八面地树立起一座立体化的泰山。

初夏游泰山

沈桂清

红门东亭子，南望见山城。
白日照岩邑，薰风送市声。
楼台杨柳地，山水古来情。
更向徂徕看，汶流几点明。

作者沈桂清为清末人，以文游幕山左，钟爱岱岳山水。这首五律以红门东亭子为视点，瞻望山城水域，尽写岱汶风光。题曰"初夏"，点明时令。"白日"、"薰风"，大自然的无私抚育；"岩邑"、"市声"，人世间的沧桑世情。"楼台"句写近处所见，"山水"句写由此遐思。最后，诗人拓展视野，举目徂徕、汶流，青山碧水，如诗如画，初夏时节，风光旖旎，看出诗人之钟爱情怀。

竹溪怀古

尹乐孔

徂徕山色好，苍秀满林邱。
劲节寒柯耸，澄心碧浪流。
眼中空海岱，天外寄蜉蝣。
六逸草堂在，高风千古留。

徂徕山是泰山之阳的分支山脉。古人云："泰山与徂徕之分，即大圣大贤与贤人之分也。"这首诗从"徂徕山色好"写起，突出其"苍秀"之山色。但诗之重心在怀人。"劲节"两句看似写树，写水，其实在旌表那种如"劲节"、能"澄心"的人格境界。有了这种境界，便能眼界高远，生死以忘，不为俗务所拘。最后点旨：六逸高风，千古长留。

注：六逸，唐时李白与孔巢父、韩准、裴政、陶沔、张叔明六人，曾隐居于此。

泰　山

高　珩

扶舆元气在，浩劫尚濛濛。
独立沧溟岸，高盘青帝官。
千峰五岳长，一雨九州同。
漫说昆仑大，穷荒故易雄。

这首小诗告诉我们泰山何以天下称"雄"的道理。起句先从泰山形成讲起，古人认为，万事万物源于阴阳二气。在濛濛"浩劫"之初，"元气"扶摇而生泰山，使之"独立"沧溟，"高盘"青宫。泰山被尊为"五岳之长"，它一雨而"天下皆雨"，九州无例外。如此说来，泰山之尊是天使神差而已。如此说来，泰山（古称昆仑）之大，只是因为它正处漠漠大荒，所以首称其"雄"。

注：扶奥，扶摇状。青帝，春帝，主东，即东帝。

岱　庙

张云墩

金银楼观郁崔嵬，青帝威灵绛节开。
万壑蛟龙松桧合，八方风雨鬼神来。
苔痕尚护秦皇碣，云气虚瞻汉武台。
七十二君何处是，盛朝不藉马卿才。

岱庙被称为"泰山神"之庙，其正殿供奉东岳大帝，直通天神之灵。为这样一座神府帝庙写诗着实不易。这位诗人从"金银楼观郁崔嵬"写起，颇有威严，随之请"青帝"入主。"万壑"两句虚虚实实，视万壑松桧为"蛟龙"，八方风雨为"鬼神"，渲染出岱庙的"配天作镇"的神威，而"苔痕"两句以秦皇汉武之史实，烘托出岱庙经春纬秋的崇誉。七十二君已成往事，如今"盛朝"非赖武威，是靠神助之功也。

九日登高

乔莱臣

时到重阳九月天，临高一望爽无边。
野花曾忆渊明赋，诗酒岂忘子美贤。

霜叶半山红似锦，晴芳满径翠如烟。
胜游挤挤归来晚，夜色清光月欲圆。

图 14　峰回路转

如果说恭颂泰山的许多旧诗有"仙味"，那么这首诗则洋溢着"人气"。重九登高是人之所乐，此诗开篇即以"一望爽无边"的快意送达纸外。"野花"两句写触物怀古，请陶渊明、杜甫与诗人同游，"霜叶"两句远观近察，一红一翠，色彩鲜明地勾画出重阳清秋的季节魅力。最后，以"胜游"作结，而晚归的又一迷人兴致是那清光明月的爽夜所撩起无尽幽思，多么有人情味的诗。

登泰山
韩秀歧

惟昔年少日，父母说泰山。
闻诸登者说，巍峨不易攀。
插天四十里，上有十八盘。
慢者十八盘，紧者十八盘。
更有最紧者，铁索垂南天。
令人掣之上，直若登天然。
今日复何日，小子造其巅。
空忆父母语，不观父母颜。
日暮独下来，嗒然摧心肝。

如果说上述诸诗多文人雅兴，那么这首登山诗则充满真情稚趣。全诗直白好懂；唯诗末"空忆父母语"四语读来令人潸然泪下，好不沉重。

注：嗒（tà），灰心丧气的口气。

题岱顶

佚　名

眼底乾坤小，胸中块垒多。
峰头最高处，拔剑纵狂歌。

　　这首诗的作者没有留下姓名，但他的诗却镌在了泰山之巅。诗写于 20 世纪 20 年代，那正是神州多事之秋，国人大多处于生死煎熬之中。不过，燎原星火已经出现。诗人胸怀抑郁不平之气，一登泰山，眼界顿开，襟怀如泻，这首诗的淋漓豪气，应与刻石同在。

我——冯玉祥

冯玉祥

平民生，平民活，
不讲美，不讲阔。
只求为民，只求为国。
奋斗不懈，守诚守拙。
此志不移，誓死抗倭。
尽心尽力，我写我说。
咬紧牙关，我便是我。
努力努力，一点不错。

"诗如其人"。这句话在冯大将军这首自白诗中得到了最好的印证。一个人来到世间，荣辱顺逆，酸甜苦辣都会有的，但难得保持"平常心"，如冯将军所言，应是最质实的人的本色，也是他66岁人生历程的真实写照。

飞过泰山

朱 德

泰山不算高，一千五百八。
飞过二千一，他把头低下。

朱德元帅是开国元勋，也是性情诗人。在国人印象中，他忠厚质朴，爱国爱民、勤俭严谨而又不乏幽默感。这首小诗应是他在繁忙的国务活动中路经泰山所开的一个小小的玩笑，读来令人捧腹。泰山是伟大的，但我们的开国元老的人格形象更伟大。诗句顺口拈来，自然风趣，不必刻意去记，读后自然会长久地留在你的心中。

咏普照寺六朝松

郭沫若

六朝遗植尚幢幢，一品大夫应属公，
吐出虬龙思后土，招来鸾凤诉苍穹。

四山有石泉声绝，万里无云日照融。

化作甘霖均九域，千秋长愿颂东风。

　　作者郭沫若是著名学者，也是一代诗人。不过，他晚期旧体诗作多半与他繁忙的国务活动相联系。这首诗写于 20 世纪 60 年代初期，所咏六朝松显然带有那个特定年代的印记。它被封为"一品大夫"，既能"思后土"，又能"诉苍穹"，且能化作九域"甘霖"，长颂"东风"，这样人格化的古松更多地是诗人人格的映射。

　　注：幢幢（chuáng），阴影晃动，形容古松依然茂盛。一品大夫，普照寺内另一松树有"一品大夫"之称。后土，地神。苍穹，天神。

泰山索道

李予昂

峥嵘东岳古来奇，今日更添壮丽姿。

铁索千寻跨岭起，缆车一对破云飞。

如乘黄鹤度幽壑，似立天宇阅翠微。

索道登临无限意，欲裁诗律无清词。

　　应当说，泰山建旅游索道是泰山进入改革开放时代的一个重要标志，尽管褒贬不一，但索道开通为泰山形象增添了新的光彩。这位诗人有感于泰山新添"丽姿"而生"无限意"，咏出此篇。"铁索"两句正面

图 15　南天门索道

写实，"如乘"两句设喻渲染，把"登临"之意尽抒笔下，写出了今日旅游的无限快意，甚至可以说是"缆车时代"的旅游乐趣。

清平乐·泰山上作

元好问

江山残照，落落舒清眺。
涧壑风来号万窍，尽入长松悲啸。

井蛙瀚海云涛，醯鸡日远天高。
醉眼千峰顶上，世间多少秋豪。

写泰山的词作所见不多，这首《清平乐·泰山上作》为较好一首。上阙写"江山残照"，尽写落霞夕照中的泰山清眺之景，有色有声；下阙当是词人所抒登山观景之情，"井蛙""醯鸡"本为狭隘渺小之物，而登上泰山一见"瀚海云涛"，"日远天高"之壮阔，当使人决眦荡胸，大开眼界；而被陶醉了的词人放眼千峰，却又是"一览众山小"了，多少世事也渺小如秋毫。应当说是泰山给了词人如此豪兴。

注：井蛙，井中之蛙，喻见识狭小之人。醯鸡（xī jī），微虫名，喻狭隘渺小之人。秋豪，应作秋毫，兽毛至秋而软细，以此喻小也。

泰山闻见录

邵伯温

客有云：昔罢兖曹，与一二友祠岱岳。因登绝顶，行四十里，宿野人之庐。前有药灶，地多鬼箭、天麻、元参之类。

将五鼓初，各仗策而东，仅一二里，至太平顶。丛木中有真宗东封坛遗址。拥褐而坐，以伺日出。久之，星斗稀，东望如平地，天际已明，其下则暗。又久之，明处有山数峰，如卧牛车盖之状。星斗尽不见，其下尚暗，初意日当自明处出。又久之，自大暗中日轮涌出，正红色，腾起数十丈。半至明处，却半有光，全至明处，却全有光。其下亦暗，日渐高，渐辨色。度五更三四点也。

经真宗帐宿之地，石上方柱窠甚多。又经龙口泉，大石有罅，如龙哆其口，水自中出。又经天门十八盘，峰尤秀耸，北眺青齐诸山，可指数，信天下之伟观也。

这篇文章为宋代理学家邵伯温所写的游记小品。文首有"客有云"三字，说明此文是听人说后而写，主要记述了游泰山、观日出的见闻，层次分明，文字简洁、颇具真实感。岱顶观日出为文章主体，先写拥褐而伺、其次由"久之"、"又久之"、"又久之"三层写来，尽写明暗变化，直至"日渐高"。听人说景，所记至详，其用心至尽。首尾简记岱顶景观，颇具地方特色，给人突出印象，至"信天下之伟观"作结，令人折服。

注：兖曹，兖州衙属。褐（hè），粗布衣。窠（kē），石窝。罅（xià），缝隙。哆（chè），张大口。青齐，青州、齐州一带。

萃美亭记

徐　琰

天下名山巍然而大、岩然而尊者，泰山而已。泰山胜境窈然而深、蔚然而秀者，西溪而已。

溪居岱宗之右麓，延袤数十里，树林阴翳，磴道崎岖，清泉奇石，瑰玮万状。行愈远而山愈奇，境愈胜。极溪之所穷，巅崖百丈，悬流下搠，望之如垂练，天绅泉也。天绅之西，有巨壑焉，一水自天胜岩落，为盘石所散，漫泻于壑。之上，檐若建瓴然，水帘洞也。而又芙蓉、悬刀、飞鸦、狮子诸峰，削翠其上；黑蛟、白龙神潭水府，潜珍其下。云烟吐吞，晦明变灭，跳珠溅沫，轰雷掣电，顾接有所不暇，真山之窟宅，天壤之奥区也。

金大定间，泰安太守姚公，面水帘而瞰天神，创构一亭；樽俎不移，而诸景咸会，因榜之曰："萃美"。坡诗有云："江山虽有余，亭榭着难稳。登临不得要，万象各偃蹇。"吾不知世间得登临之要，有如此亭者乎？

作者徐琰元代东平人。本文主要记叙了泰山西溪

71

长寿桥六角石崖名曰"百丈崖"
因激流长年冲刷，崖下形成
一潭深幽大的"黑龙潭"。

不知九二年七月写于
泰山黑龙潭瀑布

图 16　长寿桥

自然山水的奇异风光并点明"萃美亭"创构之妙。文章首段骈句起意，由“天下名山”，至“泰山胜境”，进而推出“西溪”，有画龙点睛之妙。中段承此展开视野，由近及远，由面到点，突出“天绅泉”、“水帘洞”二景，而又一“上”一“下”，立体观察，最后结为“真山之窟宅，天壤之奥区”，层次严密，文笔流畅有致。末段归题，由景出亭，榜之“萃美”，并引坡诗生发，余味不已。应当说，西溪秀美，此亭萃美，这篇文章写得也很美。

泰山高

朱元璋

岱山高兮，不知其几千万仞。盘根齐鲁兮，亦不知其几千百里。影照东海兮，巍然而柱天。益于民庶兮，兴云吐雾，神龙出乎其间。降祥则甘露垂于松柏，佳岁则滂沱遍于厚坤。冬则寒风时出，岩壑杂然而有声，百川林薮森然而如雷。坤之所载，世之山首岱山也。至如旸谷之东方，或登峰顶，时闻天声万籁，岱山之高也哉，柱天之势，其可云乎！俄而风生万壑，云起诸峦，隐隐雷动百川，倏忽电掣，万里长虹，此岱山之神至也。至则威灵百备，神之造化如此。少时，风静云收，电敛雷息，又百川之清泰，其泰山尤其高哉！其苍松也，始天地而生，依丹崖而长；松之所以长千寻不比，丹崖所以高万仞何量，盖由太古之岁月，以至于今，苍松扫丹崖而莓苔不秀，丹崖映苍松而五色交辉。猿啼云树之杪，鹤翔日观之东，雕鹘盘旋乎深谷，虽扶摇不可得而升峰。

於戏！登泰山而小天下，越大海而渺江湖，信哉！

此文作者为明代开国皇帝朱元璋。明代对泰山削封号、停封禅，不再神化它，但朱氏却未忘情于泰山，此文所写，可以看出他对泰山认识和景仰的新内涵。他称颂的是泰山巍峨多变的自然景观：高大，有"柱天之势"；威灵，多风云之变；葱郁，多苍松丹崖交辉，等等，读此文，如入高崖深谷，时见岩壑林薮；如遇风雨雷电，时闻天声万籁。结句"登泰山而小天下，越大海而渺江湖"，尊之前贤，出之肺腑，精彩！

观日记

于慎行

……往闻人言，山以夜半观日出。访之羽人，五六月间，平明乃出，五更可往也。于是坐而至五鼓，秉烛披裘以登。顾见山中云从涧壑吐出，如一缕烟，稍上而大，东西聚散，车驰马奔，倏然往来，顷刻灭没。于是可大大呼以为平生未有，从者尽欢。

东方作矣，回而东望，有山数峰，如卧牛车盖之状，而又渐没。赤霞半天，光色媚丽，间以碧绿，熠耀五色，直射衣袂。顷之，平地涌出赤盘，状如莲花，荡漾波面，而烨炜不可名状，以为日耶；又一赤盘大倍于先所见，侧立其上，若两长绳左右汲挽，食顷乃定。羽人告曰："升矣！"盖先所见如莲花者，乃海中日影，非日也。

日且高舂，赤霞与影皆没，而下微见一线白，混漾明灭。羽人曰："海也。"又顷之，日左黑气隐隐，一抹如连山长城。可大示予，此真六鳌所戴矣。羽人曰："云也。"可大一噱，走望海石上，取酒浮白，醉而熟寐。从者咸栗且呼，予睨而心壮之。……

这篇"观日记"为作者《登泰山记》长文中的一部分，集中记叙作者与同游者岱顶观日所见景象，变化多端，色彩绚丽，是一幅描摹精细、气势壮阔的锦绣河山图。

全文层次分明，文笔迭宕，意畅情酣。

先写"披裘以登"，观山中云。是云"车驰马奔，倏然往来"，从者尽欢；次写东方出日，云出云没，熠耀五色；初涌赤盘，以为日耶，又出赤盘，才知日升。起伏迭宕。最后写"日且高舂"，（应为傍晚时分）霞没云黑。

文中两次写到同游者尤其可大的反应，一是观日前为倏然往来的云所激奋，二是观日后可大醉酒熟寐从者咸栗且呼，而唯独"予睨而心壮之"。本文以写景为主，但景中见人，文中含情，人物的精彩反应为突出景色的强烈效果起了重要烘托作用，这往往是写景散文容易忽略的。

注：羽人，道士。可大，朱可大，同游者。高舂，傍晚时分。六鳌所戴，传说海中仙山由数巨龟负载。浮白，尽饮。咸

栗，都感到寒冷而战栗。睨，斜视，引申为藐视，不以为然之
意。

高山流水亭石壁记

万　恭

余既表泰山之巅，掠岱麓而南下，则憩晒经之
石。石广可数亩，遍刻梵经，皆八分，则字大如斗，
不知何代所为。近有好奇者，则刻《大学》于上端以
胜之。余乃大书"暴经石"，字皆博可六七尺，刻深
三寸，垂不磨，以助其胜。

北耸石岩，石若斩截而成涧，泉漫石而下，以悬
于空，岩若垂万珠焉。余辄大书"水帘"，字深刻之。
水溅溅浙字上，字隐隐匿水中，斯泰山之至奇观也。

已乃穿涧水而西，得石壁，高约十五尺，广约四
十尺，夷出天成。下拥石基，余东下而立，则水帘之
泉泠泠出其左，而桃柳数十株蔚蔚绕其右。余遂倚石
壁为之亭。亭悉以石，石柱四，直入石基。其深尺有
咫，上复以石板，令永久登泰山者得憩息万祀矣。

余嗜鼓琴，辄顾从者曰："夫是倚岱麓之壁也，
斯不亦高山乎？夫是临水帘之泉，斯不亦流水乎？为
子援琴而玄之邀泰山之神，聆广陵之散，若将巍巍乎
志在高山也，又洋洋乎志在流水也，是为神品，亦谓
神解。从者悦，遂命之曰"高山流水亭"。

这篇石壁记的作者为明代进士。曾以侍郎职督修

黄河告祀于泰山。此文为他在岱顶北移玉帝观以表露极顶石之后憩息经石峪并建造石亭所写的记文，集中记述经石峪的山水景观及建亭来由，文笔简洁流畅，情景自然交融，读来如一气呵成。

　　文章重心如题目所示，即在高山流水亭的建造并命名之意。起笔迤逦入题，但又详略有致，剪裁得当。"表泰山之巅"，"掠岱麓而南下"，"憩晒经之石"句中"表"、"掠"、"憩"三字使用准确形象而又达意之所重在后者，为下文伏笔，由此足见作者的文字功夫。先写"暴经石"之不凡，又写"水帘"之惟妙："水潺潺"、"字隐隐"两句，语言美、意境美，堪称"奇观"。然后，才写到"石壁"位置之佳妙，自然引出建亭之必要。"亭悉以石"，与山相融，十分得体。

　　文章最后以主、从意会之形式，点明亭名之命意，自然天成，意味隽永。

　　注：表泰山之巅，指作者将玉帝观北移，让极顶石表露之事。梵经，佛经。八分，隶体字。《大学》，"四书"之一。夷，平坦。万祀，万年。

登泰山记

姚　鼐

　　泰山之阳，汶水西流；其阴济水东流。阳谷皆入汶，阴谷皆入济，当其南北分者，古长城也。最高日观峰，在长城南十五里。

　　余以乾隆三十九年十二月，自京师乘风雪，历齐河、长清，穿泰山西北谷，越长城之限，至于泰安。是月丁未，与知府朱孝纯子颖由南麓登。四十五里，道皆砌石为磴，其级七千有余。泰山正南面有三谷，中谷绕泰安城下，郦道元所谓环水也。余始循以入，道少半，越中岭，复循西谷，遂至其巅。古时登山，循东谷入，道有天门。东谷者，古谓之天门溪水，余所不至也。今所经中岭，及山巅崖限当道者，世皆谓之天门云。道中迷雾冰滑，磴几不可登。及既上，苍山负雪，明烛天南，望晚日照城廓，汶水、徂徕如画，而半山居雾若带然。

戊申晦五鼓，与子颖坐日观亭待日出。大风扬积雪击面。亭东自足下皆云漫。稍见云中白若樗蒱数十立者，山也。极天，云一线异色，须臾成五彩，日上，正赤如丹，下有红光，动摇承之。或曰：此东海也。回视日观以西峰，或得日，或否，绛皓驳色，而皆若偻。

亭西有岱祠，又有碧霞元君祠。皇帝行宫在碧霞元君祠东。是日，观道中石刻，自唐显庆以来，其远古刻尽漫失。僻不当道者，皆不及往。

山多石，少土，石苍黑色，多平方，少圆。少杂树，多松，生石罅，皆平顶。冰雪，无瀑水，无鸟兽音迹。至日观，数里内无树，而雪与人膝齐。

桐城姚鼐记。

作者为乾隆进士，桐城派文学代表人物之一。这篇文章是我国古代山水游记中的名作，也是描绘泰山景观的典范作品，多为后人称道。

图 17　若登天然

　　文章基本线索是依登游时序展开，但却详略有致、主次分明。"自京师……至于泰安"，漫漫历程，一笔带过；"余始循次入……遂至其巅"，也不费笔墨。文章中心是岱顶观日出，这部分历时虽短，但描绘较细，"待日出"、"稍见云中"、"一线异色"、"须臾成五彩"、"正赤如丹"、"回视日观以西"等，随时间推移，写形与色之变、烘托日出之壮观，细微而精彩，成为日出景观的经典之作。最后写岱顶景物也极简练。

　　文章的突出特色是情景交融，绘形绘色。如"及既上，苍山负雪，明烛天南，望晚日照城廓，汶水徂徕如画，而半山居雾若带然"几句，写岱顶四望景观，山水明丽、如诗如画，令人神往。"负"字"烛"字"居"字，以及"带然"等，形象新颖，气韵生动，表意传情。

文章语言朴实无华，但刻画精确传神。如写岱顶"山多石，少土。石苍黑色，多平方，少圆。少杂树，多松，生石罅，皆平顶。冰雪，无瀑水，无鸟兽音迹。至日观数里内无树，而雪与人膝齐"数语，宛如一幅岱顶速写图。

注：京师，京都北京。戊申晦，戊申为干支纪日，指 12 月 29 日。晦，夏历每月最后一天。五鼓，五更天。樗蒱（chū pú），古时赌具，此指雪中群山。须臾（xū yú），一会儿。绛皓（jiàng hào），红色与白色。若偻（lǚ），好像驼背的样子。石罅（xià），石缝儿。

重修三贤祠记

宋弼

泰山之西，涧谷幽阻，岩壑奥深，游踪罕至，喧尘绝远。

入山数里许，有三贤祠在焉。盖祀宋胡翼之、孙明复、石守道三先者也。翼之少时，读书于此，十年不归，得家书有平安字辄投涧中，卒成名儒。明复抱道隐居，修治经术，自守道之贤，犹师事之。其后与安定之教，并著于太学。守道笃学有志，尚乐善疾恶，崇正抑邪，为贤士大夫所重，今徂徕山下犹有其子孙焉。以三贤之贤，勉学励德，重法后来，千百年俎豆不废，固其宜也。

祠在傲徕峰东，旧为士人读书之所，左右多故迹，而风雨摧剥，岁益颓败。乾隆己卯，郡人宋为燮、赵起鲁、张文麟、訾秉道相与修之。祠宇既肃，周垣具饬，门阶整洁，书屋闲敞，将与同志诸子讲学肄业于其中。有志乎，其斯举也。其闻前贤之风而兴起者耶！

吾闻山川灵秀之气，积久必发。发之于人，为贤人达士，著于当时而传于后世，然必笃志好学问，进德修业以培其根而达其枝。如三贤之流，传至今而俎豆不衰者，岂非得之山中讲读时耶？

夫文章之弊久矣。至于今日，群为庸俗之音、浮薄滥劣之语，思以徼倖一时，其植基如此。他日施之于用可知，盖自守道先生而患之矣。诸君为其乡人得无思，所以振起之耶。

莱芜吴君之淇，习于山水形势之说，实佐是役，因请予为之记。他日策杖游焉，尚能与诸君子相与道古也。

这是一篇叙事记人散文。所叙三贤曾隐居修道于此，为泰山儒文化的重要传人。本文以山川灵秀与贤人崇志相映发，记叙三贤祠所在位置、由来及兴衰，而后人为兴振前贤之风有志重修之举。全文把泰山自然风光与人文内涵相交融，表现了泰山景观的"双遗产"意义。

文章开篇数句，以五个简洁短语概述"泰山之西"的幽、奥之处。接着导入题意，点以"三贤祠"即在此中，继而分述三贤简历及志向，最后把"三贤之贤"归结为"千年俎豆不废"，可见三贤所承儒道对延续社会文化的重要意义。

其次写"祠"。旧为"读书之所",而今"岁益颓败";郡人重修,堪称有志斯举,是为"闻前贤之风而兴起"。写祠仍是写人。

再次明理。阐发"山川灵秀之气"与"贤人达士"之关系。"三贤不衰"与"文章久弊"是为正反之例。守道先生之患与诸君乡人之思皆为振起之举。

最后说记。吴君之请,他日道古之据。

文章条理清晰,叙事记人简洁明白。

注:三贤祠,泰山南麓普照寺西一祠观。唐时为栖真观,宋初孙明复、石守道讲学于此,明人祭祀孙、石二人,称"二贤祠"。后又增祀宋儒胡翼之,改称"三贤祠"。至清重修,又增祀宋焘、赵国麟,遂改为"五贤祠"。俎(zǔ)豆,古代祭器,此指祭祀之礼。

天然池记

赵尔萃

予自戊寅来游斯邑,见夫山巅涧麓流水潺湲,随处涌现,酌之味,甘如醴;乃一任其汤汤,而去郡城内外,民间之饮若食盐,弗恤也。时铁岭增君芝田守是郡,余姊婿也,因怂恿其开渠引水,以便民汲。工未兴而去职,曹君晴轩继之,即今所谓曹公渠者也。意谓其效既著,踵而行之者,当不乏人,乃迟之,久而无闻焉。

己亥重游来此,遂以卜居。时范君慕韩初置山田于天外村。予往视之，复怂恿其开渠引水以灌田，村之邻亦行之者，收获几倍于常时，意谓其效既著，踵而行之者，当不乏人，乃迟之又久，而仍无闻焉。

今夏来斗母宫，导予视其庙之南有废圃，因教之架石梁以渠，就坎窞而凿池，不三旬而工藏。昔之芜秽不治者，转瞬而为游憩之胜地矣。索予题名，予因之有感焉：夫泰山之水，天然也。不知阅几千百年矣；庙中之易于引水，天然也，亦阅百数十年矣。乃迟之今日而后成，使无人谋为于其间，将终不可得此景物也。充斯类也，谷之实，木之果，天然养生者也，无人树艺之，且不可得而食矣；鸟之羽，兽之毛，天然卫生者也，无人组之，且不可得而衣矣。此犹其小小者也，若夫山川之险阻，地产之精华，人才之钟育，物理之生化，皆天然自具者也，使无人焉为之经营，开辟养育研究之，其将终于废弃埋没者，皆可于此水鉴之矣。

因以天然名其池，并抒此意为之记。

作者赵尔萃为清末民初人，所述"天然池"在泰山东路斗母宫南院内。这是一篇很有经营意识的实用性较强的叙记，作者以三游泰山、劝修水利、且获成效的生动事例，说明各种天然之物，"使无人焉为之经营，开辟养育研究之，其将终于废弃埋没"的可贵道理。

文章首先记叙了作者自己三次游泰所遇三件"开渠引水"、"其效既著"的故事，但前两次的如此好事却未能使人"踵而行之"，反而"久而无闻"；第三次又获成功，作者"因之有感"；由"山之水"，到"谷之实，木之果"，再到"鸟之羽，兽之毛"之类，皆天然之物，无人谋为皆不可得。作者扩而大之，论及"山川之险阻，地产之精华，人才之钟育，物理之生化"，皆同此理。这正是人类应当有所作为，才能有所进步的发展之理，颇有现代意味。

泰山日出

徐志摩

　　我们在泰山顶上看出太阳。在航过海的人，看太阳从地平线下爬上来，本不是奇事；而且我个人是曾饱饫过江海与印度洋无比的日彩的。但在高山顶上看日出，尤其在泰山顶上，我们无厌的好奇心，当然盼望一种特异的境界，与平原或海上不同的。果然，我们初起时，天还暗沉沉的，西方是一片的铁青，东方微有些白意，宇宙只是——如用旧词形容——一体莽莽苍苍的。但是我一面感觉劲烈的晓寒，一面睡眼不曾十分醒豁时约略的印象。等到留心回览时，我不由得大声的狂叫——因为眼前只是一个见所未见的境界。原来昨夜整夜暴风的工程，却砌成一座普遍的云海。除了日观峰与我们所在的玉皇顶以外，东西南北只是平铺着弥漫的云气。在朝旭未露前，宛似无量数厚毳长绒的绵羊，交颈接背的眠着，卷耳与弯角都依稀辨认得出。那时候在这茫茫的云海中，我独自站在雾霭溟蒙的小岛上，发生了奇异的幻想——

　　我躯体无限的长大，脚下的山峦比例我的身量，只是一块拳石；这巨人披着散发，长发在风里像一面黑色的大旗，飒飒的在飘荡。这巨人竖立在大地的顶尖上，仰面向着东方，平拓着一双长臂，在盼望，在迎接，在催促，在默默的叫唤；在崇拜，在祈祷，在流泪——在流久慕未见而将见悲喜交互的热泪……

　　这泪不是空流的，这默祷不是不生显应的。

　　巨人的手，指向着东方——

　　东方有的，在展露的，是什么？

　　东方有的是瑰丽荣华的色彩，东方有的是伟大普照的光明——出现了，到了，在这里了……

　　玫瑰汁，葡萄浆，紫荆液，玛瑙精，霜枫叶——大量的染工，在层累的云底工作，无数蜿蜒的鱼龙，爬进了苍白色的云堆。

　　一方的异彩，揭去了满天的睡意，唤醒了四隅的明霞——光明的神驹在热奋的驰骋。

　　云海也活了；眠熟了兽形的涛澜，又回复了伟大的呼啸，昂头摇尾的向着我们朝露染青馒形的小岛冲洗，激起了四岸的水沫浪花，震荡着这生命的浮礁，似在报告光明与欢欣之临在……

　　再看东方——海句力士已经扫荡了他的阻碍，雀屏似的金霞，从无垠的肩上产生，展开在大地的边沿。起……起……用力，用力，纯焰的圆颅，一探再探的跃出了地平，翻登了云背，临照在天空……

　　歌唱呀，赞美呀，这是东方之复活，这是光明的胜利……

　　散发祷祝的巨人，他的身彩横亘在无边的云海上，已经渐渐的消翳在普遍的欢欣里；现在他雄浑的颂美的歌声，也已在霞采变幻中，普彻了四方四隅……

听呀，这普彻的欢声；看呀，这普照的光明！

此文作者徐志摩是我国著名现代诗人，他能为泰山留下精彩情影也许是一种偶然，但几年后他年轻的激情生命却不幸结束在这座大山之侧。今天我们重读他的这段文字似乎能感觉到诗人生命的新生。

这篇《泰山日出》写得如同日出映天般绚丽多彩。俗话说，"开门见山"。此文首句"我在泰山顶上看出太阳"一句即概括全文，可谓整篇的中心句，以下即是对这一句的展开和铺排。

诗人对江海日出是"饱饫"过的，但高山看日出，尤其是在泰山顶上有着"无厌的好奇心"，这就强烈突出了"泰山日出"的独特吸引力。因此，"盼望一种特异的境界"，但真的泰山日出呈现在眼前的，"只是一个见所未见的境界"。行文如此迭宕，把"泰山日出"推向异乎寻常的境界，也为下文的奇异"幻想"创造氛围。

诗人把在泰山顶上看出太阳的"我"，幻想成躯体无限长大的散发的巨人。应当说，这幻想其实是人站在高山顶上的真实感觉。

巨人向着东方"在盼望，在迎接，在催促，在默默的叫唤；在崇拜，在祈祷，在流泪……"如此"巨人"是多么多情；

而东方"有的是瑰丽荣华的色彩"，"有的是伟大普照的光明"，如此"东方"是多么多彩。

　　诗人随之以大量新颖活泼的比喻来铺排这多情的"巨人"与多彩的"东方"的交流和融汇，形成文章的高潮：歌唱东方的复活，赞美光明的胜利。

　　最后，巨人"普彻的欢声"与东方"普照的光明"融为一体，这正"泰山日出"的伟大寓意。

泰山石刻序

老　舍

　　每逢看见国画的山水，不由的我就要问：为什么那小桥上，流水旁，秋柳下，与茅屋中，总是那一二宽衣博带，悠悠自得的老头儿呢？难道山间水畔，除了那爱看云石的老翁，就没有别的居民？除了寻诗踏雪的风趣，就没有别种生活吗？

　　从历史中的事实，与艺术家的心理，我得到一些答案：原来世上的名山大川都是给三种人预备着的。头一种是帝王，自居龙种非凡，所以不但把人民踩在脚底下，也得把山川放在口袋里；正是上应天意，下压群伦，好不威严伟大。因此，他过山封山，遇水修庙；山川既领旨谢恩，自然是富有四海，泰满乾坤了。第二种是权臣富豪，不管有无息隐林泉之意，反正得占据一片山，或是一湖水，修些亭园，既富且雅；偶尔到山中走走，前呼后拥，威风也是镇住了山灵水神。第三种是文人墨客，或会画几笔画，或会作些诗文，也都须去看看名山大川。他们用绘画或诗文讴赞山川之美，一面是要表示自家已探得大自然的秘密，亦是天才，颇了不起；另一方面是要鼓吹太平，山河无恙；贵族与富豪既喜囊括江山，文人们怎可不知此中消息？桥头溪畔那一二老翁正是诗人画家自己的写照，夫予自道也。

于是山川成为私有，艺术也就成了一种玩艺儿。山间并非没有苦人，溪上正多饿汉，不过是有杀风景，只好闭目无睹；甚至视而不见，免得太欠调谐，难以为情。艺术总得潇洒出尘，或堂皇富丽；民间疾苦，本是天意如斯，死了不过活该而已。

直至今天，这现象依然存在，虽然革命历有年所，而艺术颇想普罗。宫殿之美，亭园之胜，所以粉饰太平；春光秋色，纳之诗文，所以广播风雅；开山导水，修庙建碑，所以提高文化。富贵者有命，风雅者多趣；以言平民，则肚子饿了顶好紧紧腰带，别无办法。及至日寇逞蛮，烧山毁市，犬马古玩与古书名画，颇有车船可运；把孩子掷在路上与河中者，则仍是平民。虽在困难期间，仍有闲情逸致，大人先生，由来久矣。

前几年，冯先生住在泰山。泰山不是上自皇帝重臣，下至文人骚士，所必游览的五岳之一么？按说，冯先生就该夏观日出，冬眺松雪，每有灵感，发立诗词，岂不地灵人杰，相得益彰？可是他偏爱留神山上山下的民间生活：见了缠足的妇女，他觉得可怜；看到老人推磨，他想到近世的机械发明，与我们的事事落伍……人人引起他的同情，事事激起他的愤慨。于是他就创立了十五处小学，给乡民子弟以受教育的机会。更造起陈列馆来，广收科学仪器，植物标本，艺术作品，与卫生图表等等，教老百姓们开开眼，长点知识。每一得暇，他便去访问居民；每得机会，便帮助他们做些有益于大家的事。慢慢的，那里成了个教育中心；虽王公大人还是到那里游玩散闷，可是冯先生心中却另有一座泰山——泰山是老百姓的，老百姓缺衣缺食，穷困无知，便是泰山之耻；古迹怎样多，风景怎样美，都在其次；百姓不富不强，连国家也难保住，何况泰山！

　　陈列馆中最近的添置是四十八块刻石，刻的是泰山民间的生活情形。冯先生虽已与泰山居民打成一家，可是他怕一离开那里，大家就松懒下来，忘去他的指示，而旧病复发；若是刻在石上，安在馆中，图是真情，诗是实话，常来看看，总足以提醒大家，应当一致努力。再说远处人民来朝山拜顶的，生活情况本与此差不多，看看这些也能得点教训。还有，那登泰山而小天下，自以为了不得的人们，见此也得倒吸一口凉气，知道活的泰山原来另有一番光景，并非只有松石古迹而没有受罪的活人。

　　刻石上的诗是冯先生作的，字也是他写的。那些诗既不以风花雪月为题，自然用不着雕词镶句；他老是歉意的名之为"丘八诗"，其实句句是真，自具苦心也。至于那些字，恐怕连他自己也不忍过于谦虚，写得确是雄辉大方。那些图，是出自赵望云先生之手。事真凑巧，冯先生同情老百姓，爱助老百姓，愿替老百姓做事说话，甚至把老百姓的真情实况刻在石上，恰好就有个生在民间，喜爱乡村的画家来帮忙。

赵先生的山水画本来很有功夫，可是他不喜山水里那些古装的老翁，所以就在乡间细细的观察，深深的揣摩，要把活人活事放在图画里，以求抓住民间的现实生活，使艺术不永远寄存在虚无缥缈之间。他来到泰山，冯先生便托他画图。诗成图就，便利用山上的青钢石——色青而质硬，用手指一敲，便当当的响——雇来本地的几名石匠，开始平石刻字。乡下的石匠不免有些土气，可是冯先生不肯另找名手，怕饭被外人吃了去。事在人为，赵先生亲自监工，与工人一同蹲在那里，有说有笑，可是眼睛管事，一笔也不将就；结果，四十八块都刻得非常满意。

不幸，泰山也遭受了敌人的轰炸；这些刻石的命运如何还不可得知。金钱人力即使都不可惜，民间生活的真情实录可是决不忍丢掉。国家的衰弱，根本因为民力的单薄；民裕国才能富，民聪国才会强。这是冯先生时时向人提醒的一点，也就是这些刻石的所由来。现在，他把这些刻石的拓片，制成版，订成册。刻石不幸失落，影片仍在人间；有心人定会由这里悟出战事失败的原因，也会看出转败为胜的关键；平日人民生活的写照，正是目前流民图的底稿。得民者昌，失民者亡；事尚可为，过勿惮改。由这么去看，这本影拓便自有它的意义。若以为这是卖弄高雅，保存诗画，你算猜错，全不相干。

老舍是中国现代著名作家，他能为泰山之事留下一点文字也算泰山一大幸事。这篇文章是他为冯玉祥先生与赵望云先生共同创作的泰山民间生活刻石拓片册所写的序言，他提出了"泰山是老百姓的"朴素而深刻的观点，与他原来被誉为"人民艺术家"的崇高声望是一致的。可以说，老舍是泰山也是泰山人民的知音。

文章开笔即由国画山水习惯表现小桥流水、宽衣博带、寻诗踏雪等一种风趣，尖锐地指出"从历史中的事实，与艺术家的心理"来看而形成的"名山大川都是给三种人（帝王、权臣富豪、文人墨客）预备着的"偏颇，这遂使"山川成为私有"，"艺术成为玩艺儿"，艺术家不去关心"民间疾苦"。应当说，这是艺术发展的严重失衡。老舍抓住冯先生在泰山为国为民、把老百姓的真情实况刻在石上的善举，大做"得民者昌、失民者亡"的天下文章，说明老舍不仅有艺术家的眼光，更具有爱国者的一腔热血衷肠。

此文不可不读！

永记老舍名言："泰山是老百姓的。"

挑　山　工

冯骥才

在泰山上，随处都可以碰到挑山工。他们肩上搭一根光溜溜的扁担，两头垂下几根绳子，挂着沉甸甸的物品。登山的时候，他们一只胳膊搭在扁担上，另一只胳膊垂着，伴随着步子有节奏地一甩一甩，保持身体平衡。他们的路线是折尺形的——先从台阶的左侧起步，斜行向上，登上七八级台阶，就到了台的右侧；便转过身子，反方向斜行，到了左侧再转回来，每次转身，扁担换一次肩。他们这样曲折向上登，才能使挂在扁担前头的东西不碰在台阶上，还可以省些力气。担了重物，如果照一般登山的人那样直上直下，膝头是受不住的。但是路线曲折，就会使路线加长。挑山工登一次山，走的路程大约比游人多一倍。

奇怪的是挑山工的速度并不比游人慢，你轻快地从他们身边越过，以为把他们甩在后边很远了。你在什么地方饱览壮丽的山色，或者在道旁诵读凿在石壁上的古人的题句，或者在喧闹的溪流边洗脸洗脚，他们就会不声不响地从你身旁走过，悄悄地走到你的前头去了。等你发现，你会大吃一惊，以为他们是像仙人那样腾云驾雾赶上来的。

有一次，我同几个画友去泰山写生，就遇到过这种情况。我们在山下买登山用的青竹杖，遇到一个挑山工，矮个子，脸儿黑生生的，眉毛很浓，大约四十来岁，敞开的白土布褂子中间露出鲜红的背心。他扁担一头拴着几张木凳子，另一头捆着五六个青皮西瓜。我们很快就越过了他。到了回马岭那条陡直的山道前，我们累了，舒开身子躺在一块被山风吹得干干净净的大石头上歇歇脚。我们发现那个挑山工就坐在对面的草茵上抽烟。随后，我们跟他差不多同时起程，很快就把他甩在后边了，直到看不见他。我们爬上半山的五松亭，看见在那株姿态奇特的古松下整理挑儿的正是他，褂子脱掉了，光穿着红背心，现出健美的黑黝黝的肌肉。我很惊异，走过去跟他攀谈起来，这个山民倒不拘束，挺爱说话。他告诉我，他家住在山脚下，天天挑货上山，干了近二十年，一年四季，一天一个来回。他说："你看我个子小吗？干挑山工的，给扁担压得长不高，都是又矮又粗的。像您这样的高个儿干不了这种活儿，走起路晃悠！"他浓眉一抬，裂开嘴笑了，露出洁白的牙齿。山民们喝泉水，牙齿都很白。

谈话更随便些了，我把心中那个不解之谜说了出来："我看你们走得很慢，怎么反而常常跑到我们前头去了呢？你们有什么近道吗？"

他听了，黑生生的脸上显出一丝得意的神色。他想了想说："我们哪里有近道，还不和你们是一条道？你们走得快，可是你们在路上东看西看，玩玩闹闹，总停下来呗！我们跟你们不一样。不像你们那么随便，高兴怎么就怎么。一步踩不实不行，停停住住更不行。那样，两天也到不了山顶。就得一个劲儿往前走。别看我们慢，走长了就跑到你们前边去了。你看，是不是这个理？"

我心悦诚服地点着头，感到这山民的几句朴素的话，似乎包蕴着意味深长的哲理。我还没来得及细细体味，他就担起挑儿起程了。在前边的山道上，我们又几次超过了他；但是总在我们留连山色的时候，他又悄悄地超过了我们。在极顶的小卖部门前，我们又碰见了他，他已经在那里交货了。他憨厚地对我们点头一笑，好像在说："瞧，我可又跑到你们前头来了！"

从泰山回来，我画了一幅画——在陡直的似乎没有尽头的山道上，一个穿红背心的挑山工给肩头的重物压弯了腰，他一步一步地向上登攀。这幅画一直挂在我的书桌前，多年来不曾换掉，因为我需要它。

作者冯骥才是当代著名作家，也是一位擅长丹青的画家。《挑山工》一文即以他作家的眼睛、画家的笔墨为一年四季曲折攀登在泰山上的挑山工画了一幅肖像画，从而宣扬了一种步步踩实、曲折攀登的"挑山精神"。

文章由"一般"，写到"个别"；由画意写到哲理。

"在泰山上，随处都可以碰到挑山工。"首句点题之后即为"一般"挑山工画像：肩上搭一根扁担，两头挂着沉甸甸的物品；登山时一只胳膊……另一只胳膊……他们的路线是折尺形的……因此，他们走的路程比游人多一倍。从静态到动态，完全是一幅挑山工的速写肖像。

"奇怪的是挑山工的速度并不比游人慢"。这一句由表及里，揭示了挑山工登山的内在素质也正是胜过游人的又一点优势。

"有一次"，写"个别"：一个"矮个子、脸儿黑黑的、眉毛很浓，大约四十来岁"的挑山工。看姿态果如上述。经"攀谈"才解心中之谜："一步踩不实不行，停停住住更不行"，"得一个劲儿往前走"。这是实话，包蕴哲理。

最后，由"一个人"到"一幅画"，到一种精神。"因为我需要它"，作者需要，我们都需要。由此深化了"挑山工"的画意。

可以说，作者所塑造的"挑山工"形象，正是当今"时代人"的缩影。

由此，冯骥才被授予泰安荣誉市民的称号。

杜 丰

唐·牛肃《纪闻》

齐州历城县令杜丰，开元十五年，东封泰山，丰供顿。乃造棺器三十枚，置行宫。诸官以为不可，丰曰："车驾今过，六宫皆行，忽暴死者，求棺如何可得？若事不预备，其悔可追乎？"及置顿使入行宫，见棺木陈于幕下，光彩赫然，惊而出，谓刺史曰："圣主封岳，祈福延祚长。此棺器者，谁之所造？且将何施？何不祥之甚。"将奏闻。刺史令求丰，丰逃于妻卧床下，诈称赐死。其家哭之，赖妻兄张抟为御史，解之，乃得已。

丰子钟，时为兖州参军。都督令掌厩马刍豆。钟曰："御马至多，临日煮粟，恐不可给，不如先办。"乃以镬煮豆二千余石，纳于窖中，乘其热封之。及供顿取之，皆臭败矣，乃走。犹惧不免，命从者市半夏半升，和羊肉煮而食之，取死。药竟不能为患而愈肥。时人云："非此父不生此子。"

此文出自唐人所撰《纪闻》，所记当为时闻实事。为迎接唐玄宗东封泰山，历城县令杜丰与其子兖州参军杜钟各办了一件荒唐事：父备棺三十枚以备暴死者，子煮豆二千石应以供御马食。此二事结局令人啼笑皆非。后人读来殊觉滑稽可笑，如此庸碌父子各据要职，由此可见"开元年间"也多官场腐败。小说所写杜氏父子办事看似认真实则愚蠢为其共性，事发后其父"诈死"，其子"取死"，可见儿子比父亲更傻得可怜，结语"非此父不生此子"使刺锋入木三分。

注：开元十五年，应为十三年之误。供顿，供给行旅食宿等物品。置顿使，负责巡检供顿情况的使者。刍豆，喂马的食料。半夏，一种草药。取死，促死，快死。

吴女盈盈

宋·洪迈《夷坚志》

魏人王山，能为诗，标韵清卓。因省试下第，薄游东海。值吴女盈盈者来，年才十六，善歌舞，尤工弹筝，容色甚冶。词翰情思，翘翘出群。少年子争登其门，不惜金帛，盈遴简佳偶，乃许一笑。府守田龙图召使侍宴。山预宾列，相得于樽俎之间，从之欢处累月。山辞归，盈垂泣悲啼，不能自止。明年，寄《伤春曲》示山，其词云："芳菲时节，花压枝折。蜂蝶撩乱，阑槛光发。一旦碎花魂、葬花骨，蜂兮蝶兮何不来？空使雕阑对寒月。"山作长歌答之。

又明年，山适淄川，遇王通判于邸舍。出盈盈简欲偕游东山。时方初夏，山以病不克赴其约。秋中再如山东，盈已死。王通判谓山曰："子去后，盈若平居醉寝，梦红裳美人手执一纸书，告曰：'玉女命汝掌文牍。'及觉，泣以白母云：'儿不复久居人间矣。异日当访我于东山。'遂呜咽流涕，其夕竟卒。"山作诗吊之。

后五年，山游奉符，与同志登岱岳。至绝顶玉女池，追思畴昔盈盈之梦，徘徊池侧，心忆神会，因题于石曰：

柳条黄尽杏梢新，山翠无非昔日春；
花色笑风春似醉，寂寥惟少赏花人。

忆昔开妆淡苎衣，一枝红拂牡丹微；
无端不入襄王梦，为雨为云到处飞。

山归就次，遂梦游日观峰，北见石上大字，笔迹类盈书。一诗曰：

绛阙珠宫锁乱霞，长生未晓弃繁华；
断无方朔人间信，远阻麻姑洞里家。
历劫易翻沧海水，浓春难谢碧桃花，
紫台树隐瑶池阔，凤懒龙骄日又斜。

读毕，忽寤。是夕，昏醉闷闷，有女奴来召。至一溪洞门，碧衣短鬟出迎。入宫殿，一女子玉冠黄帔，衣绛绡，长身晬容。山趋拜，女遽起止之揖。升阶，少选，盈与一女偕至，微笑曰："'为云为雨到处飞'，何乃尤人如此也。"遂命进酒，各有赋咏。夜既深，二女曰："盈盈雅故，便可就寝。"闻鸡声起，复置酒，珍重语别。山辞诀，恍然出洞，但苍崖古木，非向所历，感怆而返。山有《笔奁录》，详记所遇。

这是一则美丽动人的神话爱情故事，男主人公王山本为北宋皇佑时人，曾著有自叙体小说《盈盈传》，洪迈据此改写。小说中的女主人公盈盈为吴女，姿容美丽，才情出众，偶遇王山，一见钟情。不幸盈盈为神仙玉女所召，不得已辞世离家，却钟于旧情，与王山在岱顶幽会。虽为人鬼相恋，但其情缱绻，赋咏绵绵，以致共寝同眠，颇具人情味。据学者研究，此篇对《红楼梦》创作产生过一定影响。

注：薄游，简约之游。遴简，谨慎选择。玉女，泰山神女。玉女池，在岱顶碧霞祠附近。畴昔，往日。襄王梦，男女欢会的代称。绛阙珠宫，指仙宫。方朔，汉臣东方朔，传说能与仙人交往。麻姑，传说中的女仙。紫台瑶池，均指神仙之地。晬（suì）容，容貌温和。雅故，故旧之交。

东岳速报司

金·元好问《续夷坚志》

世俗传包希仁以正直主东岳速报司，山野小民，无不知者。

庚子秋，泰安界南征兵掠一妇还，云是希仁孙女，颇有姿。倡家欲高价买之，妇守死不行。主家利倡财，捶楚备至，妇遂病。邻里嗟惜而不能救。

里有一巫女，私谓人曰："吾能脱此妇，令适良人。"即诣主家，闭目吁气，屈伸良久，作神降之态。少顷，瞑目咄咤，呼主人出，大骂之。主人具香火俯伏请罪，问何所触尊神。巫又大骂云："我速报司也，汝何敢以我孙女为倡，限汝十日，不嫁之良家，吾灭汝门矣！"主者百拜谢过，不数日嫁之。

所谓"东岳速报司"，即传说东岳大帝驾前七十二司之一，掌管鬼神世界情况通报之事，相传"包公"（包希仁）死后主掌此司。这篇小说以此为题，虽非写包公生前之事，但却以其孙女遭不幸而被一巫女解救之义助，让人们看到包拯清廉一世的巨大影响，宣扬了一种"好人好报"的济世思想。据《泰安县志》载，包拯曾任奉符（今泰安）令，"民畏而知感，建祠于泰山下"，"包公祠"的建立当是泰安百姓对这一"清官"刚正清廉精神的钦敬与追怀。而这篇小说所写包公主掌"东岳速报司"的传说，对日后包公形象的艺术创造也不无影响。

注：包希仁，即北宋名臣包拯，俗称"包公"。倡家，妓院。捶楚，杖打。诣，到。

妙　香

清·王韬《淞隐漫录》

吴孟材，太仓州人。素性好游，凡吴郡诸山，阅历殆遍。竹杖芒鞋，探幽选胜，登涉之劳，所不惮也。闻泰山之胜，思往游焉。适有戚串在泰安县署司笔札，跃然起曰："行计决矣。"挈装而往。重阳前一日，同人相约登高，遂造岱峰。出郭门即坐篮舆。篮舆者，竹兜子也，二人舁之，中圆而洼，幞被其中，坐卧皆适，四隅建竹竿，围以布帏，有风则垂，否则卷，甚轻而便。舁之者以皮带挂诸肩，循坡而上，其高也以渐，始若不知登山者。梵宇琳宫，夹道而毗属者，以十数。有斗母宫焉，游人入者颇夥。吴素闻其名，谋先跻其上，而后下宿于此。同行中有曹生者，登徒子也，急欲先睹为快，排闼竟入。是宫缘山起飞阁，参差如排雁翅，仰而视之，伏窗而窥者，皆少艳也。曲房邃室，雾阁云窗，备极幽雅。庭中花木萧疏，泉石清幽，入之者疑非尘境。

　　既入，众尼咸来问讯，类皆容色妖冶，装束殊妙，言词轻倩，宛转动人。询其法号，则年长者为妙尘，最雅者为妙香，容尤秀美，略与酬应，笑不可止，辄以巾掩其口。妙尘同生曰："客登陟劳顿，盍少驻芳踪，留此小饮。"众皆曰："善。"乃导入内堂，顿觉庭宇轩敞，栏槛玲珑，别一世界。庭畔一池颇宽广，白蘋红蓼，点缀其间，滨池多植芙蓉，时已开花，红白烂漫若锦屏。妙香坐石阑旁，命老媪持钓竿至，理纶垂钓，神致悠远。吴生侧立观之。须臾，一鱼吞饵而起，金色鳞粲然遍体，其重钓竿几不能胜，投之桶中，犹叱拨跳跃不已。顷刻间连获两尾，不禁狂喜。笑谓生曰："佳客来例当烹鲜。"因命厨娘作脍，供下酒。惟时堂中肴核已备，即请入席。妙香持钓竿欲避去。生曰："远来特为卿耳，盍少留一攀情话。"妙香俯首有惭色，红潮晕颊，益增娇媚。席间互相酬酢。酒至，生前特设巨觥。众曰："此妙香专以此敬吴君者，不饮恐孤雅意。"生一吸遽尽。即注酒觥中，转饷妙香，捧至唇边。妙香笑不饮，曰："请为吴君歌以侑此觞。"众皆曰："善。"乃为唱"折柳阳关"一阕，声调凄逸，咸击节称赏。东西夹生而坐者为妙严、妙音，貌并雅丽，皓齿明眸，意态流逸，酒量甚宏，饮无算爵。见妙香发声，亦击箸而歌，裂帛遏云，无此高亢。回顾妙香，则已逸去。曹生方拥末座一尼，以口灌酒，曰："此皮杯也。"尼不肯遽咽；南座一尼以纤指削其脸作羞势，哇然倾吐，狼藉满地。生曰："此亦恶作剧。"袖出罗巾，代为拂拭。询其字，曰妙华。视其容，妩媚异常，赪然薄晕，有若朝霞将散；携其手，软若兜罗锦，纤指青葱，合之无隙缝。生因令合两掌，注酒曰："此白玉莲花杯也，雅于皮杯多矣。"同行中有李生者，稍持重，与北座尼并肩联坐，两人默然不吐一词。生曰："如此殊杀风景，曷不拇战为乐。"询知是尼为妙莲，娉婷婀娜，含睇宜笑，洵可人也。酒半，妙尘呼媪促妙香来，曰："贵客来自远方，不可轻慢。"顷之，妙香姗姗至，手持象筒，中贮牙筹数十枝，谓生曰："饮酒不可无消遣，苟徒作长鲸之吸百川，是牛饮也。"因举生为席纠，主觞政，曰："有犯令者，罚无赦。君他日为铁面御史，庶几无愧斯职。"生笑曰："诺。"于是在席诸人，循环掣签，周而复始。

久之，众皆酩酊，拟各归房。吴生属意妙香，挽袂并起；曹生欲就妙华，而妙华掉首他顾，意似未可；李生中立，无所可否。妙尘曰："汝等欲参摩登伽禅，虽是今世事，亦由夙世缘，盍以筹决之，庶无所争。"众皆曰："善。"因写众尼名于筹，依次掣之。曹生得妙尘，李生得妙华，而吴生竟得妙香。咸呼咄咄怪事。妙香赧然却立，瑟缩不肯前。众或推之、或挽之，始造其房阃。妙尘谓吴生曰："君好生消受，一枝白梨花犹未经风雨也。"

盖妙香年仅十五，平日不轻见客，今见吴生，独不深匿，殆宿分也。生视其室，帷帐鼎彝，无不雅澹，图籍书画，充牣左右，明窗棐几，绝无纤尘，不觉胸鬲为之顿爽。妙香令生坐，呼小环瀹茗。既进，盛似白磁，色绿而味醇。妙香曰："此碧萝春也。"另倾琉璃瓶中香露，授生曰："可以解酲。"生曰："各房悉以老媪供役使，何卿独以小环？"妙香曰："此自吾家携来者。吾本姓陆，父亦名下士，不幸早逝，家中落。继母年少，不能守，嫁一武弁，将鬻余入倡家作倚门生活，余不愿，故遁入空门耳。不意投入火坑，其命也夫！瑶光夺婿，天女散花，虽尼也而实妓焉。幸住持者怜余志，初不相逼。不然，有死而已。"言讫，泪堕如缨縻。生为肃然改容，直如冷水浇背，一切淫情，尽已冰澌雪化。因问妙香曰："卿今日处此境界，意将何为？"妙香曰："亦欲求渡慈航，诞登彼岸，惜未遇其人耳。今观君意气慷慨，君子人也，亦豪杰士也，必能拯妾脱离此厄。"生曰："余戚在泰安县署，凤负文名，与当道多相识。试与之商，当能为力。"妙香询生婚未。生曰："聚已四年，昨岁悼亡。孤琴不弹，幺弦独张，正坐无才容并擅如卿者耳。"妙香曰："苟不鄙陋姿，许侍巾栉，实三生之幸。如蒙不弃，当以终身为托。"生曰："是所愿也，不敢请耳。"即于妙香所供白衣大士前炷香燃烛，行交拜礼，曰："百年姻眷，实始于此。他日当更遣媒妁，以坚此盟。"妙香于此，自幸身有所托，顿觉万斛闲愁，消释何所。时已街鼓纭如，吴生促睡曰："夜深矣，盍即眠？且既为伉俪，何得终外人情？"妙香曰："不然。完此白璧之贵，以待青庐之梦。苟少不自慎，与淫奔亦复何异耶？妾与君并枕谈心，和衣达旦可也。"生以其言正，遂不敢强。妙香自言："当父没时，所有遗稿，手自检点，亲加封识，寄存舅氏所。他日归郎君，当取之来，若寿之梨枣，以传不朽，则妾愿毕矣，尚何憾哉！"生问妙香亦能诗文否。曰："所作有《香禅集》。"因于枕上为生吟二三绝，韵细音娇，真使人之意也消。生屡情动，辄引手抚摩之，然渐至佳处，妙香辄拒不许。俄而，鸡鸣喔喔；又俄而，窗日已红。旋小环亦起，烹茶供饼饵。妙香临镜理妆，略加盥洗，自取盒中白粉调水，供生曰："常服可以却疾延年。"生遣小环探诸人起未，则诸人已至窗外。见妙香晨妆已竟，咸讶曰："起何早也？此时一刻千金，奈何孤负香衾耶？"生与妙香但相视嫣然一笑，亦不复与之辨。

诸人乃辞众尼登山，直诣日观峰，宿焉。翌日下山，竟回衙斋，与咸串商。妙香曾作函与舅氏，述欲还俗装，嫁一士人。咸某见之，曰："即此一书，可作佐证。"遂招其舅氏来，谓："若朝进禀，县批即夕出矣。然后至斗母宫偕君甥女归，必无异说。"执柯者一为咸串，一即舅氏之友。一切婚事，舅为之主。生即于县署左近择屋一廛，涓吉行亲迎礼。夫妇相得甚欢，不啻鸾凤之和鸣云路也。

宫观中与妙香年相若者，为妙莲，容华明丽，亦相伯仲，与妙香最为契合。每见生客，不交一言，偶涉狎亵，潜自避匿，以此深藏固拒，十七岁犹处女也。尝与妙香私誓，将来同嫁一夫，必不甘以女冠子老。故妙香、妙莲皆未削发，裙下双莲钩，尤为纤削，进香士女见之，多疑为闺阁名姝，而不知其为尼也。妙香既得所，妙莲日夕哭泣，誓欲相从俱去。妙香登舆时附耳密语，乃如平日。逮生南旋日，侦知官观中女尼皆他出，独留妙莲守门应客。生遣鱼轩逆之，待于东郭外，至则登车并发。二女和婉无间言。妙香谓生曰："曩初见时，一钓得双鱼，其兆不已验哉？"

　　这是个二尼嫁一夫的故事。女主人公妙香容尤秀美但多遭不幸，被卖倡家又入空门，但一遇君子豪杰，即以终身相托。令人感佩的是，她身在风尘，却十分珍惜自己的人格尊严，即如与情人交拜之夜，仍抱定"完此白璧之贵，以待青庐之梦"的信念，恪守真情百年，不图一时之欢。小说以委婉的细节，雅致的文字刻画了一位"虽民实妓"的不幸女子的动人形象。与之相伯仲的妙莲洁身自好却又钟情私誓，甘愿与妙香同嫁一夫。这种畸形婚姻也许是那个畸形社会的产物，但女尼们的纯洁心地和自尊人格并没有泯灭固有的光彩。

　　据故事所述，事情发生在泰山之麓的斗母宫，这与近代所传此宫观旧事大体相符。其实，空门并非净土，僧尼也具人情。泰山应是沧桑人世的见证者。

　　注：登徒子，古称好色之徒。以侑此觞，为饮者助兴。拇战，即猜拳行令。席纠，酒官。参摩登伽禅，指淫乐。摩登伽是人名。凤世缘，命中注定的姻缘。解酲（chéng），解醉酒。武弁，下级武官。纮如，鼓声。寿之梨枣，将书籍刊行以传不朽。执柯，指为人说媒。伯仲，相差无几。

岳庙心镜

清·纪晓岚《纪晓岚文集》

于道光言：有士人夜过岳庙，朱扉严闭，而有人自庙中出。知是神灵，膜拜呼上圣。其人引手掖之曰："我非贵神，右台司镜之吏，赍文簿到此也。"问："司镜何义？其业镜也耶？"曰："近之，而又一事也。业镜所照，行事之善恶耳。至方寸微暧，情伪万端，起灭无恒，包藏不测，幽深邃密，无迹可窥，往往外貌麟鸾，中韬鬼蜮，隐匿未形，业镜不能照也。南北宋后，此术滋工，涂饰弥缝，或终身不败。故诸天合议，移业镜于左台，照真小人；增心镜于右台，照伪君子。圆光对映，灵府洞然：有拗捩者，有偏倚者，有黑如漆者，有曲如钩者，有拉杂如粪壤者，有混浊如泥滓者，有城府险阻千重万掩者，有脉络屈盘左穿右贯者，有如荆棘者，有如刀剑者，有如蜂虿者，有如狼虎者，有现冠盖影者，有现金银气者。甚有隐隐跃跃，现秘戏图者；而回顾其形，则皆岸然道貌也。其圆莹如明珠，清澈如水晶者，千百之一二耳。如是者，吾立镜侧，籍而记之，三月一达于岳帝，定罪福焉。大抵名逾高，则责逾严；术逾巧，则罚逾重。春秋二百四十年，瘅恶不一，惟震夷伯之庙，天特示遣于展氏，隐慝故也。子其识之。"士人拜受教，归而乞道光书额，名其室曰"观心"。

　　作者纪晓岚为乾隆年间著名学者，曾任《四库全书》总纂。这是一篇寓言式的笔记散文。此文借岳庙中所设左台之镜，可照"方寸微暖，情伪万端"之人一事，指出各色人等中的"伪君子"，在此"心镜"中所映出之奇形怪状，暗喻世间所谓"岸然道貌"者，其实"灵府"丑恶多端，往往为人所不识，而"其圆莹如明珠、清澈如水晶者，千百之一二耳。"应当说，此文是对当时社会世道人心的一种辛辣暴露，今天读来，仍会给我们带来某种启悟，因为，这样的"伪君子"，似乎并未绝迹。仅录此文，聊备一格。

　　注：赍（jī），携，持。业镜，佛家语，载众生善恶业之镜也。方寸，此指人的内心。

岱庙天贶殿联

清·高宗弘历

青社开封峙者宗山称岳长
苍精降德圣惟产物与天齐

东岳庙联

清·汪由敦

云行雨施不崇朝而遍天下
理大物博祖阳气之发东方

岱庙雨花道院联

清·梁章钜

揽月居然凌上界　搴云便要洒齐州

岱庙雨花道院联

清·徐宗干

雨不终朝遍天下　花随流水到人间

东御座联

佚 名

唯以一人治天下　岂为天下奉一人

东御座西厢房联

清·刘墉

谢傅心情托山水　子瞻风度是神仙

岱庙坊联

清·施天裔

峻极于天赞化体元生万物
帝出乎震赫声濯灵镇东方

玉皇阁坊联

清·冯光宿

庙貌巍峨威镇千山灵佑　神光普遍恩敷万国咸宁

吕祖洞联

徐元圭

五夜慧灯山送月　四时清籁水吟风

孔子登临处坊联

明·罗洪先

素王独步传千古　圣主遥临庆万年

天阶坊联

明·高应芳

人间灵应无双境　天下巍岩第一山

红门宫坊联

佚　名

万壑泉声沉宝磬　千峰云影护禅关

万仙楼联

清·彭雪琴

我本楚狂人，五岳寻仙不辞远
地犹邹氏邑，万方多难此登临

斗母宫听泉山房联

清·刘廷桂

群崖乱立山无序　一水长镌石有声

又　联

水似惠山泉，能涤胸中霉腐
源从经石峪，泻出天外沧浪

高山流水亭联

文　陆

晒经石上传心诀　无字碑中写太虚

又　联

明·钱岱

天门倒泻一帘雨　梵石灵呵千载文

壶天阁联

清·珽锡

登此山一半已是壶天　造极顶千重尚多福地

又　联

清·崔映辰

壶天日月开灵境　盘路风云入翠微

云步桥观瀑亭联

清·种蔗老圃

且依石槛观飞瀑　再渡云桥访爵松

又　　联

清·刘先登

曲径通幽处　连山到海隅

又　　联

清·段友兰

断崖瀑落晴天雨　一线路入青冥端

五松亭联

清·恭曾

山水有缘供啸傲　岱云无意任留连

十八盘联

萧培元

睥睨千峰下临无地　发育万物峻极于天

南天门联

佚　名

门辟九霄仰步三天胜迹　　阶崇万级俯临千嶂奇观

孔子庙联

清·徐宗干

仰之弥高，钻之弥坚，可以语上也
出乎其类，拔乎其萃，宜若登天然

碧霞祠联

清·高宗弘历

碧落高居金台传妙诀　　苍生溥佑木德仰慈恩

玉皇顶联

萧犖翁

一日无心出　　群山不敢高

又　　联

王　讷

地到无边天作界　　山登绝顶我为峰

龙潭石亭联

清·玉构

龙跃九霄云腾致雨　潭深千尺水不扬波

无极庙山门联

佚　名

天台岩下藏五百　须弥顶上隐三千

五贤祠联

赵新儒

名贤为胜地增光，来游莫作凡民想
古祠与泰山并寿，到此方知学者尊

又　　联

七十二代封禅帝王，秦欤汉欤
　　遍看绿水青山何处是列朝疆土
五百多年挺生名士，先之后之
　　各有文章道德常留得岱麓祠堂

三贤祠联

清·周清泉

道仰传薪，快有经书留旧席
人高侍立，妙兼风雨对名山

普照寺筛月亭联

清·东野崇阶

曲径云深宜种竹　空亭月朗正当楼

又　联

清·徐宗干

引泉种竹开三径　援释归儒近五贤

又　联

清·沈毓寅

收拾岚光归四照　招邀明月得三分

又　联

清·王清黎

高筑两椽先得月　不安四壁怕遮山

摩松楼联

张心言

高不自鸣，看碧岫烟云若隐
老当益壮，问青松岁月几何

菊林旧隐联

清·徐宗干

松曰好青竹曰好绿　天吾一瓦地吾一砖

灵岩寺千佛殿联

清·长麐

甘露洒诸天，现清净身，说平等法
慈航超彼岸，以自在力，显大神通

滦州起义烈士祠挽联

李宗仁

百世名犹存，众所瞻依，祠巍泰岱
三代道未泯，闻兹义烈，气肃冰霜

后　记

　　泰山，在数千年的中华文明史中，以独特的魅力耸立于世人心中，虽屡历沧桑风云的变迁，却以通古鉴今的丰厚史迹，"五岳独尊"的不朽盛名，永载文史之籍。古帝封禅，贤士题诗，庙观林立，碑刻遍地；儒家有坊，道家有祠，佛家有寺，天人合一，正是积淀民族精神之渊薮，融汇文化之精华的缩影。

　　原生态的自然泰山是"第一座泰山"，而历代帝王名士、文人墨客所题咏的人文泰山应是"第二座泰山"。前者随岁月逝去而日显苍老，后者因艺术活力而永葆生命。

　　这里所选录的历代题咏泰山的诗歌、散文、小说、楹联等构筑了"第二泰山"的情影，可作你旅游泰山的向导，增添生活情趣和提升精神境界的一种机缘。请在踏勘第一座自然泰山之时，不要忘记与古贤今人共同营造迷人的这又一座泰山。

杨树茂

2000 年 8 月于岱下

图书在版编目（CIP）数据

艺文华章/杨树茂编著．－济南：齐鲁书社，2000.9
（泰山文化之旅丛书）
ISBN　7－5333－0709－7

Ⅰ．艺…　Ⅱ．杨…　Ⅲ．文学－作品综合集－中国
Ⅳ．I211

中国版本图书馆 CIP 数据核字（2000）第 45601 号

泰山文化之旅丛书

艺文华章

杨树茂　编著

齐鲁书社出版发行
（济南经九路胜利大街）

山东人民印刷厂印刷

850×1168 毫米 32 开本　4 印张　80 千字
2000 年 9 月第 1 版 2000 年 9 月第 1 次印刷
印数 1—5200
ISBN　7—5333—0709—7
K·192 全 8 册定价：68.00 元

泰山文化之旅丛书

轶闻传说

李京泰　编著

齐鲁书社

序　一

莫振奎

　　泰山为我国五岳之东岳，是闻名遐迩的旅游胜地，年接待中外游客达到 400 万人次。泰山的魅力不仅在于她雄、奇、险、秀的自然景观，更在于她悠久的历史和丰厚的文化，在于她得天独厚、绝无仅有的人文景观。封建帝王的封禅，文人骚客的游览，以及宗教的活动和民间的传说，使泰山成为一座神山、圣山、文化山。泰山被誉为中华民族精神的象征，被称作东方文化的宝库，是当之无愧的，联合国教科文组织把泰山列为"世界文化与自然遗产"，也是名副其实的。

　　随着改革开放的深入和经济社会的发展，我国旅游业呈现出强劲的发展势头，泰山已成为人人向往的旅游热点。近年来，泰安市委、市政府确定把旅游业作为一个新的经济增长点来抓，提出了"营造大泰山，开拓大市场，发展大旅游，构筑大产业"的战略构想，加大宣传促销力度，加快旅游资源开发，加强基础设施建设，治理整顿旅游环境，做了大量工作，

取得了显著成效。挖掘泰山的文化内涵，弘扬泰山的历史文化，让世人更多、更深入地了解泰山，为中外游客提供深层次、高品位的服务，是发展泰山旅游业的一项重要工作，也是编辑出版《泰山文化之旅丛书》的根本宗旨。

《泰山文化之旅丛书》的编者，以高度的责任心和使命感，以严肃认真、精益求精的态度和作风，精心撰稿，精选图片，编成了这套图文并茂、雅俗共赏的丛书。通过这套丛书，使广大游客在遍览泰山风光名胜的同时，也能领略博大精深的泰山文化，这对进一步宣传泰山，促进泰山旅游业的发展，将发挥积极的作用。值丛书编成出版之际，即兴随笔，写此数语，是为序。

2000 年 8 月于泰安

序　二

杨辛

　　旅游是一种层次较高的综合性文化体育活动。古人在谈及学识时，常提到"行万里路，读万卷书"。所谓"行万里路"，其中带有旅游的意味，这是对自然、社会的一种亲身考察与体验。旅游的兴味往往反映人的文化素养。前人把"行万里路"与"读万卷书"并列，确是很有道理的。

　　旅游本身是一种文化熏陶，也是一种精神享受，到名山胜水旅游，特别是到泰山这样的历史文化名山旅游更是如此。泰山作为我国文化名山被誉为五岳之首，而且是世界上为数不多的"文化与自然"双遗产，旅游资源十分丰富。

　　我曾说："生有涯，学泰山无涯。"泰山的文化内涵博大精深，它以儒家思想为主导，融合道家思想、佛教思想为一体，它对人的精神影响既是哲理的、伦理的，又是审美的。泰山的雄伟气魄和蕴涵的自强不息的进取精神激励着华夏子孙。名山不厌百回游，我现已攀登泰山 33 次，兴味仍有增无减。我在 80 年代

1

中期曾写过一首《泰山颂》：

　　高而可登，雄而可亲，松石为骨，清泉为心，呼吸宇宙，吐纳风云，海天之怀，华夏之魂。

　　这首诗，表达了我对泰山的感受，还被刻在了泰山的盘道旁。可以说，它源于泰山，又回归泰山。我爱泰山的自然，更爱泰山的文化，似乎我与泰山有着不解之缘，我还会继续攀登。

　　《泰山文化之旅丛书》的编者以推介宣传泰山文化为己任，将这套雅俗共赏、图文并茂的丛书奉献给读者，使不同层次的游览者，通过泰山诸多的风光名胜、诗文传说、宗教建筑、摩崖碑刻，以及众多名人轶事来品味泰山，这是为弘扬泰山文化所作的重要贡献，可喜可贺。

　　是为序。

　　　　　　　　　　　2000 年 8 月 1 日于岱下

目　录

泰山原是盘古头

天下名山无数,历代帝王和芸芸众生何以独尊东岳泰山呢？话还要从开天辟地的盘古说起。

传说,在很早很早以前,世界初成,天地刚分,有一个叫盘古的人生长在天地之间,天空每日升高一丈,大地每日加厚一丈,盘古也每日长高一丈。如此日复一日,年复一年,他就这样顶天立地地生活着。经过了漫长的一万八千年,天极高,地极厚,盘古也长得极高,他呼吸的气化作了风,他说话的声音化作了雷鸣,他的眼睛一眨一眨的,闪出道道蓝光,这就是闪电,他高兴时天空就变得艳阳晴和,他生气时天空就变得阴雨连绵。后来盘古慢慢地衰老了,最后终于溘然长逝。刹那间巨人倒地,他的头变成了东岳,腹变成了中岳,左臂变成了南岳,右臂变成了北岳,两脚变成了西岳,眼睛变成了日月,毛发变成了草木,脂膏变成了江河。

因为盘古开天辟地,造就了世界,后人尊其为人类的祖先,而他的头部变成了泰山,所以,泰山就被

1

称为至高无上的"天下第一山"，成了五岳之首。

图 1　玉皇顶

黄帝泰山得良策

　　黄帝是我们中华民族的祖先，据说宫室、舟车、历法、算术等都是他的发明，有"成命百物"之称；而蚩尤则是与黄帝同时代的一位暴君。

　　传说，在黄帝没有掌握朝政以前，蚩尤有兄弟八十一人，都是兽身人语，铜头铁额，以沙石为食，造有锋利的刀枪剑戟，骁勇善战，威震天下。但是，蚩尤时常作乱，滥杀无辜，不仁不义，人们都想把他除掉。

　　这一历史的重任自然就落在了德高望重的黄帝身上。于是黄帝征召诸侯，兵合一处，与蚩尤战于涿鹿之野。两军对垒，勇猛善战的蚩尤异常嚣张，不把黄帝放在眼里。黄帝虽为仁厚之君，却也武艺高强。结果，两人交手，大战九次不分胜负。

　　经过交战以后，黄帝深知，如果长期交战拼杀，自己确实不是蚩尤的对手，要想尽快战胜蚩尤，只能智取，不能硬拼。于是黄帝急归泰山，向上天求助。三天三夜以后，山中出现大雾，只见一位人面兽身的女神，腾云驾雾来到黄帝面前。黄帝见有神人来助，赶快叩首再拜，伏在地上不敢正眼以对。只听那女神说："吾是九天玄女，你有什么难处，请尽管说。"黄帝回道："我替天行道，欲为民除掉残暴的蚩尤，可是九战不胜，欲求上天赐我百战百胜的良策。"于是，玄女将秘法战书授予黄帝。

黄帝得到秘法战书以后，与蚩尤再战。蚩尤作法，请风伯雨师纵大风雨，黄帝乃以玄女所授之术，请来旱魃制服他，终于战胜蚩尤，为民除了害，人民从此安居乐业。

姜尚归国封碧霞

据说，泰山女神碧霞元君能延人子嗣，消病祛灾，为民造福，所以每年都有成千上万的善男信女前来朝山进香，礼拜碧霞元君。可是，人们未必知道碧霞元君的来历。

传说，姜尚，也就是姜子牙，辅佐周武王攻下殷商的都城镐京，伐灭了荒淫无道、沉溺酒色的纣王，建立了周氏王朝。天下统一，武王认为大臣们开国有功，应该重重有赏。可是，想来想去，却找不出合适的礼物，金银财宝这些东西太俗气了，而且也没有什么意义，用过就完了。最后，武王还真想出了个绝顶的好主意，把全国的领地都分给大臣们。这样以来，既显示了他武王的慷慨，又能说明他对大臣们的信任，还能考验大臣们是否真的忠君保国；再者，武王这样也就轻省自在，光做他的"天子"就行了。主意一定，武王便把封神大权交给了军师姜子牙，让他分封诸侯。

却说姜子牙分封诸侯，封来封去把全国其他的名山大川、风水宝地都封尽了，就留下了一座东岳泰山。姜子牙早就知道泰山气势雄伟、风景秀丽，是个供人游玩的好地方，他原准备把泰山留给自己，可谁知半路里又杀出个程咬金，武王的护驾大将黄飞虎找上门来，非让把泰山封给他不可。两人正在商榷，不知谁又走漏了风声，黄飞虎的妹妹黄妃也来找姜子牙要地盘，说是武王答应她，要她来找姜子牙。黄妃是武王最宠爱的妃子，莫说武王已经允诺，就是黄妃自己开口，也得赶快给她。这下可好了，三人都看准了泰山这块宝地，可总不能都去坐呀！这到底如何是好呢？

事到如今，只黄氏兄妹就够姜子牙缠的了，自己便不得不打消了坐泰山的念头。不过放弃了也怪可惜，他见黄氏兄妹一个凭护驾有功，一个仗武王后台，两人争得面红耳赤，就赌气地对他们说："好了，二位，谁也别争，谁也别抢，凭自己的本事，谁先登上泰山，泰山就是谁的。"黄飞虎一听，不禁拍手叫绝。他想，凭我这一身气力，泰山还能有黄妃的份儿？可是，身单力孤的黄妃，也没有一点惧色，一口应允了。

黄飞虎是个四肢发达、头脑简单的武夫，比赛日期一到，便骑上他的玉麒麟，日夜兼程，从京都直奔泰山。

黄妃为比赛绞尽了脑汁，终于想出了一条妙计。比赛一开始，她先将自己的鞋子脱下一只，使了个神法，将鞋子扔到玉皇顶上，然后才不慌不忙地向泰山赶来。

图2 仙府瑞雪

等到黄妃爬上泰山，兄长早在南天门上等得不耐烦了。他见黄妃姗姗来迟，便对她说："不行就是不行，别逞能。这回你该服气了吧？"

"真是岂有此理！我早已到此，以为你在路上出了什么事，前去接你，不想你已绕道赶来。"黄妃一本正经地说。

"你别胡搅蛮缠，你说先到，有何证据？"这下黄飞虎还真有点着急。

"证据吗？当然有，你来看吧。"

黄飞虎跟着妹妹来到玉皇顶，只见黄妃的一只绣花鞋端端正正地放在石坪上。尽管有证有据，黄飞虎却从心里不服气，不禁斥责妹妹："你耍滑头。"

黄妃不紧不慢地说："凭本事嘛，怎么是耍滑头？"

黄妃自知纸里包不住火，光是兄长一人好对付，

7

等姜子牙他们来就麻烦了。她作出无可奈何的样子，对兄长说："咱们兄妹二人，本该是你敬我让，不分你我才是。这样吧，我住山上，你住山下，咱们共管泰山总可以了吧？"

这样一来，先来的黄飞虎倒做了不晓事理的孬种，后到的黄妃倒成了慷慨大度的好人，把个黄飞虎气得直翻白眼。可也没有办法，只好答应了。

等姜子牙赶来，一看便知黄飞虎上了妹妹的当。可是，他见黄氏兄妹都协商妥了，也不好再把事情说破，只好将计就计，把黄飞虎封为泰山神，把黄妃封为碧霞元君，一个在山下天贶殿，一个在山顶碧霞祠。

民女碧霞称元君

碧霞元君的来历还有一个传说。

碧霞元君原是徂徕山下石敢当的三女儿，两个姐姐出嫁后，一家三口靠几亩薄地生活，日子过得很是清苦。碧霞除了帮助母亲料理家务外，还要帮着父亲下地干活，抽空还得上山砍些柴禾，一来自用，二来也可以卖点钱接济度日。

一天傍晚，碧霞姑娘正在山上砍柴，突然天空乌云翻滚，狂风大作，一场暴雨瓢泼而至。碧霞姑娘一个人在这深山密林之中，前不着村后不着店，连个作伴的也没有，又着急又害怕。正在她呼天天不应，叫地地不灵的时候，突然发现不远处一个向阳的山坡上，有一间破茅屋正冒着袅袅的炊烟，碧霞姑娘也顾不了许多，背上柴禾直奔茅屋而去。她来到茅屋前，只见里面一位慈眉善目的老太太正在生火做饭，她连忙上前施礼，并说明了原委，求老太太收留她住一宿。老太太看着淋得浑身打颤的碧霞姑娘，十分可怜，就收留了她，并给她换上干净的衣服，与老人家

9

一起吃了饭。晚上，她们像是祖孙二人，越拉越亲热，越拉越投机，很晚才睡着。

从此以后，碧霞姑娘每次上山砍柴，总是去看看老人家，给她砍柴扫地，提水磨面，有时还帮老人家做做针线。老太太见她勤快能干，聪明识礼，十分喜欢她，就认她做了干孙女。

有一天，碧霞姑娘帮老人家屋里屋外收拾了一遍后，两人坐在屋前的石台上拉家常。老太太对碧霞姑娘说："你虽然出身贫寒，历尽辛苦，命中却不是凡胎肉身。徂徕山担不起你的福分，这里不是你的归宿。"

碧霞说："老奶奶，您别开玩笑了，我有这么大的福分还能在这里砍柴受这份罪？"

"姑娘你别不信，你只管听我的，到时一准能应验。"老人家一本正经地说，"从这里往西北不远有一座泰山，现在还没有当家人，不久玉皇大帝就要封泰山的当家人。你到泰山以后，先找到山顶上的一棵最大的松树，在那棵树下深挖三尺会挖出一只木鱼。挖到木鱼后，你再挖三尺，然后把你的绣花鞋埋上一只，之后再照原样把木鱼埋上，泰山的当家人就是你的了。"

"可是，我家里还有年迈的父母无人照顾。"

"到时候自然会有人照顾你的父母。你得快去，别在这里误了你的前程。"

碧霞姑娘按照老太太的吩咐，回家辞别了双亲，直奔泰山而来。她来到山顶，找到那棵最大的松树，在树下挖了三尺，果然挖出一只木鱼，她又接着向下

图 3　碧霞祠·大观峰

挖了三尺，把自己的一只绣花鞋埋上，照原样处理好后，就找地方住下了。

等到玉皇大帝封泰山的那一天，各路神仙诸侯知道泰山是块风水宝地，都来一争高低。无奈，玉帝只好立下规矩，谁来得最早，谁就在泰山当家做主。玉帝一言既出，众神仙纷纷争说自己来得早，互不相让，争得面红耳赤。这时柴王站出来说："你们都别争了，我来得最早，我有证据。"

玉帝问："你有何证据？"

"那大树底下有我埋下的木鱼，不信你们随我来瞧。"说着，柴王便领着众神仙来到树下，果然挖出一只木鱼。柴王露出得意的笑容问道："诸位还有什么可说的？"

这时，碧霞姑娘不慌不忙地站出来说："且慢！这下面还有一件东西，为什么不接着挖出来看看？"

众目睽睽之下突然冒出个凡胎民女，柴王十分不悦。无奈玉帝在场又不好发作，只好硬着头皮往下挖，果然又挖出一只绣花鞋，而且和碧霞姑娘手里拿的一只正好配成一双。这样，玉帝理所当然地把碧霞姑娘封为泰山的当家人，封号为"碧霞元君"，掌管天下百姓的子嗣延续、生死病灾以及丰欠年景等等。

柴王眼看着就要到手的泰山被一个黄毛丫头夺了去，心中十分不平。待众神仙走后，他一气之下，把山顶上的松树全都拔出扔到了山下。这样，扔到前面的就是现在对松山那些松树，扔到后面的就是后石坞那些松树。至今这两个地方的松树层层叠叠，千姿百态，十分茂盛。可是山顶上却光秃秃的什么也没有了，委屈得碧霞元君常常落泪，时间长了，元君的泪都变成了小树，这就是山顶上的那些灌木丛——哭泣树。

以前指点元君到泰山的老太太，原来就是观音菩萨。观音知道此事以后，很同情碧霞元君，于是，她每年夏天都给元君送来很多很多的云彩，为她遮阴。后来，云彩聚得多了，就成了现在的云海。

元君掌管泰山以后，恪尽职守，同情百姓饥苦，赏罚分明，深得百姓的爱戴，方圆百里千里都来朝山进香。人们还在全国各地修建了许多泰山行宫，供人们瞻拜碧霞元君。

皇帝赐修天贶殿

天贶殿位于岱庙正中，是岱庙的主体建筑，为中国三大宫殿（另两处是北京的金銮殿和曲阜的大成殿）之一。它重彩描绘，重檐叠角，富丽堂皇，无论规模还是形式，都与金銮殿相差无几，据说它们之间，还有万缕千丝的联系呢！

相传，很久以前，这里仅仅是个小山神庙，周围是断壁残垣，而且年久失修，透风漏气，不避风雨。每逢雨天，外边大下，里边小下，外边不下，里边还滴答。庙里的道士为此十分着急，官府又不给拨钱，他就下决心自己攒钱修庙。

一晃一年过去了。道士把香客施舍的钱和化缘得来的银子，统统收起来，藏在山神的神台底下。一天晚上，等到夜深人静的时候，道士把钱拿出来一查，修庙的钱已经够了，道士甭提有多高兴，他的笑声和银元的响声一样清脆。他虔诚地跪在神像前说："山神爷，我给你老人家修庙的钱够了，过不了多久，你就甭再担心风吹雨淋，跟我活受罪了。"

没想到，道士的举动被一个前来投宿的小偷看见了。等道士睡下以后，小偷把神台底下的钱一文不剩地全偷走了。

第二天，道士发现后，像丢了命一样，急得直哭，抬头一看，山神爷还依旧笑眯眯地坐在那里，就埋怨道："山神爷呀山神爷，我都快急死了，你还笑！我省吃俭用一年有余，好不容易攒了这些钱，你自己都看不住家，这庙还怎么修?!"晚上，道士哪里还有心思吃饭，他躺在床上，迷迷糊糊地就睡着了。朦胧中，只见山神笑着向他走来，说："别着急，庙自然要修，还不用我们自己动手。现在京城里皇姑得了重病，请了各地的名医都没治好，我有三包香灰，你拿去如此如此给她诊治。到那时，庙自然就有了。"说完，从袖中掏出三包香灰递给道士。道士一睁眼，原来是个梦，可手里确实有三包香灰，于是，他便收拾收拾进了京。

一到京城，只见城门前许多人都在围着看告示，一打听，是皇帝的女儿生了人面疮，说是谁能治好，要什么给什么。道士这下可高兴了，他伸手就把告示撕下，大摇大摆地进了皇宫。

到了后宫，道士一看皇姑的病，和山神说的不差分毫，龇牙咧嘴的怪吓人，可是他想到治好疮就能修庙，也就什么都不在乎了。等他把香灰敷上，就听那疮还吱吱哑哑地叫着讨饶。就这样，道士连上了三天，那疮第一天就合了口，第二天结了痂，第三天就完全好了，而且一点疤也没落。

皇上得知女儿的病治好了，非常高兴，就把道士

图 4　天贶殿

召进金銮殿，赐给他许多金银财宝，绫罗绸缎，可是道士一概都不要。皇帝很纳闷，世上还有见了财宝不动心的人，忙问："你想要什么？"道士就把他攒钱修庙的事如实地告诉了皇帝，只要求皇帝修座小庙。修座小庙还不是小事一桩，皇帝便一口答应了，问道士要修个什么样的。道士是个大门不出二门不到的人，哪里见过世面，他向四周环视了一下说："我看皇上这屋不孬，就修个这样的吧。"一个穷道士，怎能和皇帝住一样的金銮殿呢？可是皇帝已有言在先，要什么给什么，怎能失信于民？就很不情愿地说："好吧，就修个这样的，可要比我的金銮殿矮三砖才成。"矮三砖就矮三砖，道士见皇帝答应了，连忙叩头谢恩。

　　所以，现在的天贶殿和北京的金銮殿一样，只不过矮三砖而已。

真宗钦定壁画图

宋真宗封禅泰山以后,龙颜大悦,为了感谢"天书",下旨要在泰山下修一座天贶殿,并在殿内墙壁上画一幅巨幅壁画,表现泰山神出巡的宏大场面。

泰安县令接旨以后,精心组织施工,大殿很快就建好了。可是,殿中的壁画却让他费尽了心机。当时,县令把全县有名的画师都找了来,让他们设计出草稿请皇帝审定,结果反反复复送了五六次,真宗仍是不满意,并下旨道:十天之内设计不出满意的画样,就要拿县令问罪。

县令本想借建造大殿的机会立上一功,以便升迁做大官,不想这下却惹怒了皇帝,眼看升迁的事就要泡汤,他十分气恼,于是把气出在画师身上,下令五天之内,如果画不出皇上满意的画稿,将重打八十大板,打入死牢。

县令在公堂大发雷霆以后,回到家中,夫人见他一脸的哭丧样,便知又遇上了麻烦事,问清原委后,对县令说:"老爷真是糊涂,如果把那些画师都打入

17

死牢，你还想不想活命？"

"此话怎讲？"县令神情紧张地问道。

"你想，如果把这些画师都打入死牢，老爷再去请谁来设计画稿呢？以妾愚见，作画是需要灵气的。你这样粗暴地对他们，他们还有什么作画的心情？不如以礼相待，给他们好吃好喝，让他们安心画画，或许能帮老爷度过这一关。"

县令闻听此言，也觉得有理，便又下令对画师酒肉相待，精心侍候。

却说那些画师只想画不好画稿，皇帝老子怪罪下来丢了性命，早就吓得七魂六魄都没有了，谁还能安下心来画画，就在他们走投无路的时候，县令的夫人传出话来说："皇上不是嫌你们画得不够气派威风吗？皇上来封禅的时候你们都见过了，照着那种场面画下来，皇上准满意。"

一句话提醒了众画师，他们连夜赶制，第二天便把画稿送到了县令手中。县令呈给宋真宗，果然赢得了皇上的欢心，于是，岱庙就有了这样气势宏伟的壁画。

屡失屡得李斯碑

在碑刻如林的岱庙里，最珍贵、最有价值的，自然是刻于公元前 209 年的秦代李斯小篆碑。此碑历来被视为书法艺术的珍品，鲁迅誉之为"汉晋碑铭所从出"，其遒劲若虬龙飞动，其清秀如出水芙蓉，举世瞩目，堪称瑰宝。

据说，此碑是秦丞相李斯奉始皇之命所刻，立于岱顶玉女池上，为其歌功颂德。明代嘉靖年间，为防止风蚀雨淋，移于碧霞祠东庑。到了清代乾隆五年，碧霞祠突然遭火，火借风势，越烧越旺，结果把碧霞祠烧了个一塌糊涂，李斯碑也因之不翼而飞，下落不明，许多人都为之惋惜。

到了嘉庆二十年，喜欢舞文弄墨的泰安新知县汪汝弼到任伊始，就四处张贴告示，悬赏寻碑。

不久，一位 90 余岁的赵氏老翁，由家人搀扶来到县衙，对汪知县说："知县大人，在下是个瓦匠，以前在山顶修玉女池时，见过一截残碑，不知是否是大人所寻之物。"赵氏老翁把碑的形状、字迹，一一告知，说："当时被人扔进玉女池，望大人差人前往探查。"

汪知县听了赵翁的介绍，已知十有八九是李斯碑，自然喜出望外，也不怕山高路险，便邀前任知县蒋因培一同上山。果然从玉女池中找到一截残碑，冲洗后，"臣斯臣去疾昧死请"等字历历在目，确实是李斯真迹。于是汪知县大加庆贺，在山顶造房兴宫，于东岳庙西筑起精美的小亭，取名曰"宝斯亭"，以后又改为"读碑亭"。安放之日，还举行了隆重的仪式，重赏了赵氏老翁。

光阴似箭，日月如梭，一晃又过了一十七个年头。到了道光十二年，东岳庙因年久失修，西墙在一场暴雨中塌倒，此祸殃及"读碑亭"，碑亭被砸塌。新任知县徐宗干得知，忙差人从瓦砾中找出，将碑移到山下，放置于岱庙道院。

光绪十六年，有一小偷看到人们将此碑视若珍宝，想必此物定值千金，便在一个风雨之夜将此碑偷走。事发以后，即任知县毛蜀云下令全城戒严，大索十日，终于在北关的石桥底下发现，重新置于岱庙。

现在李斯碑存于岱庙东御座内。我们今天能一饱眼福，目睹秦代书法艺术精品，的确是三生有幸。

为泄私愤烧汉柏

岱庙之内,古柏苍郁,黛色参天,铁干铜枝,似虬龙蟠旋,千姿百态,堪称奇绝,的确是岱庙的一大景观。单就其形状而言,有的如猴子翘首,有的似灰鹤翅展;有的如群鹰争食,有的似巨手擎天,真是无

图 5　汉柏

奇不有，引人注目。不过，最引人关注的当数汉柏。

汉柏，在岱庙东南汉柏院内，现有五株，相传为汉武帝封禅时所植，距今虽有两千一百余年，却仍枝繁叶茂，苍劲挺拔。

据说，1928年军阀混战时，国民党山东省主席孙良诚，曾率部队驻扎在泰安，把岱庙作为他的大本营，而把富丽堂皇的天贶殿当作马厩，在规模浩繁的壁画上凿孔打眼，安梁架木，设置马槽，拴驴喂马，把一个好端端的岱庙，弄得乌七八糟，不成样子。

一天，有个士兵，听说当年赤眉军想伐汉柏，见刀口流血不止，没敢再砍，至今刀痕犹存，他便提刀来以验其真。正巧庙里的道士过此，忙上前劝阻，那士兵不但不听，反而动手打了道士几个耳光，骂道："妈的，你这个杂种，吃盐不多，管闲（咸）事不少。小心你自己的脑袋搬了家。"说完把刀在道士面前晃了晃，甩袖而去。

道士本是好心劝阻，反遭这一顿打骂，实在咽不下这口窝囊气，便把状告到孙良诚那里。孙良诚对汉柏也略知一二，他想，赤眉军伐树之事尚能流传至今，如果我出面制止，说不定会因护树有功，而流芳百世呢（哼！谁不知天贶殿早已马尿横流了）。于是，孙良诚为了显示他"爱护文物"，便对道士说："如此大胆，岂有此理。明天我一定亲自查问，严加惩处。"说完又安慰了道士一番，让他回去了。

第二天一早，孙良诚把部队集合起来，训了一通，让道士出来辨认。道士因为吃了那几巴掌，还险些挨了刀，所以对那士兵也记得特别真切，不一会就认出来了。孙良诚下令把他打了一顿军棍，又关进禁闭。

事后，那士兵觉得道士这一状，使他受这一顿皮肉之苦，实在不甘心，可又不好对道士进行报复，便又在汉柏上打主意。一天晚上，他将一团沾有汽油的棉花塞进树洞点着，当人们发现时，树已烧焦。就这样，千年汉柏，竟死于一旦。

拔剑剖腹示孤忠

岱庙天贶殿前的露台下，甬道正中有一棵柏树，其向南的一侧有一疤痕。据说，围着前面的扶桑石正转三圈再反转三圈，然后往北去摸柏树的疤痕，如果能摸准，则是吉祥之兆，向泰山神求子则得子，祈福则得福，但是游人多不能摸准。

传说，自从武则天被高宗皇帝李治召进宫后，逐渐得宠，不久高宗便废掉了王皇后，由武则天取而代之。李治仁厚无能，上朝不能决大事，须由宰相提出建议，然后由他恩准。武则天虽为女流之辈，却精通文史，御人有术，她当了皇后以后，逐渐代皇帝批示奏折，临朝参政。

太子显逐渐长大以后，对母亲干预朝政甚为不满，屡有不同政见，由此触怒了武则天，以谋反罪险遭杀身之祸，幸亏大臣安金藏，竭力保护太子，不惜拔剑剖腹，来证明太子的清白。

安金藏死后，其魂魄来到泰山神面前，状告武则天任用酷吏、滥杀无辜，要求泰山神惩治其罪。泰山神感其忠心，令其化作一棵柏树，侍立于殿前，日夜守护着山神，赐名"孤忠柏"。

　　如今游人所见树南面的疤痕，即是当年忠臣安金藏剖腹的剑痕。

图6　深山藏古槐

元君绣鞋定山门

出岱庙北门不远，有一座石坊叫岱宗坊，号称泰山山门，登泰山就从这里开始。

相传，碧霞元君坐了泰山之后，老嫌管的地方太小，不够神气，就千方百计地扩大自己的地盘，东讹一点，西占一点。这样，泰山周围让她"蚕食"了不少。元君是太阳爷的公主，一次两次大家能忍就忍了，时间长了谁受得了？各路神仙都纷纷跑到姜子牙那里告状，希望掌管封神大权的姜太公替他们说话。

姜太公得知，便带着封神榜来到泰山，明确指出，泰山周围五十里归碧霞元君管辖。元君本来想把自己的地盘扩大为南到汶河，北到黄河，这样有山有水，也好出来消遣。听说才给她方圆五十里，元君很不高兴，天天吵着闹着和姜太公要地盘，还经常撒娇撒痴地发个小脾气。

姜太公没办法，不看僧面还得看佛面，得罪了元君，太阳爷那里不好交代，就对她说："我的姑奶奶，你千万不要生气，我们可以再商量嘛！"

　　两人经过协商，订下"君子协定"：元君可以随便找一件东西往山下扔，扔到哪里，元君就可以管到哪里。

　　元君想，凭我的法力，找块石头，少说还不扔个百儿八十里的，于是抄起一块石头就要往山下扔。姜太公急忙拦住，说："石头遍地都是，扔到山下上哪里找去？"元君觉得这话有理，可找个什么特殊的标记呢？姜子牙献策道："元君，我看你这绣花鞋就挺好，扔到哪里一找就能找到。"

　　元君一想，鞋子更轻，扔得更远，再说，扔一只，我还有一只，别人也不好要赖，便欣然同意了。只见元君脱下鞋子，运足气力，拼命向山下扔去。

　　元君可真是聪明一世，糊涂一时，正因为鞋子很轻，一出手便飘飘悠悠地向山下落去。元君这才知道上了姜子牙的当，可事到如今也不好反悔了，便无可

图7　孔子登临处坊·天阶坊

奈何地随着众神仙到山下找鞋。

刚走下山不远，就见那只鞋躺在草地里，鞋红草绿，十分醒目。他们一算，从山顶到这里，只不过二十来里，此时碧霞元君是哑巴吃黄连，有苦也说不出来了。

元君无可奈何，只好在这里修了一座石坊，作为山门。因为泰山为五岳之长，称为岱宗，所以就取名"岱宗坊"。

御史锅封白鹤泉

过岱宗坊不远路西有一石坊,上题"白鹤泉"三字,此泉曾被誉为天下第一流的名泉。

原来的白鹤泉,泉水突涌,滔滔不绝,味甘清冽,还有一条水渠与山下双龙池相通,泉水从龙口流出,喷珠吐玉,不失为一大景观,四邻八乡的百姓饮水,也大都取之于此。不过现在早已泉竭渠闭了。

说起这泉水如何枯竭,当然事出有因,人们每逢提及都愤愤不平。

相传,清朝时候,泰城有个姓冯的秀才,做梦都想升官发财,可就是屡试不中,直到年逾花甲,也不曾中得半个进士。他曾发誓:人生一世,不能流芳千古,也要遗臭万年。正巧这年朝廷开科,冯秀才绞尽脑汁,搜肠刮肚,费了九牛二虎之力总算中了。皇帝见他两鬓染霜,胡子一大把,便留他做了太子的教师。

不久圣上驾崩,太子登基,冯进士也顺风得势,加封为御史。有了皇帝作后台,冯进士觉得腰粗气壮，便呼风唤雨地作起恶来。他嫉贤妒能，诬陷忠良，文武大臣都敢怒而不敢言。

过了一段豪华的宫廷生活，冯御史又想回泰山观观光，一来可以向人们炫耀他的威武，二来沿途还可以收得一大笔钱财，正是名利双收的好事。主意一定，便奏请圣上，带领一帮人马出了京城。

沿途州县，哪个不知当朝御史的厉害，他可以使你飞黄腾达，也可以置你于死地，所以，那些州官县令无不高接远迎，献媚讨好，临走还送些金银珠宝、特产名吃，冯御史也都无不"笑纳"。

冯进士来到泰城，县官更是百般讨好，大开宴席，就连准备进贡的赤鳞鱼也做来让他享用。酒过三巡，县官忙恭维道："御史大人，你老人家发迹高升，泰山也出现了福瑞吉兆，前不久山前出了个宝泉，请大人前往观赏。"

县官一番话，说的冯御史心里美滋滋的，听说有一个宝泉，便让县官带他前去观看。冯御史来到泉边，只见泉边绿草茵茵，野芳遍地，泉水如银蛇从石隙中跃出，形若白鹤展翅，声似丽鸟长鸣。冯御史正欣赏着这人间奇景，县官又插言："有一天，下官前来游玩，一位白发老人对下官说：'名山名泉第一流，辈辈人才出不休。'正待下官细问，老人却飘然而去。"县官本想说得神乎其神，奉承奉承冯御史，谁知冯御史一听反而很不高兴。他想，倘若日后泰安人才辈出，就显不出他的尊贵了，那时还有谁敬奉他？不成，一定要把泉堵死，就回头对县官说："不要听信妖道胡言，这泉上布满妖气，如不除掉，一定会大祸临头。"

县官唯命是从，就是冯御史说沙锅能捣蒜，他也会说捣不烂。于是，赶紧派了十几个身强力壮的小伙子运来山石灰土，可是泉水奔涌，十几条大汉忙了半天也没堵住。冯御史下令抬来七七四十九口大锅，套着盖在泉眼上，才把白鹤泉闷死了。

周围的乡亲们早闻冯御史的"大名"，听说现在又闷死了白鹤泉，实在咽不下这口气，便都来找他算帐，要求重开此泉。人们把冯御史捆起来，揭去四十九口大锅，泉眼一露，飞出一只白鹤，只见白鹤绕泉飞旋一周，突然直奔冯御史而来，将他两只贼眼啄去，一声长鸣，朝泰山后面飞去。就这样，白鹤泉失去了淙淙的泉水，不久就干枯了，而在山北的济南却冒出了趵突泉、珍珠泉、黑虎泉等七十二大名泉。从此，天下豪杰汇聚泉城。

冯御史连惊带吓，又失去了双眼，不久就死了，至今仍遭人们唾弃。不过，也实现了他"遗臭万年"的"宏愿"。

吕祖戏点神虬飞

虬在湾,在王母池附近的梳洗河内,这里风景清幽,秀丽迷人,碧水与青山、苍天一色,鸟声共水声齐鸣,垂柳戏水,水榭倒映,不愧有"小蓬莱"之称。

相传,在很久以前,小湾里有一条神虬,能兴风作雨,每逢天旱,便普降甘霖,为四邻八乡做了不少好事,人们都非常感激他。

一天,住在下边石洞里的吕洞宾,从外边回来,又被这里的景色所陶醉,就拿来笔墨,在东边小山的石壁上龙飞凤舞地大书特书起来。神虬早知吕洞宾在此修炼,他见吕洞宾写得起劲,就变成一个小孩,偷偷在他后面一字一句地吟起来。

吕洞宾回头一看,见一小孩摇头晃脑地吟他的诗,好像还颇知诗味,觉得这小孩挺有意思,就和他开了个玩笑,在他眉间轻轻一点。这一点不要紧,只见狂风骤起,刮得天昏地暗,有一水柱从潭中腾空而起,那神虬乘风飞去。

原来,神虬眼睛有些毛病,所以从龙宫迁居在

图8　王母池·八仙桥

此，吕洞宾此时已修炼成仙，他这一点，正好点在神
虬的眼上，神虬顿觉耳聪目明，便重返龙宫了。

　　不久，风住浪止，潭中复又平静，吕洞宾此刻才
恍悟，那小孩就是潭中神虬所变。

　　以后，人们便把水湾取名叫"虬在湾"，把水湾
东边的小岭取名叫"飞虬岭"。

白氏郎怒收万仙

泰山为什么有个万仙楼呢?它的来历非同一般。

泰山周围有吕洞宾三戏白牡丹的传说,据说他们还生了个儿子叫白氏郎。白牡丹原来也在泰山修炼,后来不堪众人的嘲弄,就和儿子搬到泰山南边的徂徕山去住了。

白氏郎长到八九岁,生得伶牙俐齿,十分讨人喜欢,可就是没有个名正言顺的父亲,整天在外边被人打骂,受人欺负。

这天,正是腊月二十三,白牡丹让白氏郎跟村里的小伙伴上山砍柴,自己在家里弄些水酒淡菜,准备打发灶王爷上天,去汇报凡界一年的情况。

白氏郎和伙伴们来到山上,领头的说要玩"做皇帝"的游戏,把几个草筐摞起来当作宝座,谁要能爬上去,谁就是皇帝,以后众人就都听他的,选他做孩子头。说完便把筐摞得高高的,一个个轮着往上爬。筐子没用绳子拴牢,一爬一晃,结果没爬几下就都滚了下来。最后轮到了白氏郎,只见他稳抓草筐,轻迈双脚，颤颤悠悠真地爬了上去。本来他们都看不起白氏郎，是想拿他取笑，如今真地爬上去了，谁肯让他这个私生子当头，便把他拖下来，打了一顿一哄而散了。

白牡丹在家里正为买不起酒菜犯愁，见白氏郎又从外面哭着回来，鼻子都让人打破了，十分难过，顿时来了气，就抓起烧火棍，把怨气照着灶王爷出开了："灶王爷啊灶王爷，你都看见了吧，这还让我们怎么活？哼！我儿要是真做了皇帝，非把那些小崽子杀尽斩绝不可。"她越说越气，一边说，一边敲，几火棍下去，灶王爷早鼻青脸肿了。

灶王爷不但没在白牡丹家吃好喝好，而且还挨了一顿棍棒，便一溜烟地跑到玉皇大帝那里告状去了。灶王爷一见大帝，便叩首禀报说："不得了了玉帝，白牡丹发誓，白氏郎要做了皇帝，就要把村里的人斩尽杀绝，这不，白牡丹连我都打了。望玉帝为臣子作主，千万不能让白氏郎做皇帝。"玉皇大帝听了灶君的一面之词，便吩咐四员大将，到来年的龙节抽掉白氏郎的龙筋。

再说白氏郎，从那次挨打以后，就每次独自上山。这一天，他一个人在山上打柴，迎面走来一个白胡子老头对他说："你本是真龙天子，将来要做皇帝的，只因你娘不慎说走了话，玉皇大帝要在来年的龙节抽你的筋，现在已经没办法补救了，只有到时候你能咬牙挺过去，保住你的龙口玉牙，还能说什么是什么。"说完便飘然而去。

白氏郎像做了个梦，吓得不得了。回去和母亲一

35

说，白牡丹得知是自己害了儿子，十分后悔，便把儿子搂在怀里痛哭起来。

转眼龙节已到，只见几片黑云压在白家院上，这时，白氏郎正在院中劈柴，就听一个闷雷，白氏郎随声倒地，几员天兵天将便开始抽他的筋，那滋味简直比脱胎换骨还难受。可是白氏郎记着白胡子老头的话，硬是挺了过来。

从此，白氏郎恨透了灶王爷，恨透了所有的神仙。他发誓要把所有的神仙都扣押起来，以报此仇。可是用什么盛呢，他穷得连个箱子盒子都没有，白氏郎回头见自己上山装水用的葫芦挂在灶旁，便顺手拿过来，恨得咬牙切齿地说：“灶王爷，亏你跑到玉帝面前替我美言，你老人家辛苦了，到我这葫芦里来歇歇脚吧。”因为白氏郎有一副龙口玉牙，他的话便是圣旨，只听“嗖”的一声，灶王爷便化作一缕青烟钻进了葫芦。

白氏郎告别母亲，提着葫芦走遍了全国的名山大川，见庙就进，见神就收。他想收完以后，全都把他们压在泰山底下，所以最后才来到了泰山。

刚过红门不远，迎面走来一位鹤发童颜的老人。白氏郎觉得有些面熟，似曾相识，可一时又记不起来，便喊道：“来者何人，快快通报姓名。”那老人笑嘻嘻地答道：“在下便是小仙吕洞宾。”

白氏郎闻听此言，突然想起以前给他报信的白胡子老头，原来是他的亲生父亲，不禁大吃一惊，将葫芦掉在地上摔成了两半。这下可热闹了，各路神仙都连滚带爬地向旁边的一个大石洞挤去，吕洞宾数也数

图 9　万仙楼

不过来，就把它取名为"千佛洞"。后人又在那里起楼造阁，顺吕祖之意取名"万仙楼"。

只有灶王爷的腿长，又跑回了灶堂，不过吕洞宾怕他再惹是生非，便在灶王的神像边写道："上天言好事，回宫降吉祥。"予以警告。

却说白氏郎得知面前正是他的亲生父亲，便跪在吕洞宾面前，将母子多少年来的冷遇和磨难一一告诉了他。吕洞宾听后，也十分难过，将一柄断烦恼、避磨难、呼风唤雨的青龙宝剑交给白氏郎，嘱咐他照顾好母亲，与乡亲们和睦相处，把他又送回了徂徕山。此后，乡亲们得知吕洞宾如此宽宏大量，也都敬重他们母子，多方给予照顾，白氏郎也用他的青龙宝剑为乡亲们做了许多好事。

唐僧泰山晒佛经

　　过斗母宫，跨溪有一小径斜向东北，夹岸桃李，流水潺潺，蔚然深秀。循小径拾级而上，有石坪数亩，上刻金刚经，字大如斗，笔锋纵横波澜，苍劲有力，被誉为"榜书之宗"，这便是享有盛名的经石峪。因石经遍布峪中，书艺精湛，似非人力所为，所以人们就附会了唐僧西天回来晒佛经的故事。

　　传说，当年唐僧、孙悟空、猪八戒、沙和尚师徒四人到西天取经，曾路过此峪。当时峪中河水泛滥，波涛汹涌，既无桥又无船，四周又空无人家，徒儿三人可以作法过河，可唐僧这个凡夫俗子怎么过？四人正在着急，只见河中有一只大乌龟飘飘游来，对唐僧说："大慈大悲的师父，切莫着急，让我来背你过河。"唐僧十分感激，忙问道："你是何仙，何以能言语？"乌龟说："我本是玉皇大帝的一名元帅，因触犯天条，被逐出天庭，到凡界托生为龟，求你到老佛爷面前，多说好话，把我超度上天，我将感激不尽。"乌龟言辞凄切，说话间已眼含热泪。

　　唐僧是佛门弟子，历来以修好行善为己任，听他这一说，唐僧还真有点同情，莫说还有恩于唐僧，就是萍水相逢也要答应它的要求。

　　许多年以后，等唐僧西天取经回来，乌龟已在这里等待多时了。唐僧一到，它便兴致勃勃地问："老佛爷答应了吗?"

　　却说唐僧历尽艰险，一心取经，几次死里逃生，差点把命都搭上，早把它这事给忘得一干二净了。唐僧见了乌龟，不禁汗颜，自愧有负于它，连忙赔罪。乌龟本是满怀希望，盼望今天能有出头之日，不想唐僧却又泼来一盆冷水，便怀恨在心，想乘机报复他一下。于是，又叫唐僧上了背。

图 10　经石峪

　　乌龟驮着唐僧，慢慢悠悠地到了河中，它见已是水深流急，便把身子一晃，将唐僧掀到河中。唐僧哪里想到乌龟怀此歹意，结果连人带经卷一齐掉进河里。幸亏唐僧有个能钻天入地、功夫非凡的徒弟孙悟空，才把唐僧救了上来。等到捞上来，经卷早已在水中泡透了，师徒四人只得把历尽千辛万苦取来的金刚经，一页页拆开，放在石坪上晒。结果折腾了大半天，等晒干去收时，才发现经文早已入石三分，贴在石头上揭不下来了。

　　以后，人们便把这条峪取名叫"经石峪"，把唐僧师徒晒经的石坪取名"暴经石"。

高山流水有知音

泰山经石峪有高山流水之亭，以石构筑，小巧别致，游人坐于亭中，尽赏溪声山色，遍览佛经大字，清人有诗状其景色："群山环抱一石亭，翠绿丛中一点金。仅闻溪水潺潺过，不见浪花与石经。"道出了此处景幽亭美的奥妙所在。此亭取名"高山流水"，是以此地风景附会伯牙与钟子期的故事。

据《列子·汤问》记载：伯牙是一位善于弹琴的高手，钟子期则有一双鉴赏音乐的耳朵。有一天，伯牙弹琴，其志在高山，钟子期在一边则拂须赞曰："太好了！这优美的旋律就像泰山一样嵯峨雄伟，富有气势。"过了一会，伯牙又弹奏一曲，其志在流水。钟子期又点头称道："太妙了！这优美的旋律就像长江大河一样汹涌澎湃，势不可挡。"伯牙听后欣然首肯。

后来，人们就用"高山流水"这句成语来比喻像伯牙与钟子期一样心领神会、默契相知的知音之遇。

李氏游山乐题如

上泰山自红门便开始爬坡登级，沿途群山耸立，危蹬之险，使人没有喘息之暇。爬上中天门，山路陡然下返，这里青山四围，下临绝涧，翠柏流黛，百鸟齐鸣，清泉流于石上，人行柏洞之中，曲径通幽，如入画屏，正是"翠林转入平如砥，一曲鸣禽韵更幽"的清静之处。人行此处，爽心悦目，焕发精神，故名"快活三里"。这里既有自然胜景，也有众多文字古迹，不过最吸引游人的还是"如"字刻石，人们每到这里，总要横瞧竖看，欣赏一番。

此字是近人李和谦所书。李和谦，泰安山口人，当年在泰城一家酒店当伙计。李师傅腿脚勤快，待客和蔼，一天到晚都是笑脸相迎，乐呵呵的，客人们都喜欢和他攀谈逗笑，他也善于和他们嘻闹打趣，深得酒客的喜爱，所以店里的生意做得颇为兴隆，李师傅也就深得店主的器重。

李师傅虽整天和酒客们打趣嘻闹，围着店堂跑，可他是个有心机的人，尽管出身贫家，平常和店主在一块，还学了不少字，斗大的字，也能识得几布袋。每当他和酒客们攀谈，就用手中的抹布在桌上画来画去，这样日久天长，还真练就了一手好笔力。

有一天，店里没事，他便邀了几个伙计到山上游玩，等到爬上中天门，早已汗流满面，气喘吁吁了。一踏上快活三里，四周绿树成荫，清幽静谧，冷风徐徐，爽快无比，真是走着快活，看着也快活，几个人说说笑笑，乐乐呵呵，指指点点，一路向前走去。

忽然，李师傅好像想起了什么，只见他收住脚步，从衣袋中掏出笔墨，在路旁的一块大石上挥笔书写起来。只见所书之字，笔力遒劲，锋芒毕露，状如松鼠跳跃石上，似与游人相嬉，实在妙不可言。

图 11　中天门

几个伙伴不识字，都过来问李师傅，李师傅笑着说："听有学问的人说：'从善如登，从恶如崩。'就是说一个人要想一辈子都做好事，就像登山一样困难，但是要想做坏事，却像山崩一样一发而不可收。再者，我们乐呵呵地走了一路，心畅神爽，称心如意，所以我题写了这个'如'字，一是包涵上面的意思，可以教育后人；一是字形像如意这一器物，也祝福来爬泰山的游人吉祥。"众人听后顿悟，不禁拍手叫绝，赞叹不已。

剑石耸立斩云雨

过中天门不远，路西有一石突兀，其形若剑。据说，以此石为界，山上的云雾沿峡谷而下，至此便逆流返折，山下的云雾沿峡谷而上，至此也折而复回，如果两个锋面相遇，冷热锋交错，即可形成锋面雨。这种神奇的功能，自然会有一个美丽动人的传说。

在很久很久以前，有一伙山民在山间采药，什么何首乌、灵芝草、泰山参以及能填精补脑的黄精等药材应有尽有。他们为这些上等的名贵药材所吸引，专心致志地挖药，忘记了走过的路途，忘记了天上的风云变幻。当他们来到斩云剑附近的时候，突然浓云骤至，天空像塌了一样黑得吓人，狂风裹着雨点无情地击打着人们，不一会，山洪便雷鸣般一倾而泻。就在人们将要被山洪冲走的时候，一位青年挺身而出，只见他飞身跃上一块高地，双臂拼命地舞动着他手中的铁锹。随着他的挥动，那低沉的乌云，那飘泼的大雨骤然遁去，天空一片湛蓝，山谷中出现一道绚丽的彩虹。人们为能死里逃生而欢呼雀跃。但是，当人们去寻找那骁勇的壮士的时候，却不见了他的踪影，只见他站过的高地上，悄然屹立着一块如削的剑石，人们为了怀念那位青年，就把这个石头取名"斩云剑"。

天助元君铺云桥

走完快活三里，迎面是一座别致的小桥，名叫云步桥，全由青色的花岗岩砌成。此桥凌于绝壁之上，蔽于群松之下；瀑布挂前，云涌在后，松声云气，似虎啸山涧，湍流石隙，如龙吟大海。

云步桥，原名云木桥。相传，碧霞元君与兄长太阳神争坐泰山，兄妹二人互不相让，于是商定，谁先爬上山顶，泰山就是谁的。登山日期规定为三月十五日。

元君自知三寸金莲，爬山不是哥哥的对手，就提前走访调查，找到了一条通往山顶的捷径。

登山之日一到，元君便按事先调查好的路线，翻山越岭，过沟爬坡，来到了快活三里。元君走得正起劲，忽见前面一道万丈深渊拦住了去路，只见周围都是悬崖绝壁，就是长翅膀也飞不过去，这下可把元君给难住了。元君急得火烧火燎，眼里噙着泪水。元君正在犯愁，就听"咔嚓"一声，一棵几搂粗的松树从山上滚来，不偏不斜，正好横在山涧，成为一座小

图 12　云步桥·五大夫松

桥。元君绝处逢生，转悲为喜，不禁叹道："天助我
也！"说着就要举步上桥。可是，独木桥难行，元君

又是小脚，再说桥下一眼望不到底，看一眼都令人头晕目眩，元君只好又把脚缩了回来。

元君这时寒心绝望了。这里前不着村，后不着店，荒无一人，不禁叹道："天啊！你为何这样捉弄我？"正在这时，忽见一片白云，从山顶飘然而下，浮在桥底铺平了山涧，再也见不到无底的深渊了。于是，元君稳稳当当过了桥，捷足先登，坐上了泰山。

太阳神按着规定的路线往上爬，围着泰山转来转去，转到晌午才爬上山顶，那时，元君早等候多时了。太阳神枉费了一顿辛苦，也没落着坐泰山，至今也没个落脚的地方，还整天在天空游荡。

事后，人们便把三月十五元君登山的这一天，作为她的生日，每年都有许多人给她进香祝寿。那座松树架起的小桥，人们给它取名为"云木桥"。以后几经修复，改成了石桥，名字也改成了更富有诗意的"云步桥"。

始皇策封五大夫

　　五大夫松斜依拦住山,背靠五松亭,在这里可遥望十八盘、南天门,只见两山对峙,万仞中鸟道百折,云蒸霞蔚,松涛阵阵,遍传千谷万壑。在这里还可以下望云步桥,只见水流潺潺,陡然入涧,瀑水悬流,溅花泻珠,风响水鸣,风景之秀丽无以言表。

　　却说当年秦始皇费尽周折来到泰山,兴致勃勃地要上山施礼。登山的这一天,正值艳阳高照,晴空万里,始皇爬到半山腰,虽骑马乘轿,却也早已累得汗流满面。忽然,天气骤变,乌云从山头滚下,顿时天昏地暗,风雨雷电一齐袭来。

　　始皇措手不及,见前面有一棵松树,高达数丈,枝叶繁茂,树冠如棚,风雨不透,便急忙躲到树下避雨。随行人员则钻洞的钻洞,爬崖的爬崖,乱成一窝蜂。

　　不一会,风飘云散,雨过天晴,始皇因在树下,未遭风雨侵袭,为赏松树避雨之功,始皇当即封它为"五大夫"。

圣旨刚下，就听树上有人言曰："天下一统，你不以社稷为重，大兴土木，修阿房宫，筑骊山墓，大增赋税，乱派徭役，无德无仁无礼，妄受帝命，凭什么乱封左右？"

始皇闻听此言，又想起刚才忽遇大雨，感到实在晦气，很不高兴，封禅弄了个不了了之。

始皇圣旨已下，把大树封为"五大夫"，以后人们便将此树称之为"五大夫松"，再后来错传成了五棵松树。据说，在万历三十年，由于泰山蛟龙腾起，山洪暴发，秦松被水冲走。我们今天看到的不是秦松，而是清代康熙时补栽的。

望人松系夫妻情

五大夫松以上的山坡上，还有一棵望人松，她袅袅亭亭，一枝长长的树干斜向下伸展着，好像殷殷热情的泰山在企盼着海内外宾朋的到来，许多年轻的情侣，更是将她作为忠贞不渝的爱情象征，在树下留影，因为她身上凝聚着一个动人的爱情故事。

传说，很久很久以前，在朝阳洞附近住着一对年轻的夫妻，他们日出而作，日落而息，相亲相爱，乐善好施。一天，一位外地的花匠到泰山采集花草，不慎失足掉下山崖，被丈夫救回家中，二人悉心照料，花匠很快恢复了健康。花匠为了感谢他们的救命之恩，拿出许多奇花异草的种子相赠，说是撒在山间，来年泰山将会漫山花香，分外妖娆。他们照做了，第二年，泰山果然花繁草茂，十分美丽。又一次，一位石匠来他家避雨，他们倾其所有，热情款待，石匠为了感谢他们的盛情，一夜之间凿通了上山下山的所有盘道，引来了大批的游人，使他们夫妻大开眼界。后来，丈夫为了把泰山打扮得更美丽，决心出山到外

图 13　望人松

面学艺。然而，丈夫走了一年、两年、三年，却迟迟
不闻归期，从春到夏，从秋到冬，年轻的妻子站在山
坡上焦急地望着，执著地期待着，漫天的大雪掩没了

她的身体。来年春天，冰雪消融了，年轻的妻子却不见了，在她站过的地方长出一棵亭亭玉立的松树，像那少妇翘首望着远方，企盼着丈夫的归来。

也不知过了多少年，她的丈夫终于回来了，见妻子变成一棵松树，悲痛异常，于是在树下筑了一间石屋，日夜守护着他的妻子，把对妻子满腔的爱，都献给了泰山，为装扮泰山，建设泰山，为来泰山游玩的客人，做了许多的好事。

山神飞石惊真宗

在御帐崖之上、五大夫松之下的盘路西侧有一巨石陡立，上刻"飞来石"三字，格外引人注目。

相传，宋真宗带领千人万马来泰山封禅，行至云步桥上，只见重峦叠翠，白云压首，秦松亭亭，溪水悠悠，瀑布飞泻，犹如银河倒悬，山青水碧，好似新雨初霁之清秀。置身涧底，捕捉玉珠琼花，令人忘情；飞身崖上，静观高山流水之风韵，使人心醉。宋真宗看到有这样一个绝胜佳处，便下令停轿，在崖上石坪凿石立柱，设帐铺床，在此休息。真宗坐在床上，上有松涛阵阵，下有流水潺潺，前有歌舞美女，后依万古青山，好不逍遥自在。文武大臣们跑这跑那，忙得不亦乐乎。

正巧，这时泰山神黄飞虎巡游从此经过，看到真宗如此享乐，不禁大怒："这个无能的昏君，名为到泰山封禅，实则是游山玩水，心不真，意不诚，赶快轰他下山。"于是山神作法，将身边一块巨石朝真宗滚来。

　　真宗这时正赏乐观景，忽听有声如雷贯耳，回头一看，见一块大石压顶而来，吓得三魂六魄都升了天，忙喊："哎哟！我的娘，赶快救驾！"此刻哪里还有人应声，文武大臣早都逃命去了，只有封禅使王钦若吓得浑身打颤，钻到床下。王钦若在床下，看到巨石突然停在树下不动了，顿时来了劲，忙喊："万岁不要怕，石叟是元君派来接驾的。"真宗闻言，果见大石耸立，像在对自己施礼，遂又回到床上，招呼文武百官，一本正经地说："奴才，一块玩石就把你们吓成这个样子？我乃真龙天子，是元君派来接迎的，我怎能会横遭此祸？"话虽这样说，此时真宗仍心跳不止，便赶忙起驾上山了。

　　王钦若为了讨好真宗，便将此石取名为接驾石，俗称飞来石，把真宗憩过的石坪取名为御帐坪。

烈女示贞望夫山

　　望夫山在瞻鲁台西侧。它的得名，还有一个动人的故事。

　　传说，在很久很久以前的一个东岳庙会，有一对新婚夫妇来泰山进香，企盼两个人婚后能丰衣足食，来年生个大胖小子。两个人沉醉在新婚的欢乐之中，一路上有说有笑，不知不觉来到了对松山附近的盘道。

　　正当他们兴冲冲地攀登十八盘的时候，只见有伙人前簇后拥地用轿子抬着一个公子哥儿来到他们身边，那公子见新媳妇水灵秀气，长得十分标致，便生了贪婪之心，想据为己有。只见他使了个眼色，随从的差役便心领神会，上前来调戏她。新郎官见有人调戏自己的妻子，便奋不顾身地冲上前去保护自己的妻子。身单力薄的新郎官，哪里是那些彪悍的差役的对手。几个差役一起动手，一阵拳打脚踢，就连推带拥地把新郎官推到山沟里摔死了。那些差役对新娘子嬉皮笑脸地说："我们公子看上你，是你的福分，今后

图14 南天门

定有你享不尽的荣华富贵。”说着就连拉带扯地把她一块带到山顶。

那公子游山玩水，又得了位美人，心里像抹了蜜一样甜。他兴致勃勃地来到山顶，对差役们说：“这泰山是历代皇帝老儿祭天祭地的地方，我与娘子在这里拜天地，结为夫妻是再好不过的了。"说着就要与那娘子拜天地成亲。

那娘子此时已是悲痛至极，欲哭无泪。只见她不卑不亢地说："要成亲也可以，只是刚才慌乱之中我连句话也未来得及对夫君说，他就葬身山谷了，请让我再望他一眼，作最后一别。"那公子听她如此说，倒以为那娘子同意与他成亲，就答应了她。只见那娘子从容地整理了一下头上的乱发，不慌不忙地走上山头，凝视着她丈夫葬身的地方，趁身边的差役不注意，对着山谷大喊一声："夫君，等一等，我随你来了。"说着便纵身跳下悬崖，以身殉情。

后人为了纪念这个忠贞节烈的女子，便把她眺望丈夫的那个山头取名叫"望夫山"。

孔子岱顶望阊门

天街东首路北有一简朴的石坊,名望吴圣迹坊,传说儒家的至圣先师孔子和他的学生颜回曾在此处眺望古代吴国的都城苏州。

据说,有一年,孔子与颜回登上泰山以后,徜徉于天街之上,放眼鲁国的大好河山,只见众山若丘,俯于脚下,汶水如带,飘曳于绿野田畴,不禁心潮澎湃。孔子的视线越过万顷碧野,向东南瞭望,眼前仿佛出现了海市蜃楼的幻景一般,他清楚地看到,吴国首都的苏州阊门之外系着一匹毛色雪白的高头大马,不禁喜出望外,得意之下,他把颜回召到自己跟前,用手指着东南方向问道:"你看见苏州的阊门了吗?"颜回瞪大了自己的眼睛,使劲向孔子所指的方向望去,看了半天答曰:"隐隐约约地看到了。"孔子又问:"看到阊门外边有什么东西?"颜回继续用力张望:"好像放着一匹白绢。"孔子立即意识到不妙,急忙用手捂住颜回的双眼,匆匆忙忙地下了山。

下山之后,颜回就大病不起,头发也白了,牙也

图 15　天街

掉了，不久即不治而亡。后来，人们为了表明圣人的非同寻常之处，就在孔子望吴的地方建了一座牌坊，取名"望吴圣迹坊"。

仙人桥上度梁灏

在碧霞祠东南，两崖陡立，相隔丈许，两崖之间三石相连，悬于半空，风吹欲倾，纯属造化之奇巧，非神仙不能过，故名"仙人桥"。

相传，吕洞宾因三戏白牡丹触怒了玉皇大帝，某日午时三刻就要斩首。吕洞宾整天逍遥自在，这样了此一生，他怎能善罢甘休？便想尽千方百计躲过这一劫难。

吕洞宾想来想去，想到了梁灏身上。梁灏是文曲星下凡，考场上屡试不第，今年八十有二还不曾中得半个秀才，他那尺把粗的笔管，从来不被人注意，倒是个藏身的好地方。于是，吕洞宾便急急忙忙投奔梁灏。

吕洞宾找到梁灏，说明来意，向梁灏乞求道："求老兄救我一命，他日保你科场高中。"

梁灏见是散仙吕洞宾，便开口问道："如何相救？"

吕洞宾说："倒也不难，到了那天，不管是风狂雷

图 16　仙人桥·瞻鲁台

急，还是鬼哭狼嚎，你只管握紧笔管不停地写，千万不要松手。否则，我命休矣。"梁灏听说不过如此，便欣然允诺。

是日，和风丽日，哪里有什么风呀雷的，梁灏以为吕洞宾又要什么鬼把戏骗人。谁知不一会，天空滚云翻墨，狂风大作，电闪雷鸣，地动山摇，仿佛就要天崩地裂。梁灏谨记吕洞宾之言，紧握笔管大书特书。

午时三刻已过，梁灏还在大书不止，只听背后有人言曰："谢梁兄救命之恩，容当后报。"梁灏抬头，才发现窗外已风住雨歇、丽日当空了。吕洞宾见他洋洋洒洒写了几十页，忙道："凭梁兄这般才华，明年我保你中头名状元。"说完便飘然而去。

第二年，梁灏半信半疑地进京赶考，果然中了头名状元。皇帝见他年事已高，便赐给他许多金银财物，让他衣锦还乡了。

梁灏有言在先，如果今生中得头名状元，就给碧霞元君亲自挂袍进香。这天，梁灏在山顶还完愿，听到远处好像有人叫他，便寻声望去。只见吕洞宾在仙人桥上向他招手，梁灏忙上前施礼，问道："先师为何端坐在此？"

吕洞宾道："我已在此等你多时了，你已功成名就，想携你离开这里，以报答你的救命之恩。"

"我乃凡夫俗子，怎能随你前往？"

"只要你跟我从桥上走过就行了。"

梁灏偌大一把年纪，怎能爬得上这悬崖峭壁？再说就是爬上去，还不摔到谷底碎尸万段？于是便婉言辞谢了。无奈，吕洞宾只好一人从桥上飞走了。

舍身崖前说哀愚

　　舍身崖在仙人桥东侧，三面绝壁，陡峭如削，上可举手触天，下临深渊万丈，飘飘在青云之上，巍巍踞高山之巅，置身其上，令人头晕目眩，魂飞九霄。

　　相传，在明朝时候，山前白峪庄有个叫徐大用的在泰城开店，大用待人诚实可亲，人缘好，生意很兴隆。一天，有位姓何的南方客人携子来到店里，只见他满面愁容，眉头紧锁，言语不多，像有心事在胸，大用便对此人留心。

　　那姓何的一连在店里住了几天，前门不出，后门不到，整天唉声叹气。有天晚上，大用给他端上酒菜，搭讪着问道："客官是进京赶考，还是到此经商？是前来投亲，还是到泰山进香？"那人只是摇头，什么也不说。大用便开门见山地说："客官，我看你像有什么难处。人生一世，在家靠父母，在外靠朋友，你住这里也并非一日，如果信得过我，有什么心事不妨直言，说不定我还能帮忙。"

　　客官闻听此言，含泪对大用说："掌柜的，实不相瞒，去年老母重病在身，危在旦夕，后来听说泰山圣母能为人祛病除灾，便到泰山来许愿：若圣母救老母一命，来年定要舍身相许。果然，母亲的病回去不久便好了。现在到了还愿的时候，倘若我舍身还愿，母亲无人照管，岂不又将老人家置于死地？只好以子代父。我儿年方五岁，已能习文写字，聪颖过人，我怎能忍心将亲生儿子推下山去？所以迟迟不能动身。掌柜的若肯帮忙，代我上山舍子，我将感激不尽，终生不忘。"

大用一听，这人真是鬼迷了心窍，我从小住在这里，烧香许愿的不计其数，从没见过这般心诚的，这样好的孩子，将来定成大器，救人一命，胜造七级浮屠，大用便一口答应下来。第二天领着孩子在山上转了一圈回来，说已将孩子舍下山崖。其实，大用已把孩子偷偷收养了。

姓何的客人带上纸、香，到崖上祭奠了儿子，便一路啼哭着回南方去了。

徐大用收养了孩子，给他取名徐起鸣，以后便让他上学读书。起鸣天资聪颖，才华横溢，过目成诵，出口成章，十八岁中举，二十岁便金榜提名，中了状元。皇帝下旨那天，徐大用将起鸣的亲生父亲请来，把事情的来龙去脉都告诉了他，让起鸣拜见父亲。父子相见，抱头痛哭。此后，起鸣听说祖母已去世，便安排生父和徐父在泰山共度晚年。两位老人相敬如宾，亲如兄弟。

事后，三人复又来到舍身崖，抚今追昔，感叹不已。何老夫子自愧当年糊涂，险些送了儿子的性命，遂将"舍身崖"改名为"爱身崖",后人又在崖上刻"哀愚"二字,以示众生。

图 17　青山叠翠

探海石惩东海妖

　　探海石，又叫拱北石，是泰山著名的标致性景观之一，它像一只报晓的雄鸡，气宇轩昂地伫立泰山之巅，翘首以待，为世人迎来辉煌的黎明。关于探海石的来历，还有一段美丽的传说呢！

　　原来，中天门有座二虎庙，二虎庙供奉着黑虎神。虎为百兽之王，他奉碧霞元君之命整天在山上山下巡逻，哪里有百兽作浪，妖孽兴风，他就到哪里去惩治，保卫着泰山的安宁。

　　有一年春天，春暖花开，游人如织，东海龙宫有个守门的海妖见自家门前冷冷清清，门可罗雀，而泰山顶上却热闹非凡，便生了嫉妒之心，偷偷地到泰山顶上施放妖气。刹那间，山顶那如诗如画的云海，缭绕而至的仙雾，即刻变得乌烟瘴气，山顶上顿时大乱，海妖见后，却在一旁幸灾乐祸地放声大笑。

　　黑虎神正在山下巡视，见乌云笼罩着山顶，便知定有妖孽作怪，提上元君赐给他的镇山之宝——擎天神棍直奔山顶，他见那妖孽还在山顶作法，便气不打一处来，狠狠地一棍打去。那海妖只听身后一阵冷风袭来，知道大事不好，急忙化作一缕青烟夺路而逃，山顶复又出现一派仙山琼阁的美景。但是，黑虎神由于用力过猛，那擎天神棍打在石上，一片火光散后，神棍断为两截，那断掉的一截顿时化作一块巨石，直指东海，怒目而视。

从此，那东海妖孽远远看见擎天神棍立在山顶，便再也不敢到泰山作孽了。

图 18　泰山日出

官升四级问丈人

玉皇顶西北不远，有巨石陡立，状似老叟，这便是泰山丈人峰。那么，为何将此石尊为丈人呢？

据说，唐明皇来泰山封禅，派张说为封禅使，前来做些准备工作，以迎圣上驾到。泰山封禅，是在山顶筑土为坛以祭天，报天之功；山下辟场以祀地，报地之德。张说奉旨前往，而他自己却另有打算，认为封禅动用黄金万两，吃喝玩乐，大有油水可捞，再说，事后还可以因功受赏，便乘机把女婿郑镒也拉上一齐赴岱。

唐明皇到泰山封禅，千人万马，车如流水马如龙，举行了轰轰烈烈的封禅仪式。事后，按惯例，凡随行官员都晋升一级，并大赦天下，以示皇恩。郑镒本是九品小吏，由于他老丈人的作用，连升四级，骤迁五品，赐给大红官服，趾高气扬，威威武武，好不显赫。其他人早就看在眼里，气在心上，宫廷上下议论纷纷。这事传到唐明皇的耳朵里，皇帝马上召郑镒进殿，问他是怎么回事，郑镒默不作语。这时，有个叫黄幡绰的人在旁边为他开脱说："此乃泰山之力也。"

此事在宫廷内外传为笑话。以后，人们便把祭坛旁边的那个状似老叟的石峰取名叫"丈人峰"，遂把丈人称作"泰山"，因为泰山又称"东岳"，所以又把丈人叫作"岳父"，沿袭至今。

仙泉润泽救山民

泰山气势雄伟，拔地通天，那层层叠叠的山峰，像一把把锋利的宝剑，高耸入云，直刺蓝天；那满山遍野的苍松翠柏和缭绕不尽的轻云薄雾，更增加了泰山的秀美。不过，山再美，倘若没有水，就如同人没了眼睛，似乎少了灵性，也少了风韵。

泰山不仅有水，而且清澈甘甜，常年不竭，还神奇莫测。不是有白鹤泉飞出仙鹤，黑龙潭东通东海、北达济南之说吗？这里还有一个仙泉的传说呢。

俗话说：山多高，水多长。泰山高度能量，却从来没有人测知泰山的水源何处。据说，泰山无论大小山泉，东溪西溪，水源都是出自泰山奶奶——碧霞元君的怀中，也就是碧霞祠前面的仙泉。

相传，碧霞元君一辈子膝下无儿，只生了二九一十八个闺女，个个都长得聪明伶俐，文静善良，十分讨人喜爱。元君这十八个女儿，每人都身怀绝技，倘若哪儿有灾有难，元君就派一个去灭灾降福，因此，深得人们的敬爱。

仙泉是元君最小的女儿，也是姐妹们当中最漂亮的一个。她那双眼睛，恰似两潭汪汪的秋水，清澈照人；两个嘴角上，一天到晚始终挂着一丝微笑；更可爱的是她那永远抹不掉的一对小酒窝，惹得姐妹们既有几分嫉妒，又有几分骄傲，因为她毕竟是自己的亲妹妹。

图 19　对松奇绝

仙泉人虽小，嘴却特别甜。她那双水灵灵的大眼，仿佛能洞察一切，元君的心事，都逃不出仙泉的眼睛。若是元君愁眉不展，她便去为母亲宽心，排忧解难；若是元君高兴，她更是爷声娘气地缠着不放，撒娇撒痴，因此，深得元君的宠爱，天天不离左右。

有一年，天闹大旱，一连几个月滴雨不下，结果，地里的庄稼一颗也没收。百姓们打不出粮食，没有东西可吃，便跑到山里找野果，挖野菜。不过，人多菜少，山上的野菜几天就吃完了。没办法，只好再吃树叶青草；吃光了树叶青草，就漫山遍野地扒树皮吃。最后，树皮也吃光了，只得以树根草根充饥。就这样，几个月过去，竟把偌大一个泰山吃得光秃秃的。然而草根哪能用来糊口？许多人都被活活地饿死，一时间泰山附近竟死尸无人管，白骨无人收。

原来，碧霞元君因为成全了黑龙潭里碧莲公主和海兰的婚事，得罪了东海龙王，龙王便下令，泰山附近大旱三年。元君是个心地善良的人，眼看着黎民百姓死的死，亡的亡，她怎能忍心？可是自己又好强，拉不下脸皮，去低声下气地求龙王。因此，元君整天郁郁寡欢、闷闷不乐。

元君的心事，仙泉早已看在眼里，记在心上。这天，仙泉又见母亲一个人静坐，唉声叹气，便凑上前去搭讪着问道："母亲愁眉不展，不知有何心事？"

元君看了看女儿那张天真的脸，欲言又止，可最后还是不得不告诉了女儿："孩子，母亲有难处啊。"接着元君就把事情的原委，细细地告诉了仙泉，说是现在姐姐们都已派往他乡，也只有仙泉能担当此任。元君含着眼泪对女儿说："仙泉，你年纪幼小，从没自己出过门，不是母亲心狠，我作为一山之主，眼看着百姓遇难，我不能见死不救呀！"

仙泉听了母亲所言，坚定地说："请母亲放心，我一定当此重任。只是女儿不在身边，望母亲多多保重。"说完，便眼含热泪，依依不舍地辞别了元君。

从此，仙泉姑娘不知疲倦地苦干，日夜山前山后地奔波，漫山遍野地栽花种树，插秧插苗，一个多月过去，泰山才又重现了生机，布满了绿色。

仙泉姑娘记挂着母亲，干完这一切之后，便急急忙忙赶回母亲身边。元君见女儿那黑黑的、消瘦的面庞，不禁流下了难过的泪水。当她问明情况，得知仙泉并没给乡亲们留下水源的时候，她担心人死山秃的局面不久又要重演，便忍痛割爱，将自己最宠爱的女儿在身边化作山泉，流到山下滋润万物，解救众生。那清凌凌的泉水，至今流淌不绝，仙泉姑娘那洁白的衣裙，也化作片片云雾，在山间悠悠地飘曳。

良家女化姊妹松

　　姊妹松在后石坞的九龙岗上，两松携手，婷婷玉立，如同一对风姿绰约的孪生姐妹，据说它的得名，还有一个悲壮动人的故事。

　　传说在很早以前，泰山山后的马家庄有个马员外，他勾通官府，霸占周围的名山大川，有钱有势，肆意欺压百姓，强占民女，坏事做绝，横行乡里，庄里的人都恨透了他。因为他姓马，又如此狠毒，所以人们都叫他"大马蜂"。

　　大马蜂有个佃户马老大，马老大有一对黄花闺女，年方二八，姊妹俩虽说生在穷家，自幼丧母，却长得浓眉大眼，如花似玉，庄里的人谁不夸马老大的这两只金凤凰。

　　大马蜂虽年过花甲，但他对马家姊妹却早就看在眼里，喜在心上，他恨不得一把将她们抢过来。这一天，大马蜂把马老大叫到堂下说："老大，你家两个闺女，我看也老大不小的了，也该找个婆家了。这门亲戚我早就给你看好了，那人的长相和我一样，家产

77

万贯，她们嫁过去有吃不尽的鸡鸭鱼肉，穿不完的绫罗绸缎，享不尽的荣华富贵。老大，你看如何呢？"

马老大早就看出他心怀鬼胎，是黄鼠狼给鸡拜年，没安好心，就连忙说："谢谢你老人家的好意，我早就把闺女许给人家了。"

大马蜂吃了个闭门羹，一听就来了气，向马老大吼道："说穿了吧，你这俩闺女我要定了，给也得给，不给也得给，除非是今晚她们一命归天，要不然明天早晨就拜堂成亲。"

马老大听这些，好像是晴天一声霹雳，女儿是他的命根子，怎能把她们往火坑里推，送给这个人面兽心的东西，便向大马蜂乞求道："员外爷，我家贫寒清苦，女儿貌丑，怎能配得上你老人家。请你高抬贵手，饶了我们吧。"

"哼！你不要不识抬举，这是聘礼，赶快回家准备吧。"说完，把马老大赶出门外。

马老大回到家里，像是没了魂。大马蜂是头顶上长疮，脚底下流脓，坏透了的，什么事都干得出来。老大急得火烧火燎，只恨上天无路，入地无门，只好把事情告诉了女儿，说完父女三人抱头痛哭。姊妹俩非要以死相对不可，老大忙劝说："你娘死得早，我把你们拉扯大，你们死了，扔下我这孤老头子，活着还有啥意思？"他沉思片刻说："天无绝人之路。看来只有到后石坞青云庵出家了。你们莫怪我心狠，这也是你爹没有办法的办法。"姊妹俩自然知道出家生活的清苦，可是看着老爹满面愁容，年迈体弱，倘若以死了之，日后谁来照顾他老人家？姊妹俩只好答应

图 20 姊妹松

了。晚上，父女三个直奔青云庵。

他们来到庵里，拜见了庵主，说明了来意。庵主慢条斯理地说："佛门敞开，善者进来。此乃佛门净地，佛祖保佑，你就放心吧。"马老大安置好女儿，辞谢了庵主，便星夜赶回乡里。

第二天清早，马老大正准备下地，又被大马蜂召去。大马蜂冷笑道："老大，青云庵可是个好地方。哼！孙悟空一跳十万八千里，还没跳出如来的手心呢。这山上的一草一木都是我的耳目，你想从我的手里逃走，没门！我要让你亲眼看着我和你女儿成亲。"说完，坐上山轿，押上马老大，一队人马向青云庵奔去。

原来，庵主早就和大马蜂私通，马家姊妹出家的事，庵主当夜便派人报告了大马蜂。此刻，庵主一听大马蜂驾到，便走出山门高接远迎，盛情相待。礼节过后，大马蜂道："庵主，弟子想暂借你这佛门宝地在此成亲，不知庵主意下如何？"庵主连忙恭维道："托你老人家鸿福，在此成亲，是本庵荣幸之事，我已传下话，让马家姊妹梳妆打扮，请员外爷稍等。"说完便和大马蜂眉来眼去地笑起来。

大马蜂和庵主正做好梦，只见一个小尼姑跑来喊道："大事不好了！庵主，马家姊妹逃走跳崖了。"庵主一听慌了神，大马蜂也傻了眼。

马老大刚才看到庵主和大马蜂有旧，心里早凉了半截，现在听说女儿跳崖，更是痛不欲生，不禁失声笑道："哈哈哈……佛门净地，佛祖保佑，见鬼去吧！这世间哪里还有穷人的活路。女儿，等着我。"说完，一头朝香案撞去，碰死在菩萨面前。

却说马家姊妹，原来帮她们梳妆的几个尼姑，得知她们的身世后，都很同情，便让她们偷偷从后门逃了出来，不巧被大马蜂的家丁发现追来。茫茫山林，哪里有路可逃，姊妹俩跑着跑着，前面出现了一道万丈深渊，眼看后面的人就要追上来，马家姊妹对视一眼，俩人便拉起手，纵身跳下了悬崖。

后来，在她们跳下去的地方，并排长出了两棵松树，枝枝连理，叶叶交通，好像手挽着手一样，人们便给它取了个很形象的名字叫"姊妹松。"

三翁笑谈长寿经

在普照寺的云门之外,有一巨石如牛卧地,上刻"三笑处"三字,到此游览的人,无不立足注目,评议再三。

传说很早以前,泰山脚下有三个百岁老翁,他们茶余饭后经常在山下散步锻炼身体。

这一天,三位老寿星又碰到一起,于是便海阔天空地又拉了起来,话题渐渐地谈到了如何才能长寿。这时,其中的一位老人说:"我们都是上百岁的人了,也算是老寿星了,咱们每人把长寿的经验用一句话总结出来,你们看如何?"他的话得到另两位老人的首肯。

甲翁说:"我的长寿经验是饭后百步走。"

乙翁说:"我长寿的经验是吃饭少一口。"

丙翁说:"也不怕你们见笑,我长寿的经验主要是老婆长得丑。"

甲乙二翁听后,三人不禁开怀大笑。后来有人在老人们笑谈的地方刻了"三笑处"几个大字,以示后人。

僧松同修论弟兄

普照寺位于泰山南麓，相传为六朝所建，它背依泰山，前临小溪，清幽静谧，鸟声不绝。院内银杏双挺，油松对生，两丛梅花，翠竹亭亭。整个寺院荫蔽在青松翠竹之中，夏无酷暑，冬无严寒，冷暖宜人，的确是一处胜地。人们大都慕名而来，瞻六朝古松，望老树筛月，别具情趣。不过，西院的一品大夫，说来也令人增加兴致。

一品大夫，原名"师弟松"，是清代寺僧理修入寺时与师父共植。当时，寺院清静，游人稀少，理修天天以松为伴，在树下习文读经，天长日久，便对松树产生了依恋之情。

一天，他坐在树下吟道："僧栽松，松荫僧，你我相度如同生。松也僧，僧也松，依佛门，论弟兄。"吟成，理修马上把此诗告知师父，师父听后，不禁拍手叫绝，遂把松树取名为"师弟松"。

光绪二十二年二月，楚仕何焕章游至普照寺，为寺里的景色所折服，赞叹不已。当时，寺里的住持和

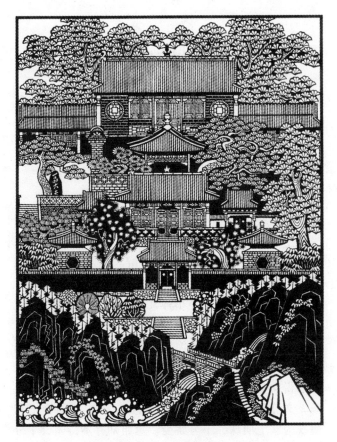

图21　普照寺

尚庆山师父陪他到西院，听到赞誉，自然欣喜无限，便邀何焕章题字，何焕章站在师弟松下，见此松袅袅婷婷，位于西院中央，树冠如棚，状如华盖，因为只有皇帝才能乘华盖之舆，便提笔疾书"一品大夫"四字，刻于石上，此名沿用至今。

蕙姐纳婿小白龙

西溪建岱桥上,有碧水一潭,清澈见底。只见清泉流于石上,苍林倒映水中,鸟飞水底,鱼游林中,溪声山色,妙不可言,叫人陶醉。这水潭名叫白龙池,以前每遇天旱,求雨者往来不断,据说清朝乾隆皇帝也曾到此乞雨。小小弹丸之地,如何能引来如此旺盛的香火呢?

相传,很久以前,潭边住着一家田氏夫妇,老两口年过六旬,膝下无子,只养得一个女儿。田氏夫妇老来得女,女儿又长得容貌出众,聪颖过人,贤惠温顺,文静善良,便给她取名"蕙姐"。夫妇两个把蕙姐视为掌上明珠,十分娇爱。蕙姐却并不恃宠,十分体贴二老,田里耕耘收获,家里针线饭食,都能拿得起放得下,对父母照顾得也十分周到。

姑娘大了,婚事便成了父母的心头大事。蕙姐自己也早有主意,为了照顾好二老,她决定招个上门女婿。尽管有人介绍了几个,蕙姐都不中意,这事也就暂时放下了。

这年春天适逢大旱，碰巧父亲又染重病，真是福无双至，祸不单行。蕙姐既要耕耘下种，浇地施肥，又要侍候父亲，抓药熬汤，里里外外，忙得蕙姐脚不着地，几天功夫就消瘦了许多。

一天，蕙姐安顿好父亲，便去潭边挑水浇地。几天来，由于吃不好睡不好，蕙姐感到浑身无力，她挑着两只桶从涧底艰难地向上爬着。突然，一阵晕眩，眼前发黑，身子一晃，连人带桶滚下沟底。

正巧，有个砍柴的小伙子在路边歇息，见蕙姐跌倒，急忙前往救起蕙姐，用自己的衣衫为她擦洗包扎。蕙姐醒来，发现自己躺在一个不认识的小伙子怀里，脸上顿时飞起一道红霞，那小伙子也会意，忙把蕙姐放在一块平滑的石上。

一阵沉默之后，小伙子言道："你身体如此虚弱，路又这样难走，怎能一个人来挑水？"蕙姐以实情相告。小伙子十分怜惜地说："让我来帮你浇地吧。"说罢，便拾起扁担，挑起水桶，干了起来，几亩薄地，不一会儿就浇完了。小伙子深情地对蕙姐说："你家少人无力，这担柴也送给你吧。"不容分说，小伙子已拾起担子在前面走了。蕙姐在后面看着他那强健的身影，见他诚实可亲，忠厚善良，心里有些喜欢，便默默地跟着回家了。

回到家里，蕙姐向父母一说，两位老人都十分感激。到底是女人的心细，母亲见蕙姐一说起小伙子便眉开眼笑，滔滔不绝，知道十有八九中了女儿的意，便和老头子商量，想收那小伙子做女婿。田翁巴不得能看着女儿成亲，便把此意向年轻人一说，他们都欣

85

图 22　白龙池

然同意，田翁邀来四邻八舍，灯窗花烛，当晚就让他
们入房成亲。

　　真是人逢喜事精神爽，心里一高兴，田翁的病不几天就好了。一家人生活得和和美美，小夫妻俩更是恩恩爱爱，相敬如宾。

　　春夏之交，大旱不减，而且旱情日益加重，地里的庄稼都快要烤干了，唯有田家的地里湿淋淋的，每天早晨都降四指露水，庄稼长得黑绿黑绿的，村里的人都来问蕙姐使的什么神法，求她帮忙，蕙姐哪里知道其中的奥秘，真让她左右为难。晚上，蕙姐把此事告知丈夫，问他是否有办法。小伙子见妻子愁眉不展，犹豫了一下说："好吧，我试试看。"蕙姐一听有办法，十分高兴，她躺在床上，越想越觉得丈夫可爱，想着想着，脸上挂着一丝微笑睡去了。

　　朦胧中，蕙姐被雨声惊醒，翻身一看，丈夫不知道干什么去了，外面大雨滂沱，她不禁叹道："谢天谢地，总算救了庄稼人的性命。"

　　天亮了，雨也停了，小伙子疲惫不堪地从外面回来。蕙姐见丈夫累成这个样子，而且一脸的忧愁，忙上前问道："出了什么事？"事到如今，丈夫也不好再隐瞒，便把自己的身世告诉了蕙姐。"我是龙王的九子，叫白龙，住在你常去挑水的潭中，掌管泰山南北的风雪雨霜。父王有令，今年泰山南北不下滴雨，我看你心事重重，不思茶饭，求我降雨，我实在不忍心难为你，今夜便违令行雨。可现在触怒了父王，不久，父王就会派人来抓我的。以后你多多保重吧。"说完，双泪横流。蕙姐闻听此言，也投身丈夫的怀中哽咽不语。

　　两人正紧紧偎偎着诉说几个月来的柔情，只见乌云复至，狂风骤起，一个炸雷响过，小白龙不见了。

从此，蕙姐脸上失去了笑容，整天郁郁寡欢，不言不语，有时半天望着清清的潭水出神。人们都非常同情蕙姐，都来帮她收拾田地，照顾两位老人。小白龙怀念着蕙姐，也很感激乡亲们，还时常偷偷到山前降雨。

惩恶扬善龙潭草

　　黑龙潭是泰山西溪风光的精粹所在。这里空旷开阔，静谧清幽，山青水秀，美不胜收。龙潭四周，万木葱茏，野芳吐艳；悬崖百丈，溪水悠悠，崖上长桥卧波，如彩虹凌于山涧，似新月悬于蓝天；下有龙潭飞瀑，形如龙跃九霄，声若钟鼓雷鸣；潭平如镜，水光潋滟，人行树梢，鸟飞水底；脚踏碧水，身依青山，使人不知是醉心诗境，还是置身画苑，确实是天下绝胜之处。如果你看了下面的故事，一定会更加流连忘返。

　　传说，黑龙潭是东海的一个海眼，与东海龙宫相通，泰山碧霞元君在潭下的水晶宫中植有两种仙草，用来奖善惩恶，一种叫黄生，一种叫黄变。人吃了黄生能起死回生，长生不老；吃了黄变就会变成乌龟。两种仙草长得十分相似，一般人都分不出来，元君就派龙王的女儿碧莲公主严加看管。

　　傲徕峰下有一个小伙子名叫海兰，在地主活阎王家扛活，经常在黑龙潭边开山植树，不知流了多少汗

89

图 23　黑龙潭

水。他在潭边栽了一排排的松柏杨柳，移来了许多芳草野花，一到春天，山青水碧，花草丛生，把黑龙潭周围装点得十分秀美。碧莲公主在水晶宫里时常看到这位勤劳的青年，很感激他，每晚都替他给树浇水。

海兰很纳闷，这里既无人家，又无来往行人，是谁帮他浇的呢？一天晚上，海兰偷偷来到潭边，藏在石头后面，只见一个少女，轻轻从潭中跃出，提着水桶，一会就把树浇完了。海兰忙上前致谢。碧莲公主见自己的行迹被海兰发现，又知他是个诚实可信的小伙子，便把身世告诉了海兰。

世上真是没有不透风的墙。这事不知怎么叫活阎王知道了。他一听龙潭里有仙草，吃了可以长生不老，还有一个漂亮的姑娘，这老东西就生了歹意。他硬逼着海兰到龙潭去偷仙草，海兰至死不去。活阎王恼羞成怒，将海兰毒打一顿，派人把他扔入龙潭，说："如果偷不到仙草，就让你在水中喂鱼。"

海兰沉入水底，昏迷不醒地僵卧在水晶宫门外。碧莲公主发现后，忙将他抱进水晶宫，折来莄生让他吃下，很快海兰就醒来了。公主问道："你为何被打成这般模样？"海兰把事情的原委说了一遍。公主气愤地说："好一个活阎王！一年到头，拼死拼活地为你干活，却挣得一个下潭喂鱼的结果。好！给你仙草，让你长生不老。"碧莲公主顺手折来一枝仙草，让海兰给活阎王送去。海兰不知自己吃的是莄生，而公主递给他的却是莄变，有些迷惑不解。公主说："去吧，你会明白的。"说完把海兰送上岸来。

活阎王本想海兰早在潭底被鱼吃了，没想到还真偷到了仙草，真是喜出望外。活阎王成仙心切，只见他一把夺过仙草就填到嘴里吃了。不一会，就见活阎王在地上转起圈来，三转两转，变成了一只大王八。

后来，泰山老母得知此事，想到碧莲公主奖善惩恶有功，海兰诚实勤劳，他们二人的心事也早知一二，泰山老母便成全他们，让他们结为夫妻。从此，二人恩恩爱爱，共同劳动，把龙潭周围打扮得更秀美了。

赤鳞鱼王赠宝珠

泰山赤鳞鱼，又名石鳞鱼、时鳞鱼，其颜色因季节和环境的变化而不同，有金赤鳞、银赤鳞、铜赤鳞、铁赤鳞之别。赤鳞鱼的生活环境很小，非泰山水不能活，有"东不过麻塔，西不过麻套"之说。赤鳞鱼肉质细嫩，经烈日暴晒而融化流油，其味道鲜美，刺少无腥，具有"补脑力、生智慧、降浊气、升清气、悦颜色、延高年、明耳目、齿牙坚固"等功能，可谓鱼中上品。

那么，想吃赤鳞鱼的人，大概也想听听赤鳞鱼的传说吧？

相传，泰山脚下有个刘氏老翁，人们都叫他刘翁。刘翁一家地无一垄，只靠他上山打柴挖药为生，遇到阴天下雨，就到黑龙潭钓些赤鳞鱼卖掉，来接济生活，日子过得甚是清苦。

一天，刘翁到泰城卖鱼，正巧碰到赃官吴知县。吴知县独霸一方，他贪赃枉法，欺压百姓，巧取豪夺，胡作非为。吴知县见刘翁的鱼与众不同，金灿灿的实在漂亮，就对刘翁说："刘老头，你孝敬我的这几条鱼我收下了。"唉！刘翁气得直瞪眼，可是敢怒而不敢言，只好让他拿走了。

吴知县回到县衙，把鱼放在水里玩够了，又让厨子给他做来吃。鱼刚进锅，吴知县就闻得香味扑鼻，口水早流了一大碗。一端上来，吴知县三下五除二，几口就吃光了，连馋虫还没打下去呢！

第二天一大早，吴知县就差人把刘翁叫来，对他说："老刘头，从今以后，你什么也甭干，每天钓鱼给我吃。"刘翁哪里肯依，忙求道："知县大老爷，我上有老母，下有幼子，一家人全靠我打柴挖药养活，求大老爷可怜我一家老小，另请高手吧。"

吴知县却没脸没皮地说："甭不识抬举，今后你只堵我这一张嘴，就免得再为一家几张嘴奔波操劳了。不过，如若一天钓不到鱼，我要重打八十大板。"说完便将刘翁赶出门外。没办法，穷人的路就是窄，刘翁只好拿着钓杆上了黑龙潭。

刘翁一天心绪烦乱，惦挂家中，结果到了傍黑也没钓到一条，只好愁眉苦脸，准备回去吃那八十大板。刘翁正欲收杆，忽觉大鱼咬饵，用力甩杆，几乎将鱼杆拉断，原来是一条大赤鳞鱼。刘翁忙将鱼抓在手里，只见那鱼两眼泪水滚滚，忽然开口说道："刘公公，我是赤鳞鱼王，家中有一大群儿女，我想出来找些小生灵给它们吃，不想误咬了你的鱼饵。如果你吃掉我，它们就没法活了，再说，从今以后，你也钓不到赤鳞鱼了。"刘翁听后，十分同情，便把它又放回了水中。可刘翁想到自己的心事，也不禁泪流。鱼王见刘翁难过，便游出水面对刘翁说："刘公公，你的身世我知道，我这里有宝珠一颗，带上它饿了可止饥，干了可止渴，冬能暖，夏能凉，你拿去吧。如遇难事，再来找我。"说完便游回水底。

刘翁揣上宝珠来到县衙，吴知县早等得不耐烦了，见刘翁两手空空，就气不从一处生，差人重打刘翁。衙役将刘翁一脚踢倒，只听"当啷"一声，一颗光彩夺目的珠子从刘翁怀中掉到地上。知县一把抓在手里，贪婪地望着，见珠子闪闪发光，知道是一颗宝

图 24 云龙三现

珠，便说："你这穷鬼，哪来的宝珠，分明是从我家偷的，还不快从实招来！"刘翁为了辩白，便说了实情。知县听说还有一条赤鳞鱼王，那鱼王一定还有许多宝珠。只见他三角眼一转，便又生诡计，说道：

"只要你能让鱼王证明这珠子是它送你的，我就把珠子还你，否则，你就别想要这条老命。"

吴知县乘上轿子，押上刘翁来到黑龙潭边。那宝珠原来是鱼王的耳目，刘翁的情况她早就听到了。鱼王见刘翁到此，便打开水晶宫的大门，霎时，龙潭水分两路，一条大道直通水晶宫，只见水晶宫内珠光宝气，金壁辉煌。鱼王派两员大将把刘翁接进宫，以歌舞酒宴相待。吴知县在岸上看得发呆，忽见潭水合拢，顿时潭水暴涨，冲上堤岸，赃官吴知县和众衙役哪里来得及跑，全都卷进潭中喂了鱼鳖。

不久，潭水复平，鱼王亲自把刘翁送到岸上，把宝珠又还给刘翁。刘翁非常感激，从此再也不去龙潭钓鱼了，有时还特意做些好吃的，撒到潭中喂鱼王的儿女，所以，至今赤鳞鱼繁衍不断。

竹林小僧获参娃

　　在黑龙潭的上边，原来有一座寺，叫竹林寺，寺的周围翠竹青青，松柏苍郁，溪水潺潺，曲径通幽，风景十分秀美。

　　相传，寺里有两个和尚，一老一小，那小和尚姓秦，名叫秦力，老和尚粗野蛮横，好吃懒做。所有寺里的脏活累活，像是挑水、扫地、烧茶、做饭、种地、浇园等等都是小和尚的事，就连老和尚的衣服也要小和尚给他洗，一天到晚忙得小和尚连饭都吃不上，结果小小的年纪，弄得面黄饥瘦，背都有点弯了。就是这样，老和尚还常常不满意，动不动抬手就打，张口就骂，可怜的小和尚，整天郁郁寡欢，满面愁容。

　　有一天，烈日当头，骄阳似火，地里的庄稼都晒得蔫蔫的，老和尚让小和尚去锄地，而自己却在树下优哉游哉地喝茶。六月里的日头，毒辣辣地晒在小和尚的身上，汗水像断了线的珠子不住地往下滴，可小和尚却不敢停下来作片刻的休息，因为一旦被师父发

97

现，不仅不给饭吃，还会召来一顿毒打，小和尚有泪只好往肚里咽。

也不知过了几个时辰，小和尚锄完一垄，来到地头上擦汗的时候，无意中看见离自己不远的树下，坐着一位年方二八、长得细皮嫩肉、穿着一身红衣服的妙龄少女，只见她双手托腮，目不转睛地看着自己。少女见小和尚发现了自己，便朝小和尚送来甜甜的一笑。自从进了竹林寺，寺里香客稀少，自己又很少下山，还从来没见过这样漂亮的少女，他见少女对自己笑，憨厚的小和尚早羞红了脸，哪里还敢用正眼相看，他又急急忙忙地下到地里，头也不抬地锄起地来。那少女坐在树下，也不与小和尚搭言，一直看着他，等到小和尚干完活走了，她便转身不见了。一连四五天都是如此。

这天下午，小和尚从地里回来，两腿累得像灌了铅一样，沉得拖不动，可他还得给师父做饭。等小和尚侍候师父吃了饭，喝了水，躺上床去睡下，人也早就累得睁不开眼了。小和尚躺在床上，一会儿就进入了梦乡。在梦里，只见那位穿红衣服的少女飘飘而来，对他说："可怜的小师父，你的命实在太苦了，从小没了父母，一个人来到寺里，小小的年纪，却在这里像牛马一样地干活，你那心狠手毒的师父不把你累死，是不会放过你的，我要帮你逃出这苦海。你记住，明天到地里干活的时候，在我坐过的石头底下，有一个像胡萝卜一样的东西，你挖回来以后，千万不要告诉你师父，晚上等他睡下以后，你偷偷地把它煮了，连汤带水地喝下，以后就可以逃离这里，再也不

图 25　竹林寺

会受苦了。"说完又飘飘而去。

小和尚一觉醒来，知道是做了一个梦。他回忆着刚才少女的话，一一记在心里。

第二天天不亮，小和尚就下了地。中午收工以后，他就按少女说的，到她坐过的石头下挖出了那个

99

像胡萝卜一样的东西。小和尚拿着这个从来没见过的玩艺，左瞧右看，只见它像个小人似的，有胳膊有腿，让人好生奇怪。他记住了少女的话，见四下无人，便揣进腰里回到寺里。

小和尚回到寺里，老和尚让小和尚干这干那，小和尚竟把腰里的那个宝贝给忘了，他无意中用汗衫擦汗的时候，不小心把那宝贝给抖搂出来了。坐在一旁喝茶的老和尚见从小和尚身上掉下个怪模怪样的东西，他跳上前去一把就抢在手里，定睛一看，原来是一颗人参，忙问小和尚是哪里来的。忠厚老实的小和尚，从来不会说谎，便把如何在地头上见到少女，少女如何在梦里交代，一五一十地告诉了老和尚。老和尚一听就明白了，他想起师父临死的时候，曾给他说过，这竹林寺周围有颗千年人参，如果能得到它吃了的话，就可以长生不老，得道成仙。这不是天赐的良机吗？老和尚看着手里的参娃子，想到吃了以后就能成为神仙，那高兴劲就甭提了。老和尚正在做升仙梦，忠厚老实的小和尚却对他说："师父，那东西是我的，快还给我吧。"老和尚一听气就不打一处来，他恶狠狠地对小和尚说："什么是你的，你的命还攥在我的手里呢！这是你没来的时候我种在那里的，你给我挖出来，没打你的板子就便宜你了，快去煮了给我端来，少一点我就拧掉你的脑袋。"

小和尚听师父如此说，只好去收拾炉灶煮那参娃子。等小和尚快煮熟的时候，正好泰安知县来拜访老和尚，那老和尚怕知县得知此事以后，自己捞不着吃，就把他领到一间僻静的房舍里拉起了闲话。

　　小和尚在伙房里看着火，那人参一上锅，就闻到有一股清香味，等锅一开，那香味越来越浓，而且像有一种神奇的魔力，诱惑着小和尚。可是，想起恶狼般的师父，他怎么也不敢把它吞下肚去。他煮好以后，倒在碗里，等着师父来享用。

　　老和尚和那知县不知说了些什么，小和尚一等不来，二等不来，这时，就听那少女的声音对小和尚说："小师父，你太老实了，这东西本来是给你的，你怎么会让给那人面兽心的老和尚呢？你赶快把它吃掉，不然就来不及啦。"小和尚听着少女的话，想起这几年师父对自己的虐待，想起吃了那东西就可以远离师父，不禁壮起胆子，抓起那参娃子，三口两口就吃下去了。小和尚不吃则已，一吃下去就觉得浑身发热，口中发干，而且有一种飘飘欲仙的感觉。正好这时候，那碗汤也凉得差不多了，小和尚一不做二不休，端起碗来就喝。

　　再说，老和尚心里挂着他的参娃子，好不容易才把知县打发走。平常老和尚对知县都是高接远迎，走的时候送过黑龙潭才回来。这次刚送出寺门就往回跑。他跑到屋里，一看小和尚正端着碗喝汤，就知道大事不好，也来不及发火，跑上前去就抢那碗。小和尚见师父回来，吓得他汤没喝完，端着碗就跑，老和尚就在后边追。小和尚跑出寺院，围着院墙转了一圈，眼看老和尚就要追上了，小和尚一头又钻进了寺里，把老和尚闪倒在地。这时候，只见整个寺院突然左摇右晃，前摆后摆，霎时竟飘飘悠悠地升上天空。老和尚摔了个嘴啃泥，还没爬起来，见寺院已离地三尺，这下可急坏了，只见他一骨碌爬起来，纵身一跳，搬住了寺院的门槛。从来对小和尚都是横眉冷对的老和尚，这时候也死皮懒脸地大声向小和尚求道："徒弟，千万带上我，带上我吧！"小和尚看着老和尚的狼狈样，不禁放声大笑起来，那笑声把门槛震了下来，就听"咚"的一声，那门槛掉在地上，把老和尚砸成了个肉饽饽，一命呜呼了。

就这样，竹林寺连同那个勤劳善良的小和尚驾着祥云升了天，只有那门槛还留在无极庙附近。据说，每当秋高气爽、天空特别晴朗的时候，在湛蓝的天空中还能看到竹林寺。以后，人们就把空中的那个竹林寺取名"悬云寺"。

镇妖避邪石敢当

在大江南北的农村，大凡阳宅冲处，或正对巷口、桥梁的地方，常立有石碑一块，上刻"石敢当"三字，以为可以降恶避邪，禁压不祥。泰山周围修建民房，则多将刻有"泰山石敢当"的石碣建于后墙正中，此俗一直沿用至今。据说，这石敢当的传说，就起源于泰山。

相传，石敢当是后晋泰山石家林人，姓石名敢，家境贫寒，靠打柴为生。石敢自幼喜欢舞枪弄棒，练得一手好枪法。

这年六月，瓢泼大雨一连下了三天，把个汶河灌得八方横溢、洪水泛滥，河水冲上岸来，连人带畜，卷走了整个村庄，只有石敢一人附在一棵大树上，才免于一死。此后，石敢便不得不寄居在岱岳镇姥姥家，白天上山砍柴，晚上帮姥姥做些家务，深得姥姥疼爱。

石敢生就一身硬骨，山上他没有跨不过的沟、涉不过的涧，没有攀不上的树、爬不上的崖，而且每遇飞禽走兽，只要他举手投石，说打耳朵不打眼，说打翅膀不打脸，射技高超，可谓百步穿杨。

一次东岳庙会，石敢到会上卖柴，见一伙无赖之徒，在大庭广众面前竟敢调戏民女。他气愤不过，抢起扁担就打。起初，那伙无赖还嘴硬耍刁，石敢三下五除二，一阵扁担，直把他们打得跪地求饶才住了手。

就这样，石敢凭着一身本领，一腔的豪气，常常为百姓打抱不平，除暴安良，好多连官府都管不了的无赖，都被他降服了。此后，凡人们路遇坏人，只要说石敢来了，坏人便像老鼠听到了猫叫，闻风丧胆，夺路而逃，石敢这个名字，也就在泰山附近流传开了。人们钦佩他见义勇为，敬慕他的胆识武艺，便把石敢尊称为"石敢当"。

一年冬天，镇上赵员外的女儿被妖精缠上，终日疯疯癫癫，多方就医未见好转，把赵家弄得乌烟瘴气，一家人六神不安。赵家贴出告示，说谁能降住妖精，赵家愿与他平分家产；若是未婚男子，甘愿将女儿以身相许。多少人为了捞到赵家的半分家业，被妖精弄得皮毛不见；多少人羡慕赵小姐的姿色，做了妖精的美味佳肴。从此，再也无人敢登门降妖。赵员外见女儿日益憔悴，神魂颠倒，更是心急如焚。

石敢闻讯，急忙赶到赵家。他问清了妖精的出入时间，夜晚，他把赵小姐挪入别室，自己换上赵小姐的衣裳，手持铜手炉在牙床上等候。三更时分，一阵旋风过后，妖精破门而入，刚要掀帐子，石敢猛地将铜炉扣在妖精头上，只听"哎哟"一声，妖精化作一

图 26　天烛胜景

股青烟逃走了。

　　第二天，赵员外得知石敢降服了妖精，便大开宴席，又要分家产给石敢，又是要让女儿与石敢成亲，都被石敢婉言谢绝了。

人们得知此事，更是把石敢传得神乎其神，说石敢会什么咒，通什么法，石敢的名字越传越远了。

不久，江南杭州来人请石敢，说有一民女被妖精迷住，不得解脱。妖精曾扬言："天不怕，地不怕，就怕泰山石敢当的火龙爪。"石敢听后，欣然应允，千里迢迢赶到杭州。妖精听说石敢已到，不等石敢下手，就先悄悄地溜了。

从此，石敢更是闻名遐迩。每天，从天南海北来求救的络绎不绝，石敢应接不暇，便请石匠在石上刻上"泰山石敢当"字样，交给求救的人。刚开始，人们还不信这石头能避邪，等回家立在大门里边，果然妖精见立有此碑，便不再进前。于是，石敢当的碑碣便在民间广为流传。

女儿茶寄女儿情

　　相传，很早以前，泰山扇子崖附近住着一对姓单的夫妻，他们年过半百,膝下无子，两人相依为命，靠种山上的几亩薄地维持生活，日子虽过得清苦，却也算安稳。

　　人老了，七病八灾的就来了。有一年，单老汉的妻子得了一场重病，经过千方百计的救治，虽然保住了性命，却欠下了山下米财主的五两银子。单老汉本以为秋天收了庄稼，再打些柴草卖掉，也就把债还了。谁知屋漏偏逢连阴雨，船破又遇顶头风。那一年老天几乎滴雨未下，地里的庄稼颗粒未收。到了年底，米财主派人来催债，单老汉连饭都吃不上，哪里还有钱还债？只好到米财主家去求情。米财主在泰城心狠手毒是出了名的，只要有人借了他的钱粮，就像见了阎王爷差不多，他不仅要把你的油榨干，而且还要敲骨吸髓，所以，人们又都叫他"活阎王"。

　　单老汉来到米财主家，把他的难处向米财主说了一遍。米财主不但毫无同情之心，而且把三角眼一瞪，恶狠狠地对单老汉说："如果到了明年还的话，驴打滚，利滚利，连本加利就要还二十两，你看着办吧。"单老汉一听，自己辛辛苦苦干一年，还不够他的利钱，心里顿时像是压上了千斤秤砣，压得他喘不过气来。

从米财主家出来，单老汉跌跌撞撞地来到黑龙潭附近，突然听到前面有人哭，寻声望去，只见一个年轻女子，边哭边往黑龙潭里走。单老汉见状，知道是有人要寻短见，便不顾一切地跑上前去，把那女子拉回岸上，对她说："姑娘，有什么事想不开，年纪轻轻的可不能寻此短见。"

一开始那姑娘只是哭泣，不言不语，她见单老汉一脸诚恳的样子，才对他说："大伯，我本姓叶，家住汶河南岸吴家庄，从小没了爹娘，跟着哥嫂生活，心狠的嫂子见我长大了，便和哥哥商量，要把我卖给人家做妾。我死也不从，逃了出来，实在无路可去，便到泰山三阳庵出家做了道姑。谁知出了苦海又跳进了火坑，不仅庵中最苦最累的活全都让我干，而且有几个地痞恶少时常来纠缠我。教门之地尚不清静，我还有什么活路？还不如死了干净。"

"姑娘，你的命确实苦。可是，人活一世，谁没有个七灾八难的，你年纪轻轻的就想走绝路太可惜了。你要确实没有去处，不怕受苦的话，就跟着我吧。我的家住在山上，家中无儿无女，只有一个老太太，生活虽然清苦，守着泰山却还不至于饿死。"

"大伯，只要你肯收留我，我愿做你的女儿，就是累死饿死，也心甘情愿。"说着，姑娘就给单老汉跪下磕头。

单老汉赶紧扶起姑娘对她说："孩子，你愿做我的女儿，这是我的福气，快起来，咱们回家。"

姑娘起来，刚才一脸的愁容早飞到九霄云外了。她甜甜地叫了一声"爹"，便挽着他往家走。天上掉下这样一个活泼可爱的女儿，单老汉心里乐开了花，刚才的烦恼也烟消云散了。他领着女儿回到家里，见过了妻子，一家人过起了平静的生活。

自从姑娘进了单老汉的门，家中顿时充满了生气。姑娘整天有说有笑，侍候爹娘做家务，把个家收拾得干干净净，有空还帮着爹爹下地。家里添了个如此勤快的劳力，里里外外有了帮手，单老汉不仅心情舒畅，而且身体也觉得轻松多了。可是，每当他想起米财主那还不清的阎王债，就又愁眉不展了。

姑娘看在眼里，急在心上。她暗暗地想为爹爹分忧。她知道扇子崖青桐涧里的青桐叶子有清瘟去火、利尿解毒的作用，如果用它制成茶叶，一定又好喝，又能治病。况且，每天到扇子崖附近砍柴挖药、进香许愿的人很多，如果在门口摆个茶摊，说不定还能卖几个钱呢！

姑娘主意一定，当天就去采来一筐青桐叶，试着制成茶叶，单老汉一尝，还真有个茶叶味，清香甘甜，绵软爽口。单老汉高兴地对女儿说："好茶，好茶。"

"是好茶就该给它取个名字。"姑娘得到父亲的夸奖，在一旁抿着嘴说。

"人家富贵人家的茶叶都有个文绉绉的名字，什

图27　扇子崖

么西湖龙井、碧螺春的，我看咱这茶叶来自泰山，又是你制出来的，干脆就叫泰山女儿茶吧。"

　　姑娘创制了女儿茶以后，由于茶叶香气纯正，再加上用泰山的泉水浸泡，口感特别好，爽气提神，那些拜佛烧香、砍柴挖药的都争相饮用，有钱的扔下几个铜子，没有钱的姑娘也照样让他们喝。那些经常饮用女儿茶的，头痛上火的少了，体魄强健的多了。后来，姑娘见喝茶的人越来越多，干脆多制一些，让父亲到泰城去卖。由于茶叶物美价廉，又能去病强体，深得百姓们的厚爱，每次单老汉下山，无论带多少茶叶，总是不到一顿饭的工夫就卖完了。慢慢地，女儿茶在泰城出了名，叶姑娘也成了家喻户晓的人物，单家的生意也越来越红火起来。

谁知，天有不测风云，人有旦夕祸福。米财主听说单老汉做火了茶叶生意，而且家中还有一个心灵手巧、如花似玉的姑娘，就生了歹意。他想，那女儿茶是单老汉的姑娘一手所制，如果把姑娘弄到手，不仅可以饱了艳福，而且让姑娘加工茶叶，也多了一条财路。他打定主意，第二天一早，带上几个狗腿子便上了山。

米财主来到单老汉家，正巧单老汉挑上茶叶，准备到山下去赶集，他见米财主带着一帮人来，便知是夜猫子进宅——凶多吉少。只见米财主三角眼一瞪，对单老汉说："单老头，听说你卖茶叶发了财，怎么，借我的银子也不还，想赖账吗？"

"财主老爷说哪里话，小女有点手艺，刚开始制茶叶，这半年总共攒了不到十两银子，一旦凑够了你的数，我一早准给你送去。"单老汉谦恭地回道。

米财主一进门就盯上叶姑娘，见她虽然衣着朴素，却掩不住天生丽质，而且正值二九韶华，浑身上下都透出一种青春的朝气，米财主的眼早就看直了。

他听说单老汉无钱还债，便皮笑肉不笑地对单老汉说："你要是真没有银子，我也不难为你。我看你闺女长得还算标致，就给我做五姨太吧。以后咱们成了亲戚，就是一家人了，什么钱不钱的。再说你闺女也不用再在山里受苦，你也可以跟着享享荣华富贵了"。

单老汉早知道米财主的德性，他一听就气炸了肺，闺女是不愿给财主家做小才逃出来的，怎么能再把她往火坑里推？就是拼掉身家性命，也不能让姑娘去顶债。他趁米财主不注意，抓起扁担就去拼命。他这把老骨头，哪里是那几个狗腿子的对手，他们三拳两脚就把单老汉打倒在地上。

"哼！不识抬举的老东西。把人给我带走。"米财主气急败坏地说。

这时，叶姑娘沉着镇定地走上前来，扶起单老汉，对米财主说："你不是要人吗？我答应你。既然我们要结为夫妻，即使做小，也要明媒正娶，起码也要抬花轿来聘。如果你同意的话，三天以后可以成亲，不然，你就等着给我收尸吧！"

米财主一听姑娘如此爽快，喜得眉开眼笑，便顺水推舟地说："好，三天以后我来抬人。"

米财主走后，单老汉对姑娘哭道："你好糊涂呀！米财主心狠手毒有了名，你这不是去送死吗?！"

"爹爹不要难过，是福不是祸，是祸躲不过，现在制茶的手艺你老也学会了，今后的生活，不会有什么难处了，两位老人家不要为我担忧。善有善报，恶有恶报，米财主那里也该有报应了。"

三天以后，米财主带了一帮人，吹吹打打地来娶亲，单老汉夫妻两个挥泪与姑娘作别。姑娘一上轿，天上一阵风起刮来一片乌云，那乌云越聚越浓，越聚越黑，不一会，瓢泼大雨便下了起来，等娶亲的队伍来到黑龙潭上黄西河临时搭起的桥上，山洪恰好也下来了。只见山洪一泻而下，冲毁了小桥，把米财主和他那些狗腿子都冲进黑龙潭喂了鱼鳖。就在米财主葬身鱼腹的同时，有位在附近树下避雨的樵夫看见洪水之上腾起一片祥云，姑娘坐在云头之上，朝着扇子崖乘风而去。这时，雨敛云收，天空复又晴朗，山涧出现了一道绚丽的彩虹。

从此以后，单老汉便以制茶为生，老两口过起了平静的生活。再后来，泰山女儿茶的名气越来越大，越传越远，传到了济南，传到了京城，以至《红楼梦》里的贾宝玉在喝醉了酒以后，还要咱们泰山的女儿茶解酒呢！

据说，单老汉的那位姑娘，根本就不是什么汶河南岸吴家庄的人，而是泰山上的青桐仙子，她是受元君之命，来扬善惩恶，帮助单老汉的。

鲁班眼不识泰山

现在人们常常挂在嘴边的一句话叫"有眼不识泰山",用这句成语来比喻因只看表面现象而没有认清对方的社会地位或是低估了对方的能力。这句话的由来,还有一个意味深长的故事呢!

传说在很早以前,泰山前麓住着一对年轻的夫妇,他们日出而作,日落而息,辛勤劳动,营造了一个幸福的小家庭。他们结婚的第二年就生了个大胖小子,谁知孩子不到一岁,一场伤寒夺走了他幼小的生命;又过了一年,他们又生了个可爱的女儿,还没满月也夭折了。连失两个孩子,夫妻两个心里沉甸甸的,整天好像做了什么亏心事,见了左邻右舍都直不起腰来。如今妻子又有了身孕,这本来是个好事,可夫妻两个却愁眉不展的,为这个未出世的孩子的命运担忧。

后来,丈夫碰到了一个算命先生,看了他的面相后告诉他说:"立子不住,是因为那两个孩子的名字与他们的生辰八字相克。以后再生了孩子,你当天晚上出了大门往北去，碰到什么吉祥东西就取个什么名字，这样泼泼辣辣地叫，不但能保住性命，而且准能成器。"

十月怀胎，一朝分娩。这年进了腊月没几天，随着一声啼哭，妻子又生下个白白胖胖的儿子。按照算命先生的嘱咐，当天晚上，丈夫出了大门往北，沿着登山的盘路一直走过了斗母宫，除了寒冬腊月如刀的北风和山上那冷冰冰的石头，什么吉祥的东西都没碰到，只好垂头丧气地回到家里。妻子问丈夫所见，丈夫哭兮兮地回道："除了远处黑乎乎的泰山和近处冷冰冰的石头，什么也没见到，这孩子恐怕又没有指望了。"说话之间，眼中早噙满了泪水。

妻子听丈夫如此说，不但没有难过，反而笑着对丈夫说："看你这个榆木脑袋，泰山是名扬四海的大山，这个名字不但响亮，而且硬气，不论是穷苦百姓，还是达官贵人，都来进香，就连皇上都来朝拜，我看是最吉祥不过的了，咱们就给他取名泰山吧！"丈夫听妻子所言在理，就答应了。

却说有了"泰山"这个响亮的名字，那孩子不但长得胖大水灵，而且连个头痛脑热都没有，十分招人喜欢。

说话泰山长到了十岁，成了个小机灵鬼，整天带着一帮小兄弟不是用黄泥弄个狗呀猫的泥塑，就是用秫秸扎个鸟呀兽的，虽无人教他，却做得活灵活现，非常逼真。这一年，木匠的祖师爷鲁班来泰城做活，正巧投宿在泰山家中，一住就是半年。穷人的孩子无钱念书，学种手艺谋生也就够了。鲁班临走的时候，泰山的父母提出让孩子跟他学习木匠，鲁班虽觉得孩子尚小，但又不好回绝，只好收下了泰山这个徒弟。

从此，泰山跟着鲁班师傅走南闯北，走东家转西家，给人家做家具、做门窗。泰山对那些锛呀刨的似乎无心学习，而对鲁班的木雕倒是很感兴趣，每当鲁班在那些太师椅、拔步床上描龙绘凤、刻花刻鸟的时候，他总是在旁边目不转睛地看，过后自己再找块木头学着师傅的样子刻。由于泰山的年龄小，还是个孩子，鲁班师傅也不逼着他学，任他做，任他玩。就这样，泰山跟了师傅将近一年，师傅见他在木工方面确实不入门，怕他学不成手艺，反被锛呀锯的伤了身体，不好给他父母交代，就对泰山说："木工是个力气活，你年龄还小，先回家去，等你长大了想学的时候，再来找我。"随后派人把他送回了泰安。

泰山回到家里以后，又开始了天天打柴挖药的活计。有一天，他发现那些挖回来的树根奇形怪状，有的像喜鹊登梅，有的像猴子探月，有的像二龙戏珠，有的像麒麟送宝，他凭着自己丰富的想象和从鲁班师傅那里学来的雕刻手艺，反复琢磨，精雕细刻，把那些平常只能当烂柴烧的木头，制成了一件件工艺品，然后拿到岱宗坊附近，向来游泰山的人出售。

几年以后，鲁班为了造登城的云梯，带着他的徒弟到泰山来选木材。当他来到岱宗坊附近的时候，见有人摆着许许多多用树根雕成的工艺品，栩栩如生，不禁叹为观止，连声叫绝。就在鲁班细细品味那些工艺品时，只听摆摊的人说道："师傅，你不认识我了吗？我是泰山呀，你什么时候到的泰安，怎么不到我

图 28　泰山人家

家坐坐？"

　　这时，鲁班才发现，那摆摊的小伙子不是别人，原来就是前几年跟随自己学艺的泰山，不想几年前的一个玩童，竟有这手绝活，顿生后悔和惋惜之情，不禁脱口说道："你刻的这些东西真是太好了，当初不该把你送回家，我真是有眼不识泰山。"

话毕，泰山收拾好东西，拉着师傅回了家。据说，后来泰山在鲁班的指点下，创造了许多根雕珍品。从那以后，也就有了根雕这门艺术。

后　记

　　泰山流传至今的诸多轶闻传说是泰山文化重要的组成部分，它反映了自强不息、奋发向上的民族精神，展示出不屈不挠、磊落光明的传统美德，表现了人们对邪恶势力的仇视，对美好幸福生活的向往与追求。这些轶闻传说不仅有很强的趣味性和可读性，而且有着深厚的文化内涵，值得在观览风光的同时仔细品味。

　　本书不同于民间文学的搜集整理，而是从旅游者的实际需要出发，所选轶闻传说除少部分是至今有着重大影响的人和事以外，绝大多数是对现有泰山景点名称由来的合理想象和阐释；在情节与文字的处理上，已不是对口述者的实录，而是在此基础上进行了适当的加工与修饰，力求文学性、知识性、趣味性并存；在篇目的编排上，则以中路为主，以登山先后为序，便于旅游者途中阅读。

李京泰

2000 年 8 月于岱下

图书在版编目（CIP）数据

轶闻传说/李京泰编著. －济南：齐鲁书社，2000.9
（泰山文化之旅丛书）
ISBN 7－5333－0709－7

Ⅰ. 轶… Ⅱ. 李… Ⅲ. 民间故事－作品集－中国
Ⅳ. I277.3

中国版本图书馆 CIP 数据核字（2000）第 46083 号

泰山文化之旅丛书

轶闻传说

李京泰 编著

齐鲁书社出版发行

（济南经九路胜利大街）

山东人民印刷厂印刷

850×1168 毫米 32 开本 4 印张 80 千字
2000 年 9 月第 1 版 2000 年 9 月第 1 次印刷
印数 1—5200

ISBN 7—5333—0709—7

K·192 全 8 册定价：68.00 元

泰山文化之旅丛书

古今民俗

吕继祥　著

齐鲁书社

序 一

莫振奎

泰山为我国五岳之东岳,是闻名遐迩的旅游胜地,年接待中外游客达到400万人次。泰山的魅力不仅在于她雄、奇、险、秀的自然景观,更在于她悠久的历史和丰厚的文化,在于她得天独厚、绝无仅有的人文景观。封建帝王的封禅,文人骚客的游览,以及宗教的活动和民间的传说,使泰山成为一座神山、圣山、文化山。泰山被誉为中华民族精神的象征,被称作东方文化的宝库,是当之无愧的,联合国教科文组织把泰山列为"世界文化与自然遗产",也是名副其实的。

随着改革开放的深入和经济社会的发展,我国旅游业呈现出强劲的发展势头,泰山已成为人人向往的旅游热点。近年来,泰安市委、市政府确定把旅游业作为一个新的经济增长点来抓,提出了"营造大泰山,开拓大市场,发展大旅游,构筑大产业"的战略构想,加大宣传促销力度,加快旅游资源开发,加强基础设施建设,治理整顿旅游环境,做了大量工作,取得了显著成效。挖掘泰山的文化内涵，弘扬泰山的历史文化，让世人更多、更深入地了解泰山，为中外游客提供深层次、高品位的服务，是发展泰山旅游业的一项重要工作，也是编辑出版《泰山文化之旅丛书》的根本宗旨。

　　《泰山文化之旅丛书》的编者，以高度的责任心和使命感，以严肃认真、精益求精的态度和作风，精心撰稿，精选图片，编成了这套图文并茂、雅俗共赏的丛书。通过这套丛书，使广大游客在遍览泰山风光名胜的同时，也能领略博大精深的泰山文化，这对进一步宣传泰山，促进泰山旅游业的发展，将发挥积极的作用。值丛书编成出版之际，即兴随笔，写此数语，是为序。

2000 年 8 月于泰安

序　二

杨辛

　　旅游是一种层次较高的综合性文化体育活动。古人在谈及学识时，常提到"行万里路，读万卷书"。所谓"行万里路"，其中带有旅游的意味，这是对自然、社会的一种亲身考察与体验。旅游的兴味往往反映人的文化素养。前人把"行万里路"与"读万卷书"并列，确是很有道理的。

　　旅游本身是一种文化熏陶，也是一种精神享受，到名山胜水旅游，特别是到泰山这样的历史文化名山旅游更是如此。泰山作为我国文化名山被誉为五岳之首，而且是世界上为数不多的"文化与自然"双遗产，旅游资源十分丰富。

　　我曾说："生有涯，学泰山无涯。"泰山的文化内涵博大精深，它以儒家思想为主导，融合道家思想、佛教思想为一体，它对人的精神影响既是哲理的、伦理的，又是审美的。泰山的雄伟气魄和蕴涵的自强不息的进取精神激励着华夏子孙。名山不厌百回游，我现已攀登泰山33次，兴味仍有增无减。我在80年代

中期曾写过一首《泰山颂》：

　　高而可登，雄而可亲，松石为骨，清泉为心，呼吸宇宙，吐纳风云，海天之怀，华夏之魂。

　　这首诗，表达了我对泰山的感受，还被刻在了泰山的盘道旁。可以说，它源于泰山，又回归泰山。我爱泰山的自然，更爱泰山的文化，似乎我与泰山有着不解之缘，我还会继续攀登。

　　《泰山文化之旅丛书》的编者以推介宣传泰山文化为己任，将这套雅俗共赏、图文并茂的丛书奉献给读者，使不同层次的游览者，通过泰山诸多的风光名胜、诗文传说、宗教建筑、摩崖碑刻，以及众多名人轶事来品味泰山，这是为弘扬泰山文化所作的重要贡献，可喜可贺。

　　是为序。

2000 年 8 月 1 日于岱下

目　录

引 言

　　古老的泰山岩石有着 28 亿岁的高龄，今日之泰山雄姿，形成于距今 3000 万年前的新生代中期。

　　人类生存于泰山地区至少有 5 万年的历史，但 8000 年前冰河期的结束导致了华北平原汪洋一片，惟独泰山成为"孤岛"。就是这个"孤岛"救生灵于涂炭，留住了我们的"根"。海水退去，下山谋生，再次创业，于是有了北辛文化、大汶口文化、龙山文化……

　　人类是具有思维能力的高级动物，即使离开泰山，远走他乡，也不会忘记救命的"孤岛"，把它尊称为"太山"、"岱宗"乃至"中央之山"，由崇拜山石而信仰神祇，时间愈久，信仰愈诚……

　　民俗者，民间风俗习惯之简称也，它根植于民众，并有着地域性和传承性的特征。就泰山民俗文化而言，以信仰民俗为主线，社会民俗、经济民俗和游艺竞技民俗，也无不打上"泰山崇拜"的烙印，并为古今民间、官府所重视。当年周天子东巡，至岱宗，

"命太师陈诗，以观民风"；东汉时期曾任泰山太守的应劭还写过一部名曰《风俗通义》的民俗专著呢。

登泰山而小天下，识岱宗应观民风。这本小册子或许能有助于游客了解泰山古今民俗文化的梗概吧！

礼俗杂糅的山石崇拜

山石崇拜是泰山民俗中历史最悠久的信仰民俗之一，有民间习俗又有官方礼制，同时官方礼制又影响民间习俗，礼俗杂糅是泰山崇拜的一大特点。

（一）从自然造化到灵气之源

泰山一带的民谣很有意思，诸如"打开泰山扇子崖，金银财宝往外抬"、"鹅卵石砌墙墙不倒"、"吃了泰山灵芝草，返老还童人不老"等，从不同侧面道出了人们对泰山灵气的信仰。

28亿年的自然造化，奠定了孕育泰山灵气的基础。在太古代初期，泰山地区是一个巨大的海槽，与今东海相连，大约在28亿年前，古老的泰山岩石开始孕育，形成了泰山的基底。距今24亿年左右，泰山地区发生了一次强烈的造山运动，即"泰山运动"，伴随着混合岩化和花岗岩化，原来的岩层褶皱隆起，古泰山耸立在海平面之上。此后3—4亿年间，随着华北地壳的交替升降，泰山或升出海面，或沉入海下。到了距今1亿多年的晚侏罗纪，由于"燕山运动"的影响，泰山不断升高，并逐渐与华北大陆相连接。在距今3000万年的新生代中期，受"喜马拉雅山运动"的影响，泰山再次升高，造就了大体如同今日的泰山雄姿。（图1）

图1　泰山雄姿（廉海生摄）

近30亿年的自然历史，使泰山采天地之珍宝，吸日月之精华，孕育了灵气。

其灵气首先来自于独特的地理位置。泰山大体上处在华北大平原和长江中下游平原的中心地带，这块面积约30万平方公里的大平原，三面环山，一面靠海，即北有燕山，西有太行山、秦岭（华山、嵩山属秦岭山系）、大巴山，南有伏牛山、桐柏山、大别山，东南是山东丘陵和大海。这个广大的区域，在中国上古史上就是著名的"中国"（中原）所在。在这个三面环山一面临海的"中国"之中，泰山较为居中，被称为"中央之山"，且又是唯一的一座大山。（图2）在中国古典哲学中，中之为宗，中之为大，大者太也，太即泰，《易经》云："泰：小往大来，吉，亨。"泰山又是"紫气东来"的"东天一柱"。在大的地理形势上，泰山位于神州大地的东方；在阴阳五行说中，泰山属木，为阴阳交代之所，是旭日初升之地；在四季说中，泰山主春，春者万物之萌发也；在五色说中，泰山为青色，青者蓬勃之象征也；在四神说中，泰山为青龙，青龙者神兽之首也；在八卦中，泰山属震，震者辰也。因此晋·张华在其《博物志》中讲：昆仑山（即泰山）"神物之所生，圣人仙人之所集也"。泰山还位于独特的地理经纬

图2　古华夏地理形势图
（采自《诸神的起源》）

5

度上。泰山位于东经 117°6' 和北纬 36°16' 交汇点上，打开地图可知，古都西安、洛阳、开封与泰山东西成一条直线，古都南京、北京与泰山南北成一条直线。

其次来自于自身的自然环境。从气候学的角度考察，泰山地处北暖温带气候区，呈半高山型湿润气候特征。但由于地形的影响，泰山脚下与泰山顶上的气候有着较大的差异，山下为暖温带气候，山上为寒温带气候。"旭日东升"为泰山顶上著名奇观，给人以美的享受。"肤寸生云"使泰山成为云雨之根，它"触石而生，肤寸而合，不崇朝而遍雨乎天下"（《公羊传·僖公三十一年》），给人以湿润感，所谓"休乾润物"、"霖雨苍生"等石刻文字便是历史上人们对泰山气象的感悟。从物候学的角度考察，由于山下、山中、山上海拔高度的不同，气候有异，物候有变，植被的生长呈现出异彩纷呈的景象，植被的光合作用，净化了空气，是森林浴的最佳去处。从地形地貌考察，沟壑纵横，犬牙交错，很少从山顶直通山下。

（二）从地理大山到心灵神山

学者讲："自然是宗教最初的、原始的对象"（费尔巴哈语）；"万物有灵是原始宗教思想发展的最初阶段"（普列汉诺夫语）。哲人云："一个部落或民族生活于其中的特定的自然条件和自然物，都被搬进它的宗教里"（恩格斯语）。博大雄伟、"东天一柱"的泰山自然造势以及内在灵气的蕴含，为古今泰山儿女的

大山崇拜提供了客观基础。(图3)

图3 "东天一柱"石刻

　　古人把泰山看作"大山",写作"太山",是因为"言大而形容未尽"。泰山又称"岱山"、"岱宗"、"东岳"等,宗者为长,岳字像大山之形,意为"山高而尊"。先秦时期,泰山还曾别称"崇山",而崇山之"崇"字,从山从宗,又往往与拜字连用,构成"崇拜"一词,显然"崇拜"缘于对大山的信仰。泰山在人们心目中的高大形象远远超过了它的实际高度,如"泰山岩岩,鲁邦所瞻"(《诗经·鲁颂》);如孔子"登泰山而小天下"(《孟子》)。后世帝王更是崇拜有加,汉武帝刘彻评价泰山是"高矣!极矣!大矣!特矣!壮矣!赫矣!骇矣!惑矣!"明太祖朱元璋特撰《御制泰山高》,以极其潇洒的文字描述泰山道:"岱山高兮,不知其几千万仞;根盘齐鲁兮,亦不知其几千百里;影照东海兮,巍然而柱天。"

　　最早的泰山崇拜者是生存于泰山地区的泰山儿女,考古调查与发掘证明,远古时代的泰山地区,经济文化较为先进,学术界称之"泰山文化圈"。且不说5万年前那位新泰智人的"少女"风姿,仅泰山脚

图4　大汶口遗址

下的那处大汶口新石器时代文化遗址，面积就达82万平方米，它叠压着距今7000年至4000年的北辛文化、大汶口文化、龙山文化三层遗存，蕴含着母系氏族社会、父系氏族社会和阶级社会萌芽阶段的三种文化内涵。（图4）"大汶口人"不仅是当时先进生产力的创造者，而且还是泰山信仰的传承者。据说8000年前冰河期的结束，导致华北平原一片汪洋，惟有泰山成为孤岛，生存于泰山地区的生灵们，出于本能，逃命于泰山，于是泰山成了救命的山，就是这批托泰山的福得以保命的人，告诫子孙不能忘记泰山，要"滴水之恩，涌泉相报"。海水退去，下山谋生的泰山儿女，不忘先人的教诲，不忘救命的泰山，不

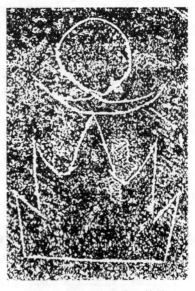

图5　大汶口文化陶文符号

仅把泰山看作最高最大的山，而且把泰山看作是与上天对话的地方。从大汶口文化陵阳河遗址发现的陶文符号看，从上而下由日（天）、火、山组成，这与后世帝王们封禅泰山的"柴"祭——泰山顶上筑坛焚柴祭天——非常接近。（图5）对此，著名考古学家苏秉琦认为，泰山在中华文明史上是有着特殊地位的，在古文明早期阶段，泰山是我国面向东南海洋半壁江山"新月形"地带的神山，"长城、运河是伟大中华民族的象征，泰山何尝不是伟大中华民族的历史见证"。

有学者认为，远古的昆仑山就是今日的泰山①。在古人心目中，昆仑山是一座天堂之山。山高三成，与天相接，且"其光熊熊，其气魂魂"；"出五色云气，五色流水"，有以玉为槛的九井，有瑶池，有不死之泉；有身大类虎而九首的开明兽，有"绿赤煌煌，不鸣不食"的希有鸟，有不死之树，是珍奇异物所生之地；昆仑山还是"帝之下都"，"太帝之居"，为"黄帝之所休"。顾颉刚先生也认为昆仑山"是一个特殊地位的神话中心，很多古代的神话，如夸父逐日、共工触不周山及振滔洪水、禹杀相柳及布土、黄帝投玉食玉、稷与叔均作耕、魃除蚩尤、鼓与钦鸡杀葆江、烛龙烛九阴、建木与若木、恒山与有穷鬼、羿杀凿齿与窫窳、巫彭活窫窳、西王母与三青鸟、嫦娥窃药、黄帝娶嫘祖、窜三苗与三危等故事，都源于昆仑山。山上还有壮丽的宫阙、精美的园圃和各种奇花

---

① 详见何幼琦：《〈海经〉新探》，《历史研究》，1985年第2期。

异木、珍禽怪兽。而保持长生不死，更是到昆仑山最大的要求，他们采集神奇的草木，用了疏圃的池水和四大川的神泉，制成不死的药剂，凡有不当死的人，就令群巫用药把他救活。这是一个伟大的、美丽的、生活上最能满足的所在，哪能不使人们向往这一神话世界呢。"①

（三）从灵石崇拜到石敢当信仰

石出自山，山为石之母。既然泰山是灵气之山，为崇拜的对象，那么山之局部或一块小石头也充满灵气。由大山崇拜衍生出灵石信仰，最典型的莫过于"泰山石敢当"了。（图6）

关于"石敢当"的文字记载，最早见之于西汉史游的《急就章》："师猛虎，石敢当，所不侵，龙未央。"就其石敢当的含义而言，虽有种种不同说法，其本源义就是灵石可以抵挡一切，它是古代灵石崇拜的遗俗。

灵石崇拜由来已久，反映在祈育信仰上有原始社会后期的"石祖"（石质的男性生殖器）崇拜和"启母石"崇拜，故有"古之高禖，以石为主"的说法。反映在祭祀场所中以石为社，如"殷人之礼，其社用石"。（《淮南子·齐物训》）到了周代，奴隶主出于征伐的需要，还把这种崇拜渗透到军事上，所谓"在

---

① 顾颉刚：《＜庄子＞和＜楚辞＞中昆仑和蓬莱两个神话系统的融合》，《中华文史论丛》，1979 年第 2 期。

图6 镇宅的泰山石敢当（王长民摄）

军不用命，戮于社。故将社之石主而行"。（《周礼·夏官》贾公彦注）考古资料有仅距泰山300公里的江苏铜山县丘湾社祭遗址为证，该遗址4块大石紧靠一起，直立土中，社石周围分布着人骨20具、人头骨2具、狗骨12具，显然这里以人、狗祭祀社神——灵石。

灵石之所以成为崇拜的对象，主要是因为它有着"镇宅厌殃"等种种功能。

汉代《淮南子·万毕术》载，"凡石宅四隅，则鬼无能殃也。"北朝庾信的《小园赋》谓，"镇宅以埋石。"吴兆宜注《荆楚岁时记》讲，"十二月暮日，掘宅角，各埋一大石，为镇宅。"敦煌文献中记载唐开元年间的民俗时，详细说明了镇宅的用法与作用："凡人居宅处不利，有疾病，耗财，以石九十斤，镇鬼门上，大吉利。""人家居宅以来，数亡，遗失，钱不来，市买不利，以石八十斤，镇大门下，大吉利。""居宅以来，数遭□□，□舌，年年不饱，以石六十斤，镇大门下，大吉利。"（《伯三五九四写卷》）镇宅石甚至还可以保佑宅主升官乃至平息家庭纠纷，《宅经》云："取来赤石一，悠长五寸，钱五文，阳宅埋丑地，阴宅埋未地，必迁官。""妇姑斗争，取石重六十斤，埋门外，即罢。"镇宅石上出现"石敢当"字样是在唐代中期，据宋代人王象之《舆地纪胜》记载：宋代庆历年间，福建莆田县令张玮维修县治，挖到一块石头，上刻"石敢当，镇百鬼，厌灾殃，官吏福，百姓康，风教盛，礼乐张。唐大历五年县令郑押字记"诸字。

明清至民国年间是石敢当镇宅厌殃信仰的鼎盛时期，且已从埋石镇宅演变成立石于桥头要冲或砌于房屋墙壁。就北方而言，山东省枣庄市底阁曾发现一块奇特的石头，呈红色，高 1.1 米，宽 0.65 米，厚

0.35 米，上刻"镇宅煞鬼"及"隆庆二年立"字样。隆庆是明穆宗朱载垕的年号，隆庆二年即公元 1568 年。南方地区的石敢当信仰习俗大体上如同北方，《通俗编》引《继古丛编》云："吴民庐舍，遇街衢直冲，必设石或植片石，镌石敢当以镇之。"袁枚的《随园随笔》亦载：今俗为厌胜，辄树一石于当所，曰"石敢当"。20 世纪 20 年代，邓尔雅调查："粤俗随地有泰山石敢当石刻，大抵其地有鬼物为祟或堪舆家以为形势而弗利居民，借此当煞气耳。"①

石敢当镇宅厌殃，在民间有许多传说故事，邓尔雅先生收集的一则民间故事讲：相传清康熙年间，将军拜音达礼年，以邸中东廊与浮图相向，居者辄不利。适道出江西，因诣龙虎山，乞张真人厌胜之术，甫就坐，有褐衣道士跌坐楹西，真人指谓将军曰："祈此师可也。"因礼拜之。道人曰："此宅煞细故，以大字镇之当吉。"索纸大书"泰山石敢当"字样，款署纯阳子书。将军惊谢，旋失道士所在。真人曰："本日纯阳师值殿，公幸遇之，福缘无量哉。"遂奉以南归。勒石东廊，字径逾尺。见者咸谓出入虞褚间。宗力、刘群提供的广东徐闻县民间传说谓：康熙年间，某县数任知县皆到县不几日，即卒于任上。后一新任知县携一风水先生赴任。先生察明系本县一座宝塔之影正落于县太爷公座之上，诸官皆不能经受宝塔之压力而死。遂于县衙前立石，刻"泰山石敢当"五字，谓泰山之力可敌宝塔。此后遂无事（《中国民间

① 民国版《民俗》，41—42 期合刊。

诸神·石敢当》)。

　　本来是灵石的石敢当在长期的演化中被人格化了。（图7）有的把他附会为五代时的勇士石敢，因其英勇敢当，故称石敢当。明人陈继儒的《群碎录》

图 7　人格化的泰山石敢当（常一诺绘）

云："五代汉刘智远时，有勇士名石敢当，其慕古人名以自表见邪？抑即其人欤？"杨信民的《姓源珠玑》亦讲："五代刘智远为晋祖押衙，潞王从珂反，愍帝出奔，遇于卫州。智远遣力士石敢当袖铁槌侍。晋祖与愍帝议事，智远拥入，石敢当格斗而死，智远尽杀帝左右，因烧传国玺。石敢当生平逢凶，御侮防危，故后人凡桥路中要立处，必以石刻其志，书其姓字，以捍居民。"有的把他说成为人治病的医生，清人王世禛在《夫于亭杂录》中记载："齐鲁之俗，多于村落巷口立石，刻'泰山石敢当'五字，云能暮夜至人家医病。北人谓医生为大夫，因又名之曰石大夫。"

作为泰山的全权大使，石敢当在东亚、东北亚和东南亚诸国有着不小的影响，其中日本国的石敢当不仅出现早，而且至今盛行不衰。

日本发现的最早的石敢当是在冲绳县久米岛吉川村，石制，高120厘米，中间刻"泰山石敢当"，左刻"雍正十一年癸丑"及"八月吉日"等字样。雍正是中国清帝的年号，雍正十一年即公元1733年。其次是位于鹿儿岛县的一座，建于1739年。日本东京大学名誉教授窪德忠氏考证，日本"建造石敢当的习俗，至迟始于十七世纪末或十八世纪初。"①

石敢当在日本分布相当广泛。从最南部的冲绳开始，九州的鹿儿岛、熊本、佐贺，四国的德岛，本州的滋贺、神奈川、东京、埼玉、宫城、山形、秋田、

---

① 窪德忠：《从石敢当看中国、冲绳、奄美》，《南岛史学》23号。

青森等地均有存在。数年前，最北端的北海道函馆市也出现了新的石敢当。在日本北方，石敢当比较集中的是秋田县，早在1925年，仅秋田市内就有石敢当47座。南方比较集中的是鹿儿岛县，有石敢当250余座。近年来冲绳县又出现了"石敢当热"，各地盛行树立石敢当碑碣，县政府所在的那霸市有数家石敢当生产厂家和经营店，生意非常红火。日本的石敢当碑碣多有刻字，常见刻字有石敢当、泰山石敢当以及敢当石、石干当、石岩当、石垣当、朋石敢当，石将军敢当、泰魁石当、山石敢当等。把石敢当写成"石垣当"是因石敢当常嵌入石墙。（图8）

在日本，大都把石敢当树立在丁字路口、三叉路口、道路拐角处或十字路口。日本人认为，灾祸、病魔等像人一样，会顺着道路行走，当来到丁字路口或拐角处，如果一直往前走，而且前面有人家，就会走进去。在这些地方建

图8 日本熊本县的石敢当
拓片（李大川提供）

一座石敢当，就能防止灾祸和病魔进入。到后来，人们渐渐赋予石敢当更大的"本领"，出于各种不同的目的信仰它。有的为了交通安全，据说发生交通事故时，一想到石敢当，就不会受伤或伤势变轻。有的为了买卖兴隆，例如东京都丰岛区东池袋的千曲荞麦面馆，在前右侧建立了一座石敢当碑，并在上面加了一段题为"由来"的说明："石敢当能驱邪招福，始建于中国秦朝的始皇时代，敝店为顾客的健康长寿而建之。"此说虽不确切，但也算得是一种"说法"。

中国人信仰石敢当但无祭拜习俗，日本人一般也不祀不拜，不过冲绳县的少数地区新年也有为石敢当烧香、放供品的，有的还请和尚念经，在久米岛，人们从石敢当面前走过，要停下合十行礼。在鹿儿岛县美诸岛阿传地方，建立石敢当前，先供米、鱼、糯米糕、豆腐等7种供品，祈求它守护家门，然后把供品埋入地下，在上面建立石敢当。

（四）从巡守柴望到封禅大典

巡守柴望和封禅大典，是特殊形式的泰山崇拜，虽为官方活动，但它源于俗而上升为礼，又从礼而影响到俗。

巡守亦作巡狩，就其本义而言，巡者，往来视察；狩，打猎。到了阶级社会的童年时期，巡狩不仅成了帝王们的政治活动，即"考礼义，正法度，同律历，计时日，皆为民"（《白虎通》），而且与泰山的联系更加密切了，据说舜帝"岁二月，东巡守，至于岱

宗。柴，望秩于
山川。"（《尚书·
舜典》）这里讲的
柴、望，都是祭
礼。（图 9）望即
遥祭。所谓柴，
或曰燔，或曰燎，
通俗地讲，就是
燃柴放火于岳坛
以祭天。"以天之
高，故燔柴于
坛"，"天神在上，
非燔柴不足于达

图 9　舜帝像

之。"（《礼记·郊特牲》孔颖达注）山岳高高，所以
"燎于岳"、"又燎于岳"（甲骨卜辞）；泰山极高，故
"燔于泰坛，祭天也"（《礼记·祭法》）。我们不难想
象，在高山顶上放火，火与烟相伴而起，直上云霄，
天神更易于接到信息。再者，火能照明，若晚上放
火，则直观上看得更清楚。千百年来，祭神焚香燃蜡
烛，实则是远古柴祭的遗俗。

　　封禅，作为宗教祭祀的专用名词，特指帝王们在
泰山所举行的祭祀活动。何谓封禅？"此在泰山顶上
筑坛祭天，报天之功，故曰封"；"此泰山下小山上除
地，报地之功，故曰禅"（《史记·封禅书》正义）。何
以非到泰山封禅，原因并不复杂，"天高不可及，于
泰山上立封禅而祭之，冀近神灵也"（《汉书》张晏
注）。

　　到底有多少"帝王"封禅过泰山，齐桓公的宰相管仲认为，"古者封泰山禅梁父者七十二家，而夷吾所记者十有二焉"，即无怀氏、伏羲氏、神农氏、炎帝、黄帝、颛顼、帝喾、尧、舜、禹、商汤、周成王。管仲讲这段话是有目的的，"皆受命然后得封禅"，是说齐桓公没有封禅的资格。因此，他的话不能完全看作信史，但也有其历史的影子，且不说先秦人韩非子说过"昔者黄帝合鬼神于泰山之上"（《韩非子·十建》），而至今泰山尚存"周明堂"旧址。（图10）

图10　周明堂图（采自明·《岱史》）

　　严格意义的封禅活动是从秦始皇开始的，他虽然没有采纳诸儒生"古者封禅为蒲车，恶伤山之土石草木；扫地而祭，席用菹秸，言易遵也"的建议（《史记·封禅书》），但在泰山顶上勒石，意欲国祚与泰山之石一样坚固，寓含着山石崇拜。秦二世胡亥，于二世元年（公元前209年），又封泰山，再刻辞于始皇帝立石，是步始皇帝的后尘。历史是无情的也是有情的，暴政秦朝是短命的，然而秦泰山刻石却保存至今。

两汉时期有两位帝王到泰山封禅，一是西汉武帝刘彻，一是东汉光武帝刘秀。汉武帝先后8次封禅泰山，对到泰山封禅是打了长谱的。一是筑明堂以方便祭祀、生活与办公。汉明堂，"中有一殿，四面无壁，以茅盖（茅草作顶）通水，水圜宫垣（水绕明堂四周），为复道（在空中架设之通道），上有楼，从西南入，名曰昆仑，天子从之入，以拜上焉。"（《汉书·郊祀志》）这里，天子从之入的通道名曰昆仑，昆仑者，泰山之古称，可见紧扣封禅泰山这个主题。二是立大碑于岱顶而不刻一字。按一般习惯，凡碑均为记事而立，既然记事，必有文字，但汉武帝在封禅大典这样严肃的活动中立大碑（且碑石非泰山所产）而不刻字，颇

图11 汉武帝无字碑

令后人迷惑不解乃至神化，如明人萧协中在《泰山小史》中记载："至今居民频见碑中发光，金霞射目，内有大篆数字，恍惚不辨，即之则无，离之复有，山灵示人以异哉。"迷则迷也，奇则奇也，而汉武帝立碑无字的目的，只是想显示自己功大无比，难以用文字表达，那高大的石碑立于泰山之巅就够威武的了。（图11）

汉光武帝刘秀，是窃取农民起义的胜利果实登上皇帝宝座的。为巩固其政权，显示其刘汉正统（刘秀自称是刘邦的九世孙），一心想借封禅泰山证明他是"受命于天"的帝王。某夜夜读《河图会昌符》时，发现有文曰"赤刘之九，会命岱宗，不慎克用，何益于承，诚善用之，奸伪不萌"时，喜出望外，正合己意，于是东封泰山。

唐代封禅泰山者有唐高宗李治夫妇及唐玄宗李隆基。高宗李治是无能之辈，封禅活动中出尽风头和捞到政治资本的是皇后武则天。武则天是一位有着政治抱负的女性，为实现其政治抱负，她想到了泰山，想到了泰山封禅，"高宗即位，公卿数请封禅，则天既立为皇后又密赞之"。王公大臣的数请，则天武后的密赞，东封泰山得以于麟德二年（665年）成行。然而在封禅的仪式上却意想不到地发生了争议，武后要求参与祭典大礼，高宗无奈，只好叫武后来完成禅之仪的亚献之礼。武后当上武周皇帝后，又到中岳嵩山搞了一次封禅活动，同时，为报恩于泰山，于垂拱二年（686年），她封泰山神为"神岳天中王"，后又感报恩不尽，遂于万岁通天元年（696年）尊封为"天

图 12　唐玄宗御书《纪泰山铭》

齐君"。天齐者，与天齐也。

唐玄宗登封泰山于开元盛世时的开元十三年（725 年），当时他还是一位意气风发的中兴之君，自称封禅泰山的目的是"实欲报元天之眷命，为苍生而祈福"。至于对自己的要求，则是"宝行三德：慈、俭、谦。慈者，覆无疆之言；俭者，崇将来之训；自满者人损，自谦者天益。"（《纪泰山铭》）（图 12）为此，他还祈求泰山神保佑，并在朝觐礼时下令："封泰山神为天齐王，礼秩加三公一等。仍今所管崇饰祠庙，环山十里禁其樵采，给近山二十户复，以奉祠神。"政治抱负不谓不大，"三德"措施不谓不好，对泰山神祇不谓不恭，然而他没有实现自己的诺言，最终导致了安史之乱。

宋真宗封禅是一场闹剧（图 13），并没有什么值得可说的，但他在前代帝王加封泰山神的基础上，于

图 13　仿宋代封禅表演

登封泰山的大中祥符元年（1008 年），诏封泰山神为"东岳仁圣王"，四年后又尊为"东岳天齐仁圣帝"，泰山神已加封到了无以复加的地步，这就是传承至今"东岳大帝"这个封号的由来。宋真宗登封泰山时，还诏封泰山女神为"天仙玉女碧霞元君"，并斥巨资建碧霞祠。可以说，泰山两大神祇在后世民间影响甚大，宋真宗"功不可没"。

有求必应的泰山神祇

泰山号称"神山",故民间有"济南府的人多,泰安州的神全"之说,在众多的泰山神祇中,以东岳大帝和碧霞元君影响最大。

(一) 威然可敬的东岳大帝

泰山位于祖国大地的东方,别称东岳,东岳泰山之神——东岳大帝无疑是人们信仰崇拜的泰山主神之一。

1、玄妙神奇的身世

关于东岳大帝的身世,众说纷纭,玄妙神奇,古人有金虹氏说、太昊说、盘古头说、黄飞虎说、上清真人说和天孙说等等,其中以金虹氏说最为玄妙:"昔盘古五世之苗裔,曰赫天氏,赫天氏子曰胥勃氏,胥勃子曰玄英氏,玄英子曰金轮王,金轮王弟曰少海氏,少海氏妻曰弥轮仙女也。弥轮仙女夜梦吞二日,觉而有娠,生二子,长曰金蝉氏,次曰金虹氏。金虹氏者，即东岳帝君也"（《神异经》）。

近年来，学者们又考证少昊氏为东岳大帝的前身。此说亦不无道理。在新石器时代的泰山文化圈内，影响最大、距泰山最近的一支部族是少昊氏，著名的大汶口遗址为少昊氏遗存，泰山南向百余华里的曲阜至今还保存有少昊陵等文物古迹。少昊氏是个崇拜太阳和大山的部族。少昊之"昊"字，从日从

天，因此《拾遗记》讲："昊者，明也。"少昊氏崇拜大山有考古资料为证，如大汶口文化陵阳河遗址等出土不少"山"字形符号。神是人造出来的，生活在泰山地区的少昊氏部族首领最有可能成为后人心目中的泰山神。（图14）

图14　少昊像

（采自《天地人鬼神图鉴》）

2、主生主死的司职

泰山神东岳大帝的主要司职是什么呢？如果用一句话概括，那就是"主生亦主死"。

泰山主生说在汉武帝时就流行不少说法，对此《史记·封禅书》有载：

申公曰："汉主亦当上封，上封则能仙登天

矣。"

齐人丁公年九十余，曰："封禅者，合不死
名也。"

公玉带曰："黄帝时虽封泰山，然风后、封
巨、岐伯令黄帝封东泰山，禅丸山，合符，然后
不死焉。"

最为重要的资料还有汉代的《太山镜铭》及汉武
帝东封泰山时所铸刻的《宝鼎铭》。《镜铭》说得好：
"上太山，见神人，食玉英，见澧泉，驾蛟龙，乘浮
云，虎引兮直上山，受长命，寿万年。"《鼎铭》讲得
妙："登于泰山，万寿无疆，四海宁谧，神鼎传芳。"
为什么上泰山可以长生不死、神鼎传芳呢？泰山为灵
气之山，有益人们的身心健康，泰山主生也就是泰山
神东岳大帝主生了。

虽然人们追求长生不死，但有生必有死是不可抗
拒的自然规律，所以泰山神主生也管死了。泰山神主
死亦曰"泰山治鬼"、"泰山稽鬼"。泰山治鬼之说起
源甚早，据司马迁的《史记·封禅书》记载，齐地所
祀神有八，其中之一者泰山为"地主"之神，即管理
死人之神。后世之泰山治鬼记载不绝于史，或曰"亢
父知生，泰山主死。"（《遁甲开山图》）或曰泰山为天
孙"主召人魂魄，知生命之短也。"（《博物志》）或曰
"中国人死者魂神归泰山也"（《后汉书·乌桓传》）。

在泰山一带与死有关的地名很多，如"奈河"、
"梁父山"、"蒿里山"、"黄前（泉）"、"酆都庙"等。
奈河二字是印度梵文"地狱"的音译，又与古代丧葬
文牍中经常使用的"奈何"有关。泰山之奈河，"其水

27

在蒿里山之左,有桥跨之,曰奈河桥,世传死人魂不得过。"(顾炎武:《山东考古录·辨奈河》) 梁父为知死之山,蒿里为死人之里,古人常以"梁父"、"蒿里"为挽歌曲名,晋人陆机的《泰山吟》这样写道:"梁父亦有馆,蒿里亦有亭,幽岑延万鬼,神房集百灵。"对此顾炎武明确提出:"自陆机《泰山吟》始,遂令泰山古帝王降禅之坛,一变为阎王鬼伯祠矣。"蒿里山曾建鬼祠"森罗大殿",殿中"三曹对案,七十五司各有神像"。

作为"百鬼之主帅"的东岳大帝,领"群神五千九百人",执法是非常严厉的,"凡一应生死转化人神仙鬼,俱从东岳勘对"。作恶多端者,来世在东岳大帝那里日子是不好过的。有谓七殿泰山王,司掌热恼地狱,凡盗窃、诬告、敲诈、谋财害命者,均将遭受下油锅的刑罚;此外还有翻肠子、火烧腿等刑。(图15)《金屋梦》中

图15　七殿泰山王
（采自《天地人鬼神图鉴》）

的西门庆，纵淫
毙命后，魂游东
岳府（图16），受
尽了种种折磨，
先是被剥得赤条
条，既而又把西
门庆踩住，用马
鞭大棍打，用砖
头石块把他打得
口鼻出血，真是
恶有恶报。

3、人间帝王
的威仪

鬼府领袖的
东岳大帝，其封
号由君而王，由

图16　西门庆魂游东岳府
（采自《泰山历代小说选》）

王而帝，由帝而圣帝，与人间帝王封号相似。至于衣
着，"服青袍，戴苍碧七称之冠，佩通阳太平之印。"
（《云笈七签》卷七十九）泰山之岱庙内存有清乾隆四
十二年（1777年）御赐东岳大帝的"黄缎绣金龙
袍"，就是仿人间帝王的龙袍制作的。

东岳大帝出巡的场面与人间帝王相比也有过之而
无不及，岱庙天贶殿的《东岳大帝启跸回銮图》壁画
最为生动形象。壁画高3.3米，长62米，除山水殿
阁轿马瑞兽外，共绘人物691个。其内容分为两大部
分，一曰东岳大帝启跸，二曰东岳大帝回銮（返回）。
《启跸图》由三个小单元组成：一是宫廷学士及内宫

嫦娥恭送东岳大帝出行。二是东岳大帝乘舆巡行。画面以东岳大帝为中心，疏密有致地画出了前导后随的出巡队伍。东岳大帝坐于四轮六马的玉辂之中，头戴冕旒，身着青边黄袍、青色披肩，手捧玉圭，端庄威严，玉辂后有随员118名，既有执扇执旗的文官，也有持戟、持钺的武士。三是地方神灵恭迎东岳大帝，有文官有武士，有青年也有长者。《回銮图》也由三个小单元组成：地方神灵官员恭送东岳大帝；东岳大帝乘玉辂返驾；宫廷官员及嫔妃恭迎东岳大帝。这幅壁画中的东岳大帝实际上是宋真宗的化身，动用的是宋代天子仪卫。（图17）

图17　乘玉辂的东岳大帝（天贶殿壁画）

　　东岳大帝的神府有着如同人间朝廷一样的官僚组织系统。《神异典》讲，东岳大帝"领鬼兵万人，有长史、司马，复有小镇数百，各领鬼兵数千人。"《剪灯余话·泰山御史传》讲得更为明确："惟泰山一府，所统七十二司，三十六狱，台、省、部、院、监、局、署、曹，与夫庙、社、坛、墠、鬼、神，大而冢宰，则用忠臣、烈士、孝子、顺孙，其次则善人、循吏，至于小者，虽社公土地，必用忠厚有阴德之民为之。"在选拔使用"人才"方面，虽然有时也曾有"任人唯亲"的现象，但总的说来是"任人唯贤"，即《泰山御使传》中所讲的"大抵阴道尚严，用人不苟"。众所周知，包公（名拯，字希仁）是中国历史上刚正廉洁著称的清官，"世传包希仁以正直主东岳速报司，山野小民，无不知者"。（《续夷坚传》）《泰山御使传》的传主宋珪通晓儒经，修身养性，于世无双，东岳大帝特诏他做司宪御使。宋御使不负厚望，办事公正，圣帝的近臣某人生前给人写不实墓志，阴间做官又沉醉于饮酒作乐、渎职公务，宋御使弹劾其人，圣帝马上把他关进牢狱，并报告天帝把他处死。

至于东岳大帝的家庭，也犹如人间帝王。东岳大帝娶水一君之女为偶，曰"淑明后"，生五男一女，传说岱庙天贶殿后的"后寝三宫"就是东岳大帝及其家人居住的地方。在东岳大帝的子女中，三郎是一位纨绔公子，"骑从华丽，俨若侯王"；四郎则颇重义气。宋哲宗元符二年（1099年），诏封圣帝诸子，"长为灵祐侯，次为灵惠侯，第四子为静鉴大师"（《能改斋漫录》）。

4、落叶归根的影响

东岳大帝的影响是多方面的，其中影响最大的是"落叶归根"，也就是死魂归泰山。中国有着五千年的文明史，在社会历史发展的长河中，由于自然、人为等方面的原因，迁徙或远离故土是常有的事情，但长河有源，树大有根，根源在哪里？根源在泰山。泰山之所以能成为中华民族乃至华人心目中的圣山，成为中华民族的共同象征，落叶归根的传统文化心理积淀是一个重要因素。说到落叶归根，不能不再提及东岳大帝的司职——冥府统帅。中国人相信灵魂不死，肉体的人死去后，人的灵魂以另一形式存在着，想家、盼家、回家，回到泰山，回到东岳大帝那里。（图18）

图18　东岳大帝
（采自《中国神仙图案集》）

　　泰山又是冥府，东岳大帝是统帅，人死后魂归泰山，阴间的人们尊崇他为阴间的领袖，阳间的人们也常常于东岳大帝降诞之辰为其做寿。据《水浒传》描写，三月二十八日，为天齐仁圣帝诞，届时，"那条路上只见烧香的人往来不绝"；"三更前后，听得一片鼓乐声，乃庙上众香客与圣帝上寿"；"烧香的人真乃亚肩叠背，偌大一个东岳庙，一涌便满了"。泰山是如此，远离泰山的帝京（今北京），为东岳大帝做寿的场面亦蔚为壮观，"倾城驱齐化门，鼓乐旗幢为祝"；"都人陈鼓乐、旗帜、楼阁、彩亭，导仁圣帝游"（刘侗：《帝京景物略》）。

（二）慈祥可亲的泰山奶奶

"自碧霞宫兴，而世之香火东岳者咸奔走元君，近数百里，远即千里，每岁瓣香岳顶，数十万众。"这是明人王锡爵于万历二十一年（1593 年）撰写的《东岳碧霞宫碑记》中的一段记载。碧霞宫即今泰山碧霞祠，供奉泰山女神碧霞元君。碧霞元君又称泰山女神、泰山玉女，俗称泰山娘娘、泰山奶奶、泰山老奶奶，她如同沿海地区的妈祖一样受到尊崇，被誉为北方地区的"女皇"。

1、和蔼慈善的形象

与东岳大帝"圣像庄严"的形象相比，泰山奶奶的形象可用"和蔼慈善"四个字概括，有位外国人这样描述道：她"有着美丽而丰满的面庞，给人一种可以信赖的庄重的感觉。我理解人们的心情，他们怀着极大的心愿，认为这种心愿不到泰山顶上就无法祈祷。"[①]

泰山奶奶的这种形象与其身世不无关系。关于泰山奶奶的身世，虽有种种不同说法，或东岳大帝的女儿，或黄帝的女儿，或华山玉女，或太真夫人，但民间认为她就是平民百姓的女儿："汉明帝时，西牛国孙宁府奉符县善士石守道妻金氏，中元七年甲子四月

---

① 〔日〕福井康顺等监修：《道教》第一卷，上海古籍出版社，1990 年，第 140 页。

十八日子时生女，名玉叶，貌端而性颖，三岁解人伦，七岁辄闻法。尝礼西王母，十四岁忽感母教，欲入山，得曹仙长指，入天空山黄花洞修焉。天空盖泰山，洞即石屋处也。泰山以此有玉女神。"（《玉女卷》）"奶奶"姓"石"，"奶奶"入泰山修炼而成女神，联想泰山上曾有原始社会时期的"五女圈石"遗迹，这岂不是远古山石崇拜的延伸吗！

玉叶由人而神后，人们刻石像以供奉，不知何故，唐宋时期石像沦于山顶水池（玉女池）内，"至宋真宗东封泰山，还次御帐，涤手池内，一石人浮出水面，出而涤之，玉女也。命有司建祠安奉，封天仙玉女碧霞元君"（《帝京景物略》）。宋真宗出于政治目的而封泰山玉女为碧霞元君，其形象也发生了变化："头绾九龙飞凤髻，身穿金缕绛绡衣。蓝田玉带曳长

图19　碧霞元君像

裙，白玉圭璋擎彩袖。脸如莲萼，天外眉目映玉环；唇似金朱，自衣规模瑞云本。犹如王母宴瑶池，却似嫦娥离月殿。正在仙容描不就，威严形象画难成。"（《金瓶梅》第八十四回）这俨然是一位帝后的形象。（图19）老百姓不管这一

套，"奶奶"还是我们的"奶奶"。

2、大慈大悲的心灵

泰山奶奶大慈大悲，有求必应，表现在司职与功能上，诚如《东岳碧霞宫碑》所说："元君能为众生造福如其愿，贫者愿富，疾者愿安，耕者愿岁，贾者愿息，祈生者愿年，未子者愿嗣，子为亲愿，弟为兄愿，亲戚交厚，靡不相交愿，而神亦靡诚弗应。"罗香林先生考察过碧霞元君职能的演变，他说："我以为碧霞元君最初只是能管理妇女的，所以士大夫没有人去注意。后来奉祀的人渐渐杂了多了，声名渐渐远了，于是她的职能也就由香客意识的转变而一天一天地扩大，到了现在，差不多人间的一切祸福都能管了。"同时他又具体地概括了碧霞元君的八点职能，即财利的有无，官禄的进退，行人的至否，田蚕的熟否，婚姻的难易，子息的多寡，讼狱的赢输，疾病的凶吉。[①] 不过从泰山奶奶庙多以送生娘娘、眼光娘娘配祀及民间故事传说来看，其司职与功能最为突出的是送生保育、祛病防疾和除暴安良。

送生保育 人类社会的生产主要是两大方面的生产，一是物质和精神产品的生产，再者为人类自身的生产，即种的繁衍。在人类生活中，种的延续一直是一个重要的课题而不断得到重视，如女娲被尊为高禖神。泰山奶奶也被民间视为具有送生保育的司职，祈求子嗣者多求之于泰山奶奶及其属神送生娘娘。（图20）泰山碧霞祠以送生娘娘陪祀；北京白云观的元君

---

① 罗香林：《碧霞元君》，民国版《民俗》，第68—70期合刊。

殿又名"子孙堂"；北京朝阳门外的东岳庙内奉祀九位娘娘，除主神"天仙泰山娘娘"外，其他八位娘娘分别是送生娘娘、培姑娘娘、催生娘娘、眼光娘娘、子孙娘娘、乳母娘娘、瘢疹娘娘和引蒙娘娘，细化了碧霞元君送生保育的职

图 20　催生送子娘娘
（采自《中国神仙图案集》）

能。天津天后宫凤尾殿（元君殿）内的送生娘娘雅号"随胎送生变化元君"，被塑成两面人，正面是善脸，背面是恶脸。传说娘娘善恶两面都是好心好意：送生娘娘把小孩送到人间时，唯恐小孩留恋不舍，所以送时先是善面，然后转过身来露出恶面，孩子一害怕就降生了。

民间求子嗣者到泰山碧霞祠或有关元君庙等烧香叩头后，还要用红线拴个娃娃而去。《寿春岁时纪》对此有详细记载：

> 三月十五日烧四顶香山，山在八公山东北，离城厢约七里余。山上有庙宇数十间，塑女神曰碧霞元君，俗呼为泰山奶奶，奶奶一侧有一殿，亦塑女神，俗称送子娘娘。庙祝多买泥孩置佛座上，供人抱取，使香火道人守之，凡是抱取泥孩

者必向之索钱，谓之喜钱。抱泥孩者，谓之偷子，若偷子人果以神助得子，则顺买泥孩为之披红挂彩，鼓乐送之原处，谓之还子。

近年来到泰山求子嗣又出现了新的风俗，那就是压枝（压子）和拴枝（拴子）。所谓压枝是指用石头压在树枝上，谐音"压子"；所谓拴枝是用红布条拴在树枝上，谐音"拴子"。（图21）

图21　"压子"（米山摄）

祛病防疾　在众多的元君庙（殿）中，塑有不少与祛病防疾有关的娘娘，如眼光娘娘（眼光圣母惠照明目元君)、瘢疹娘娘（瘢疹圣母保佑和慈元君)、痘疹娘娘（痘疹圣母立毓隐形元君）等。天津天后宫的娘娘们，眼光娘娘手托一只大眼睛，象征着明目祛眼疾，雅称"眼光明目元君"；瘢疹娘娘左手握一形似莲蓬的东西，上有许多瘢点，雅称"瘢疹回生元君"；耳光娘娘作双手捧一个耳状，雅称"耳光元君"。值得注意的是，无论是眼光、瘢疹，还是送生、催生，这些娘娘们只分管一个方面，唯碧霞元君名前加"天仙"、"永佑"之类的定语，说明她比其他娘娘高一个档次，或者说是她们的统帅，分管单项工作的娘娘们的职能，泰山奶奶都有。

在祈求祛疾的民众中，有为本人祈求祛疾者，也有为亲朋好友祈求者，特别是为父母双亲祈求祛疾的人，有时竟虔诚到"病态"的程度，既不乘车坐轿，也不双腿不停地赶路，而是叩头至山顶，有十步一叩头者，有五步一叩头者，有三步一叩头者，更有甚者，自出家门就一步一叩头，一直叩到泰山碧霞祠泰山奶奶像前，烧香许愿：如亲人病愈，便在岱顶"舍身崖"处舍身还愿。"万仞身轻一鸟落，骨肉为泥魂渺漠。"这种"虔诚"不知坑害了多少人的性命，如泰山奶奶有知，也会坚决反对的。明万历初年，山东巡抚何起鸣沿崖筑墙一道，又在附近刻"爱身崖"三大字以警告轻生者。何氏的举措，让人自爱其身，实为人们干了一桩大好事。明末人萧协中对此大加赞扬："纲常生死重于钧，何事无端说舍身，一自短垣围绝险，不教渔父再迷津。"清康熙五十九年（1720年）泰安知州张奇逢刻勒的《禁止舍身碑》更尖锐地质问欲轻生投崖者："成仙者何在？报亲者又何在耶？""与其毁身以辱亲，何如保身以善亲？与其身死即成仙，何如存身而积善？"（图22）

民众到泰山为泰山奶奶烧香叩头，除为己为人祈求祛病外，还有一种预防疾病的心理。不少人在泰山碧霞祠院内用硬币或石块磨碰"御碑"，口里不停地念叨"御碑磨，御碑碰，磨御碑不生病。"然后用磨碰御碑的手摸摸头，摸摸胸，摸摸腰，摸摸脚等，据

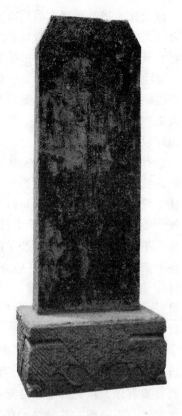

图22　清·禁止舍身碑（史欣摄）

说摸到什么地方，什么地方就不会再生病了。另外还有一种习俗是把泰山奶奶像前的供品，诸如水果、糕点、鸡蛋之类，拿一点吃掉或带回家送给亲朋好友吃，也可以预防疾病。说到泰山奶奶祛病防疾，有一则清宫秘闻颇为有趣：当年慈禧太后为其子载淳祈求

发痘平安，到京郊妙峰山元君庙内"烧头香"，外人不得抢先。尽管慈禧太后用心良苦，泰山奶奶还是没有（民间传说是不愿）救得载淳的性命，这大概是奶奶有灵，有意惩罚这个举世唾骂的大恶婆吧！

除暴安良　泰山奶奶是一位具有正义感的民众保护神，为了民众的利益，她敢不畏强暴，抗玉皇、斗龙王、求民女，除暴安良。泰山一带有许多这方面的民间故事。

有一则《十百村与万家庄》的故事，讲得是泰山奶奶抗玉皇。据说泰山奶奶碧霞元君是玉皇大帝的妹妹，只因二人争占泰山玉皇败在元君的手下，玉皇有气，要淹掉泰安州的一千个村庄。泰山奶奶心地善良，不忍百姓遭殃，就耐性子向玉皇大帝求情，但玉皇不依。碧霞元君只好另想办法，只淹一个"十百村"。玉皇大怒："叫你淹一千个，为啥只淹'十百村'一个？"元君道："'十百'不就是一千吗？"玉皇只好认输："这回算你有理，我再叫你淹一万个庄子。"元君无奈，只好又淹了个"万家庄"，玉皇知道后，不禁大惊："啊呀！又上当了。"玉皇知道泰山奶奶有智有谋，从此再不和她闹别扭，有事只好和她商量着来。下雨前，总是给元君打个招呼，即先在泰山顶上罩一块云，远远望去像戴了一顶云冠，预示近日有雨，所以民间流传着这么一句民谣："泰山戴帽，短工睡觉。"

传说古时候泰山周围是一片汪洋，附近岛屿上的百姓们春种秋收，安居乐业。有一年，暴风骤雨急降，拔木倒房。原来是东海龙王作乱，想占泰山。龙王向碧霞元君耍赖说："小奶奶，你射一箭，箭落处以内归你，以外归我。"泰山奶奶拿起震天弓搭上神翎箭，"嗖"的一声，向东射去。那支神箭一直飞了三天三夜，出去了一千多里，龙王只好把水撒到了箭落处。可是龙王使坏，把泥土全冲走了，从泰山到东海成了一整块石头，百姓无法种地。碧霞元君把脚一跺，把泰山上的土震下来将石头覆盖起来。但龙王又使坏不下雨，元君用箭射穿龙门，这才吓得龙王求饶，答应及时下雨。从此，泰山一带年年风调雨顺，五谷丰登。

相传有一年九月初九，泰安东乡的一位大闺女到泰山普照寺烧香还愿，因她长得楚楚动人，被一个恶县官看中，令衙役把她"弄上轿"来。闺女连哭带叫死活不从。碧霞元君变成一个老嬷嬷赶到这里，怒斥县官。当县官发淫威耍无赖时，元君提出了个条件："这么着，你对着路边的大石头大笑三声，要是你把石头笑动了，你把闺女领走，要是你笑不动，我把闺女领走。"县官笑了三声，石头没动。县官又耍赖说："你也笑三声我瞧瞧！"只听老嬷嬷一声大笑，树叶哗哗作响；二声大笑，山谷发出回声；三声大笑，山摇地动，巨石发抖。县官知道这是泰山奶奶显灵，吓得伏在地上磕头求饶，奴才们也个个瘫在地上。大闺女得救了。（图23）

3、遍布城乡的仙迹

自宋真宗封泰山奶奶为天仙玉女碧霞元君以来，"奶奶"的影响越来越大，仙迹传得神乎其神，官府民间为其建庙或行宫者不知其数。

图 23　三笑处（米山摄）

　　泰山是泰山奶奶的老家，泰山建"奶奶庙"上、中、下三座，其中以泰山顶上的上庙时代最早，规格最高。上庙始建于宋真宗东封泰山之次年（1009年），时称"昭真祠"，金称"昭真观"，明代易名"碧霞灵佑宫"，简称"碧霞祠"。

　　碧霞祠位于岱顶前怀之中，"其形胜环拱，宫东南则五花崖，东北向则岳顶。摩崖、日观诸峰蜿蜒峙列，三面若屏，宸前若双阙。由宫门西下，石磴三丈许。南俯悬崖，下视城郭若畦圃。自城郭望之，则崖峰森蔽，不见宫宇，此盖造化灵区真天奇云。"（明《岱史》卷九）"历选名胜之所，无逾此境之妙意"（《重修碧霞宫碑记》）。

　　碧霞祠的占地面积仅有 3900 平方米，说来并不算大，但聚集了 12 座建筑物，且排列有序，主次分明（图 24），特别是碧霞祠的主体建筑——大殿，面

图24　泰山碧霞祠（采自《泰山览胜》）

阔 24.7 米，进深 15.1 米，通高 13.7 米，单檐歇山顶，重梁起架，"宝户绘闳，月牖云霏。丹壁嵯峨，祥光陆离。"（明《东岳碧霞宫碑记》）"突出云霞之上，巍乎岱宗之间，一奇观也"（《重修碧霞宫碑记》）。

"元君储精泰岳，显灵普天，其神在宇宙间，如云霞去，靡以止息。天下之众，每事必祷焉，辄应急难持危，御灾捍患，于国家政教有焉，行宫之建宜也！"清康熙版《泰兴县志》收录的杨国善《碧霞宫记》中的这段文字，道出了"今之若郡、若邑、若巨镇，皆有泰山行宫"的缘由。另外还有一个不容忽视的客观原因，即外地善男信女到泰山一趟很不容易，在本地建碧霞行宫以代之，岂不是一个两全齐美的办法？

泰山奶奶是北方地区的"女皇"，北方地区建碧霞行宫最为普遍，有人作过调查统计，仅东阿县在解放初期所存的庙宇中，泰山奶奶庙（行宫）就占40％以上，可见比例之大。① 据顾颉刚先生所编的《妙峰山》一书提供的资料，在京城（今北京）内外，除妙峰山有泰山奶奶庙（殿）外，另外还有 7 处，即：广育宫在圆明园夹镜之东，有殿奉碧霞元君；东直门外有碧霞元君庙；永安门外马驹桥有碧霞元君庙；右安门外草桥北有碧霞元君庙；蓝靛厂有碧霞元君庙；北极寺之东——北顶有碧霞元君庙；普觉寺西万华山有碧霞元君庙。泰山奶奶在南方的影响相对小一点，但也幅射到了数千里之遥的广州、福州等地（广州、福州城内曾有东岳庙，祀碧霞元君）。至于距泰山较近的苏、皖等省，泰山奶奶庙也随处可见。据清同治版《徐州府志》记载，铜山县城南山颠有"碧霞宫"，每岁四月朔至十八日，里人进香甚盛，谓之"泰山会"，又名"泰山庙"。长江沿岸的海安镇泰山奶奶庙，位于凤山山巅，"层殿跻霄，朱丹灼锦，亭楹寝庑，品式灿备。"（明·余有丁《海安镇碧宫》）妈祖，亦称天妃，是南方特别是沿海地区信仰的海神娘娘，由于受泰山奶奶封天仙玉女碧霞元君的影响，而被明庄烈帝（即崇祯帝）封为"天仙圣母青灵普化碧霞元君"，又加封"普化慈应碧霞元君"。乃至在东台县的天妃山上建"泰山碧霞宫"，奉泰山奶奶，泰山奶奶"抢占"了海神娘娘的风水宝地。

---

① 张国强：《东阿县泰山奶奶祈愿风俗调查》，《民俗研究》，1991 年第 1 期。

图25　美国芝加哥艺术馆收藏的泰山奶奶铜像

　　泰山奶奶还远涉重洋，到了大洋彼岸的美国，在华侨、华人中有着一定的影响。（图25）

虔诚至深的民间香客

　　随着东岳大帝和泰山奶奶影响的扩大，"香火自邹、鲁、齐、秦以晋冀"（《天咫偶闻》），前来朝拜进香的人越来越多，这些人被称为"香客"。因统一信仰和大致相同目标而组成的朝拜进香团体，称之为"香社"或"香会"。

（一）祈福还愿行善事

　　因为"泰山为五岳之首，而圣母之庙在焉，既有求而必应，亦无感之不通"，所以"贫者求富，疾者求安，耕者求岁，贾者求息，祈生者求年，未子者求嗣"（《重修泰安县志》）。其实民间香客们所祈求的远不止此，祈求什么的都有，我们不妨称之为"祈愿"。一旦实现愿望，随之而来的就是还愿报答。（图26）

　　如对祈愿进行粗略分类，大致有三种情况：

　　一是专项祈愿。民国十年《"善兴人同"》碑载："民国十年中暮之春，吉林省滨江县瘟疫流行，死者

图 26　朝山的香客（采自《泰山游》）

不计其数，见者注目寒心。有泰莱贾君联斌、郑君书
箴等，于斯生理诚心祝祷，祈碧霞元君之灵应获佑苍
生。"

　　二是多项祈愿。光绪十一年（1885 年）《"万善
同归"碑》曰："夫乾天称父，坤地称母。父严而母
慈。凡男、妇欲祈年免病求嗣保寿，竭诚于元君前
者，元君即如其意，佑之。惟慈故也，其灵应可昭昭
也。莱邑陈家楼庄，众结元君香社，每岁登岱，虔诚
叩说，今四历寒暑矣。"

　　三是一般性祈愿。据光绪十九年（1893 年）
《"合山香会"碑》："尝闻有功于民者则祀之，况泰山
为五岳长，不崇朝而雨遍天下，如功何如！人之祀之

者又当何如!""佛号一宣,少长咸应,其懔懔然拜跪于元君殿前,非敢邀神惠也(实际上就是邀神惠),抑聊报德于万一尔。"

如果祈愿最终得到了满意的结果,就要还愿报答。还愿报答的方式方法也是多种多样的,如捐资修庙,挂袍送匾,铸送香炉,乃至绿化环境等等。

香客是虔诚的。时至今日,许多上了年纪的老人都把到泰山朝拜进香当作一生的夙愿。焦波先生在其民俗专著《俺爹俺娘》一书中列《上泰山》一节,详细记述了八十多岁的爹娘上泰山的经过,现节录如下:

> 上泰山,向泰山奶奶(碧霞元君)还愿,向泰山奶奶求子、求福、求寿是家乡一带的人尤其是女人们的一生夙愿。不少女人一生七上泰山,十上泰山。早先不通火车时,我村到泰山180里,小脚女人来回走七天,其中上山下山60里一天打来回。去过的人都说:"不累,有奶奶保佑。"

> 上泰山是爹娘做了一辈子的梦,直到今年才梦想成真。

> 爹出门都要看个好日子,经他提议,爬泰山的时间定在阴历五月二十一日。离起程还有两三天,娘和同行的三姨已在做上山还愿的准备:买香、买黄表纸。三姨用金纸叠了66只元宝,还跟娘商量,提前三天吃素不吃荤。

> 爹娘携手走过天街,进了碧霞祠,在泰山奶奶的坐像前,娘长跪不起,"老奶奶,老奶奶"

地念个不停，一声接一声地祷告。她念念叨叨，从上辈说到下辈，从亲戚说到朋友，还有一套一套我听不懂意思的话。在向往已久的泰山上，娘像是要把80多年的心里话全讲出来，把千头万绪的挂心事、愁心事，求奶奶排除干净，从这里带走她所想得到的泰山奶奶能给予她和子孙们所有的赐福，祷告完毕，她重重地磕了六个响头。站在一旁的爹也吃力地弯下两条病腿，同娘一起磕头。

图27 "请过世的爹上山"
（采自焦波《俺爹俺娘》）

站在泰山极顶，爹娘眺望远方，久久不说一句话。爹从包里拿出了临行前给外甥女的那个包着的方框子，我一看，是爷爷的画像。爹把爷爷的画像抱在怀中，让我给他在"五岳独尊"的石

刻前留影。"爹,你一生没来过泰山,今天,俺把你请上来了,你看看这山上的风景吧!"(图27)

八十多岁的老人从不言累地登上泰山极顶,"吃力地弯下两条病腿"给泰山奶奶磕头,把"一生没来过泰山"、过世的爹的画像请上泰山,这是多么的虔诚啊!

香客又是受到尊敬的。香客之"客"字是亲戚的意思,在当地人看来,前来进香的香客,应像本人的亲戚一样来对待。《水浒传》第七十三回曾描述道,前来泰山进香的凤翔府香客,路过梁山泊时被误抓,宋江得知是香客后,便下令"快送这伙人下山去,分毫不得侵犯。"并吩咐部下,"今后遇有往来烧香的人,休要惊吓他,任从过往。"

进香人常为口渴所困扰,于是免费施茶者应运而生。明《施茶碑记》记载:朱自然等人,于万历三十六年(1608年)"见四方同志者,当暑候盘旋巅下,每每艰于壶物,心甚怜之。遂而结社施茶,普济群生,于今三年。"他们把进香者称为"同志",可见有着共同的信仰。

至于孤贫、残疾的香客,不但当地百姓尽力帮助,就连官府也有恻隐之心,"老稚、孤穷、瞽聋、残废无倚者,来穴处土石间丐食,及香者不至缺食日,似可取香钱之余给之;冬则贸絮施之,俾少济须臾;倘毙,则收瘗之,亦无俾作秽,以安香者、游者。庶几祐神助灵,亦拯民生一端"(明·杨时乔《泰山文碑刻》)。

（二）组织香社朝神山

社，从示从土，原指祭祀土地神的地方，有时候也代指土地神或引申为祭祀土地神的节日。所谓民间香社，主要是指祭祀神祇的民间组织，有时又称"香会"。泰山民间香社，源于汉唐，兴于宋代，至明清进入全盛时期，迄今尚有遗俗。（图28）

图28　泰山香社碑林（王长民摄）

1、组织结构与分类

香社（香会）既然是一种组织，那么就有一定的组构形式。一般情况下，香社由一村或数村的香客十几人、几十人或上百人组成。香社的组织发起人称"香首"、"社首"、"会首"、"善首"或"领袖"，多为1—3人，由当地德高望重的人担任；下有承办人3—5人，负责会员的联络、会费的收敛、香祭品的购置等事宜;一般社员称"善男信女"或"弟子"。京津地区的民间香社,可分为八种职务:一是引善都管(香首和副香首),是社中的领袖;二是催粮都管,是收取会费的人;三是请驾都管,是掌礼的人;四是钱粮都管,是采办供品的人;五是司库都管,是管理供品的人;六是中军哨子都管,是管理巡查防卫的人;七是车把都管,是管理车辆的人;八是厨房茶房都管,是管理饮食的人。对此组织结构及其管理,顾颉刚先生给予了高度的评价,他说:"我们看,他们的组织是何等的精密!他们在财政、礼仪、警察、交通、饷糈……各方面都有专员管理,又有领袖人物指挥一切,实在有了国家的雏形了!"(《妙峰山》)

香社有临时香社和长期香社之分。临时香社是一群香客们为达到某种目的,临时组织的香社,通过一次(祈愿)或两次(祈愿加还愿)朝山进香活动而结成,使命完成后即行解散。这种香社一般规模较小。1993年春季山东大旱和同年夏季鲁南大涝,有不少受灾的村民组织临时香社,到泰山碧霞祠进香祈愿。受灾之时,是党和政府组织抗灾救灾,把损失减少到了最低点,但竟有香社再次到泰山还愿,感谢泰山奶奶保佑,真是不可思议。长期香社一般规模较大,组织健全,有固定的进香时间,年年如此。如《岱庙铁塔铭》载:明嘉靖年间,河南开封府六县善男信女结社到泰山进香,签名者达万人以上。(图29)再如立于泰山红门的一通清代《北斗永善香社碑》载:历城县旧有北斗永善香社,至今相传百余年,实乃古会也,每届春间会期,齐集善男信女朝山进香。"签名

图 29　明·岱庙铁塔（采自《中国泰山》）

者 1200 余人，社首 4 人，承办人员 13 人。在香客们看来，连年进香的时间越长越好，至少要连续三年。泰山东面的莱芜，就流传这样一首民间歌谣：

> 泰山烧香连三年，零销鸡蛋攒香钱。
> 手里有了烧香钱，出门进山不犯难。

泰山烧香连三年，你去我来永不断。

泰山奶奶坐大殿，恩赐众生显威权。

跪在尊前忠心献，永福还愿倍觉暖。

泰山烧香连三年，免灾解难保平安。

只要虔诚在心间，泰山奶奶保佑咱。

人生曲折有苦甜，行善积德路方宽。

只要生平走正道，不怕邪恶乱纠缠。

泰山烧香连三年，遇事通顺时运转。

泰山烧香连三年，树德行善乐无边。

泰山烧香连三年，国泰民安万家欢。①

2、朝山的准备及香期

朝山进香的筹备工作是非常繁杂的，有时需要数月乃至半年多的时间，香社中之所以设置若干职务也是为了准备得充分些、完备些。

早期准备工作，主要是印发会启和联络香客。会启亦称"会招"、"会报"、"会帖"。会启上一般包括四个方面的内容：一是会所及设驾所（驾，即泰山奶奶，他们在自己的会内或附近的庙中供有泰山奶奶神像或神位，在朝山之前先在会内设驾致祭，有的竟把驾抬到泰山去）；二是守晚、起程、上山、朝顶、回香的路程和日期（守晚是指晚间在会中聚集，以便明晨一同出发）；三是到山后所做的工作；四是说明化

---

① 转引自刘慧著《泰山庙会》，山东教育出版社，1999 版。

缘与不化缘。

　　香社特别是长期香社有固定的客源，联络老香客并不困难，如果扩大新客源，有时还不是一件容易做的事情。《醒世姻缘传》之六十八至六十九回中，香首——明水镇的道婆老张、老侯，为争取素姐一同到泰山进香，简直不要脸皮，不择手段了。"自从那一年七月十五日在三官庙与素姐相识以后，看得素姐极是一个好起发，容易设骗的妈妈头主子。"她们打听到这是狄外员的儿媳，而狄员外的婆子相氏又是一个辣燥的性子，不敢在他们头上动土，只好等素姐回娘家时，再设法见到她，"引她入门。""谁知道这素姐偏生不是别人家的女儿，却是那执鼓掌板道学薛先生的小姐，这个迂板老头巾家里，是叫这两个道婆进得去的？所以两下张望，只是无门可入。"后来老张、老侯硬着头皮两次到狄家，不料都遇到狄员外，"雌得一头灰，夹着两片淹×跑了。"这两位道婆心不死，乘素姐回娘家之际，一连到素姐娘家撞了两次，结果还是"石头上踏了两个猛子，百当踏不进去。"后来只是薛夫人老病没了，素姐回家奔丧，两位道婆以吊丧的名义才进了薛家，见到素姐，连哄加骗，把心直的素姐拉进了朝山进香的行列。

　　各项准备工作就绪后，也就到了朝山进香的时间了。泰山进香的高潮期有三个，即春香、秋香和阴历年（春节），其中以春季最盛。春香的具体日期，大约在旧历三至四月份，选择这个日期进香是有原因的：一是泰山有王母池古道观，而三月三是王母娘娘生日，届时举行蟠桃会；二是三月二十八日是东岳大帝的圣诞；三是四月十八日为泰山奶奶的寿辰；四是春暖花开，不冷不热，宜于外出。

泰山春香盛况空前，傅振伦于民国年间撰写的《重游泰山记》记述道：

> 时值夏历三月中旬，为泰山庙会之期，善男信女远道而来朝山进香者，相望于途。妇女缠足，头梳长髻，衣裳博大，不着裙衫，腿带宽可四寸，多深红艳绿色，盖犹有数年前内地古装之遗风。捧香合手，喃喃不绝于口。至于男子朝山，则随僧道鼓吹而已。有手持直角三角形之黄旗者，其上大书"泰山进香"四大字，右侧字"莱邑义峪庄"诸小字，是殆来自山东东部莱州者。山中居民，有出售香马纸锞者，生意最盛。

上溯到明清乃至宋元，有关春香盛况的记载也不绝于史。以宋代为背景的《水浒传》描写道，到泰山进香的香客甚多，"偌大一个东岳庙，一涌便满了。"元曲《刘千病打独角牛》谓，三月二十八日东岳大帝圣诞之辰，"端的是人稠物穰，社火喧哗。"明清时期，"三四月，五方男女，登祠元君，以数十万，夜望山上篝灯，如聚萤万斛，左右上下，蚁旋鱼贯。"（明·于慎行《登泰山记》）这里仅讲得是泰山情况，其实就连远离泰山的京津地区也春香火爆，"岁四月十八日，元君诞辰，都女进香。先期，香首鸣金号众，如师，如长令，如诸父兄。月一日至十八日，尘风汗气，四十里一道相属也"（明·刘侗《帝京景物略》）。

3、进香的程序和礼仪

朝山进香是一项神圣的活动，香社"社规"规定："本把人等不准拥挤喧哗玩戏，亦不准沿路摘取花果，以及食荤饮酒，一概禁止。人多，饮酒不免有乱性妄为，口角淫词等事，……恐其有害修善，不成体制。如有不尊约者除名不算，各宜戒之慎之"（《普兴万像净道圣会会规》）。

香客们怀着一颗虔诚的心来到泰安，投宿香客店后即净手洗脸，向泰山奶奶报到（香客店内设泰山奶奶殿）。吃得都是素食，对此《醒世姻缘传》中有段形象的描写："号佛已完，主人家端水洗脸，摆上菜子油炸的馓枝、毛耳朵，煮的熟红枣、软枣，四碟茶果吃茶。讲定饭钱每人二分，擀油饼，豆腐汤，大米连汤水饭，管饱。众人吃完饭，漱口溺尿，铺床睡觉。"

次日早起，洗刷停当，略进素食，洁衣整冠，起程上山，"天未曙，山上进香人，上者下者，念阿弥陀佛，一呼百合，节以铜锣。灯火蝉联四十里，如星海屈注，又如炀帝囊萤火数斛，放之山谷间，燃山熠谷，目眩久之。"（明·张岱《岱志》）香客朝山一般先在岱庙朝拜东岳大帝，然后一路焚香祈祷，直达山顶碧霞祠。碧霞祠外有西神门居高临下，不管是坐轿的富绅还是一般平民百姓，到门口都要站住，不能进门。因为门口有一人拿着号角，门前摆着一个盛钱的小笤筐，掌号人一声号响，众香客们就向笤筐投钱（无定数），送香客上山的人高声说道："西神门上张声号，泰山奶奶早知道。"（图30）这时香客们才能进去参拜元君金像。行参拜礼时，香首在前，善男信

图 30 碧霞祠西神门（米山摄）

女在后，并由承办人献上匾额、供品等。供品的多寡本无关大局，心诚则灵，然香客们还是认为以多为好，有的则耗费惊人，如清代历城北斗永善香社，仅一次朝山进香就携带供品如下：

　　泰山圣母贡檀牌位一尊并神龛，黄绣花楟头一个，黄绣花铺垫一付，黄缎绣花黄罗宝鼎盖一把，黄绣花大宝盖一把，黄洋绉万名善男信女宝盖二把，黄洋绉龙凤旗四杆，黄洋绉宝幡八杆，绸子五色旗四杆，朱红洋标大社旗四杆，朱红洋标小社旗六十杆，本社大纱灯两对，龙拐铜荷花提炉两对，铜凤烟炉两对并铜盘，大红全幅彩绸一匹，十献贡品香、花、灯、水、菜、茶、食、宝、珠、衣，朱红木盘十个，金桥银桥，蓝布垫子三十个，旗伞坐大小八个。

香客们只在碧霞祠内叩头，然后到祠外的"火池"烧纸焚香。火池南有照壁，上书"万代瞻仰"四个大字，这是庙祝们为防止火灾有意把烧纸焚香的地点移至祠外，并以"万代瞻仰"吸引香客，可谓用心良苦。这里所进焚的纸帛，一般香客用的是草纸；讲

图31　冥币

究些的用的是金箔、锡箔裱糊成的金银元宝；最有趣的是使用"冥都银行"发行，玉皇大帝为行长、东岳大帝为副行长的大面额冥币。（图31）集体活动结束后，香客们自行活动，或拴娃娃，或压树枝，或购买纪念品，然后下山到指定地点集合、返程。

（三）逸闻趣事何其多

朝山进香既是一种信仰，也是一个过程，在朝山进香的过程，无论是香客、庙祝乃至神祇都留下了许多逸闻趣事。

1、"奶奶"换新装

人之初是赤身裸体的，随着社会的进步，人们因保暖的需要或曰有了羞耻感，逐渐开始着衣。进入阶级社会，不同质地、颜色、花纹、样式的衣服成为阶级差别、等级差别的标志之一，时至今日，衣着虽无等级差别了，但保暖的功能仍然存在，美的功能逐渐加强。人之着衣，因季节的不同需要经常更换，破损

之后就要易新。人之如此，身为女性的泰山奶奶更应如此。民众这样认为，香客们这样认为。香客们之所以乐此不疲地给泰山奶奶送衣服、献绣鞋，盖因此故。泰山之红门现存一道清代勒刻的《香会善信挂红袍碑记》，颇有意思：

> 且夫人之有衣以彰身也，顾有衣以彰身，神独无衣彰身乎?! 今天下之善士以袍献碧霞元君者已多多矣，第历年久远，彩色剥落，一时之见者莫不惕然，心有厌故思新之意。今有高兴官庄孙贵等，自嘉庆年间约香会一道，迄今屈指计之，大约有五百余名，各出赀财敬制洋红缎袍一件，献于碧霞元君，灿然可观，不啻天文，焕然一新，无殊云锦。岂道足凭不免祷媚之意，聊以衣服几敝不忘改造之心。

2、元君有玉玺

泰山奶奶既为"女皇"，所以也就模仿人间帝王那样刻有玉玺了。凡朝山去碧霞祠者，有一项很重要的事情要做，这就是求一张盖有泰山奶奶印的黄表纸，带回家后可用来镇妖、避邪、免灾。泰安市博物馆现收藏两方清代的泰山奶奶印，均为玉质。其一高 5.5 厘米，方 6.6 厘米，印平顶斜肩，顶上雕一对夔龙纹，肩四周雕回纹，两侧穿孔相通，作系绳之用，印文为阳刻"泰山天仙圣母碧霞元君之印。"（图32）另

图 32 "泰山天仙圣母碧霞元君之印"

一方印文为"天仙照鉴"。(图
33)传说有一位老农,家里经
常有动静,闹得晚上睡不好
觉,久而久之,精神萎靡不
振,干瘦干瘦的,世说鬼缠
身。这位老农在家人的陪同
下,到泰山碧霞祠进香,并求
得一张"天仙照鉴"的黄表纸

图33 "天仙照鉴"印

带回家,贴在床头上,从此家里再无动静,睡觉渐
好,精神也振作起来了。其实这是精神作用治好了老
农的神经衰弱症。老农及其家人认为这是泰山奶奶保
佑,便年年到碧霞祠进香,每次都求一张泰山奶奶印
纸,或自用,或赠送乡邻。

3、求神佑皇子

明万历王朝围绕着争立"国本"太子,宫廷内上
演了一出政治斗争剧,郑贵妃乃至求泰山奶奶帮忙。

明神宗万历皇帝由于皇后无嗣,私幸宫女王某,
"有身",生子名朱常洛,是为神宗长子。然神宗皇帝
移情别恋,又看上了貌美聪颖的郑氏,先封为淑嫔,
未几加封为贵妃。万历十四年(1586年)二月,郑
贵妃生子朱常洵,是为神宗第三子(次子夭折)。到
了立国本的时候,神宗爱"郑"及子,欲立常洵;但
王公大臣以礼制为由,力主立长子常洛为太子,君臣
之间闹得不可开交。神宗皇帝迫于朝野巨大的压力,
不得已于万历二十九年(1601年)十月立常洛为太
子,但同时立常洵为福王。国本争立理应结束,但其
实不然,郑贵妃集团先后策划的"梃击案"和"红丸

案"，终致常洛于死地。

郑贵妃渴望册立爱子常洵，既希望于皇帝，又希望于神祇，"郑贵妃身负盛宠，福王生，即乞怜神庙，欲立为太子"（文秉《先拨志始》）。在国本之争甚为激烈阶段，郑贵妃想到了泰山，想到了泰山奶奶，泰山三阳观现存的"皇醮三碑"是其历史的见证。万历十七年（1589年）十月，郑贵妃遣乾清宫近侍、御马监太监樊腾到泰山，"敬诣东岳泰山岱顶圣母娘娘陛前，虔修醮典，遍礼诸圣"，并请三阳观道士昝复明等，"复做清醮一百二十分位，上叩诸天遥鉴，圣母垂慈，佑保贵妃圣躬康泰，皇子平安"。万历二十二年（1594年）正月，又遣乾清宫近侍到泰山，"遥叩泰山圣母泰山娘娘，进香遍礼诸神"，仍命三阳观道士"进香三次，礼醮三坛，伏望诸天默佑，圣母垂慈，上祝皇帝万岁，享圣寿于无疆；贵妃遐龄，衍天年于不替。四海澄清，太子纳千祥之吉庆；边夷靖服，黎民受五谷之丰登。皇图巩固，国脉延绵。"两年之隔的万历二十四年（1596年）九月，再遣使到泰山祈求泰山圣母垂慈"太子纳千年之吉庆"。仅八年的时间内，郑贵妃三次遣乾清宫近侍太监到泰山叩拜泰山圣母，祈求保佑爱子常洵"皇子平安"、"太子吉庆"，急切之情溢于言表。

4、神祇不可侮

泰山神祇特别是泰山奶奶，不仅大慈大悲，而且火眼金晴，爱憎分明，更不可侮。据清纪昀《阅微草堂笔记》卷三十记载：从前去登泰山，见到有个妓女和与她相好的嫖客都上山进香，在旅舍中相遇。两个人趁着空偶然接个吻，不料两个人的嘴唇就如用胶粘住一样，怎么也分不开了，用手使劲一掰，竟然痛到心窝骨头里。众人连忙为他们向神灵认罪悔过，才得以分开。

5、素姐真厉害

《醒世姻缘传》是晚清的社会风俗小说，《醒传》之六十八至六十九回中的主人翁素姐是一位颇费周折才得以到泰山的香客。这位香客非常厉害，因欲到泰山进香受到公公阻挡，十分恼火，骂公公是"好贼老砍头的！""我和俺这贼割的算账！"

狄监生（狄希陈）父子拿素姐没有办法，只好由狄监生随素姐走一遭。谁知这素姐一路上处处为难自家男人。放着雇来的觅汉不同，偏要丈夫狄监生为其牵驴，出他的洋相。狄监生是富家子弟，又是娇生惯养的儿郎，哪里走得惯路？走不到二十里，只得把那道袍脱下，卷作一团，夹在腋下，又渐次双足走出泡来，疼不可忍。素姐越发把那驴子打得飞跑。那觅汉常功在狄希陈身旁空赶着个骡子，原是留给狄希陈坐的，常功见狄希陈走得甚是狼狈，走向前把素姐驴子的辔首一手扯住，说道："大嫂，大哥已是走不动了，待我替大嫂牵着驴，叫大哥骑上骡子走罢。"素姐在那常功肩上一连两鞭，骂道："他走动走不动，累你腿事！我倒不疼，要你献浅！"狄希陈只得仍旧牵着驴子往前苦挣。

独具特色的经济习俗

泰山吸引着八方来客，来客们要吃、要住、要行、要购，独具特色的泰山经济民俗应运而生。

（一）商贾云集的庙会

庙会是一种融宗教文化、商业贸易为一体的综合性活动。泰山庙会，滥觞于唐，发展于宋，鼎盛于明清，至今不衰。泰山庙会的出现与唐代在泰山岱岳观造像有关，据唐《双束碑》记载，唐高宗显庆五年（660年），武则天摄政，于次年二月二十日，敕使道士东岳先生郭行真等奉皇帝皇后，七日行道，造塑像一尊，二真人夹侍。像成之后，斋醮七日，善男信女云集庆贺，后来又增加了庆贺东岳大帝和碧霞元君的圣诞，庙会之期逐渐固定下来（约旧历三、四月份）。庙会期间，香客、游客、商贾云集，生意买卖兴隆。

1. 天下商贩　都来赶会

宋代，泰山庙会已好生热闹，不仅有"一百二十行经商买卖，只客店也有一千四五百家，延请天下香客"（《水浒传》第七十三回）。至明代，"棂星门至端礼门，阔数十亩，货郎肩客，杂错其间，交易者多女人稚子"（明·张岱《岱志》）。到了清代，泰山奶奶圣诞之时，哄动二十舍属的人烟，"天下的货物都来赶会，卖的衣服、首饰、玛瑙、珍珠，甚么是没有的"（《醒世姻缘传》第六十八回）。

至于民国年间的泰山庙会，冯玉祥将军曾作过考察，并作风俗诗——《庙会的市面》一首（图34），诗曰：

> 赶庙会，开市场，各种货物来四方。
> 有洋货，有土产，还有大喝小吃馆。
> 这一边，摆面摊，台凳板桌都齐全。
> 爹揉面，娘烧炉，生意买卖儿照顾。
> 那一边，更热闹，汉子张口大声叫。
> 酸梅汤，荷兰水，价钱便宜味鲜美。
> 有老少，有男女，杂乱拥挤来复去。
> 买者少，看者多，腰里无钱没奈何。
> 乡民苦，乡民穷，金钱日日外国送。
> 说缘由，话根底，生产赶早用机器。

如此庙会，热闹中使人心酸！

过去，庙会中的商品交易，以随地摆摊为主，没有固定的场所，经过1928年庙市改造，岱庙内有了相对固定的百货杂品店铺。如洪茂恒店，是岱庙内的第一号大店，店主叫李希奇，是泰安上高人。主要经营响器（如铜锣、唢呐、大鼓等），同时也兼营百货，

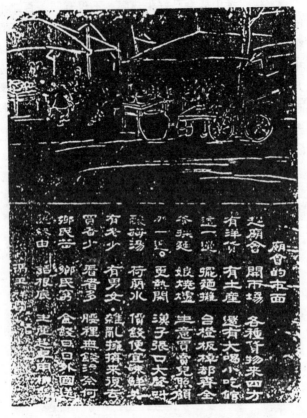

图34　冯玉祥《庙会的市面》

有伙计四五人，买卖很兴隆。洪茂恒店的南面是"琉璃嘣嘣店"，店主刘圣莲，因卖的全是玻璃制品，特别是经营玻璃鼓铛，而有了"玻璃嘣嘣"的绰号。在"万代瞻仰"碑北面，是有名的李大针的针篦棚。李大针，是老字号，物美价廉，从不坑人。据说他还有一手撒针的绝技：一包针25个，分五把撒向木板，针全部整整齐齐地插在木板上，拔下来时针不弯、尖不折，以此表明钢好、针神，真可谓经营有术。庙市上也时有卖"狗皮膏药"的，说的好听，就是不治病。如陈兆兴其人，扮着"蛮子"的装束，用白毛巾包着头，撇着四川腔，用白粉写着、画着，并吆喝着卖得是"汉王紫金果"，说这东西出自四川刘备皇林，三年开花，六年结果，九年才成熟，是包治百病的稀珍药材。

"文化大革命"期间，泰山庙会曾一度被视为封建迷信活动而停办。改革开放的春风吹到东岳泰山，一度停办的泰山庙会经过一番"取其精华，去其糟粕"的改造后，于1986年又复会了，商贾游人，逐年

图35　今日之泰山庙会（采自《泰安》）

增多。（图35）据《1993年度泰山庙会总结》提供的资料，"庙会分南、北两区，占地面积近10万平方米，1600多家经营摊点，19个大型文艺表演团，400多座商贸大棚，以及每天20余万的赶会者和流动叫卖者，把会场挤得水泄不通，直到收会的最后一天下午，仍人山人海，人们兴犹未尽，流连忘返。"关于举办这届泰山庙会的意义，《总结》认为："泰山庙会以最少的投入，带来了较大的经济效益。一业带来百业兴，庙会期间，泰城的车站、商场、旅馆、饭店到处顾客盈门，生意兴隆。泰山庙会给泰城的各行各业、方方面面都带来了生机和活力，其综合效益是难以用数字说明的。""庙会是最直接、最好的信息中心，十天来赶会的群众达270多万人次，其中包括了社会不同地域、不同阶层、各个行业的人士，他们的所需所求，基本上反映了一个地区的消费指向。生产厂家、经营单位都能从这里捕获到有用的信息，根据这些信息指导生产与经营，必将会产生最佳的经济效益。""庙会通过其历史影响力和丰富多彩的形式，如商品交易、文娱活动、评品小吃、参观游览等等，把广大的群众聚拢在一起，人们从这里购物、观赏、交流、洽谈，获得了精神与物质上的满足，其乐融融，一片祥和升平的景象，这对于创造一个更加适宜改革开放的良好环境也是极有积极作用的。"有关人士评价："举办泰山庙会是振兴泰安经济的又一举措"。

2．王母道观　蟠桃盛会

说到泰山庙会，有必要再讲讲王母娘娘"蟠桃会"。

王母娘娘原为西王母，居于古昆仑山（即泰山），"其状如人，豹尾虎齿而善啸，蓬发戴胜，司天之厉及五残"（《山海经》），是母系氏族社会时期的氏族首领。进入阶级社会，特别是战国以后，西王母的形象逐渐发生变化，由豹尾虎齿而老妪，由老妪

图 36　王母娘娘

而"年可三十许"、"修短得中、天姿掩蔼、容颜绽世"的丽人。（图36）

　　传说王母娘娘操有不死之药，能使人长生不老。先秦文献《穆天子传》记载，西王母曾谓周王子谣曰："将子无死。"汉《淮南子》讲"羿请不死之药于西王母。"汉晋时期成书的《汉武故事》和《汉武帝内传》中，明指不死之药就是"仙桃"（蟠桃），"大如鸭卵，形圆色青"，"桃味甘美，口有盈味"，"三千年一生实，中夏地薄，种之不生。"此仙桃一曰王母

桃，"其色赤，表里照彻，得霜即熟。"（《洛阳伽蓝记》）就连古代严肃的科学家贾思勰也认为："仙玉桃，服之长生不死。"（《齐民要书》卷十）更有甚者，

图 37　泰山王母池

民间不仅认为王母娘娘操有不死之药，而且还赐福、赐子，化险消灾。汉焦延寿的《易林》卷一载："为尧使，西见王母。祈请百福，赐我善子。引船牵头，虽扬无忧。王母善祷，祸不成灾。"

王母娘娘形象及司职的变化改变了王母娘娘的地位，至迟在三国时期，泰山就建有王母娘娘道观，祀王母娘娘，曹魏时曹植有"东过王母庐"，"俯观五岳间"的诗句；唐代大诗人李白也有"朝饮王母池，暝投天门关"的记述。泰山王母池亦称瑶池，又称群玉庵，位于泰山之阳的红门宫东南，内祀王母娘娘。"瑶池阿母绮筵开，黄竹歌声动地哀"（唐李商隐诗）；"水澄清似玉"，"瑶池景更幽"（明李养正诗），真乃神仙胜境。（图37）

据民间传说，农历三月初三是王母娘娘的圣诞，每年这一天，王母娘娘都要在瑶池举行蟠桃盛会，邀请各路神仙到此赴宴。届此，王母池的道士们举行盛大道场，供奉花果、焚香叩拜，以示祝贺，是称蟠桃会。泰山蟠桃会虽为宗教活动，但来的人多了，也免不了就要有经济活动，实际是泰山庙会的另一种表现形式。

（二）服务周到的客店

客店，或曰"客栈"，古人谓"行旅所止之屋"（《新方言·释言》），是供旅途之人吃饭住宿的地方。泰山客店多以招待香客为主，俗称香客店，既为香客店，当然也就有其与众不同的特色了。

泰山香客店有多少恐怕谁也说不清楚。以宋代为背景的《水浒传》讲泰山客店有"一千四五百家"，香期之际，"许多客店都歇满了。"这大概是形容客店的生意红火。至于客店的周到服务，明人张岱亲有所感："离〔泰安〕州城数里，牙家走迎。控马至其门，门前马厩十数间，妓馆十数间，优人寓十数间。向谓是一州之事，不知其为一店之事也。到店，税房有例，募轿有例，纳山税有例。客有上中下三等，出山者送，上山者贺，到山者迎。客单数千，房百十处，荤素酒筵百十席，优侯弹唱百十群，奔走支应百十辈，牙家十余姓"（《岱志》）。下面仅就最具特色的山下山上客店略作述说。

1．大山客店　经营有道

清末民初，泰城最有名的香客店是张大山客店。店主张大山，原是城东南上高村人，开香客店发家。

张大山香客店坐落在泰城北关东青龙街。门面形如府第。高大的门楼坐北朝南，门两旁有上马石、拴马桩。此店既有接待仕宦或外地乡绅登泰山的临时公馆，也有接待一般香客的单间、双间、大铺等。店内伙食分三等：上等有鱼翅、海参大席；中等有鸡、鱼、肉类鲜菜；低等的是大锅菜、馍馍。店内服务项目繁多：小戏、牌桌、地方小吃、剃头理发、销售元宝、香烛等。（图38）店内设有泰山奶奶殿，香客进店后先在这里烧香叩拜，舍香钱，表示向山顶上的元君"报到"。

张大山经营有道，生意兴旺，主要措施有五条。

图 38　元宝　香烛（王长民摄）

　　一是主动约客。张大山香客店与外地的许多香火会有联系。每年秋收后，店主选派能言善辩、有联络才干的人，携带泰安土特产品，分头到各府县去。到达目的地后，找到香火会的善首，献上方物，宣传泰山奶奶的神力，招引这些香火会的善男信女们来泰山时住店，并留下"张大山店拜"的大红字帖，同香火会定好到泰安的具体时间，以便迎接。

　　二是礼貌迎接。每年春季联络员手持一红封套，上书"张大山店拜"字，并提着一个上书店名的灯笼，侍立在四关驿道旁或火车站，等待客人的到来。迎客的人见到香客到来，首先高举红拜帖，以店的名义向香客致敬，互相请安问好，说些吉祥如意的话，然后，替善首背着褡子（有的叫捎马子），将客人送到店里。店门口也有一套接客的礼节。客人到了店门口，由两名服务人员端出一个内放四大盘菜肴、一壶酒的大传盘，接待人员为其一一接风，把盏敬酒。香客接酒后一般不喝，多是浇奠了泰山神。客人进店按照不同身份入不同的客房。落座、敬面、献茶后，店主方出来拜客。客人开饭前必先到店里的小庙前焚香叩拜，向泰山奶奶报到。这个仪式一般是以香火会集体的名义，烧上一封香或一对元宝，叩上三个头表示虔敬，礼毕后，向这个小庙扔点香钱。

三是陪客上山。天不亮，店内灯火通明，人声鼎沸，山轿子已在门前排好。早点后，店主人亲自把上山的客人一批一批地送到门口，满脸堆笑地说些吉利话，对官宦们说"步步高升"，对求子嗣者说"早生贵子"，对商人说"登高发财"，等等。客人起程后，店里派两人送客上山，安排香客们的休息、吃饭等。另外，店里还派一位稳重的人担元宝同时上山。碧霞祠是泰山奶奶庙，是香客送香火的集中地。香客除在这里顶礼参拜、焚烧纸帛、扔香钱外，如果想求泰山奶奶保佑生个儿子，还要投个银娃娃；想求生个女儿，还要扔丝、棉、绸缎或绣鞋等物品。

四是迎客下山。香客下山回店，店主要迎接，且有一套仪式。富贵香客的山轿子和一般香客回到店门口时，店里仍是端出大传盘，内放酒菜，名为"道喜"，这是表示祝贺香客在山顶上得到了泰山奶奶的赐福。香客们照例不喝，一奠了之。有的香客回店后把泰山奶奶的画轴悬挂在大厅的屏风当中，对着厅房的戏台，"请"泰山奶奶赏戏，表示虔诚。这种仪礼明代已有之，下山至红门，"牙家携酒核浇足，谓之接顶。夜戏剧，开筵酌酒相贺，谓朝山归。求名得名，求利得利，求嗣得嗣，故先贺也"（明·张岱《岱志》）。清《醒世姻缘传》第六十九回对此有着更详细地记述："烧香已毕，各人又都各处游观一会，方才各人上轿下山，素姐依旧不敢上轿，叫狄希陈挽了，走下山来，走到红庙。〔店主〕宋魁吾治了盒酒，预先在那里等候与众人接顶。这些妇人一起下了轿子，男女混杂的，把那混帐攒盒、酸薄时酒，登时吃的风卷残云，重新坐了轿回店。素姐骑着自己的骡子同行，方才也许狄希陈随众坐轿。到了店家，把这一日本店下顶的香头，在厂棚里面，男女各席，满满的坐定，摆酒唱戏，公同饯行。当中坐首席的点了一本《荆钗》，找了一出《月下斩貂蝉》，一出《独行千里》，方各散回房。"这里虽是宋魁吾店，但与张大山店礼仪相仿。

五是热情送客。香客怀着泰山奶奶的赐福和店主的良好祝愿离别客店。香客离店前是要结帐的。这笔开支是香火会的公款，不用个人拿。店家只收房钱，不收饭钱，客人在店里、山上的一切开销都从房钱里找齐了。这样显得主谦客让，互不相争。由于店主处处想得周到，服务热情，所以香客都感到心满意足，当香客临走时，店里再备大酒席送行。客人出店，主人亲自送出大门，门外备有饯行的酒菜，店主为客人把盏后，一揖到地躬身送别，互相敬重，主客并道："望明年再来"、"明年一定来相会"。

2．天街客店 实物招牌

　　泰山顶上的南天门至碧霞祠约一华里曰"天街"。明清至民国年间，天街店铺林立，有20家之多。这些店规模大点的有五六间房，小的仅一二间，白天卖香火元宝，晚上供香客住宿。这些店铺都使用独特的招牌——实物标记，即在门口挂上实物，如笸箩、金牛、鹦鹉、鞭子、金钱、棒槌、金钟、响旦、笊篱……有些则是成双的，以示区别，如双升、双鞭、双棒槌、双牛、双钟、双钱等。大部分标记都以木料雕刻，并细心地涂上油漆，勾出图案，比较精致。客店因这些实物而得名，分别称为金牛家、金钟家、鹦鹉家、双升家等等。（图39）民国十八年、二十年，傅振伦先生两游泰山，他看到天街的情况是："自南天门而东北，有茅舍十余家，是为天街"，"又前双鞭子何记老店，则舆夫及进香者夜间之寓也"（《重游泰山记》）。至今泰安人抬杠仍以此构成歇后语："天街上面头一家——你笸箩家"。

　　天街客店至

图39　鹦鹉店招牌
（采自刘慧《泰山庙会》）

迟在明代中叶即已出现，但实物标记出于何时却未见记载。据当地老人回忆，清代末年就有，一直沿用不变。如果风吹日晒雨淋损坏了，就再照原样做一个。"文革"期间天街上这些店标不见了。近年来，因发展旅游业的需要，天街上不少商店、旅馆等又恢复了实物招牌。民俗气氛颇浓。

天街客店为什么不使用文字招牌呢？其中原因很多。过去曾把实物标记作为劳动人民不识字、愚昧落后的表现，这仅是原因之一。这些客店是陈设简陋的下等客店，店主亦是穷人，不识字，请人写招牌请不动——那些高雅的书家怕降低身份，沾上穷气。而住店的香客也都是穷人，大多不识字，用实物标记好认、好记。天街客店的规矩是不收房钱、饭钱，只收香火钱，其实都在香火钱里找齐了，这样主客都觉得方便，面子上好看，加上热情周到的服务，给客人留下好印象。只要来泰山进一次香，就要年年进香——怕老奶奶嫌心不诚。这样第二年香客还来找老店，店主已把香烛元宝一应用品备齐，不用香客操心。各店之间和平共处，不互相争买卖。如此说来，实物标记是颇为实用的一种创造。

有的实物招牌也不仅仅是一个实物记号，其中有着一定的文化内涵。如各店门前普遍挂有笊篱，意为本店备有清水素面，笊篱是捞面条的炊具。上山进香期间一律清斋素食，以表示对泰山老奶奶诚心敬意，乞求老奶奶施展灵术，佑庇赐福。

（三）简便实用的山轿

今日上山的交通工具地上跑的有汽车，空中悬的有缆车，极为舒适、快捷，可谓现代化了。然而古人可没有这个福气，有钱有地位的人、年老体弱的人，也只能坐台山轿子。泰山山轿，民间俗称"山檩子"，是近代以前唯一的颇有特点的登山交通工具。

1．山轿起源　历史悠久

山轿起源甚早，据《尚书·益稷》载，大禹治水时，"予乘四载，随山刊木"。汉孔安国解释"四载"是四种交通工具，即"水乘舟，陆乘车，泥乘楯，山乘檩。"

这个"檩"就是在车的基础上去掉轮子，由人力肩抬车箱演化而来，是轿类的雏形。

山轿在泰山出现，最早与帝王封禅大典有关。首次见于正史记载的泰山山轿是汉光武帝刘秀于建武中元二年（57 年）封禅泰山。《后汉书·祭祀志·封禅》记载，是年二月"二十二日辛卯晨，燎祭天于泰山下南方，……至食时，御辇升山，日中后到山上更衣。"又据《封禅仪》记载，为了解决随行百官的上山困难，"泰山郡储辇三百。"这里所谓"辇"就是山轿子。

唐开元十三年（725 年）十一月唐玄宗李隆基登封泰山，"皇帝服衮冕，乘辇以出"（《通典》卷五十四）。唐制步辇有 7 种，有专门用于各种隆重仪式的大凤辇、大芳辇、芳亭辇，多以金银玉牙为雕饰，并有华丽鲜艳的羽盖、纱窗，以突出显示帝王的雍容华贵。另有仙游辇、小玉辇、小轻辇，专供帝王外出游历观光、登山涉险之用，此种辇体制轻便，较重实用。宋代大中祥符元年（1008 年）十月二十日，宋真宗赵恒封禅泰山，也是乘步辇上山的，有文献记载，"乘轻舆，陟绝，跻日观，出天门。""帝每经狭险，必降辇徒步"（《宋史·礼志·封禅》）。但由于礼制所限，乘坐山轿仍是帝王的特权，一般士庶百姓乘坐是被明令禁止的。明代中后期，轿子才普遍流行起来，成为一种时尚，以致不论官商，"人人皆小肩舆，无一骑马者"（《明·顾起元《客座赘语》）。至此，泰山山轿才得以大量出现，成为一般游人代步的工具。明张岱的《岱志》、清刘鹗的《老残游记》都有泰山山轿的详细记载，说明当时山轿已十分流行。民国时期，泰城部分贫苦居民以抬山轿为生，成为专业轿夫。

1947 年泰城解放，人民政府主张人人平等，轿工大部分安排正式工作。1952 年政府明令取消抬山轿行业，但此后仍有极少量的山轿沿袭下来，偶尔为个别年老体弱者抬轿，解决登山困难。近年来，因发展旅游业的需要，泰山上下又出现许多山轿子。（图40）

2．山轿特点　简捷实用

泰山山轿在形制上很有特点，结构简单合理，尽量省去一切不必要的部分，最大限度地减少负荷。明人张岱在《岱志》中描写道："山樏在户，樏杠曲起，不长而方，用皮条负肩上。"清人袁枚有诗道："士人结绳为木篮，命我偃卧同春蚕。两人负之走若蟹，横

图40　今日之泰山山轿（王长民摄）

行直上声喃喃。"刘鹗在《老残游记》中描写得更为
细致："泰安的（山）轿子像个圈椅一样，就是没有
四条腿，底下一块板子，用四根绳子吊着，当个脚踏
子。短短的两根轿杠，杠头上拴一根挺厚挺宽的皮
条，比那轿车上驾骡子的条稍为软和些。轿夫前后两
名，后头的一名先钻到皮条底下，将轿子抬起一头
来，人好坐上去。然后前头的一个轿夫再钻进皮条
去，这轿子就抬起来了。"民国年间傅振伦先生在泰
山见到的山轿是："其舆缚绳于木，甚简陋。上覆布
篷，收卷极易，下悬格板，便于足踏，乘者如坐畚器
中"（《重游泰山记》）。

　　山轿上山时，走平道轿夫一前一后，上台阶却要
横行前进，即前后轿夫中差一两个台阶，侧身向上，
以保持轿子平衡，使乘坐者比较舒适，防止过度倾
斜。所以山轿能直接登上十八盘那样的陡坡。这也是

泰山山轿的一大特色。行进中，轿夫可以根据轿子的转动角度自由换肩，减轻疲劳。所以张岱说："抬山蹬则横行如蟹，已歇而代，则旋转似螺，自成思理。"傅振伦也讲："舆夫负带，两手握木，若御车状。可直行，可横行，上山行甚速，故有'爬山虎'之号"。

坐轿登山观光或进香是一件很惬意的事，但对初坐者来讲，并非如此。明人谢肇淛谈到他坐山轿子的体会是："吾游山多矣，虽绝地插天，亦必逶迤迂回而上，或舆或步，咸得袖手骋目，独泰山不然，其坦不能十武，辄就磴，磴皆悬空陡峭，高者百余级，小者以十数，舆中五管在上，胸膝相摩，手挽足抵，头涔涔也，加以狭崖夹嶂，耳目涂塞，如道尾巷中，意甚苦之。"(《登岱记》)"上山容易下山难"，此话在轿夫却要完全颠倒过来，上山时负重难行，要一步三喘，下山则抬着轿子一溜小跑，一小时就可下到山底，速度快得惊人。张岱在讲到自己乘轿下山的经历时心有余悸："舆人掖之，竟登舆从南天门急下。股速如溜，疑是空坠，余意一失足则齑粉矣。第合眼据舆上，作齑粉观想，常忆梦中有此境界，从空振落，冷汗一身。"(《岱志》)这种下法省力省时，但容易"一失足成千古恨"，全靠轿夫配合默契和平素练就的脚下功夫，以及日积月累对泰山盘道的谙熟。也就是说，下山时才看轿夫的真本事，真是"看似容易却艰辛"。

民国时期，一些重要人物曾乘坐山轿，留下了与山轿有关的轶事。1928年5月8日，蒋介石上山游览。上山时，蒋乘坐从南方带来的"山轿"——滑竿，初坐时颤悠悠很自在，一上盘道却是头冲下，脚朝上，只好临时换乘土里土气的泰山山轿，很舒适。蒋下山后很满意，第二天又专门偕宋美龄乘山轿到斗母宫游览一番。

1931年，"九·一八"事变后，当时的"国际联盟"派以英国人李顿爵士为首的调查团赴华了解事件真相。1932年7月，调查团在国民党政府大员顾维钧陪同下，征调泰城二百余乘山轿，浩浩荡荡登山观光。下山以后，李顿发现夫人送他的结婚纪念物——镶有宝石的珍贵手杖丢失了，顿时气急败坏，一口咬定是轿夫偷的。当时的泰安县长周百锽一面扣押轿夫严厉审讯，一面封山搜寻。后来还是一名轿夫在十八盘下的草丛里发现，但怕被怀疑是盗贼，只好转交给在普照寺隐居的冯玉祥先生。冯写了亲笔信，派这位轿夫将手杖送到县府，转给李顿，轿夫还得到县府的200元赏银。此事当时传为美谈，为泰山轿夫争得了好名声。

3．轿夫生活　清贫义气

轿夫是一种以人代畜的苦人差役，故轿子有"人车"之谓。新中国成立以前泰山轿夫的来源，主要是泰城东胜街、清真寺街贫穷的居民，约有百人，泰城东关、北关一带的汉族居民，亦近百人。这是专业轿夫的基本队伍。据一些老轿夫回忆，每年山轿最盛时可达600—700人，山上山下，轿夫络绎不绝。轿夫的工钱，三十年代市价是每人每天1块5毛（大洋），如在山上过夜另外加工钱或赏钱、饭钱等，多少由客人随意。有时客人带家眷、亲朋，要雇几乘轿子，怕照顾不过来，往往多雇几名轿夫轮流抬轿，谓之"替脚"，亦是每天1块5的工钱。也有的达官贵人、富商豪绅来泰山度假消闲，小住几天，干脆包一乘山轿，每日四处游玩。每年旧历大年初一到三月底，是各地善男信女朝山进香还愿的高峰期，也是轿夫的繁忙季节，年初一至正月十五，惯例是给双倍工钱，也有给三至五倍的，兼有施舍行善之意。

泰山轿夫没有严格的行业组织，民国年间只有一个"头儿"叫王振安，是东胜街的回民，负责轿行与外界、官方的联络，以及招集轿夫、组织发派"官轿"等事务。按惯例，觅到活儿的轿夫每人每天要交一毛钱的"头儿费"，算是管理费，但"头儿"却要负责修配山轿上损坏的零部件。有时官方通知征用大批山轿，要提前集合待命，这时也由"头儿"管饭，因此"头儿"入不敷出，干了十几年，卖了自家四亩多地赔进去。所以这"头儿"在轿夫中威信很高，大家都乐于从命。轿夫觅活，少量的由"头儿"分派，大部分是直接到火车站附近客店较集中的车站街、财源街一带联系预订，还有的在岱庙门前等客雇轿。轿夫都是一帮混穷的哥们儿，很讲义气，极少因抢活儿吵嘴打架，互相接济的事情却是常见。轿夫的生活非常清贫，上山时一般自带锅饼，随饿随吃，这样不仅方便，而且也省钱。有时候在沿途歇脚时在饭棚买点大饼咸菜之类吃。只是到了下山领到工钱后才到饭店买点肉食酒肴，饱餐一顿，以补充恢复体力。人们往往对轿夫艰苦的生活表示同情，如清代泰安知县徐宗干所作的《山舆行》道："我今复纪泰山铭，舆夫之功数第一"。冯玉祥在泰山隐居期间，看到轿夫的辛

苦，实在不忍心坐
轿，并作《山轿》
诗一首，抒发了他
对轿夫的同情和对
坐轿的看法："上
泰山，坐山轿，好
看风景好逛庙。一
个安坐两个抬，一

图41　冯玉祥《山轿》诗

把轿子爬盘道。爬盘道，真苦劳，慢走紧走总不到。
肩头皮带十斤重，汗流气喘心急跳。一逍遥，一道
遥，抬的坐的皆同胞。困难当头须要管，时间劳力不
白抛。大名山，电车造，凡事都应用科学。时间劳力
为国用，一点一滴皆生效。"（图41）

（四）靠山吃山的乞丐

乞丐俗称叫花子，处于社会的最下层。以乞讨为
谋生手段的泰山乞丐，靠山吃山，既叫人同情，有时
又让人讨厌。

1．爱憎分明　惊煞刘彻

泰山乞丐始于何时，不得而知，至少在西汉时
期，泰山已有大批乞丐。传说汉武帝刘彻登封泰山
时，途中听说泰山上拦路乞讨的叫花子甚多，舍钱的
人谁也舍不到山顶。汉武帝心想："我乃一国君主，
谁能比得上朕的钱多，我非舍钱到山顶不可。"立即
派人装满了20大车钱币。到了泰山，叫花子果然一
个接一个，一帮连一帮，不到中午，铜钱全部舍完

了。可是叫花子还是三五成群地围着大车直咋呼，武帝慌了手脚，诏告："今日无钱，明天再说。"武帝至山顶举行封祀大典时，忽见香烟组成14个大字："一人求神花万贯，人众如草废家园。"顿时惊了一身冷汗。当他心神不定地下山时，只见他舍钱的地方，一丛丛草尖上顶着钱，一根根树枝上挂着钱，一朵朵山花上托着钱。这时汉武帝才恍然大悟，原来是封禅大典挥霍无度，惊醒饿死的乞丐们的阴魂，惹怒了泰山神灵。这则传说虽有神话色彩，但它说明了泰山乞丐甚早、甚多，具有反抗精神，神灵同情。

2．谋生糊口　让人同情

"进香者求名于泰山"，"乞丐者求利于泰山"（明·张岱《岱志》）。既然乞丐求利于泰山，有时也就不顾脸面和方式方法了，致使登泰山的香客（游人）乃至客店不得不准备些施舍钱。明人张岱登泰山时，"甫上舆，牙家以锡钱数千搭襻杠，薄如榆叶，上铸'阿弥陀佛'字，携以予乞。凡钱一贯七分，而此值其半。上山牙家付香客，下山乞人付牙家，此钱只行于泰山之乞，而出入且数百余金。出登封门，沿山皆乞焉，持竹筐乞钱，不顾人头面。""其乞法、扮法、叫法，是吴道子一幅地狱变相，奇奇怪怪，真不可思议也。"叫花子与"牙家"密切配合，联营行乞，真可谓乞讨有"道"了。

民国年间，兵荒马乱，社会动荡，民不聊生，泰山乞讨者最多。傅振伦于20世纪20年代末看到的情景是："沿途乞丐甚多，逢人索物，并云：'千舍千有，万舍增福'、'步步登高'"，"积德吧，掏钱吧，个人行好是自人的"(《重游泰山记》)。这些乞丐中，绝大多数是乡下或外地来的老弱病残者，或瘸、或瞎、或老、或小，样子非常可怜，给钱、给物或多或少，乞讨者都会磕头相谢。

应冯玉祥之邀来泰山讲学的吴组湘先生也有同感，他在《泰山风光》一文写道：

> 几个残废的乞丐——有瞎眼的，有没脚的，——坐在路旁，磕头叫嚷，为状甚苦。看看他们身前的乞盘里只有一些"煎饼"的碎片和"麻丝结"之类，虽也有铜钞铜钱，但如月夜的星斗，点得出的几颗。那些乞丐一边偷空拿"麻丝结"在膝上搓细索（为自己扎鞋底之用，或卖给人家），一边胡乱把"煎饼"抓了塞在嘴里，咀嚼着。每有人过，就磕头叫嚷起来。往往叫了半天，无人理会。有一种带着小孩的，自己没讨得着，就叫小孩跟人家走。这种小孩都不过四五岁，连走路都走不稳，却因要追赶行人，不得不舍尽气力，倒倒歪歪地快跑，一面喘气跑着，一面"舍一个钱吧，舍一钱吧！"地嘀哝着，一面还要作揖，打恭，到了相当的时候，又还要赶拦上去，跪下，磕一个响头。这种繁重工作的结果，十回有几回是苦窘着小脸空手而回。因为等他磕过头爬起来时，那行人已经早在远远的前头，再也追赶不上了。

3、假装乞丐　可气可憎

当然泰山上下也有靠乞讨发财致富的假乞丐，这样的"乞丐"就叫人讨厌了。

　　吴组缃先生就在关帝庙看到靠着讨要香客的钱财并过着安逸生活的一家人。这家人有着卖元宝纸锭的店铺门头，也有着高门阶的住宅，地有一顷多。家人中有一个留着西洋头的二十四岁的小伙子，穿着时髦的新装，手上夹着一支香烟，口上还悠闲地吹着哨子，"看样子竟像本地一位少爷公子或小贩之类"。而其他家人也别有风度，在店铺里坐着的两位女主人，"年老的，团面白肉，满身福相"；"年轻的，抱着一个小孩，穿着都很不错"。而在门口的一个十七八岁的姑娘，"不但白皮细肉，体面干净，而且旗袍皮底鞋，简直是本地十分摩登的了"。还有一个三十多岁的男子，识文解字，"躺在一把番布椅上，两腿高高地架着大腿，手里拿着一本'一折书'本的《施公案》在看"。瞧这一家子的形象，全都是富贵的胎子，谁会想竟是道上乞讨的主儿。

　　一到了半夜，这些人一反白天的整洁富贵之相，专捡些破的旧的衣服穿在身上，打着火把，带着孩子，拿着乞讨的盘子出动了。各家分段居道，用长板凳或其他一些东西拦在盘路上，只留一个刚能过人的关口，而那讨要钱物的盘子就放在这个口子上。有的人就干脆站在或坐在口子中央，上山的香客如不留下点东西就很难过关。

　　如此"乞丐"，不仅让人讨厌，简直可憎了！

（五）唾手可得的财源

　　众多香客的腰包不仅为泰山的饮食服务业带来了

繁荣，为叫花子带来了糊口的牙祭，而且还给庙祝们带来了丰厚的收入，给国家财政带来了可观的税金。

1. 香客掏钱　庙祝受益

香客们到泰山是敬神的，而敬神虔诚与否又往往体现在供品的众寡和投钱的多少上，对庙祝、对香客说来，虽然目的并不一样，但都认为多多益善。

明清时期，泰山奶奶的声望压倒了其他神，岱顶碧霞祠的香火最为旺盛，"近数百里，远即数千里，每岁瓣香岳顶，数十万众，施舍金钱币亦数十万"（明《东岳碧霞宫碑记》）。明代人张岱在其《岱志》中记述地更为详细：

> 四方香客，日数百起，聚钱满筐，开铁栅向佛殿倾泻，则以钱进。元君三座，左司子嗣，求子得子者，以银范小儿酬之，大小随其家计，则以银小儿进。右司眼光，以眼疾祈得光明者，以银范一眼光酬之，则以银眼光进。座前悬一大金钱，进香者以小银锭，或以钱在栅外望金钱掷之，谓得中则福，则以银钱进。供佛者以云绵，以绸帛，以金珠，以宝石，以膝裤，珠鞋绣帨之类者则以金珠鞋帨进。以是堆垛殿中，高满数尺，山下立一军营，每夜有兵守宿，一季委一官扫殿，鼠雀之余，岁尚数万金，山东合省官，自巡抚以至州吏目，皆分及之。

如此丰厚的香火钱，不仅庙祝受益，受益更大的是官府朝廷。

2. 征收香税　充实国库

封建统治阶级对劳动人民的压榨是无孔不入的，

甚至在香客身上打主意。自明武宗正德十一年（1516年）始，到清雍正十三年（1735 年）终，泰山香税之征长达 220 年。什么叫香税呢？《岱史．香税志》以批评的口吻说道：“曷云乎香税也？四方祈禳之士女，捧瓣香谒款神明，因捐施焉，而有司籍其税以助国也。夫概天下香税，惟岱与楚之太和山也。而太和山不以岳名，则岳之有香税惟岱也。方其摩肩涉远，接踵攀危，繦至辐辏，岂特助国而已；舆厮赖以食力，市肆赖以牟利，僧徒赖以衣钵，即行丐亦赖以须臾无死，诸所为地方利益甚博。其究也，罄所赍金帛珠玉马羖等物以奉神，则有司日管榷之，岁两会其成数，是皆神灵所感召也，岂假于号召科责乎哉！敛而不宰，积而能散，又非有神输鬼运，而人世自相赢衍，何造化之妙一至此也！山东皇畿左辅，诸凡赋役独先，频岁凶荒，物力且日困，脱令不籍是安所取办？天盖保佑国家而阴以此佐六郡百姓之急耶！其初，

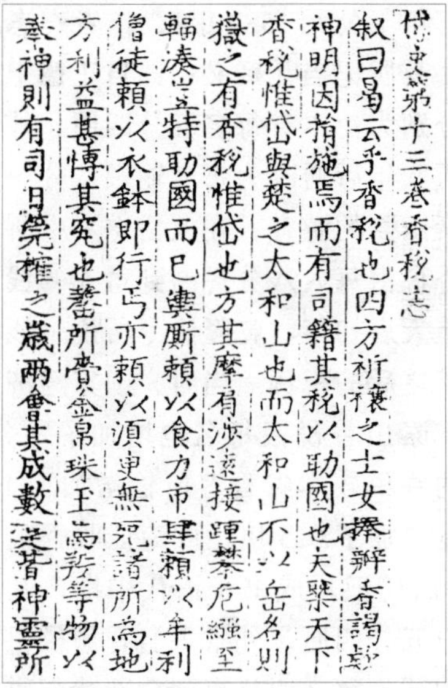
岱史第十三卷香稅志
敘曰曷云乎香稅也四方祈禳之士女捧瓣香謁款
神明因捐施焉而有司籍其稅以助國也夫槩天下
香稅惟岱與楚之太和山也而太和山不以岳名則
嶽之有香稅惟岱也方其摩肩涉遠接踵攀危繦至
輻湊豈特助國而已輿厮賴以食力市肆賴以牟利
僧徒賴以衣鉢即行丐亦賴以須臾無死諸所為地
方利益甚博其究也罄所賫金帛珠玉馬羖等物以
奉神則有司日筦榷之歲兩會其成數是皆神靈所

图 42 《岱史·香税志》

惟籍诸藩司，以赡地方一切急需，代田赋所不给也。迩乃转而入之内帑，岁有定额。"（图42）

　　史载，"山税有例。"有例者何？诸书记载不一，据《岱史》记载，最初省内外登山香客所纳税额有别：本省香客每名纳银五分四厘；外省香客每名纳银九分四厘。至万历八年（1580年）因有外省香客冒充本省香客而短省香税，遂改为不分本省外省香客一例征收香税八分。而张岱《岱志》所记每人应缴香税为一钱二分。乾隆裁革香税碑的谕令谓，香税"每名输银一钱四分"。《泰山述记》所记泰山香税税额与《岱史》所记初期相同，即本省香客每名输银五分四厘，外省客每名输银九分四厘。《岱史》成书于明万历丁亥，即万历十五年（公元1587年），作者查志隆作为泰安地方官吏，其所记当无疑义；即自正德十一年至万历八年香税分别为：本省每名五分四厘，外省每名九分四厘。万历八年后通改为每名输银八分。张岱作为一位"进香泰山"的游客，在《岱志》中所记亦不会有误。泰山香税由每人八分提高到每人一钱二分，约在万历末年至天启初年。乾隆谕令所说一钱四分当是明末崇祯四年之后的税额。当时，国家经济危机四伏，加派风行，泰山香税银每名也增加了二分。与初征时比，明末的香税较本省香客所输增加了1.6倍，较外省香客所输增加了0.5倍，成为征收香税以来的最高税额。《泰山述记》成书于清代中期，其所记本省每名香额税银五分四厘，外省每名香额税银九分四厘是清初之后的征收数，而且直到全部裁革税额不变。满族入关统一全国后，为有效地统治汉人，平息反抗情绪，巩固政权，除武力镇压外，实行了一系列减轻人们经济负担，尽革明末诸所加派、发展生产的政策。泰山香税亦恢复到了初征的水平。不同时期的香税税额大体如下：

正德十一年至万历八年，本省香客每名输银五分四厘，外省香客每名输银九分四厘。

万历八年至万历末天启初，每名香客税银通为八分。万历末天启初至崇祯初，每名香行税银通为一钱二分。

崇祯中后期，每名香客税银通为一钱四分。

清初至雍正十三年，本省每名香客税银五分四厘，外省每名税额九分四厘。

3．委官治税　会计有例

为有效征收和管理泰山香税，明代泰安地方官府不仅专门设有一定数量的官佐，而且具有明确的分工。据《岱史》记载，初设总巡官一员，于府佐内委任，专一管理香税，负责上下稽查。分理官六员，于州县佐贰官内委任。其中坐定遥参亭二员，一收本省香税，一收外省香税，亦填单给香客；红门、南天门各一员，俱验单放行，顶庙碧霞宫门上一员，查放香客出入，并红门、南天门验单官二员；只存分理官三员，一在遥参亭，一在玄武门，一在碧霞宫。

香税的输纳一般由香客下榻客店的店主包封署名，上之于遥参亭银库，待夏冬二季起解。（图43）万历十年前后，解送户部的香税银，春季大约一万两，冬季大约一万二千两。万历末年至天启年间泰山香税岁入总计约二三十万两。"山税之大，总以见吾

图 43　遥参亭

泰山之大也"（《岱史》卷十三）。泰山香税之征确实使明朝政府发了一笔横财。

　　泰山香税的使用或谓支出，据《岱史》记载，每年香税并混施银两，多寡不等，但每年总是照数全支。首先是解赴户部银两。嘉靖三十七年（1558 年）决定，泰山顶庙香税钱，除幡盖、袍服等物照旧拨派山东省官员折俸外，其余金银饰等项按季差官解送户部国库。至万历十年前后二季解送户部的银两达二万二三千两。其次，存山东布政司，以专供公堂、庆贺、表笺、杠夫、车价、公差、八役、六房文册纸札、写字书手工食及德、鲁、衡三藩府各郡王的禄食等项。第三，修城，其银亦储在布政司，以供修理城垣之费。第四，修庙，其银亦储在布政司，以供岳顶诸庙修理之费；规定每香税八分内取五厘修庙。第五，公费，供给征收香税和委官的廪给并跟随人役之食，其银即于泰安州支给。第六，铜钱，旧例解送礼部……。可见，泰山香税银在明代有六大用场，其中修庙抽成仅仅是香税收入的十六分之一，而解送户、礼二部及存布政司用以官俸王禄者却占了十六分之十五。最初提请征收香税用以修缮祠庙的主旨已退居到了极为次要的地位。有人讽刺说："自是神人同爱国，岁输百万助升平"（《重修泰安县志》）。

娱神乐人的游艺竞技

棂星门至端礼门之间，"斗鸡、蹴鞠、走解、说书。相扑台四五、戏台四五。数千人如蜂如蚁，各占一方，锣鼓讴唱，相隔甚远，各不相溷也"（《岱志》）。这是明人张岱看到的泰山游艺竞技民俗的盛况。泰山游艺竞技民俗的一个重要特点是娱神乐人，人神同乐。

（一）民间戏曲与乐舞

戏剧是较为重要的娱神活动，泰山上下，具有一定规模的道观如碧霞祠、王母池、关帝庙等都设有戏楼或戏台；曲艺，为民众所喜闻乐见；乐舞，具有很强的参与性。

1. 民间社戏

社，祭祀场所，泰山作为一座神山，酬神社戏甚多，一年到头不断，香期尤甚。现就民国年间的泰山社戏简介如下：

　　每年除夕夜晚"五哥庙"（现泰安供电局址）内，"财神会"首先开锣，由商会牵头，各商号赞助，发过码子（午夜12点）后，便开始温台，首先在财神像前焚香，烧元宝、黄表纸，燃放鞭炮，道士诵经，各商号代表顶礼膜拜，然后戏台上开锣打鼓，跳财神。先出场的是文财神，头戴乌纱，身着蟒袍，腰系玉带，足蹬粉底靴，手持牙笏，戴着笑容可掬的假面具，扮成一副"天官赐福"的样子，跟着锣鼓点在台上走醉八仙步，一会儿站在台前亮出"天官赐福"布联，一会儿亮出"日进斗金"，一会儿亮出"招财进宝"，一会儿亮出"天下太平"。文财神回后台，紧接着武财神上场。身穿绿袍，寸靴，勾金脸，五绺长髯，衬上宽肩，装上宽大假屁股，样子威武滑稽，手中托着个大假元宝，在台上做各种姿势的舞蹈，多高难动作，跳到最后，戏班班主从后台出来接元宝，全班人将武财神抬回后台，谓之迎财神，这时锣鼓喧天，鞭炮齐鸣，温台达到高潮，善男信女纷纷到财神像前焚香求财，这时天已将明，温台结束。这台戏从初一唱到初三。第一出戏是"全家福"，取吉祥之意，然后由各界人士自愿点戏，每点一出戏，台上便出加官谢赏，加官是头戴乌纱，身穿蟒袍，带假面具，手拿"天官赐福"或"当朝一品"布匾站在九龙口，领班的便打个千（行礼）喊道："谢！某某老爷（或先生）的赏！"同时这天夜里泰山扇子崖原始天尊殿也唱戏酬神，现在旧戏台的遗址还在。

　　二月二泰城西火神阁唱戏三天，紧接着南火神阁再唱戏三天。据传：二月二是火神的生日，给火神唱戏是为了少出火灾，但也有因发生火灾而唱戏的。如民国二十五年（1936年）泰安县民政科纪科长家发生了火灾，那时他在运舟街居住，失火后便搬到岱庙民众旅馆内住，但又发生了火灾，后又搬到北关住，甚巧，接着又发生火灾。这下子谣言四起，神婆、道士都说是得罪了火神爷，需要唱戏谢罪，纪科长便私下出资，在南关火神庙唱了三天大戏，以答谢神庥。

三月初三是"王母娘娘"的生日，届时泰山王母池举办"王母娘娘蟠桃会"，唱戏以贺。

三月十五日泰山顶上，老奶奶换衣裳，碧霞祠唱社戏一天一夜。三月十四日各路朝山进香的善男信女都到达泰山顶，晚上温台开戏，这时碧霞祠山门内外，钟、鼓楼上，东西神门外，人山人海，水泄不通。这晚上不单唱戏，中间还加上为善男信女死去老人过金桥等活动，做得活灵活现。第二天即十五日，再唱戏一天。

五月十三日又到了关圣帝君的生日，上关帝庙（红门路北头路西）、下关帝庙（军分区后门北家属院）都唱戏三天以示庆贺。现上关帝庙戏台、戏楼、露台、东西看厅、大殿都还完整无缺。（图44）关帝庙唱戏正值夏季，每天上午唱到11点，下午6点至晚上12点，因晚上凉爽，演员看客都舒服。这里的社戏是由山西商号出资承办的，因上关帝庙又是"山西会馆"，而关羽是山西解州人，所以山西商人非常敬重他。

腊月十五日蒿里山上起庙会，在蒿里山、社首山之间的十殿阎罗庙内唱戏三天。这里的社戏，往往由

图44　关帝庙戏楼（王长民摄）

莱芜梆子剧种演出，多唱些"阴阳告"、"胡迪骂阎"、"司马卯过阴"等因果报应的戏剧。为的是教化人心，"善恶到头终有报，只等来早与来迟。"

　　腊月十八蒿里山社戏结束，接着腊月二十日城隍庙内唱戏三天，规模隆重，泰城各界都来烧香、点戏。清朝时期，府、县太爷也要亲自上香、点戏。有一年，请来一个河北梆子剧团，演唱的是"五鬼闹判"、"探阴山"、"钟馗嫁妹"，唱做俱佳，更有趣味的是晚上演的"李翠莲上吊"带"游地狱"，事先将酒灯用瓢扣在戏台上（那时没有灯光设备），待演到李翠莲上吊时，将台上的煤油灯熄灭，马上将扣着的酒灯掀开，吊着的李翠莲一转身，脸上化了装，披头散发，再让酒灯一照，脸色蓝中带绿，犹如鬼样，叫人看了着实吃惊。到游地狱一折，十八层地狱中的上刀山、下地狱等都是用道具和特技，形象逼真，叫人看了非常恐怖，散戏后小胆的，一人都不敢回家。

2．民间曲艺

民国年间，著名的民间曲艺表演家有高元钧、傅永昌、于小辫、甄瘸子等。

高元钧大约在1936年和他失明的哥哥在岱庙说相声，相声说完后再由高元钧表演山东快书，其中就有著名的段子《武二郎大闹东岳庙》。演出的地点大都在仁安门西南侧，也就是当时民众旅馆门口台阶的北面。那时说书，每说到关键时刻就停下来，吊吊听众的胃口，要完钱再继续说。

高元钧的师叔傅永昌，祖籍山东省平阴县东阿镇，从小随父浪迹江湖，卖艺为生，他在泰山主要是说山东大鼓和落子，也说山东快书，如《呼延庆打擂》、《刘墉私访》、《武松传》等。傅永昌从小学的第一个段子就是《武老二》，他在演唱实践中首先发现"荤口"说唱武老二的弊病，下决心逐步把"荤口"武老二改为"净口"武松传。如"武老二"说词中西门庆与潘金莲淫乱、武大郎戴绿帽子等都有不少秽语乃至淫秽的表演动作，不堪入耳入目，这就形成了所谓"荤口"快书。傅永昌认为，武松本是一位勇敢刚正、除暴安良、扶弱济贫的英雄好汉，用荤口说武松传，有损于武松的形象，也无益于广大听众。因此他在说唱中逐步进行了改革，他劝说其他快书艺人也共同努力，还山东快书以本来面目。新中国成立后，傅永昌联合高元钧对荤口"武老二"进行了全面改革，去掉不健康的动作和表情，去掉书词中的淫词秽语，主张快书演员穿大褂、衣帽整齐、姿势庄重、气概轩昂。开始改革时，观众不接受，收入减少，但他不计较收入多少，克服种种困难，坚持净口说唱，并在书词和表演技术上不断改进提高，终于净口"武松传"超过了荤口"武老二"，博得了听众的好评。傅永昌为山东快书的改革与发展做出了不可磨灭的贡献。1957年他参加山东省首届曲艺汇演大会时获得一等奖。1958年8月参加全国首届曲艺汇演，受到党和国家领导人的亲切接见。周恩来总理看完演出后握着傅永昌的手问道："说了多少年书了？回去要多带徒弟，把快书艺术传给下一代。"傅老念念不忘周总理的关怀和嘱托，于1959年配合泰安文化部门筹建泰安曲艺队，并担任队长。

于小辫（于传斌）常在岱庙仁安门东侧刘同典开的茶馆里表演。于小辫最拿手的是《蛤蟆传》。他的腔韵富有变化，有"九腔十八调，七十二哼哼"的说法，赶板夺字，优美动听，学什么像什么，南腔北调，维妙维肖。

甄瘸子（甄玉峰），直到现在一些老人一提到他的表演还赞不绝口。说他有文化，有口才，比如说他看一看报纸上的小说，就能编着拉一天。他的动作表演也很生动，常说的是《七侠五义》，他手中拿一把大折扇，就当作枪、刀、剑、戟等十八般兵器用。口技好，能表现出各种声响，尤其是兵器之声，学得非常像。只要他说书，听众就会爆满，有些人则是每说必到。

3．民间杂耍①

挑皮影，也叫皮影戏，多来自外地，主要节目有《三打白骨精》、《猪八戒背媳妇》等，多是群众喜闻乐见的剧目。他们的演技很好，影声配合得当，深受香客的欢迎，一到晚上，就热闹起来。

泰山的木偶戏也很出名，由宁阳县孙家滩杖头木偶班子演出，表演的是一种大型木偶，香客市一开，他们就来了，所配的唱腔是河南梆子，所演的是《蝴蝶碑》、《寒衫记》、《铡美案》、《渑池会》、《雷振海征北》等成本大套戏，鼓乐齐全，唱做逼真，早晚两场。

还有"拉洋片"的。当地的拉洋片有两种，一种是一个人操作，是上下拉的，可供2—3人观看；一种是两个人操作，左右各一个，一个推，一个接，是"推洋片"，可供十几个人同时观看。看时观众排成一行，从像盒的小洞往里看片子图像。图像有人物也有山水，有的是故事，一般是彩色的，多是画的，也有是照片，效果和现在的幻灯片差不多。图片为长方形，高约50公分，宽约40公分。表演者边操作边唱："往里瞧，往里看，四十八张在里面"，当时花一个铜板看一回。内容有《小寡妇上坟》、《百灵庙大战》、《逛北平》、《杀子报》等等。这种娱乐形式在当时很时兴。

在民国时期，有个变大箱的，也就是变戏法，用一个大木箱向外变幻各种东西，据说这个魔术艺人水

---

① 本节参考刘慧《泰山庙会》一书第108—114页，山东教育出版社，1999年版。

平很高，不管多大的东西都能变出来。出奇的是他能从木箱中变出一百多斤重的大石头，变出一盆盆的活鱼，最后一个大盆内装着一二斤重的活鲤鱼，并且是满盆的水，连盆带水足有一百多斤重，箱子倒下、起来滴水不撒。还能将小孩放进箱子中变没，隔上一段时间再从箱内变回来，很是吸引人。

4. 民间乐舞

泰安城乡每逢节日，是民间乐舞最为活跃的时候，踩高跷、耍龙灯、抬芯子、跑旱船、扭秧歌等热闹非凡，俗称"故事队"。（图45）

图45 "故事队"

高跷，或称"高跷秧歌"。舞者扮成各种人物，组成"戏出"，手持道具，双足踏跷而舞。"跷"，又称"跷子"、"高跷"，用两根木棍，中间钉"耳"，"耳"上装板制成，有的还在"耳"中凿空，横置铁柱，串数枚制钱，使踏跷者步行有节。踏跷人将脚放在踏板上，有绳把跷杆缚紧在腿上，即可行走舞蹈。跷有高3—4丈的，也有一尺左右的。高跷的舞姿多种多样，技艺高的能带跷翻滚跌打。

耍龙灯，又叫"跑龙灯"。"龙"用竹、木分节扎架，节数不等，但必须是单数，外面糊纸或糊布，每节内燃灯一支。舞时，由一人持彩珠戏龙，二龙盘旋交错起舞。

抬芯子，是指扎个彩色架子，二人或四人抬架行走，架上有一个或两个化妆后的小孩表演各种动作。

跑旱船，一般多用竹、木或高粱秸扎框，外饰绸布，套系在女舞者的腰间如坐船状，更有的做假腿于船面，与舞者身相配合，如盘坐船上的；另有一人持船桨，作划桨状，两人合舞，摹拟船行水面的种种动作。（图46）边歌边舞，一般多表现劳动和爱情情节。与此相似的"跑驴"，框作驴状，"驴"分前后两部分，演员处中间，演种种骑驴之状，生活气息极浓。

扭秧歌，一般是舞者扮成各种人物，手持扇子、手帕、彩绸等道具而舞，以集体扭者为多。

贫苦农民家庭出身的冯玉祥将军"隐居"泰山时，非常尊重当地的民风民俗，有一年元宵节，冯将军手下的手枪团文艺队也上街表演，与民同乐。是日

图 46　跑旱船

晚上，五马村乡亲们的龙灯队格外活跃，他们挥着龙灯，摇头摆尾，左右翻腾，走街串巷，龙灯队来到财源大街时，正好遇上手枪团的旱船，路窄人多，相互阻塞了去路。手枪团的士兵要龙灯队停下锣鼓让他们过去，而龙灯队偏要旱船队等靠路边先让自己过去。双方争执不下，先是骂，后来竟动手打了起来。手枪团的士兵仗势欺人，呼啦啦上去了 20 多个人，把五马村的龙灯砸了个稀巴烂。五马村的乡亲们找冯玉祥告状。冯将军听了非常生气，不仅处分了有关人员，而且又扎了一个龙灯亲自带领有关人员到五马村赔礼道歉，在泰安传为佳话。

（二）民间竞技与游戏

竞技与游戏是最具有娱乐性的民俗，赛得开心，玩得痛快。

1．打擂台

这时所讲的打擂台是一种武术比赛。提起打擂台，人们便自然会想起《水浒传》中"燕青智扑擎天柱"的精彩情节——东岳庙中双虎斗，嘉宁殿上二龙争。岳庙擂台上一番恶战，浪子燕青身手不凡，不可一世的恶霸任原，终于成了梁山好汉的手下败将。一时间，"哄动了泰安州，大闹了奉符县（今泰安）"。在近年拍摄的电影《浪子燕青》上，我们还可以领略到当年擂台比武的壮观场面。

小说中写到的"打擂"，实际上是古代的一种相扑（摔跤）比赛。相扑又叫争跤、角力，其风由来已久。据史籍记载：先秦时角力已成为当时军事训练项目，秦汉便已盛行民间，成为人们喜闻乐见的体育形式。泰山一带的比赛活动多在东岳庙会期间举行，擂台设在东岳庙（岱庙），并设有"利物"（奖品）颁给优胜者。

农历三月二十八日，相传为东岳大帝（泰山神）的诞辰之日，届时有规模盛大的庙会活动。这时举行打擂台则更为庙会增添了光彩，是日，四山五岳的武林高手云集岳庙，各显身手。

关于东岳庙打擂的情况，在元明戏曲中有较多的反映。中国最早的武打戏——元杂剧《刘千病打独角

牛》，便是以东岳庙打擂为题材的。此剧演的是武林
败类独角牛在庙会打擂，从无敌手，豪杰刘千为报
父、妻被其戏辱之仇，抱病打擂，终于出奇制胜，仁
安殿前三败独角牛。剧中关于打擂场景的描写，十分
生动。第四折借刘千之口对擂台鏖战竭力渲染："呀！
独角牛拽大拳，刘千见拳来到跟前，火似放过条蚕
椽，山虚影到他胸前。刘千使脚去手往前剪，接住脚
往上掀，独身驱怎回转，臂力的是刘千。"这无疑是
元代东岳庙擂台演武的真实写照。

东岳庙打擂台这种民间风俗的兴起，促进了泰山
武术的发展。明朝永乐年间，泰安知州李传珪在泰城
后衙办了三个武馆，培养武术人才。清代东河总督王
士俊在给朝廷的疏奏中讲："泰安古号神州，……民
俗强悍，颇称难治。"这与泰山一带自古形成的尚武

图 47　武术表演（刘水摄）

之风不无关系。(图 47)十分可惜的是,由于清统治者对此怀有戒心,这种打擂活动逐渐销声匿迹了。1994 年组织的泰山文化之旅活动,又在岱庙天贶殿前举办了东岳庙全国武术邀请赛,此为新时期对泰山武术文化的弘扬。1997 泰山神州武术学校在参加美国旧金山"国际杯"武术比赛中荣获两项冠军,1998 年参加加拿大"世界杯"武术比赛时又获三项冠军、七项亚军。

2. 办登山节

俗话说,"近水楼台先得月",就泰安人说来,"近临泰山天天登"了。泰安市民中有登山一族,早晨三四点钟就起床,三五成群登山,或到斗母宫,或到黑龙潭,或到中天门,有的竟登到岱顶,一年四季,风雨无阻。

遇有相关节日,登山者尤多,如清明节前后,春回大地,山青水秀,草木皆绿,自然界到处呈现出一派勃勃生机,因古有清明节踏青的习俗,届时泰安人或举家同行,或邀亲朋好友为伴,外出踏青,登山郊游。再如重阳节前后,秋高气爽,山青云淡,宜于登高。古人云:"九月天之胜也,凡一丘一阜皆足以记。时令,泰山之胜也,自古封而禅之,凡得以蹑其巅者,皆足以齿壮游。"(明·黄鳌《重九日登岱记》)。

借改革开放的春风,泰安人继承古人重阳登高的民俗文化传统,于 1987 年策划了泰山国际登山活动,且不说有英国、美国、加拿大、原苏联、日本、罗马尼亚、朝鲜、德意志联邦共和国、丹麦等 9 个外国代表队和国内 35 个代表队报名参加比赛,仅泰安的登山运动员就多达 10 个梯队 12307 人。中国登山协会名誉主席杨得志、中国登山协会主席史占春等担任组委会领导并对登山活动给予了很高评价。（图 48）

图 48 泰山国际登山节

泰山国际登山活动经四届成功的尝试，于第五届（1991 年）开始，改为泰山国际登山节，时间为每年的九月，年年过节，既有武登（速度比赛）也有"文赛"（各类文化活动），节味越来越浓了。

3．玩迷糊石

在岱庙天贶殿前接小露台甬道中，有古柏独立，或曰"孤忠柏"，或曰"孤衷柏"。柏南边数米处，立有一块周身凹凸不一，奇秀玲珑之石，名叫"扶桑石"，亦名"介石"。游人多在此用手帕蒙上双眼，绕扶桑石正转三圈、倒转三圈，然后去摸柏身上的疤凹处，传说谁摸准了谁就有"福"。因蒙眼绕石数周再去摸柏，难辨方向，且双腿迈步失去了平衡，因此很

图49　玩迷糊石（采自刘传喜策划《泰山》）

难摸准，所以俗称此石为"迷糊石"。（图49）与迷糊石有关联的这棵古柏之所以叫"孤忠柏"或"孤衷柏"，还有一个悲壮的传说：武则天时有个大臣叫安金藏，武则天称制后，幼子李旦为皇嗣，她怀疑其子谋乱，意欲杀害，金藏竭力保护，大呼道："公不信我言，请剖心以明皇嗣不反也。"遂引佩刀刺腹中，五脏迸出，气绝而仆，其魂来到泰山神前告御状。泰山神保佑金藏不死，果被高医救活，皇嗣也因此免难。唐玄宗即位后特封安氏为"代国公"，并将"安金藏"三个字刻于泰山，死后被追赠为"兵部尚书"，谥号"忠"。这就是孤忠柏名称的由来。

（三）民间美术与工艺

泰山古为黎民百姓进香朝山之地，今为著名的旅游胜地，出于礼神和发展旅游业的需要，泰安的民间美术与工艺品极具特色。

1．民间绘画

提起绘画，人们自然会想到岱庙天贶殿内的《泰山神启跸回銮图》大型壁画，其实天贶殿壁画有着民间艺人的一份功劳。壁画的作者长期湮没无闻，令人遗憾。1986年汶口镇史志工作者在颜谢村《全德堂刘氏族谱》中发现了壁画作者的史料，从而初步解开了这桩文化疑案。据《刘氏族谱》记载："刘志学，善丹青（绘画艺术），泰邑（泰安城）峻极殿（当时岱庙大殿的名称）壁画，即其所绘。"刘志学是泰安州南乡颜谢村人，其生活时代约在清康熙年间，为民间艺人。当刘志学之世，岱庙曾有过两次大的整修，一次是清康熙六年（1667年），但不久即遭地震破坏；此后由山东布政使施天裔再次主持重修，康熙十六年（1677年）竣工，前后历时十年。刘志学是当时天贶殿壁画修复绘制的画工头。（图50）时人张所存撰写的《岱庙履历纪事》也提到："大殿内墙、两廊内墙俱使画工画像。"近年来又发现了刘志学晚年的一幅作品叫《年节图》，内容为过年时迎客、祭祖、放鞭炮等场面，人物栩栩如生。画高1.7米，宽1米。画面下题有"会首"刘邦臣等人和"绘事"刘志学的题名及"乾隆九年甲子暮春吉日"字样。

图50　民间艺人参与修复绘制的天贶殿壁画（局部）

　　泰山一带的风土民情吸引着爱国将领冯玉祥先生，也吸引着风情画家赵望云。赵望云，祖籍河北省束鹿县农村，他画过许多反映民风民俗的写生画，同情劳苦大众，揭露社会黑暗，呼唤中华民族从沉睡中觉醒。天津《大公报》聘请他为绘画记者，为他专门开辟了一个专栏。冯玉祥先生酷爱赵先生的写生画，凡《大公报》上发表的赵先生的作品，冯玉祥都剪集起来，装订成册。冯玉祥隐居泰山时，请赵望云到泰山写生作画，赵先生作画，冯玉祥配诗，他们合作了留芳千古的泰山风情画配诗。赵望云、冯玉祥合作的第一幅泰山风情画配诗是《一个黑热病的孩子》："孩子病黑热，拖延已数月。浑身似火烧，肚腹胀欲裂。四体皆枯瘦，唇舌焦如饿。家人乏常识，只道中了邪。无钱去请接。闻知城市中，医生多俊杰。扎木为

行床，儿孩此中歇。父母亲自抬，爷爷相扶挟。只因
家贫穷，药费无处借。抬至医院中，大夫不矜恤。托
言病无救，立即遭拒绝。茫茫无所措，抬孩停郊野。
一家只此子，心爱难抛却。爷爷与父母，相对只鸣
咽。民间疾病多，见之心痛切。衣食既不足，病亦害
不起。如果能补救，政府重卫生。医院学科学，药须
本国制。一县百医生，医院两千所。凡此皆家务，建设要
赶紧。"此画为白描写生，构图严谨，人物刻画极为逼
真，如果没有对劳苦大众的关注，没有亲身体验，岂
能画出这样的画，作出这样的诗。

2．礼神工艺品

民间的礼神工艺品种类繁多。铸造类有神像（如
碧霞元君、王母娘娘、观音菩萨、释迦牟尼、弥勒佛
等）、香炉、五供、生活用品等，瓷器、珐琅类有葫
芦瓶、五供、天神八宝等，其中以黄釉青花葫芦瓶价
值最高，此瓶高 31.5 厘米、腹径 37.5 厘米。半圆形
盖，蘑菇形纽，子母口，束腰呈葫芦状。图案盖饰青
花云纹三朵，上腹部饰青花缠枝莲三朵，下腹饰青花
缠花莲四朵，束腰处饰弦纹、梅花纹和三角形几何
纹。瓶底楷书"大明嘉靖年制"。是清乾隆御赐于泰
山神的供品，现为岱庙"三宝"之一。布绸类有伞
盖，有旗帜，有绣鞋，有华冠，有绣袍。泰安市博物
馆内收藏黄缎金龙袍、红缎凤袍、大龙袍、小神袍
等，均为清宫御赐泰山神祇之物。其中黄缎金龙袍，
袖长 440 厘米，袖肥 110 厘米，下襟宽 230 厘米。鹅
黄缎面上用金线绣织，前胸、后背与两肩各绣一正面
团龙，团龙周围各绣蝙蝠一只，饰宝珠一颗；前后绣

升龙及海水祥云，海水中绣花篮六只，祥云上绣层叠高山，点缀珊瑚、犀角、宝珠、方胜、书画、银锭、如意等。绯红色绸作衬里。（图51）纸箔类有绘画神像（岱庙内收藏数百幅），有用纸或箔糊成的元宝等。今日演化成旅游工艺品的这些礼神品，漫步泰山沿道，可谓琳琅满目，不胜枚举。

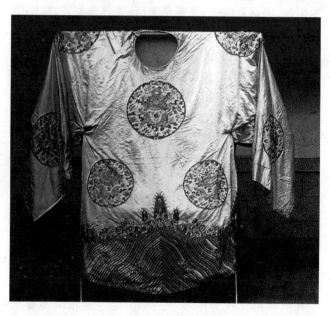

图51　泰山神的龙袍

3．小儿玩具

小儿玩具种类很多，主要有泥制品，如泥春鼓、泥娃娃、泥哨、泥蛤蟆、泥鲤鱼、泥狗、泥狮、泥猫、寿星、不倒翁，及刘备、关羽、张飞、孙猴子、唐僧、沙僧、猪八戒等等艺术形象。竹木制品主要有标枪、大刀、花啦棒槌等。皮制品有皮老鼠、货郎等等。刘慧先生在其《泰山庙会》一书中曾有详细介绍。

泥巴哨是最受欢迎的一种小儿玩具，长约2—3厘米，通常做成鸟形，是黑色的，翅膀及头尾彩画，很好看。泥哨有两个孔，一个在鸟的嘴上，一个在鸟的尾部，口对着鸟嘴一吹，便会发出声响。这种哨子制作较为简单，泥巴也好造型，插好孔用低温烧一下，绘上彩即可，所以价格便宜，携带方便，很受外地香客的欢迎。花钱不多就可满足小孩的要求，只是不经吹，因为是低温烧制，泥质仍吸水，如果老是放在嘴上吹，口水打湿泥哨口，泥一粉就不会发出响声了。因此也常使香客们迷惑不解，认为泰山真是有神，在泰安吹着好好的，回家就不响了，真是神泥巴。

泥春鼓比起泥哨子来制作复杂一点，但吹出的声音可以变化，很好听。春鼓也是用泥巴做的，大小如小鸽子。先将泥做成鸽子形状，在其脖子下部、腹部及尾巴下各插一孔。孔与孔之间是相通的，用两个1—2厘米的细竹苇插入脖子及尾下的小孔内，泥干后饰以彩绘。用两手抱着吹，左、右手拇指分别堵着尾部与颈部的竹苇小孔，吹时口对着腹部的孔送气，左、右手拇指抬起，即发出声音，随着拇指有节奏地不断变化，便可吹出悦耳的声响。人们之所以称它为春鼓，是因为它可吹出"春鼓鼓、鼓；春鼓鼓、鼓"的节奏，这被认为是吉祥的声响，是报春的信号。

能叫的汪汪狗，也是小孩喜欢的一种玩艺。这种狗是先用泥做好狗的前半身和后半身，中间用薄羊皮或牛皮纸连接，在后半身的尾巴下插有一孔，玩耍时两手向中间挤压，腔内空气从狗尾下的小孔内排出而发出声响，两手不停的拉、挤，就有"汪汪"的狗叫声，很吸引人。同种作法还适合于猫、虎等多种造型的泥制动物。

现在已不多见的货郎鼓（当地叫"扑棱鼓子"），在以前的泰山庙会上也是一种常见的小孩玩具。制作也很简单，用硬纸壳圈好作鼓帮，鼓面用羊皮或牛皮纸糊好，在鼓帮上引出两根线绳，拴上一个酸枣核，再在鼓帮上插上一个竹制或木制的手柄，一把"扑棱鼓子"就算做好了。用手一摇，酸枣核敲打在鼓面上，便发出"吃不楞咚，吃不楞咚"的响声，多为小孩所喜欢。

4．泰山玉器

泰山产玉，古人早有认识，如先秦时期的地理名著《山海经》载："泰山，其上多玉……环水出焉，东流注于河，其中多水玉。"早在距今五六千年前的大汶口文化时期，泰山脚下的"大汶口人"就采用泰山碧玉磨制出十分精致的玉铲作为部落酋长权力的象征。（图52）三国时代的诗人曹植曾有泰山"玉石扬华英"

图52　"大汶口人"的玉铲

的赞誉。直到清代人撰写的《五岳志》，还有"泰山方圆四十里，多芝草玉石"的记载。

许慎的《说文解字》讲："玉，石之美者，滑润而有色泽。"泰山玉石种类甚多，计有墨玉、碧玉、红玉、五彩玉、白云玉、紫檀玉等。泰山墨玉质地硬细、色泽乌亮，主要产于泰山西南麓的界首一带。

泰山碧玉质地晶莹，绿如夏荷，主要产于泰山西麓。工艺师们巧妙地利用碧玉的色泽变化，雕刻成碧荷、秋菊、绿牡丹等花卉，收到了以假乱真的艺术效果。用它制作的龙壶，龙口出水，龙角为盖，龙尾为壶柄，玲珑剔透，分外可爱。泰安市博物馆收藏的一件商代龙凤冠人形玉雕，高7厘米，宽4厘米。此玉人身着长袖斜裙，束腰；阴刻花纹，头戴龙凤冠，绘形绘色，被列为国家一级珍贵文物。（图53）

泰山红玉色泽艳若朝霞，纹理富

图53　商代的人形玉雕

于变化，主要产于泰山东南麓的角峪、邱家店一带。白云玉色泽洁如冬雪，间有浅绿纹路。五彩玉红黄青棕五色相间，图案花纹斑斓。紫檀玉酷似紫檀木花纹。用红玉、白云玉、五彩玉、紫檀玉单独或组合制成的双耳壶、细颈瓶及其他工艺品等，或清新秀雅，或富丽堂皇，特别适应于作庭室书斋摆设。

泰山是著名的风景名胜区，泰安市是旅游开放城市，泰山玉石工艺品知名度逐年提高，销售量逐年增大并远销海外。鉴于泰山玉石种类多，储量大，易于

图 54　玉石工艺品

就地选材，开发前景十分广阔。泰安市工艺品研究开发部门，有关泰山玉器厂家及民间艺术家们，都在积极地研制新的玉石工艺品，提高制作质量，扩大制作规模。（图54）

5. 泰山竹龙

竹子秉性青（清）高、虚心，在中国传统文化中被誉为"四君子"之一。泰山也有竹子种植，如竹林寺曾有"绿竹千竿"的美誉；六朝古刹普照寺也有成片的竹林，清道光年间的泰安知县徐宗干曾书赠普照寺住持元玉："松曰好青，竹曰好绿；天吾一瓦，地吾一砖。"时至今日，泰山竹以大津口淡竹林最负盛名。据传明末年间，几墩竹子在大津口村西北角一瘠薄的山地里扎根，继而繁衍、扩展，形成了今天2.5万平方米的规模，面积列为全省淡竹林之最。

大津口一带的居民们，出于谋生的需要，就地取材，制作成各种竹子工艺品出售或玩耍，其中代表性的竹子工艺品为泰山竹龙。竹龙的制作方法是，用竹子削成一节节，然后用铁丝连接而成。龙头有两只弯弯的角，龙口大张，涂有红色，上面有两朵红绒线做成的龙须，龙身呈黑色并刻有花纹，龙身一般八节，长约一尺，七个龙足，最后一节为龙尾，也是一个竹哨。若手拿竹龙轻轻一摇，顿时竹龙摆足舞身，栩栩如生。具体的制作工艺是，对龙角、龙足的竹子选择，一般选对称有叉的，需要放在锅里蒸煮，再放在火上烤，最后放入冷水中激。龙身上的黑色就是烤制的结果。至于为何制成龙形，主要出于民间对龙的崇拜，一是龙为中华民族的古老图腾之一。二是泰山一带很早就以"龙"为地名的地方。据《春秋左传》记载："（成公）二年春，齐侯伐我（鲁）北鄙，围龙"。注云："龙，春秋时鲁邑，在泰山博县西南。"

后　记

　　泰山是中华民族的神山、圣山，民俗丰富多彩，文化内涵博大精深。我虽致力于搜集泰山民俗资料多年，也曾有文章和书问世，然而编写这本小册子却犯难不少，面对一桌丰盛的"菜肴"不知如何"下箸"。提纲列了一个又一个，就是理不出头绪；文字写了又抹，抹了又写，还是辞不达意。好在有李伯涛、刘慧、袁爱国诸先生的《泰山民俗》、《泰山庙会》和《泰山神文化》在，细心研读，启发颇多；王长民君等提供了部分图片资料，才使这本小册子得以生产。甚幸！甚幸！

　　愚钝至此，错误和不当之处一定很多，敬请读者批评指正。

吕继祥

2000 年 8 月于岱下

图书在版编目（ＣＩＰ）数据

古今民俗/吕继祥著. －济南：齐鲁书社，2000.9
（泰山文化之旅丛书）
ISBN　7－5333－0709－7

Ⅰ．古… Ⅱ．吕… Ⅲ．风俗习惯－山东－泰安市
Ⅳ．K892.452.3

中国版本图书馆 CIP 数据核字（2000）第 45605 号

泰山文化之旅丛书

古今民俗

吕继祥　著

齐鲁书社出版发行
（济南经九路胜利大街）

山东人民印刷厂印刷

850×1168 毫米 32 开本　4 印张　80 千字
2000 年 9 月第 1 版 2000 年 9 月第 1 次印刷
印数 1—5200

ISBN　7—5333—0709—7
K·192 全 8 册定价：68.00 元